今昔・三国伝記の世界

池上洵一著作集

第三巻

和泉書院

目次

第二編　修験の道―『三国伝記』の世界―

第一編　『今昔物語集』の世界

――中世のあけぼの――

序章　『今昔物語集』への招待

1　『今昔物語集』とわたし

ひとつの作品とひとりの人間との出会いは多分に偶然のものだろう。『今昔物語集』とわたしとの出会いも偶然だったと思う。しかし、それから現在まで半生をこの作品と一緒に過ごしてきたことを思うと、なにやら運命的な感じがしないわけでもない。わたしがこの作品に出会い、魅せられ、そのまま縁が切れなくなったについては、おのずからそうなるようにすべてがお膳立てされていたように思えてくるのである。出会いとはいつもそんなものなのかもしれない。

話はわたしが小学校（そのころの呼び方では国民学校）二年生の夏に終わった戦争と、わたしの家には本がなかったことから始まる。わたしが今でもときどき利用する本に『新修日本歴史地図』という小型本がある。昭和六年の発行で「文部省検定済」とあるから旧制中学の副教科書なのだろう。見返しには叔父の署名がある。この叔父は二十歳で入営して後、中国大陸から南方へと五年にわたって転々とした末に、ラバウルで戦死した。あまりにも幼かったわたしは叔父のことをほとんど覚えていない。だが、この叔父が残していったささやかな蔵書が、わたしの進む道を決めてくれたような気がしてならないのである。

まずしい家に生まれた叔父は兄たちと同じように、中学校への進学をあきらめなければならなかった。そして長兄であるわたしの父の家業を手伝いながら、当時そういう境遇にあって向学心を捨てがたい少年たちが多くそうしたように、早稲田の中学講義録に勉学の夢を託したらしい。この講義録一揃いとほんのわずかの参考書が叔父の全蔵書であり、同時にそれがわたしの家の蔵書のすべてだった。

わたしはそれをくり返し読んで育った。叔父の好みだったのか、それとも独習が容易だったのか、参考書には国漢や歴史関係のものが多く、それにはきちんと整った細字の書き込みがあって、几帳面な叔父の学業への熱い思いが伝わってくるようだった。戦後に少年時代を迎えたわたしは一般的な社会情勢の変化もあって、高校はもちろん大学へも進学できたけれども、この書き込みがそのころのわたしとほぼ同年齢の、進学できなかった叔父の手によるものであることを思うと、感じやすい年ごろだったせいもあって、ふと自分が叔父の身代わりになって勉強しているように思えてきたりした。わたしが日本の古典文学に親しむようになった理由の何分の一かは、このささやかな蔵書が与えてくれた感動にあったのだと思っている。

一方、戦争は幼いわたしの周囲からもたくさんの人の命を奪っていった。中国地方の山間の小さな城下町で育ったわたしは、空襲などは一度も経験しないですんだけれども、戦場に行った三人の叔父は一人も生きて帰らず、戦中・戦後の混乱は病気の肉親を見殺しにさせた。東京から疎開してきてわたしたち横町の遊び仲間になっていたYの一家は、父親が戦死し、生活に行きづまって心中した。母親の大きな棺につづいてYと弟妹たちの小さな棺がつぎつぎに運び出されるのを、わたしは放心したように眺めていた。わたしたちはその前の日まで一緒に遊んでいたのだった。昭和二十一年の夏の日の夕方、ごはんだよと母親に呼ばれて小走りに帰っていった三人の後ろ姿を忘れることはできない。

絶望と嘆きと、死と生きようとするあがきと――こんなことはそのころの日常茶飯事であり、戦火からもっとも遠かった田舎町の少年の体験など、いまさら語るに値しないものかもしれない。しかし、わたしにとってこの幼時体験はひどくこたえたらしい。後に日本の文学に興味を寄せるようになったとき、わたしの関心がとかく動乱の時代や社会的変革の嵐の時代に向けられ、しかも貴人・英雄や指導者たちよりも平凡な名もない人びとの生きざまや死にざまへと惹かれていったのは、結局この体験が尾を引いていたからだと思っている。だが一体そんな人びとを描いた作品があるのだろうか。

動乱の時代を描いた作品といえば、まず『平家物語』に指を折らねばなるまい。源平の合戦は戦場がほとんど全国に及んだというだけでなく、古代的な貴族政権の基盤をうち崩し、ついには中世的武士政権を出現させた、文字どおり時代を画する大動乱であった。『平家物語』は叔父のささやかな蔵書の一冊であったから相当早くから親しむことができた。しかしその頃のわたしの読み方といったら、義経・義仲はもちろん知盛や維盛も心惹かれる存在ではなく、清盛にもてあそばれた祇王や都落ちする父維盛に泣いてすがった幼い六代兄妹の姿こそ忘れがたいものであった、といえば、おおよそ想像がつくというものだろう。

やがて、素材・文体の両面で『平家物語』の先駆的な位置を占めるのは『今昔物語集』だと教えてくれたのは、大学に入ってまもなく、ほんの偶然から読んだ西郷信綱氏の『日本古代文学史』（岩波全書）であった。ではひとつそれを読んでみよう。芥川龍之介の小説『羅生門』や『芋粥』の取材源として、かねて名前だけはよく知っていた『今昔』をまとめて読んでみる気になったのは、こんな気軽な動機からであった。今から思えば、ちょうどそのころ（昭和三十年前後）、『今昔』を中心とする説話文学諸作品については新発見や新説が続出し、学界は空前の活況を呈していたのだが、わたしはまだそんな世界にはまったく無縁だった。

『今昔』は全三十一巻。うち巻八・十八・廿一の三巻は欠巻だが、現存する巻に収められた説話の数だけでも総計一千を越える巨大な作品である。注釈書といえるほどのものがまだなかった当時、これを通読するにはかなりの時間と忍耐とを要したけれども、この作品の世界に触れてまったく圧倒されてしまった。

なんという猥雑さだろう。強盗の話がある。乞食の話がある。釈尊の話がある。人に化けた狐の話がある。観音や地蔵の話がある。武士の話もある。こちらの隅に敬虔な祈りを捧げる者があれば、あちらの隅には飢えに泣いている者がいる。インドの長者の話があれば中国の幽霊の話もある。それぞれがそれぞれの運命を必死に生き、小さくても決して十把一からげにはされず、それぞれがりっぱに小世界を形作りながら、しかもたがいに脈絡もなく存在しているのだ。

それは密教の現図曼荼羅の諸尊やインドの寺院の石柱や壁面をぎっしりと埋め尽くしている浮彫を見たときのとまどいに似ていた。それらにはそれら独特の秩序があり必然性があるに違いない。しかし、それに気づかずに対面すれば、省略というものをいっさい知らぬげに末端の末端まで埋め尽くした具象性の大洪水に、見る者は視線の行き先さえ定めかねて、茫然と立ちすくむほかない。

これは大変な作品だ。地位も財産もなくただ自分の頭と腕だけで乱世を生きようとあがいた人びと、素朴な信仰心を最大限に燃やして仏にすがった人びと、わたしにとっては見逃がしがたい人びとの群像が各所に見えているけれども、そういう群像だけを拾い集めてみても、この作品の本当の意味にはおそらく触れることができないだろう。また、この作品の本質に触れなくては、この群像の本当の意味もわかるはずがない。ひとつ腰を据えてすべてをじっくりと見定めることにしよう。もし秩序と必然性があるのなら、それもつかまえてみたい。その上でもう一度ひとつひとつの説話やそこに描かれた人びとの世界に帰ってこよう。いまは見えていない何かが、そのときにはきっと見えるようになっているだろう。

とにかくわたしとしては、どんなに目立たぬ、社会の片隅を生きた人であっても、その人たちひとりひとりの生はそれぞれにかけがえのないものだと思う。それを十把一からげに階層として集約したり、一般的特徴を抽出するための数量的計測の対象としてのみ処理するようなやりかたは我慢がならない。わたし自身自分が集約されてたまるかという気持ちが強いからだろう。わたしも途中ではやむをえずそんなことをするかもしれないが、いつかは必ずこの人たちひとりひとりのところに帰って来て、じっくりと対話がしてみたい。それができるようになるまでどのくらいの時間が必要なのか見当もつかないが、ともかく出発だ。

こんな思いから本気で『今昔』を読みなおす気持ちになった。以来あれやこれやの曲折はあったけれども、これが『今昔』とわたしとの長いつきあいの始まりであった。

2　『宇治大納言物語』の影

さて、『今昔』の世界に入っていくには、誰が、いつ、どのようにして編纂したかという、ごく基本的な事項について一通り明らかにしておくのが順序であろう。ところが、『今昔』については、この基本的な事項こそが最大の難問であって、簡単に答えられる問題はひとつもない。研究や調査が遅れているからではなく、調べれば調べるほどわからないことが増えてくるといった性格の問題なのである。しかし考えてみると、そのわからなさにこそ『今昔』の成立事情の謎や文学的特徴の秘密を解く鍵がひそんでいるのであろうから、やはりここで問題の大きな見取図を明らかにしておく必要がある。できるだけ簡潔に話を進めることにしよう。

『今昔』には序文も跋文もない。撰者の署名も執筆の日付もない。作品の中に撰者らしい人物が現われているふうもない。『今昔』は説話集であり、説話集は人びとの間に伝承されてきた説話を集めたものであるから、建て前からいっても撰者の体験や思索が作品の中で直接的に開陳されることは少ない。つまり作品の内部に成立事情や撰者についての手掛かりが非常に乏しいのである。

作品の外部の手掛かり、つまり同時代人が読んだとか借りたとか聞いたとか、『今昔』について何か書いたものでもあれば参考になるのだが、それもない。なにしろ『今昔』の名が文献に記録されるのは、現在わかっているところでは室町時代の文安六年（一四四九）が最初である。これは『今昔』が成立したらしい院政時代から三百年以上も後のことであるから、まったくお話にならない。こんなに大部な作品でありながら、成立して後こんなに長い間文献に記録されなかった例は珍しい。こうまで手掛かりがないことは、そのこと自体がかえって『今昔』成立の謎を解く鍵になるのではないかと思えるほどだが、この点については後でまた考えることにしよう。

こういうわけで、さしあたっての手掛かりは、たとえ乏しくても作品の内部に求めるしかない。まず『今昔』はいつ成立したのか。『今昔』の説話に登場する人物のなかで生存年代がいちばん新しい人をさがしてみよう。調査はある程度伝記がわかる人に限られるけれども、現在わかっているかぎりでは巻廿九第27話にその死去が語られている源章家がいちばん新しい人で、この人は嘉承元年（一一〇六）には生存中であったらしいから、[1]『今昔』が成立したのはこの年よりも後であったに違いない。さらに、『今昔』の撰者が取材した文献のなかで成立年次がもっとも新しいのは、天永二、三年（一一一一、二）ごろに成立した[2]源俊頼の歌論書『俊頼髄脳』である。このほか撰者が取材したと思われる『弘賛《ぐさん》法華伝』（唐の恵詳撰）が日本に舶来したのは保安元年（一一二〇）が最初だったと推定する説がある。[3]現在東大寺図書館に所蔵される『弘賛法華伝』の古写本には東大寺東南院の覚樹の手になる奥書があって、保安元年に宋人蘇景が高麗国からこの書を将来したが、他に伝本のない書なので散佚を恐れ、俊源法師に勧めて書写させた旨が記されている。それ以前には絶対に来ていなかったとはいえないけれども、覚樹は当時南都においてもっとも多くの秘書を所蔵していた東南院の院務であり、超一流の碩学であった。その彼が、それまで出会ったことがなかったとすれば、たとえ以前に舶来していたとしてもほとんど流布していなかったと思われる。もしこの保安元年を機にこの書が世に知られたとするならば一一二〇年、より慎重に考えるとしても一一一一、二年ごろが『今昔』成立年次の上限ということになる。

下限はいつかと問われると、さきにも述べたように『今昔』の名が文献に現われるのはそれから三百年以上も後のことなので、明答はできかねるが、用語や文体などから見て上限の年代からそれほど離れた時代のものではなさそうだし、作品の内容から見て撰者は保元の乱（一一五六）や平治の乱（一一五九）は経験していないと思われるから、『今昔』が成立したのは上限の年代からあまり遠くは隔たらぬころ、おそらく一一三〇年から五〇年のころであったと推定される。つまり平安時代の末期、白河院か鳥羽院かの院政が行なわれていたころである。王朝の盛時ははるかな過去となってしまい、新しい時代――中世――が確実に近づきつつある。しかしほとんどの人は忍び寄る新時代の足音に気がついていないし、将来の展望も持ちえていない。そんな世紀末的なそこはかとない不安の時代が『今昔』を生み出した母胎であった。

撰者はだれなのか。これはもう絶望的なまでに手掛かりがない。一昔前までは源隆国説が幅をきかせたりしたが、隆国は『今昔』の成立年次の上限よりももっと前の承保四年（一〇七七）に亡くなっているから問題にならない。隆国説をなんとか合理化して生きのびさせようと考え出されたのが隆国原作・別人増補説だったが、これも『今昔』の説話配列法など基本的な構成が原作・増補を想定するにはあまりにも統一がとれすぎていることや、その統一が隆国没後の話や資料の利用によってもたらされていることなど、否定的な徴証が多すぎて支持する人はさわめて少ない。

しかし、隆国説は結論としては否定されるけれども、その周辺には簡単に否定しただけでは解決しない大きな問題が残されているのも事実である。

そもそも隆国を撰者に擬する説の最初は、寛文十年（一六七〇）林鵞峰の編纂した歴史書『続本朝通鑑』であった。すなわち編年体のこの書の承保四年（一〇七七）秋七月の条には、まず大納言源隆国が七十四歳で没したこと

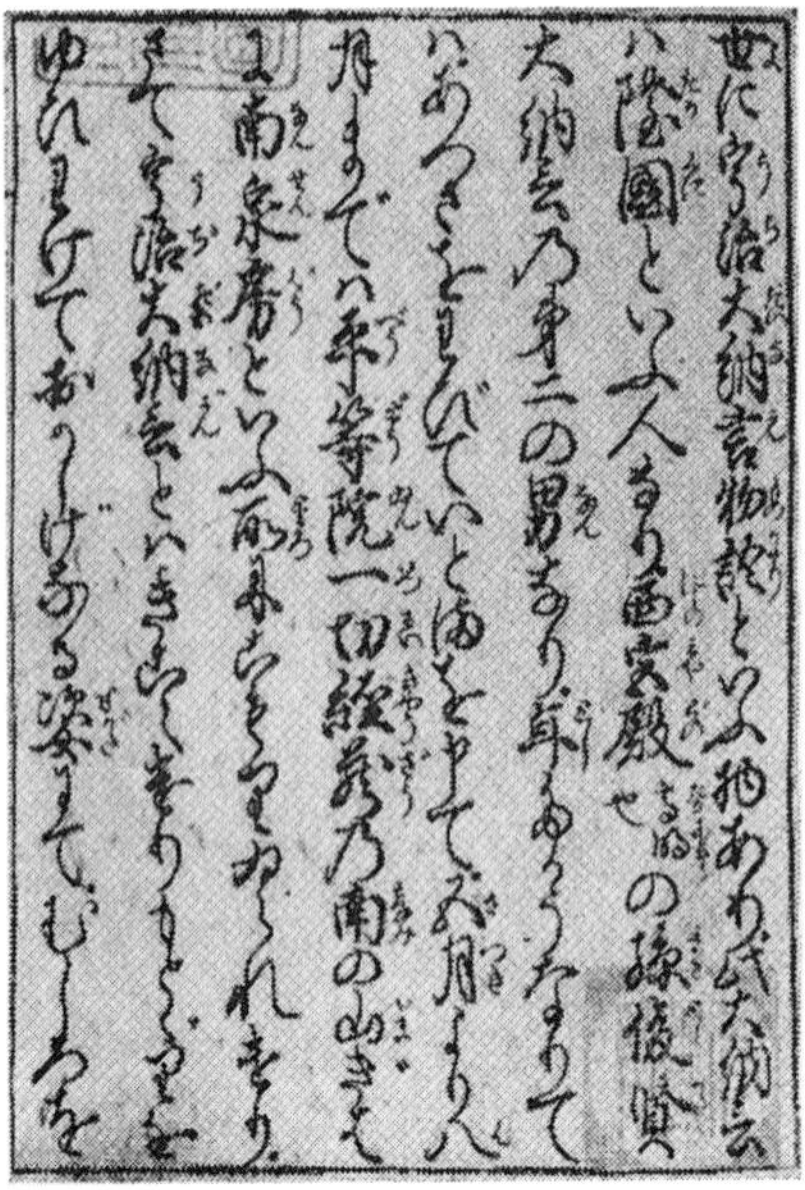
世に宇治大納言物語といふ物あり此大納言は隆國といふ人なり西宮殿の孫俊賢大納言の第二の男なり年たかうなりてはあつさをわびていとまを申て五月より八月まては平等院一切経蔵の南の山きはに南泉房といふ所にこもりゐられけりさて宇治大納言とはきこえけるもとゞりをゆひわけておかしげなる姿にてむしろを

図１　刊本『宇治拾遺物語』序文

を記し、次いで彼が宇治の別邸のほとりに茶店をかまえて通行人を呼びあつめ、話をさせて筆録し草子としたこと、それが三十余巻となって『今昔物語』または『宇治亜相物語』と称したことなどを記している。

ところが、これは明らかに『宇治拾遺物語』（鎌倉初期成立）の序文を下敷きにした作文であった。『宇治拾遺』は寛文十年から十一年前の万治二年（一六五九）に刊本が出版されて利用しやすくなっていたのである。同書の序文は成立当初からのものではないらしいが、かなり古くから付け加えられており、刊本もそれを備えていた。

そこで説かれているのは『宇治大納言物語』の由来で、宇治大納言とは源隆国のことであること、その隆国が宇治平等院の南泉房に避暑し、そこで通行人を呼び集めて話をさせ草子に筆録したこと、その草子は十四帖だったこと、後にはそれに話を書き加えた本が出現し、なかには隆国没後の話を書き加えた本もあったこと、そういう増補本のひとつが『宇治拾遺』であること等々である。「亜相」は「大納言」の唐名（中国風の呼称）であるから、『続本朝通鑑』のいう『宇治亜相物語』は『宇治大納言物語』というに等しい。つまり『続本朝通鑑』はこの序文に説かれている『宇治大納言物語』を『今昔』の別名だと勝手に判断し、帖数は「十四帖」（刊本によれば「十五帖」）を『今昔』にとって都合のよい「三十余巻」に改竄するなどして、もともと序文には名前さえ見えなかった『今昔』の成立を物語る記事を作りあげてしまったのである。

たいした根拠もなく作られたこの説が、享保五年（一七二〇）に刊行された井沢長秀考訂の『今昔』刊本に受け継がれ、長秀筆の序文に同様の説が述べられるに及んで、いつのまにか定説のようになってしまう。なにしろ『今昔』の刊本は江戸時代を通じてこれが唯一のものだったし、[4] 第一冊の表紙裏に「宇治大納言源隆国卿撰」と大書してあったり、享保十八年（一七三三）に刊行された最終冊の巻末には「宇治大納言源隆国伝補遺」と題して『小右記』や『古事談』から関係記事が抜粋してあったりしたから、隆国説の論拠そのものはどこにも見当たらないのに、なにか由緒ありげで権威のある説のように錯覚されてしまったのである。この錯覚は近代の研究者にまで尾を引いた。印刷され製本されたものに載っている説はとかく信じられやすい。出版物の威力と恐ろしさとを教えてくれる好例である。

『宇治拾遺』の序文には『今昔』についても何も書かれていない。『今昔』という書名さえ出てこないのである。それなのに『宇治大納言物語』を『今昔』の別名だと考えたのは、いかにも乱暴すぎる速断だった。ところが、この速断も実はなにがしかの真実には触れていたのである。それには次のような事情があった。

『宇治大納言物語』は現在どこにも伝わっていない（『小世継』など別の作品がこの名で伝わっていることはある）。だが、『宇治拾遺』が成立したころ、この作品はたしかに実在していた。平安末期から鎌倉時代にかけて、『宇治大納言物語』なる書名はしばしば記録されているし、いくつかの文献にはその説話が引用ないし

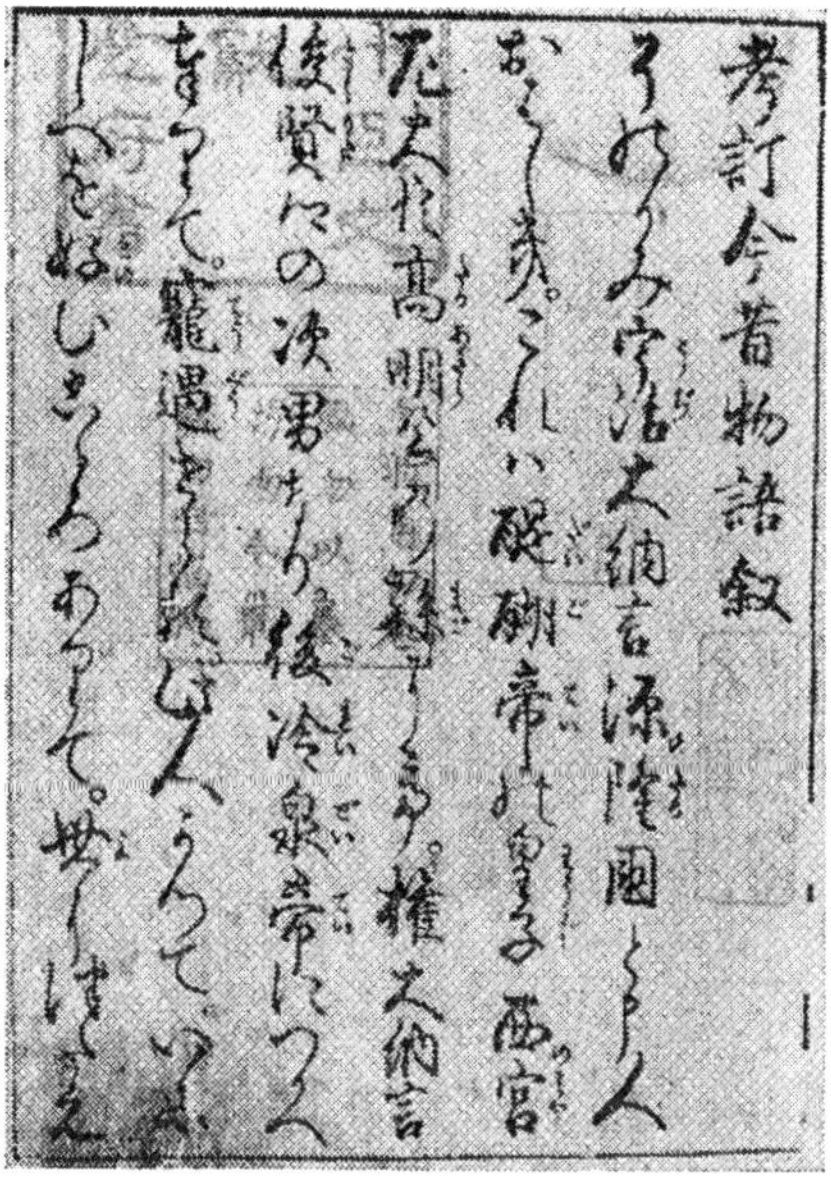
考訂今昔物語叙

図２　刊本『今昔物語』序文

要約されていて、おぼろげながらも内容を推測することもできる。平仮名文で書かれ仏教説話よりも世俗説話が多かったと思われるが、注目すべきは、『宇治大納言物語』の話として記録されたもののほとんどが（すべてではない）『今昔』、『宇治拾遺』、『古本説話集』などにも採録されており、しかもたがいに非常によく似ていることである。この事実は『宇治大納言物語』をすぐさま『今昔』や『宇治拾遺』の別名とはいえないけれども、『宇治大納言物語』とこれらの作品との間に何か特別の関係があったらしいことを暗示している。

これら三つの説話集（『打聞集《うちぎき》』も加えてよいのだが、話をわかりやすくするために、いまは触れないでおく）はたがいに同じ説話を共通してもっている場合が多い。共通する説話の数は『今昔』・『宇治拾遺』間では八十一、『今昔』・『古本説話集』間では二十二にのぼる。規模の大きな『今昔』は別として、『宇治拾遺』は全部で百九十七話、『古本説話集』は七十話から成る作品であるから、共通説話の占める割合はばかにならない。しかもそれらのすべてとはいえないまでも、大多数はたがいにかなりよく似ており、なかには一言一句すべて同文的に一致する場合さえある。その反面、たとえば『宇治拾遺』の撰者が『今昔』に取材するというような、相互間の直接関係があったとは思えず、これら三書がそれぞれに取材した資料が、同じであったか、同じといってよいほどに近い関係にあるものであったことを示しているように思われるのである。

三書がそれぞれに取材した資料がもしや『宇治大納言物語』ではないか。誰もが考えることであり、わたしもそう考える。しかし証拠は何もない。それに共通説話の源となった資料が一種類に限られるという証拠もない。ごく少数ながら共通説話のなかには隆国没後の話もあるのでなおさらである。だから共通説話のすべてがそうだとはいえないけれども、ある部分は『宇治大納言物語』が源だと仮定しても不自然ではない。その撰者が『宇治拾遺』の序文がいうように源隆国であったとすれば、彼の説話集は『今昔』を含む平安末期から鎌倉初期にかけての説話集にとって無視できない存在だったことになる。当時は説話集相互間で説話が引用されたり取材されたりするのは珍しくなかったから、この事実からすぐさま隆国を『今昔』などの原作者と称するのは無理だけれども、彼の説話集が与えた影響の大きさには十分な配慮が必要だろう。

『宇治大納言物語』の名は南北朝時代を境に急に見られなくなる。室町時代以後は文献にこの名が記されていても、実体は『宇治拾遺』や『小世継』であると推定できる。隆国の『宇治大納言物語』はおそらく南北朝の戦乱か応仁の乱のころに散佚してしまい、その書名だけが記憶されて他の作品と混同されるようになったのだろう。『宇治大納言物語』がこの世から消え去ったころ、奇しくも『今昔』が文献の上にはじめて姿を現わしてくる。林鵞峰や井沢長秀はそんなことまでは知らなかっただろうが、たしかに両書は混同されても仕方のないような、微妙なすれ違いの歴史をもっていたのである。

3　奈良のどこかで

『今昔』は成立してから約三百年間、人びとの話題にもならず、記録されたこともなかった。この不思議な事実、つまり誰にも知られずにひっそりと眠り続けた期間があったらしいことは、現存する『今昔』写本の実態から考えても納得できる。『今昔』の写本はかなりの数のものが残っているが、それらはほとんどすべて近世に入ってから書写されたもので、しかもすべて鈴鹿本という現存最古の写本を写したものか、また写しをしたものであって、書写経路をさかのぼっていくと先祖はすべて鈴鹿本に行き着いてしまう。(5)つまりある時期までは『今昔』は鈴鹿本というたった一つの写本でしか伝わっていなかったのではないかと思わせるのである。鈴鹿本の書写された年代については意見が分かれており、わたし自身は平安末期ないし鎌倉初期説に同意したいのだが、鎌倉末期ないし室町初期にまで引き下げて考える人もいる。しかしとにかく現存する諸本のなかではとび抜けて古い写本であり、諸本の祖本と目される古写本であるから、それがどこで書写され、どこに保管されていたかを追求することは、そのまま『今昔』成立の場所を解く鍵につながっている。

鈴鹿本は大正九年、所蔵者の故鈴鹿三七氏が曾祖父鈴鹿連胤翁の没後五十年の年祭を記念して刊行された『異本今昔物語抄』という小冊子によって広く世に知られるようになった本で、その解題において三七氏は、連胤翁がこの本を入手したのは奈良付近の古寺、天保の末年のことだろうと推定された。鈴鹿家は代々京都吉田神社の神官と神祇官の官人とを職としてこられた家である。そして近年の研究は鈴鹿本が同家の所有に帰したのは、三七氏が推定されたとおりの時期と事情であったことを立証している。この方面で代表的な酒井憲二氏の研究(6)によれば、近世考証学派の泰斗と仰がれる碩学伴信友が、天保十五年(一八四四)三月、京都において連胤翁その人から「近頃奈良ヨリ購得タリ」といって、この本の巻十二・廿七・廿九の三冊を見せてもらっているのである。このうち巻十二は天保四年(一八三三)に信友が江戸において「或人ノ計ラヒ」によって「奈良人某」の蔵本だといって見せてもらったことがある本と同じものであった。信友は十年目にまたこの本と再会したのであり、その間に所有者は「奈良人某」から鈴鹿家に変わっていたのである。

天保十五年に信友が披見した鈴鹿本は、黒川春村へ宛てた彼の書状によって、他に天竺部が三冊あったことがわかる。つまり全部で六冊であった。ところが現在鈴鹿家に伝わっているのは巻二・五・七・九・十・十二・十七・廿七・廿九の九冊である。このうち天竺部は巻二・五の二冊しかない。信友の関心は国学者らしくもっぱら本朝部に寄せられていたらしいので、震旦部も含めて本朝部でない巻々を一括して天竺部と略称したのかもしれないが、それでもなお冊数が違うし、とくに本朝部の巻十七を見ていないのは何としても不審である。連胤翁がこの巻だけ見せるのを惜しんだとは考えにくい。そこで酒井氏は鈴鹿本は現存九冊がまとまって一度に鈴鹿家の手に入ったのではなく、さきに信友が巻十二のみを江戸で披見したことがあったことが暗示するように、「奈良人某」の蔵本はなんらかの事情でばらばらに少しずつ売却されたのであり、そのうちたまたま鈴鹿家の手に入って現在まで珍蔵されたものがこの九冊だろうと推定する。もしかすると他の巻々の写本は今もどこかでひっそりと眠りつづけているのかもしれない。

鈴鹿本の出処が奈良であることはまことに示唆的である。酒井氏の説はさらに進んで、この本が書写された場所も奈良であり、撰者まで推定できるとするのだが、ここから先は反論もあり定説というにはまだほど遠い。しかし問題点だけはなぞっておこう。

鈴鹿本巻廿七を披見した信友は、仮綴された写本の綴目の内側にあたる紙端の部分に、小さな文字で書き込みがあるのを見つけた。

一見畢。南井坊内総六丸。此比春日太神開門尤以目出タシ。新造屋八月中一日ノサンロウ。

というものである。酒井氏はこれに導かれて鈴鹿本全冊の紙端を精査し、この他にも「一見畢。総六丸。十九」など、五か所に書き込みがあるのを発見した。「十九」は総六丸の年齢であろう。そしてこれらの書き込みはまだ綴じていない時になされたのであろうから、総六丸は誰かが書写してまだ綴じていない本を原本と校合する役をつとめていたのであり、これらの書き込みは点検がここまでは済んだという意味のメモではないかと推定する。もしそうだとすれば、この本は東大寺で書写されたことになり、東大寺といえば思い出されるのが『今昔』にも関係が深い『弘賛法華伝』の伝来に関与したあの覚樹である。彼が『今昔』の編纂に関係しているのではないか、というのが酒井氏の説の要点である。

反論はさまざまある。書き込みの問題にだけ限っていえば、「南井坊」は東大寺ではなく興福寺にあった建物である。「春日太神開門」とは、興福寺の強訴などで閉門していた春日神社が、強訴の目的を達したために再び開門したことをいう。それが「八月中一日」すなわち八月十一日かその直前に行なわれた例は記録の上では文安三年

（一四四六）以外には見当たらない。「新造屋」は興福寺に属した。そこに「サンロウ」（参籠）したのは興福寺の僧が春日神社に奉仕するためだ。鈴鹿本の書き込みが現在綴じたままで見られるのなら、書き込みは綴じた後になされたと考えてもよいではないか等々が、現在提出されている反論の要点である。撰者を覚樹とすることにはさらに多くの反論・疑念が表明されていて、わたしも今のところは従うわけにいかない。右の反論に見られるように、興福寺との関係を重視する立場からすれば、なおさら従うわけにはいかず、この立場の代表者田口和夫氏は興福寺の学僧蔵俊を撰者と推定する。(8) しかしこれには当然酒井氏の側からの反論・再論があるだろうし、とくに鈴鹿本の書写年代を室町時代の文安三年まで引き下げて考えることには、同本の用紙や書体からみて疑念をもつ人が少なくないはずである。この問題についてはこれから先まだまだ調査と議論を重ねなくてはならないだろう。

さて、鈴鹿本書写の場所を東大寺と考えようが興福寺と考えようが、『今昔』が成立してのち世に知られずひっそりと保管されていた場所は奈良であった。そういえば先に紹介した文安六年（一四四九）に『今昔』の名を初めて記録したという文献は、興福寺大乗院の第十八世門主経覚の日記『経覚私要鈔』だったのである。中世における『今昔』伝流の場所も明らかに奈良であった。これだけお膳立てがそろえば『今昔』が成立したのもおそらく奈良、東大寺ないし興福寺の内部かそれに非常に関係の深い場所、と想像したくなるのは当然であろう。しかし、これまで紹介したのは奈良説にとって都合のよいデータばかりである。つまり鈴鹿本という古写本の周辺だけを洗い出していくと奈良説は不動のように思えてくるのだが、別の側面から『今昔』を見つめると、『今昔』の内容は奈良説にとってそう都合のよい特徴ばかりはもっていない。

たとえば、『今昔』には天台系あるいは北嶺系の要素もかなり含まれている。さきに紹介した『宇治拾遺』や『古本説話集』と同じように、『今昔』とひじょうに多くの共通説話を持つ作品に『打聞集《うちぎき》』がある。これは長承三年（一一三四）に書写されたらしい写本が唯一の伝本である小さな説話集であるが、全二十七話中二十二話までが

『今昔』と共通し、『今昔』との親近さは他のいかなる作品にもまして著しい。ところがこの本の紙背文書を見ると、すべてが比叡山延暦寺関係の文書であり、しかもたんなる反故などではなく、寺の正式な文書として寺の政所などに一度は大切に保管されていたはずのものが、一定の保存年限が経過したので処分されたものだろうと推定できる(9)。こういう文書は処分後もそう簡単に寺の外に持ち出されることはなかったはずであるから、現存本が書写されたのは比叡山の内部であったろう。それを裏付けるように、この写本が発見されたのは滋賀県にあって湖東三山のひとつとして知られる天台宗の古刹金剛輪寺においてであった。大正末年のことである。それまでこの本の存在はだれにも知られていなかった。つまり『今昔』奈良成立説と同じ論法でいえば、『打聞集』の原本は比叡山内部で成立したといえる。『今昔』はなぜこの『打聞集』に非常に親近な資料を有力な取材源に用いたのであろうか。

あるいはまた、説話に現われた撰者の知識も京都や比叡山には詳しいけれども奈良のことにはあまり詳しくなかったように思われる。わかりやすい例をあげるならば、東大寺についていえば、巻十一第13話には、

聖武天皇東大寺ヲ造給フ。銅ヲ以テ居長《ゐたけ》□丈ノ盧《る》舎那《しやな》仏《ぶつ》ノ像ヲ鋳サセ給ヘリ。

という一節があって、撰者は東大寺のシンボルである大仏の高さを知らなかったようだし(10)、巻十二第7話では大仏の開眼供養の日を三月十四日とし、以来この日に華厳会を行なうと説くが、開眼供養があったのは天平勝宝四年(七五二)四月九日が正しく、毎年三月十四日に行なわれる華厳会とは日が違うのである(11)。興福寺については、たとえば巻卅一には第23話に多武峰の妙楽寺、第24話に京都東山の祇園と、いずれも元来は興福寺の末寺であった寺を比叡山が巧妙かつ強引に自寺の末寺としてしまった話が並んでいる。興福寺にとって決して名誉ではないこんな話を撰者はなぜ採録したのだろうか。もちろん、これだけの徴証によって『今昔』は南都ではなく北嶺で成立したというのは極論に過ぎよう。しかし奈良成立説がより確かなものになるためには、これら反証と思えるものをひとつずつ消していかなくてはならないのである。

さて、さきに引いた一節で大仏の高さが空白になっていたように、『今昔』の文章には、

陸奥守□ト云人有ケリ。（巻廿六・14話）

□ノ国□ノ郡ニ□寺ト云フ寺有リ。（巻廿九・9話）

のように、ところどころに空白が残っていたり、話そのものが途中で切れていて文字どおり尻切れとんぼの話や、題目だけがあって本文のない話があったりして、いかにも未完成な作品という印象を受ける。現存諸本のすべてに欠けている三巻（巻八・十八・廿一）も各種の徴証から考えて、一度完成したものが後に失われたのではなく、最初から完成せずじまいだったのだろうと推定されている。つまり『今昔』は全体としては完成近くまでこぎつけながら、もうすこしのところで編纂をやめてしまったらしい。

なぜ中途でやめたのか、理由はわからない。そもそも撰者が一人であったのか（その場合でも助手のような人はいたであろう）、多人数の共同作業だったのか、それさえ諸説あって定めがたいのに、中断の理由を想像するなどまったく雲をつかむような話であるが、あえて想像するとすれば、撰者が一人ならばその本人、多人数ならばそのなかでの指導者立場にあった人もしくは有力な後援者が亡くなるなど、なんらかの事故に遭遇したのかもしれない。こうして完成を目前に編纂を中止した『今昔』の原本は、おそらく撰者にゆかりの深い寺院の一室に保管されていたのであろう。撰者は僧侶であったらしいからである。

ただしその原本が鈴鹿本だというのではない。さまざまの点から見て鈴鹿本は原本ではありえず、きわめて原本に近い転写本なのである。それならば鈴鹿本の他にも兄弟にあたるような写本が存在したかもしれない。だが現実には鈴鹿本以外の古写本はあったとしてもかなり早い時期に亡んでしまったらしく、それを転写した本すら存在しない。鈴鹿本以外の古写本は鎌倉時代の書写とされる大東急文庫所蔵の残簡[12]を唯一の例外として他にはまったく見つかっていないのである。このことからさらに想像をたくましくすれば、次のような歴史が見えてくるのではある

まいか。

編纂作業を中止した『今昔』の原本は撰者にゆかりの深い寺院の一室に保管されていた。鈴鹿本は撰者の生前か死後かはわからぬが、かなり早い時期にそれを書写した数少ない写本のひとつであり、これもおそらく原本と遠からぬところに置かれていたのではないか。ところが、時代はそれからすぐ保元の乱から平治の乱へとうち続く戦乱の世を迎えた。そしてついに源平の合戦では、『平家物語』に「奈良炎上」として語られているように治承四年（一一八〇）十二月二十八日、東大寺と興福寺は平重衡を大将軍とする平家の軍勢の放った火に炎上し、ほとんどの堂舎が焼亡してしまった。天平創建の大仏と大仏殿が焼けおちたのもこの時である。そのころ『今昔』の鈴鹿本が東大寺か興福寺に置かれていたとすれば、それは奇跡的に焼け残ったごく少数の建物のどれかに置かれていたのであろう。原本はその時に亡びたのかもしれない。

鈴鹿本はきわどく生きのびた。だが、この戦乱で事情を知る関係者がいなくなってしまったためか、その存在はその寺の人たちにさえ忘れられていき、長い休眠の期間を過ごすことになった。それが再発見され、人びとに存在を知られるようになったのが『今昔』の名が文献に記録され始めた時代、つまり室町時代であったのだろう。その間鈴鹿本は秘蔵・珍蔵されていたのだろうか。案外そうではなかったのではないかと思う。鈴鹿本を精査した酒井氏の報告によれば、鈴鹿本にはおびただしい虫損があり、それが以後の写本には空白（先掲の数字や固有名詞に相当する空白とは異なる。詳しくは第七章で説明する）や欠文となって引き継がれている。つまり鈴鹿本が写され始めた頃にはすでに相当に虫損が進んでいたのである。手入れさえよければ写本は四、五百年ぐらい十分に完全な状態で保たれることをわれわれは経験的に知っている。鈴鹿本はどこかにしまい込まれたまま本当に忘れ去られていたのかもしれない。

こうして鈴鹿本がかろうじて生き残ったおかげで『今昔』は散佚を免れたのである。大胆な想像ではあるけれども、『今昔』は現在われわれの目に触れるまでに、ずいぶん数奇な運命を生きてきたらしい。内容だけでなく伝来の仕方までまことにユニークな作品なのである。

注

（1）『永昌記』嘉承元年（一一〇六）十月十六日条に、章家の子息の僧延暹が「肥後章家息」と記されているのは、当時章家が肥後守として在任中であったことを物語る。
（2）『俊頼髄脳』の成立年代は、橋本不美男「高陽院泰子と俊頼髄脳の成立」（小学館版日本古典文学全集「月報」42）の所説による。
（3）片寄正義『今昔物語集の研究・上』（三省堂、一九四三年、［復刊］芸林舎、一九七四年）第三章第二節「弘賛法華伝と今昔物語集」参照。ただし、この説には反論もある。平林盛得『聖と説話の史的研究』（吉川弘文館、一九八一年）第四部「弘賛法華伝保安元年初伝説存疑」参照。
（4）この他、幕末の嘉永三、四年（一八五〇、五一）に新宮藩主水野忠央の蔵本がいわゆる「丹鶴叢書」の一部として刊行されているが、時期も遅く、流布の点では問題にならない。
（5）馬淵和夫「今昔物語集伝本考」（国語国文　一九五一年4月号）参照。
（6）酒井憲二「伴信友の鈴鹿本今昔物語集研究に導かれて」（国語国文　一九七五年10月号）および「伴信友の今昔物語集研究」（山梨県立女子短期大学紀要　第9号、一九七六年）参照。
（7）前掲（3）平林氏著書第四部「今昔物語集原本の東大寺存在説について」など参照。
（8）田口和夫「今昔物語集鈴鹿本興福寺内書写のこと」（説話　第6号、一九七八年）は東大寺説の弱点を鋭く批判しており、興福寺説を代表する論文である。
（9）歴史学者戸田芳実氏の示教による。
（10）昭和五十一年六月の説話文学会シンポジウムにおける今野達氏の指摘による。
（11）高橋貢「今昔物語集撰者考—東大寺僧覚樹説をめぐって—」（梅光女学院大学日本文学研究　第12号、一九七六年）

参照。

(12)　昭和三十一年に貴重古典籍刊行会から覆製本が刊行されている。巻卅一第24話から第28話に至るわずか六葉の残簡だが、同本の「解説」によれば書写年代の古さは鈴鹿本に次ぐ。ただし、書写年代を室町末期とみる説（小学館版日本古典文学全集『今昔物語集・四』）もある。

〔補説〕

一三頁以下に述べた『今昔』の古写本「鈴鹿本」は、本書執筆当時は損傷が著しく、閲覧不可能な状態が続いていたが、一九九六年六月国宝に指定されたのを機会に補修され、写真による複製本が発行された。安田章編『鈴鹿本今昔物語集―影印と考証―』京都大学学術出版会、一九九七年。

この補修に際して取り外された原装の綴じ糸（紙縒《こより》）について、加速器質量分析計による^{14}C（放射性炭素）年代測定が行なわれた結果、巻九の紙縒が最も古く西暦一〇〇〇～一二〇〇年を示した。綴じ糸の年代であるから、ただちに本文の書写年代に連動させるわけにはいかないが、本文の書写年代もこれから極端に離れてはいないとすれば、九頁に述べたとおり『今昔』の成立は一一三〇～五〇年のころと思われるから、鈴鹿本は『今昔』が成立してまもないころに書写された可能性が高いといえるだろう。

鈴鹿本は現在京都大学附属図書館に所蔵され、上記の複製本の他に、全巻のカラー映像が釈文とともにインターネットをとおして公開されている。本書執筆当時は文字どおりの秘本であった鈴鹿本が、このような形で公開されるに至ったことは、まさに画期的というべきである。

第一章　事実から説話へ（その一）

——興福寺再建の霊験——

1　〈起こりうる奇跡〉と〈起こりえない奇跡〉

『今昔』は説話集である。説話は伝承されたものであり、説話集の撰者が勝手に創作したものではない。だからこそわたしも「作者」とは言わず「撰者」と称する。したがって説話集を文学として理解しようとする時、個人の創作文芸を対象とした時のように撰者の思想をいきなり作品に求めたり、説話の構成や表現についての手腕を無媒介に撰者のものと考えたりしてはならない。そんなことをして得られるのは虚像にすぎず、説話文学をジャンルとして成り立たせている本質的な構造とはおそらく無縁のものでしかないからである。それではどうしたらよいのか。残念ながらこれこそはという王道はあるはずもない。ただわたしにできることは、対象に即して、それに迫るのにもっとも有効と思われる接近の糸口をさがし出し、対象によって臨機応変、手を換え品を換えつつ肉薄してみることだけである。

そんな変幻自在なことが本当にできるなら苦労はないと思いながらも、ともあれ以下の各章ではできるだけタイプの異なった説話をえらんで中心に据え、それぞれ異なった方向から踏み込んで行こうと思う。一千余話で形作っている『今昔』の世界を、わずか数話で代表させるのは蛮勇に違いないが、さりとていたずらに広範囲に目を配った総花的な紹介よりは、この方がまだしも核心に迫る道だと信じるからである。

さて、いまも述べたように、『今昔』の説話は撰者が創作したものではない。仮りにある説話が現実に起こった事件を語っているとしても、撰者はその事件を直接に目撃したり、なまの情報を耳にしたわけではない。撰者はすでに説話化された情報に接して、それをみずからの説話集に採録したのである。つまり事件と『今昔』との間には、事件が説話化される過程、説話化されたものが『今昔』にとり入れられる過程という、最小限二つの質的に異なる過程があったはずである。あたりまえのことではあるが、この過程のすべてを具体的に追跡できる例は、資料の制約もあってめったにない。これから紹介するのはその稀有な幸運に恵まれた話のひとつである。

『今昔』の成立にも関係が深かったらしい奈良の興福寺は、中大兄皇子と協力して蘇我氏を誅滅した中臣鎌足が、大化の改新の後、藤原姓を下賜され、大津京に近い山階（山科）の私邸に仏像を安置したのに始まる。これが山階寺である。壬申の乱の後、天武天皇は飛鳥浄御原に遷都するが、山階寺も高市の厩坂に移って厩坂寺となり、やがて藤原京から平城京への遷都とともに現在地に移って興福寺となった。興福寺となって後も別名を山階寺と称したのはこの歴史による。この興福寺が永承元年（一〇四六）十二月二十四日大火によって焼失した。同寺は権門藤原氏の氏寺であったから再建工事は迅速に行なわれ、永承三年（一〇四八）三月二日には早くも再建供養が行なわれた。この間に起こった三つの霊験を語るのが「山階寺焼《やましなでらやけて》、更建立間語《さらにこんりふせるあひだのこと》」と題する巻十二第21話である。

第一の霊験は次のようなものであったという。

彼《か》ノ寺ノ所ハ、他《ほか》ノ所ヨリモ地《ち》ノ躰ノ亀ノ甲ノ様ニシテ高ケレバ、井ヲ堀ルト云ヘドモ水不出《いで》ズ。然レバ、春日野《かすがの》ヨリ流出《ながれいで》タル水ヲ寺ノ内ニ漑《まか》セ入レテ、諸《もろもろ》ノ房舎《ばうしゃ》ニ流シ入レツツ、寺ノ僧共《ども》此レヲ用《もちゐ》ル也。

而《しか》ルニ此《こ》ノ寺ヲ被造《つくらる》ル間、金堂幷《こんだうならび》ニ廻廊・中門・南大門、北ノ講堂、鐘楼・経蔵・西ノ西金堂《さいこんだう》・南ノ南円堂・東ノ東金堂《とうこんだう》・食堂《じきだう》・細殿《ほそどの》・北室《きたむろ》ノ上階ノ僧房・西室・東室・中室ノ各《おのおの》ガ大小ノ房、如此《かくのごとき》ノ多《おほく》ノ堂舎ノ壁

図３　写真①　回廊址の西側から北（登大路方面）に向かう通路。この通路が昔の西室にほぼ相当する。右側に続く黒塀の奥が奇跡の湧水があったとされる地点である。

ヲ塗ルニ、国々ノ夫《ぶ》若干《そこばく》上《のぼり》集《あつまり》テ水ヲ汲ムニ、二三町ノ程去《さり》タレバ間遠クシテ、壁ノ水不足ニシテ速《すみやか》ニ壁難成《なりがた》シ。行事《ぎやうじ》等《ら》歎クト云ヘドモ力不及《およば》ヌ間ニ、夏ノ比《ころほひ》ニテ俄《にはか》ニ夕立《ゆふだち》降ル。其ノ時ニ、講堂ノ西ノ方ノ庭ニ少シ窪《くぼみ》タル所ニ　涓《たまりみづ》　少シ有リ。壁塗《かべぬり》ノ夫《ぶ》共《ども》、此□寄《より》テ壁土ニ交《ま》ゼムガ為《ため》ニ、此レヲ汲ムニ水尽《つく》ル事无《な》シ。然レバ、此レヲ恠《あやし》ムデ□尺許《ばかり》　搔キ堀リテ見レバ、底ヨリ水涌出《わきい》ヅ。「此レ、奇異ノ事也」ト思《おもひ》テ、忽《たちまち》ニ方《はう》三尺許《ばかり》、深サ□尺許《ばかり》　堀《ほり》タレバ、実《まこと》ニ出《いづ》ル井ニテ有リ。然レバ此レヲ汲《く》ムデ若干《そこばく》ノ壁ノ粫《れう》ニ用《もちゐ》ルニ、水尽《つく》ル事无《な》シ。其ノ井ノ水ヲ以テ、多《おほく》ノ壁共《かべども》ヲ塗ルニ、遠ク行《ゆき》テ汲《くみ》シ時ヨリモ事只成《なり》ニ成《なり》ヌ。寺ノ僧共《ども》、此レヲ見テ、「可然《しかるべ》クテ出《いで》タル水也」ト云《いひ》テ、石ヲ畳《たた》ミ屋ヲ造リ覆《おほひ》テ、于《いま》今井《に》ニテ水出《いで》テ有リ。此レ、希有《けう》ノ事ニスル其ノ一也。

壁土をねるための水が不足して困っていると、ちょうど夏だったので夕立があり、水たまりができた。それを汲んでみると水が尽きない。不思議に思ってすこし掘ってみると底から水が湧き出る泉であったという。なんとも不可思議な出来事であった。

ところが、これは決して作り話ではなかった。これと寸分違わぬ事件があったわけではないが、似た事件はあったのである。興福寺に伝わる『造興福寺記』[1]がそれを教えてくれる。『造興福寺記』はこの時の再建工事の過程を日誌

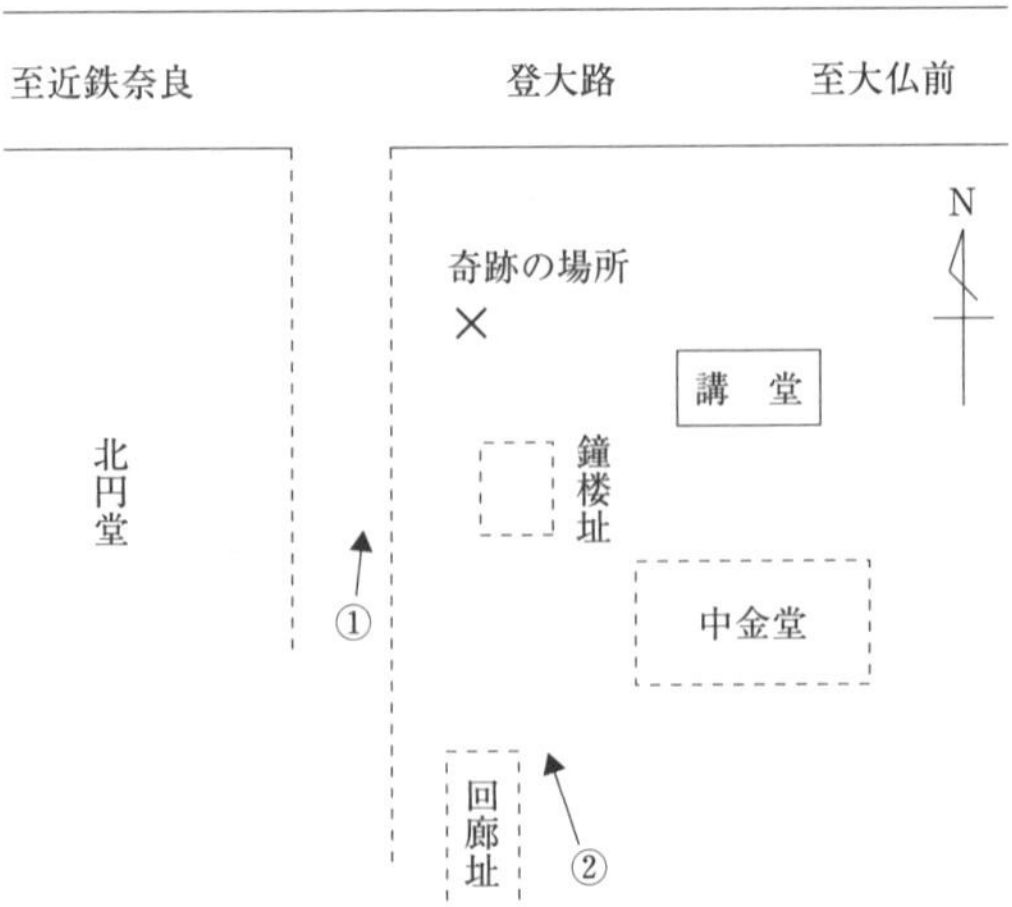

図4　興福寺境内の奇跡の起こった場所。
①、②は写真撮影の位置。

的に記録したもので、永承二年（一〇四七）正月二十二日、同寺再建のために左少弁藤原資仲《すけなか》を長官とする造興福寺司が任命された記事にはじまり、同三年三月二十六日、東金堂の手斧《ちような》始めの記事で終わっている。現存する写本は紙背文書からみて保延三年（一一三七）以後まもなく書写されたものらしいが、原本は永承三年ごろに成立していたと推定されている。ここには工事当時の、まずは第一次的というべき直接的な見聞が記録されていると考えてさしつかえあるまい。

　その『造興福寺記』永承三年閏正月二十日条に次のような記事がある。

　近日口《（ママ）》穴を鑿《ほ》り水を湛《たた》へ、瓦□□料に□用せんと欲せるところ、聊《いささ》か涌水あり、底より溢《あふ》る□□□□□。誠□□しむと雖《いへど》も、更に其の底を見ることを得ず。穴の深さ二□に過ぎず□。講堂の乾、西室の第一間の東一丈許にあり。方三尺許。抑《そもそ》も数日の炎旱、寺辺の水悉く以つて□□、仍《よ》りて佐保川を汲みて種々の用に充《あつ》るの間、すでに此の水あり。仏法の霊験甚だ以つて炳焉《へいえん》なり。（原文は漢文）

　破損箇所が多くて読みづらいが、『今昔』の話とそっくりな事件の記録である。説話を生み出す核となった事実はこれであったに違いない。しかし、事実と説話の間にはかなりの食い違いが見られる。たとえば事件のあった季節を説話は夏としているが、事実は閏正月に「近日」といっているのだから秋以降のことだったらしい。もっとも「炎旱」というのは寒い季節にはふさわしくない表現であるから、『造興福寺記』のいう「近日」はうんと幅広く解

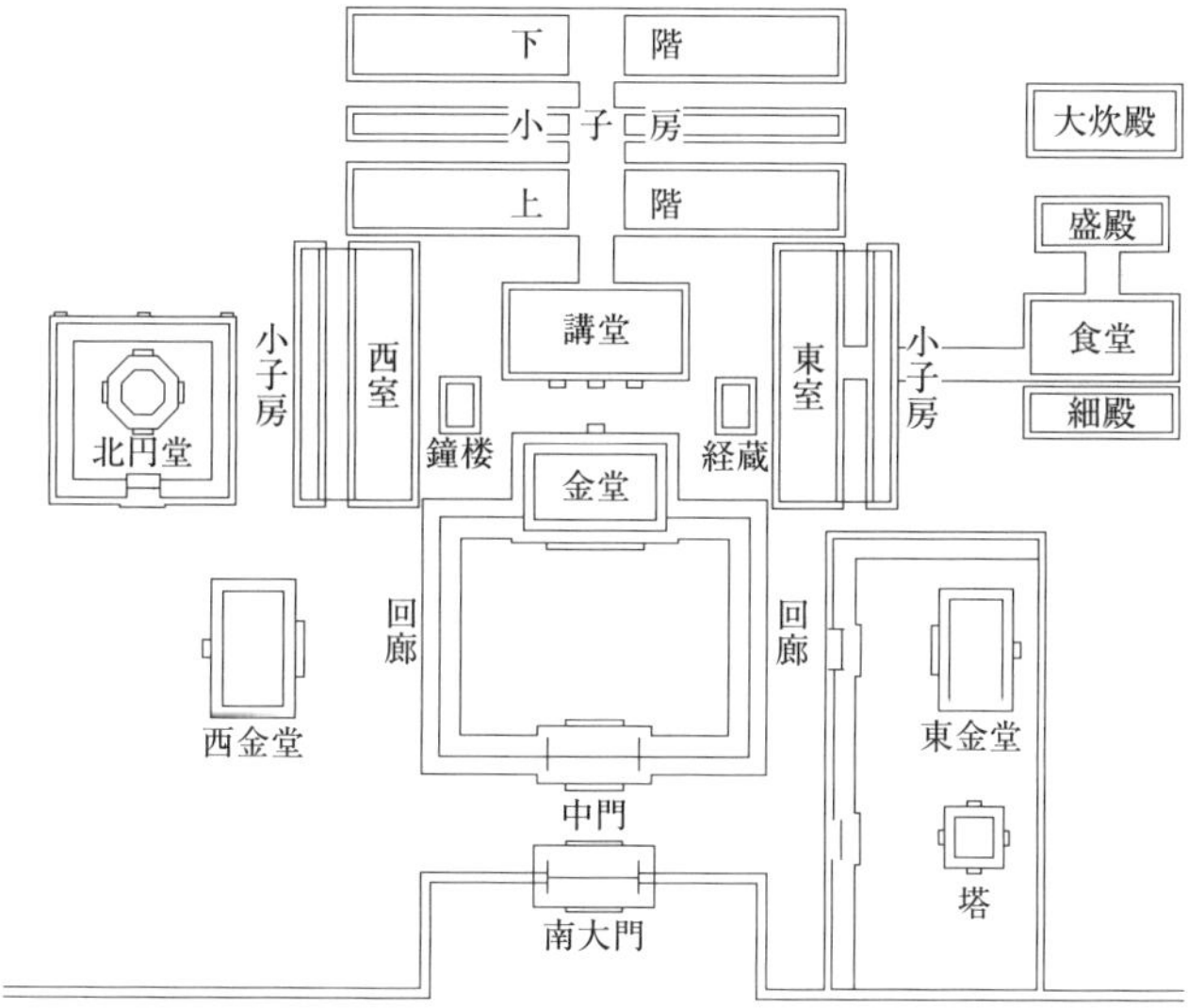

図5　奈良時代創建当時の興福寺の伽藍配置図[3]

釈すべきかもしれない。[2]ともかく、事実は「数日の炎旱」で「寺辺の水」が尽きたので、瓦（や壁）に用いる水を貯える一種の用水プールを作ろうとして穴を掘ったところ、底から水がわき出たのであった。

これはまさしく奇跡的な事件であった。だが、奇跡でなければ絶対に起こりえないことだろうか。『今昔』がいうように興福寺は亀の甲のような高台にある。猿沢池のある南側や近鉄奈良駅のある西側から見ればとくにその感じが強い。しかし東の春日野の側から見ると寺はほぼ同一平面にある。そして春日野には点々と池があり、それを縫うようにして小川が流れている。現在でも東大寺の南大門を入ったところにある鏡の池はだれでも知っているし、興福寺の境内でも五重塔の南や大湯屋の傍には池がある。つまり興福寺の境内はたしかに高台であり、寺域の造成にあたっては削平も行なわれているらしいが、さりとて乾燥し水が抜けてしまうような地質ではない。だからこそ用水プールを掘ったのであり、そうでなければ水を入れても底にしみ込んでしまって用をなさないはずである。そうだとすれば、ひじょうに珍しいことではあるが、穴を掘ったときに底から水が出てくることもありえないとはいえない。『造興福寺記』はわれわれのいちばん知りたいところが破損していてわかりにくいが、「底より溢る」というのは決してはいきおいよく噴き出したという意味ではないだろうし、

図６　写真②　西回廊址の東傍から奇跡の湧水地点を望む。右側の建物は講堂、その手前に中金堂址の土壇。正面の鐘楼址（小さな木の生えた土壇）の向こうが問題の地点。

「更に其の底を見ることを得ず」というのも、どこからどうして湧いているのかわからなかったという意味だろう。それにしても「穴の深さ二□に過ぎず」の破損箇所には「丈」ではなく「尺」とあったにちがいないから、奇跡に近いことではあった。この井は大切に管理されたはずだが、なぜか説話に語られているだけで、しかるべき記録や絵図に記された例を見ない。ちなみに当時の「講堂の乾《いぬゐ》、西室の第一間の東一丈許《ばかり》」の地点は、現在の興福寺でいえば仮講堂（講堂跡）の西北、鐘楼跡の北にあたるが、いまは裏手の登大路に抜ける通路となっていて、もちろん井などあるはずもない。湧水があったことは事実としても、たいしたものではなかったのだろう。

さて、事実はたしかに奇跡的であった。しかしこれまで述べたとおり、それは〈起こりうる奇跡〉、〈起こるかもしれない奇跡〉であった。これに対して『今昔』のいう事実、夕立の水たまりが変じて井となるというのは〈起こりえない奇跡〉というべきだろう。可能性ゼロの奇跡である。この二種類の奇跡の意味を考えてみよう。

『造興福寺記』が記録した感動、つまり「仏法の霊験甚だ以つて炳焉《へいえん》（顕著の意）なり」という関係者の感激は、現実に起こった事実（起こりうる奇跡）の奇跡性に対する驚きを〈霊験〉という認識ないし解釈に結びつけた時に生まれるそれだった。寺院の再建工事中に起こった珍しい出来事、しかも実にタイミングのよい出来事、人びとはそれを仏法の霊験と解釈し感激したのである。こういう構造の〈霊験〉は霊験を心待ちにしている人びと、心理的にいつでも霊験の受入れ態勢のできている人びとにとって、必ずしも稀な出来事ではなかった。似たような例は『造興福寺記』の随所にころがっている。

たとえば永承二年の二月二十七日条。この日は瓦窯を春日神社の鳥居の南に造ったが、それに先立って〈霊験〉があった。先日ある古老が「伝え聞くところでは春日野の南に古い瓦窯の跡がある。東大寺の講堂の瓦を焼いた窯だそうだ」というので、造寺長官らがそこに行って掘ってみた。すると五か所の窯跡を発見したのである。筆者は「誠に知りぬ、冥感の至りなるを」と感激するのだが、これは〈起こりうる奇跡〉である。東大寺や興福寺のような大寺院の建立にあたっては厖大な瓦を必要とする。製造後の輸送のことを考えて、それらは多く寺の近くで焼かれたから、窯跡が付近にあることはすこしも不思議でない。近年も興福寺北側の奈良県庁付近で整地作業中に瓦窯跡が発見されたことがあった。窯跡を補修すれば新しく造るより手間がはぶける。人びとが〈霊験〉とよろこんだのは、そのためでもあった。

また同年の七月十七日条。この日は麻柱《あななゐ》（工事用の足場）の上に材木を引き上げようとしていた大工が、三丈あまりの高さから転落する事故が起こったが、まったく無傷で再び足場に戻って働いたことを記し、「三宝の冥助、誠に以つて知るべきものなり」と感激している。これも珍しくはあるが〈起こりうる奇跡〉であろう。わたしはこれらの奇跡は現実に起こったことだと思う。すべて〈起こりうる奇跡〉だからである。これを『造興福寺記』の筆者は〈霊験〉だと感激するが、畢竟それは事実に対する認識の仕方の問題である。霊験があるのではないか、あって欲しいと思いながら心待ちにしている人びとは、〈起こりうる奇跡〉であり、それゆえに起こった珍しい事実を、ただちに〈霊験〉と考える。そういう人びとを笑おうというのではない。『造興福寺記』の記事は当時の工事関係者のそういう心理状態をよく反映しているといいたいのである。この湧水事件を語り伝えはじめた人びとの気持ちも最初はおそらくこれに近いものであっただろう。

ところが、『今昔』の説話に至ると、もはや現実に起こった出来事をどう認識し解釈して伝えるかという次元を抜け出して、「これは霊験なのだ」という意識が先に立ち、それにもとづいて事実のほうが組み立てられている。いいかえれば〈事実〉を伝えることより〈霊験〉を伝えることのほうに力点が置かれているのである。そこでは霊験が夕立の水たまり変じて井となるという〈起こりえない奇跡〉だったと語られる。「そんなことが起こるはずがない」と反論すれば、この話の語り手は「だからこそありがたい霊験なのだ」と答えるにちがいない。彼がこの奇跡を語るまえに、

彼ノ寺ノ所ハ、他ノ所ヨリモ地ノ躰ノ亀ノ甲ノ様ニシテ高ケレバ、井ヲ堀ルト云ヘドモ水不出ズ。

などとことわっているのも、霊験の超自然さを強調するための周到な布石である。

この変化は次のように理解できるのではないか。『造興福寺記』の記事は工事当時に日誌的に記録されたものであるから、いわばなまの情報に近い。筆者もしくは筆者たちは先に述べたような心理状態からそれを霊験だと考えて感動のことばを付け加えたのだった。ところが、その段階からさらに進んでこの出来事を他者に伝えるとき、伝える側にとってこの出来事の情報としての意義はそれが霊験であることにあったはずだから、伝える側はその意義が鮮明になるように、奇跡的な霊験はいやがうえにも奇跡的であるように語ろうとするだろう。伝えられる側つまりは話の聞き手がそれに納得し同感すれば、彼もまた霊験をより効果的に伝達できるように注意しながら第三の聞き手に伝えるだろう。こうして話は現実に起こった出来事についてコメントを加えた情報という次元から抜け出して、話としての主題をしだいに明確にし、その主題を伝達するのに効果的であるように、内容や構成を整えてゆく。こういう過程を通じて生み出されてきたのが『今昔』の話なのだ。すこし先走ったいいかたをすれば、ある出来事

が説話になるということは、話し手の側に主題が確立し、その線にそって語り口が整えられ、さらには安定してくることなのではないだろうか。

2　説話化の軌跡

さて、『今昔』のいう第二の霊験は永承三年（一〇四八）三月二日、再建供養の日の早朝にあった。この日は寅《とら》の刻に仏像を（中金堂に）搬入する予定だったが、空気は雨気をはらみ空は曇って星が見えず、ために時刻を知ることができず困惑していた。ところが風も吹かぬのに中金堂の上空の雲がぽっかりと割れて北斗七星がはっきりと見えたのである。それによって時刻をはかると寅の二点（午前五時ごろ）であった。人びとがよろこんで仏像を搬入すると空はまたもとの状態にもどったという。たしかに奇跡ではあった。『造興福寺記』の同日条を見ると、

　二日、庚子、天晴陰、寅二点仏像を金堂に安置す。

とあり、以下には供養の次第が詳しく記されているが、この奇跡のことは見えない。しかし右の「天晴陰」といい、供養が雨の中で行なわれ途中で雨がやんだらしいことといい、この日の天候は晴れたり曇ったり一時雨というふうに変化がはげしかったことを物語っている。(4) すると寅の二点に一時晴れ間が見えたことも十分ありえたことだろう。つまりはこれも〈起こりうる奇跡〉だったと思うのだが、『今昔』はここでも、

　雨気《あめのけはひ》有テ、空陰《くもり》テ暗クシテ星不見《みえ》ネバ、（略）風も不吹《ふか》ヌ空ニ御堂《みだう》ノ上ニ当《あたり》テ雲方《はう》四五丈許《ばかり》ノ程晴レテ、七星明カニ見エ給フ。（略）空ハ、星ヲ見セテ後《のち》、即チ本ノ如ク陰《くもり》ヌ。此《こ》レ亦《また》、希有《けう》ノ事ニ為《す》ル其ノ一也。

というふうに、超自然的な〈起こりえない奇跡〉へと向かう傾向を見せている。

第三の霊験は、仏像搬入の時に起こった。その日仏像を搬入してのち天蓋をつり下げるときになって、それを支

えるために天井に上げておくべきだった横木を上げ忘れていたことに気づき、一同顔色を失う。これから上げるとすれば足場を組み、壁を破らねばならぬ。一方諸高官の列席する供養は数刻後にせまっている。そこに大工の吉忠《よしただ》が申し出た。「実は工事中にあやまって梁《はり》の上に材木を上げすぎてしまったのだが、お咎めを受けるのを恐れて今までだまっていた。もしやそれが天蓋をつる位置にあたっていないだろうか」というのである。さっそく調べてみると材木は寸分の違いもなく横木をおくべき位置におかれていた。それを利用して無事に天蓋をつることができたという。偶然とはいえこれも珍しい出来事だったが、この事件については『造興福寺記』は何も記していない。

このように第二、第三の霊験については第一の霊験と同類の背景が予想されるばかりで具体的に追求する手だてがないが、『今昔』はこの三つの霊験を語った後に、

世ノ末ニ成《なり》ニタレドモ、事実《ことまこと》ナレバ、仏ノ霊験《れいげん》如此《かくのごと》シ。何況《いかにいはむ》ヤ、目ニモ不見《みえ》ヌ功徳《くどく》何許《いかばかり》ナラム。世ノ人モ皆礼《をが》ミ仰ギ奉ルナメリ。此《かく》ナム語リ伝ヘタルトヤ。

と批評のことばを添えて話を結んでいる。これだけを読むと、いかにもこの批評が『今昔』撰者の肉声のように思え、三つの霊験譚をまとめて一話を構成したのも彼であったかのように感じるけれども、それは明らかに錯覚である。実はこれとまったく同じ話が『古本説話集』に収められている。しかも両書の話はみごとなまでに一致し、両書の文体的特徴を除いて考えると同文といってよいほどによく似ている。たとえば先に『今昔』の文章を紹介した第一の霊験のはじまりの部分（二四頁参照）は、『古本説話集』では、

かの御寺《みてら》の地は、こと所よりは地の体、亀の甲のやうに高ければ、井をほれども水出でこず。されば、春日野より流るる水、寺の内にほり入れて、よろづの房の内へも流し入れつつ、一寺《ひとてら》の人はつかふなり。

となっていて『今昔』とほとんど変わらないし、最後の批評のことばも、

世の末になりにたれども、仏はことまことなれば、かくあらたにしるしはあるものなりけり。まいて目に見

えぬ御功徳いかばかりならんと、世の人も仰ぎ拝みたてまつるなりけり。

とあってほぼ一致している。序章でも述べたように、このような現象は『今昔』と『古本説話集』との共通説話によく見られるが、さまざまな点からみて、一方が他方を見て書き写したというような関係ではなく、両書の撰者がそれぞれに取材した資料が同一の文献だったか、同一といってよいほど近い内容を持った文献であったことを物語る徴証と考えられている。

『古本説話集』は現在は東京国立博物館に所蔵される鎌倉中期の古写本が唯一の伝本であるが、それには題簽も内題もないので本来の書名はわからない。「古本説話集」というのはその写本が昭和十八年に重要美術品（現在は重要文化財）に指定された際につけられた仮題である。この作品も撰者は不明で、成立年代も正確にはわからない。一般には平安末期成立説が知られているようだが、絶対的な根拠があるわけではなく、一方で主張されている鎌倉初期説にも聞くべきところがあって、どちらにも軍配は上げにくいというのが正直なところである。[5]平安末期説は成立を大治末年（一一三〇）ごろと推定するので、これにしたがえば『今昔』とほぼ同時代、鎌倉初期説ならばもちろん『今昔』より後に成立した作品であるが、内容はむしろ『今昔』よりも古態をとどめている部分が多い。後の章で紹介するように、『今昔』はとかく資料の叙述を改変したり加筆したりする傾向があるのに対して、『古本説話集』は素直におとなしく資料の叙述を継承する傾向が強いからである。つまり両書の共通説話の背後に存在した資料の面影は『古本説話集』のほうによりよく残されている場合が多いのである。

ところで『古本説話集』に酷似する話があることは、『今昔』の話の構成は決して『今昔』撰者によってなされたものではなく、話末の批評のことばさえ彼の見た資料にすでにあったものを、ほぼそのまま継承したにすぎないことを示唆する。こういう資料のひとつとして『宇治大納言物語』が想定されていることはすでに述べたが、この話の場合はとくにその可能性が大きい。それを物語るのが次に紹介する『七大寺巡礼私記』の一節である。[6]

口伝に云はく、（略）仏殿・僧房・門・廊の墻壁を塗り営む間、諸国の人夫ら土に和するために寺の門を出でて水を汲む。二三町を過ぎて往還煩はしく、徒《いたづ》らに人力を費し其の功成り難し。供養の期日已《すで》に近々に及べり。悲歎せるところ、驟雨忽《たちまち》に降り、即時に晴れ了《をは》んぬ。講堂の西斯《せいし》の窪地に雨水湛湊《たんそう》せり。人夫争ひて件《くだん》の水を汲み土に和する間、其の水尽くることなし。前の雨の時此の涓水《たまりみづ》なし。仍《よ》つて奇を成し、方三尺深一尺許《ばかり》掘り穿《うが》ちて之《これ》を見るに、清水涌き出づるところなり。（略）抑《そもそ》も此の寺の地は亀の甲の如く高顕にして、井を掘れども敢《あ》へて水出《い》づることなし。玆《これ》に因《よ》りて往古より春日野の微水を引き、寺中に揺入して諸房の用に宛《あ》つといへども、□流にあらざるによりて、旱魃の時、ややもすればたやすく断つところ、自然に飛泉□、閼伽《あか》に備《そな》ふ。是れ第一の勝事なり。（略）末代の事といへども、至誠の願□此《かく》の如し。是第三の勝事なり。宇治大納言物語之《これ》に同じ。（原文は漢文）

『七大寺巡礼私記』は大江親通《ちかみち》が保延六年（一一四〇）に南都の諸寺を巡礼したときの記録である。右に引いたのは興福寺の項の一節であるが、親通は他の寺の項と同様にまず同寺の堂舎とそこに安置されている仏像について詳しく紹介し、その後に「興福寺焼亡後造畢間三箇勝事」と題してこれを記している。『今昔』や『古本説話集』の話との一致はおどろくべきものであり、しかもこれは「口伝」つまり口語りによって伝えられていたという。末尾に「宇治大納言物語之《これ》に同じ」とあるのは、その「口伝」と同じ話が『宇治大納言物語』にも収められているという意味であろう。

ここまで見てきたことをまとめると次のように推定できるのではあるまいか。すなわち、まず最初に〈起こりうる奇跡〉としての事実があった。『造興福寺記』の記事がその事実にもっとも近い。それは口語りで伝達されるうちにしだいに話としての主題を確立させ、語り口を安定させていった。『七大寺巡礼私記』の「口伝」がそれである。そこではすでに三つの霊験がそろっていて、第一の霊験の発端は驟雨による水たまりとされていて〈自然に

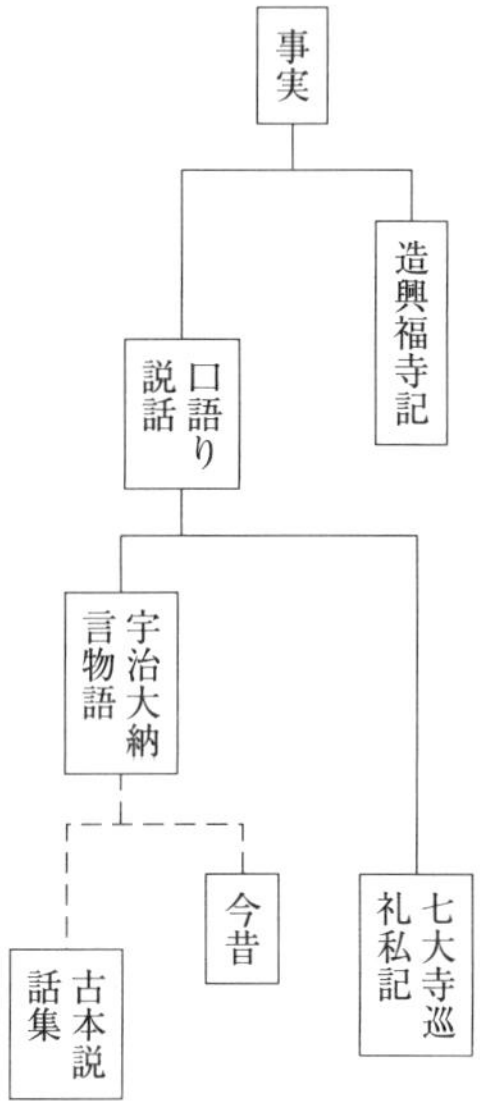

図７

は起こりえない奇跡〉に変化している。それを強調するための寺の地形説明も付いており、霊験の前に説明する『今昔』や『古本説話集』とは違って霊験の後で説明しているが、「亀の甲の如く」という形容は『今昔』などと変わらない。『宇治大納言物語』はおそらくその口伝に取材したのであろう。内容は口伝を比較的素直に文章化したものであったと思われる。その『宇治大納言物語』から直接だったか、中間に何らかの文献をはさんだ間接的な関係だったかは確定できないが、とにかくその系譜を引く資料に取材したのが『今昔』と『古本説話集』であろう。しかし、この話が説話集に記録されるようになった後も、口語りの説話は消滅したわけではなかった。文献から文献へと「書承」される話と平行して、それは相変わらず「口承」の世界で生きつづけていたのであり、それを垣間見せてくれたのが『七大寺巡礼私記』であった。（図７参照）

ところで、『宇治大納言物語』の撰者源隆国は、この話の事件があった永承年間には権中納言として活躍中であり、『造興福寺記』によれば、永承二年正月二十二日に左近衛の陣で行なわれた興福寺再建の議にも出席しているし、同三年三月二日には、この話のいう第二の霊験があって無事仏像を金堂に搬入した後の巳一刻（午前九時頃）に、左大臣頼通の騎馬前駆として南大門に到着している。第三の霊験も彼が到着する前にあったはずだから、彼は二つの霊験が相次いで現われた直後にその現場に踏み込んだことになる。これらの霊験のうわさがごく早い時期に彼の耳に届いたことは十分に考えられるし、彼がそれをまとめて一話とし『宇治大納言物語』に書き入れたということも想像として可能であり、もしそれが事実であればおもしろいけれども、『七大寺巡礼私記』のいう「口伝」は、同書に記された他のさまざまな「口伝」の例から見て、やはり文字通り口で伝えられた話と見なければならない。隆国はこの話が説話化された後にこの話に出会って記録したのであろう。『宇治大納言物語』の成立が承保四年（一〇七七）に七十四歳で薨じた隆国の晩年のことであったとすれば、彼はかつて自分がそこに行き、ホットニュースとして聞いた事件の説話を前にして、約三十年前の自分を思い浮かべて感慨にふけったかもしれない。『今昔』撰者がこの話に出会ったのは、それからまた五十年以上後のことであった。

注

（1）『大日本仏教全書』旧版（仏書刊行会、一九一二年）第百二十三巻、新版（鈴木学術財団、一九七二年）第八十四巻所収。

（2）『造興福寺記』永承三年（一〇四八）正月および閏正月の条には「天陰雨降」と記録された日が散見するが、永承二年の夏は『扶桑略記』に「六七両月、天下旱魃」とあるように特に雨が少なかったらしい。この事実に注目するならば、事件のあったのは『今昔』のいうとおり永承二年の夏であった可能性も捨てがたい。

（3）小西正文・入江泰吉『興福寺』（保育社カラーブックス、一九七〇年）所収の伽藍配置に拠る。ただし平安後期には、この図の「東室」は「中室」と呼ばれており、「東室」と呼ばれる建物は別に食堂や細殿の東南方にあった。また、南円堂は平安初期弘仁四年（八一三）に造立されたので、この図には記載されていないが、南大門の西、西金堂の南方に位置する。

（4）『造興福寺記』永承三年（一〇四八）三月二日条には、衆僧が著座の仕方を変更したり勅使が笠を持つなど、雨に悩んだ旨を記し、やがて舞楽を奉納する頃になって「気将レ晴、雨足漸止」と、雨が止んだことを記している。

（5）平安末期説は川口久雄『古本説話集』〈日本古典全書〉（朝日新聞社、一九六七年）解説、鎌倉初期説は河内山清彦「世継物語と古本説話集と」（言語と文芸　第7巻第6号、一九六五年）参照。

（6）藤田経世『校刊美術史料・寺院篇上巻』（中央公論美術出版、一九七二年）所収。

第二章　事実から説話へ（その二）

——花山院女王殺人事件——

1　深夜の惨劇

ある出来事が説話になるということは、話し手の側に主題が確立し、その線にそって語り口が整えられ安定してくることではないだろうか、というのが前章で立てた見通しだった。しかし、こうして成立した説話が、いつもすんなりと説話集に送り届けられるかというと、決してそうではない。ある主題をもって話が成立したとしても、それ以後の伝承者がつねに同じ主題で話を理解してくれるとは限らないからである。伝承の過程で主題が変わり、話の意味に変化が生じる場合も少なくはない。これから紹介する巻廿九第8話はそういう例の一つである。

「下野守為元家入強盗語《しもつけのかみためもとのいへにいりたるがうだうのこと》」と題するこの話は、高貴の血筋を受けながら幸せ薄かった一人の女性が、師走の厳寒の夜の路頭に生涯を閉じた凄惨な殺人事件である。『今昔』はこの事件を次のように語っている。

今は昔、下野守藤原為元という人がいた。家は三条西洞院にあった。ある年の十二月の末、その家に強盗が入った。隣家の人が気づいて騒ぎだしたので、盗人はろくに物も取らず、包囲されたと思ったので、その家にいた「吉《よ》キ女房」を人質にし馬に乗せて三条大路を西へ走ったが、大宮大路との辻に出たところで追手が迫ったと思い、人質の着物を剝ぎ取り裸にして放りだして逃げ去った。

深夜暗黒の街路に投げ出された女房は恐怖にふるえているうちに路傍を流れる大宮川（大宮大路を流れていた川。現在はない）に転落してしまった。氷の張った冷たい川水、ようやく這い上がったものの寒風は濡れた身体から容赦なく体温を奪っていく。人家の門をたたいたけれども、深夜の訪問者に門を開けてくれる人はない。彼女を待っていたのは凍死と、その死体に群がる野犬たちだった。翌朝人びとが見たのは氷の中に散らばっている長い長い髪と、血にまみれた首と、紅い袴だけであった。

その後、「もしこの犯人を捕えた者には莫大な恩賞を与える」との宣旨が下されたので大評判になった。世間の噂は荒三位《あらさんみ》と異名のある藤原□という人を犯人に擬した。あの犬に食われた「姫君」に懸想《けそう》したけれども振られたからだというのが理由だった。

ところが、それから二年後、検非違使で左衛門尉の平時通[1]が一人の男を逮捕した。大和国へ下る途中、山城国の柞《ははそ》の森（京都府相楽郡精華町祝園にある）のあたりで怪しい男を見かけたので、連行して奈良坂で糺問したところ、「実は一昨年の十二月の末、人にさそわれて三条西洞院のお屋敷に押し入ったが何も取れず、『止事无《やむごとな》カリシ女房』を人質にし大宮大路の辻に捨てて逃げました。後に聞けば凍死して犬に食われなさったとか」と白状したというのである。

世間では時通はこの功によって五位に叙せられ「大夫ノ尉」に昇進するにちがいないとの評判がもっぱらだったが、なぜかその賞は行なわれなかった。「必ず恩賞を与える」との宣旨だったのに、どういう事情があったのだろうか。

が、ついには時通は五位に叙せられ、左衛門大夫となった。世間の人がこぞって非難したからであろう。

思うに、たとえ女であってもやはり寝室などは十分に用心しておくべきである。「油断して寝ていたから人質にも取られたのだ」と人びとは言い合ったのであった。

現代の太陽暦とちがって当時は太陰暦が用いられていた。太陰暦は月の運行を基準とするから日付と月齢はほぼ一致する。事件の起こった「十二月ノ晦《つごもり》ノ比《ころほひ》」、月は新月に近づき、月の出は明け方だった。晴れていたとしても空は暗かったろう。もとより街灯などあるはずもない平安京の暗黒の夜、人質の女房が投げ出された三条大宮付近は貴族の邸宅地帯である。黒々と築地塀がつづくばかりで漏れ出る灯火もなかったにちがいない。極寒の師走の風に身を凍らせながら、暗闇の中に門をさがし出して扉を叩くことが、一人歩きを習わぬ高貴の女房にできる精一杯のことだった。しかし、夜の治安が決して安全とはいえぬ世の中、何者とも知れぬ深夜の訪問者に扉を開けてくれる家がなかったのも当然といえば当然だったかもしれない。

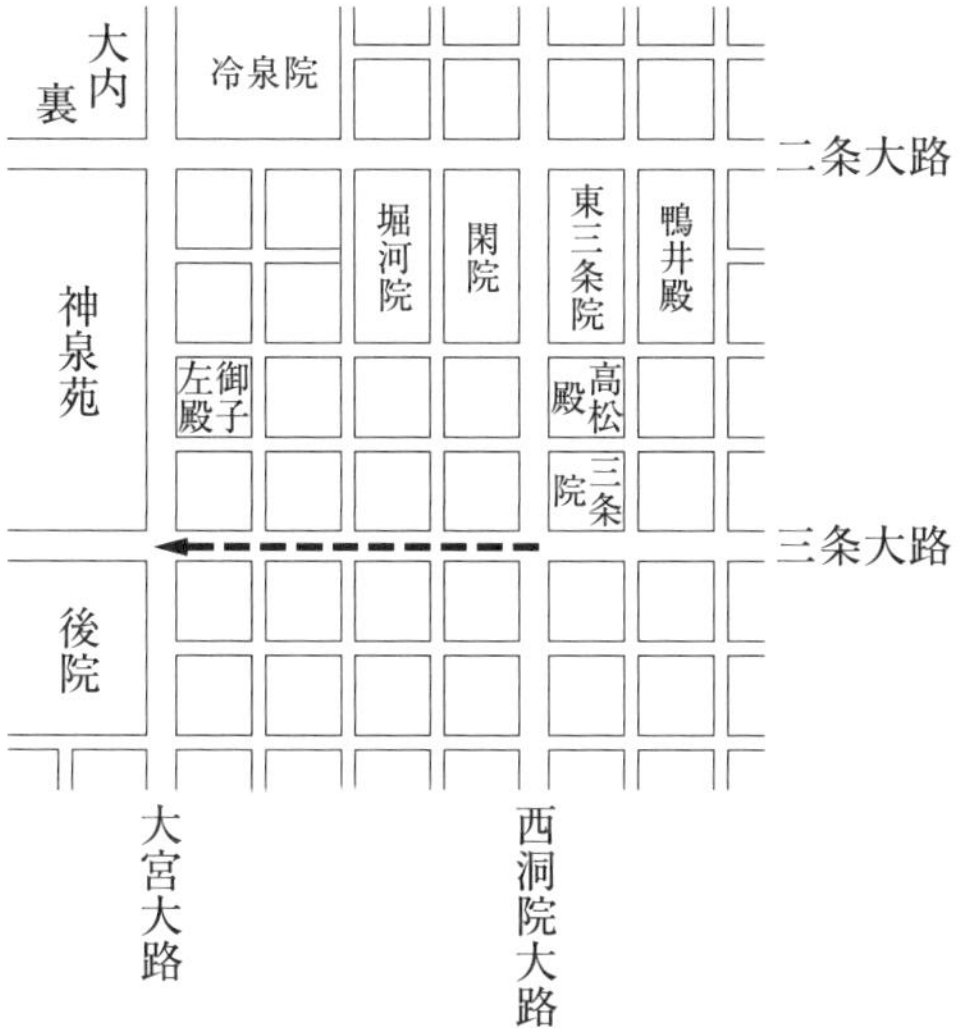

図8　犯人の逃走経路（←印）

女房習ヒ不給《たまは》ヌ心地ニ、裸ニテ怖〻《おそろしおそろ》シト思ヒケル程ニ、大宮河ニ落入《おちいり》ニケリ。水モ凍《こほり》シテ風冷《すさまじ》キ事限无《かぎりな》シ。水ヨリ這上《はいあがり》テ人ノ家ニ立寄《たちより》テ門《かど》ヲ叩《たたき》ケレドモ、恐《おぢ》テ耳ニ聞入《ききいる》ル人无《な》シ。然レバ女房□テ遂ニ死ニケレバ、狗《いぬ》ニ被食《くはれ》ニケリ。朝見《つとめてみ》ケレバ、糸《いと》長キ髪ト赤キ頭《かしら》ト紅《くれなゐ》ノ袴《はかま》ト、切〻《きれぎれ》ニテゾ凍《こほり》ノ中ニ有ケル。

悲惨な事件を『今昔』は淡々と語っている。それだからかえって、曙光を浴びて氷の中に散っている髪の黒さや袴の紅が目にしみるのだ。

この事件もまた実際に起こった悲劇であった。この話が事実であることを発見されたのは今野達氏（「今昔物語集の作者を廻って」国語と国文学　一九五八年2月号）である。

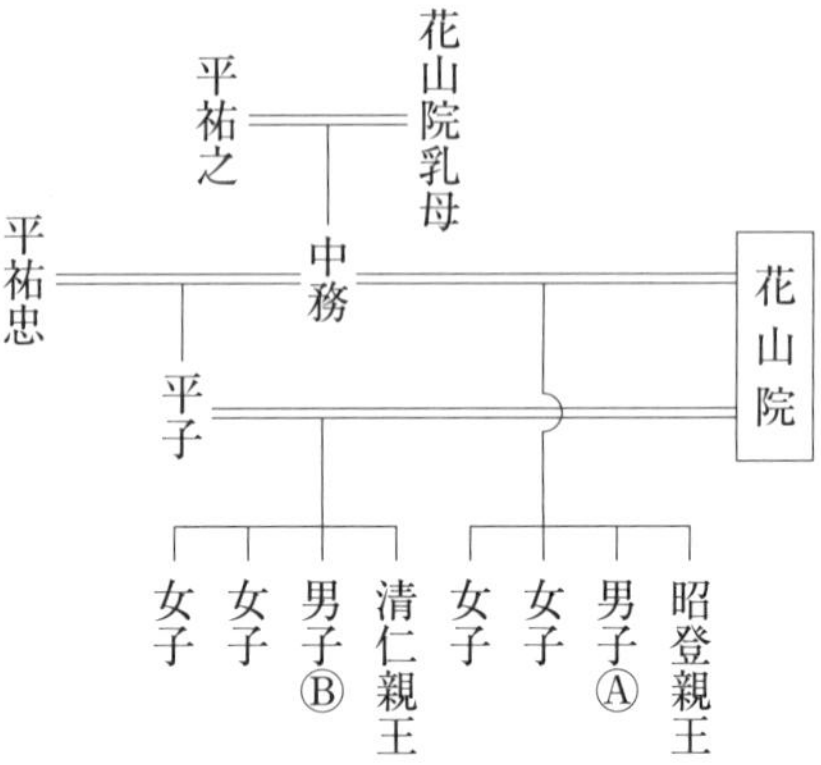

・清仁の母を中務、昭登の母を平子とする説もある。
・男子ⒶⒷは覚源と深観であるが、どちらがどちらの子か確定できない。

図9　花山院女王の周辺

それはどんな事実であったのか。説話化の過程、説話が『今昔』にとり入れられる過程で、この話の場合はどんな屈折があったのか。今野氏の紹介された資料[2]に導かれながら、まずはこの事件の顛末を追跡することにしよう。

事件の発生は万寿元年（一〇二四）十二月六日の深夜であった。この年六十八歳で正二位右大臣の重職にあった藤原実資《さねすけ》は日記『小右記』の十二月八日条に次のように記している。

　一昨、華山院の女王、盗人の為に殺害せられ路頭に死す。夜中犬のために食はる。奇恠なり。この女王太皇太后宮に候はる。或ひは云ふ、盗人の所為に非ず。女王を路頭に将《ゐ》て出でて殺せりと云々。（原文は漢文）

事件があったのは『今昔』のいうような晦日《つごもり》近くのことではなかったけれども、六日であれば月は夜半よりも前に沈んでしまうから、事件が起こった時にはやはり月はなかったはずである。

被害者の女性は「華（花）山院の女王」であった。女王というのは女帝のことではない。皇族の女性で内親王の宣下を受けていない人のことである。内親王になると一品から四品の位階を授けられ、品位によって定められた品田や食封、時服、香禄などを支給されるけれども、女王にはこうした特権はない。つまり被害者の女性は花山院の皇女でありながら冷遇されていたことがわかる。しかも彼女は時の太皇太后宮すなわち藤原道長の娘上東門院彰子のもとに女房として出仕していたというのである。皇女でありながらなぜ宮仕えをしなければならなかったのか。

この人については『栄花物語』の「見はてぬ夢」「初花」「根合」の各巻に関係記事があり、それをまとめると大略次のように語られている。兼家の策謀に乗せられて出家、退位した花山院は、やがて母后懐子の妹の九の御方（伊尹の九女）に通うようになっていたが、そのうち自身の乳母子である中務とも関係をもつに至った。中務はすでに平祐忠との間に平子を生んでいたが、その平子も召し出されて院に仕えているうちに、母娘ともに懐妊という事態になり、中務は昭登親王、平子は清仁親王を生んだ（母子関係は今井源衛『花山院の生涯』の説に従う[3]）。この母娘はその後さらに院との間に各一男一女を生んでいる。男子は後に東寺長者となった覚源と深観である。

院の崩御は寛弘五年（一〇〇八）。これらの皇女たちに心を残した院は臨終に際して、自分が死んだらこの子たちをつれて行くといいつづけた。やがてそのことばどおり、四人の皇女のうち三人までが院のあとを追うように次々と亡くなったのである。ただ一人生き残ったのは中務を母とする妹宮であった。彼女が生まれたとき、花山院は中務の叔母にあたる「兵部の命婦」という人に向かって、「これはおのれが子にせよ。われは知らず」と告げたという。つまり花山院は彼女をわが子として認知するのを拒否したのである。兵部の命婦は院のことばに従い、彼女を自分の子と思って養育した。皇女たちの中で彼女一人が生き残ったのも、父の院から見放されていたからであろう。生き残ったことが幸せであったかどうか。彼女の行く手に待っていたのはそう思いたくなるほどつらい一生であった。彼女が師走の惨劇の被害者となったのはそれから十六年後のことである。

兵部の命婦に養われた彼女は、やがて上東門院彰子のもとに女房として出仕した。親代わりの兵部の命婦は中務の叔母という以外にはわからない。その程度の人であるから彼女もいつまでもお姫さまでいるわけにはいかなかったのだろう。生きるためには好奇の目にも耐えて宮仕えしなければならなかったのである。

彼女が殺されて二十六年後の永承六年（一〇五一）、後冷泉天皇の皇后藤原寛子（道長の孫）のもとに小一条院（三条天皇の皇子敦明親王）の姫君が女房として出仕して人びとを驚かせたことがあった。『栄花物語』は、「今の人は宮仕へし給はぬなけれど、これぞいとあさまし」と皇族の女性の宮仕えに驚きながら、「花山院御女《むすめ》ぞ女院に候《さぶら》ひ給しかど、それは御乳母子《めのとご》の腹にて、さてもよろしかりき」と花山院の女王のことを思い出している。『栄花物語』によれば、花山院の女王は母の身分が低かったので「さてもよろしかりき（宮仕えをしてもまあ悪くはなかった）。」しかし、小一条院の姫君のほうは「いとやむごとなく（歴としたお姫さまであって）」、こういうのは前例がないという。小一条院の姫君の母は左大臣藤原顕光の娘延子である。それに比べると花山院の女王は母の身分が問題にならぬほど低い（中務の父は若狭守平祐之）。人びとの評価に差があったのはやむをえないけれども、死後二十年以上たってなお稀有な前例として引き合いに出されるほど、女王の宮仕えは珍しいことであった。生前の彼女が周囲から好奇の目で見られていたことは想像にあまりある。

事件があった当日、彼女がなぜ下野守藤原為元の屋敷にいたのかはわからない。為元は花山院の院司で判官代をつとめていたことがあるのでその縁かもしれぬし、あるいは兵部の命婦と為元とはなんらかの縁者であったのかもしれない。いずれにせよ彼女には薄い縁であったろう。頼る実家とてない彼女が辛うじて身を寄せるかすかなよすがであったのかもしれない。そんな彼女に不幸は追い討ちをかけたのである。

2 事件の黒幕

さて、彼女が殺されて三か月あまり経った万寿二年（一〇二五）三月十六日、犯人が逮捕された。

別当消息して云はく、（略）昨日右衛門尉時通、女王を殺せる盗を捕ふ。盗の指し申すによりて追捕するに、同類逃脱せりと云々。

（『小右記』三月十七日条）

検非違使別当（警察裁判機構の長官。当時の別当は藤原経通）の知らせによると、犯人を逮捕したのはやはり平時通であった。彼が捕らえた犯人の白状によって一味を捕らえようとしたが、相手はいちはやく危険を察知したのか逃走してつかまらなかったという。一躍有名人となったのは殊勲者平時通である。『左経記』（源経頼の日記）の四月五日条によれば、この日藤原道長は子息の関白左大臣頼通や内大臣教通と同席して時通を御前に召し、逮捕のときの模様をたずね、感誉のことばを賜っている。好評さくさくというところだろう。

ところが、この犯人を拷問しているうちに意外な事実が浮かび上がってきた。

検非違使左衛門尉顕輔云はく、検非違使時通の捕え進りし華山院の女王を〔殺せる〕法師隆範、今日拷訊するに、上件《かみくだん》の事を申す。左三位中将道雅殺さしむてへり。勘問日記を別当、関白の御許に持参す。虚実知りがたし。何様に行はるべきや。なほ一家の余殃か。悲しむべし悲しむべし。（『小右記』七月二十五日条）

この記事によって捕らえられていたのは隆範という僧であったことがわかるが、その隆範が黒幕は道雅だと白状したのである。驚いた別当は「勘問日記」（「勘問記」ともいう。被疑者に対する尋問調書）を関白頼通のもとに持参した。別当は事件の重要さによって調書を関白や大臣に進覧するのが当時の慣例であった。事件はにわかに重大な局面を迎えた。藤原道雅は従三位左中将伊予権守、三十四歳の歴とした公卿である。貴族の中でも最高級の公卿が強盗殺人犯の黒幕であったとは。実資も驚いた。「虚実知りがたし」といいながらまず頭に浮かんできたのは、この事件をどう収拾したらよいか、さらにいえば公卿仲間から逮捕者を出すのは困るが、ことを荒立てずに収めるとすればどうすればよいかという思いであったろう。

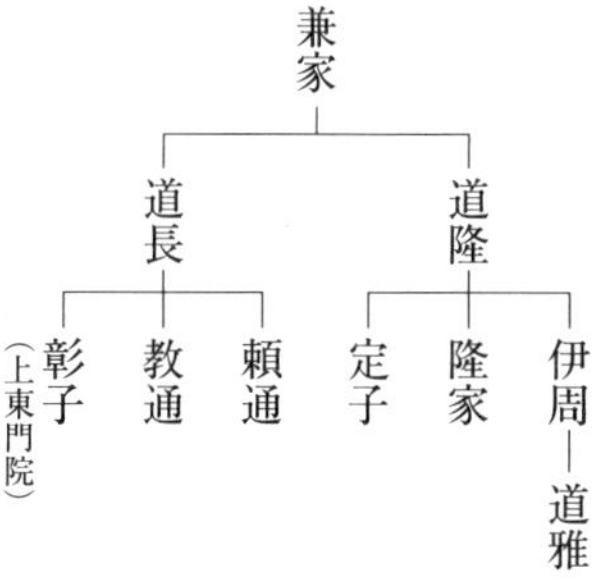

図10　藤原氏系図

それにつけても口をついて出てくるのは「なほ一家の余殃か」というつぶやきである。道雅は伊周の子、伊周は道隆の子である。清少納言が仕えた定子皇后は伊周の妹にあたる。彼らの一家を中関白家というが、道隆の没後、政権は道隆の弟の道長に移って中関白家は没落した。その過程で伊周・隆家兄弟が花山院に矢を射かけるという『大鏡』にも語られて有名な事件が起こった。長徳二年（九九六）のこと、そのころ花山院は、藤原為光の四女のもとに通うようになったが、同じく三女には伊周が通っており、花山院の通う先が三女だと勘ちがいした伊周は弟の隆家に相談した。隆家は若気の十八歳、もともと血の気の多い人でもあった。ひとつおどしてやれとばかりに院が為光邸から出るところに矢を射かけ、矢は院の袖を貫いた。院は不名誉なこととして事件を隠そうとしたが、政敵打倒の好機をうかがっていた道長が見逃すはずはない。さっそく反逆罪として二人を流罪にし、中関白家の残存勢力を一掃してしまったのである。道雅はあの一家の者だ。また血なまぐさいことをやってくれた。災いはどこまでつきまとっているのか。それに花山院とどこまで対立しようというのか。とにかく大変なことをしてくれた。実資はそう思ったことだろう。

翌二十六日、実資のところにも調書が届いた。内容は前日の顕輔の報告のとおりであった。道長と頼通は昨夕調書を見て驚嘆したという。政界の首脳部はそれぞれに対策に苦慮していた。そこにまたまた意外な事態が持ち上がった。

別当書して云はく、強盗の首来たり降《かう》ず。すなはち是れ花山院の女王を殺せる者なり。拷訊すべきや如何。余報《こた》へて云はく、降人を拷掠（訊カ）するは未《いま》だ知らざることなり。また云はく、免《ゆる》すべきか。もしくは道の官人に勘《かむが》へ申さしむべきか。余報へて云はく、更に免すべからず。ただ拷すべからざるなり。道志《だうし》を以って勘《かむが》へ申さしむること尤《もっと》も佳《よ》き事なり。就中死罪を犯せる者は使庁進退しがたきか。

（『小右記』七月二十八日条）

女王殺人犯の首領と称する男が自首してきたのである。別当はこれを拷問すべきかどうかと問うてきた。実資は自首した犯人を拷問してはならぬと答える。道志（衛門府の四等官で検非違使庁の職員でもある明法道の専門家）に調査させよというのである。検非違使庁が裁断できるのは懲役刑以下の場合であって、死刑・流刑などの判決権は太政官にあった。「就中」以下の記事はこの犯罪が検非違使庁で処理できる範囲を越えたものになりかねなかったことを示唆している。

それにしても、ここで犯人の首領と称する男が自首したのは意味深長だ。もし道雅が黒幕であったとすれば、道雅に追及の手が及ばないうちに犯人を仕立てて捜査の打ち切りを策したと考えられないこともないからである。それからどうなったか。残念ながら『小右記』はこれ以上なにも記していない。ただ道雅が無事に切り抜けたのは事実であり、彼は翌万寿三年（一〇二六）には右京権大夫となって寛徳二年（一〇四五）まで在任、その間丹波権守を兼任するなどしてやがて左京大夫となり、天喜二年（一〇五四）六十二歳で亡くなるまでその職にあった。位は一貫して従三位で非参議のままであった。しかしこれは彼の家柄からみて仕方がなかったことである。おそらく事件はうやむやのうちに片付けられ、首領と称する男は自首したことを理由に罪一等を減じられたりして終わったのではあるまいか。

つまりこの事件は捜査が進むうちに大変な線にぶち当たってしまった。道雅は貴族界でもふだんから乱暴者として知られており、「荒三位《あらさんみ》」と異名をとっていたのも事実であるが、なにしろ公卿である。上流貴族の仲間意識からも公卿が公卿を女房殺人犯として捕らえるようなことはできなかったに違いない。だから最初は意気込んで捜査に入ったし、犯人逮捕の殊勲者平時通は時の人になりもしたけれども、そのうちあまり派手に彼を賞するわけにはいかなくなった。彼が目立ってくれては困るのである。しかし、世間の目がいったん彼に集まってしまったからには、まったく放置しているわけにもいかない。そこで時期はずれになってから彼は五位に叙せられ、いわゆる「大夫の尉」になった、というのが真相であったと思われる。

3　語り手は知っていた

『今昔』の話の背後にはこのような事実があった。だが、それを説話として語ったのは『今昔』が最初ではない。前章で紹介した興福寺再建の霊験譚と同じように、『今昔』撰者はすでに説話として伝承されてきた話に出会って、それを自分の説話集に採録したにすぎない。後に述べるようにそれはおそらく文献に記載された説話であり、『今昔』撰者はその資料によってはじめてこの話を知ったのであった。その資料が『宇治大納言物語』であったかなかったか、それはわからない。とにかく『今昔』の話には資料に記されていた時の話の姿と『今昔』撰者が採録するにあたって手を加えた部分とが混在している。われわれは『今昔』撰者のかけたフィルターを透して元の話を見ているのである。そのフィルターをはずしてみたらどんな話が見えてくるだろうか。面倒な作業ではあるが、やってみるだけの価値はありそうである。

まずこの話では被害者の女性の素姓がいっさい説明されていないことに注目しなければならない。名前も身元もいっさい語られていないのである。語り手が知らなかったからだろうか。いやそうではない。『今昔』の話をみると、

其ノ家ニ吉キ女房ノ御ケルヲ、質ニ取テ抱テ出ニケリ。

女房習ヒ不給ヌ心地ニ、裸ニテ怖〻シト思ヒケル程ニ、大宮河ニ落入ニケリ。

其ノ荒三位ノ、彼ノ狗ニ被食タル姫君ヲ仮借シケルニ、

のように、その女性を「吉キ女房」さらには「姫君」と称し、彼女に対して敬語を用いたところがある。これは『今昔』ではきわめて異例なことであって、地の文において女房階級の人に対して敬語を用いた例は他にはない。

一般に『今昔』の地の文で敬語の対象となるのはほぼ三位以上の上流貴族（いわゆる上達部）と皇族に限られているのである。この話にこのような例外が生じたのは、おそらく撰者が依拠した資料にあった敬語表現に無意識に引きずられた結果であった。資料の表現に影響されて『今昔』本来の統一を破っている例は他にも各種指摘することができる。すなわち資料に記された元の話の語り手は、この被害者がふつうの女房ではなく、きわめて高貴の血をひく女性であることを知っていた。それどころか花山院の女王とまでちゃんと知っていて、あえて名を伏せたとさえ想像できる。他の登場人物は「下野守藤原為元」、「検非違使左衛門尉平時通」と、肩書までつけて正確に語っているのに、殺された本人のことだけ知らなかったとは考えにくい。つまりこれは名指しでいえばさしさわりがある。しかし名をいわなくても誰であるかはみんな知っている。そういう状況を前提とした話し方なのである。

さて、この話は高貴の女房の死を語る前半と犯人逮捕と平時通への恩賞を語る後半とに分けることができる。この異常な殺人事件はたしかに時の話題をさらったであろうし、この話でも彼女の死は、本当は目撃者はいなかったはずなのに、大宮河への転落、開けてくれない門、凍死と、まるで見たように語られていて、読者であるわれわれの胸にもその惨劇が強く焼きつけられる。しかし、この話の主題は元来は話の後半にあったのかもしれないのである。時通は犯人を逮捕したのに恩賞にあずかれなかった。それについて語り手は、

何《いか》ナル事ニカ有ケム、必ズ賞可有《あるべ》シト仰セ被下《くだされ》タリシカドモ。

といぶかしがってみせる。が、その一方で、

此ノ事ハ、荒三位《あらさんみ》ト云テ藤原ノ□ト云フ人ゾ負《おひ》ケル。其レハ、其ノ荒三位ノ、彼《か》ノ狗《いぬ》ニ被食《くはれ》タル姫君ヲ仮《け》借《さう》シケルニ、不聞《きか》ザリケレバ、トゾ世ニ人云ヒ喤《ののしり》ケル。

という。語り手は事件の真相ないし黒幕をうすうす知っているといいたげである。

荒三位といわれた人の本名が書けずに空白のまま残すほど無知でありながら、真相を知っているどころではある

まいと反論されるかもしれないが、それは元の話の表現と『今昔』撰者のかけたフィルターとを混同した議論である。『今昔』の文章に特有の空白の発生理由や実態については第七章でまとめて説明する予定なので、ここではごく概略をいえば、『今昔』撰者は登場人物の名をできるだけ明記しようとする性向をもっている。氏名の一部や通称がわかっている場合にはとくにそうである。しかし明記したいと思う人の氏や名がそう簡単にわかるとはかぎらない。そんな時、撰者は後日の明記を期してか、その部分を空白として残しておくのである。たとえば、前章の興福寺霊験譚の第三の霊験に大工の吉忠が登場していたが、『今昔』には、「大工□ノ吉忠」と記されていて氏が空白になっている。これと同じ箇所が『古本説話集』では「大くよしたゞ」、『七大寺巡礼私記』では「大工吉忠」と記されているところからみると、『今昔』撰者が見た資料にも吉忠の氏は書いてなかったのだろう。『造興福寺記』によると永承三年（一〇四八）三月二十六日に東金堂の起工式が行なわれ、多《おおの》吉忠が衣冠に身を正して晴れの手斧をふるっている。これこそ大工吉忠その人であったが、『今昔』撰者はもちろんそんなことは知らなかった。『古本説話集』や『七大寺巡礼私記』の筆者も知らなかったろうが、彼等は自分が見たまま聞いたままに記して空白を残すようなことはしなかった。それだけにかえってこれらの書には原話の表現がよりよく保存されることになったのである。東金堂起工式での晴れ姿から考えて、多吉忠は工人の中では相当に名を知られた有力者であったに違いない。つまりこの話は吉忠といえばいちいち説明しなくてもすぐ理解されるような状況の下で成立したのである。『今昔』の残した空白は、撰者がそういう状況から時間的にも空間的にもはるかに隔たった人間であったことを物語るひとつの指標でさえあるのだ。

　これを荒三位に即していえば、撰者の見た資料にはおそらく「荒三位ぞ負《お》ひける」というふうにあって、氏や名については書いてなかったと推定できる。撰者はそれが三位という高位の人である点から藤原氏であろうとは見当がついたものの、名前のほうはどうにもならず、空白に残す結果となったのであろう。元の話の語り手は荒三位が誰であるかもちろん知っていた。聞き手もそのことを知っていた。それどころか当時の人びとはみな内心では荒三位藤原道雅が黒幕だと思っていたのではないか。しかし上流貴族の道雅が犯人だと真正面からはいいにくいし、証拠もない。というよりも、道雅が犯人だといってしまえば説話にはならなかったのであって、むしろ半分知らぬふりをして、「どうして時通は恩賞を受けなかったのでしょう」などと語ることによって、実はこの事件の隠された真相を話題にしていることになったのではあるまいか。それは聞き手にとっても望むところであったから、結構もてはやされた話であったかもしれない。『今昔』撰者が見た資料にはそういうこの話本来の呼吸がまだ生きて残っていたと思う。

4　フィルターの歪み

ところが、『今昔』の話を読むと、前半と後半とがあまり緊密にはつながっていない印象をうける。『今昔』の話の中心は前半にあるようであり、それを端的に物語っているのが話末の批評のことばである。

　此レヲ思フニ、女也《なり》トモ、尚《なほ》寝所ナドハ拈《したため》テ可有《あるべ》キ也。泛《そぞろ》ニ臥《ふし》タリシカバ、此《か》ク質《しち》ニモ被取《とられ》タル也トゾ人云《いひ》ケルトナム語り伝ヘタルトヤ。

「女であっても」寝室などは用心せよというのは「男であっても」のまちがいではないかと思う人があるかもしれない。しかしこれで正しい。男ならば外の世界で敵をつくることもあろう。だから用心するのは当然だ。それに比べて女は原則として家の中でのみ暮らしている。人の恨みを買って襲われる可能性は小さい。しかしこういう事件もあるから「女であっても」やはり用心しなければならぬ、というのが『今昔』撰者の意見なのである。

もっとも、その批評のことばは「トゾ人云ケル」というのだから、当時の人びと一般の意見だったのではないか決して頭から信じてはならない物言いなのだ。

撰者はなぜそのようなポーズをとるのか。それはそれで興味ある問題であるが、いまはひとまず先ほどの批評のことばに戻らねばならない。「女であっても寝室などは用心せよ。油断していたからこんな目に遭ったのだ」という撰者の批評は、この話の前半、花山院の女王が人質にされて殺されたという部分にしか関係していない。しかし、この話がもし女王が殺されたという事実にのみ関心を集中して成立し伝承されたものであったとすれば、話の後半はまったくの蛇足になってしまう。元の話はそうではなかったはずである。話の前半に過度に視線を集中し、それに対する批判のことばを結びとする撰者の態度は、この話が本来持っていたはずの主題を見あやまったものといわなくてはならない。すでに述べたように、この事件の背景にはなかなか複雑なものがあり、それだけにこの話も言外に含むところの多い話だったと思われるが、『今昔』の撰者はそういう含蓄にはまったく無感覚に、もっとも素朴で、おそろしいまでに現実的な反応しか示さなかった。彼にとってこの話は、特定の誰かれには関係なく、一般論的なレベルで世相の一端を物語る事件譚であり、したがってその事件に対する批評も、きわめて一般的な乱世の処世訓的なレベルにとどまったのである。

むろん処世訓だから意味がないというつもりはない。それはそれなりに興味深いし、乱世を生きる知恵とはどのようなものであったのか、わたしも機会を変えて追求するつもりである。しかし、元の話の倫理を『今昔』がいかに生かして継承したかという観点からみれば、この批評のことばは、原話の論理から遠く隔たったものといわざるをえない。そうなった理由はまず第一に撰者の対象に対する無知にあった。すでに見たように彼は「荒三位」が誰であるか知らなかった。為元や時通についても元の話に語られていた以上には何も知らなかったはずである。被害者の女性についてはなおさらであって、まさか皇族であるとは思いもしなかっただろう。彼女に対する地の文での敬語表現は撰者自身の知識の所産ではなく、ほとんど無自覚に原話のそれを受け継いだものにすぎない。そんな撰者が事件の背景を知らず、単純な殺人事件として理解したのはむしろ当然のなりゆきだった。

それは事件と撰者とを隔てる約百年の年月のせいばかりではなかった。彼はこの話にかぎらず貴族界の人間関係にうとく、それだけに鈍感でもあって、同じ事件であってもこの人とこの人との組み合わせだからおもしろいとか、あの人の発言だから意味深長になるとかいう、王朝貴族界の消息にある程度通じていればこそ楽しめたはずの含蓄のある話に対しては、ほとんど興味を示さなかった。だから彼は『今昔』にその種の話はあまり採録していない。この話も強盗殺人事件そのもののほうに重点をおいて受け取ったがゆえに、悪行譚を集める巻廿九に場所を与えられたのであって、この話本来の主題を生かして置かれるような場所は、整然と分類された『今昔』のどの巻にも見出すことができないのである。

それにしても、文章の一部を空白として残してまで人名の明記にこだわった撰者の態度とこの事実とは、いったいどんな関係にあるのだろうか。結論から先にいえば、人名への執着は実録性への指向の表われであるけれども、多くの場合それはかなり杓子定規で形式的な整備の次元にとどまり、話を支える論理とはほとんど触れ合うことがなかった。この話の「荒三位」についての空白もまさにその一例であって、撰者は説話に登場する人物について、受領階級（五位）以上の人はほぼ例外なく名前を明記しようと努め、不可能な場合には空白に残している。「荒三位」といえば三位であるから当然明記に努めるべき人物であった。しかし、もしそれが「藤原道雅」であると明記できたとしても、撰者のこの話に対する理解の仕方はいささかも変わらなかっただろう。彼が「道雅」の名から喚起される具体的なイメージは無に等しかったのではないかと思う。撰者における実録性への指向と話の把握の深まりとは必ずしも相関しない。撰者と対象との距離はそれほどまでに遠かったのである。

なお撰者が被害者の女性の名にこだわっていないことについても一言説明が必要であろう。これはわざと名を伏せたのではない。この話にかぎらず、彼は女性の名を明記しようとはしていない。たとえば巻十九第43話には「女《によ》御《うご》ニテ御《おは》ケル人」、巻卅一第8話には「女御」が無名のまま登場しているが、彼はこのように高貴な女性に対しても、名がわからない場合はわからないままにして空白を設けようとはしていないのである。この話の女性が無名のままに残されたのは当然のことであった。

この話の場合、『今昔』撰者のかけたフィルターには歪みがあり、その向こう側にある原話の主題はかなりゆがんで見えていることがわかった。前章の興福寺霊験譚でゆがみが少なかったのは、この話が特定の人間に関係せず、陰陽師安倍時親や仏師定朝、大工多吉忠等の人物を知っていようといまいと、あるいはこれらが別の人間であったとしても、主題やおもしろさにはほとんど影響しないような構造の話だったからである。だが、彼のフィルターはたんにものをゆがめて見せるだけのものではなかった。話本来の主題からははずれていても、この話で撰者の示したきびしい処世訓は、彼が現実をどのような関心をもって眺めていたかを物語っている。撰者が見つめていたものは何なのか。彼のフィルターの真価はどこにあったのか。それは次章で追究することにしよう。

注

（1）この人物について『今昔』は「平時道」と記しているが、『小右記』や『左経記』は「平時通」と記している。混乱を避けるため、本書では以下「平時通」に統一して記すことにした。

（2）本話の背景については、「今昔物語集の作者を廻って」（国語と国文学　一九五八年2月号）や『新注今昔物語集選』（大修館書店、一九六九年）の補注など、今野達氏の研究に拠るところが大きい。

（3）今井源衛『花山院の生涯』（桜楓社、一九六八年）一二〇頁参照。

そこへ東国から犬山といって犬を使って猟をする男がやって来た。勇敢な男だった。男は泣き臥す娘を見て同情し、親に会って、「娘を妻にほしい。生贄には自分が身代わりになるから」と頼んで結婚した。

二人は仲むつまじく暮らしたが、男はたくさんの猟犬の中から二匹をえらび、生け捕りした猿を相手に格闘練習に精を出した。犬は猿を見れば食い殺せるだけの力をつけていった。

やがて祭りの日、男は犬を左右に臥させ、刀を身に添えて長櫃に入った。人びとは生贄の入った長櫃を神社にかつぎこむと、祝詞を読み、長櫃を神殿に入れて扉を閉じた。やがて身のたけ七、八尺もある大猿を頭に百匹ほどの猿が現われ、長櫃に手をかけた。その時である。男と犬は大猿に向かって突進した。犬は猿を食い伏せ、男は刀を首につきつけた。「長年お前がしてきたように、今度はお前を殺してやる。神ならばこの俺を殺してみろ」。男は叫ぶ。猿は手をすり合わせて命乞い。

そのうちひとりの神主に神がのり移っていう。「今後永久に生贄をやめる。この男を害することもしない。どうか助けてくれ」。神主たちは猿に代わって男をなだめる。男はようやく猿を放してやった。

その後夫婦は末長く幸せに暮らし、生贄も廃止され、国も平穏無事であった。

人間を生贄に要求する不埒な猿神をみごと退治した話である。しかしこの話、どこかで聞いたような気がしないだろうか。これはふつう「猿神退治」の名で知られる著名な昔話で、近代になっても青森から鹿児島まで全国至るところに伝わっていたことがわかっている。関敬吾氏の『日本昔話集成』によって宮城県桃生郡の例を紹介してみよう。(1)

むかし、廻国の和尚がある村にさしかかると、ひとりの娘をまん中にして泣いている家がある。わけを聞くと、「この向こうの山に社があって、毎年娘をひとり供えることになっているが、今年はこの家の番だ」とい

う。和尚がその社に行って、傍の大きな松の洞穴に隠れていると、夜半に何者かが大勢やってきて、

あのことこのこと聞かせんな
竹篦太郎に聞かせんな
近江の国の長浜の
竹篦太郎に聞かせんな
すってん〳〵すってんてんてん

と、くりかえし歌う。化物は竹篦太郎が苦手なのだと悟った和尚は、近江の長浜に行って竹篦太郎を尋ねて歩いた。この名の人はおらず、犬の名だとわかる。和尚はその犬を借りて帰り、生贄の長持に犬と一緒に入って社に運ばれる。夜半化物が現われるや和尚も犬も飛び出して敵を倒す。夜が明けて見ると大きな狒々が死んでいた。

『今昔』の話との類似は一目瞭然であろう。この例にかぎらず「猿神退治」の話のあらすじはだいたい一致している。要するに、ある社の生贄としく村の娘が指名される。そこへ他国者の男（廻国の和尚・六部・山伏・旅人など）が現われ、社に泊って深夜正体不明の怪物の発言を盗み聞く。怪物は某々（犬の名）が苦手の旨をいう。男は苦心の末その犬を探し出し、娘の身代わりとなって、犬とともに怪物と戦う。怪物の正体は多く猿である。これを退治してのち人身御供はなくなり、男は娘と結婚する（男が和尚や六部など出家者である場合には結婚はない）、というのがこの型の昔話の基本的な構成である。昔話が本質的にそうであるように、この話も本来は特定の神社や土地にのみ関係するものではないけれども、実際に語られる場合には実在の神社や土地と結びつき、伝説化して語られることが多い。信州赤穂村（長野県駒ヶ根市）の光前寺の飼犬早太郎が遠州見附（静岡県磐田市）の天満宮の狒々を退治してみずからも死んだという話などは特に有名で、駒ヶ根・磐田両市はこの話を縁にして友好協定を結んでい

るほどである。

『今昔』の話はこのような基本的構成と比べて、他国者の男が最初から犬を連れており、したがって盗み聞きや犬の発見という要素を欠いているが、昔話にも最初から犬を連れていた例がないわけではなく、この違いにあまり大きな意味をもたせる必要はない。つまり『今昔』の話は基本的には昔話そのものなのであって、それがたまたま「中参」という社に関係づけられているにすぎない。まさにタマネギ型の話であって、いくら皮をむいても核となった人身御供の事実が現われるとは、まず考えられない。

ところで、昔話「猿神退治」で、生贄を要求する怪物（神）が猿であることは何を意味しているのだろうか。猿は山の神またはその使者とされることが多く、山の神はまた里に下って田の神となる農耕神であった。『今昔』では、この話と並んで飛驒の猿神退治の話（第8話）が収められているが、そこでは、

　瘦弊《やせつたな》キ生贄《いけにへ》ヲ出《いだ》シツレバ、神ノ荒《あれ》テ、作物モ不吉《よからず》、人モ病《やみ》、郷《さと》モ不静《しづかならず》。

とあり、意にそわねば農作に害をなす神として恐れ敬われていたことがわかる。先にも紹介したように、この話（第7話）が、

　美作国《みまさかのくに》ニ中参《ちうさん》・高野《かうや》ト申《まうす》神在《まし》マス。其《その》神ノ体《かたち》ハ、中参ハ猿、高野ハ蛇《くちなは》ニテゾ在《まし》マシケル。

と始まっているのは、中参・高野ともに農耕に関係の深い神を祀る社であったことを示している。いうまでもなく蛇は水神であり、水神は田の神であったからである。

さらにいえば、猿もまた古くは水神であり、水の霊であった。お隣りの中国で西暦三五〇年ごろ晋の干宝が書いた『捜神記』には、東越国閩中《びんちゆう》郡（福建省）の庸嶺《ようれい》に大蛇がいて毎年の祭に少女を生贄にしていたが、李誕の娘の寄がみずから志願して、犬を連れ、剣と蒸し団子を持って出かけ、大蛇が団子を食べているすきに、犬を放って嚙みつかせ、剣で斬って退治したという話がある。日本神話のヤマタノオロチと昔話の猿神退治のあいのこのよう

な話であるが、このように猿を蛇に入れかえたような話は日本にもたくさんあって、たとえば昔話の「猿の聟入り」は「蛇聟入り」と共通するところが非常に多く（柳田國男「童謡小考」）、また、水中に駒を引き入れる河童もしばしば猿と同一視されている（柳田國男「山島民譚集」（一）」。石田英一郎「河童駒引」など）。河童を方言で「エンコー」と呼ぶ地方（広島県など）があるのも、河童と猿猴（エンコウ）との関係の深さを物語る。河童が水神の零落した姿だとすれば、猿もまたそれと一脈通じる存在ではあったのである。

このような問題についての民俗学的な追求は興味ぶかいし、今後ますます深めていかねばならないが、これ以上に深入りすることは避けておきたい。ここでは、ほかならぬ『今昔』のこの話がわれわれに語りかけている、もっと個別的で、もっと具体的な問題について考えてみたいからである。

図11　中山神社本殿

2　落魄の猿神

『今昔』の話の舞台となった「中参」の社は、式内社で美作国一の宮、現在岡山県津山市一宮に鎮座する中山《なかやま》神社のことである（「高野」は同市二宮の高野《たかの》神社で、美作国二の宮）。この神社は天文二年（一五三三）に尼子氏の兵乱で社殿・文書類のいっさいを焼失したといい、社殿はまもなく尼子氏によって再建されたものの失われ

図12　猿道

た文書は戻らず、以後の文書も多くは散佚して、同社に存在したかもしれない古い伝承はたどるすべもない。しかし幸いなことに、大正年間、当時残存したすべての資料を集成したものが『中山神社資料』として刊行（昭和四十九年に再刊）されており、近世以後の資料ではあっても注意深く読んでいくと、なぜこの神社が「猿神退治」の昔話と結びつけられたのか、この神社の猿神はどういう存在であったのか等々が、おぼろげながら諒解できるように思われる。中央には名を知られる機会がほとんどなかった一地方神ではあるが、それだけにかえって、この神の経験した転変の歴史はさまざまな問題をわれわれに投げかけている。まずこのことから考えていくことにしよう。

現在、この神社の主祭神は鏡作命《かがみつくりのみこと》であり、本殿にはさらに大己貴命《おおなむちのみこと》と瓊々杵尊《ににぎのみこと》が合祀されている。しかし、これらの神々が最初からの祭神でないことは各種の資料がほぼ一致して説くところであって、とくに主祭神の鏡作命は新しく、神代からこの地の地主神だったのは大己貴命であるが、後に鏡作命が降臨してこの地に住みたいと託宣があったため、大己貴命は宮所（社地）を譲ったのだと伝えている。岡山県北部にあって山陰にも近いこの地方が、広い意味での出雲文化圏に属することを思えば、大己貴命すなわち大国主命《おおくにぬしのみこと》を地主神と説くことにとくに不思議はないが、この大己貴命から鏡作命への「小さな国譲り」ともいうべき「宮所譲り」については次のような伝説が伝わっていた。

図13　大きな磐座の上にある小さな祠が猿神社。下方の屋形に括り猿を奉納する。

さて、中山神社の境内には、猿神社という末社がある。この小祠の祭神について『中山神社本末調書下書』には「猿ノ霊ヲ祭ル」とある。これは明治初年に政府に提出した調書の下書きであるが、同じく明治十一年提出の調書になると「祭神猿田彦神」と訂正されている。訂正の理由は「中興宇治拾遺等ノ美作国中山神社境内ニ老猿有之云々等ノ説アルヲ以テ、文字ノ同キヨリ、猿ノ霊ヲ祭ル社ナラント誤認致シ候儀ニ候得共」よく調べてみると猿田彦神であったという。[4] 何の気なく届け出てはみたものの、祭神が猿ではいかにも恰好がつかなかったのだろうと、ほほえましくもあるが、猿の霊といわれようと猿田彦命といわれようと、詮ずるところ本来は猿そのものを祀る社だったと思う。この社は本殿の裏手を少し山に登ったところにある小祠で、大きな露岩の上に祀られているが、この岩は明らかに磐座《いわくら》である。また、この社に至る細い道は「サルミチ」と呼ばれるが、この名は猿神社への参道という意味ではおそらくない。人の通る道としての呼称ではなく、霊力ある猿の通路という意を込めた呼称であろう。この地方では一般に魔物には特定の通り道があるとされ、その通路は「ナメラスジ」、「ナマメ」、「マミチ」などと呼んで忌み恐れられる。[5] それは必ずしも現実に道の形をとるとはかぎらず、目には見えなくても通路の存在は意識されるというような場合が少なくない。サルミチは現実には社への参道だが名称としてはマミチの類であることを意識した言い方だと思う。つまり猿神社の猿は当然のことながら不思議な魔力の持ち主であり、しかも磐座の存在はこの社の起源が非常に古いことを物語っているように思えるのである。

ここで、さきほど紹介した乙丸の伝説に、贄賂猤狼の神に鹿贄を供えた場所は「贄殿」と語られていたことを思い出していただきたい。これも『中山神社資料』に収められたものであるが、安永三年（一七七四）付の古文書[6]に、贄賂猤狼の神について、

社跡ハ本社之後、神林之側ニ御座候。字ヲ贄殿谷ト申候。

と記したものがある。「本社之後、神林之側」といえば、まさに猿神社のある場所であり、そのあたりは現在でも「ニエンドノ」または「ニエンドウ」と呼ばれている。贄殿がなまったものにちがいない。伝説にいう贄賂猤狼の神はまさに猿神社の猿神にほかならなかったのである。

贄賂猤狼の贄はニエ、賂はマイナイの意をもつが、おそらく巧みな宛て字であって、猤狼は御霊、つまりシロ御霊もしくはシラ御霊の意であろう。シロ・シラの意味はよくわからないが、いわゆる御霊信仰を反映した呼称であることだけは確実である。猿をマシラともいうが、これは猿の意のマシにラの付いたものであろうから、シラと同じ意味にはとりにくい。この近くには歯良神社（中山神社の境外末社。現在は合祀）、白加美神社（津山市小田中）など同じような名の付いた社が散在するが、これとの関係もよくわからない。

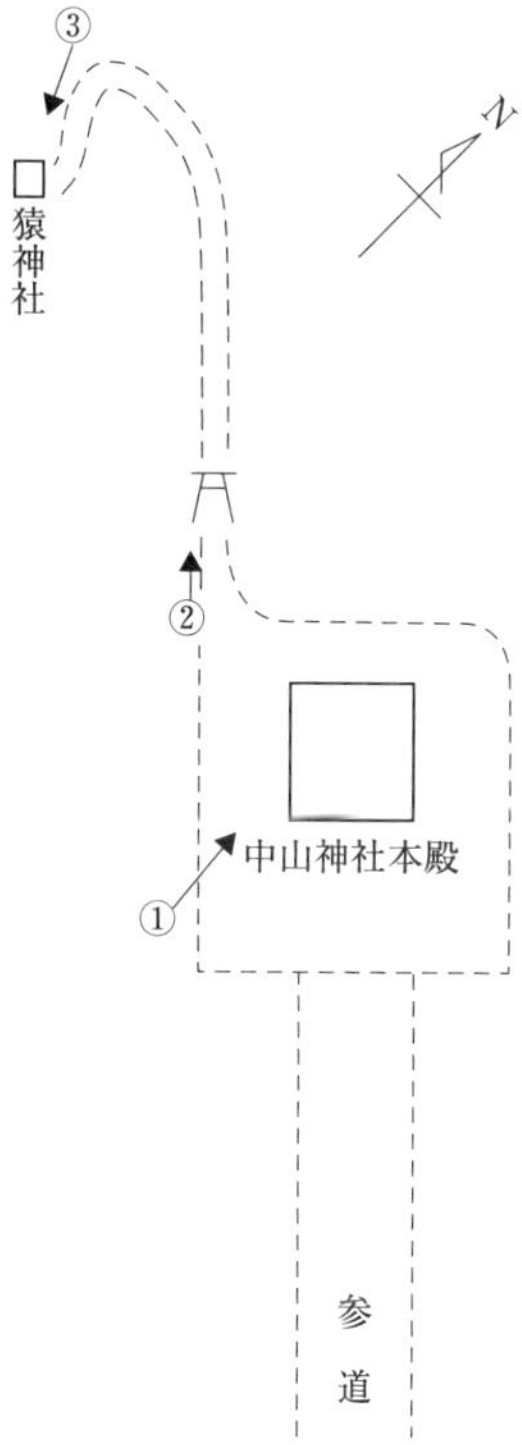

図14　中山神社・猿神社

しかし、猿神社の起源が相当に古いらしいことや、乙丸の伝説でも鏡作命の従者として猛威をふるっているように見えながら、実は独自に贄を求めて荒れているらしいこと等々から考えて、贄賂猤狼の神すなわち猿神は、本来は鏡作命とはなんの関係もない神であって、鏡作命が

図15　奉納された括り猿。赤い小さな縫いぐるみの猿たち。

主祭神となって後は一応従者に位置づけられてはいたものの、ともすれば主祭神とは関係なく御霊的な猛威をふるう神として恐れ敬われていたのではないかと推定される。そして、さらに遡っていくと、この猿神こそがこの神社の最古の祭神であったのかもしれない。それがまず大己貴命に圧倒され、さらに新来の鏡作命に追われて、その従者・使者へと転落していった過程は、大津市坂本にあって有名な日吉大社（山王権現）の猿がたどった運命になぞらえることができるだろう。すなわち、日吉大社では大宮の大比叡神と二宮の小比叡神が中心的な祭神であるが、大宮は後から勧請された神で、二宮が本来の祭神であり地主神であるとされる。同社には別に猿田彦命を祀る大行事権現があるが、これこそ山王権現の使者とされる猿の首領神である。そして猿はおそらく二宮よりも古い、最古の祭神であった。これらの神々の関係を南方熊楠は、

拝猴教が二の宮宗に、二の宮宗が一層新来の両部神道に併され、最旧教の本尊たりし猴神は、記紀の猿田彦と同一視され、大行事権現として二十一社の中班に列したは、以前に比して大いに失意なるべきも、その一党の猴どもは日吉の神使として栄え、大行事権現また山王の総後見として万事世話するの地位を占めえたるは、よく天命の帰するところを知って身を保ったとも一族を安んじたとも謂うべく、

（『十二支考』猴に関する民俗と伝記）

と、たくみに説明しているが、中山神社の猿神もそれに似て、贄賂猾狼の神を首領とする神使となることによってようやく存在を保ちえているように見えるのである。おそらくここでも最古の祭神であったに違いない猿神は、出雲系文化の侵入によって主祭神の座を失い、次いで鏡作部《かがみつくりべ》など銅鉄鍛工集団の進出（近くに香々美《かがみ》などの地名がある）によって地主神の座を大己貴命に譲り、ついには新来の主祭神に臣従して生きのびることになったのであろう。

その猿神に対する鹿贄の起源を語る乙丸伝説が、どのくらい古い時代にまで遡れるものか定かではない。この伝説を記す文献はせいぜい近世後期のものであるし、伝説の中で牛馬の市の起源が語られていることは、かえってその新しさを暴露している。なぜならば、この神社の背後の中国山地は近世以降有数の牛生産地帯となった。生産した牛は主として畿内に送られたが、一宮は山地から来る牛が集まる交通の衝でもあり、春秋二回の牛市は「一宮市」として明治中期に至るまで、因幡・伯耆さらには出雲の地までその名を知られていたほどである。そうした時代に中山神社は牛馬の守護神として信仰を集めたが、それももとはといえば猿神への信仰が主祭神へのそれと混同ないしすり替えられたものであった。猿が牛馬の守り神、厩の守護神とされることは、ごく一般的に認められる風俗（柳田國男「勝善神」など）であって、中山神社の猿神といえども例外ではなかったろう。ところが、伝説では牛市の起源をなんとかして主祭神の鏡作命に結びつけようとした痕跡が明らかであって、牛市盛行という現実から意図された作為は明白である。これに比べればまだしも古いと思われる伝説の鹿贄に関係する部分も、どこまで遡らせることができるか保証のかぎりではない。

とはいえ、このような伝説が発生する背景には、やはりかつて鹿贄を供えた事実があったと考えるべきだろう。伝説は弓削庄の志呂大明神（岡山市建部町下神目に現存する志呂神社）にはその後も鹿を供えつづけたと語っているし、贄殿の地名も理由のないものとは思えないから、鹿贄の起源も相当古くまで遡らせてよいのではあるまいか。もしそれが『今昔』の時代にまで遡るとするならば、中山神社と昔話「猿神退治」とが結びついたのは、ただたんに「其神ノ体ハ猿」であったからではなくて、同社の猿神に鹿贄を供える事実があったことは大きな理由であったろう。

さらに遡れば人身御供の事実が出てくるなどというつもりはない。そんなものは初めから存在しなかったけれども、現実に行なわれている鹿贄の起源としては、人贄に代わって行なわれるようになったのだと説明するのが、もっとも受け入れられやすい説明だったのである。あとでくわしく述べるように、『今昔』のこの話と非常によく似た話が『宇治拾遺物語』第119話にあるのだが、そこでは、

其後は、その国に、猪鹿をなん生贄にし侍けるとぞ。

と結ばれている。これは、

其後、其生贄立ル事无《なく》シテ、国平カ也ケリトナム語リ伝ヘタルトヤ。

と結ぶ『今昔』よりも不徹底でなまぬるい結末のように見えるけれども、案外『宇治拾遺』のいうほうが当時の神社の現実に近かったのかもしれない。

3　〈徒死〉と〈犬死〉

中山神社の猿神にとって、昔話「猿神退治」と結びつけられたことは、明らかに神としての権威の失墜を意味した。それは新来の神に主祭神の座を譲り渡した古いタイプの神が等しくたどらざるをえない凋落の過程であったが、その上『今昔』の話のように、徹底的に打倒されて猪や鹿の贄まで廃止されたと語られては、現実の状況をさえ突き抜けて神としての存在まで抹殺されたに等しかった。当時すでに主祭神の神使にまで転落していたであろう猿神は、当時行なわれていたであろう鹿贄の起源を説明するためか、「猿神退治」の話と結びつけられただけでも大打

撃であったのに、『今昔』によってその鹿贄さえも廃止され、手ひどい追い討ちを受けたのである。

しかし、『今昔』のすべての話についていえるように、『今昔』の撰者はこの話を神社側の現実と触れ合えるような地点で入手したわけではなかった。とくにこの話の場合は、『宇治拾遺』に非常によく似た話すなわち共通説話があることから推定できるように、おそらく両書の共同母胎か、それに近い性格をもった先行説話集から書承する形で、撰者はこの話に対面したのである。奈良か、京都か、いずれにせよ中央にいて書物を介してこの話に接した撰者にとって、中山神社はまったく未知の神社であり、退治される猿は奇怪な怪物以外のなにものでもなかった。つまり中山神社と昔話との結合は、すでにその先行説話集か、さらにそれ以前の伝承の段階でなされており、『今昔』の撰者は神社の現実の状況とはいっさい無関係に、いわばそれ自体で独立した存在としての「中山神社の猿退治の話」に対面したのだ。

話の内容は昔話であるから決して現実をなまに反映したものではなかった。だが『今昔』撰者にとってそれはほとんど問題にならなかった。彼は対象が昔話であろうとなかろうと、およそいかなる種類・性格の話であっても、つねに話の内容を即物的に現実としてとらえ、その話の現実の中を生きる人間に対して、同じ現実を生きる人間として熱い視線を投げかける。この話でその対象となったのは、生贄に指名された危難の中で必死に行動する人びとの姿であった。同じ話を共通説話としてもちながら、他の説話集とは明確に区別される『今昔』の文学的特色はここから生まれてくる。この話の場合はどうだったか、それを検討しなくてはなるまい。

『今昔』と『宇治拾遺』の話を比較して、まず目につくのは、生贄に指名された娘の親に対する東国から来た犬山の男の発言を貫く論理の相異である。『今昔』の男は、娘の親に向かって口をひらく。


世ニ有《ある》人、命ニ増《まさる》物无《なし》。亦、人ノ財《たから》ニ為《する》物、子ニ増ル物无《なし》。

人間にとって第一に尊重すべきは生命と子供である。

其《それ》ニ、只一人持《もち》給ヘラム娘ヲ、目ノ前ニテ膾《なま》スニ造《つくら》セテ見給ハムモ、糸《いと》心疎《う》シ。

それなのに一人娘を膾《なます》（生肉を細かく切りきざんだ料理）にされるのを手をこまねいて見ているなんて、なんという情ない親であることか。

只死《しに》給ヒネ。敵　有者《かたきあるもの》ニ行烈《ゆきつ》レテ、徒　死為《いたづらじにする》者ハ无《なき》ヤハ有ル。

この「只死給ヒネ」以下のことばに相当する文言は『宇治拾遺』にはない。しかし『今昔』では、このことばこそ男の発言の論理を組み立てる大切な鍵である。このことばについては従来異説もあるので、少し詳しく考えておこう。

「只死給ヒネ」（機械的に直訳すれば「ただもうお死になさい」）ということばのニュアンスをどう理解するかは、「敵有者ニ行烈レテ」以下をどう解釈するかにかかっている。「敵有者」とは「敵意・害意を抱く者」の意、ここでは娘を殺して食おうとする猿神を念頭に置いた表現であることはいうまでもないが、そういう者に「行烈レテ」（出会って）、「徒死為者ハ无ヤハ有ル」とはどういうことなのか。ごく自然に解するならば「ヤハ」は反語表現であって、「徒死をする者はある」という意味になる。まとめていえば「ただもう死んでしまいなさい。敵と出会って徒死をする者はあるではありませんか」。これは一見奇矯に見える物言いである。だから「ヤハ」をあえて強調表現と解して「敵と出会ってむだ死する者がいるものですか」と常識的な発言に読みとる解釈も行なわれている。[7]だが、常識から出発する解釈は邪道であって、『今昔』の世界を支配する論理を周到に検討するならば、実は前者の解釈こそが正解であり、決して奇矯でも不自然でもない物言いであることが明らかになってくるはずである。

問題は「徒死」ということばからどんな死に方をイメージするかにもかかっている。「むだ死」、「犬死」と簡単に片付けてよいだろうか。なによりも『今昔』での用例を調べてみなければならない。『今昔』には「徒死」の用例がもう一か所ある。巻廿七第44話で、鬼が住むという噂のある古堂に泊ろうという三人づれの男のひとりは、ためらう仲間に向かって次のようにいっている。

此《かか》ル次《つい》デニ、実《まこと》ニ鬼有ラバ、然《さ》モ知ラム。亦被噉《くらはれ》ナバ、何《いかで》カハ不死《しぬ》マジキ、徒死《いたづらじに》セヨカシ。亦狐・野猪《くさゐなぎ》ナドノ人謀《たばからむ》トテシケル事ヲ、此《か》ク云《いひ》始メテ云《いひ》伝ヘタルニモ有ラム。

こんなついでに、本当に鬼がいるのならば、そうと知ろうという。が、そうと知ることは鬼が現われることであり、食われて死ぬことでもある。しかし、「何カハ不死マジキ」（人間どうして死なずにいられよう。いつかは必ず死ぬものだ）、鬼がいたならば「徒死」をしたらよいではないか。これが『今昔』の論理である。つまり、とにかくやってみる。それでうまくいかなければ死ぬのもやむをえない。この話で予想される敵は鬼、猿神の話の場合には神である。どちらも超人的な威力の持ち主であるから、人間は手もなく殺されてしまうかもしれない。そういう死はまさに「徒死」であるけれども、それはやむをえないことだというのである。『今昔』の「徒死」は、どうやらあえない最期という結果についていうことばであって、動機に対する評価まで加わったものではなさそうだ。

もっともこの古堂の話の場合は、考え方によれば犯さなくてもよい危険にみずから好んで近づいた男の話であるから、発言者の男の動機に対する評価がないとは言いきれないかもしれない。そこでもう少し範囲を広げてみよう。「徒死」の用例は右の一つだけだが、これに近い語に「徒ニ死ヌ」がある。たとえば巻廿七第13話の場合、同僚と口論のあげく勢いにまかせて鬼が出るとの噂が高い安義《あぎ》橋にひとりで出かけた男がいる。これもみずから危地におもむく点で似ているが、この男の主人の近江守は、これを評して、

益无《かひな》キ物諍《ものあらそ》ヒシテ、徒《いたづら》ニ死《し》ニスラムニ、

とつぶやいている。この「徒ニ」にも動機への評価が加わっているだろうか。もっとはっきりした用例がある。巻九第20話では、継母の讒言によって父の信を失った伯奇が絶望して自害しようとしたのを押しとどめた人が、

君、罪《つ》ミ无《な》クシテ徒《いたづら》ニ死ナムヨリハ、不如《しか》ジ、只、他国ニ逃ゲ行テ住セヨ。

と忠告している。また、第五章で詳しく紹介するつもりだが、巻五第13話で帝釈天の化した老人に食物を供養した三匹の獣のうち、狐や猿のように上手に食物を手に入れることができないのを嘆いた兎は、

我レ翁《おきな》ヲ養ハムガ為ニ野山ニ行クト云ヘドモ、野山怖《おそろ》シク破无《わりな》シ。人ニ被殺《ころさ》レ、獣ニ可被噉《くらはるべ》シ。徒《いたづら》ニ、心ニ非《あら》ズ、身ヲ失フ事无量《はかりな》シ。

と考えている。これらの「徒ニ」が動機に関係するとは考えられない。むしろこれら「徒ニ死ヌ」場面に共通するものがあるとすれば、あえない最期とでもいうべき死に方であって、その死に対する評価は、その前後に用いられた「益无キ物諍ヒシテ」とか「罪ミ无クシテ」とか「心ニ非ズ」とかの言葉の方に盛られているとみるべきである。『今昔』の「従死」は「むだ死」、「犬死」のように無益・無意義の意味がこめられた語ではないのである。これだけでもすでに、いわゆる常識に引きつけた解釈の誤りであることは明らかであろう。

4　〈同ジ死ニヲ〉

さて、そういう「徒死」をする者があるのは「敵有者ニ行烈」れた場合である。自分に対して害意を持つ敵に出会ったならば戦わざるをえない。死が目前に迫る窮地に陥ったならば、結果はどうなろうと、とにかく行動に移らなくてはならない。座して死を待つことはないのだ。これが『今昔』の世界を支配する思考様式である。たとえば、巻廿七第23話で、陰陽師が予告したとおりに鬼が現われ、家の中に入ってきたのを見た男は、

今ハ何《いか》ニストモ此ノ鬼ニ被噉《くらはれ》ナムトス。同《おなじ》死ニヲ、後《のち》ニ人モ聞ケカシ、此ノ鬼射ム。

と思って鬼に矢を放っているし、巻廿七第36話で、野中の小屋にひとり泊まった男は、深夜鬼らしき怪物が迫って来るのを見て、

何様《いかやう》ニテモ我ガ身ハ今ハ限リ也《なり》ケリト思フニ、同死《おなじし》ニヲ、此ノ庵《いほり》ハ狭《せば》ケレバ入《いり》ナバ悪《あし》カリナム、不入《いら》ヌ前《さき》ニ鬼ニ走リ向《むかひ》テ切《きり》テム。

と思って鬼に斬りかかっている。彼らにこの積極的な行動をとらせたのは、「今ハ何ニストモ」「何様ニテモ」絶体絶命だという判断であったと『今昔』は説明する。『今昔』のそれぞれの説話の末尾につけられた批評のことばだけを見ると、

然レバ、人離レタラム野中ノムドニハ、人少《すくな》ニテハ不宿《やどりす》マジキ事也ケリ。（巻廿七・36話）

然レバ、案内不知《しら》ザラム旧《ふる》キ所ニハ、不可宿《やどりすべから》ズ。（巻廿七・17話）

実《まこと》ニ人ハ命ニ増ス物ハ无《な》キニ、由无《よしな》ク猛《たけ》キ心ヲ見エムトテ死《し》ヌル、極《きはめ》テ益无《かひな》キ事也。（巻廿七・4話）

のように、「君子危きに近づかず」式の消極的な禁忌の教訓が目立つけれども、それは結果論的批評であって、たとえ本人のうかつさに原因があったとしても、とにかく窮地に陥って死を目前にしてしまった各話の主人公たちは、その絶体絶命との判断をてこにして、積極的に決死の行動に打って出る。

その判断と行動とをつなぐのが、右に紹介した二つの話のどちらにも見えた「同死《おなじし》ニヲ」、つまり「どうせ同じく死ぬのならば」「どうせ死ぬ身なら」という考え方であった。

この思考・行動の様式は『今昔』のあらゆる部分に認められる顕著な特徴である。たとえば、巻二十第9話で、天狗を祭る怪しげな僧に入門しようとした男は、約束を破って刀を携行したのを見破られてにらまれると、

我が身忽《たちまち》ニ徒《いたづら》ニ成《なり》ナムズ。同死《おなじし》ニヲ、此老僧《このおいたるそう》ニ取付《とりつき》テ死ナム。

と思って斬りかかっているし、巻廿六第3話で、大洪水に家もろとも押し流され、ようやく立木の枝にすがりついて助かったと思ったものの、一夜明けて水が引くと大木の梢にとり残されていることに気がついた少年は、

今暫《しばらく》有ラバ、心ニモ非《あら》ズシテ、落《おち》ナムトス、同死《おなじし》ニヲ、網ヲ多ク集メテ、其レヲ張《はり》テ受ケヨ。若《もし》ヤ助カ

ルト其レガ上ニ落懸《おちかか》ラム。

と叫び、即席の救助網を張らせて飛び下りている。巻卅一第14話は昔話の「旅人馬」と同型で、三人の修行者が四国の辺地をめぐっているうちに山中で道に迷い、ようやくたどりついた一軒家の主人の妖術によって馬に変えられる話であるが、ここでも二人の同行を馬に変えられた修行者は、

我レ馬ニ成ラムヨリハ只逃《にげ》ナム。追《おひ》テ被捕《とらへられ》テ死ナムモ、命ヲ棄《すて》ナム事ハ同事《おなじこと》也。

と考えて脱走するのである。

ところで、このような言い方をしてくると、必ず次のような反論を呼ぶはずである。いわく――「『今昔』は説話集である。説話は伝承されたものであり、説話集の撰者が勝手に創作したものではない。（略）撰者の思想をいきなり作品に求めたり、話の構成や表現についての手腕を無媒介に撰者のものと考えたりしてはならない」（第一章二三頁参照）といったではないか。ところが、いま例示された話はすべて典拠がわからず、『宇治拾遺』などによく似た共通説話があるわけでもない。つまり『今昔』撰者が見たであろう資料にどんなことが書いてあったか正確にはわからないはずだ。そうすると、これらの話に描かれた主人公たちの思想や行動が『今昔』撰者自身の思考とどれほど重なり合うのか危惧せざるをえない――と。これは当然の危惧である。だが、その危惧は次のような例によって消えるだろう。

人不通《かよは》ヌ海也ト云フトモ、只海ノ中ニシテ死《し》ナム。此《ここ》ニテ死ナムヨリハト議シテ、八人シテ此ノ木ヲ伐《きり》テ忽《たちまち》ニ刻《ゑ》リツ。（巻十六・2話）

これは新羅・唐連合軍に攻められた百済を助けるべく日本から派遣された救援軍の越智直《おちのあたい》ら八人が唐軍の捕虜となり、ある島に幽閉されたが、一体の観音像を見つけて祈り、海岸に生えていた木を切って船を造って脱走する話で、一行が決死の覚悟で船を造ることを決意する場面である。この話は『日本霊異記』巻上第17話を典拠としてい

るが、『霊異記』の同じ場面は、

八人同心。窃截松木以為一舟。（八人心を同じくし、ひそかに松の木を截《き》りて一つの舟を為《つく》る）

と語られているだけである。これ以外のことばはすべて『今昔』撰者が付加したものであった。「只海ノ中ニシテ死ナム。此ニテ死ナムヨリハ」は『今昔』撰者の想像であるとともに、彼自身のものの考え方の表明でもあったのだ。

また、次のような例もある。

大《おほき》ナル毒蛇、目ハ鋺《かなまり》ノ如クニシテ、舌甞《なめづり》ヲシテ、大海ヨリ出《い》デテ、巌《いはほ》ノ喬《そば》ヨリ昇リ来《きたり》テ、鷹取《たかとり》ヲ呑マムトス。鷹取ノ思ハク、我レ蛇ノ為《なめ》ニ被呑《のま》レムヨリハ、海ニ落入《おちいり》テ死《し》ナムト思《おもひ》テ、刀ヲ抜テ、蛇ノ我ニ懸ル頭《かしら》ニ突キ立《たて》ツ。（巻十六・6話）

これは鷹の巣から鷹の子を取って売るのを生業とする男が、相棒の男に裏切られて、大海に臨む絶壁の途中に置き去りにされた場面であるが、そこに現われた大蛇に対して男は「このままおとなしくしていて蛇に呑まれるよりは、海に落ちて死んだほうがましだ」と思って、近づく蛇の頭めがけて刀を突き立てている。この話の典拠は『法華験記』巻下第113話であることがわかっているが、それを見てもこの場面は、

有大毒蛇。従海中出。向岩登来欲呑。鷹取抜刀。突立蛇頭。（大きなる毒蛇ありて、海中より出でて岩に向かひ、登り来たりて呑まむとす。鷹取刀を抜きて、蛇の頭に突き立てつ。）

とあるだけで、『今昔』に描かれた男の心理は明らかに『今昔』の撰者が付加したものなのである。前の話で八人の男が船を造ったという事実、この話で男が大蛇の頭に刀を突き立てたという事実は、それぞれ典拠となった文献にも記されていたのであるから、そういう主人公たちの行動を、説明を加えながらもう少し詳しくなぞっていくとすれば、誰がやっても『今昔』と似たものになりそうな気はするけれども、とにかくこれらに見られる「同ジ死ニ

ヲ」的な発想は『今昔』撰者自身のものであった。そうであるとすれば、さきに危惧した典拠不明話の場合でも、たとえ「同ジ死ニヲ」の文言がわれわれの知らぬ典拠にすでにあったと仮定しても、『今昔』の撰者はその文言ないし発想を十分の同感をもって受け継いだものと思われる。文言は典拠からのものであっても、そこに表われた発想は『今昔』撰者自身のものでありえたのだ。もちろん実際には典拠にはなくて『今昔』撰者があらたに付加したものが大半であろうと想像できるけれども。

　したがって、また猿神退治の話に戻っていえば、「敵有者ニ行烈」れた場合には、一か八か奮闘しなければならないし、それでもうまくいかずに空しく斃れる、つまり「徒死」することはよくあることであるが、それはそれで仕方がないというのは、主人公の犬山の男の論理であると同時に、『今昔』撰者の論理でもあったのである。ここまでわかってくると、その前にある「只死給ヒネ」（ただもうお死になさい）が、たんに死ぬことではないし、まして貴方のような「心疎《う》」き情ない親は死んでしまえと罵倒しているのでもないことは明らかであろう。これは「徒死」を覚悟でことを行ないなさい、死ぬ気でおやりなさいという激励のことばなのだ。巻三十第8話で、身分違いの大納言家の姫君に恋いこがれた内舎人《うどねり》は、

　今ハ生《いき》テ世ニ可有《あるべ》クモ不思《おぼ》エザリケレバ、同死《おなじし》ニヲ、此ノ姫君ヲ取《とり》テ、本意ヲ遂《とげ》テ後《のち》ニ、身ヲモ投《なげ》テ死《し》ナム。

と心を決め、さらにその決行にあたっては、

　然《さ》ハレ、死ナム。

と思って簾の内に飛び込み、姫君を奪って逃走している。「ままよ、やるだけやって死のう」「えい、もう死んでもよい」などと口語訳できようか。この話は『大和物語』にもあるが、もちろんこんなことばは見られない。また巻廿八第31話では、山城・大和・伊賀三国にわたる一大荘園領主で、京にも顔がきき地方官などものともしないした

たか者の藤原清廉《きよかど》に対して、税米の納入を迫る大和守の藤原輔公《すけきみ》が、

今日、輔公、主《ぬし》ニ会《あひ》テ只死ナムト思フ也。更ニ命不惜《をしか》ラズ。

と叫んでいる。口語訳すれば「今日こそ、この輔公、おぬしとさしちがえて死ぬ覚悟だ。命など惜しくはないわ」。この二つの話に出てきた「死ナム」は、どちらも決死の覚悟でことにあたる決意の表明であった。「只死給ヒネ」は、いわばこの「死ナム」の命令形なのである。

さて、『今昔』の犬山の男のことばはさらにつづく。

仏神《ぶつじん》モ命ノ為《ため》ニコソ怖《おそろ》シケレ、子ノ為《ため》ニコソ身モ惜ケレ。

娘が神に殺されようとしているいま、親はわが身命を惜しむ理由はない。これは前の「只死給ヒネ」に追い討ちをかけることばである。男はこのようにたたみかけておいてから、

亦、其《その》君ハ今ハ无人《なき》也。同死《おなじしに》ヲ、其《その》君、我ニ得《え》サセ給ヒテヨ。我、其替《そのかはり》ニ死侍《しにはべり》ナム。其ハ己《おのれ》ニ給フトモ苦シトナ思《おもひ》給《たま》ヒソ。

ともちかける。「娘さんはもう死んだも同然の方です。どうせ死ぬ身なら、娘さんを私に下さい。私がその代わりに死にましょう。だからあなたは、娘さんを私にくださってもご異存はないはずです」。どうするつもりかと娘の親が尋ねると、男は考えがあってのことだと答える。なにもしないでいるのがいちばんいけないことは、すでに男に論破されてわかっている。だから親は「娘ダニ不死《しなず》ハ、我ハ亡《ほろび》ムニ不苦《くるしからず》」と承諾せざるをえない。娘を男に与えること自体が親にとっては生命をかけた抵抗なのだ。

このように見てくると、『宇治拾遺』にはなくて『今昔』だけがもっている「只死給ヒネ。敵有者ニ行列レテ、徒死為者ハ无ヤハ有ル」という発言は、『今昔』の男の発言の論理ヲ支え、さらには話全体としての論理をも支える、たいへんな重みをもったことばとして改めて注目させられる。『今昔』の犬山の男は、娘の親に行動をうなが

すだけでなく、自らもひどく積極的であるが、それは彼の本来の性格であるとともに、より直接的にはこの家にきて最初に、美しい娘が泣き臥しているのを見て「哀《あはれ》ニ思《おぼえ》、糸惜《いとほし》ク」思った瞬間に発動したものだと撰者はいいたいのだろう。

これに対して『宇治拾遺』の男の発言は次のとおりである。

　さてその人は今は死に給ひなんずる人にこそおはすれ。人は命にまさることなし。身のためにこそ神もおそろしけれ。この度《たび》の生贄を出さずして、その女君をみづからにあづけ給ふべし。死《しに》給はんも同じことにこそおはすれ。いかでかただ一人もち奉り給へらん御女《むすめ》を、目の前に生きながら膾《なます》につくり、切りひろげさせては見給はん。ゆゆしかるべき事也。さる目見給はんも同じことなり。ただその君を我にあづけ給へ。

これを聞いた親は、「げに目の前にゆゆしきさまにて死なんを見んよりは」（なるほど目の前で無残に殺されるのを見るよりは）と思って娘を与えるのだが、『今昔』と非常によく似た文句が並んでいながら、読んで受ける印象はまったく異なる。ここには死を賭した抵抗をうながすことばがなく、したがって娘を男に与える親の行為も、結局は殺されるにしても自分の目の前で殺されるのだけは見たくないという、まったく消極的で逃避的な思いから出たものと受け取られかねないのである。

とはいうものの、実は『宇治拾遺』の話は『今昔』と比べてプロットにも若干の違いがあり、『宇治拾遺』の男が娘を救おうと決意するのは彼女と結婚した後であって、そこではじめて親に向かって娘のために死ぬ覚悟があるかと問い、親も承知するのである。このような違いが両書の原話受容の過程で生じたものとは考えがたい。つまり両書の撰者が見た資料において、すでにある程度の相違があったと考えるべきだろう。したがって、ここに取り出したような両書の相違点を単純に撰者の人間観の反映などと速断することは避けるべきではあるけれども、『今昔』の男の論理は『宇治拾遺』との比較を抜きにして考えても、これまで紹介してきたいくつかの話の例などと照らし合わせて、たしかに『今昔』撰者の人間観の反映として認めてよいと思う。たとえそれらの文言が彼の拠った資料にすでにあったものだとしても、それはそれで彼の十分の共感とともに受容されたものだったのである。

5　都市人と地方神

『今昔』の猿神も『宇治拾遺』の猿神も、昔話の「猿神退治」がそうであるように、娘の身代わりとなった男とその協力者である犬の奮闘によって、最後には打倒されてしまう。その結果、人贄を廃止して猪・鹿の贄を供えるようになったという『宇治拾遺』の結末のほうが、おそらくより古い形であり、中山神社の現実にも近かったらしいことはすでに述べたが、『今昔』が猪贄や鹿贄を問題にもせず、すべての贄を廃止したと語っているのは、人間の側からする生命を賭した抵抗の勝利を謳う撰者が、資料としての伝承を乗り越えてでもたどり着かねばならぬ、いわば必然の結末であった。

しかし、猿神から神の肩書をひきはがし、神としての存在そのものを抹殺しかねない『今昔』の説話受容は、現実に中山神社の猿神が置かれていた状況とは、おそらく無縁のものであった。これまで見てきた乙丸伝説や鹿贄の事実から透視してみても、同社の猿神はかつての栄光と権威は失っていたとしても、祟り神としての神威は十分に認められており、その土地の人びとからは恐れられながらも親近感をもって迎えられていたと想像される。高野神社の蛇神とともにその土地の農耕に親密な関係をもつ神として親しく祀られていたのであろう。主祭神は某々のミコトといわれるようになって後も、人びとがもっとも親しく自分たちの神と感じたのは、案外この猿神であったかもしれない。

しかし『今昔』撰者の側からいえば、未知の地方神に親近感を抱く理由はなかったし、地方社会を支配している農耕儀礼などに肉感的なつながりを求める必然性もなかった。いわば彼は都市人なのであり、同時に仏教人でもあることによって、地方神に対して圧倒的に優越する位置に立つことができたのである。彼が生きた院政期、日本に都市といえるほどの町は京都しかなかった。彼の生活圏であったかもしれない奈良はその附属物として都市の一部に加えてよいだろう。興福寺や東大寺などの大寺院は京都の貴族社会と密接な関係にあり、大荘園領主という点でも貴族たちと共通していた。むろん貴族だけが都市人だったわけではない。国民のほとんどすべてが農民であった時代に、農耕生活と断絶した人びとが集まって消費生活を送っている例外的な場所が都市であり、そこにとっぷりと浸って暮らしているのが都市人だった。彼らはほとんど例外なく地方の人びとに対して文化的優越感を抱いていた。現代でも似たような事実があるように、ミヤコビトの意識では地方はしょせんヒトノクニにすぎなかったのである。

仏教もまた神に対しては圧倒的優位にあった。本地垂迹の思想はすでにあったけれども、それが急速に発展し精密に体系化するのは鎌倉時代であって、一般的には神も人間たちと同様に迷界にあってなお煩悩を脱することができないでいる衆生の一つと考えられていた。この頃さかんに行なわれた神前読経は、神は仏法を聴聞するのを喜ぶはずであり、その功徳によっていずれは神も悟りをひらいて迷界を脱するであろうという考えにもとづいている。神と仏を並称するとき「神仏」よりも「仏神」という言い方のほうが多く用いられたのも仏優位の反映であった。

『今昔』撰者だけが特別に地方文化に無関心であったというのではない。それどころか彼の行なった厖大な説話の収集は、むしろ彼が同時代人に抜きん出た広い視野と関心とをもっていたことを物語っている。が、関心をもっていたことと根っからの都市人であることとはすこしも矛盾しない。むしろ彼は関心をもちながら、同時に諸々の農村的な精神伝統と無縁でありえたことによって、手元に集まってきたあらゆる地方のあらゆる話を、自らの精神の俎上で自由に裁断することができたのである。『今昔』に収められた話の舞台がほとんど日本全土に及んでいながら、話の内容に意外に地方色が乏しいのは、こういう点に関係している。彼はそれらの話を、所詮地方の現実としてではなく、あくまでも都市人である自らの現実と引き比べて受容する。自分とは関係のない遠い国の奇譚を楽しむというような消閑的な姿勢とも異なる。彼はまるでその場に自分が居合わせでもしたように話の世界にのめりこむ。けしからぬ怪神にねらわれたいま、われら人間いかに行動すべきや——となってしまうのである。その時、中山や高野の名は怪神につけられた単なる符牒にすぎない。どこの国の何神であろうと彼にとって大した意味はないのだ。

だが、この一方的な思い入れは、『今昔』にそれまでの文学にない新しい世界を切り開かせた原動力でもあった。この章で注目してきた「同ジ死ニヲ」ということばで代表される果敢な行動の様式は、人間の根源的な自己防衛本能の発動にすぎぬといえばそれまでだが、それを真正面から描いた作品は『今昔』以前にはなかった。それを題材とすることさえ想像できなかったのであって、いわば『今昔』は人間の強さの発見者であり、文学に描かれること自体が稀であった積極果敢な肉体的行動力を、真正面から肯定した最初の作品であった。『今昔』の比類ない魅力はこの点を抜きにしては論じられない。

それはすばらしいことだが、そのために踏みつけられた猿神は浮ばれないではないか——と思ってくださる人たちのために、猿神の現状を報告しておかねばなるまい。その土地にがっしりと根をおろした猿神は、遠いミヤコの文学作品で加えられた痛撃なんぞで亡びたりはしない。りっぱに生きのびた猿神社は地元の人たちに「おさるさんの社」として親しまれ、いまは幼児の守り神となって、信者の供えた赤い小さな縫いぐるみの猿（括《くく》り猿）に囲まれてますます健在である。

注

(1) 原話は長文であるため要約した。詳しくは、関敬吾『日本昔話集成・第二部本格昔話3』(角川書店、一九五五年)一二五二頁以下参照。
(2) 中山神社編『中山神社資料』(清文堂出版、一九七四年)三五八頁参照。この他、『一宮由緒之伝記大略』(同右書三五九頁所収)にも同様の説がある。
(3) 同右書三五六頁参照。
(4) 『中山神社本末調帳下書』および『中山神社旧記抜書』(同右書三五六、三五七頁)参照。
(5) 岡山民俗学会編『岡山民俗事典』(日本文教出版、一九七五年)「さるみち」「なまめ」の項、山陽新聞社『岡山県大百科事典』(一九八〇年)「なまめ」の項など参照。
(6) 『中山神社旧記写』(『中山神社資料』三三二頁)参照。
(7) 日本古典文学全集『今昔物語集・三』(小学館、一九七四年)五四七頁、頭注四二などがその例である。

第四章　説話の視界
――明尊僧正と平致経――

1　対象との距離

前章に見た美作の猿神退治の話は、一面からいえば、『今昔』撰者と説話に語られている世界との距離の大きさ、地理的な距離以上に大きな社会的ないし思想的な距離の存在を物語るものであった。しかし別の面からいえば、このように、距離のあるものであろうとなかろうと、委細かまわず貪婪に取り込んでいけるのが説話集の強みである。『今昔』撰者はありとあらゆる事件を語り、現実を描いているように見えるけれども、彼はその事件や現実を決してじかに経験したわけではなかった。それらはすべて説話として伝わってきて彼の耳目に届いたものばかりである。言い換えれば、彼は常に説話というクッションを置いて現実と向きあっていたのである。

説話は各地各階層からさまざまな現実を運んできた。だから撰者は居ながらにしてそれらの現実に触れることができた、といえば多少言いすぎであって、たとえ説話がそういうものであったとしても、撰者が自らの属する社会や文化にのみ固執して、その埒外のものに対して拒絶反応を起こせば、彼の触れうる現実はおのずから限られてくる。そのかわり撰者がもし自らの属する狭い社会・文化圏のわくを越えて、その外側に広がっている世界にも関心と興味を寄せたならば、説話は彼個人ではとうてい経験しえない広い世界のさまざまな現実を彼の目の前にくり広げて見せてくれるだろう。もちろんそれは現実そのものではなく、あくまでも説話というレンズを通して見た現実ではあるけれども。

その点、『今昔』撰者の目は同時代の文学作品の中では異様に思えるほど外の世界に向かって開かれていた。前章でその一端に触れたように、彼は説話の登場人物たちの行動に熱い視線を投げかけ、彼らが生身の人間としていかに困惑し、恐怖し、抵抗し、感動したかを、文飾のない即物的な描写で追っていった。もちろん最後には多くは教訓的な、あるいは称讃的な評語でしめくくられるのだが、その評語が決して語り手である撰者自身の内省へとはつながっていないことに注目すべきである。撰者は説話というレンズを通した現実に対面してさまざまな衝撃や感慨を得たにちがいないが、それを契機に自己の内部に沈潜するのではなく、反対に自己の外なるものへ外なるものへと向かって目を見開いていった。第二章で述べたように、われわれの目から見ると説話の内容と評語が整合していない場合があり、なかには評語ともいえないまったく的はずれな発言さえあるが、彼は委細かまわず次なる話へ、次なる世界へと突き進んでいく。それは撰者の個性の問題である以前に、説話集を編纂するという行為そのものが必然的に内包している問題であったのかもしれない。創作主体は不明、伝承者も不特定多数で責任を明らかにしないという、個人の創作文芸とはまったく異質な説話を対象として、それを吸収消化し自己の一部として再生させるのならともかく、そうでなくて説話を説話のままに数多く並べて、その集合によって一つの作品を形作ろうとする行為は、どう見ても個人の内部へ向かう沈潜とは反対のベクトルをもつ。だから、そもそも説話集に対して完全な整合性を要求すること自体が無理なのであり、また完全に整合することが説話集にとって意味のあることなのかどうかも疑問なのである。

一般論としてそうであるばかりでなく、説話集の撰者たちの中でもとくに『今昔』撰者の目は、際立って外なるものへと向かっていたと思う。彼の行なった壮大で広範囲な説話の集成はまさにその産物であり、それによって彼は王朝文学の多くの作者たちのような内省的な個人には獲得不能だった広い視界を切り開くことができたのである。なるほど視界は広かったろうが、そこに見えているものを彼はどれほど正確に捕捉し理解していたかと反論されると、いかにも限界があり矛盾も多かったと答えざるをえない。しかし、そういう問題の設定の仕方は、実は個人の創作文芸に対しては有効であっても、説話集に対してはあまり意味をもたないのではないだろうか。説話集、その中でも特に『今昔』は、もともと王朝文学一般を律する価値基準からは遠く隔たった、まるきり系譜の異なる作品なのであり、撰者個人の理解の深まりや内省などの問題をとび越えて外へ外へと広がることによって、大げさにいえば当時考えられるかぎりの猥雑なまでに多様な世相を、多様なままに掬いあげて読者の目の前にぶちまけて見せるところに基本的な機能のある文学であり、そうであることによって内省的な個人の文学が行きづまった壁を遮二無二ぶち破って清新の気を吹き込む一種の賦活剤たりえたのであった。とすれば、『今昔』に対する評価は何よりもまずそういう視界の広さについて下されなければならない。

　ところで対象との距離は、説話と撰者との間にだけあるのではなかった。対象との距離そのものが主題になった説話がある。巻廿三第14話「左衛門尉平致経《さゑもんのぞうたひらのむねつね》、送明尊僧正語《みやうそんそうじやうをおくりたること》」はそういう話の一例である。まずあらすじを紹介しよう。

　宇治殿（藤原頼通）が全盛であった頃、三井寺の明尊《みようそん》僧正が夜居《よい》の僧として伺候していたが、どういう事情なのか、にわかに明尊を三井寺につかわし、その夜のうちに帰って来るようにとのことで、馬を用意させて、「誰か護衛役に適当な者はおらぬか」と尋ねられた。「致経《むねつね》がおります」と名乗り出たのは当時左衛門尉だった平致経。殿は「よし」と彼に供を命じられた。

　さて致経は日頃から宿直所《とのいどころ》に弓・胡籙《やなぐい》を置き、敷物の下に「藁沓《わらぐつ》」（後代のわらじの類）を一足隠していたので、それを取り出して履き、これも日頃召し使っていた下人一人をつれて明尊の前に立った。その姿は周囲の人びとをさえ「カ細《ほそ》クテモ有ル者カナ」（なんと頼りなく貧乏くさい奴よ）と思わせるほどだった。明尊が驚いたのはいうまでもない。「三井寺に行くのだぞ。馬はないのか」と尋ねると、「歩いてまいりましてもよもや遅れることはございませぬ。どうぞお急ぎ下さい」と答える。明尊はわけがわからぬまま馬を進めた。

すると、七、八町ほど行くと、黒装束の者が二人、弓矢を帯びて前方から歩み寄って来た。明尊はぎくりとしたが、二人は致経の前に平伏すると「御馬でございます」と馬を引き出した。致経はそれに乗り、二人の郎等も馬に乗って供に加わった。護衛がふえたと「憑《たのも》シク思」いながら行くと、また二町ほどして同じように黒装束の者二人が現われ、無言のうちに供に加わった。「希有《けう》ニ為《す》ル者カナ」（不思議なことをするものだ）と思っていると、また二町ほど行くと二人が現われる。こうして一町か二町行くごとに二人ずつ加わったので賀茂川の河原を出た時には三十余人になっていた。「奇異《あさまし》ク為《する》者カナ」[1]（まったくあきれたものだ）と思いながら明尊は寺に着いた。

帰途はちょうどその逆だった。賀茂川を越えて京に入ると、無言のうちに二人ずつ立ち止まっては消えていく。お屋敷まであと一町ほどになると最初に現われた二人が馬を引いて去り、致経はもとの姿に戻って屋敷の門をくぐった。

明尊は殿に用件を話し終わると、さっそくこのことを報告した。「致経ハ奇異《あさまし》ク候《さぶらひ》ケル者カナ」（致経という男はまったくあきれた奴ですな）。「極《いみじ》キ者ノ郎等《らうどう》随ヘテ候《さぶらひ》ケル様《やう》カナ」（あれほど郎等を手足のように従えているとは、たいした奴です）。しかし殿は何もいわれなかった。この話を聞けば殿もきっと膝を乗り出すはず、との明尊の予測はみごとに裏切られたのである。

この話のおもしろさは、主人公の明尊が不審がったり恐怖を感じたりしたことが次々と意外な結果になっていく展開、つまり「カ細クテモ有ル者カナ」と見られた致経が、実はみごとに組織された集団の頭目であり、郎等たちはまで「兼《かね》テ習《ならは》シ契《ちぎり》タラム様《やう》ニ」（前もって訓練し約束していたかのように）無言のうちに現われ、そして消えていく。明尊はいちいち予測を破られ、ついには感嘆してしまうという話の展開の仕方にある。

これはまた次のように考えることができるだろう。明尊は後に述べるように貴族社会の中でのみ生きている人間である。その社会では関白に伺候して宿直する護衛の武士にすぎず、下男一人を供にして関白の命令のままに動かされる従者であり奉仕者であるにすぎない致経が、実はその社会の外側に、彼を首領として完璧なまでに組織された武士団を持っている。それは貴族社会の側には見えていない、少なくとも表立ってはいない事実である。明尊のようにとっぷりと貴族社会に浸った人間の側からいえば、それは陰の世界であり闇の世界である。その点でも夜の暗闇の中から「黒バミタル物」がふっと現われては消えるというのは、まことに象徴的な出来事であった。その話に対して頼通が格別の反応を示さなかったのは、彼がすでにそういう世界を知っていたからか、知っていたとしても沈黙には何か深い意味が込められていたのか、気になるところであるが、ここではまず右のような大まかな把握をもうすこし具体的に確かめていくところから出発することにしよう。

2　闇の支配者

明尊は従四位上兵庫頭小野奉時の子で、書家として有名な小野道風には孫にあたる。智証（円珍）門の余慶、慶祚に学び、長元三年（一〇三〇）から一年、長暦二年（一〇三八）から六年、園城寺（三井寺）の長吏となった。三井三門跡の一つ円満院の開創者としても知られる高僧である。貴族界の信任が篤かったが、頼通とは特別に関係が深く、『扶桑略記』康平三年（一〇六〇）十一月二十六日条によれば、この日頼通の白河別邸で明尊の九十賀が行なわれ、席上頼通は、

弟子弱冠の始めより携杖の今まで、其の護持の力によりて此の愚昧の身を全うせり。（原文は漢文）

と称えたという。つまり明尊は頼通が二十歳（弱冠）の頃から護持僧を勤めていたのであり、この話で明尊が夜居の僧として伺候していたというのもそのためであって、こういう二人の間柄は恒常的なものであったことがわかる。長和四年（一〇一五）十二月十二日女二宮の降嫁を目前にした頼通（当時二十六歳）が、妻隆姫の父具平親王の霊に悩まされて病気になり、降嫁が沙汰止みとなったことは『栄花物語』の「玉の村菊」に詳しいが、そこでも、

明尊阿闍梨夜ごとに夜居仕うまつりなどするに……

と、明尊が病平癒を祈ったことが記されている。このような間柄であったからこそ、頼通は自邸で明尊の九十賀を祝ったのであり、第一章で紹介したあの永承三年（一〇四八）三月興福寺再建供養においても明尊を導師に任じたのであった。同じ永承三年の八月にはさらに天台座主に任じたけれども、山門の衆徒の猛烈な反対に遭って、わずか三日で辞任せざるをえなかったのは有名な出来事である。

ところで、この話の中で明尊は「其時ハ此僧正ハ僧都ニテ有ケレバ」と語られているから、これを信じるならばこの話の出来事があったのは、彼が権少僧都に任じられた治安元年（一〇二一）十二月二十九日から、権大僧都・大僧都を経て権僧正となった長元六年（一〇三三）十二月二十日までのことで[2]、明尊は五十一～六十三歳、頼通は三十二～四十四歳であった。頼通は万寿四年（一〇二七）に父道長を失ったが、自身は関白左大臣、年齢から見ても権力から考えても、この期間はまさに「宇治殿ノ盛《さかり》ニ御《おはし》マシケル時」であった。

一方、致経《むねつね》の側から考えていくと何がいえるのか。『今昔』ではこの話の直前の巻廿三第13話に彼の父致頼が登場している。一条天皇の治世、正確にいえば長徳四年（九九八）に致頼が平維衡と合戦し、私闘の罪によって致頼は隠岐国に流罪、維衡は淡路国に移郷に処せられたという話である。維衡と致頼はともに桓武平氏で、二人はまたいとこの関係にある。維衡の父は貞盛、天慶三年（九四〇）平将門を誅伐したことで知られ、致頼の父は公雅とも

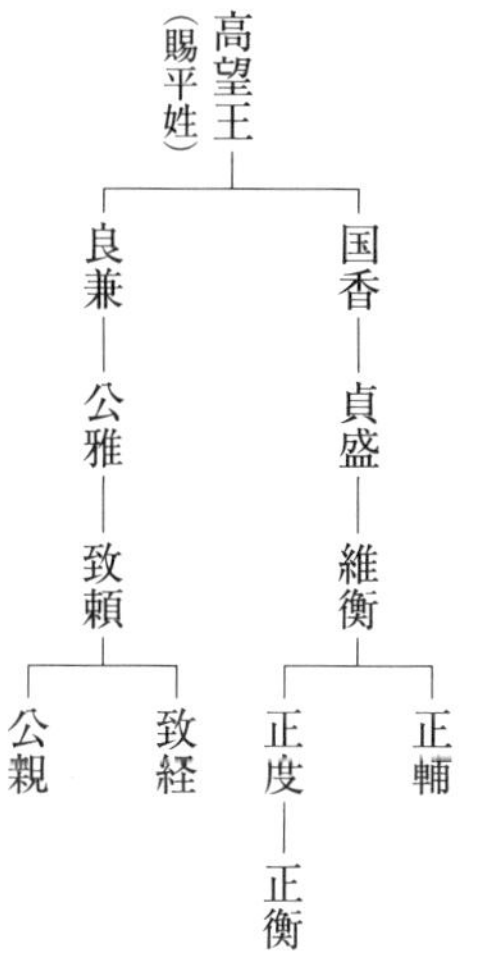

図16　桓武平氏系図

良正ともいわれるが、(3)どちらにしても将門と対戦した人たちである。彼等の一族はその後も東国に根を下ろして、北条氏、千葉氏、相馬氏などの祖となるのだが、維衡と致頼はやがて伊勢国に移住し、そこで勢力を争うようになった。

藤原行成の日記『権記』の長徳四年（九九八）十二月十四日条に、

又五位以上は畿外に出づべからざるの由《よし》、法条の制するところ也。而るに前下野守維衡、散位致頼等、数多の部類を率ゐて、年来の間伊勢国神郡に住む。ために国郡多く事の煩ひ有り。人民の愁ひを致すと云々。（原文は漢文）

という記事がある。実はこれが第13話の私闘事件の発端なのだが、これによると、五位以上の者は勝手に畿外に出ることを禁じられていたにもかかわらず、二人は多くの部下とともに畿外である伊勢国の神郡（伊勢神宮の所領に属する郡）に住みついていたのである。そこに勢力を蓄えつつあったのだろう。しかも維衡は前下野守、この時は散位だった致頼も『尊卑分脈』には備中掾とあるから、ともに官人としての一面をもっていた。彼等は一方では在地の土豪として所領と郎等をもちながら、一方では下級官人として貴族社会の末端につながるという二つの顔をもった存在であった。

彼らの官人としての顔はあまり冴えなかった。致経が左衛門尉として仕えたのは父たちと同じ生き方だったが、寛仁四年（一〇二〇）二月十三日には彼が東宮坊（皇太子付きの官庁）の下部《しもべ》数十人に斬りつけられる椿事が起こっている。源経頼は日記『左経記』の翌十四日の条に次のように記した。

或人云はく、左衛門尉平致経は年来東宮町に寄宿す。而《しか》るに昨日夫《ぶ》を出すべきの由《よし》、彼の宮の下部等来たり催す。而るに一《ひとり》の下部を陵《おか》して夫を出さずてへり。仍《よ》つて宮の下部数十人来たり向かひ□□切り損ぜらると云々。

（原文は漢文）

東宮町というのは待賢門の外、高陽院の西にあった東宮坊の厨町《くりやまち》（公務員宿舎の類）である。厨町は各官庁ごとにあり、そこは官有地であるから居住者は寄宿人であっても官庁の課役に従事しなくてはならない。左衛門府の官人である致経も自分は東宮坊とは関係ないというわけにはいかなかったのである[4]。ところが彼は年来そこに住んでいながら夫役を出さなかった。それればかりか催促に行った下部に暴行を加えたのだ。怒った下部たちは数十人で押しかけた。以下は肝腎のところに欠落があって読めないが、たぶん喧嘩になり、多勢に無勢の致経が怪我をしたのだろう。相手はただのネズミではなかった。道理は下部の側にあったし、彼らの怒りも正しかった。しかし彼らは致経を甘く見ていたようだ。

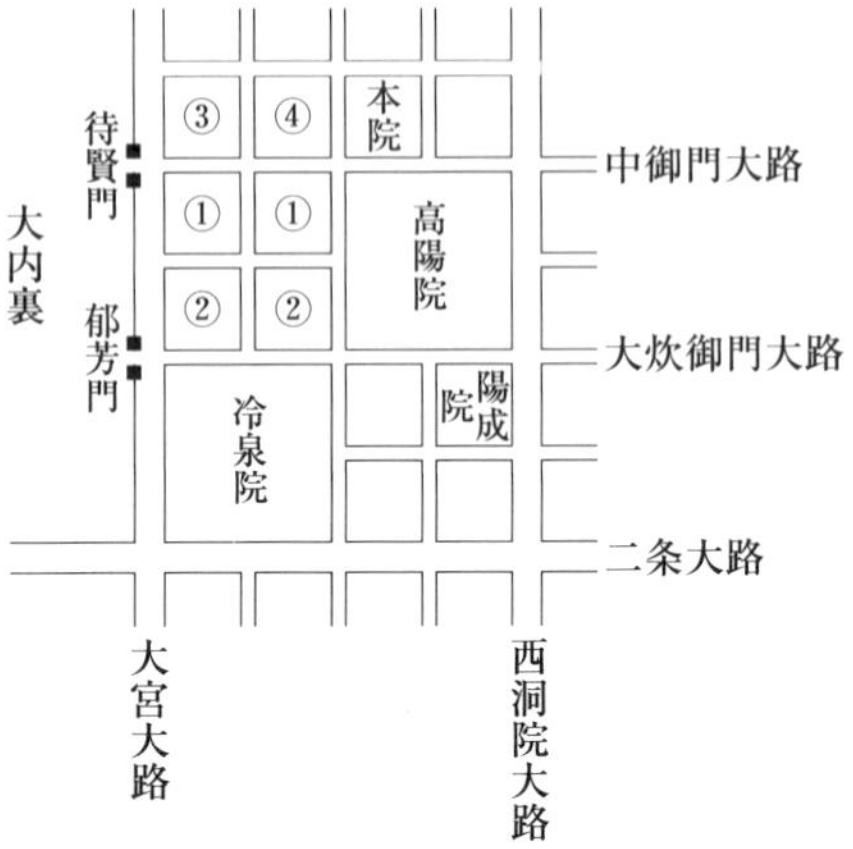

（①東宮町　②神祇官町　③外記町　④官厨町）

図17　東宮町付近

この事件の翌年にあたる治安元年（一〇二一）の『左経記』の記事はおもしろい。まず五月十一日条の一節を原文のまま紹介しよう。

左衛門尉平致恒、内匠允平公頼、去年依致官、東宮史生安行被下追捕宣旨、仍今日検非違使等、為追捕件両人、下向伊勢、

本文も句読点も『増補史料大成』本をそのまま引用してみたのだが、誤字が多いし句読点もあやしい。「致恒」は「致経」のこと。「公頼」は「公親」が正しい。公親は致経の弟である。「致官」は官を辞する意であるが、おそ

らく「殺害」の誤記であろう。「殺」は「致」とも書いたので「致」と字体が似ているのである。したがって句読点も改めて、「去年依殺害東宮史牛安行、被下追捕宣旨」としなければならない。要するに、左衛門尉平致経と内《たく》匠允《みのじょう》平公親の兄弟に対し、去年東宮の史生《ししょう》（下級官人）安行を殺した罪により、追捕の宣旨が下され、この日検非違使らが両名追捕のため伊勢に下向したというのである。

どうやら致経は東宮坊の史生を殺してしまったらしい。致経たちはなかなか捕まらなかったが、伊勢に下った検非違使たちが捕らえた致経の郎等の口から驚くべき事実が告げられた。『左経記』六月三日条によれば、その郎等は次のように白状したという。

> 先年は内匠允公親の命令によって一条堀川の橋の上で滝口の信乃介という人を殺害、去年は致経の命令で東宮史生の安行を殺した。また東宮亮《すけ》維憲朝臣も殺害しようと三晩つけねらったけれども、好機がなくて未遂のまま帰った。致経を傷つけた下部たちは上役の命令でやったに違いないからだ。

三晩命をねらわれた「維憲朝臣」は普通には「惟憲」と書かれる人で、藤原惟孝の子。二年後の治安三年には六十一歳で非参議ながら従三位に叙せられている。東宮亮といえば東宮坊の次官である。これほどの人を含めて、致経は自分を痛めつけた連中の上役（彼の考えによれば敵の首謀者）を一人ずつ消しにかかっていたのである。東宮町の冴えない寄宿人のもう一つの顔は殺人者集団の首領であった。東宮坊の下部たちは彼の裏側の顔を見そこなっていたのである。

さて、致経が逮捕されたのは、それから三か月近くたった八月二十三日の夜であった。小野宮実資の日記『小右記』の八月二十四日条によると、

> 比叡山の横川に潜伏していた致経が昨夜検非違使等に包囲されて捕らえられたが、実は検非違使たちは賀茂神社の辺にいただけで、実際には平維衡朝臣の郎等の正輔が捕らえて引き渡したのだという噂だ。

という。正輔を維衡の「郎等」と記しているのは誤解で、正しくは維衡の子である。実資が維衡たちの家系をよく知らなかったのはやむをえない。しょせん彼等はその程度の存在でしかなかったのだから。それにしても、維衡と致頼たちの対立はこんなところにまで影を落としていたのである。

彼等の抗争はおそらく伊勢国での勢力争いだったろうが、長元四年（一〇三一）には、子供たち同士、致経対正輔・正度兄弟の合戦となって再発した。彼らが実際に戦ったのは前年らしいが、その処理に関する記事が『小右記』や『左経記』を賑わすのは長元四年になってからである。(5) 朝廷では彼等の私闘の罪について明法博士に勘申させたりしたが、折しも東国では平忠常の乱が終結を迎えており（忠常は四月二十八日源頼信に降伏した）、忠常に任国を追われた安房守の後任に正輔が任じられていたことも勘案されたのだろうか、結局は彼らの罪を宥免してしまった。けれども、こうして二代にわたった死闘は結局は維衡側の勝利に終わったというべきだろう。『尊卑分脈』に記された彼らの官職を見ても、維衡は伊勢・陸奥・出羽・伊豆・下野・佐渡守、正度も出羽・越前守などを歴任しているのに、致頼は備中掾、致経は左衛門尉とあるだけだから、それで終わったらしい。両家の差は歴然としており、中央官界とのつながりにおいても維衡側の圧勝であった。

こうして維衡は伊勢平氏の祖と仰がれるようになり、以来、維衡—正度—正衡—正盛—忠盛—清盛と続いた彼の家系は武家平氏の棟梁となったのである。だが、致頼や致経たちも、もしこの死闘に勝っていたならば、彼らにも棟梁になれる可能性がなかったとはいえまい。それだけに彼等も後に引けず、しつこく抗争をくり返したのではないだろうか。

ところで致経が明尊を護衛した時、彼は「左衛門尉」であったという。彼は先に紹介した『左経記』の記事によって東宮町事件当時に左衛門尉であったことがわかるが、その後いつまでこの職にあったかは明らかでない。長元四年に正輔らと合戦した時には「前左衛門尉」（『左経記』三月十四日条）とあるので、すでに職を辞して散位であったことがわかる。先述のように『左経記』治安元年（一〇二一）五月十一日条の「致官」は「殺害」が正しいのだが、この時には殺人犯として追われているのだから、いずれまもなく本当に「致官」したのであろう。したがって彼が明尊を護衛したのは寛仁四年（一〇二〇）以前のことと考えられる。

ところが、明尊が「僧都」だったのは先述のように治安元年十二月以後である。この時期に致経が「左衛門尉」であったはずはない。つまりこの話には、二人の肩書のうち少なくともどちらか一方に誤りがあることになるが、話としては明尊が「僧都」で致経が「前左衛門尉」であった時期、それも当然のことながら東宮町事件とその余波の殺人事件について決着がついた後――どう決着がついたか不明だが、致経が再び世に出てきたのは事実である――、それも事件後ある程度時が経ってからのことであった方がおもしろい。長元六年（一〇三三）には明尊が「僧正」になってしまうから、都合のよい想像をして、長元四年（一〇三一）の正輔との合戦よりは前と考えるならば、その頃の致経はもはや不覚をとった東宮町事件の頃の彼ではなく、すでに相当規模の武士団を組織し、情勢険悪となっていた正輔らとの抗争に備えて彼の身辺は厳重に警戒されていたと思われる。明尊の見たものはおそらく事実であったろう。

ただし、だからといって、これを特殊な一時期の体制としてのみ決めつけるつもりはない。ある程度以上に組織された武士団においては、このような動員体制は珍しいことではなかったのかもしれない。それを思わせるのが鎌倉初期の説話集『古事談』（源顕兼撰）に語られている次のような話である。

六条顕季《あきすえ》と源義光《よしみつ》との間に所領をめぐって争いが起こった。顕季の言い分の方に明らかに理があったが、白河院は判決を下さず、そっと顕季を呼んで言った。「汝はあの荘園がなくとも他に所領がある。彼は一所懸命だ（あそこ一つに命をかけている）。もし道理のままに判決すれば、武士のことだ。何をするやも知れぬ。そう思って引きのばしてきたのだ。あれに譲ってやらぬか」。退出した顕季は義光を呼んでいった。「理は私にあるが、お気の毒だから譲ろうと思う」。義光は喜んで名札を献じ、臣従を誓って去った。その後、顕季が鳥羽殿から夜になって退出した時、甲冑の武士五、六騎がだまって車の傍に付いた。問うと義光の命により護衛するのだという。顕季は院の配慮の適確さに頭を下げるばかりだった。

『古事談』のこの話に取材した『十訓抄』では、話の末尾が変化し、

その後、顕季が外出する時には、どんなに秘密にした時でも、どこで聞いたのか、必ず五、六人の武士が現われて護衛する。問うと義光の郎等だという。これにつけても顕季は、もしあのとき義光に恨まれていたらと、ぞっとした。

というふうになっていて、武士の不気味さが強調されているが、これなどもみごとに組織された警備体制のあらわれであり、また、武士が、貴族社会の側から見て蔭になる部分、闇の世界の支配者であり、不気味な組織の首領でもあるという、貴族の側の感覚をよくあらわしている話である。

ところで、義光の郎等たちもそうであったし、致経と郎等たちの行動も、「此《と》モ彼《かく》モ不云《いはぬ》ニ」、「何トモ云《いふ》事无《な》シ」、「共ニ云フ事无《な》クテ」、「此《と》モ彼《かく》モ不云《いは》ザリケレドモ」と、無言のうちになされたことが強調され、その無言劇が「兼テ習シ契《ちぎり》タラム様ニ」行なわれたことが力説されている。明尊の驚きはこの無言劇で倍加されたが、無言で思い出すのは巻廿五第12の源頼信・頼義父子が馬盗人を射殺す話であろう。よく知られていることでは『今昔』の全説話中五指のうちに数えられるにちがいないこの話の全体を詳しくなぞることは省略するが、要するに、頼信の屋敷に東国から名馬が送られてくる。それを聞いた頼義が訪ねて行くと、頼信はその気持ちを悟って頼義がいい出す前にその馬を与えようという。ところが、その夜盗人が入り、その馬を盗んで逃げる。頼信ははね起きてあとを追うが、父の家に泊まっていた頼義もあとを追い、雨の深夜、暗闇の中で無言のうちに別々になされた行動が、みごとなまでに一致して、逢坂山で盗人を射殺する。頼信は頼義を誉めるでもなく、ただ翌朝その馬に立派な鞍を置い

て与えたという話である。そのクライマックスの場面を見よう。

祖《おや》ハ、我ガ子必《かならず》追《おひ》テ来《きたる》ラムト思《おもひ》ケリ。子ハ、我ガ祖《おや》ハ必《かならず》追《おひ》テ前《さきに》御《おはし》ヌラムト思テ、其レニ不後《おくれじ》ト走ラセツツ行《ゆき》ケル程ニ、川原過《すぎ》ニケレバ、雨モ止ミ空モ晴《はれ》ニケレバ、弥《いよい》ヨ走ラセテ追ヒ行《ゆく》程ニ、関山ニ行懸《ゆきかか》リヌ。

此ノ盗人ハ、其ノ盗《ぬすみ》タル馬ニ乗テ、今ハ逃得《にげえ》ヌト思ケレバ、関山ノ喬《そば》ニ水ニテ有ル所、痛《いた》クモ不走《はしらせず》シテ、水ヲツフ〳〵ト歩《あゆ》バシテ行《ゆき》ケルニ、頼信此ヲ聞《きき》テ、事シモ其々《そこそこ》ニ本ヨリ契《ちぎり》タラム様《やう》ニ、暗《くら》ケレバ頼義ガ有无《ありなし》モ不知《しらぬ》ニ、頼信、「射ヨ、彼レヤ」ト云ケル言《こと》モ未ダ不畢《をはらぬ》ニ、弓音《ゆみのおと》スナリ。尻答《しりこた》ヘヌト聞クニ合セテ、馬ノ走《はしり》テ行鐙《ゆくあぶみ》ノ、人モ不乗《のらぬ》音ニテカラ〳〵ト聞《きこ(エ)》ヘケレバ、亦頼信ガ云《いは》ク、「盗人ハ既ニ射落《いおとし》テケリ。速《すみやか》ニ末ニ走ラセ会《あひ》テ、馬ヲ取《とり》テ来《こ》ヨ」ト許《ばかり》云懸《いひかけ》テ、取《とり》テ来《きた》ラムヲモ不待《またず》、其《そこ》ヨリ返リケレバ、頼義ハ末ニ走《はしら》セ会《あひ》テ、馬ヲ取テ返ケルニ、郎等共《らうどうども》ハ此ノ事ヲ聞《きき》付ケテ、一二人ヅツゾ道ニ来リ会《あひ》ニケル。京ノ家ニ返リ着《つき》ケレバ、二三十人ニ成《なり》ニケリ。

盗人を追う二人の行動は、無言のうちに、まったく別々になされたものでありながら、完全に一致しており、盗人は一矢で射殺される。ここでもすべてが「事シモ其々ニ本ヨリ契タラム様ニ」進行するのであって、その間頼信が発したのは「射ヨ、彼レヤ」と事後処理の命令のただ二言。頼義は一言も発していない。

武士たる者が当然下すべき正しい判断によって正しく行動すれば、その行動は必ず一致するとでもいうのだろうか。二人はその当然の判断による行動を相手も必ず実行すると信じている。そんな二人に多くのことばはいらない。最初頼義が訪ねて来た瞬間に、頼信がその来意をさとったのもそうだし、翌朝別に誉めことばをいうでもなく、その馬に良い鞍を置いて頼義に与えたのもそうである。それで気持ちが通じぬようでは優れた武士とはいえないのだろう。

まして致経の護衛行は突発事件ではない。そういうことがありうることは当然予測されたであろうし、そのときの手筈は十分に整えられていたはずである。致経が頼通邸を出るか出ないかのうちに、たちまち伝令が飛んだにちがいない。あとは流れるように事を運ぶのみである。それ以上なにを発言する必要があろう。この話で彼等の間に交わされたことばは、最初に現われた郎等の「御馬候フ」（御馬でございます）ただ一つであった。この二つの話に共通して描かれているのは、そういう武士の「心バヘ」なのである。

これを見た明尊は「極《いみじ》キ者ノ郎等随ヘテ候ケル様カナ」と驚嘆したけれども、まず最初に口をついて出るのは「奇異《あさまし》ク為《する》者カナ」であり、「致経ハ奇異《あさまし》ク候《さぶらひ》ケル者カナ」であった。同様に馬盗人の話の語り手も「兵《つはもの》ノ心バヘハ此《かく》ゾ有《あり》ケル」といいながら、「恠《あやし》キ者共《ども》ノ心バヘ也《なり》カシ」と評さざるをえなかった。武士たちの行動に驚嘆しながらもアサマシ、アヤシと感じたのは明尊だけではなかったのである。この話で明尊は決して揶揄や嘲笑の対象にはされていない。このことからも語り手の感覚が明尊のそれとそんなに隔たっていなかったことは明らかではないか。

3　変質する矜恃

それにつけても気になるのは頼通の沈黙である。彼はなぜ明尊の報告を聞き流したのだろう。頼通は道長の長男で当時は従一位関白左大臣。人臣の位を究めた最高権力者だったが、世間知らずの明尊よりは武士の世界が見えていた。「此《こ》ノ送《おくり》ニ可行《ゆくべ》キ者ハ誰《たれ》カ有ル」と問い、「致経ナム候《さぶら》フ」との答えに「糸吉《いとよ》シ」と応じた時、彼は決して「カ細クテ有ル者カナ」とは感じなかったであろう。「あれならば大丈夫」という判断には、むしろ致経の武士としての実力に対する高い評価が踏まえられていたはずである。しかし、明尊の話に応じなかったのは、すべてを予知していたからではない。彼の沈黙の理由はもっと別のところにあったと思う。

摂関政治の最盛期を生きる彼には自信があった。致経が正輔たちと死闘をくりひろげていた頃、東国では平忠常の乱が末期を迎えていたが、その忠常を戦わずして屈服させ、平定したのは源頼信、すなわち馬盗人の話の主人公その人であった（このことは巻廿五第9話に語られている）。ところが、この猛威の人頼信も道長に対しては一介の侍として勤仕していたのである。寛仁三年（一〇一九）七月八日、彼が石見守として任国に出発するに当たって、『小右記』の筆者実資は唐衣と袴を贈っている。

　頼信は入道殿の近習の者也。少禄を給はらでは何如。殊に与ふる所也。（原文は漢文）

というのが彼の言い分であった。道長の近習の者だから少々禄（餞別）を与えておかなくては都合が悪かろう、というのである。頼信の父満仲は兼家に仕えたし、頼信自身は兼家・道長に勤仕した。つまり彼ら清和源氏の嫡流は代々藤原摂関家に臣従し、主として東国の受領を歴任することによって勢力を築きつつあったのである。

　頼通の側から見れば完全な飼い犬であり、歯牙にもかける必要がなかった。彼らは自らが利用するものであり、自らに奉仕するものである。彼らの生活圏にまで踏み込んで関心を寄せることは矜恃がゆるさなかった、という以前に、そういうものには関心をもたぬことに慣れきっていたというべきだろうか。相手がいかなるものであるかは知っている。致経についても彼が過去に起こした事件はおぼえているし、それだけに利用価値が大きいことを知っている。しかし、それ以上に踏み込んでみるつもりはない。価値観の問題であると同時に、明尊のように無邪気にはなれないということであろう。歴史の大きな流れから見れば、そういう武士たちの実力がやがて貴族政権の存立をゆるがすようになるのだが、それを予感するには時代がまだ早すぎた。

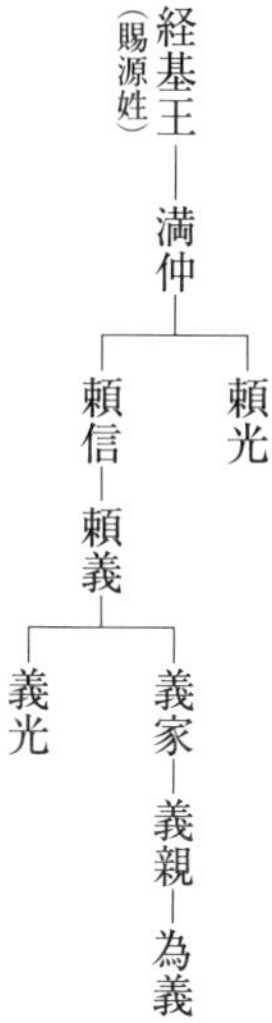

図18　清和源氏系図

　『古事談』（原拠は『富家語』）によれば、先述の実資は自邸の塀の羽目板に穴をあけ、菓子など置いて、そこに集まって来た京童部たちの語る世間話を聞いたという。むろんそれは民意を聞くためでもなければ世情をさぐるためでもなく、まったく消閑のためであったのだろう。支配階級の側にある者が自らの外なるものに対して多少とも真剣に関心を寄せるようになるのは、自らの支配の構造になんらかの意味で危惧を感じるようになってからのことである。『古事談』にはまた次のような話もある。

　義親の首が都大路をひきまわされた時、多くの人びとが見物した。そこで知足院殿（忠実）が見物したいと大殿（忠実の祖父師実）に言ったところ、大殿は「むかし貞任の首が上洛した時、自分も同じことを宇治殿（師実の父頼通）に申し出たことがあるが、宇治殿は『死人の首を見物することはできぬ』とおっしゃったので見物しなかった。だから今回も見物すべきではない」と答えた。

源義親は義家の子。馬盗人の話に登場した頼義からは孫にあたる。勅宣に背いて狼藉を働き、平正盛に誅殺されたのは天仁元年（一一〇八）のことであった。前九年の役で頼義に討たれた安倍貞任の首が京都西獄門に梟されたのは康平六年（一〇六三）。頼通はその首を見ようとしなかった。この年頼通は七十四歳、二十二歳の師実とは感度が違う。しかし頼通を動かさなかったのは、やはり権力者としての自信と矜恃であろう。罪人ごときを、まして屍首ごときを権力者が見る必要はない、という思いが彼を支配していたのではあるまいか。その根底に「君子は刑人に近づかず」（公羊伝）のような意識があったとしてもである。

　観る者、或は車或は馬、亦は緇《し》亦は素《そ》。粟田之下より始めて華洛之中まで、駱駅雑錯、人顧るを得ず。奔車之声、晴空に雷を聞き、飛塵之色、春天に霧を払ふ。
（『水左記』康平六年二月十六日条。原文は漢文）

という騒ぎも、ついに頼通を動かすことはできなかった。「余 偸《かりそめ》に行きて之を見る」と記した『水左記』の筆者源俊房（この年二十九歳、従二位権中納言）は群衆の一人に加わっていたのだが。

師実は父の残したこういう先例を墨守した、といえばもっともらしいけれども、実は師実は義親が討たれるよりも七年前の康和三年（一一〇一）に没しているので、この話は事実ではありえない。しかし、事実ではないと棄て去るには惜しいほどこの話はよくできている。彼の生きたのはいわゆる院政の時代であり、摂関政治に対抗して院政を開始した白河上皇は、武士勢力も源氏に代えて伊勢平氏を重用した。平正盛はその代表者として院の北面に伺候し、一方では受領を歴任している近習の者であった。源義親の誅殺はそういう正盛が世間に武名を知らしめる機縁となった事件であり、法皇にしてみれば源氏を討たせて平氏の声望をあげさせるという計算の通りに事が運んだ快挙であった。義親の首が入洛した時には「凡そ京中の男女道路に盈満せり」（『中右記』天仁元年正月二十九日条）という騒ぎがくり返されたという。『中右記』の筆者中御門宗忠はもちろんのこと、得意の法皇までも見物に出かける中で、一人背を向けて動かない師実の姿は、たとえうそにしても、苦境に立つ摂関家の意地と矜恃を象徴しているように思われ、まことに印象ぶかい。

ところで、『古事談』はこの話を『富家語《ふけご》』に取材している。『富家語』は師実の孫忠実の談話を高階仲行が筆録したもので、中原師元が筆録した『中外抄』と同類の一種の有職故実説話集である。そこでは話の末尾に若干の違いがあり、忠実は、

大殿は「宇治殿は『死人の首を見物することはできぬ』とおっしゃった」といって見物しなかった。だから私（忠実）も見なかった。

と語っている。『古事談』は原話の文脈を微妙に変化させているのだが、ここではそれにこだわるよりも、この話がたしかに忠実自身の語ったものであったことに注目したい。忠実がうそをついたのでないとすれば、彼はなにか勘ちがいしていたことになる。義親の首が入京するよりも十四年前の寛治八年（一〇九四）、陸奥守源義綱（義家の弟）に討たれた出羽国の叛乱者平師妙《もろたえ》とその子師季《もろすえ》の首が入洛したことがあった。この時も京都は貴賤たいへんな騒ぎだったが、この年ならば師実は存命中で五十二歳、忠実は十七歳で従一位権中納言兼左中将であった。この時

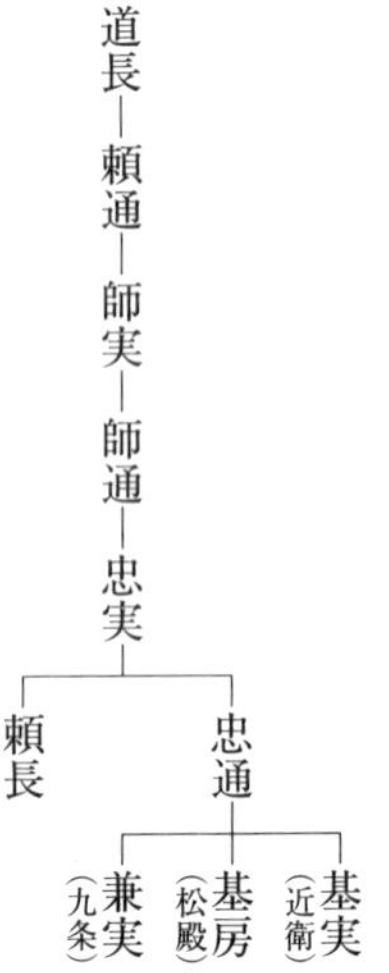

図19　藤原摂関家系図

のことを錯覚したのかもしれない。忠実の年齢から考えてもこの時のこととしたほうがはるかに自然である。[6]

さて、『富家語』によれば、この話は永暦元年（一一六〇）に語られている。この年忠実は八十三歳。季節の推移や巡り来る年中行事、折々の世間の出来事などに触発されて思い出される故実譚を話して聞かせていた[7]のだが、彼がこの話を思い出したのはおそらく、同年五月十五日に九州の賊首日向通良とその部下の首が平清盛によって京都に届けられた事件によってであった。この首は後白河上皇も桟敷で見物した（百錬抄）のに、いままた摂関家の人間は背を向けて孤高を保ったというべきであろうか。いや、それはまちがっている。保元元年（一一五六）七月のいわゆる保元の乱に敗れた忠実は、愛息頼長を失い、みずからは以来紫野の知足院に幽閉の日々を送っていたのである。保元の乱に続いて平治の乱（一一五九）でも勝者となって得意の絶頂にある清盛。その勇姿を見るか見ないか忠実に撰択の自由はなかった。つまりこの話は、もはや孤高の自由さえ奪われてしまった元関白の、老いての述懐にほかならなかったのである。

それが『今昔』と何の関係があるのか、と正面きって問われると答えにくくなるけれども、この話に見られた頼通、師実、忠実と三代にわたる（師実の子で忠実の父の師通を加えると四代になるが、師通は師実より先に没した）摂関家嫡流の人たちの言動は、おもてに現われた形は似たようなものであっても、彼らをとりまく状況の変化によってずいぶん違った意味をもつことに注目したい。『今昔』の話に語られていた頼通の沈黙の意味も、当然こういう歴史の流れの中に位置づけながら理解しなければならないだろう。この話に語られているような事実が実際にあったとすれば、それは頼通の三十代から四十代にかけての時期であり、摂関政治の頂点をきわめた父道長から政権を受け継いでまもない頃であった。自信に満ち誇り高い彼が、明尊のそんな報告に身を乗り出してくるかもしれぬと期待するほうがまちがっている。こういう話題に対して頼通が、不気味さはもちろん、好奇の念すら起こしそうになかったことは、『富家語』や『古事談』の屍首を見なかった逸話から十分に感じ取ることができるだろう。

鎌倉時代の建長六年（一二五四）に成立した説話集『古今著聞集』（橘成季撰）には、源義家が頼通のところに来て前九年の役の合戦について語ったという話がある。これによれば頼通も義家の報告には耳を傾けていたことになる。とはいえ、この話の主題は別のところにあって、義家の報告を傍らで聞いていた大江匡房が「器量は賢き武士なれども、なほいくさの道をば知らぬ」（器量はすぐれた武士だが、まだ兵法を知らぬ）とつぶやいたのを、義家の郎等が聞きとがめ、その報告を受けた義家はさっそく匡房に弟子入りして兵法を学んだ。そのため、後三年の役には飛雁が列を乱したのを見て敵の伏兵があるのを知ることができ、義家は「江帥の一言なからましかば、あぶなからまし」と感謝したというのである。

実戦経験豊富な義家が書斎の学者匡房に学ぶようなことがあったかしらと疑いたくなるし、一方では武士である義家の雅量というよりも、貴族知識人に対するコンプレックスを物語っているような話であるが、ここでも鷹揚にひかえて動じないのが頼通、才気走ってとかく畑ちがいのことにまで嘴を入れたがるのが匡房という組み合わせは、作り話としてもなかなかよくできている。義家が都に凱旋した康平七年（一〇六四）には、頼通は七十五歳の長老、義家は二十六歳の青年武将、匡房はさらに若い二十四歳の秀才官僚であったといえば、少年時代から神童と称えられ、後には当代随一の学者となり、白河院の側近としても辣腕をふるった匡房の、才気を自制しかねた若気の意気込みが、いっそうあざやかに浮かび上がってくるではないか。

4　撰者の目

さて、『今昔』が成立したのは、こんな事件があってからずっと後、頼通が八十五歳で世を去ってからさらに五十年ほどたった頃であった。頼通が活躍した頃から『今昔』が成立する頃にかけての半世紀、白河上皇による院政開始という大事件をなかにはさんで、時代はゆっくりと、しかし確実に変わりつつあった。世人の武士を見る眼にも当然変化が生じていた。

たとえば、永保元年（一〇八一）十月十四日、白河天皇の石清水行幸に義家とその郎等たちが護衛として供奉した時、これはその直前に延暦寺の衆徒に寺を焼き払われた園城寺（三井寺）の衆徒が、延暦寺の背後に朝廷ありとして報復の機をうかがっていたという特殊な事情によるものであったにもかかわらず、それを見た藤原為房は、

布衣《ほい》の武士、鳳輦に扈従《こしよう》す。未だかつて聞かざる事なり。（為房卿記）

と驚き、源経信は、

これ希なる事なり。末代の作法、量るべからず。（帥記）

と歎いたのであったが、それから約十年後の寛治四年（一〇九〇）になると、同じ白河上皇の石清水御幸に院の武者所（北面）の武士二十人が布衣《ほい》姿で供奉しても誰も驚かなかったし（『中右記』十一月二十九日条）、寛治六年（一〇九二）二月の春日祭に、上卿《しょうけい》として奈良に赴いた藤原忠実一行は、帰洛の途中の「加波多河原」でわざわざ馬を留めて、供奉していた源義綱の郎等の武士たちを観閲している。このとき武士の中から「能射者」一人がえらばれて笠懸《かさがけ》を披露したが、宗忠はこの武士の様子を、

形容甚だ美にして顔色変わらず、万人これを感ず。（中右記）

と述べ、みごとに的に命中させた武士を「上中下感賀せざる莫《な》し」であったと記している。[8]

　このように本来ならば認められるはずもなかった武士の朝廷の公的儀礼への参加も、最初は激しい違和感を呼びおこしたけれども、やむをえないことから当たりまえのことへと、しだいに意識が変化してきていたのである。

　それでもなお都の貴族たちが見ていたのは武士の世界のほんの一部でしかなかったことに変わりはない。『中右記』などを見ても、武士たちの姿が記録されるのは多く行幸・御幸の警護や叛徒を追討して後の凱旋などのパレードでの晴れ姿であり、南都北嶺の衆徒や神人の強訴を防禦する場合でも多くは示威行動だけで終わるから、パレードに準じるようなものであった。パレードでの武士の晴れ姿は、さきの例のように美しくりりしいものとして評価されたし、強訴に対する防禦も暴徒鎮圧の心強い味方として好意の眼で見られることが多かった。その反面にさきにも述べた闇の世界、私闘や暴力犯罪、さらには棟梁と郎等とで形成する主従関係の世界があるのだが、それを直接目撃することはほとんどできない。明尊は偶然に見てしまったのであり、ふつうは事件があったことを噂や説話で聞くだけで、好機にめぐまれても事件の跡を見るぐらいのことであったろう。

　しかし、それはいつの時代でも変わりはしない。問題は武士の美々しい姿がめでられ、その武勇が称えられたとしても、貴族たちにとってはなお飼い犬の見事さを称えるようなもので、武士以外の人間にとって「武勇」は決してほめことばではなかったことである。たとえば、永長二年（一〇九七）閏正月二十四日に右大史伴広親の顔面を殴打した左少史中原惟兼は「惟兼の所為、武勇極まりなし」（中右記）と非難されたし、長治元年（一一〇四）十月七日に延暦寺大衆悪行の張本と名指された法薬禅師は、「武勇人に過ぎ、心は合戦を好む」と罵倒され、彼らの横行する世相は「ああ哀しきかな、武威の世を被《おほ》ふ、あへて詞《ことば》を出す人なし」（中右記）と慨嘆されねばならなかったように、「武勇」は武士という特殊な職能集団の中でのみ意味をもつものであり、その職能集団は貴族社会、なかんずくその権威の頂点にある朝廷に奉仕することにおいてのみ存在の意義を認められるものだったのである。

巻廿五を中心に『今昔』には多くの武士たちが登場するが、彼らの中ですぐれた者は、

（源頼光は）極《きはめ》タル兵也《つはものなり》ケレバ、公《おほやけ》モ其《その》道ニ仕《つか》ハセ給ヒ、世ニモ被恐《おそれられ》テ士（ナムの誤字か）有ケル。（巻廿五・6話）

（源頼信は）兵《つはもの》ノ道ニ付《つき》テ聊《いささか》ニモ愚《おろか》ナル事无《な》ケレバ、公《おほやけ》モ此レヲ止事无《やむごとな》キ者ニセサセ給フ。（巻廿五・9話）

などと紹介されており、彼らのほうも朝廷に忠誠を誓って、平将門のような叛乱者に対しては、

公家《くげ》ノ恥ヲ助ケムト思フ、身命ヲ棄《すて》テ合戦《あひたたかはむ》ト思フ。（巻廿五・1話）

と奮戦し、西海の地を荒らしまわった海賊藤原純友も結局は、

公《おほやけ》ニ勝チ不奉《たてまつらず》シテ、天ノ罰ヲ蒙《かうぶり》ニケレバ、遂ニ被罰《うたれ》ニケリ。（巻廿五・2話）

と亡びている。そしてまた、みごとに合戦を勝ち抜き、武士団の長として卓抜した能力を示した有力武士たちは、

其《それ》ヨリ後《のち》ナム此ノ維茂《これもち》ハ東《とう》八ヶ国ニ名挙《なをあげ》テ、弥《いよい》ヨ並ビ无《な》キ兵《つはもの》ニ被云《いはれ》ケル。其ノ子ノ左衛門大夫滋定《しげさだ》ガ子孫、公《おほやけ》ニ仕《つかまつり》テ、于今《いまに》有《あり》トナム語リ伝ヘタルトヤ。（巻廿五・5話）

其後《そののち》ヨリナム此ノ守《かみ》ヲバ艶《えもいは》ズ極《いみじ》ノ兵也《つはものなり》ケリト知《しり》テ、皆人弥《いよい》ヨ恐《お》ヂ怖《おそ》レケリ。其ノ守《かみ》ノ子孫止事无《やむごとな》キ兵《つはもの》トシテ、公《おほや》ケニ仕《つかまつ》リテ、于今栄《いまにさかえ》テ有《あり》トナム語リ伝ヘタルトヤ。（巻廿五・9話）

などと、本人や子孫が「公」（朝廷）に仕えて重用されていることが、彼らの栄光のあかしであるかのように語られている。これらの例にみられる「公」中心主義とでもいうべき思想は、多くの場合『今昔』撰者が原話にない語句をつけ加えた部分にみられる。その点からいえば、これは明らかに撰者自身の思想として注目しなければならないが、すでに見てきたような時代の風潮からいえば、これは決して奇異でもなければ特殊でもない、むしろ当時の常識に近い考え方であった。

それよりも注目してよいのは、彼らのすぐれた武士たる所以が、

（源充と平良文は）魂太ク心賢キ兵《つはもの》也。（巻廿五・3話）

（御手代東人《みてしろのあづまひと》は）心極《きはめ》テ猛《たけ》クシテ思量《おもばか》リ賢キ者ニテ有《あり》ケレバ、（巻十一・6話）

（頼光の郎等の平貞道《さだみち》・平季武《すゑたけ》・□公時《きんとき》は）皆、見目《みめ》ヲ鑭〻《きらきらし》ク、手聞《てき》キ魂太ク思量《おもばかり》有テ、愚《おろか》ナル事无《な》カリケリ。（巻廿八・2話）

などと、「魂太ク思量リ賢キ」こと、すなわち胆力・勇気と分別・判断力にすぐれていることに求められていることであろう。これは武士たる者の当然に備えていなければならぬ資質であったが、家代々の武士ではない者や武士以外の者がこの資質を発揮した場合には、

（深夜の都大路によく三人の賊を斬り倒した橘則光《のりみつ》は）兵《つはもの》ノ家ニ非《あら》ネドモ、心極《きはめ》テ太クテ思量《おもばかり》賢ク、身ノ力ナドゾ極《きはめ》テ強《つよ》カリケル。（巻廿三・15話）

（怪盗袴垂を圧倒した藤原保昌は）家ヲ継《つぎ》タル兵《つはもの》ニモ非《あら》ズ、□ト云《いふ》人ノ子也。而《しか》ルニ、露《つゆ》、家ノ兵《つはもの》ニモ不劣《おとらず》トシテ心太ク、手聞《てき》キ、強力ニシテ、思量《おもばかり》ノ有ル事モ微妙《みめう》ナレバ、（巻廿五・7話）

（毎夜仁寿殿に出没する怪物を撃退した源公忠《きんただ》は）兵《つはもの》ノ家ナムドニハ非《あら》ネドモ、心賢ク思量《おもばかり》有テ、物恐《ものおぢ》不為《せ》ヌ人ニテナム有ケル。（巻廿七・10話）

などと、「兵ノ家ニハ非ヌ（武士の家柄ではない）」ことを強調している例が多い。いかにも彼等が例外的な存在であったことを物語っているのだが、この資質そのものは撰者にとって明らかに肯定すべき人間の条件であった。これまで花山院女王殺害事件や中山神社の猿神の話で見てきたように、撰者をとりまく世間には危険がみちみちており、それを生き抜くには自分の力に頼るしかなかった。そのためには予測される危険には近づかないことが第一であるが、不幸にして危険のほうが向こうから近づいてきた場合には、「魂太ク思量リ賢キ」ことが脱出の最大の条件だったのである。

たとえば、巻十六第20話を見るがいい。この話は観世音菩薩の霊験譚として配置されているが、話の内容は次のようなものである。

　大宰大弐の末子の二十歳ばかりの若者が妻とともに上京の途中、播磨国の印南野で親切めかした賊のことばにだまされ、彼らの住処に連れ込まれた。夫婦が寝ていると、

「夜漸《やうや》ク深ク成《なり》ヌ。而《しか》ル間、奥ノ方《かた》ヨリ人ノ足音シテ来《きた》ル、恠《あや》シト思フ程ニ、近ク来《きたり》テ枕上《まくらがみ》ナル遣戸《やりど》ヲ引開《ひきあ》ク。男。誰《たれ》ゾト思テ起上《おきあが》ル、髪ヲ取□只引キニ引出《ひきいだ》ス。力有ル人ナレドモ、俄《にはか》ノ事ナレバ、我ニモ非《あら》デ被引《ひかる》ル程ニ、枕ナル刀ヲダニ不敢取《とりあへ》ズ、」

というしだいで男は引き出される。（このあたり息もつかせずたたみかける短文――「けり」も用いず、接続詞も用いない――から成る『今昔』の緊迫した描写はみごとである。）男は必死で自分を引き出した男を倒し、妻はいい寄ってくる賊の首領をことばたくみに必死に避けようとする。こうしてそれぞれに当座の危難をのがれた二人はやがて再会し、男は妻が咄嗟の間に畳の下に隠しておいてくれた太刀を手にして、油断した賊の首領を討ったのである。

　この話のどこが霊験譚なのかと疑問に思われるかもしれない。実は男が油断した首領の部屋に斬り込んだ時、「長谷ノ観音、我ヲ助ケ給テ、父母ニ今一度《ひとたび》値ハセ給ヘ」と祈ったので、部屋には部下の賊が大勢いたのだが、彼等の目には斬り込んで来た人間が多数のように見え、抵抗しなかったというのである。それはたしかに霊験であったろうが、この話の夫婦が助かったのは霊験のおかげだけではなかったような気がする。彼らはただ観音にすがったのではない。「形《かた》チ美麗ニシテ心賢ク思量《おもばかり》有ケリ。武勇ノ家ニ非ズト云ヘドモ、力ナド有テ極《きはめ》テ猛カリケリ」といわれた男と、「形《かた》チ端厳《たんごんに》シテ心厳《いつく》シ」といわれた妻とが、ともどもに知恵の限り力の限りを尽くして奮闘し、その努力が霊験を呼び寄せたのである。ひょっとすると二人は霊験がなくても賊を倒し脱出に成功できたかもしれな

い、と思えるほど二人の奮闘は水際立って描かれている。

わたしたちのそういう印象に答えるかのように、この話の末尾は次のように結ばれている。

心バセ賢ク思量《おもばかり》有ル人ハ、此《かか》ル態《わざ》ヲナムシケル。但シ、人、此レヲ聞《きき》テ、不知《しら》ザラム所ヘ忝《やさし》ク不可行《ゆくべから》ズ。亦、此レ、偏《ひとへ》ニ観音ノ御助《たすけ》也。観音ノ人ヲ殺《ころ》サムトハ不思食《おぼしめさ》ネドモ、多《おほく》ノ人ヲ殺セルヲ悪《あ》シト思食《おぼしめし》ケルニヤ。然レバ、悪人ヲ殺スハ菩薩ノ行《ぎやう》也トナム語リ伝ヘタルトヤ。

霊験に対する感動よりも先に、まず出てくるのは「心バセ賢ク思量有ル人ハ、此ル態ヲナムシケル」という感慨である。男を救ったのはほかならぬ彼の「思量」であった。それにつけても君子危きに近寄らず。「不知ザラム所ヘ忝ク（軽々しく）不可行ズ」という教訓が思い出される。観音の霊験が問題にされるのはその後である。こういう反応の仕方がこの話本来の主題にふさわしかったかどうかは別問題として、ここには前章で紹介した猿神退治の話にも似た人間の行動力に対する熱いまなざしと、第二章の花山院女王殺害事件の話に見た撰者のきびしい処世訓に共通するものがあることを否定できない。撰者のいう処世訓を体現して生きるためには、まさに「心バセ賢ク思量有リ」、「心極テ太ク」あることが不可欠の条件だったのである。

危難は人間によってのみもたらされるわけではなかった。当時天下に横行して人を化かすと信じられた狐や野猪《くさゐなぎ》の難から免れるためにも必要なのは「思量」だった。狐が化けて出るいわゆる「お化け屋敷」を買い取った三善清行《きよゆき》は、一人その家に泊まって夜半狐の妖怪と対決し、すこしも動ぜず正論を説いて、狐の一族を大学寮の脇の空地に転住させたが、

然レバ、心賢ク智《さとり》有ル人ノ為《ため》ニハ、鬼ナレドモ悪《あしき》事モ否不発《えおこさ》ヌ事也ケリ。思量无《おもばかりな》ク愚ナル人ノ、鬼ノ為《ため》ニモ被□ル也。（巻廿七・31話）

というのがその結論であり、亡親の遺骸をおさめた棺にしのび寄る怪火の正体を確かめるべく一計を案じ、みごと

に怪物を仕止めてその正体が野猪であることをあらわしたのは、

共ニ心猛クシテ、思量有ケル。（巻廿七・35話）

といわれた兄弟だったのである。相手が本当の鬼である場合はいっそう危険が大きいが、それでも逃げられぬときまったものではない。北山科《やましな》の荒れ果てた山荘を借りて出産したある宮仕えの女は、主の老婆が嬰児を見て「穴甘《あなうま》気《げ》、只一口」とつぶやいたのを聞きつけて老婆の正体は鬼だと悟り、老婆が昼寝をしているすきに必死で逃げて脱出に成功したが、彼女もまず、

心賢キ者也ケレバ、此《かく》モ為《す》ルゾカシ。

とほめられ、その後に、

此レヲ思フニ、然ル旧《ふる》キ所ニハ必ズ物ノ住《すむ》ニゾ有ケル。然レバ、彼《か》ノ嫗《おうな》モ、子ヲ「穴甘気《あなうまげ》、只一口」ト云《いひ》ケルハ、定メテ鬼ナドニテコソハ有《あり》ケメ。此レニ依《より》テ、然様《さやう》ナラム所ニハ、独《ひと》リマニハ不立入《たちいる》マジキ事也。（巻廿七・15話）

と評されたのである。

撰者の目はこのような現実に対して過敏なまでに見開かれており、その現実の中を生きる人間たちの姿を、説話というレンズを通して貪婪に追い求めていた。その中から撰者が抽出した望ましい人間の資質は、個々の説話についていえば多分に場当たり的で、結果論的な判断によるものではあったけれども、武士に期待されるそれと非常に近いものがあったことがわかるだろう。武士の社会的地位に対する撰者の評価は、すでに見たように当時の常識の線を出ず、巻廿五に集中する武士説話がほぼ年代順に配列されていることは、それ自体朝廷に従属奉仕する職能集団としての歴史が意図されているといえなくもないし、武士と自分との距離を自認するような物言いも見られないではなかったけれども、撰者のそういう表向きの姿勢の裏側に、なんとも心引かれ気になる存在として武士を見つ

める熱いまなざしがあったことを見落としてはならないと思う。そうでなければあの馬盗人の話を頂点とする武士説話の数々があれほど生々と熱っぽく語られたはずがない。

『今昔』の時代においては、このような説話を通して武士を見つめること自体が、同時代人からは突出した視界の広さを意味していた。武士の世界が真正面から文学に描かれるようになるのは貴族政権が崩壊して後、『平家物語』で代表される軍記物語の出現を待たねばならなかったけれども、『今昔』の武士説話が軍記物語前史の中に画期的な位置を与えられているのは、撰者のこういう目によってもたらされたところが大きいのである。

注

（1）この部分は諸本とも「奇異ノ為者カナ」とあるが、「ノ」は「ク」の誤りと見て訂した。

（2）平林盛得・小池一行編『僧歴綜覧』（笠間書院、一九七六年）「明尊」条参照。

（3）『尊卑分脈』には致頼が公雅の子と良正の子と二か所に重複して記されている。正しいのは前者か。

（4）村井康彦『平安貴族の世界』（徳間書店、一九六八年）四〇三頁参照。

（5）岩波版日本古典文学大系『今昔物語集・四』は巻廿三第14話の頭注において、致経について「治安三年七月二十八日出家、同年八月一日没、年四十二」と記しているが、これは何かの誤解である。『小右記』や『左経記』によれば治安三年（一〇二三）から八年後の長元四年（一〇三一）、彼は明らかに存命中であった。

（6）『中右記』寛治八年三月八日条参照。ただしこれは誅殺された賊の「首」の入京に的をしぼって考えた場合に想起される事件であって、「首」にこだわらず、捕らわれた賊が生きて入京した事件にまで範囲を広げると、これより二年前の寛治六年（一〇九二）に筑前守源仲宗が捕らえた犯人を連行して入京した事件が浮かび上がってくる（『後二条師通記』寛治六年十一月十九日条参照）。当時十五歳だった忠実はこれを見物して師実の勘気を蒙っているが、師実は故宇治殿頼通の先例を引きつつ叱ったらしい。この事実もきわめて注目に価することを認めておきたい。詳しくは、磯水絵「源義親の説話をめぐって―殿暦・富家語・古事談―」（説話文学研究　第16号、一九八一年）参照。

（7） 拙稿「話題の連関—中外抄・富家語私記—」（甲南国文 第29号、一九八二年）参照。［本著作集第二巻『説話と記録の研究』第二編第二章に再録］

（8） 戸田芳実『中右記—躍動する院政時代の群像—』（そしえて、一九七七年）二二五頁参照。

〔補説〕

九一頁において、平致経が明尊僧正の護衛をしたのは、寛仁四年（一〇二〇）以後、長元四年（一〇三一）以前のことと想像したが、その後、奈良正倉院所蔵の紺瑠璃壺（中央アジア製のガラス壺）が伊勢の豪族平致経の奉納品であることを知った。彼がこの壺を東大寺に奉納したのは治安元年（一〇二一）である（『国史大辞典・第三巻』〈吉川弘文館、一九八三年〉所収のカラー図版「日本のガラス」12、紺瑠璃壺の解説を参照）。やはりこの頃致経は伊勢にあって勢力をふるっていたのであり、その財力もただならないものであったことがわかる。

九七頁以下に『中外抄』と『富家語』を一種の有職故実説話集として紹介したが、誤解を生みやすい表現であったと反省している。『中外抄』と『富家語』はともに白河・鳥羽院政期を藤原摂関家の代表者として生き抜いた藤原忠実の言談の記録である。『中外抄』の筆録者は中原師元、『富家語』は高階仲行であった。同類の書ではあるが、『中外抄』は忠実が政治家として絶頂期の言談であるため、眼前に生起する社会的現実と生々しく照応する話題が多いのに比べて、『富家語』は忠実が保元の乱に敗れて幽閉されて後の言談であるため、現実との関わりが薄く、非政治的な思い出話や衣食住についての心得などに関係する話が多いのが特色である。詳細については『江談抄・中外抄・富家語』〈新日本古典文学大系〉（岩波書店、一九九七年）の拙稿「解説」を参照されたい。

第五章　天竺から来た説話
——月の兎——

1　身を焼いた兎

うさぎ　うさぎ　なに見てはねる
十五夜お月さま　見てはねる

日本人にとって月と兎は切っても切れない関係にある。このわらべうたは、江戸時代にはもう子守歌や遊戯歌として歌われていたし、近代には小学校の国定教科書に採録されたので、いっそうひろく知られるようになった。

兎がなぜ月を見てはねるのか、教えてくれた大人はいなかったけれども、この歌を聞くわたしの頭の中には、いつも絵本が用意されていた。すすきの原で遊びはねている兎たち。その上にかかった大きな満月。その月には餅をつく兎のシルエット。そんな図柄の絵本が本当にあったのかどうか、いまとなっては確かめるすべもないが、とにかく地上の兎は月の兎と相見てはねるというのが、こどもなりの解釈だった。その解釈はいまもおおむね信じていたい気がする。人間が月の表面を踏めるようになったいまでも、月の兎はわたしたちの心のどこかに生きつづけているし、これからも生きつづけてほしいからである。

さて、月にはいつからどうして兎が住むようになったのだろうか。『今昔』巻五第13話「三獣行菩薩道《さんじうほさつのだうをぎやうじ》、兎焼身語《うさぎみをやけること》」は次のように伝えている。

むかし、天竺で、兎・狐・猿の三匹がまことの信心を起こして菩薩道を修行していた。自分たちがいま獣の身に生まれているのは、前世で犯した罪が重かったためだ。今生こそ善行を積んでこの身を離脱しよう。そう決心した三匹の行ないはわが身を忘れて他をあわれむ、まことにりっぱなものであった。

これを見た帝釈天は三匹のまことの心をためそうと思い、力なく疲れはてた老人の姿となって三匹の前に現われた。年は老い、身は貧しく、頼るよすがもないという老人を三匹は実の親のようにいたわった。老人に食べさせるため、猿は木に登っては木の実を集め、里に出ては野菜や穀物を手に入れて来た。狐は墓小屋に行って人の供えた飯や魚を取ってきた。老人は喜んで、これこそ菩薩の行ないだとほめたたえる。しかし兎は何も手に入れることができなかった。猿と狐と老人はそんな兎をはずかしめたり嘲笑したりして励ましたが、どうにもならない。弱い兎には木登りの特技も人里に出てものを掠《かす》めとる技量もなく、それどころかいつも人間や他の獣をおそれていなくてはならなかった。

兎は思いつめた。木を拾って火をたいて待っているようにと頼んで出かけ、やがて手ぶらで帰ってくると、

「我レ食物《じきもつ》ヲ求《もとめ》テ持来《もてきた》ルニ无力《ちからな》シ。然《さ》レバ只我ガ身ヲ焼《やき》テ可食給《くらひたまふべ》シ」

と言い残して火中に身を投げたのである。そのとき帝釈天はもとの姿にもどり、自己犠牲と利他の菩薩道に殉じて死んだ兎の姿をあまねく一切衆生に見せるために、月の中に移してやった。

だから、月の表面に雲のようなものがあるのは、この兎が身を焼いた煙なのであり、月の中に兎がいるというのは、この兎の姿なのである。

この話の末尾は「万《よろづ》ノ人、月ヲ見ム毎ニ此ノ兎ノ事可思出《おもひいづべ》シ」と結ばれている。わたしたちも月を見たらこの話を思い出すことにしよう。

ただし、この話は仏教説話としてきわめてポピュラーなものであったらしく、さまざまな仏典にさまざまに変化した形で記録されている。『今昔』の話はすでにその形式を失っているが、この話は本来は本生譚《ほんじょう》（ジャータカ）であったらしい。

本生譚は釈尊の前生の物語である。すなわち釈尊は今生において悟りをひらいて仏となったのだが、それはたんに今生での修行の成果であっただけでなく、これまで無限に生まれかわり死にかわりして輪廻してきた過去世において、人間として、天人として、あるいは鳥獣魚虫として積み重ねてきた善行の結果でもあったと考えて、過去世（前生）におけるさまざまな出来事を語る物語、それが本生譚なのである。ここでいう過去とは何百年何千年前と数えられるような歴史的過去ではなく、数量的な計測の次元を超えたものであって、しかも誰某の前生が何某であったというようなことは特異な能力（神通力）をもつ仏以外には認知不可能であるから、本生譚は原則として仏が弟子たちに語って聞かせる形式をとり、話の最後に必ず「そのときの何某はわたしであった」というふうな説明がつく。

この形式をよく残しているのはパーリ語（南方仏教の聖典用語）でセイロン（スリランカ）に伝わり、ビルマ・タイ・ラオス・カンボジアなどの国々にも伝えられている『ジャータカ』全五百四十七篇であるが、兎の焼身はその第316「兎本生物語」（ササ・ジャータカ）(1)にも語られており、要約すれば次のような内容をもつ。

森の中に獺《かわうそ》・豺《やまいぬ》・猿・兎の四匹が仲良く住んでいた。兎は他の三匹に向かってつねづね戒を守り施しを惜しまぬよう説いていた。それを見た帝釈天は兎をためそうと思い、婆羅門の姿となって四匹を歴訪して食物を乞うた。獺は魚を、豺は肉と大蜥蜴《とかげ》と牛酪を、猿は菴羅果《あんらか》（マンゴーの実）と冷水を施したが、兎は施すものがないのでこの身を施すと告げ、火を用意するよう頼んで、火中に身を投げた。しかし帝釈天が神通力で作り出した炭火であったから兎は毛孔ひとつ焼けなかった。帝釈天は兎の行為をたたえ、その徳を全世界に知らせるため、山を締めて山の汁をとり、それで月面に兎の姿を描いて、兎の身体は森の若草の上に寝かせ、自分は天上界へ帰って行った。

そのときの獺は阿難、豺は目連、猿は舎利弗、兎はわたし（釈尊）であった。

これによると、月に姿をとどめている兎は釈尊の前生だったことになる。『今昔』の話と比べてみると、全体としてはなんとなく似ているけれども、相異している点も多い。まず登場するのが三獣ではなく四獣であることが気になるが、四獣型の話は南方仏教だけでなく北方の漢訳経典にも伝わっていて、決して珍しい伝承ではない。たとえば『六度集経』巻三「兎王本生」や『旧雑譬喩経』巻下には、豺《やまいぬ》の代わりに狐が入った獺《かわうそ》・狐・猿・兎の四獣の話が見られる。そこでは四獣はそれぞれ目連・阿難・舎利弗・我（釈尊）の前生とされ、彼等が食物を施した婆羅門は帝釈天ではなく錠光仏（提和竭《だいわか》仏）とされているなど相異点も多く、とくに兎と月との関係をまったく語らない点で大異するが、兎が他の三獣に対して指導者的にふるまっていることや、身を焼こうとしたが焼けなかったことなどは『ジャータカ』とそっくりの伝承である。

しかし数の上で漢訳経典に多いのは四獣型よりも兎単独型、つまり兎だけが登場して他の獣のことは語らない形式の話であることをことわっておこう。すべて兎のところに仙人が来て食物を乞い、施すもののない兎はわが身を火中に投げたという話であるが、経典によって微妙な相異があるのはもちろんである。

たとえば『菩薩本生鬘論』巻二「兎王捨身供養梵志縁起」では、兎は仙人（弥勒仏の前生）の目の前で身を投げ、兎を救い出そうとして救えなかった仙人は、兎の遺骸を抱いて自分も火中に身を投げ、それを見た帝釈天はその場所に卒都婆《ストゥーパ》（塔）を建てたという。これと同じ話で、ただ仙人が誰の化現であるかを語らない点だけが異なるのが『菩薩本縁経』巻下「兎品」である。また『撰集百縁経』巻四「兎焼身供養仙人縁」は仙人自身（長者の子で仏弟子の抜提《ばだい》の前生）が兎のために卒都婆を築いたといい、『雑宝蔵経』巻二「兎自焼身供養大仙縁」は、仙人（長者の子の前生）は兎の死に胸を打たれながらもその肉を食べ、兎の行為に感じた帝釈天が雨を降らせたという。この経典では、仙人は旱魃のために食物に窮していたと語られているからである。『生《しょう》経』巻四「仏説兎王経」はまたすこし変わっていて、身を焼いた兎は死んで兜《と》率《そつ》天に生まれ、仙人（錠光仏の前生）も感動して後を追い、同じように兜率天に生まれたと語っている。

うんざりするほど経典を並べてみたのは、兎焼身の話がどんなに多くの経典に語られているか実感してもらうためであって、これらの経典相互間の伝承経路をここで明らかにしようなどという大それた考えはない。けれども、こうして並べてみると、兎単独型の話にはそれなりに共通する特徴があることに気づく。

詳しくは紹介できなかったが、主人公の兎は、ほとんどの経典で他の多くの兎たちの指導者であったように語られている。『菩薩本生鬘論』や『生経』の題名に「兎王」とあったのもそれを示しているが、これは四獣型の話で、兎が他の三獣の指導者的存在であったことと呼応しており、あるいはそれが変形したものかもしれない。また火中に身を投げた兎が死んでしまうのは兎単独型だけだったが、古形をとどめる『ジャータカ』においては婆羅門は帝釈天の変化であったから神通力で救えたのだが、婆羅門が誰かの前生であるふつうの人間として語られるようになると、そうはいかなくなったと説明できそうである。こう考えると、四獣型で兎が救われたとしながら婆羅門を錠光仏の前生とする『六度集経』などは、両者の中間段階を示すものといえるだろう。

それにしても『今昔』の話は、これらのどれとも一致しない三獣型、老人は帝釈天の変化でありながら兎は死んでいるなど、やや特殊な型で、いったいどこから伝わって来たのか不思議に思われるかもしれない。じつは『今昔』にいちばん近いのは経典ではなくて、天竺への求法の旅で有名な唐の三蔵法師玄奘の著した地誌『大唐西域記』に記された話である。『大唐西域記』巻七の婆羅泥斯国《バーラーナシー》（現在のベナレス）の条には次のような話がある。

この国の烈士池の西に三獣の窣堵波《ストゥーパ》がある。むかしこの林野に狐・猿・兎がいて仲良く暮らしていた。そのとき帝釈天は菩薩行を修めている者をためそうと思い、老人の姿となって三匹に食物を乞うた。狐はさっそく水辺に行って鯉をくわえてきたし、猿は木に登って果実を取ってきたが、兎だけは手ぶらで帰ってきて、あたりを跳びはねていた。老人は、

「あなた方はまだ本当に仲がよいとはいえない。狐や猿は志を同じくしてよく心づかいしてくれるが、兎だけは手ぶらで帰ってきて何もくれない」

という。これを聞いた兎は狐と猿に草木を集めて火をたいてくれるように頼み、やがて勢よく燃えあがったところで、

「私には能がなくて求めてもなかなか手に入りません。どうかこのわたしの身体を一食にあてて下さい」

といい残すと、火の中に身を投げて死んだ。そのとき帝釈天はもとの姿になり、兎のまごころに心うたれて、兎を月に置いてこの善行を後世に伝えることにした。

　このときから月に兎がいるようになったのだと、この国の人はいい伝えている。そして窣堵波は後世の人が建てたのである。

この話を『今昔』の話と比べると、なおさまざまな相異点があるけれども、三獣型の話はこれ以外には伝わっていないし、兎と月との関係を説くのも中国所伝の仏典ではこれだけであるから、『今昔』との関係が直接のものであったか否かは別に問うとして、『今昔』の話のそもそもの出処、いわば源泉が、この『大唐西域記』であったことはまず確実であろう。

『大唐西域記』のこの話は、日本人の心性とよほど波長が合ったらしい。『今昔』以後も、時代を越えて何度もとり上げられた。室町時代の百科辞典『壒嚢鈔《あいのうしょう》』(2)に、『大唐西域記』を抄録した中国唐代の仏教百科全書『法苑珠林』からの孫引きがあり（『壒嚢鈔』はこれとほぼ同じもう一つの話を「未曾有経ニ説ク」として並べて記しているが、現存の

『未曾有経』には見当たらず、未詳）、室町末期いわゆる戦国時代に成立した『法華経』の講釈書『法華経鷲林拾葉鈔』と『法華経直談鈔』(3)にも『大唐西域記』からの引用があって、帝釈天は月宮に兎を預けたのであり、それは月天子が帝釈天の内大臣であるからだ、と新解釈を加えているのなどがその例である。しかしなんといっても有名なのは江戸時代の禅僧良寛和尚の長歌「月の兎」であろう。

石《いそ》の上《かみ》　古《ふり》にしみ世に　有《あり》と云ふ　猿《まし》と兎《をさぎ》と　狐《きつに》とが　友を結びて　朝《あした》には　野山に遊《あそび》　夕《ゆふべ》には　林に帰《かへり》
かくしつつ　年のへぬれば　久方《ひさかた》の　天《あめ》の帝《みかど》の　聴《きき》まして　其《それ》が実《まこと》を　知《しら》むとて　翁となりて　そが許《もと》に　よろぼひ行て　まうすらく　汝等《なむたち》たぐひを　異《こと》にして　同じ心に　遊ぶてふ　信《まこ》と聞《きき》しが　如《ごと》あらば　翁が飢を　救へとて　杖を投て　息《いこ》ひしに　やすきこととて　ややあり（て）　猿はうしろの　林より　菓《このみ》を拾ひて　来《きた》りたり　狐は前の　かわらより　魚をくわひて　与へたり　兎はあたりに　飛び飛《とべ》ど　なにもものせで　ありければ　兎は心　異なりと　詈《ののし》りければ　はかなしや　兎計《はか》りて　まうすらく　猿は柴を　かりてこよ　狐は之《これ》を　焼てたべ　言ふが如《ごとく》に　為《なし》ければ　烟《けぶり》の中に　身を投げて　しらぬ翁（に）　与けり　翁は是を　見《みる》よりも　心もしぬに　久方の　天を仰ぎて　うち泣て　土に僵《たふ》りて　ややありて　胸打叩《たたき》　まうすらく　汝等みたりの　友どちは　いづれ劣ると　なけれども　兎は殊に　やさしとて　骸を抱《かかへ》て　ひさかたの　月の宮にぞ　葬《はふり》ける　今の世までも　語継《かたりつぎ》　月の兎と　いふことは　是が由《よし》にて　ありけると　聞吾《きくわれ》さへも　白拷《しろたへ》の衣の袂は　とほりてぬれぬ。

（岩波版日本古典文学大系『近世和歌集』による）

月の兎の由来を素直に詠ったこの長歌は内容からみて、『今昔』などを経由しない『大唐西域記』そのものの叙述を忠実になぞったものであるが、春の一日てまりをつきながら、良寛はこの話をこどもたちに話してやったのではないか。ついそんな想像をしたくなるような、やさしい情感が流れている。

ここに紹介した作品は、『壒囊鈔』を含めて、すべて僧侶の手に成るものであった。この点にこだわって見れば、この話が、いかにも仏教とのかかわりの中でのみ生きてきたように見えるかもしれない。だが、『塵嚢鈔』の場合は、この話を本生譚としてではなく、「月ノ中ノ兎ノ事」という一般項目の解説に利用しているのであって、一般に「月の兎」といえば、まずこの話が思い出されるのが普通であったことを示している。鎌倉初期の源氏物語研究者として知られた源光行は、自著『百詠和歌』の「兎」の項に、

漢月澄秋色。月のうちに玉の兎あり。月は陰の精なり。けだ物にかたどるゆゑなり。

吹風に雲のけごろも晴るる夜や

月のうさぎも秋を知るらん

と、月の陰精が積もって兎となったという中国での伝承（『芸文類聚』に引用されている張衡の『霊憲』などがその例）に拠った詞書を記しているが、これは光行が学者であり、『百詠和歌』が中国の故事説話詩集『李嶠百二十詠』の注釈ともいうべき作品であったがための知識の披瀝であって、同様の説は室町時代の暦数書『暦林問答集』などにも見えるけれども、この説が広く一般に知られていたとは考えがたい。

「月の兎」は、やはり『大唐西域記』系統の話のほうがよく迎えられたのであって、仏典によって日本に伝来した天竺（インド）説話がみごとに日本に根づき、人びとの感性の中に生きた稀有な例のひとつだったと考えたいのである。

2　兎の餅つき

しかし、これではまだ肝腎なことがわかっていない。日本人はなぜ月に兎がいることを抵抗なく受け容れたのか、さらにいえば、なぜ月の兎の由来を知りたいと望んだのかという問題である。われわれに親しい兎の餅つきのシル

エットについてもまだすこしも説明できていない。

この問題を考えていくためには、月に兎がいることを日本人に教えたのは仏教が最初ではなかったことをまず確認しておかねばならない。

中国には古代から太陽には烏、月には蝦蟆（ヒキガエル）がいるという俗信があったが、それとは別に月には兎がいるという説も相当古くからあったことが、『楚辞』天問に、

　夜光何の徳ある　死して則《すなは》ち又育《やしな》はる　（月は何の徳があって死んでまた生きるのか〈欠けてまた満ちるのか〉

　厥《そ》の利は維《こ》れ何ぞ　而《すなは》ち顧《かへ》つて兎腹に在る　兎は月に何の利があってその腹中にいるのか）

という一節があることなどによって知られる。南方熊楠『十二支考』や石田英一郎「月と不死」(4)が明らかにしたように、月と兎とを結びつける伝承は、アフリカのホッテントット族や北米インディアン、古代メキシコ文明など世界的に分布している。中国に同様の俗信があったとしてもすこしも不思議ではない。

この二つの説を結合させて、月に蝦蟆と兎とを同居させる説もあった。森三樹三郎『中国古代神話』(5)によれば、前漢の劉向『五経通義』にこの説があるし、後漢の武梁祠画像石にもこの図柄のものがあるという。だが、われわれの記憶に新しいのは、漢初の長沙国の丞相軑侯《たいこう》利蒼《りそう》の妻といわれる女性の遺体がほぼ完全な状態で発掘され、世界中を驚嘆させた湖南省長沙の馬王堆漢墓から出土した帛《はく》画に描かれていた月の兎である。太陽と月を描いた帛画は、一九七三年に発掘された一号墓（利蒼の妻）と、翌七四年に発掘された三号墓（利蒼の男子）の両方で、いずれも棺にかけてあるのが発見された。ともに円形の太陽の中には烏が、三日月形の月の上には蝦蟆と兎が大きくはっきりと描かれている。三号墓に葬られた利蒼の男子が死んだのは、前漢の文帝の十二年（前一六八）二月である。中国に仏教が伝来したのは伝説をそのまま認めるとしても後漢の明帝の時代、本当はそれよりも遅かったらしい。

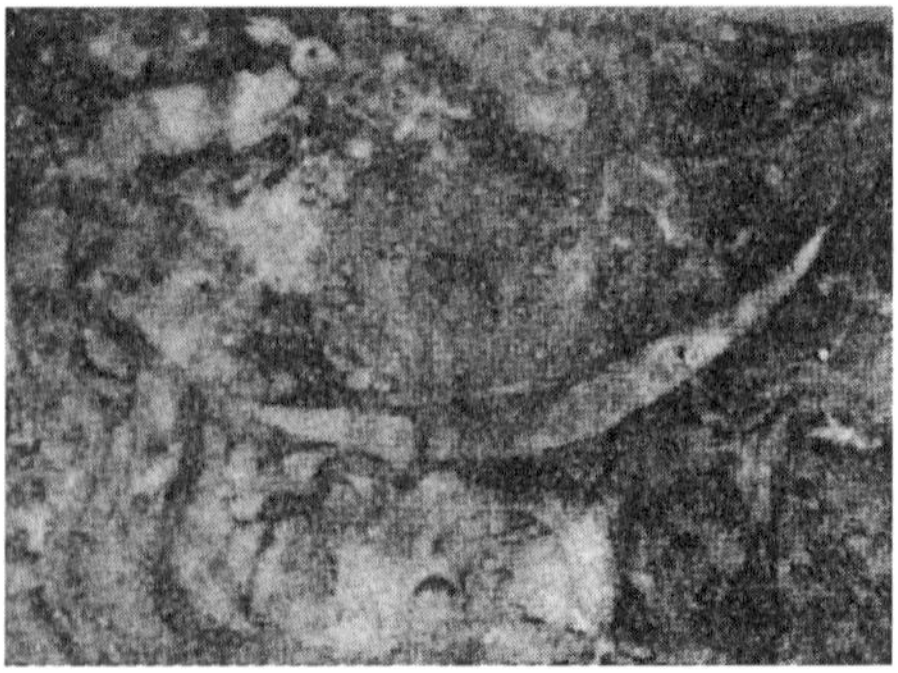
図20　帛画の中の兎の絵（左上）

図21　馬王堆三号墓出土・帛画
（文物　1974年７月号）

中国の人びとが月の兎を知ったのは、むろん仏教によってではなかったのである。
魏晋以後になると、月には桂の木があって、その下に仙人がいるという説が有力になった。これがわが『万葉集』に詠われていることはよく知られている。

目には見て手にはとらえぬ月の中の桂のごとき妹をいかにせむ　（巻四・六三二）

もみぢする時になるらし月人の桂の枝の色づく見れば　（巻十・二二〇二）

『万葉集』以前に月の桂が日本に伝わっていたとすれば、月の兎はもっと早く渡来していてよい。奈良中宮寺に伝存する国宝「天寿国曼荼羅繡帳」は、聖徳太子の没後、その妃橘大郎女《たちばなのおおいらつめ》が太子をしのんで刺繡したものである。現存するのは断片で、後代の補修部分もあるが、その中で原初のものであること確実とされる羅地の部分に

（同繡帳には他に綾と平絹の地〈台裂〉がある）、月中に兎・樹木・壺の刺繡がある。(6) 玄奘が長安を出発して天竺へ向かったのは六二九年。聖徳太子はその七年前に没した。日本人が月の兎を知ったのは確実に『大唐西域記』以前であった。

図22 「天寿国曼荼羅繡帳」の月の兎（中宮寺蔵）

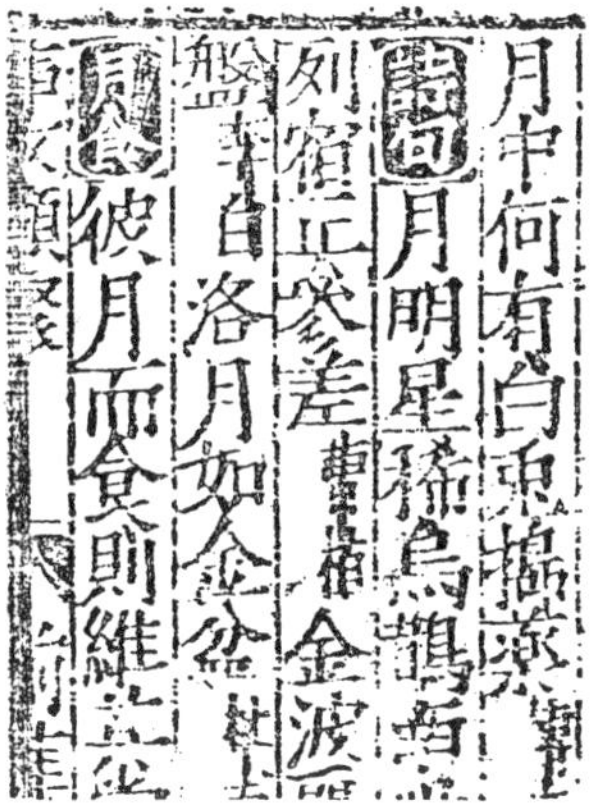
月中何有白兎擣薬
月明星稀烏鵲南
列宿正参差　金波
白洛月如金盆
彼月而食則維其

図23 『事文類聚』巻二「月」の項（右端）

中国からの伝来以前に、日本にも月の兎の伝承があったかどうか、それはわからない。ただ「繡帳」の月の中の樹木と壺は、その兎が桂の木と仙人に関係が深いことを示している。この「繡帳」の壺は仙薬の容器と考えることができるからである。石田氏によれば、月には兎の伝承とは別に、中国伝来のものであったろう。石田氏によれば、月には兎の伝承とは別に、水桶をはこぶ人間の姿が見えるという伝承があり、それが古代の日本に伝わっていたことは確実であるという。これも世界的に分布する古伝承であるが、このように何者かが月の中にいるという意識が日本人にあったとすれば、月の兎がたとえ後からやって来た説であったとしても、それを受け容れやすくこそすれ、その反対ではなかったはずである。

『事文類聚』巻二「月」の項には各種の文献から月に関係する記事が抜粋されているが、それらの中には月中の白兎が薬を搗いているという説が多く見られる。晋の博玄『擬天問』はその早い例であるし、唐の李白の詩「酒を把りて月に問ふ」の一節に「白兎薬を搗く秋また春」と詠われていることは諸橋轍次『十二支物語』(7) も指摘するところ。兎が搗いているのは当然のことながら仙薬であったろう。『今昔』巻廿四第10話には中国から来た僧長秀が桂の宮の屋敷の桂の木から桂心を採って薬とした話がある。月には仙人がいるだけでなく、桂そのものが薬だったのである(8)。

さて、兎の餅つきはこれまでもよくいわれてきたように、やはりこの仙薬搗きが変化したものであろう。月に仙人がいるという発想それ自体が暗示しているように、中国では古来不老長寿の法や神仙の道への関心が深かった。一方、日本ではそれとは対照的に、古来仙道に対する関心がほとんど育たなかった。中国では『列仙伝』・『神仙伝』の類が次々に作られたが、日本でまとまった類書といえば、中国のそれを模倣した大江匡房の『本朝神仙伝』があるにすぎない。

中国では唐代浄土教大成の基礎を築き、浄土五祖の初祖と仰がれる高僧曇鸞《どんらん》でさえ、経典注釈の業半ばで病気になったとき、道士に不老長寿の法を求めたという（『今昔』巻六第43話は、その関連説話）。彼はその非を菩提流支《ぼだいるし》にさとされて浄土教に専心するようになったというのだが、日本の高僧ではまず考えられないことである。あえて延命をはかった僧の話を捜せば、瀕死の師智興の命を延ばすために、弟子証空が身代わりとなって死のうとしたが不動明王のおかげで救われたという『発心集』の話(9)を思い出すが、これとて仙術とはおよそ無縁な犠牲的身代わりという、いかにも日本的な発想の産物なのである。

これとは反対に、日本人の餅に対する関心は深い。餅はさまざまな晴れの日の食物であり、神への供物であった。また、それを食べる者に力を与えるという力餅の例に見られるように、不思議な霊力がある食品であり、餅を的にして矢を射た長者がたちまち没落した伝説があるように神聖なる食品でもあった。このように神聖にして親しい食品として、餅はつねに日本人の関心の的であった。しかも餅は搗くものである。このことが同じ搗くものである仙薬からの変化・転換を容易にさせたのだろう。日本人が「搗く」という行為から連想するのは餅であり、決して仙薬ではなかったからである。

このように割り切った言い方をしてみたものの、中国でも仲秋名月の日には「月餅」という菓子を食べるし、その包み紙には兎を画くから、餅と兎とがまったく無関係とはいえそうにない。したがって、わたしの声もしだいに小さくならざるをえない。本当はさらに、餅つきと入れ替わった後も、なおかすかに残っていた兎と薬との結びつきについての記憶が、昔話「カチカチ山」の兎に「火傷の薬」と称して味噌や唐辛子を狸の背に塗りつけさせたのではないかといいたかったのだが、これはもう自信なさそうに小さな声でつぶやくだけにしておこう[10]。

とにかく、こういう状況のところに『大唐西域記』の話が伝来したのである。この話が現代のわれわれにとってさえなつかしく感じられるのは、これを受容するための素地がわれわれの側にすっかり出来上がっているからだろう。相当古い時代に渡来して日本の風土に同化してしまった月の兎は、すでに日本に帰化したも同然だったが、その由来についてはあいまいなままであった。月の桂が平安朝人の常識となって和歌などにもよく詠まれたのに対して、月の兎はその裏側でひっそりと牛きつづけていたというべきだろうか。その由来も『百詠和歌』の例に見たように、「陰の精」云々と中国での伝承をそのまま受け売りする説がないわけではなかったけれども、具体性を欠くのでわかりにくく、説話としての興味を呼ぶこともなかった。そこに、この話がきわめて具体的な内容、菩薩道のためとはいえ、兎がわが身を犠牲にして死ぬという、先ほどの『発心集』の話などにも通じるところがあって、まったく抵抗感のない内容をともなって伝えられたのである。と同時に、これが好んで迎え入れられたのはむしろ当然であった。月との関係をまったく語らない各種経典の兎の話がなぜ無視されたのか、その理由もわかるというものだろう。

図24　『和漢三才図会』の月の兎

3　親近感の理由

『今昔』巻五には、このように仏典に源をもつ動物説話が、本生譚の形式を保ったままのものもあれば失ったものもあるなど、さまざまな姿で並んでいる。これらを読むとすべてが遠い天竺の話であるのに不思議に遥かな異国の話という気がしない。動物の世界には人間社会以上の普遍性がある。どこの国でも狐は狐、猿は猿だなどといったのでは納得できない親近感である。なぜこんな気持ちになるのか。それには大きくわけて二つの理由があるように思う。

ひとつは題材がわれわれにとって親しいこと。「月の兎」の話はわれわれがよく知っているものについて、その由来を教えてくれる話だったが、こういった話はほかにもある。たとえば第21話は「世間ニ狐ハ虎ノ威ヲ借《かる》ト云フ事ハ此レヲ云フトゾ語リ伝ヘタルトヤ」と結ばれているように、現代でも成句として用いられる「虎の威を借る狐」の由来を説いている。この成句の本当の出典は『戦国策』にある寓話なのだが、『今昔』はそれとは何の関係もない『未曾有因縁経』の話を要約・改変したような別の話を掲げて、これがこの成句の由来なのだという。自信ありげにそういわれるとついそれが本当らしく思えるもので、当時も正しい出典を知っている人はそう多くはいなかったはずだから、結構これで教えられた気になった人が多かったろう。それどころか語り手だって、この話に出会ってはじめて、由来はこうだったのかと手を打ったのかもしれない。

また第23話はいまでは死語になってしまったが、中世から近世までは成句として用いられていた「鼻欠け猿」の由来譚である。異常なもの（鼻欠け猿）が大多数の集団では、正常なもの（鼻の完全な猿）がかえって異常視されるという譬えであるが、これはどうやら本当にこの話がその由来であるらしい。この話の淵源がどんな経典にあるのか、まだつきとめることができない。しかし、どんな経典から来たものであろうと、またその由来が正しかろうと正しくなかろうと、そんなこととは関係なしに、これらの話が由来を説こうとしている成句が、当時の人びとにとって周知のものだったことが大切なのである。

題材の親しさはさらに、われわれがよく知っている昔話やそれとまったく同型の話がつぎつぎに登場してくることにもある。これも例をあげるならば、まず第24話は鶴のくわえた木切れにくいついて空を飛んだ亀が、無言の約束を忘れてつい口を開けたために墜落して死んだ話。「不信ノ亀ハ甲破《やぶ》ル」という当時用いられていたらしい成句の説明にもなっており、インドの古典寓話集『パンチャタントラ』やさきに述べた『ジャータカ』、漢訳経典でも『旧雑譬喩経』以下多くの文献に記録されている有名な話であるが、日本では多く「雁と亀」の話として伝わっているおなじみの昔話である（関敬吾『日本昔話集成』六四・雁と亀）。

第25話は猿の生肝を取りそこねた亀の話。『ジャータカ』・『六度集経』以下仏典でもよく知られた話で、日本では「くらげ骨なし」の起源を語る昔話として有名だが、だまされたのが亀とする話もそれに劣らず広く流布している（同三五・猿の生肝）。

第19話は、人に助けられた亀・蛇・狐・人のうち三匹の動物はそれぞれ恩を返したが、人間だけは裏切った。「獣ハ恩ヲ思ヒ知ル者也、人ハ恩ヲ不知ザル也」という話。『六度集経』その他にあるが、日本では昔話として流布する（同二三四A・人間無情）。第26話の盲象の子も人間を助けたのに裏切られる同型の話。『ジャータカ』・『仏本行集経』・『雑宝蔵経』などにもある話だが、平安末期か鎌倉初期に成立した『金言類聚抄』には『大唐西域記』からの引用がある。これも当時の人にはよく知られた話だったのだろう。

第27話も『大唐西域記』にあり、『大慈恩寺三蔵法師伝』にも記された話。足に踏み立てた株を抜いてくれた人間に象が恩返しをする話で、日本の昔話に象が登場することはないが、のどに刺さった骨を抜いてくれた人間に狼が恩返しをする話なら例が多い（同二二八・狼報恩）。それと同型の話である。

このようにわれわれになじみの話型が続出することも、これらの話に親しみを感じさせる理由である。それにしてもこれは偶然の結果であろうか。わたしにはどうもそうとは思えない。『今昔』の撰者はかなり意識的にこういうなじみやすい話をえらんで採録しているように思えるのだが、この点については後でまた考えてみよう。

さて、これらの動物説話にわれわれが親近感をもつもうひとつの大きな理由は、その描写の仕方にある。動物たちが活躍する舞台も、彼らの行動を律する思考も、実に日本的なのである。第13話の「月の兎」をもう一度とりあげてみよう。

帝釈天の化した老人に食物を与えようと三匹の獣は懸命に努力した。

猿ハ木ニ登テ、栗《くり》・柿《かき》・梨子《なし》・棗《なつめ》・柑子《かむじ》・橘《たちばな》・蓿《こくは》・椿楝・郁子《むべ》・山女《あけび》等ヲ取テ持来《もてきた》リ、里ニ出テハ瓜《うり》・茄子《なすび》・大豆《まめ》・小豆《あづき》・大角豆《ささげ》・粟《あは》・稗《ひえ》・黍《き》ビ等ヲ取テ持来《もてきたり》テ（以下略）

狐ハ墓屋《つかや》ノ辺《ほとり》ニ行テ人ノ祭リ置タル粢《しとぎ》・炊交《かしきがて》・鮑《あはび》・鰹《かつを》、種々ノ魚類等ノ取テ持来テ（以下略）

兎ハ励《はげみ》ノ心ヲ発シテ（略）耳ハ高ク瘟《くぐ》セニシテ、目ハ大キニ、前ノ足短カク、尻ノ穴ハ大キニ開《ひらき》テ、東西南北求メ行《あ》ルケドモ、更ニ求メ得タル物无《な》シ。

『今昔』に生ま生ましい野性の美を感じ、そこに芸術的生命を認めた芥川龍之介が、この兎の描写に注目して、

「耳は高く」以下の言葉は同じ話を載せた『大唐西域記』や『法苑珠林』には発見できない。（略）従ってかう云ふ生ま々々しさは一に作者の写生的手腕に負てゐると思はなければならぬ。遠い昔の天竺の兎はこの生ま々々しさのある為に如何にありありと感ぜられるであらう。

（「今昔物語鑑賞」一九二七年）

と評したことはあまりにも有名である。『大唐西域記』にはこのあたり、

狐は水浜に沿ひて一の鮮鯉を銜《くは》ふ。

猨は林樹に於て異なる華果を採る。
兎は空しく還りて左右に遊躍す。

とあるだけであるから（『法苑珠林』は『旧雑譬喩経』を引用しており、内容が異なる）、たしかに『今昔』の描写は飛躍的にリアルである。「耳を高く立て、背を丸め、目は大きく見開き、前足は短かく」といえば、兎の描写はこれしかない、これできまりだという気がするが、中国の古典で兎の身体的特徴についていつも話題になるのは（みつくちの）唇であって、われわれにとっては当然の兎の特徴である長い耳を問題にしている例はほとんど見当たらないと諸橋氏はいわれる。すると、この描写には、すでにかなり日本的な特徴が盛り込まれていたわけだ。われわれの常識だけで割り切るわけにはいかない。それにしても「尻ノ穴ハ大キニ開テ」に至ると、もはや感嘆の他はない。こんな表現をいったいどこから思いついたのだろう。大きな後足でもち上げられた尻が目に見えるではないか。

しかし、芥川の尻馬に乗ってわたしも「作者」（わたしのことばでいえば「撰者」）の「写生的手腕」を称えればすむものではあるまい。芥川の時代には至極単純に考えられていた[11]『今昔』と『大唐西域記』との関係は、その後いろいろと検討、調査が進むにつれて疑問が多くなり、現在では両者に直接の関係があったと認める研究者はほとんどいない。この話の場合でも、源泉はたしかに『大唐西域記』であり、それによって日本に渡来したのであるが、『今昔』撰者が見たのは『大唐西域記』そのものではなく、それを和訳したような文献が『今昔』以前に成立しており、『今昔』撰者はその和訳本（単純な直訳ではなく、複数の資料による増補・整形が加えられ、原典の内容をかなり変形させてもいた）を利用したとみるのが現在の定説なのである。[12]そうすると、「写生的手腕」といってもいったい誰のものであったのか微妙な問題になってくる。『今昔』撰者のものであった保証はなく、もっとも消極的な場合を考えれば、撰者の「手腕」はその変形和訳本にあった表現を削除したり破壊したりせずに継承したことだけにあったのかもしれないのである。

この問題についてはすでに第三章でふれたつもりだが、すこし話がわき道に入りかけたようだ。わたしが注目したいのは兎の描写よりも猿や狐のほうだった。彼ら二匹が集めてきたものをもう一度読みなおしていただきたい。そこに列挙された種々の農水産物はすべて日本の風土の産物であった。

猿の集めた「栗・柿・梨子・棗」などの果実や「瓜・茄子」以下の農作物は周知のもの。「柑子・橘」はミカンの類。「蓿」はサルナシ。「椿櫟」は一字ずつに分けて読む説があるが「櫟」のほうがわからない。二字で読むとすればハシバミか。(13)「郁子」はアケビに似た野生のつる植物である。狐の集めた「粢」は米の粉でお供え用に作った餅。「炊交」はいわゆるマゼメシのこと。「鮑・鰹」は日本人にはおなじみの海産物。これらを集めた獣たちが遠い異国の住民だったとはとても思えないだろう。

第24話で鶴が亀に話して聞かせる上空から見た地上の景色のすばらしさも、完全に日本のものであった。

　我レハ天下《てんが》ヲ高クモ下《ひき》クモ飛ビ翔《かけ》ル事、心ニ任セタリ。春ハ天下ノ草木ノ花葉、色〻ニシテ目出タキヲ見ル。夏ハ農業種〻《くさぐさ》ニ生《お》ヒ栄エテ様〻《さまざま》ナルヲ見ル。秋ハ山〻ノ荒野ノ紅葉ノ妙《たへ》ナルヲ見ル。冬ハ霜雪ノ寒水、山川・江河ニ水凍《こほり》テ鏡ノ如クナルヲ見ル。如此《か》ク四季ニ随テ何物カ妙ニ目出《めでた》カラザル物ハ有ル。

花の春、緑の夏、紅葉の秋、氷雪の冬。むしろこれこそ日本の四季の美の典型というべきだろう。この話にこういう描写を加えた者が『今昔』撰者なのか、それ以前の誰かなのか。さしあたってはどちらであってもかまわない。とにかく『今昔』の話の舞台はたいへんに日本的なのである。

ただし、こういう描写をことさらな作為と理解してはならない。当時の日本人でインドの風土を経験した者は皆無だった。天竺という国の存在を日本人に教えてくれたのは仏教であり、天竺は教祖釈尊の生地、霊鷲山や祇園精舎などの聖跡に満ちた聖なる国であったが、そこは海の彼方の震旦(中国)よりもさらに遠い彼方、世界の果てかと思えるほどに遠い国であった。もちろんそこに行き着いた日本人はいない。熱烈に天竺にあこがれ、旅程まで細かく計算した鎌倉初期の高僧明恵《みょうえ》は、結局中国へも渡れずじまいだったし、彼が先達と慕った真如《しんにょ》法親王は、平安初期に中国から東南アジア経由で天竺へ向かったまま消息を絶った人である。明恵と親交のあった慶政は自著『閑居友《かんきょのとも》』の中で、親王は天竺へ向かう途中、虎に出会って殺されたと記している。法顕や玄奘三蔵などにとっても死に直面するほど遠かった天竺への道は、日本人にはさらに遠い道であった。そんな天竺の風土が想像できなかったとしても当然ではないか。

　　ねがはくは花のしたにて春死なむ
　　　そのきさらぎの望月のころ
　　仏には桜の花をたてまつれ
　　　わが後の世を人とぶらはば

　この名歌を残した西行がその願いどおり二月十六日に世を去ったのは、文治六年（一一九〇）のことであった。「きさらぎの望月」は釈尊入滅の日。西行の時代の暦で二月十五日といえば、現行の太陽暦では毎年ほぼ三月下旬にあたる。桜の花が咲き始める季節である。この歌を詠んだ西行の脳裏には日本の春のうららかな陽ざしに匂う桜の花と重なりあって、沙羅の花の薫る天竺の春が浮かんでいただろう。すくなくとも彼は季節といえば雨季と乾季のふたつしかなく、一年中なにかの花が咲き乱れている天竺を思い浮かべはしなかったはずである。この時代に彼我の風土の差を強く意識した人があったとしたら、そのほうが珍しい。

4　日本的なるもの

　さて、そういう舞台で動物たちはどのように行動したか。また第13話を見なければならぬ。さきに見たとおり兎は「尻ノ穴ハ大キニ開テ、東西南北求メ行《あ》ルケドモ」、結局なにひとつ手に入れることができなかった。そんな兎に対して、猿と狐そして老人までもが、「且《かつ》ハ恥《はぢ》シメ、且ハ蔑《あな》ヅリ咲《わら》ヒテ」励ましたけれども、兎はどうにもできず、ついに思いつめてしまったというのである。はずかしめたり嘲笑したりして励ますとはどういうことか。具体的には兎が死を決意して手ぶらで帰って来たときの、猿と狐のことばに表われているだろう。

　汝ヂ何物ヲカ持《も》テ来《きたる》ラム。此レ、思《おもひ》ツル事也。虚言《そらごと》ヲ以テ人ヲ謀《たばかり》テ木ヲ拾ハセ火ヲ焼《たか》セテ、汝ヂ火ヲ温《あたた》マムトテ、穴憎《あなに》ク。

むろん『六度集経』や『旧雑譬喩経』にこんなことばはないし、『大唐西域記』では「あなた方はまだ本当に仲がよいとはいえない」と老人にいわせているけれども、猿や狐まで一緒になって兎を責めてはいない。いや、ただ責めるならまだいい。『今昔』の兎を死に追いつめたのは仲間から受けた「はずかしめ」だった、といえば若干いいすぎであって、兎はやはり菩薩行を全うするために死んだのだが、その死を決意させるきっかけとなったのは仲間の言動であったとつい読み取りたくなるような構成なのである。語り手は猿と狐の言動を薄情なものとしてはいない。帝釈天の化した老人も一緒だったのだから、彼らは兎を励ますために、むしろ善意から、兎に対してもっとも効果的と思う方法で激励したといいたいのだろう。が、それにしても、仲間のはずかしめや嘲笑から受ける「恥」の意識を設定していること自体が、これまで見てきたどの仏典にもなかった独特の発想の産物であって、それがまたこの兎をわれわれに親しくさせている理由のひとつにちがいないのだ。

動物説話にかぎらず、『今昔』の天竺説話にちらちらと見え隠れしているこのような傾向を一話に集約した形で示してくれるのは、釈尊の入涅槃、つまりは入滅を語る巻三第30話「仏《ほとけ》、入涅槃給時《ねはんにいりたまはむとするとき》、遇羅睺羅語《らごらにあひたまへること》」である。羅睺羅《らごら》というのは出家前の釈尊と妃の耶輸陀羅《やしゅだら》との間に生まれた子で、釈尊成道後に出家して仏弟子となっていた人であるが、この話は釈尊父子の別れを次のように語っている。

仏が涅槃に入ろうとした時、羅睺羅は考えた。自分は悲しくて仏の涅槃を見るにしのびない。いっそのこと他の世界に行ってこの悲しみを見ないでおこう。そう思って彼ははるか上方の無数の世界を過ぎたところにある別の仏の世界に行ったのだが、その世界の仏に、

「そなたの父釈迦牟尼仏は涅槃の時を迎えて、そなたを待っておられる。すぐに帰って最後の対面をするがよい」

とさとされ、泣く泣く人間世界に帰って来た。待ちかねた他の弟子たちにせきたてられて釈尊の枕元に近づく。釈尊は羅睺羅を見てやさしく声をかけた。

「お前を見るのもこれが最後だ。もっと近くに来なさい」

羅睺羅にはるか上方世界に行けるような神通力があった点だけをのぞくと、われわれ凡夫となんの変わりもない悲しい臨終の対面である。このあとは原文で紹介しよう。

羅睺羅、涙ニ溺《おほほ》レテ参リタルニ、仏、羅睺羅ノ手ヲ捕《とら》ヘ給テ宣《のたま》ハク、

「此ノ羅睺羅ハ此レ、我ガ子也。十方ノ仏、此レヲ哀愍《あいみん》シ給ヘ」

ト契リ給テ、滅度シ給ヒヌ。此レ最後ノ言《こと》也。

釈尊は仏であったはずだ。すべての煩悩を断ち尽くして絶対の真理に到達した聖者であったはずだ。その釈尊が、臨終にわが子の手を握って、自分ではない十方世界の仏たちに加護を祈る。これほど衝撃的な姿があるだろうか。この瞬間に仏は仏ではなくなってしまったのか。理屈をいえばこれほどおかしなことはないはずなのに、そんな疑問を飛び越して、なぜか素直な感動を喚び起こされるのは、凡夫であるわれわれが心のどこかで釈尊も人間であってほしいと思い続けているからだろう。

この話の源泉をたどれば『大悲経』巻二「羅睺羅品」に行きつくけれども、経典にこんなことばがあるはずがな

い。『大悲経』の釈尊は合掌して涙を流している羅睺羅に対して、

悲しみ憂うことなかれ。羅睺羅よ。お前がわたしを父となすことも、わたしがお前を子となすことも終わった。（略）わたしはいま涅槃に入れば、（生死輪廻から離脱して永遠の寂静境に入るのだから）もう決して他の人をわが子とすることはない。羅睺羅よ。わたしたち二人は決して悩乱をなさず、怨讐をなすまい。(14)

と語る。そして、もっとこの世にとどまっていてほしいと懇願する羅睺羅に、一切諸行は無常無定だと説いて聞かせるのである。

法を説くためとはいえ、羅睺羅と釈尊の親子の縁を話題にする『大悲経』は、釈尊の入滅を語る経典の中でも珍しいのだが（類例は『四童子三昧経』など数少ない）、それにしても釈尊はわが子に解脱を説いているのであり、決してわが子を頼むと十方諸仏に祈ったりはしていない。ましてこれが「最後ノ言」であるはずもなく、釈尊はさらに阿難たちに向かって説法を続けているのである。聖者として当然の姿であろう。

しかし『今昔』の釈尊はちがう。これが臨終のいわば遺言であった。子を思うあまりの祈りのことばをのこして彼は逝った。「此レ最後ノ言也」には読者の心を一瞬とろかしてしまう甘い魔力がある。そして、そのこころよい麻酔に追い討ちをかけるように、語り手のことばが続くのである。

然レバ此レヲ以テ思フニ、清浄《しやうじやう》ノ身ニ在《まし》マス仏ソラ父子ノ間ハ他ノ御弟子《みでし》等ニハ異《こと》也。何況《いかにいはむ》ヤ、五濁悪世《ごぢよくあくせ》ノ衆生ノ、子ノ思ヒニ迷《まど》ハムハ理《ことわり》也カシ。仏モ其レヲ表《あらは》シ給フニコソハトナム語リ伝ヘタルトヤ。

仏でさえそうだったのだ。ましてわれわれ凡夫が子への恩愛にまどうのは当然ではないか——人間の弱さを認め合い、それを釈尊にまでひろげて理解しようとする心。一歩まちがえば人間の煩悩をそのまま肯定的に認めてしまいかねない危険を孕みながら、それによってかえって信仰心をかき立てようとする心が、この背後にはたしかにある。

むろん仏は超越者であった。たとえば美しい無憂樹の下で摩耶夫人の右脇から生まれて光を放ち、四天王や梵天・竜王たちが祝福する巻一第2話の釈尊降誕の場面を思い浮かべてみるだけでよい。仏はこういう存在であったからこそ尊崇するにたりるのである。しかし、この超自然的な仏の姿と、その仏を一方で人間らしく捉えるということとは矛盾しないのではないだろうか。仏はもとより絶対者であるけれども、その仏のさとりに至る過程や迫害に耐える姿（巻一・11話など）、臨終に見せた子を思う心、それらを人間的な凡夫的な感情を移入しながら見つめることは、自分たちが凡夫であることを百も承知したわれわれの先人たちにとって、それこそが仏の教えを理解し体感していくためにもっとも望ましい道でさえあったのではないか。そういう凡俗な、しかし本気で仏を鑽仰する心が、たとえ高度な教理の世界から見ればお話にならない低次元のものであったとしても、日本人が仏教を受容していく根底にはいつもあったように思うのである。『梁塵秘抄』雑法文歌の今様が、

仏も昔は人なりき
我等も終《つゐ》には仏なり
三身仏性具せる身と
知らざりけるこそあはれなれ

とうたう時、「仏も昔は人なりき」の一句が感じさせる不思議なやすらぎの気持ちも、それと決して無縁ではないだろう。

兎を追いつめた「恥」と仏が最後にもらした「恩愛の情」。それは個人の行動がつねに周囲の見る目との兼ね合いによって規制され、家族的愛情の強調によって論理的責任追及が回避され協調が保たれるという、現代でもわれわれが自覚している日本文化の基調に通じるものがある。天竺の兎はこれにより日本の兎となったのであり、教祖釈尊はこれにより日本人の心の中に生きるようになったのである。

この「日本的なるもの」の正体については次章でも考えてみるつもりだが、ここで注意しておきたいのは、これらの話は決して『今昔』の専売特許ではなかったことである。釈尊と羅睺羅の話は『打聞集』にこれとそっくりな話がある。『打聞集』は、『今昔』とほぼ同時代の長承三年（一一三四）に書写された写本（京都国立博物館所蔵）が唯一の伝本であって、それから遠からぬころに成立したと見られる小さな仏教説話集であるが、そのほとんどの話が『今昔』や『宇治拾遺物語』と共通し、一言一句に至るまでよく似ている。しかも相互間に直接的書承関係はなかったらしいので、序章で述べたような共通母胎的な説話集の存在が推定されたりするのだが、この話の場合も『大悲経』の話をこのように変化させたのは『今昔』撰者ではなかった。『打聞集』の話の後半を原文で紹介しておこう。

仏、羅睺羅ノ臂《かひなを》取給テ、「羅睺羅ハ我子也。十方ノ仏愍《あはれにしたまへ》給」ト契給テ絶入□ヌ。此ゾ、仏ダニ子ヲ思給フ道ハ他人ニハ異也。倍《まし》テ我ラ衆生ハ子思ニ迷ム事理《ことわり》也。

話末の評語まで『今昔』とほぼ同文である。どこに『今昔』の個性があるのか。この疑問は『今昔』が説話集であるかぎり、何度となくくり返されるにちがいない。たしかにこの話の一言一句にのみ視点を限定しながら『今昔』の特徴をつかむのはむずかしい。しかしもっと大きな眼でみたらどうだろう。

釈尊の降兜率・託胎・出胎・出家・降魔・成道・転法輪そして入涅槃は八相成道と総称され、釈尊の生涯でもっとも重要な事がらであるが、『今昔』は降兜率から転法輪までの七相を巻一第1～8話に、入涅槃を巻三の第28話以下に配置し、その中間に種々の教化・出家・救済譚を並べていて、巻一～三はさながら説話による釈尊伝を形成している。そして『今昔』撰者はこの釈尊伝の骨格となる八相を、もっぱら『釈迦譜』（梁の僧祐撰）を資料として語ろうとしているのだが、入涅槃を語る説話群の中で、ただひとつ例外的に『釈迦譜』を捨て他の資料に拠っているのがこの第30話なのである。しかもこれはその説話群の中でも決定的に重要な釈尊入滅の場面を担当する話であった。

撰者は当然『釈迦譜』の入滅場面を知っていた。そこには『大般涅槃経』、『長阿含経』、『双巻泥洹経』などを引用して、より一般的な所伝、つまり阿難以下の比丘たちに最後の説法をして静かに涅槃に入る釈尊の姿が語られていた。撰者はそれを知りながら、あえてそれを捨てたのである。代わりに採用した話はすでに『大悲経』から離れて表現もやわらかく和文化されていた。これを採用すれば和訳の手間がはぶける。しかしそれだけが彼がこの話を採用した理由であったとは思えない。やはり彼自身の心情が、この人間くさい釈尊像のほうにより共鳴できたからだと見るべきであろう。形の上では『打聞集』の話と変わらなくても、これを採用したこと自体が『今昔』撰者のひとつの自己表現だったのである。

「月の兎」の話の場合も撰者は『大唐西域記』に直接取材したのではなかった。『今昔』の話に見た日本的特徴も、撰者が利用した一種の和訳本にすでにあったと考えたほうが真に近いだろう。その限りでは描写に『今昔』の独自性をいうのはむずかしいけれども、これも撰者の撰択を通じて示した自己表現とみるならば、彼が天竺説話に何を求めていたか、おのずからわかる気がする。教祖釈尊の言動も遠い過去世の動物たちの言動も、彼にとってはすべて自分で追体験できるものでなければならなかった。彼らの言動をわがものとして追体験しながら、仏の教えの真実なることを確認していく姿勢は、ある意味では第三章の猿神退治の話で述べたような、すべてをわが身に引きつけ、話の世界にのめり込んでいく姿勢と共通している。彼の仏教理解は深遠な教理や高邁な理想とは関係がなかったけれども、だからこそかえって裸の心情を晒しているのであって、その掛け値のなさが根底のところで現代のわれわれの心をとらえて離さないのである。

注

（1）南方仏教に伝えられているジャータカは、パーリ語仏典の日本語訳である『南伝大蔵経』の第二十八〜三十九巻（小部経典六〜十七）に収められている。ここに採り上げた「兎本生物語」（ササ・ジャータカ）は第三十一巻（小部経典九）所収。

（2）『壒嚢鈔』巻九・25「月ノ中ニ有レ兎云々」の条。この記事は『塵添壒嚢鈔』巻十四・1「月中兎事」の条にも見える。浜田敦・佐竹昭広共編『塵添壒嚢鈔・壒嚢鈔』（臨川書店、一九六八年）二八八頁および六一七頁参照。

（3）『法華経鷲林拾葉鈔』巻三（『日本大蔵経』第三十巻、八一頁）、および『法華経直談鈔』巻二（臨川書店刊影印本『法華経直談鈔・一』一九七頁）参照。なお、これとは別に、光明仙人（弥勒仏の前生）のために兎（釈尊の前生）が身を焼こうとしたが仙人に引き留められたという話も記録されている（前書七六頁、後書一八八頁参照）。仙人の名前など比較的この話に近いのは『一切智光明仙人慈心因縁不食肉経』（『大正新修大蔵経』第三巻、四五八頁）であるが、この経典では母子の兎が焼死しており、それを知った仙人は永久に不食肉を誓って自らも火中に身を投げているなど、相違点がすくなくない。ただし、鎌倉時代に成立した『八幡愚童訓』の乙本・上「放生会事」の末尾（日本思想大系『寺社縁起』二三三頁）に記録されている兎の話は簡略ながらこの経典と一致しており、この系統の話も当時ある程度流布していたことを思わせる。

（4）南方熊楠「十二支考」（『南方熊楠全集・第一巻』平凡社、一九七一年）所収。石田英一郎「月と不死―沖縄研究の世界的連関性に寄せて―」（講談社文庫『桃太郎の母―ある文化史的研究―』一九七二年）所収。

（5）森三樹三郎『中国古代神話』（清水弘文堂書房、一九六九年）。

（6）『大和古寺大観』（岩波書店、一九七七年）第一巻（法起寺・法輪寺・中宮寺）七〇頁以下参照。

（7）諸橋轍次『十二支物語』（大修館書店、一九六九年）。

（8）薬用の桂心は肉桂（ニッケイ）の樹皮（表皮を除いた真皮）であって、日本に自生している桂とは別物であるが、『今昔』巻廿四第10話は肉桂と桂とをはっきり区別しているとはいいがたい。

（9）『発心集』巻六第1話。この話は古来「泣き不動」の話として名高く、諸書に記録されている。

（10）藤沢衛彦『図説日本民俗学全集』（あかね書房、一九六〇年）第二巻・伝承説話編（七九頁）は、昔話「カチカチ山」を中国神仙伝の「兎搗薬話」の移入と説いている。

（11）芥川龍之介が新潮社『日本文学講座』第六巻に「今昔物語鑑賞」を発表したのは昭和二年（一九二七）であったが、これに先立つ一九二一年に刊行を終えた芳賀矢一纂訂『攷証今昔物語集』全三冊（冨山房、一九一三〜二一年、「復刊」一九七〇年）は『今昔』の出典研究の礎石となった巨篇であり、なかでも第一冊として大正二年（一九一三）に刊行された天竺震旦部篇には、巻五第13話の出典として『大唐西域記』、類話として『法苑珠林』と『経律異相』が指摘されていたから、芥川がこれを読んでいたことは疑いがない。内容の類似するものを博捜して、たまたま発見できた資料のうち最も『今昔』に近いものを「出典」と即断する同書の研究方法は、現在ではとても認めることができないが、芥川は「当時としては」最高最新の研究成果を踏まえていたのである。

（12）森正人「大唐西域記と今昔物語集の問」（国語と国文学　一九七五年12月号）参照。なお『今昔』の出典研究は近年急速に進展し、とくに天竺部については、『大唐西域記』との関係に限らず、『攷証今背物語集』の成果を踏襲した岩波版日本古典文学大系本の出典論は、ほぼ全面的に超克されつつあることを特記しておきたい。

（13）本著作集第四巻『説話とその周辺』第二編第二章「「椿・櫟」の正体」参照。

（14）参考までに『大悲経』の原文は次の通りである。

爾時世尊告羅睺羅言。羅睺羅。汝莫悲恋憂愁啼哭心生熱悩。羅睺羅。汝於父所作父事訖。我亦汝所作子事訖。羅睺羅。汝莫生恋憂愁悲悔。羅睺羅。我与汝等倶為一切衆生。得無畏故発動精進。不作怨讐不作悩害故発大精進。羅睺羅。我今般涅槃已。更不与他作父。羅睺羅。汝亦当般涅槃。更不与他作子。羅睺羅。我与汝等二倶。不作悩乱不作怨讐。

（『大正新修大蔵経』第十二巻、九五二頁）

〔補説〕

一三〇頁以下に、『今昔』『打聞集』の説話や『梁塵秘抄』の今様などに、釈尊にもわが子への恩愛の惑いがあったのだから、凡夫である自分たちが惑うのは当然だとする、一種の甘えの意識が見られることを述べたが、『宝物集』巻五に「ある経には、まさしく『見一切衆生、猶如羅睺羅』と侍るめれば、仏だにも、子をおもふ心ざし、かく侍るめり。申さんや、人界はことはりにぞ侍るべき」とあるのも同様の意識に基づく。

この「見一切衆生、猶如羅睺羅」は『往生要集』大文第五が「ある懺悔の偈に云く」として引用する偈の中に見え、『宝物集』もそこから孫引きしたとおぼしいが、『要集』では前後の文が「子は父母を見ざれども、父母は常に子を見るが如く、諸仏の衆生を視そなはすも猶し羅睺羅の如し。衆生は見たてまつらずといへども、実に諸仏の前にあり」とあり、問題の文句は「衆生は気がつかないでいるけれども諸仏はわが子を視るがごとく衆生を常に照覧し給うている」という文脈の中で用いられている。

同じ偈を引きながら『宝物集』の論理は『要集』のそれとは異なっている。『今昔』や『打聞集』の説話、今様などの論理も、おそらくこういう文句を原典とは異なる文脈に読み替えることによって生まれて来たのであろう。

第六章　震旦説話の変容
――説話の荘子――

1　材と不材との間

『史記』によれば、荘子は蒙県（河南省商丘県）の人で、名は周。かつて蒙県の漆畑の役人であったという。魏の恵王や斉の宣王と同時代というから、ほぼ紀元前四世紀後半の賢者である。その哲学は、老子のそれと一体化されて老荘思想と総称され、『荘子』三十三篇がその思想の記録である。ただし荘子自身の手になるのは内篇の七篇のみで、外篇十五篇、雑篇十一篇は後世荘子学派の人びとによって仮託されたものといわれている――といえばものものしいけれども、『荘子』に記された故事にもとづく成語・成句の類は、現代語の中にもたくさん残っている。「朝三暮四」、「蟷螂《とうろう》の斧」、「無用の用」、「明鏡止水」、「蝸牛角上の争い」、「井の中の蛙」等々。つまり、『荘子』はわれわれにも意外に関係の深い書物なのである。

『今昔』の震旦（中国）説話にも『荘子』関係の話がいくつか見られる。震旦の世俗説話を集める巻十に集中しているのだが、どんな話なのか、まず第12話を原文のまま読んでみよう。

荘子《さうじ》行人家《ひとのいへにゆきたるに》、主殺雁備肴《あるじがんをころしてさかなにそなへたること》語第十二

今昔《いまはむかし》、震旦《しんだん》ニ荘子《さうじ》ト云フ人有ケリ。心賢クシテ悟リ広シ。

此ノ人、道ヲ行ク間、一杣山《ひとつのそまやま》ヲ通ル。而《しか》ルニ、杣《そま》ノ多《おほく》ノ山ノ中ニ、鈎《まが》リ喎《ゆが》ミタル一ノ木有リ、年久ク成レリ。荘子、此ノ木ヲ見テ、杣人《そまびと》ニ問《とひ》テ云《いは》ク、「此ノ木ノ年久ク成ルマデ命ヲ持《たも》ツハ何《いか》ナル事ゾ」ト。杣人答《そまびとこたへ》テ云《いは》ク、「杣《そま》ニハ吉ク直《ただし》キ木ヲ撰《えらび》テ取レバ、此ノ木ハ喎《ゆが》ミ鈎《まが》レルニ依《より》テ、不用ノ物ニテ材木ニモ不取《とら》ザレバ、カク年久ク成《なり》タル也」ト。荘子、「然《しか》也」ト聞《きき》テ、過《すぎ》ヌ。

亦ノ日ニ成《なり》テ、荘子、人ノ家ニ行《ゆき》タルニ、家ノ主《あるじ》、饗《あるじ》ヲ儲《もうけ》テ令食《じきせし》ム。先《ま》ヅ酒ヲ令呑《のまし》ムルニ肴《さかな》ノ无《な》カリケレバ、其ノ家ニ雁二《ふたつ》ヲ飼フ、家ノ主《あるじ》、「其ノ雁一ヲ殺シテ御肴《みさかな》ニ備ヘヨ」ト云フニ、其ノ雁ヲ預リテ飼フ人ノ申サク、「吉ク鳴ク雁ヲヤ可殺《ころすべ》キ、不鳴《なか》ヌ雁ヲヤ可殺《ころすべ》キ」ト。主人ノ云《いは》ク、「鳴クヲバ生ケテ令鳴《なかし》メヨ、不鳴《なか》ヌヲ殺シテ御肴《みさかな》ニ可備《そなふべ》シ」ト。主人ノ云フニ随《したがひ》テ、不鳴《なか》ヌ雁ノ頸《くび》ヲネヂテ、殺シテ調《ととのへ》テ、御肴《みさかな》ニ備ヘタリ。

其ノ時ニ、荘子ノ云《いは》ク、「昨日ノ杣山《そまやま》ノ木ハ不用ナルヲ以テ命ヲ持《たも》ツ。今日ノ主人ノ雁ハ才有《ざいある》ヲ以テ命ヲ生ク。此レヲ以テ心得《う》ルニ、賢キ者モ愚ナル者モ、命ヲ持《たも》ツ事ハ其レニハ不依《よら》ズ、只、自然《おのづか》ラ令然《しからし》ムル事也。然レバ、『才《ざい》有レバ不死《しな》ザルゾ、不用ナレバ死《し》ヌルゾ』トモ不可定《さだむべから》ズ。不用ノ木モ命長シ、不鳴《なか》ヌ雁モ忽ニ死《しに》ヌ。此レヲ以テ、諸《もろもろ》ノ事ハ可知《しるべ》シ」ト。

此レ、荘子言《さうじのこと》也トナム語リ伝ヘタルトヤ。

荘子は「此レヲ以テ、諸《もろもろ》ノ事ハ可知《しるべ》シ」という。なにをどう知れというのだろう。昨日の杣山の木は不用なるがゆえに命を保った。ところが、今日の雁は才能あるがゆえに、有用なるがゆえに命を保ったのだ。してみると、命を保つのは賢とか愚とかの別によるのではなく、ただ自然にそうなるものなのだろう。だから、才能があるから死なずにすむとも、不用だから死ぬとも、定めるわけにはいかない。不用の木が長生きすることもあるし、鳴かぬ雁がたちまち殺されることもあるのだ。このように文脈をたどってみると、ここで荘子が説いているのはどう見ても「運命の不条理さ」である。

そういえばそうだ。この世の禍福はたしかに賢と愚、用と不用の別によってもたらされるものではない。自分の周囲でもその実例にはこと欠かない――などと感慨にふけっていたのでは、この話の問題点はつかめない。そもそも荘子は本当にこんなことを述懐したのだろうか。いくら『今昔』が「此レ、荘子言也《さうじのこと》トナム語リ伝ヘタルトヤ」といっていても、たやすく信じてはならないことを、われわれはすでに経験している。この場合も一度『荘子』にまで遡って確かめておいたほうがよさそうだ。

この話の源泉は『荘子』外篇「山木篇」にある。そこでも荘子が見たのは不用なるがゆえに長生きした木であり、無能なるがゆえに殺された雁であった。しかし、その後が違う。そこで荘子に弟子がたずねたのである。「昨日の木は無能なために天寿を全うしましたが、この家の雁は無能なために死にました。先生はどちらがよいとお考えですか」。荘子の答えは内容がこみ入っているので大変むずかしい。正確を期するために森三樹三郎氏の訳文（中公文庫『荘子外篇』）を引用させていただく。

「わしは有能と無能の中間にいたいと思っている。だが、有能と無能の中間にいるということも、最高の立場に似てはいるが、まだ本物ではない。だから、まだ世間のわずらいを免れることはできないよ。

自然の道のはたらきのままに身をのせて、そのうちに浮かんで遊ぶという境地に達したものは、それとはまったくちがったものだ。もはや誉れもなければ、そしりもなく、あるときは竜になって天にのぼるかと思えば、あるときは蛇となって地面をはいまわり、時の流れのままに自在に変化して、一つのことだけを固執して行なおうとすることがない。

あるときは浮びあがり、あるときは沈んで、そのときのままに調和し、万物が生まれ出る道の世界に漂い遊び、物を物として支配する主人の立場に立ち、物の支配を受けて自分も一個の物に化すということがなければ、どうして世のわずらわしさにとらわれることがありえようか。これこそ太古の聖王である神農や黄帝が、その法則としたものにほかならない。

ところが、世の常の人びとの実情、人の世のおきてとして伝えられているものは、それとはちがっている。会うものは必ず離れ、成功するものは必ず失敗するときがあり、きまじめで角《かど》のあるものは挫《くじ》かれて辱《はずか》しめられ、地位が高くなれば批判の的《まと》になり、何事かを行なおうとするものは妨害を受け、賢明であれば謀略にのせられ、暗愚であれば欺かれるという始末である。これでは世のわずらわしさからのがれようとしても、どうしてそれができようか。あわれというほかはない。

弟子たちよ。よく覚えておくがよい。世のわずらわしさを免れるためには、ただ一つ道徳の郷――自然の道が行なわれる世界だけが残されているのだ」。

要約するのもむずかしい大弁舌であるが、ここで荘子が説いているのは、彼がつねづね主張するように、万物を支配する根本原理としての「道」と一体化して生きること、つまりいっさいの人為を廃してすべてをあるがままに受け入れ、調和することによって獲得される自然にして自由な生き方の大切さである。すくなくとも『今昔』のいうような「運命の不条理さ」でないことだけは明瞭であろう。しかも荘子のこのことばはこの話の眼目であり、いわば結論として提示されたものである。それを語らない『今昔』の話はいったい何なのだろう。原典の中核ともいうべき思想をきれいさっぱりと蒸発させてしまい、残っているのは抜け殻のような木と雁の逸話だけではないか。しかも、そこに付け加えられた批評は、荘子が聞いたらびっくりしそうな低次元のものでしかない。

これはもはや原典からの「ずれ」の次元を越えている。「誤解」といったほうがよいだろう。しかし、わたしはそんなことをいうためにこの話を紹介したのではない。この章ではその「ずれ」ないし「誤解」が意味するものを多角的に検討してみたいのである。それは意外に大きな問題につながることが明らかになってくるはずである。

2　似て非なる理解

『荘子』そのものはもちろん、その注釈書の類も早くから日本に伝わっていたが、なかでもこの話は古来きわめて有名な話であって、昔からよく知られていた。『枕草子』に、「書《ふみ》は、文集。文選。新賦。史記。五帝本紀」という一節がある。これらは日本の文人たちの愛読書だったが、それらの書の中にもこの話に関係する文句があった。たとえば、『白氏文集』には、

木雁一篇須記取　（木雁一篇すべからく記し取るべし
致身材与不材間　身を材と不材との間に致せ）〔巻卅四・遇作〕

という詩句があるし、『文選』には

在木闕不材之資　（木に在りては不材の資を闕き
処雁乏善鳴之分　雁に処《を》りては善鳴の分に乏し）〔巻廿五・贈劉琨詩并書（盧子諒）〕

という明らかにこの話を踏まえた文句がある。

『白氏文集』のほうは、『今昔』とほぼ同じ頃に成立した『新撰朗詠集』にも採られているから、文人たちにとっては常識だったと思われる。同じ『新撰朗詠集』にある、

処身豈羨亀多智　（身を処《を》くことは豈《あに》亀の智多きを羨《ねが》はむや
論命還思木不材　命を論じてけ還《かへ》りて木の不材なるを思ふ）〔述懐・燈下言志（具平親王）〕

はそれを踏まえた文言である。『文選』のほうも同様の例にはこと欠かない。『本朝文粋』の、

如予、昨日山中之木、材取諸己。今日庭前之花、詞慙於人。

（予が如きは、昨日山中の木、材諸《これ》を己に取る。今日庭前の花、詞人に慙《は》づ）〔仲春於二左武衛将軍亭一
同賦二雨下花自湿一（藤原篤茂）〕

は『文選』にならって山中の不材の木を自己の菲才をいう謙譲の意に用いたものである。

それどころではない。『荘子』のこの話を意識した文句なら、『万葉集』にすでにその例が見える。大伴旅人が梧桐の日本琴《やまとごと》を中衛大将藤原房前に贈った時の謹状にある、

長帯煙霞、逍遥山川之阿　（長く煙霞を帯び、山川の阿《くま》に逍遥し
遠望風波、出入雁木之間　遠く風波を望み、雁木の間に出入す）

という対句がそれである。この琴が夢の中で娘子《おとめ》に化して、

如何《いか》にあらむ日の時にかも声知らむ人の膝《ひざ》の上《へ》わが枕《まくら》かむ
（巻五・八一〇）

と歌ったというのだが、これは話としては『荘子』と関係ないけれども、文飾の上で『荘子』をちらつかせることによって神仙的な雰囲気をねらった技巧である。(1)

このように『荘子』の利用は、この話の場合もっぱら前半の木と雁の逸話にのみ集中している。たしかに前半はきわめてわかりやすい具体的な出来事であるのに対して、後半は難解にして抽象的な荘子の述懐であるから、この話の引用や利用がとかく前半に片寄りがちであったのは自然の勢いだろう。『白氏文集』や『文選』とてその例外ではなかった。しかし、それにしても、わが国の文人たちは、この話をあまりにも皮相的にしか利用していない。ここに掲げたわずかな例について見ても、彼等が「山中の木」についていう時、すべてがその「不材」なることだけを問題としており、『白氏文集』のように「材と不材との間に身を処する」ことにすら言及したものはないのである。

こういう傾向は彼らが詩文を作る時だけでなく、『荘子』を抄出して要文集を作るような場合でも、その抄出の

仕方にはっきりと表われているように思われる。たとえば、さきほどの『文選』の詩句について、その代表的な注釈書、唐の李善の『文選注』が『荘子』を引用する場合には、木と雁の逸話とともに「先生はどちらがよいか」という弟子の質問と、それに対する荘子の答えを、

荘子笑曰、周将レ処下夫材与二不材一之間上矣。材与二不材一之間、似レ之而非也。故未レ免二乎累一。

というところまで抄出しているのに、わが国で鎌倉初期、文章博士の藤原孝範が編集した漢籍主体の名句名文集『明文抄』を見ると、その「人事部上」に『呂氏春秋』から、

荘子曰、昔者山中之木、以二不材一得レ終二天年一、主人之雁以レ不二能鳴一死。

という一節を抄出している。『呂氏春秋』の「必己《ひつき》」の項には『荘子』のこの話が後半の荘子の発言も含めて全文引用されているのだが、孝範はそれを見ていながら具体的な出来事を要約して述べる弟子の発言の一部だけを抄出したのである。『荘子』では弟子の発言であったものが、ここでは「荘子曰」と変わっているのは、孝範が『呂氏春秋』の「明日弟子問二於荘子一曰、昔者山中之木」という文章を故意にか不注意にか、途中で切り取っているためである。

ただし、これとは別に『明文抄』にはもう一か所「文事部」にもこの話を抄出したところがあって、そこでは『荘子』から直接に「荘子笑曰、周将レ処下夫材与二不材一之間上」までを引用していることを明らかにしておかねばなるまい。しかし、それにしてもなお、原典ではそのすぐ後に続いている「材与二不材一之間、似レ之而非也」を抄出しなかった意味は大きい。「材と不材との中間にいたい」というのと「材と不材との中間にいるのは、最高の立場に似てはいるが違う。まだだめだ」というのとでは、示すところは文字通り「似て非なり」だからである。

ところが、その似て非なる発言を処世訓として真正面に打ち出した作品がある。鎌倉時代の説話集『十訓抄』がそれである。これはその名のとおり処世のための十項目の教訓を立てて、各教訓の実例としてふさわしい説話を集

めた作品であるが、第二番目の「憍慢を離るべき事」という項目の中に、この話が次のように語られている。

大方、世にある道のわずらはしく、ふるまひにくきこと、薄き氷を踏むよりもあやふく、激しき流れに竿さすよりも甚しきものなり。

荘子、山を過ぎたまふに、木を伐る者あり、直なるのを伐り、ゆがめるを伐らず。また人の家に泊まりたまふに、家に雁二つあり。主、よく鳴くをば生け、鳴かざるをば殺しつ。あくる日、弟子、荘子に申して曰はく、「昨日山中の木、直なるをば伐りて、ゆがめるをば伐らず。また家の二つの雁、よく鳴くは生け、鳴かざるを殺しつ。よきも伐られ、悪《あ》しきも殺されぬ」と申す。荘子曰はく、「世の中のためし、これにあり」と答へたまへり。

かかるにつけても、よく憍慢を捨てて、身をつつしむべしと見えたり。

この話の中での荘子の発言「世の中のためし、これにあり」を文脈に即して敷衍するならば、「世の中とはそういうものなのだ。能があっても殺されるし、能がなくても殺される。だから、よく身を謹んで、身を材と不材との間に処するがよい」となるだろう。『荘子』の荘子が、こんな事なかれ主義の処世訓を見たらびっくりするに違いないが、ここに認められる『荘子』の理解の仕方は、さきに見た『明文抄』の『荘子』抄出法と微妙に通じ合うものがある。いうまでもなく『荘子』の「似之而非也」にまったく関心を示さない点においてである。

ところで、『十訓抄』のこの話を最初に紹介した『今昔』の話と比べてみよう。両者の間にも奇妙に一致するところが認められないだろうか。『十訓抄』も『今昔』も、それぞれに原典の『荘子』から見ればかなり脱線しているのに、両者の文言には微妙な暗合がある。すなわち『今昔』では「昨日ノ杣山ノ木」云々のことばが荘子自身の発言となっている（『明文抄』にも同様の混線があった）など、両者の内容には相異点も多いのだが、両方とも最後は荘子のことばで結ばれており、しかも『今昔』の「此レヲ以テ、諸ノ事ハ可知シ」と『十訓抄』の「世の中のためし、これにあり」とは、ほとんど同意といってよいほどよく似ている。

　これまで見てきたように、『荘子』のこの話は一般的に原典の真意からずれたところで理解されることが多く、その点では『今昔』も『十訓抄』もそうした一般的傾向のわく内に位置づけられる。両者の話の『荘子』理解は、すくなくとも当時の日本文学としては、決して特異なものではなかったのである。しかし、この文言の暗合は、そういう一般的傾向だけでは説明できない。両者は兄弟とかいとことかいう以上に遠く淡い関係ではあるが、どこかで何らかの血縁で結ばれていると考えたいのである。つまり両者ともに『荘子』そのものを座右に置いて書かれた話ではない。この話は『十訓抄』はもちろん『今昔』よりもなお以前から、日本式理解によって再生された、いわば日本に帰化した荘子説話として、原典の『荘子』からは完全に離脱したかたちで浮遊していたのであろう。両者の構成や文言の微妙な一致は、その母胎的な荘子説話のかすかな面影である。この話を通して運命の不条理さを説く『今昔』と、両端を廃したおとなしい中道の生き方を説く『十訓抄』と、両者の思想には相当の違いがあるけれども、この説話にとっては、それはむしろ二次的に生じた変化であったように思えるのである。

3　魚の心

　ところで、『荘子』の話は鴨長明の『方丈記』にも影を落としている。次に引用するのは都の東南、日野の外山に構えた方丈の庵での生活が彼にとっていかに快適であるかを力説する『方丈記』の末尾に近い一節である。有名な作品であるから、ああそこかと思い出していただけるだろう。

　それ、三界はただ心一つなり。心もし安からずは、象馬《ざうめ》・七珍《しつちん》もよしなく、宮殿・楼閣も望みなし。今、さびしきすまひ、一間《ひとま》の庵《いほり》、みづからこれを愛す。おのづから、都に出でて、身の乞匃《こつがい》となれる事を恥《は》づといへども、帰りてここに居《を》る時は、他の俗塵に馳《は》する事をあはれむ。もし、人このいへる事を疑はば、魚《いを》と鳥とのありさまを見よ。魚は水に飽かず。魚にあらざれば、その心を知らず。鳥は林を願ふ。鳥にあらざれば、その心を知らず。閑居《かんきよ》の気味《きび》もまた同じ。住まずして誰かさとらん。

右の文章の「魚は水に飽かず」以下の部分については、どんな注釈書でも『荘子』外篇「秋水篇」の一節、「子《し》は魚に非《あら》ず。安《いづ》くんぞ魚の楽しみを知らんや」を典拠として掲げるのが普通である。たしかに文句は似ている。それにしても『荘子』ではどんな場面にこの文句が用いられているのだろうか。実はそれに答えるような話が『今昔』巻十第13話の後半にある。まずそれから見ておこう。

荘子《さうじ》、妻《め》ト共ニ水ノ上ヲ見ルニ、水ノ上ニ大キナル一ノ魚浮《うかび》テ遊ブ。妻《め》、此レヲ見テ云《いは》ク、「此ノ魚、定メテ心ニ喜ブ事可有《あるべ》シ。極《きはめ》テ遊ブ」ト。荘子、此レヲ聞《きき》テ云《いは》ク、「汝ハ何《いか》デ魚ノ心ヲバ知レルゾ」ト。妻《め》答《こたへ》テ云《いは》ク、「汝ハ何《いか》デ我ガ魚ノ心ヲ知リ不知《しら》ズヲバ知レルゾ」ト。其ノ時ニ、荘子ノ云ク、「魚ニ非《あらざ》レバ魚ノ心ヲ不《し》知《ら》ズ。我レニ非《あら》ザレバ我ガ心ヲ不知《しら》ズ」ト。此レ、賢キ事也。実《まこと》ニ親シト云ヘドモ、人、他《ほか》ノ心ヲ知ル事无《な》シ。然レバ、荘子ハ、妻《め》モ心賢ク悟リ深カリケリトナム語リ伝ヘタルトヤ。

荘子が妻に「（お前は魚でもないのに）どうして魚の心がわかるのかね」といったところ、「あなたは（わたしではないのに）わたしに魚の心がわかるかどうかが、どうしてわかりますの」と逆襲されて、「なるほど魚でなければ魚の心はわからない」と降参してしまったという話である。たしかにこれならば『方丈記』の文脈にもぴったりと適合する。結局自分の気持ちは自分でなければわからないというのだから。

しかし荘子ほどの人がこの程度の論理に閉口するかしら。相手が妻だから無益な論戦は避けて相手に花をもたせたのか、などとつまらぬことを考えながら原典の『荘子』を調べてみる。するとそこには『今昔』の話とは似ても似つかぬ論争がくりひろげられているのである。だいいち人物設定からして違っている。「魚は楽しい気持ちなのだな」といったのは荘子で、「君は魚でもないのに、魚の気持ちがなぜわかるのか」と反論したのは荘子の友人で論理学派の恵子《けいし》である。荘子はすかさず「君はわたしではないのに、なぜわたしに魚の気持ちがわかるかどうかがわかるのか」と反論するが、恵子は「なるほどわたしは君ではないから、君の心はわからない。しかし、そういえば、君だって魚ではないのだから、君に魚の気持ちがわからないことも確かだ」という。そこで荘子は答えた。「いいかい。もう一度はじめから考えてみよう。君は最初わたしに『魚の気持ちがなぜわかるのか』と問うたね。あの質問は、私が魚の気持ちを知っているかどうかについて（私が知らないだろうという）判断をもっていたからこそなされたものだ。とすれば、私が魚の気持ちを（きっと楽しいのだろうと）判断したとしてもおかしくないだろう。つまりわたしには魚の気持ちがわかったのだよ」。

最後のことばは大幅な意訳であって、『荘子』の原文は次のとおりである。簡潔なだけにかえってむずかしい。

請《こ》ふ、その本《もと》に循《したが》はん。子の曰《い》ひて「女《なんぢ》、安《いづく》んぞ魚の楽しみを知らんや」と云へるは、既《すで》に已《すで》に吾の之《これ》を知れるを知りて、我に問へるなり。我は之《これ》を濠上に知る。

つまり『今昔』の話はここでも『荘子』の話の末尾を切り捨てている。末尾の発言が難解なためでもあったろうが、それを捨てたのでは話の思想が変わってしまう。この話の場合は、「魚でなければ魚の気持ちはわからない」と自他を峻別し対立差別を強調する恵子に対して、荘子の言葉には万物斉同を唱え自他無差別を主張する彼らしい反論と揶揄が盛りこまれていて、そこにこの話の眼目があったのに、『今昔』の話は原典の難解な部分を捨ててわかりやすい部分だけで話を組み立て、結局原典とは正反対の思想を単純かつ素朴な論理で展開しているだけといった感じをまぬかれないのである。

もちろんこの話の場合も、『今昔』撰者自身がこのように『荘子』の話を組み立てなおしたというのではない。さきの木と雁の話の場合とまったく同じように、彼が出会ったのはすでにこのように変質してしまった後の日本式荘子説話であった。だが、くり返していうが、この説話に見られる『荘子』理解はむしろ当時の知識人一般の理解を反映したものであって、この説話だけが特別に低いレベルにあったわけではない。さきの話でも注目しておいた『明文抄』は、この話についても「非魚安知魚楽、非我安知我心」という文句だけを抄出している。孝範もこの文句がこの話の代表的な名言であると考えたのであろう。そしてその判断はおそらく彼一人のものではなくて、むしろ彼は当時の文人に一般的だった考え方に従ったにすぎないのだろう。長明がこの文句を『方丈記』に用いたのも、もちろんそうした一般的理解のレベルでこの文句を思い浮かべたからであったに違いない。もしかすると彼の脳裏には『荘子』そのものではなく、この日本化した荘子説話のほうが浮かんでいたかもしれないのである。

このように、『今昔』撰者が出会ったのは『荘子』そのものではなくて、すでに『荘子』を離れて日本に帰化し、文体や表現も完全に日本語文（仮名文）化されていた荘子説話であった。実はこれだけのことなら、こんなに面倒な手続きをとらなくてもごく簡単に推定できていたことなのである。なぜならば、『今昔』巻十には『荘子』と内容の関連する話が全部で五話あるのだが、うち三話までが『宇治拾遺物語』と共通し、しかもその共通説話はたがいに同文的といえるほどよく似ている。こういう場合、両者の背後に共同母胎的な資料の存在を予想すべきことは、すでに第一章で説明したとおりである。『宇治拾遺』と共通しない残りの二話、実はそれがこれまで見てきた二つの話なのだが、これらは質的に見て共通する三話とすこしも変わったところがない。だからこれら五話は結局同一の説話資料に取材したものと推定でき、『今昔』撰者は『荘子』そのものには接していないと断定できるのである。

なお補足していえば、『今昔』撰者が原典を利用しなかったのは『荘子』だけではない。巻十に集められた震旦の世俗説話四十話はすべて、この荘子説話の場合と同じように日本化した説話資料に拠っており、歴とした漢籍には何ひとつ接した痕跡がない。これらの話の中には、秦始皇帝（第1話）、項羽と劉邦（第3話）、王昭君（第5話）、楊貴妃（第7話）、卓文君と司馬相如（第26話）など、現代でもよく知られた話が含まれているが、撰者は『史記』

や『漢書』はもちろんのこと、彼にとっては恰好の取材源になりえただろうと思われる『蒙求』のようなごく初歩的な啓蒙書でさえ直接には利用した形跡がないのである。その反面、今のところ彼が利用したことが確実とされているのは源俊頼の歌論書『俊頼髄脳』であり、その他に推定としては『宇治拾遺』との共同母胎的資料（説話集）や『注好選』(2)とのこれもおそらく共同母胎的な説話資料などが指摘できるが、すべて原典の漢籍を遠く離れて日本化した話ばかりであった。

しかもそういう資料が彼の手元にあり余っていたわけでもない。それどころか彼は震旦の世俗説話については絶対的な数量の不足に悩み、四十話をそろえるのが精一杯だったと思われる。震旦の仏教説話については『三宝感応要略録』・『冥報記』・『孝子伝』・『弘賛法華伝』など、種類は多くないにしてもある程度の漢籍を用意することができたのに、なぜ世俗説話については漢籍を用いなかったのか。あるいは用いることができなかったのか。それこそ撰者が仏教人であって俗書にうとかった証拠だ――というふうに答えるのが常識になっているのだが、本当にそんな答えでよいのか。もっともっと根本的に考えなおしてみる必要があるだろう。しかしともかく、『今昔』の荘子説話が『荘子』に直接取材していないことは確かなのだから、わたしたちも『今昔』の話の『荘子』からの逸脱をあげつらってみたところで何にもならない。問題は『今昔』の取材源となった荘子説話はどのような性格をもっていたのか。それを『今昔』はどのように受けとめ、どのように描いていったか。そして結果として『今昔』の荘子説話はどのような特徴をもつに至ったかである。この視点からもう一度これまで見てきた二つの話をふりかえってみよう。

4　偽善者孔子

この章の最初の方で述べたように、『今昔』の木と雁の話で主張されていたのは「運命の不条理さ」であった。おもしろいことにこれと同じ主張が第15話にも見られる。これは孔子が大盗賊の盗跖《とうせき》のところに直諫に行き、反対に論破されてほうほうの体で逃げ帰ったという話であるが、もとは『荘子』雑篇「盗跖篇」の話である。

孔子は柳下恵《りゅうかけい》と友人だったが、柳下恵の弟盗跖は悪党数千人を手下として天下に横行していた。それを見た孔子は、兄でありながら教訓もしないと柳下恵を非難し、教訓しても聞くような相手ではないと引き止める柳下恵をふりきって、盗跖の山塞にのりこんだ。そこまではよかったのだが、

君、承ハレバ、心ノ恣《ほしいまま》ニ悪《あし》キ事ヲノミ好ミ給フト。悪《あし》キ事ヲバ、当時《そのかみ》ハ心ニ叶フ様《やう》ナレドモ、終《つひ》ニハ悪《あし》キ事也。然レバ、猶、人ハ善キニ随フヲナム善キ事ニハ為《す》ル。然レバ、如此《か》ク申スニ随《したがひ》テ御《おはす》ベキ也。此ノ事ヲ申サムガ為《ため》ニ参リ来《きたり》ツル也。

などいう孔子の忠告に反駁する盗跖の舌鋒は鋭かった。「汝ガ云フ所ノ事共《ども》一トシテ不当《あたら》ズ」と盗跖はいう。「なぜならば、むかし堯・舜という二人の賢帝がいて世に尊ばれた。しかし見よ。その子孫は広い世間に針さすほどの土地も領有してはおらぬ。また賢人として名高いのは伯夷・叔斉だ。が、彼らも首陽山に飢えて死んだではないか。さらに、お前の弟子に顔回というやつがいた。お前はさんざん教え立てたが若くて死んだ。さらにまた、子路というやつがいたが、衛の門で殺された。

然レバ、賢キ事モ終《つひ》ニ賢キ事无《な》シ。亦、悪《あし》キ事ヲ我レ好ムト云《いへ》ドモ、災《わざはひ》身ニ不来《きたら》ズ。被讃《ほめらる》ル者、四日五日ニ不過《すぎ》ズ。被謗《そしらる》ル者、亦如此《かくのごと》シ。然レバ、善キ事モ悪《あし》キ事モ永ク被讃《ほめら》レ、永ク被謗《そしら》ルル事无《な》シ。此レニ依《より》テ、

善キ事モ悪《あし》キ事モ、只、我ガ好《このみ》ニ随《したがひ》テ容止《ふるまふ》ベキ也。

なによりも善事をなせというお前自身が恵まれていないのが証拠だ。お前の言うことはすべて馬鹿げている。とっとと帰れ」。孔子は圧倒され、あわてて座を立った。しかしあまりにも臆していたので、馬に乗るとき轡《くつわ》を二度もとりおとし、鐙《あぶみ》をしきりに踏みはずした。「孔子倒れ」という諺は、これから生まれたものであるという。

「善事には善果、悪事には悪果があるとは限らない」と『今昔』の盗跖が実例を並べて主張するのは、まさに「運命の不条理さ」である。しかもそこから導き出される結論は、「世に誉められてもせいぜい四、五日のもの。謗られても同じことだ。それなら好きなようにするのが一番」という、現代でもどこかから聞こえてきそうな居直りの論理であった。しかし、これが原典の『荘子』と無縁のことばであることは、もう十分に察していただけるはずである。『荘子』の盗跖の反論は長大なので詳しくは紹介できないが、要するに彼が孔子に反撥した最大の理由は、彼の目には孔子が我慢のならない偽善者に映ったことにあった。つまり、「大道廃《すた》れて仁義あり」（老子）のことばのとおり、本来人間は自然の道に安んじて暮らしていたのに、堯や舜の時代になると人間に君主と人民というような人為的差別を設けるようになり、以来強者が弱者を征服し多勢が無勢を圧するような乱れた世の中になってしまったのだ。君臣の道などは、それ以後に生まれた乱世を是認する偽善にすぎない。なかでもあれこれと理屈を並べ君子の道とか孝行とかを説いて歩く孔子は最大の偽善者である。なぜなら彼はこうすれば名君になれると名聞利欲で人をつり、それによって自分もあわよくば諸侯くらいの地位は手に入れたいと願っているのだから、それこそ盗賊というべき者だ。世に賢人の代表といわれている伯夷・叔斉にしたところで、彼等は世間の名声に執着して人間本来の自然な生き方を忘れ、天の与えてくれた命を粗末にした愚か者にすぎない。

『今昔』の盗跖が引き合いに出した堯・舜や伯夷・叔斉は、『荘子』ではこんな文脈の中に登場していたのである。彼等は初めから賢人とは認められていないのだ。このように『今昔』の話が原典と同一の語句――この場合には人名――を用いながら、原典とは異なった意義をもたせている例は、「魚ニ非レバ魚ノ心ヲ不知ズ」などにも見たとおりであるが、この話の場合はさらに、盗跖がたたみかけた次のことばの中にも見られる。

今、吾れ、子に告ぐるに人の情を以つてせん。目は色を視《み》んことを欲し、耳は声を聴かんことを欲し、口は味を察せんことを欲し、志気は盈《み》たさんことを欲す。人の上寿は百歳、中寿は八十、下寿は六十なり。病瘦と死喪と憂患とを除けば、其の中、口を開きて笑ふ者は、一月の中、四五日に過ぎざるのみ。

『今昔』の「被讃《ほめらる》ル者、四日五日ニ不過《すぎ》ズ」と共通する「四五日」の語は原典ではこんなところに用いられていたのである。これは盗跖が人情の自然な姿を説き、人の命の短さをいう場面で、その短い寿命のうち、口を開けて笑って過ごせるのはひと月のうち、せいぜい四五日にすぎないと、限りある時を充足して過ごすべきことを述べているのであって、毀誉褒貶もつかの間などという居直りの論理とは何の関係もない。『荘子』の盗跖にいわせれば、毀誉褒貶を気にすることや、善悪の結果を考えて行動することは、それこそが利欲に発する行為であって、むしろ非難しなければならないことだったのである。

この話のこの語は『宇治拾遺』の共通説話にも見られるから、共同母胎の段階ですでにあったものであろう。『荘子』のように本来説話集ではない作品から説話的部分を抜き取って短く要約した話を作り出そうとすれば、内容に多少の変化やずれが生じることはやむをえない。また、原典で主人公の委曲を尽くした発言が長々と記されているような箇所はなるべく省略して、端的に具体的な行為や事件が語られている部分だけで話を組み立てようとするのも、説話というものの本来的な性格から考えて当然のことであるだろう。その場合、原典からどのような語句を抽出し、それをどのようにつないでいくかは、話を組み立てる人間の腕にかかっている。一般的にいって、原典からの抽出量が多いときには、当然のことながら比較的自然に原典の文脈をなぞることになるだろう（それでもずれが生じるが、この問題については次章で述べる）。むずかしいのは原典を大幅に縮小するときであって、そのときには縮小する人間の文才はもちろん、より直接的には人間観や信条によって話のまとめ方が大きく左右される。もともと彼は原典に忠実無比なダイジェストを目指しているとはかぎらないからである。

これら共同母胎としての荘子説話のまとめ手は、相当の知識人であったに違いないが、忠実無比であるよりは自身の人間観や信条を色濃く投影させる型の人間であったらしい。彼が自身の個性を投影させたというのではない。彼自身もそのひとりである当時の文人・知識人にとって常識的な理解を投影させたのである。盗跖の話は平安中期の文人源為憲の『世俗諺文』にも引かれている。為憲は『荘子』そのものから直接に抄出引用し、部分的には削除も行なって簡潔な一篇に仕立てているのであるが、そこで彼が削除したのは、ここで紹介したまさに盗跖の論理の真髄ともいうべき発言の部分であった。だから『世俗諺文』の盗跖の反論は、個々の語句としては『荘子』のそれをそのまま引用したものでありながら、孔子の弟子の子路が横死したことや、孔子自身も諸国で容れられなかったことをいう部分だけを抽出して並べてあるので、結局は有効か無効か、利益があったかなかったかという、利欲ずくの発言になってしまっている。共同母胎としての荘子説話のまとめ手の理解は、為憲のそれとほとんど同質であったといってよいだろう。

それにしても、これらの話に見られる人間観のなんとわれわれに親しいことだろう。むろんそれは逆説で、われわれの恥部を見せつけられるような気がしないだろうか。木と雁の話で代表され盗跖の話でも一部指摘したように、ちょっと複雑な事象に出会うと「不条理」なのだと簡単に割り切ってしまい、それ以上は追求しようとしない。反対に頭が忙しく回転するのは当座の損得勘定である。その勘定には誉められるか謗られるか、つまり他人の目がいつも計算に組み込まれている。が、それもあくまで「損得」の勘定であるから、「人の噂も七十五日」どころか「四日五日」のものだと結論が下されると、他人が何といおうと好きなようにかせぐのが「得」という居直った答えが出る。魚の話で見たように「自分の気持ちは自分でなければわからない」のが真理であるから、他人からとやかくいわれるすじ合いはないのだ。そのくせ、そういう暮らしを支えていくのは、ひどく単純で消極中道の処世訓、「此レヲ以テ諸ノ事ハ可知シ」であり、「世の中のためし、これにあり」である。できることなら標語にでもしてカレンダーに書き込みたいところだろう。

わたしは皮肉をいっているのではない。わたし自身も例外ではありえず、そのなにがしかをたしかに共有している日本人の思考様式の底流のようなものが、ここに早くも現われているような気がしてギクリとするのである。その意味でもこれらは、まさに「日本人になってしまった荘子」の説話といわなくてはなるまい。

なお、盗跖の話は『今昔』や『宇治拾遺』では「孔子倒れ」という諺の起源として語られていたが、『世俗諺文』でも同じ諺の解説としてこの話が引用されている。この諺にはこの話がつきものだったと考えてよいだろう。ところで、この諺は『源氏物語』にも用いられている。「胡蝶」の巻で、玉鬘に思いを寄せる鬚黒の大将の様子を、光源氏が、

いとまめやかにことごとしきさましたる人の、恋の山には孔子《くじ》のたふれまねびつべき気色《けしき》に憂へたるも、さる方《かた》にをかし。

と思って見たというのだが、紫式部はこの諺からいったいどんな盗跖像を思い描いていたのだろう。彼女に尋ねられるものなら尋ねてみたい気がする。

5　撰者の理解力

さてそれでは、このように日本化した荘子説話を『今昔』はどのように受容したのか。これまで見てきたいくつかの話の例からも想像できるように、『今昔』の荘子説話には『宇治拾遺』に共通説話がある場合でも大きな異同

はほとんど認められない。第三章の猿神退治の話でその一端を見たように、『今昔』は資料の叙述を自分流に捉えなおしてていねいに肉付けていくばかりでなく、時にはかなり思い切った叙述の添削や改変をも行なっているのだが、荘子説話ではそういう目立った動きは認められず、むしろ資料の叙述をなぞっているのが精一杯という印象を受ける。『今昔』の撰者が王朝貴族界の消息にうとかったことは第二章に紹介した花山院女王殺人事件の話などからも明白であるが、彼がうとかったのは人事消息だけではなく、王朝貴族には常識だった技芸・教養の類もたいへんに苦手であったらしい。『今昔』の荘子説話のいくつか（第11、12、13話など）はいい合わせたように、

　今昔《いまはむかし》、震旦《しんだん》ニ荘子《さうじ》ト云フ人有ケリ。心賢クシテ悟リ広シ。

という人物紹介で始まっている。「心賢クシテ悟リ広シ」は『宇治拾遺』の共通説話には見られぬ文句であるから、これこそ『今昔』撰者の荘子理解の一端を示すものといえるわけだが、現実には一端どころではなく、この型にはまった文句が彼の荘子理解のすべてを示しているのではないかとさえ思われる。つまり、彼にとって荘子は「心賢クシテ悟リ広」い大層な賢者なのだが、どこがどう賢く、他の賢者たちとどこがどう違うのか、などと質問されると、それはもう完全に彼の能力を越えた問題になってしまう。すべては自分が受け売りをしているこの説話自体の中から汲み取ってほしいといいたげである。

　撰者と話の内容との似たような関係は、巻廿四に集中的に配置されている一群の和歌説話にも見られる。彼は荘子が賢者であることを一も二もなく認めたと同様に、和歌が貴族に必須の教養であり、高級な文芸として尊重すべきものであることは十二分に認めるのであるが、彼自身はおそらく和歌を詠まなかったし、和歌の鑑賞能力にも恵まれていなかった。だから『今昔』の和歌説話は『古本説話集』との共同母胎的資料をはじめとして、『伊勢物語』や『後拾遺集』などに取材してある程度の数量を確保しているにもかかわらず、有効な叙述の添加はほとんどなしえず――もっとも『伊勢物語』などに添加して有効な叙述がありうるかどうかは疑問だが――、ただ各話の末尾に、

此様《かくやう》ニ読《よみ》テ、此ノ大納言ハ極《きはめ》タル和歌ノ上手ニテ御座《おはしまし》ケルトナム語リ伝ヘタルトヤ。（巻廿四・34話）

此ノ業平ハ此様《かくやう》ニシ和歌ヲ微妙《めでた》ク読《よみ》ケルトナム語リ伝ヘタルトヤ。（巻廿四・35話）

などと、「どのように」「なぜ」の解説をまったく含まない賞讃のことばを判で捺したようにくり返すばかりなのである。右に引いた第34話は藤原公任の話であり、第35話は『伊勢物語』に取材した業平の東下りの話であるが、彼は二人を「和歌ノ上手」とは知っていても、二人の和歌のどこがどうすぐれているのかは判断できなかったし、まして二人の和歌の質を区別したり、歌人としての生き方の相違にまで思いを馳せるようなことは、できない相談であった。『今昔』の和歌説話がどこかピントの合わない、まのびしたものに見えるのは、語り手自身が話の内容をつかみきっていないからである。

同様にこの荘子説話でも、彼はひたすら資料の叙述をなぞる。彼の筆が多少とも自由に走り出すのは次のような箇所である。

孔子《くじ》ノ云《いは》ク、

「面《まのあた》リ申サムト思フ事ハ、君ガ御弟ノ盗跖、諸《もろもろ》ノ悪《あし》キ事ノ限リヲ好《この》ムデ、諸《もろもろ》ノ猛ク悪《あし》キ輩《ともがら》ヲ招キ集テ伴《とも》トシテ、多《おほく》ノ人ヲ令歎《なげかし》メ世ヲ亡《ほろぼ》ス。何《なん》ゾ君、兄トシテ不教給《をしへたまは》ザルゾ」

ト。柳下恵《りうかけい》答ヘテ云《いは》ク、

「盗跖、弟也ト云ヘドモ我ガ教ヘニ可随《したがふべ》キ者ニ非《あら》ズ。然レバ、年来《としごろ》歎キ乍《なが》ラ不教《をしへ》ザル也」

ト。孔子ノ云《いは》ク、

「君不教《をしへず》ハ、我レ、彼ノ盗跖ガ所ニ行テ教ヘムト思フ、何《いか》ニ」

ト。柳下恵答《こたへ》テ云《いは》ク、

「君、更ニ盗跖ガ所ニ行テ不可教給《をしへたまふべから》ズ。君妙《たへ》ナル御言《みこと》ヲ尽《つく》シテ教ヘ給フト云ヘドモ、更ニ可靡《なびくべき》者ニ非《あら》ズ。

還《かへり》テ悪《あし》キ事出来《いできたり》ナムトス。努々《ゆめゆめ》其ノ事不可有《あるべから》ズ」

ト。孔子ノ云ク、

「悪《あ》シト云フトモ、盗跖、人ノ身ヲ受ケタル者ナレバ、自然《おのづか》ラ善キ事ヲ云ハムニ、趣《おもむ》ク事モ有リナム。其レヲ兼ネテ不承引《うけひか》ジト云《いひ》テ、君、兄トシテ不教《をしへ》ズシテ不知《しらぬ》顔ヲ作《つくり》テ、任セテ見給フハ極《きは》メテ悪《あし》キ事也。吉々《よしょ》シ、見給ヘ。自《みづか》ラ行《ゆき》テ、教ヘ直《ただ》シテ見ヤ進《たてまつ》ラム」

ト言《こと》ヲ吐《はき》テ去リ給《たまひ》ヌ。

（巻十・15話）

傍線（点線および実線）の部分が『今昔』の付加した叙述であって、それ以外の部分は、ほぼ同文かそれに近い叙述が『宇治拾遺』の話にも見られる。これを見ても『今昔』が資料の叙述をほぼそのままになぞっていることは明白であるが、その中にあって実線部分では柳下恵と盗跖とが兄弟であることをくり返し強調している点が目を引く。『今昔』の撰者には兄弟は連帯責任、兄は弟の所業にくちばしを入れて善導するのが当然という意識があったのだろう。だから孔子も同じような意識で柳下恵を批判したと想像してしまうのである。むろんそれは原典の思想とは無関係であり、この話の筋の展開から見ても何の意味もない叙述の添加にすぎないが、彼の想像力が多少ともはばたくのは、こういう常識的な、いわば登場人物が彼自身と同質的な言動をしていると彼が理解した部分にのみ限られるのであって、登場人物たちの発言の論理構造それ自体を補強したり楽しんだりすることは明らかに彼の手にあまった。だから魚の話のように荘子の妻の発言が荘子の結論的な発言を引き出している例に出会うと、

　然レバ、荘子ハ、妻《め》モ心賢ク悟リ深カリケリトナム語リ伝ヘタルトヤ。

と、単純にしてトンチンカンな讃辞を加える、あわれな結果となってしまうのである。

　とはいえ、孔子や荘子の登場する話のすべてが難解な原典をもっていたわけではない。たとえば孔子を主人公とする第9話などはきわめてわかりやすい話である。この話は複数の資料を組み合わせて出来ているオムニバス形式

の話であるが(3)、その最後の逸話は、孔子が弟子たちと道を行く途中、馬が垣から頭を出しているのを見て、孔子が「牛だね」という。弟子たちはなぜ「牛」といったのか頭をひねるが、やがて顔回をトップとして頭の回転の鋭い順にひとりずつその謎を解いていったという話である。種を明かせば「馬」は十二支では「午」と書く。それが頭を出しているから「牛」だという、孔子にしてはお粗末すぎるほど他愛ない話であるが、『今昔』に限らず説話の世界に登場する孔子は意外にぱっとしない。ところが、『今昔』はこの程度の話でさえ話の論理を正確には捉えきっていないのである。

すなわち、『今昔』の孔子は垣から頭を出した馬を見て「此《ここ》ニ牛ノ頭《かしら》ヲ指出《さしいで》タル」といったという。この逸話は『俊頼髄脳』に取材しているのだが、『俊頼髄脳』の孔子は「牛よ」といっただけである。このほうが話を生かす言い方であることはいうまでもあるまい。「午」が頭を出しているから「牛」なのであって、「牛」が頭を出したのでは話にならない。たとえ話になりえたとしても、謎解きのヒントを提示してしまうような言い方は拙劣といわざるをえない。撰者の不注意な叙述の肉付けが、単純ななりにきちんと組み立てられていた原典の話の構成をぶちこわしてしまった一例である。まして複雑な背景をもつ荘子説話においてをや。

しかし、不可能を承知の上で、わたしはときどき空想する。――『今昔』撰者がもしこれまでの各章で見てきたような彼独特の人間観を遠慮なくぶつけて荘子説話を捉えなおしていたならば、共同母胎としての荘子説話をはぐくんできた王朝知識人たちの意表をつく新しい荘子像、むろん『荘子』とは縁もゆかりもなく、日本の説話文学の中で勝手に成長し、勝手に新しい生き方を切り開いてしまった荘子像が生まれていたのではないか。そんな荘子なら日本文学に天井の抜けたような新風を吹き込んでいたかもしれない――と。しかし現実には、尊重すべき賢人の話としての権威が、さらにいえば既成の権威のレッテルが、知識に乏しいがゆえにかえって既成の権威を権威として無条件に認めざるをえない撰者に、心理的な圧力としてのしかかっていたのであろう。彼にとってこの種の話は和歌や漢詩文の説話と同様に、もっとも苦手な対象のひとつだったのである。

『今昔』の一面を知るためとはいえ、苦手なものをわざわざ話題にして撰者に気の毒だった気がするが、ここでわたしの言いたかったのは、『今昔』独白の問題よりも、『今昔』を通して見えている共同母胎的な説話の問題として、これらの話が震旦説話でありながら、実は日本人あるいは日本文化を裏側から照らし出して見せてくれる、意外なおもしろさを持っていることであった。原典からの逸脱や誤解にめくじらを立てるよりも、その逸脱や誤解の文化史的意義に思いをめぐらす方が、はるかに意味のある話の読み方であるにきまっている。

注

（1）小島憲之『上代日本文学と中国文学・中』（塙書房、一九六四年）一〇二四頁参照。

（2）平安末、院政期に成立したと推定される漢文体の説話集。三巻。古写善本は東寺観智院蔵本（『古代説話集　注好選（原本影印幷釈文）』東京美術、一九八三年）と金剛寺蔵本（『金剛寺蔵　注好選』和泉書院、一九八八年）。新日本古典文学大系『三宝絵・注好選』（岩波書店、一九九七年）所収。

（3）巻十第9話の構造については、本田義憲「敦煌資料と今昔物語集との異同に関する考察（Ⅱ）」（奈良女子大学文学会研究年報　第9号、一九六六年）参照。

第七章　説話の翻訳

――忠文の鷹、そして浄尊法師――

1　話としての論理

前章でその一部を紹介した荘子説話は、なおさまざまな問題を考える糸口を与えてくれる。巻十第11話は「後《のち》の千金」という諺の起源説話として語られているが、元来は『荘子』雑篇「外物篇」にあった話で、あらすじは次のようなものである。

貧しくてその日の食物に困った荘子が、隣人に粟を借してくれるよう頼んだ。すると隣人は「もう五日すると千金が手に入る予定だから、その時にその金をお貸ししよう」という。そこで荘子は答えた。「先日わたしが道を歩いていると呼びとめる者があった。ふりかえってみると、車のわだちの水たまりに鮒がばたばたしていて、助けてくれという。『もう二、三日したら水辺に行くつもりだから、その時にお前をつれていって放してやろう』というと、鮒は、『三日も待ってはおれぬ。それよりも今日一滴の水が欲しい』という。そこでわたしはそのとおりにして助けてやったが、それと同じで、今のわたしには『後の千金』など何にもならないのだよ」。

現代人にはこれが「轍鮒《てっぷ》の急」の起源なのだといった方がわかりやすいかもしれない。それにしても、いくらわだちの水たまりとはいえ、ともかくも水の中にいる鮒が「一滴の水」を求めたというのはちょっと大げさで、『宇治拾遺物語』の共通説話のいう「一提《ひとひさげ》の水」（現代ふうにいえばバケツ一杯の水）のほうが自然であろう（『荘子』には「斗升の水」とある）。だがそんなことよりも、ここで注目したいのは荘子に対していう隣人のことばの内容である。

　今五日ヲ経《へ》テ我ガ家ニ千両ノ金《こがね》ヲ得《え》ムトス。其ノ時ニ在《まし》マセ、其ノ金《こがね》ヲ進《たてまつ》ラム。何《いか》デカ、然《し》カ止事无《やむごとな》ク賢ク在《まし》マス人ニ今日食フ許《ばかり》ノ粟ヲバ進《たてまつ》ラム。還《かへり》テ我ガ為《ため》ニ可恥辱《はぢたるべ》シ。　（今昔）

　いま五日ありて、おはせよ。千両の金をえんとす。それを奉らむ。いかでか、やんごとなき人に、けふ参るばかりの粟をば奉らん。かへすがへすおのが恥なるべし。　（宇治拾遺）

ごらんの通り『今昔』と『宇治拾遺』はよく似ているが、両方ともに隣人のことばはずいぶんへりくだったものであり、そこで問題にされているのは、またしても「恥」である。が、『荘子』にこんな言い方があるはずがない。この隣人は『荘子』では「監河侯」（黄河の監修をする諸侯の意であろうか）であり、むろん彼は荘子にへりくだったりはせず、「よろしい。そのうち領地から税金が入ってくるから、その中の三百金を貸そう」といっているだけである。

　隣人の名を『宇治拾遺』は「かんあとう」と仮名で書き、『今昔』は「□ト云フ人」と空白のままにしているが、「かんあとう」は「監河侯」との発音の類似、もしくは仮名書きした場合の字体の類似に原因する誤解であろう。そして『今昔』は『宇治拾遺』との共同母胎的資料にやはり仮名書きされていた「かんかこう」もしくは「かんあとう」に、いったいどんな漢字をあてたらよいのか見当がつかなかったために空白に残したのである。つまり『今昔』はもちろん『宇治拾遺』も、あるいはさらに両者の共同母胎的資料においてさえ、この隣人がどういう人であるのか理解されてはおらず、この人が荘子とどんな関係にあったのか何もわかってはいないのに、話の中ではこの人に一方的なへりくだりの態度をとらせているのである。

その理由は容易に推測できる。要するに相手が「かの有名な賢者荘子」であったからである。そういう「エライ」人に対して、どうやら並の人間らしい隣人は万全の敬意をはらうのが当然であり、粗略に扱うと本人の恥になる、と考えるのである。荘子の生きた社会や現実にまったく無知であるだけに、荘子はかえって純粋にエライ人となり、一般人はそういう人にどう接するべきかという、語り手の常識的倫理意識がかえってストレートに表に出でいるといえるだろう。日本化したこの話の語り手の意識はこのようなものだったのであり、『今昔』撰者も例外ではなかった。それどころか彼は、人より以上にエライ人尊重の思いの強い人間だったらしい。その思いが王朝貴族社会における家系、あるいは身分の上下関係にまで持ち込まれた場合、それが原因となって『今昔』の話は思いも寄らない方向へ走り出してしまうことがある。その典型的な例を巻廿九第34話「民部卿忠文鷹《みんぶのきやうただふみのたか》、知本主語《もとのあるじをしれること》」に求めて、しばらく追跡してみよう。

この話は『今昔』撰者が取材した資料つまり出典がはっきりとわかっている。彼がこの話の材を得たのは『江談抄』の一話であった。『江談抄』は白河院の近臣で時代を代表する学者・文化人でもあった大江匡房の老いての後の談話を、匡房にかわいがられた俊秀の青年蔵人藤原実兼が筆録した一種の説話集であって、文体は当時貴族の筆録文体としてふつうだった変体漢文を主として、例外的には漢字片仮名まじり文的な話もあるが、この話の場合は変体漢文で書かれている。どんな話なのか。『江談抄』の文体を実感していただくために、ここでは原文をそのまま掲げてみよう。ただし返り点はわたしが付けたものである(1)。

忠文民部卿好レ鷹。重明親王為レ乞二其鷹一向二宇治宅一。忠文以レ鷹与二親王一。親王臂レ之還。於レ路遇レ鳥。此鷹頗以凡也。親王則自レ路帰。返二与鷹忠文一。忠文更取二他鷹一云。此鷹欲レ令レ献。恐レ不レ為二其用一。則与レ之。李部王得レ之還。於レ路遇レ鳥放レ之。鷹入レ雲去。此鷹五十丈之内得レ鳥。必摯レ之云々。頗知二主之凡一飛去歟。

鷹好きの藤原忠文のもとに名鷹をもらい受けようと思って重明親王が訪れた。親王は一羽の鷹をもらって帰途についたが、途中で鳥に合わせてみると「頗《すこぶ》る以って凡」である。彼は引き返してその鷹を忠文に返した。すると忠文は別の一羽を取り出していった。「此の鷹を献ぜしめむと欲すれども、其の用を為《な》さざらんことを恐る（この鷹をさしあげたいと存じますが、お役に立ちますかどうか）」。親王は帰途試みに鳥に合わせてみた。と、鷹は雲に入って飛びさってしまった。ところがこの鷹、五十丈以内で鳥を見つけたら必ず捕らえるすばらしい名鷹であった。鷹は使い手が凡であるのを知って飛び去ったのであろうか、というのである。

『今昔』の話をみよう。『江談抄』に比べて『今昔』の叙述が一段と詳しくなっているのは二人の出会いの場面である。

忠文驚キ騒《さわぎ》テ忩《いそ》ギ出会《いであひ》テ、「此《こ》ハ何事ニ依《より》テ思ヒ不懸《かけ》ズ渡リ給ヘルゾ」ト問《とひ》ケレバ、親王、「鷹数《あまた》持給ヘル由《よし》ヲ聞《きき》テ、其レ一ツ給ハラムト思《おもひ》テ参《まゐり》タル也」ト宣《のたまひ》ケレバ、忠文、「人ナドヲ以テ仰セ可給《たまふべ》キ事ヲ、此《か》ク態《わざ》ト渡《わたら》セ給ヘレバ、何《いか》デカ不奉《たてまつら》ヌ様《やう》ハ侍《はべ》ラム」ト云《いひ》テ、鷹ヲ与ヘムト為《す》ルニ、

会話の設定による状況描写の添加は『今昔』の基本的な手法のひとつであり、同様の例は第三章の猿神退治の話における生贄の娘の親と犬山の男との出会いの場面にも見られたところである。そこでは生贄に指名されたという危機的な状況に撰者自身が鋭く反応し、犬山の男の口を借りるかたちで「同ジ死ニヲ」と娘の親に積極果敢な行動をうながし、それに呼応するように話の結末も人贄はもちろん猪や鹿の贄までもいっさい廃止したと語っていた。この話の場合も会話の設定という手法は共通する。が、設定された会話を支えている発想は異なる。撰者は二人の出会いの場面を忠文の側のひたすらなる恐縮として思い描いてしまったのである。

藤原忠文は枝良の子。天暦元年（九四七）に七十五歳で卒したときには正四位下、参議・民部卿であった。参議に任じられたのは六十七歳だから、長寿のおかげでここまできたという感じである。一方、重明親王は醍醐天皇の

第四皇子。二品（三品ともいう）、式部卿。天暦八年（九五四）に四十九歳で薨じたから、忠文よりは三十三歳年下である。才学は天下無双といわれ、笙や琵琶の名手としても知られる文化人であった。それなら忠文が恐縮したとしても仕方がないか——などと考えていては話にならないのであって、こんなことは何も知らなくてよい。あとで述べるように、元来この話は二人の社会的地位を忖度《そんたく》することなど要求していない。『今昔』撰者も二人の伝記を知って会話を設定したわけではないのだ。

では、なぜ彼は忠文に恐縮させたのか。相手が「親王」だからである。親王ほどの高貴な方が一介の貴族の宇治の屋敷にまでわざわざ来て下さった。恐縮して当然、あるいはさぞかし恐縮しただろうと考えるのが『今昔』撰者なのである。相手があの有名な賢者荘子だからという荘子説話でのそれに通じる発想である。親王はそれほどまでに尊重される存在だったのか。すくなくとも撰者の心中ではそうであったとだけ答えておこう。

さて、撰者は忠文に恐縮させた。それはまた忠文が最高の名鷹を贈らねばならない状況を作り出したことでもあった。そこまで恐縮したからには当然最高の鷹をさしあげるのが自然というものである。ところが、『江談抄』では二度目に最高の鷹を与えることになっている。このずれを補正しなければならない。そこで撰者は、さきに引いた部分に続けて、

鷹数《あまたも》持タリケル中ニ、第一ニシテ持《も》タリケル鷹ハ、世ニ並《ならび》无ク賢カリケル鷹ニテ、雉《きじ》ニ合《あは》スルニ必ズ五十丈が内ヲ不過《すぐさ》ズシテ取《とり》ケル鷹ナレバ、其レヲバ惜《をしみ》テ、次也ケル鷹ヲ取出《とりいで》テ与ヘテケリ。其レモ吉《よ》キ鷹ニテハ有《あり》ケレドモ、彼《か》ノ第一ノ鷹ニハ可当《あたるべ》クモ非《あら》ズ。

と説明を添える。最高の鷹を惜しんだことを理由にするからには、惜しむ理由も明らかにしておきたい。そこで『江談抄』では末尾に語られていた「五十丈」云々の文句がここに挿入されたのである。しかし、これによって『今昔』は『江談抄』の話の論理からますます遠ざかっていく。

もともとこの話は、最初の鷹が「頗《すこぶ》る以って凡」、次の鷹が「雲に入りて去る」と、鷹が有能になるにつれて凡庸な使い手の手には負えなくなることを語っているのであった。二羽の鷹が段階的に登場しているのも、この相関関係を語るためにこそ必要な設定であった。だからこそ忠文の「其《そ》の用を為《な》さざらんことを恐る」という意味ありげなことばが生きてくるのだ。忠文にはすべてがお見通しだったのである。しかし、『今昔』はこのことばを記さない。『今昔』の忠文は最初の鷹を返されて、「此レハ吉《よ》キ鷹ト思《おもひ》テコソ奉リツレ。然ラバ異鷹《ことたか》ヲ奉ラム」と再び恐縮し、「此《か》ク態《わざ》ト御《おはし》タルニ（こうしてわざわざおいでになったのだから）」と考えなおして最高の鷹を贈るのである。『今昔』の忠文は最高の鷹は惜しんで与えずにいたのだから、心に負い目がある。撰者がみずから設定したこの状況の論理に従えば、ここで「其《そ》の用を為《な》さざらんことを恐る」とつぶやく余裕など忠文にあるはずがない。彼はひたすら恐縮して最高の鷹をさし出すのが当然であろう。こうして撰者の側の筋を通していけば、『江談抄』の「恐不為其用」は使いみちのない文句になってしまうのである。

それでも『今昔』は『江談抄』のプロットを追う。どんなに論理がずれてしまっても話を創作するわけにはいかないのだ。だから『今昔』の親王も二羽目の鷹に飛び去られてしまった。しかし「五十丈」云々の文句はもう使えない。『江談抄』にあっては、あの意味ありげな忠文の言葉の真意を明らかにし、この話全体の主題を一気に明示する効果絶大の一句だったのだが、『今昔』はこの文句を話の前半で消費してしまっている。どうするのだろうという心配は、われわれが『江談抄』の側に立って見ているからであって、『今昔』の話はそれなりの結末を迎える。

此レヲ思フニ、其ノ鷹忠文ノ許《もと》ニテハ並无《ならびな》ク賢カリケレドモ、親王ノ手ニテ此ク弊《つたな》クテ失《うせ》ニケルハ、鷹モ主《あるじ》ヲ知《しり》テ有ル也ケリ。

然レバ、智《さと》リ无《な》キ鳥獣《とりけもの》ナレドモ、本《もと》ノ主《あるじ》ヲ知レル事如此《かくのごと》シ。何況《いかにいはむ》ヤ、心有ラム人ハ、故《ゆゑ》ヲ思ヒ専《もはら》ニ親《したし》カラム人ノ為《ため》ニハ可吉《よかるべ》キ也トナム語リ伝ヘタルトヤ。

『今昔』はこの話を報恩譚として捉えていたのである。いや『今昔』の論理からいうとそう捉えざるをえないのである。「此レヲ思フニ」以下の一文は『江談抄』の最後の一文を噛んで含めたような内容ではあるが、『江談抄』のように鷹が「主之凡」を知るというのと、『今昔』のようにただ「主」を知るというのとではまるで意味がちがう。撰者は最後まで原典の叙述を敷衍しているように見えるけれども実際には、ここではもう原典の叙述を曲げてでも、自分が作り出してしまった話の論理を完結させようとしているのである。

このような論理のずれの起点となったのは、すでに見たとおり忠文と親王との出会いの場面であった。原典の話の論理を無視して、あるいはそれに気づかずに設定した会話が、『今昔』の話の方向を決めたのである。この話は元来家系や社会的地位には関係のない、技に生き芸に生きる人間の話であり、鷹に対しては人間界の身分や地位はいっさい通用しない、きびしい実力の世界を物語る話として伝えられてきたはずである。それを伝えたのは自分も才芸についてひとかどの自負があり、それだけに他人の自負や名人達人の眼力にも理解と関心を寄せる人びとであったろう。『江談抄』の語り手匡房はまちがいなくそのひとりであった。そういう人びとにとっては「其《そ》の用を為《な》さざらんことを恐る」という忠文のことばは、この話の眼目ともいうべき大切なものに思えただろうし、『江談抄』の話はまさしくこのことばを最大限に生かせるよう、みごとに構成されていたのである。『今昔』はそこに社会的地位の下位者の恐縮という、この話本来の主題から見ればなんとも的はずれな、一般人的常識をもってする想像を投入し、結局はいささか強引に話の論理をねじ曲げてしまったのであった。匡房たちと『今昔』撰者とでは、しょせん生きている世界が違っていたのであり、その意味では、こういう話も和歌説話などと同様に、彼にとってはわかっているつもりで、その実もっとも縁遠い世界の話だったのである。

もっとも、こういう見方には批判があるかもしれない。いわゆる二話一類様式（二〇五頁参照）の説話配列に注目するならば、この話は次の第35話とともに動物報恩譚として一類を形成している。その一類を形成するために、つまり動物報恩譚の不足を補うために、撰者はむしろ意識的に話の主題を変えたのではないかとも思えるからである。そう思ってみると、『江談抄』を典拠とする話はもっぱら巻廿四に集中しているのに、この話だけがぽつんと離れて巻廿九に置かれているのも何やら意味ありげである。が、たとえそうであったとしても、『今昔』のこの話の基本的な問題点は変わらないだろう。たとえ意識的に報恩譚に仕立てられたのだとしても、報恩譚とはあまりにも縁遠いこの話を、報恩譚に仕立てる材料にえらんだこと自体が、撰者の話の読み取り方にずれがあったことを何よりも雄弁に物語っているからである。

2　誤訳さまざま

ここでいう「話の論理のずれ」とは、これまで「フィルターの歪み」などと表現してきたものとほぼ同意と考えていただいてさしつかえない。忠文の鷹の話はその歪みが極端に現われた例であって、『今昔』の話の大多数は歪みがあってもこれほどではない。だが、こういう極端な例にこそ文学作品としての『今昔』の個性に関わる問題が、かえって鮮やかに拡大投射されている。

およそ説話集が説話集である所以は、なによりもまず説話の集合体であることにあるのだから、説話集の文学作品としての個性を決定しているのも、まず第一にはその集合のありよう如何、つまりどんな話を集め、それが集としてどんな性格を形成しているかであることはいうまでもないが、それとともに集めた話をどう語っているかという問題を見落としてはならない。説話集は創作文芸ではない。不特定多数人によって伝承されてきた説話（現実にはそうではない話も多いが）を継承することを建て前とする文学であるから、撰者が直接関与している部分は一般の創作文芸に比べて少ないのが当然だろう。説話集の中には撰者が入手した説話にまったく手を加えず、意識的に自己主張を放棄しているように見えるものさえある。説話集の個性は説話を集めるという行為そのものからすでに発生する質のものであるから、それでも作品としての個性を喪失したことにはならない。巧妙な撰者は自己を放棄したように見せかけながら、説話の集め方――同時に説話のえらび方でもある――と並べ方によって、みずからは一言も発することなく自己主張をやってのけることだって可能なのだ。しかし現実には強弱の差こそあれ撰者はそれぞれ自己の文体をもつから、よほど厳密な原型保存それ自体を目的とする自覚でもないかぎり、なんらかの変化、変質が生じるのは必然である。したがって説話集の個性も集合と変質との有機的な連関の中から生み出されるはずであって、撰者の存在の意味を、集めるという行為だけに限定するわけにはいかない。

『今昔』の場合、撰者の文体がいかに強固であり、集めた説話の語り方もよかれあしかれいかに個性的であったかは、すでに見てきたとおりである。『今昔』の話はすべて、それを説話集という作品の向こう側にある広大な伝承の世界をのぞき見るための窓口だと割り切って考えることをゆるさない。どうしてもそういう窓口として用いたいなら、まず『今昔』のフィルターをとりはずす作業から始めなくてはならないだろう。思えばわたしがこれまで考えてきたことも、結局はこのフィルターの正体を見きわめるための作業だったのかもしれない。もちろんとりはずして棄てるためにではなく、そのフィルターによって成り立っている『今昔』の世界をよりよく理解したいためにである。

さて、そういうフィルターの実態を端的に捉えることができるのは、撰者が取材した原典、つまり出典が確定している話の場合である。そうでない話については『宇治拾遺』などから共同母胎的資料が推定できる場合でも、確実とはいえないから隔靴掻痒の感をまぬかれないし、まして類話も見あたらぬ話についてはまったくの推定で対処するしかない。ところが現在のところ出典として指摘されているのは『俊頼髄脳』や『後拾遺集』などごく少数の仮名文献を除くと大半が漢文文献である。これは大半が仮名文献に拠ったとおぼしい本朝部の世俗説話の出典がほとんどつきとめられていないことに原因するのだが、ともかくこういう状況であるから原典との比較を通して『今昔』のフィルターをさぐるという作業は、実際には『今昔』の漢文文献翻訳の手法をさぐることを意味する。仮名文とは表現の方法が根本的に異なる漢文で書かれた説話の翻訳には、それ自体でまた注目すべき問題を多くはらんでいるが、ここではさきほどの忠文の鷹の話で考えた問題に関連するいくつかの事例に注目してみよう。

『江談抄』は厳密には漢文とはいえないけれども、『今昔』は『江談抄』の話の叙述量の少なさを補うように会話を設定し、状況説明を添加していく。すでに見たとおり『江談抄』の話は一見ぶっきらぼうで舌足らずのように見えて、その実まったく過不足なく見事に構成されていたのであるが、それはもういうまい。『今昔』撰者の原典理解の方法、同時に原典翻訳の方法は、原典を一文ずつ描写を増強しつつ嚙んで含めるように自己の文章に書き換えていくのだが、それは読者を意識した作業という以上に自分自身が原典を読み取っていく作業であったらしい。そこに設定される会話、添加される説明には当然ながら彼の人間観が投影する。忠文の恐縮もその一例であった。印象に残る例はその他にもいろいろある。

震旦部の巻九第36話は『冥報記』（唐臨撰。唐の永徽二年から六年〈六五一～五五〉頃に成立したといわれる）が出典で、隋の眭仁蒨《すいにんせん》が冥界の名士である成景《じょうけい》という名の鬼と交際した話であるが、原典では、

我有事著。君不得道。然既与君交。亦不可不道君。

（私にはある顕著な点があるのだが、君に話すわけにはいかない。しかし君とはすでに親交をいただいているので、話さないわけにもいかない。）

といって鬼が冥界の事情を打ち明ける場面が『今昔』では、

仁蒨、文本ニ告《つげ》テ云《いは》ク、「我レ、成ノ長史ト云フ鬼ヲ知レリ。彼ノ鬼、我ニ見《まみ》エテ語《かたり》テ云《いは》ク、『我ガ云ハム事、

他人ニ語ル事无《な》カレ』ト。而《しか》ルニ、我レ、君ト師弟トシテ交ハリ睦《むつ》ブ。不云《いは》ズバ不可有《あるべから》ズ。」

と、仁儁《にんせん》が自分の弟子の岑文本《しんぶんほん》に教えてやる場面に変わっている。原典の「然既与君交」を成景と仁儁ではなく、仁儁と文本との間柄のことと誤解したことに原因があるのだろう。が、この誤解は偶然に生じたものではない。原典ではこの場面の直前に文本の父が仁儁に頼んで文本の師となってもらった記事がある。ところが『今昔』は「親《おや》ノ之象《ししやう》、仁儁《にんせん》ヲ喚《よび》テ、文本《ぶんほん》ニ文《もん》ヲ令教《をしへ》シム」といっただけではすまず、続いて「仁儁、文本ト師弟ニテ有ル程ニ互ニ隔《へだ》ツル心无《な》シ」と説明を添加している。師弟はたがいに心を隔てるべからずという撰者の声が聞こえてくるだろう。順序からいうと、原典の誤解が先にあって、それがこの説明を生んだ可能性も十分に考えられるけれども、こういう心情の持ち主だからこそ原典をこのように誤解したという事実に変わりはあるまい。身分の上下、長幼、師弟など社会的な人間関係については驚くほどの常識人なのである。こんな誤解があっても原典の話の論理をあまり踏みはずさないですんでいるのは、原典のこの話が骨太にがっしりとできていて、鷹の話のように無駄もないかわりに繊細華奢というふうな構造にはなっていなかったからであろう。

『冥報記』はもともと読解のむずかしい作品である上に、『今昔』撰者が利用した本は現存する前田家本（平安後期の写本）に似て、誤写や誤脱がきわめて多い写本であったらしい(2)。だから読解作業がどんなに大変だったか同情に値するけれども、彼の誤解はそれだけが理由ではなかった。巻七第41話を見よう。みずから死期を予告して死んだ僧道愻《どうそん》の話であるが、彼の遺骸の示した奇跡が次のように語られている。

義真身自徒跣。送之南山之陰。時十一月。土地氷凍。下屍於地。地即生花。如蓮而小。頭及手足各有一花。

（義真はみずからはだしで道愻の遺骸を野辺送りし、終南山の北に葬った。時は十一月。地面は凍っていたが、遺骸を地面におろすと、地面にはたちまち花が咲いた。蓮に似て小さく、頭と手足に各一本ずつ咲いていた。）

義《ぎ》真《しん》幷《ならび》ニ眷属《くゑんぞく》等集《あつまり》テ、南山ト云フ所ニ、道愻《だうそん》ガ身ヲ隠シ埋《うづみ》テ各《おのおの》去《さり》ヌ。此ノ事、□月ノ事也。其後《そののち》十一月ニ成《なり》テ、地凍《こほり》タリト云ヘドモ、其ノ道愻ガ死屍《しにかばね》、地ヨリ出《いで》タリ。其ノ地ニ花生《おひ》タリ。蓮花《れんぐゑ》ノ如クシテ小《ちひさ》シ。
頭《かしら》及ビ手足ニ各《おのおの》一ノ花有リ。

傍線部が『今昔』の添加した説明である。原典との乖離を呼ぶ起点となったのは、「南山之陰」の「陰」をどういうわけか動詞「隠ス」の意に解してしまったことにあった。この状況設定の誤りが、『今昔』の話の方向を決める。つまり撰者は遺骸は埋葬されたと考えたのである。埋葬がすめば「各去ヌ」となるのが当然だ。ところが原典をみると、この後に「十一月」「土地氷凍」「地即生花」などの語句がある。なんだか寒い十一月に奇跡が起こったらしい。しかし遺骸を埋葬できたからには、その時はまだ地面は凍っていなかったはずだ。だから埋葬したのは十一月よりも前であったに違いない。彼は自分の設定した状況から「合理」的に導き出される話の論理にしたがって説明を添加していく。「此事、□月ノ事也」という説明はこうして生まれたのであろうし、奇跡の起こった十一月は「其後十一月ニ成テ」でなくてはならなかったのである。さて、原典は遺骸の傍らに花が咲いたというが、遺骸は数か月前に埋葬したはずだから、ここも「合理」的に考えるならば、いったん埋葬された遺骸が自然に地表に出てきていたのだろう。ありがたい奇跡であるからそれくらいのことは起こっても「不合理」ではない。こうして「其ノ道愻ガ死屍、地ヨリ出タリ」という一文が添加される。原典の、「下屍於地」は結局黙殺されたことになるが、それは鷹の話の「恐不為其用」と同じで、撰者の側の筋を通すためには使いみちのない文句だったからである。

撰者がもし原典を逐語的かつ機械的に自己の文章に置換するような態度をとっていたならば、こういう連鎖反応的な誤解はかえって生じなかったかもしれない。が、彼にとって翻訳とは、自分の身をもって話の世界を追体験することであった。このことは花山院女王の話や猿神の話のように仮名文の資料に取材する場合とすこしも違わない。大多数の漢文文献翻訳話はこれほどのずれを見せることもなく、結果的に見れば原典に忠実な翻訳ぶりを示しているから、ややもすれば単調で機械的な作業であったように思われがちであるが、その底を貫くものは『今昔』の全巻全話にわたって変わらぬ撰者の、自分のことばで話を構築し、自分の論理で話の世界を捉らえるという、主体的な姿勢であったことを忘れてはならないと思う。

一方、ここに見たような誤解があまりにも致命的で、話を進められなくなってしまった例もある。巻七第43話も『冥報記』が出典で、隋の文帝の外孫陳公《ちんこう》の夫人を主人公とする『金剛般若経』の霊験譚であるが、話の末尾近くで夫人の弟の芮公《ぜいこう》が臨終のとき夫人に告げたことば、

吾姉以誦経之福。当寿百歳。生好処。

（わが姉は誦経の福によって百歳まで長生きし、やがては善趣に生まれることでしょう。）

を、『今昔』は、

我レ、夫人ノ読経ノ力ヲ以テ、命百歳有テ、死テ遂ニ善所ニ生レム。

と誤訳している。原典の「吾」を主語と早合点したらしい。臨終の人間が自分の寿命を百歳と予告できるはずがないのに、である。このためであろう。原典には続いて、

夫人至今尚康。年八十矣。金剛般若験記上巻有此記。其奥云。夫人自向唐臨娌説。

（夫人は今でも元気で、八十歳である。金剛般若験記の上巻にこのことを記しているが、その末尾に、夫人みずから唐臨の妻に向かってこの話をしたと記している。）

とあるのに、『今昔』は、

夫人ノ歳八十也ケル時ニ、

と書きかけたところで中断している。『今昔』の話はここで中断してしまい、未完成のまま放置されているのである。

『今昔』にはこのように途中で中断したままの話が合計二十話ある。それらをなぜそのまま放置しているのかは

別に考えることにして、ここではなぜこの話が中断したのかという一点にしぼって考えてみよう。原典の話では夫人は百歳の寿命を予言されたがゆえに、いま八十歳を迎えて元気でいるという事実が、それ自体で話の落ちとしての意味をもつ。むろんこの「いま」は『冥報記』の撰者唐臨にとっての「いま」であるから、『今昔』が利用するとすれば表現を変えなければなるまい。しかし『今昔』はその新しい表現に窮して中断したのではない。それ以前に原典の予言の意味を誤解したため、夫人が八十歳でいることの意味がつかめず、夫人が八十歳の時に何かが起こったのだと考えたのだろう。ところが原典ではもちろん「年八十矣」が話の落ちであって、「金剛般若」以下の文句は注記にすぎない。後人が添加した注記ではあるが、話の当事者である夫人が唐臨自身の妻に話したことだというのだから、この注記によって話の信憑性は一段と高まるのである。しかし『今昔』はこれを書くわけにはいかない。夫人が八十歳の時に話したというのでは落ちにならないし、唐臨の妻が関与していることも『今昔』にとっては信憑性を高める手だてとはなりえない。『冥報記』には当事者からの聞き手として唐臨自身がしばしば登場しているのだが、『今昔』は唐臨に限らず原典の撰者や著者に関与する文言は極力排除している。それによって『今昔』の話の語り手としては、つねに撰者自身が正面に出るのであり、それだけ各話は等質的に撰者の統御の下におかれているのである。だから『今昔』はここに唐臨の妻を登場させるわけにはいかなかったし、もともとこの話が唐臨撰の『冥報記』にあることを明かしていないのだから、たとえ唐臨の妻を登場させたところで信憑性には関係がなく、かえって読者を混乱させるだけであったろう。

撰者が話を中断してしまった直接の理由はここにある。だが、そういう窮地をまねいたそもそもの原因はあの誤解にあったことはいうまでもあるまい。中断した話の中断の理由はさまざまだが、このように明らかに撰者の誤解、つまりは話の読み取り方のずれに原因した場合もあったのである。

3　空白発生の理由

それでは、漢文文献からの翻訳説話は、撰者が原典の叙述を正確無比に把握し、一言一句の過不足なくみずからのことばに写し取っている場合にのみ有意義でありうるのだろうか。「翻訳」という行為それ自体を考察の対象に据え、いかにあるべきかを議論するのであれば話はむしろ簡単であって、そのとおりまず正確に写し取ることが翻訳の最低必要条件であること論を俟つまい。ところが、「説話」としての表現効果や文学的意義という面から考えてみると、まったくの誤解では話にならないけれども、原典に比べて過不足のない表現のみが有意義とはかぎらない。説話集における説話の翻訳は、一面において説話の再生賦活作業でもあったからである。正確な「翻訳」という側面から見れば、必ずしも合格点は与えられないのに、「説話」としてはみごとに生命をふき込まれている例もある。それがどのようにして可能であったのか。巻十五第28話「鎮西餌取法師《ちんぜいのゑとりのほふし》、往生語《わうじやうせること》」の場合を考えてみよう。(3)

この話の出典は『法華験記』である。この書は比叡山横川の僧鎮源の撰。全三巻百二十九話から成り、平安時代中期、長久年間（一〇四〇～四四）に成立した漢文体の法華経霊験説話集である。日本で成立した作品であるから、それを『今昔』が翻訳するというのはやや不自然な言い方かもしれないが、漢文体で書かれたこの書の話を、『今昔』は例によって会話を増強したり、状況説明をこまめに添加したりしながら自己の文体に写し取っていく。話は次のように始まっている。『法華験記』の文章は日本人の書いた漢文であるから、破格の箇所もあるが、ごくわかりやすい。

有㆓修行比丘㆒。其名不詳。行㆓鎮西㆒巡㆓遊諸国㆒。迷㆓山野路㆒。行㆓無人境㆒。

今昔《いまはむかし》、仏ノ道《だう》ヲ修行スル僧有ケリ。六十余国ニ不至《いたら》ヌ所无《な》ク行《ありき》テ、貴キ霊験ノ所〻《ところどころ》ヲ礼《をがみ》ケル間ニ、鎮西《ちんぜい》ニ行《ゆ》キ至《いたり》ニケリ。国〻ヲ巡《めぐ》リ行《あり》キケル程□ニシテ忽《たちまち》ニ山ノ中ニ迷《まどひ》テ、人无《な》キ界《さかひ》ニ至《いたり》ヌ。

傍線部は『今昔』の添加した説明。修行僧がはるかな鎮西（九州）にまで行ったのは、日本全国至らぬ所なく霊所めぐりをしていたからだろうと撰者は考える。空白は地名を書きたくて意識的に欠字にしたもの。しかし原典にも地名は書いてないのだから、この空白を埋めるのは至難のわざである。『今昔』には、こういう簡単には埋められそうもない空白が平気で設定されている。撰者も補塡のむずかしさを自覚していたとすれば、こういう欠字はたんに『今昔』の未完成を物語っているだけではなくて、欠字のままで、たとえば地名未詳を表わす一種の文字・記号としての意義をもたされていたのかもしれない[4]。なお、さきに見た荘子説話の「かんあとう」に相当する空白は、あてるべき語がわかっていて、漢字表記不能のために、欠字のまま残されたものであるから若干性格が異なる。

少しわきみちに入るけれども、この機会に『今昔』の文章を特徴づけている各種の空白について、簡単に展望しておこう。『今昔』の文章には、ところどころに空白がある。写本では一字分ないし数字分をとばして書いているだけだからさほどでもないが、活字本では空白箇所を箱型に線で囲って示すのがふつうのやり方なので強く印象づけられる。他の作品には類がないし、『今昔』をいかにも未完成な作品らしく見せる印象的な特徴である。

さて、これらの空白は大きく二種類に分けることができる。ひとつは『今昔』が写本として伝わってくる途中で生じた破損や虫損などに原因するもので、序章で述べたように、現存する『今昔』の写本はほとんどすべてが鈴鹿本の末流に位置しているが、鈴鹿本が書写されはじめた頃には鈴鹿本自体に痛みが相当進んでいたらしく、鈴鹿本の破損・虫損部分が、その他の諸本ではそっくりそのまま空白になっていたりする。書写しようとしてもすでに判読不能であったことを示しているのであって、つまりこれは『今昔』撰者のまったく関知しないところで生じた、不可抗力による偶発的な空白である。

もうひとつは、『今昔』撰者自身が明らかに意識的に空白に残したと思われるもので、こちらの方が数も多い。この意識的な空白の発生原因が、また二種類に大別できる。第一は、主として文章の形式的な側面にかかわる原因で、『今昔』の文章には漢字片仮名まじり文というだけでなく、もっと精密な書式、つまり助詞・助動詞・接続詞・用言の活用語尾および副詞の一部を片仮名で記すほかは、すべて漢字で記すという書式が強固に貫かれている。空白が生じるのは、この書式を貫こうとして実行が不可能だった場合、端的にいえば当然漢字で記すべき語でありながら、それに当てるべき漢字を見出せなかった場合である。さきほどの「かんあとう」がその例である。この語は『荘子』では「監河侯」ともちろん漢字で記されていた。ということは『今昔』撰者がもし『荘子』を座右にしていたならば、それをそのまま書けばよいのだから空白は生じるはずがなく、この語が空白になっていること自体が、彼が見た資料が仮名書きされていたことを示す指標となっているのである。

前章でとりあげた孔子と盗跖の話の末尾には、

　馬ニ乗リ給《たまふ》ニ、吉《よ》ク恐レ給ヒニケレバ、轡《くつわ》ヲ二度《ふたた》ビ取リ□シ鐙《あぶみ》ヲ頻《しきり》ニ踏ミ誤《あやま》チ給フ。

とあった。同じ部分が『宇治拾遺』では、

　馬に乗給ふに、よく憶しけるにや、轡《くつわ》を二たびとりはづし、あぶみをしきりにふみはづす。

とある。『今昔』の空白は動詞「はづす」の語幹部に相当することがわかるが、撰者はなぜか「外ス」という表記をきらい、『今昔』全巻を通じてこの語を漢字で記した例は見られない。用例は相当数にのぼるが、まれに「ハヅス」と仮名書きする以外には、何度でも空白に残している。わたしの調査では、仮名書き例は四例、空白例は三十例もある。動詞は用例数が多いので、撰者にとって漢字表記が苦手だった語を知るのに都合がよい。「あきれる」・「しつらふ」・「ひしぐ」・「すかす」・「うなづく」などがそれで、こういう語に相当する空白があれば、それだけでその話の出典が仮名書きの資料であったことがわかる。これらの語はすべて和語であるから、漢文に使用されていたはずはないし、撰者は漢文を翻訳するのに自分が表記できない語をわざわざ使用することはなかったからである。意識的欠文発生の第二の原因は、原典の表現に対する編者の添加、改変など主として説話受容の内実にかかわるもので、さきほどの地名の空白がその例である。原典の『法華験記』にない地名をあえて明記しようとして生じたもので、これは原典の文体の如何を問わず発生する。実際問題としての補塡の困難さには平気な様子で、撰者は地名や人名の明記に関心を寄せ、結果的には大量の空白を生み出している。こういうかたちでの関心の表明自体が、他の作品には類を見ないものであり、これの意味するものについては別の機会に考えてみなくてはなるまい(5)。

4　底下の凡愚

さて、山中で道に迷った僧はようやく一軒の家を見つけて一夜の宿をたのんだ。

有二一女一言。此所更人不レ可レ宿世。僧言曰。来迷レ路。身心疲極。僅到二人辺一。猶可レ被レ宿。

庵《いほり》ノ内ヨリ一人ノ女出来《いできたり》テ云《いは》ク、「此《ここ》ハ人ノ宿リ可給《たまふべ》キ所ニモ非《あら》ズ」ト。僧ノ云《いは》ク、「己《おの》レ修行スル間、山ニ迷《まどひ》、身疲《つか》レ、力无《な》シ。而《しか》ルニ、幸《さひは》ヒ此《ここ》ニ来《きた》レリ。譬《たと》ヒ何《いか》ナル事有《あり》ト云《いふ》トモ宿《やどす》ベシ」ト。

しぶる女に僧は必死にくいさがる。「譬ヒ何ナル事有ト云トモ」は原典の「猶」を敷衍したのであろうが、結果的にはこれから起こる出来事のみごとな伏線となった。ようやく宿をゆるされた僧は新しい莚《むしろ》や薦《こも》を提供され、食事をすませた。夜になってこの家の主人とおぼしき男がなにかをかついで帰ってきた。見ると法師で、きたならしい僧衣をまとい、頭髪は三、四寸ほどにのびている。思いがけぬ僧の来泊に驚きながら法師がものを食べているのを見ると、なんと牛馬の肉であった。

食物非レ飯非レ粥。非レ菜非レ菓。食非二例物一。似二肉血類一。

此《こ》ノ持来《もてき》タル物共《ども》ヲ食《くふ》ヲ見レバ、牛・馬ノ肉《しし》也ケリ。僧此レヲ見ルニ、奇異《あさまし》キ所ニモ来《きたり》ニケルカナ。我レハ餌取《ゑとり》ノ家ニ来《きたり》ニケリト思テ、夜ニハ成《なり》ヌ、可行《ゆくべ》キ所无《な》ケレバ只居《ゐ》タルニ、臭《くさ》キ香《か》狭《せば》キ庵《いほり》ニ満《みち》タリ。穢《きたな》ク佗《わびし》キ事无限《かぎりな》シ。

出家はもちろん在俗の人でも獣肉は食べなかった時代である。出家の妻帯もちろんゆるされなかった。妻帯した法師の肉食を見た僧の驚きは当然だった。「食物非飯非粥。非菜非菓」という原典の畳みかけるような言い方にも驚きの気持ちは籠められているが、『今昔』はその表現をなぞるのをやめて、かわりに状況描写を加え、僧の驚きや困惑をより具体的に語ろうとしている。このように話が切迫した状況にさしかかると、とたんに撰者の筆が走り始めるのは、すでにいくつかの実例を見たとおりである。

「えらい所に来てしまった。ここは餌取の家だったと思うけれども、夜になってしまったし、ほかに行くあてもないので、じっと坐っていると、くさい匂いが狭い室内にたちこめる。なんとも汚なくやりきれない」と僧は思っただろうと撰者は想像する。餌取すなわち屠殺業は殺生ゆえに賤業視された職であった。ここに見られる僧の感覚――同時に撰者の感覚――は、その意味で特別なものではなく、むしろ当時の多数派に属する感覚であった。

話はさらにつづく。やがて夜もふけて丑《うし》の刻になると、この法師は起き出して沐浴し、浄衣に着替えて庵を出て行く。不審に思った僧は後をつけてみた。すると法師は庵の後ろにしつらえてあった持仏堂に入り、まず法華懺法を修し、次に『法華経』一部を誦し、最後には弥陀の念仏を唱える。その声の尊さはたとえようもなかった。夜が明けて持仏堂から出てくると、法師は次のように語ったのである。

弟子浄尊。底下薄レ福賤人。愚痴無智。不レ知二善悪一。雖下得二人身一復作中法師上。還入二悪道一。歎レ不二成仏一。不レ期二今生栄一。只念二無上道一。持二護戒律一。誠不二如法一。調二直三業一。不レ叶二仏意一。只依二大乗一。欲レ離二生死一。分段依身。必資二衣食一。耕二作田畠一。作二多罪業一。欲レ尋二檀越嚫施一難レ報。一切構結。非レ無二罪業一。依レ是弟子求下於世間無㆓怖望㆒食㆖。継㆒養露命㆒。以求㆓仏道㆒。所謂牛馬死骸肉也。昨夜所㆑食非㆓例食物㆒。是則件肉也。

弟子浄尊ハ、愚痴《ぐち》ニシテ悟ル所无《な》シ。人ノ身ヲ受ケ法師ト成レリト云《いへ》ドモ、戒ヲ破リ慙无《はぢなく》シテ、返《かへりて》悪道ニ堕《おち》ナムトス。今生《こんじやう》ニ栄花ヲ可楽《たのしむべき》身ニモ非《あら》ズ、只仏ノ道《だう》ヲ願《ねがひ》テ、戒律ヲ持《たもち》テ三業《さんごふ》ヲ調《ととの》ヘム事ハ、仏ノ教ヘニハ不叶《かなは》ズ。分段《ぶんだん》ノ身ハ衣食《えじき》ニ依《より》テ罪造ル。檀越《だんをつ》ヲ憑《たの》マムト思ヘバ、其《その》恩難報《ほうじがた》シ。然レバ、諸《もろもろ》ノ事、皆、不罪障《ざいしやうなら》ズト云フ事无《な》シ。此レニ依《より》テ、浄尊、世間ニ人ノ望ミ離《はなれ》タル食《じき》ヲ求《もとめ》テ命ヲ継《つぎ》テ、仏道ヲ願フ。所謂《いはゆ》ル牛馬ノ肉《しし》村《むら》也。

今度は逆に『法華験記』の方が詳しい。傍線部は『今昔』が削除した部分である。『今昔』はこういう議論に弱い。「説話」にとって長すぎる「議論」は不要という判断もあっただろうが、本当のところは原典の論旨をつかみきれなかったからだと思う。『今昔』の削除は原典の浄尊の切々たる告白の論理をぶち壊しているとしか思えないからである。

『今昔』が削除した「底下薄福賤人」こそ浄尊の自己認識の根源であった。彼は自己の社会的地位や個人的資質を「底下《ていげ》」と規定しているのではない。後につづく彼自身のことばによっても明らかなように、それは個人の問題をはるかに越えて、人間存在そのものを「底下の凡愚」と規定する強烈な凡夫意識であった。彼は人間と生まれ出家となったが、それがそのまま成仏解脱の道にはつながっていないことを自覚している。なぜならば戒律を如法《にょほう》すなわち規定どおり寸分の違いもなく守ることはできそうにもないし、三業《さんごう》すなわち身・口・意によって行なういっさいの生活活動も、仏の教えどおりにはできないことを自覚している。つまり彼は聖道門的な自力救済の道に絶望しているのであり、そこから彼のすがるのはただひとつ「大乗」による解脱であった。この「大乗」を他力あるいは易行門による救済と考えるには、まだ時代が早すぎる。しかし、やがてはそれに発展していくにちがいない萌芽的段階の思想と読み取ってよいのではないか。そして、この強烈な凡夫意識が決して彼個人の問題、たとえば妻帯女犯の身であるとか、殺生を業としているとか、そういうところから生じたものではなかったことは、この後の彼のことばが明らかにしている。

ここまでの彼の告白が「出家」した人間としての修行の方法に関するものであったとすれば、この後につづくのは「人間」の出家としての生存の方法に関する告白である。分段の依身《えしん》すなわち六道に生死輪廻する凡夫の身は、生存に必ず衣食を要する。衣食が存在の要件である。だが、自力でその要件を満たすべく耕作すれば、それはそれで必ず殺生などの罪を犯す。他力にすがって施主の布施を受けるとしても、その恩に報いるほどのことを施主にしてあげることはできないから、やはり罪になる。人間が人間として存在すること自体が罪なのだ。この蟻地獄からのがれるには、世の人が棄ててかえりみない食物を求めるしかない。それが牛馬の死骸の肉なのだ。

ここまでくると、彼はもともと餌取を業とはしていなかったし、彼の肉食も殺生戒を犯すものでなかったことが明らかである。むしろ彼は、徹底した凡夫意識からこのような生活を選びとっていたのである。彼の信仰はこの時代の浄土信仰に多い『法華経』と念仏との兼修であるが、これを一歩進めて念仏の専修に入れば、後の親鸞が「われはこれ賀古《かこ》の教信沙弥《けうしんしゃみ》の定《ぢゃう》なり」（覚如『改邪鈔』）と敬仰したという阿弥陀聖《ひじり》教信（巻十五第26話に『日本往生極楽記』を出典とする話が収められている）の信仰が待っている。そしてまた底下の凡愚意識こそが、浄土教を推し進めた原動力であった。

正法の時機とおもへども
底下の凡愚となれる身は
清浄真実のこころなし
発菩提心いかがせむ

（親鸞「三帖和讃」）

という思いである。その意味では、浄尊も明らかに法然や親鸞の先達であったのだ。

『今昔』撰者は浄尊の告白の真意をつかんでいただろうか。つかんではいなかったと思う。以上に見たように、浄尊の告白はまことに理路整然たるものであるが、『今昔』ではその整然たるところが崩れてしまっているからである。しかも原典の「牛馬死骸肉」を「牛馬ノ肉村也」としたために、『今昔』の浄尊は本物の餌取に変化している。それが無意識の勇み足でないことは、題名にも「餌取法師」と明記していることで明らかであろう。しかし、これを『今昔』撰者の無理解、誤解としてのみ片づけるわけにはいかない。それによって彼自身が思いもかけなかった新しい世界が、無意識のうちに作り出されているかもしれないのだ。

ここでまた二話一類様式に注目しよう。この話は第27話「北山《きたやまの》餌取《ゑとりの》法師《ほふし》往生《わうじやうせる》語《こと》」とともに一類を成し、内容もよく似ている。ところが、この第27話では主人公の法師が「餌取ノ取残シタル馬牛ノ肉《しし》ヲ取リ持来《もてきたり》テ」食べていると明言しているにもかかわらず、題名は「餌取法師」なのである。第27話は『打聞集』に類話がある。その記事は簡略に過ぎて法師の告白に食物に言及した箇所はないが、それでも同書巻頭の目録には、この話が「補陀落寺屠児事」として掲げられているのである。屠児は餌取と同じ意味のことばである。さらにまた、浄尊の話は『拾遺往生伝』（三善為康撰。三巻。天永二年〈一一一一〉以後まもなく成立）にもある。明らかに『法華験記』に取材したもので、問題の箇所も「牛馬死骸之肉」とほぼ原典のとおりに記しているのだが、今度は話の冒頭で「浄尊法師者屠児也」と決めつけている。浄尊に対する『今昔』的理解は孤ならず、むしろ院政期説話においては通例であったのだ。

厳密にいえば餌取そのものとは一線を画すべき浄尊や北山法師を、彼等はなぜ餌取法師と呼ぶのだろう。「死骸之肉」であろうと「取残シタル肉」であろうと、肉食は肉食だ、たいした違いはないとでもいうのだろうか。本来は違うものを同一視するこの見方は、『法華験記』よりもかえって退歩した見方のようにみえる。しかし、それら肉食者たちの浄土への往生が主題として語られている話において、そのような大まかな捉らえ方が平気で行なわれているとは、反面からいえば、たとえ餌取を本業として肉食妻帯の生活を送っていたとしても往生は可能であるとする意識が一般化してきていたことを物語っている。そういう往生がありうるとする意識が底にあるからこそ、かえって本業とそうでない者との微妙な相違に無感覚でいられたのであろう。日本浄土教の流れからいえば、それは明らかに一歩前進であった。

　とはいえ、法師の肉食妻帯が社会的に認められていたはずもなく、連帯もありえず、世の人びとからは孤絶した信仰生活を送っていた彼らは、表側の世界——多くは都——から迷い込んだ人間によってしか発見されず、一度は唾棄し改めて驚くといった形でしか往生は語られなかった。『今昔』巻十五には浄尊の話の後にも第29話の尋寂、第30話の薬延など同じような往生人の話が続いているが、すべて浄尊の話と同じ話型である。理由は彼らと表側の世界との地理的な隔たりにあったのではない。両者の信仰のあり方の隔たりが、そういう話型を必要としたのである。いわば彼らの信仰の歴史的な意義は、その隔たりの中にこそ籠められていたのである。彼らの世界に迷い込んだ僧は彼らの真摯な信仰生活や尊い往生に驚いて手を合わせたけれども、両者の間にはなお所詮踏み越えることのできない溝が残ったままであったろう。浄尊の往生を見た僧は泣く泣くそこに止住して仏道を修行したというが、だからといって彼と浄尊の信仰が一体化できたとはいえまい。信仰とはそんなに甘いものではないと思う。

　さて、『今昔』の浄尊説話は原典との間に明らかにずれが生じていた。『今昔』の僧は浄尊の肉食に驚き、臭いに閉口し、えらい所に来たと嘆く。リアルに描かれれば描かれるほど僧と浄尊との距離の遠さが印象づけられる。その僧も浄尊の勤行を見、告白を聞くと一転して、

　最初雖レ生二栴陀羅想一。後生二如レ仏清浄之想一。

　賤乞匃《あやしのかたゐ》ノ様《やう》ナル者ト思《おもひ》ツルニ、実《まこと》ニ貴キ聖人《しやうにん》也。

と驚嘆し、話はさらに浄尊の往生の予告と、予告どおりのおごそかな往生を語って終わるのだが、『今昔』と原典

とのずれはすでに見た二点に集約できる。すなわち『今昔』は原典の浄尊の告白の論理を消化できていないこと、その反面『今昔』が著しく筆を費やしたのは、浄尊を外側から眺める者としての僧の心中であったこと、の二点である。『今昔』が想像する僧の心中は、さきに指摘したように当時にあってはむしろ平均的と思えるような平凡な生活感覚を反映している。この問題に関するかぎり『今昔』撰者もそういう当時の常識的な感覚の持ち主であったのだろうし、出典のわからない第27話にも似たような文句があることから想像すれば、この種の説話には珍しくもない描写であったのかもしれない。が、平凡ではあってもリアルな描写は、われわれを「隠れ里」説話的な興味に導く。山中にあるえたいの知れない世界。これから一体なにが起こるのだろうという興味である。だが、それは同時に僧や撰者自身をも含めて外側から眺める者と浄尊との距離の遠さをいっそう強調する。つまり『今昔』は浄尊の往生の意義を、『法華験記』のように浄尊自身の口を借りてなまの論理として語るのではなく、距離ある二人の出会いという出来事そのものによって形象化するのに成功したといってよいのではあるまいか。

むろん『今昔』の浄尊の信仰は『法華験記』の浄尊のそれと厳密にいえば別物になりかけている。正確な「翻訳」ではありえない。しかし、『今昔』は素朴ではあっても院政期の浄土教、浄土への道をより広範囲の民衆へと押し開いていった時代の意識によって話をとらえ直したのであり、しかもなお鎌倉新仏教的な全面的な救済にはまだほど遠かった時代の意識は、『法華験記』をそつなく要約し浄尊の告白も大半を削除して、屠児の往生例としてあっさりまとめた『拾遺往生伝』などよりも、『今昔』が僧に託して表明した生活感覚の中にこそ、より赤裸々に物語られているだろう。『今昔』の漢文文献翻訳に共通してみられる手法――忠文の鷹の話では原典から大きく踏みはずさせてしまった、あの主人公の出会いの場における会話、思惑の設定、添加、きわめて常識的な生活感覚によるそれ――が、ここではこの話を「説話」としてはみごと院政期的に再生させているとわたしは思うのである。

注

（1）『江談抄』の本文は、江談抄研究会編『古本系江談抄注解』（武蔵野書院、一九七八年）に拠ったが、返り点は一部改めたところがある。

（2）片寄正義『今昔物語集の研究・上』（三省堂、一九四三年、［復刊］芸林舎、一九七四年）第二編第一章第二節「冥報記と日本霊異記・今昔物語集」および宮田尚『今昔物語集震旦部考』（勉誠社、一九九二年）四章「『冥報記』の受容と変容」参照。

（3）この話（巻十五・28話）の意義を最初に明らかにしたのは益田勝実『説話文学と絵巻』（三一書房、一九六〇年）であった。以下に述べるところも基本的には益田氏の研究に導かれた点が多い。

（4）拙稿「欠文の語るもの—今昔物語集研究の序章—」（文学　一九六四年1月号）［本著作集第一巻『今昔物語集の研究』第二編第一章に再録］参照。

（5）詳しくは前掲（4）論文および「今昔物語集の欠文に関する諸問題（一）—いわゆる共通欠文をめぐって—」（熊本大学法文論叢　第25号）、「今昔物語集と原話との間—欠文を手がかりに—」（日本文学　一九七三年5月号）［本著作集第一巻『今昔物語集の研究』第二編第二章、第四章に再録］など参照。

第八章 『今昔物語集』の展望

1 仏法と世俗

これまで主として個々の説話の周辺にのみ視線を集中してきたため、まとまって述べる機会がなかった『今昔』全体の構成や説話配列法などについて、最後に簡単な展望を試みておきたい。『今昔』は説話を内容によってきちんと分類し、同類の話は一か所にまとめて収める、よく整備された類纂説話集であって、各巻に収められた説話は大略次の表のとおりである。

序章でも述べたように、『今昔』は完成を目の前にして編纂を中止したらしく、巻八、十八、廿一の三巻は諸本共通の欠巻で、当初から未完成のままであったと思われ、いちおう完成しているその他の巻々でも、題目だけがあって本文のない話や、題目も本文もないけれども、説話番号が欠番になっているので、いずれその番号に相当する話を補充する予定だったと思われる箇所（巻七・33〜40話、巻廿三・1〜12話）など、未完成な部分がところどころに残っていて、説話の数をかぞえるのも簡単にはいかない。次の表に掲げた各巻の説話数は、とにもかくにも題目のある話の数であって、これには題目だけで本文のない話（備考欄に「題目のみ」と記した話）も含まれている。したがってこの表の説話数を合計して得られる一〇五九は題目のわかる話の総数であり、それから題目だけの話の

巻	副題	説話数	内容	区分				備考
一	天竺	38	1〜8 仏の出世・成道 9〜16 外道の迫害 17〜28 人々の出家 29〜38 在家信者の帰依	仏生 教団成立	仏教創始期（釈尊伝）	仏教	天竺	題目のみ 20・24
二	天竺	41	1〜2 仏の父母 3〜5 仏の前生・因縁 6〜7 仏弟子の教化 8〜27 仏の教化（善因善果） 28〜41 仏の教化（悪因悪果）	教化	仏教創始期（釈尊伝）	仏教	天竺	
三	天竺	35	1〜6 仏弟子たち 7〜12 異類・畜生 13〜16 転生・転身 17〜18 聖者 19〜24 供養 25〜27 聞法 28〜35 仏の入涅槃	救済 仏滅	仏教創始期（釈尊伝）	仏教	天竺	
四	天竺付仏後	41	1〜2 仏弟子のその後 3〜5 阿育王 6〜15 比丘たち 16〜17 仏・経霊験（仏像） 18〜22 仏・経霊験（経典） 23〜27 後代の比丘たち 28〜35 雑 36〜40 仏・経霊験 41 冥界	仏入滅後 さらに後代	仏入滅後	仏教	天竺	本文未完 23
五	天竺付仏前	32	1〜6 王・后 7〜12 本生（国王を含む） 13〜29 動物（本生を含む） 30〜32 雑	天竺史 世俗諸譚		世俗	天竺	本文未完 13

六	七	(八)	九	十
震旦付仏法	震旦付仏法		震旦付孝養	震旦付国史
48	40		46	40
1～10 仏教伝来・弘布 11～14 (釈迦) 15～20 (阿弥陀) 21～24 (薬師) 25～30 (その他) (11～30 諸仏霊験) 31～35 (華厳) 36 (阿含) 37～48 (方等) (六31～七42 諸経霊験)	1～12 (般若) 13～42 (法華・涅槃) 43 (金剛般若) (六31～七42 諸経霊験) 44～48 雑	(諸菩薩・諸僧霊験か)	1～14 孝子 15～16 友情 17～21 転生 22～26 殺生応報 27～29 殺生応報・冥界 30～36 冥界 37～42 現報 43～46 雑	1～8 王・后 9～15 賢人・仙人 16～22 武人・信義 23～27 学芸・風雅 28～35 (王・后) 36～40 (その他) (28～40 雑)
1～10 仏教伝来／11～30 仏宝／31～48 法宝（三宝霊験）	法宝（三宝霊験）	(僧宝か)（三宝霊験）	因果応報	震旦史／世俗諸譚
仏教	仏教	仏教	仏教	世俗
震旦	震旦	震旦	震旦	震旦
本文未完　7・8	題目本文とも欠　33～40 本文未完　43			本文未完　3

巻	十一	十二	十三	十四	十五	十六	十七	（十八）	十九
副題	本朝付仏法	本朝付仏法	本朝付仏法	本朝付仏法	本朝付仏法	本朝付仏法	本朝付仏法		本朝付仏法
説話数	38	40	44	45	54	40	50		44
内容	1〜12 仏教伝来 13〜38 諸寺縁起	1〜2 諸塔縁起 3〜10 諸法会縁起 11〜24 諸仏霊験 25〜40 諸経霊験（法華）	1〜44 諸経霊験（法華）	1〜29 諸経霊験（法華） 30〜35（般若） 36〜38（方広） 39（涅槃） 40〜45 雑	1〜54 往生	1〜40 諸菩薩霊験（観音）	1〜32（地蔵） 33（虚空蔵） 34〜35（弥勒） 36〜38（文殊） 39〜41（普賢） 以上 諸菩薩霊験 42〜44（毘沙門） 45〜47（吉祥天女） 48〜50（その他） 以上 諸天霊験	（諸僧霊験か）	1〜18 出家 19〜22 転生 23〜28 師弟・孝子 29〜34 報恩 35〜44 三宝加護
	仏教伝来弘布	仏宝	法宝	法宝	法宝	僧宝	僧宝	僧宝	因果応報
		三宝霊験	三宝霊験	三宝霊験	三宝霊験	三宝霊験	三宝霊験	三宝霊験	
	仏教	仏教	仏教	仏教	仏教	仏教	仏教	仏教	仏教
	本朝	本朝	本朝	本朝	本朝	本朝	本朝	本朝	本朝
備考	題目のみ 19・20・33・34・37 本文未完 3・14・16・18					題目のみ 40 本文未完 39	本文未完 50		題目のみ 15・16・34 本文未完 33

二十	本朝付仏法	46	1〜14 天狗・野猪 15〜19 冥界 20〜24 生報 25〜38 現報 39〜40 憍慢 41〜46 天道感応	因果応報	仏教	本朝	題目のみ　8・14
(廿一)			(天皇・后か)	本朝史	世俗	本朝	
廿二	本朝	8	1〜8 藤原氏	本朝史	世俗	本朝	本文未完　8
廿三	本朝	14	13〜16 武芸 17〜25 強力・相撲 26 馬芸	肉体的技芸（技芸）	世俗	本朝	題目本文とも欠　1〜12
廿四	本朝付世俗	57	1〜6 工芸・技能 7〜12 医術 13〜22 陰陽・卜占 23〜24 音楽 25〜30 漢詩 31〜57 和歌	知的技芸（技芸）	世俗	本朝	題目のみ　12・17
廿五	本朝付世俗	14	1〜14 武士	武士	世俗	本朝	題目のみ　8・14
廿六	本朝付宿報	24	1〜18 (善報) 19〜24 (悪報) 宿報	宿報	世俗	本朝	題目のみ　6
廿七	本朝付霊鬼	45	1〜30 (霊・精・鬼) 31〜33 (狐か) 霊鬼 34〜36 (野猪) 37〜41 (狐) 化ける動物 42〜45 その他の鬼神	霊鬼	世俗	本朝	本文未完　14
廿八	本朝付世俗	44	1〜44 滑稽	滑稽	世俗	本朝	本文未完　36

巻	副題	説話数	内容				備考
廿九	本朝付悪行	40	1～30 悪行	悪行	世俗	本朝	題目のみ 16
			31～40 動物	動物			
三十	本朝付雑事	14	1～14 男女の仲	雑			本文未完 6・7
卅一	本朝付雑事	37	1～37 雑				本文未完 2・4

合計十九を減じた一〇四〇が題目・本文ともに見ることができる話の総数ということになる。ただしこのなかには本文があっても話の途中から始まっていたり、話の途中で切れていたりするもの合計二十話（話としては終了しているが、話末の定型句「トナム語リ伝ヘタルトヤ」がないものも、この中に含む）が含まれているから、厳密に首尾完全な話の総数を求めるなら、一〇二〇といわなくてはならない。この三種類の数のうちどれをもって『今昔』の説話総数とするかは、時と場合による。わたしがこれまで『今昔』の説話総数を一千有余とあいまいな言い方をしてきたのは、理由のあることだったのである。

　さて、表を見れば明らかなように、天竺・震旦・本朝各部は非常によく似た構成をもっている。各部ともにまず仏教説話があって、その後に世俗説話が置かれる。その比率は本朝部ではほぼ一対一だが天竺・震旦部では四対一であり、『今昔』全体で見ても仏教説話が六五パーセント強を占める。説話の配置から見ても数から見ても、『今昔』の中軸を成すのは仏教説話であり、『今昔』の編纂目的が第一義的には仏教説話の集成にあったことは疑うべくもない。このことは『今昔』が天竺・震旦・本朝の三部構成をとっている事実自体が雄弁に物語っている。というのは、天竺はあまりにも遠い国であり、人的な交流は皆無だった（天平八年〈七三六〉に来日して大仏開眼供養の導師をつとめた婆羅門僧正菩提僊那はまったくの例外である）から、天竺の説話は仏典を介してしか知りようがなかった。つまり天竺説話といえばすなわち仏教説話のことなのであって、そういう状況の下では三国の説話を集成するという発想そのものが、仏教説話の集成を意図するところ以外からは出てくるはずのないものだったのである。いい換えれば、天竺説話は仏教説話の全世界的な集成を意図した時に、はじめて震旦や本朝の説話と対等の重みをもって撰者の視界に現われてくるものであった。だから『今昔』と同じように三国の説話にほぼ対等の重みをもたせている説話集、たとえば鎌倉時代の『私聚百因縁集』や『真言伝』、室町時代の『三国伝記』などがいい合わせたように仏教説話主体の説話集であるのは、むしろ当然のことだったのである。

では、そういう三部構成をとる『今昔』が、なぜ各部に世俗説話を併置し本朝部では仏教説話に匹敵するほどの世俗説話を集めているのか。非常にむずかしい問題だが、大まかな見通しとしては、これまで見てきた話の例からも明らかなように、撰者には仏教のわくを越えた生身《なまみ》の人間に対する断ちがたい興味と関心があったのはもちろんとして、さらに、仏教説話を通じて明らかにされるのが仏法の世界であるとすれば、その外側にひろがる俗世間、いわゆる王法の世界をも明らかにしておきたいという気持ちが強かったのだろうと思う。各部の仏教説話がその始発において、天竺部においては釈尊による仏教の創始、震旦・本朝部ではそれぞれの国への仏教伝来と、いわば各国における仏法の起点を明らかにする説話を配置しているのと対応して、世俗説話が各部ともに王法の体現者である国王・皇室関係の古譚で始まっているのも、仏法・王法を平行、共存の関係でとらえていこうとする撰者の態度の表われであろう。

原則として仏教説話しか伝わっていないはずの天竺部に、世俗説話の巻が用意されていることは、さきの説明と矛盾するように思われるかもしれないが、そこに集められた世俗説話とは、ほとんどがあの月の兎の話と同じように、本来は仏典において本生譚として語られていた話ばかりであった。巻五に収録されたそれらの話の中には、本生譚としての形式をまったく失い、世俗説話と区別のつかないものもあるが、本生譚であることが明白な話とすこしの区別もなく並べられているところからみて、撰者には本生譚としての形式の有無で仏教説話か否かを区別する意識はまったくなかったらしい。撰者にはとっては巻五の話のすべてが世俗説話であった。すでに本生譚の形式を失った話がもとは本生譚であったことに気がつくほど博識ではなかった彼が、そういう世俗化した話に何ら手を加えることなく本生譚と一緒に並べているところを見ると、彼がこの巻を仏法に属する巻と考えていたとはどうしても思えないのである。彼としても本生譚が本来仏教説話であることはよく知っていたのだが、仏教説話の中ではもっとも世俗臭が濃い話種である本生譚をあえて世俗説話の側に移項させてでも、どうしても世俗説話の巻を作りたかったのであろう。巻五の内容が物語っているのは撰者の不徹底さではなく、むしろ天竺の世俗説話に対する希求の切実さなのである。

このことは『今昔』が仏教説話の集成を第一義的な目的とする説話集であったこととすこしも矛盾しない。撰者は仏教説話を重んじ、その集成に全力を尽くしながら、同時に世俗説話も絶対に必要と考え、なかでも天竺部については、材料不足により世俗説話の巻を欠くというような事態だけは何としても避けたいと思っていたのである。もちろん本朝部の世俗説話なども最初から必要と考えて集められたものであって、仏教説話を集めているうちに副産物的に集まってしまったとか、つい興味が仏教の外へも広がってしまったとかいう偶発的な産物では絶対にない。

序章で紹介した『今昔』の成立事情から考えても、『今昔』の仏法主体、仏教説話優先の構成から見ても、撰者自身はおそらく仏法の世界に身を置いていたはずであり、当然のこととして仏法の権威や価値をいささかも疑ってはいない。だが、そうでありながら、同時に世俗説話を絶対に必要と考えつつ説話集を編纂したこと、それこそが『今昔』と同じように三国の説話を集める『私聚百因縁集』や『三国伝記』とは根本的に異なる文学にさせた理由につながっている。なお『三国伝記』は仏教説話を主体としながら若干は世俗説話を含んでいるのだが、雑纂形式の説話集であることも手伝って世俗説話の存在が『今昔』ほど強い印象を与えはしない。

おらく『今昔』撰者の目には、自分が生き、信じている仏法の世界と平行して存在している王法の世界が、いつも視界に入っていたのであろう。いや仏法と王法とはこちら側とあちら側というような関係にあるのではなくて、彼にとって人間とは、そういう区別を越えたところでしか存在しえず、二つの世界を同時に視界に入れていなければ、彼の限りない興味の対象である人間というものが完全には捉えられないような気がしていたのかもしれない。

2　仏教説話の構成

前置き的な議論はこのくらいにして、各部の構成を概観してみよう。

天竺部の特色は巻一から巻三までの三巻で説話による釈尊伝を形成している点にある。すなわち巻一では最初の八話において、託胎（第1話）、生誕（第2話）、四門遊観（第3話）、出家（第4話）、苦行（第5話）、降魔（第6話）、成道（第7話）、初転法輪（第8話）というふうに、兜率《とそつ》天の天人であった釈尊が、天上界での生を終えて人間界の摩耶夫人《まやぶにん》の胎内に宿り、浄飯《じょうぼん》王の王子として生まれ、病・老・死の苦を見て出家を志し、王宮を脱出して出家・苦行し、やがて悪魔の妨害に打ち勝って悟りをひらき、人びとに法を説くに至るまでの次第を順序よく語って、一連の物語を形成している。これは釈尊がこの世において衆生済度のために示した八種の相（八相成道と総称する）のうち七つの相に相当し、仏教徒にとっては忘れることのできない教祖釈尊の出世成道、つまりは仏教創始の物語なのである。

残る一つは入滅の相であるが、これに相当する話は遠く離れた巻三末尾に第28～35話として配置されている（第五章で注目した釈尊と羅睺羅の話はここに属する）。そして、この二つの部分を両端として間にはさまれた部分、すなわち巻一第9話から巻三第27話までは、釈尊が成道して後、入滅するまでの間に衆生をさまざまに教化した話、つまり転法輪の相に属する話が並んでいる。この部分は説話数も多く、釈尊の伝記に直接関係のある話ばかりではないし、説話の並べ方も時間的な順序は加味しつつも話種による分類のほうを重視しているのだが、すべて釈尊在世中の話であるから巨視的には転法輪の時代の話として総括できるのである。つづく巻四は釈尊入滅後の話。この巻も話種による分類が行なわれているが、それと矛盾しないかたちで時間的な流れも意識されており、釈尊亡き後、弟子たちがその教えをまとめた第一回の結集、仏教の大外護者阿育（アショーカ）王の事蹟、竜樹・提婆・無着・世親などによって修行と伝道が続けられ、さまざまな霊験譚が生まれていった様子などが語られる。巻五はさきに述べたとおりの世俗説話の巻である。

震旦部は中国への仏教伝来譚から始まる。ヒマラヤを越え、タクラマカンの砂漠を越えて伝わって来た仏教は、さまざまな障害や困難にうち勝って中国の大地に根を下ろしていった。その有様が巻六冒頭の十話で語られると、以下は話種による分類となり、第11～30話には阿弥陀如来や薬師如来など、さまざまな仏（とくに仏像）を信仰して霊験があった話、巻六の第31話以後と巻七には『華厳経』や『般若経』、『法華経』などさまざまな経典に関係する霊験譚が並んでいる。中国に根づいた仏教の種々相といえるだろう。巻八は欠巻であるが、巻六、七が仏・法・僧のいわゆる三宝のうち仏宝と法宝に関係する話であることや、構成の似た本朝部の例から考えて、おそらく僧宝に関係する話、すなわちさまざまの菩薩やすぐれた僧についての話が予定されていたと推定されている(1)。一般には如来も菩薩も仏と総称されているが、厳密にいえば仏とは如来のことであり、観音・地蔵・弥勒などの菩薩は仏（如来）の一歩手前にあって未来に仏となるはずの存在なのである。

巻九は孝子譚と各種の因果応報譚から成る。二十四孝などで知られる郭巨や孟宗の親孝行の話を仏教説話とは考えにくいかもしれないが、中国では孝子譚と仏教とはきわめて親しい関係にあって、『父母恩重経』などの疑経が盛んに用いられていた。敦煌出土の文書の中にも『恩重経』関係の変文や講経文が少なからず見られることはよく知られている。日本でも孝子譚が説教や唱導の席で盛んに語られていたことは、平安初期の『東大寺諷誦文稿』をはじめ、平安末期の安居院流の唱導資料書『言泉集』などにも同種の話が散見するところから明らかである。『今昔』撰者が孝子譚を広義の仏教説話と考えたのも不思議ではない。つづく巻十は純然たる世俗説話の巻である。

本朝部もまず仏教伝来譚で始まり、諸寺縁起譚と諸法会縁起譚が続く。百済から伝来し聖徳太子によって根づけられた仏教が、遣唐使とともに海を渡った俊秀の留学僧たちや、行基のように民衆の中に生きた僧の努力によって次第に開花し、次々と寺が建てられ、その寺では法会が始まる。さながら仏教東漸史のパノラマを見る思いがする構成である。その後には震旦部と同様に、仏・法・僧の順に三宝の霊験譚が並ぶが、震旦部と違うのは往生譚が巻十五に独立した一巻として集められている点である。第七章で注目した浄尊法師の往生もこの巻で語られているのだが、平安中期、源信の『往生要集』や慶滋保胤の『日本往生極楽記』の出現によって基礎を固めたわが国の浄土教は、院政期に入るとますます広く深く迎えられ、やがては法然や親鸞を生むに至る。この巻の往生譚はほとんどが『日本往生極楽記』と『法華験記』に取材したもので、題材的には撰者の生きた時代よりも数世代前の話ばかりであるが、それに一巻を割いた背景には、南都と北嶺、天台と真言というような地域や宗派の違いを越えて当時の仏教界の基調にまでなっていた浄土教の盛行があった。源隆国が避暑して『宇治大納言物語』を編んだという宇治の平等院は、末法の世の到来（当時の人びとは永承六年から末法の時代に入ると考えていた）に対する危機感と極楽往生への願いから、永承七年（一〇五二）に藤原頼通が別荘を寺に改めたものである。第一章で紹介した興福寺再建譚にも登場している仏師定朝の確証ある唯一の遺作といわれるすばらしい阿弥陀如来を本尊とし、いまも前庭の池に美しい姿を映す鳳凰堂が建立されたのは翌天喜元年（一〇五三）のことであった。浄土教は最高級貴族の心をもとらえていたのであり、造寺造仏に華美を尽くしてこの世に極楽浄土を現出しようとした彼らに対して、その対極にあって真摯な信仰心をもやし続けていたのが浄尊たちだったのである。

欠巻の巻十八には、巻八の場合と同じく仏・法・僧の三宝の順序から見て、諸僧霊験譚が予定されていたのであろう。巻十九は震旦部にはなかった出家譚が十八話も集められているのと反対に、厳密な意味での孝子譚は四話しかないのが注目される。出家譚においては多くの場合、出家を決意させた俗世間での出来事――多くは失恋・死別その他の不幸・不如意が契機となる――や、出家にあたって断ち切りがたい親子・夫婦など恩愛の絆との葛藤が主題となるので、仏教に関係の深い話とはいいながら実際には俗世間での人情にからんだ苦悩を主情的に語る場合が多く、わが身も凡俗と自覚する人びとの共感を得て、わが国では『今昔』以後とくに好まれた話種である。歌人西行の出家譚は『西行物語』に詳しく、お伽草子の『三人法師』や説経節の『苅萱』は中世における代表的な出家譚文学である。

これに対して孝子譚は、『今昔』にかぎらず日本ではあまり流行《はや》らなかった話種である。中国の孝子伝類は早くから伝わっていて、説教などにも利用されたし、後にはお伽草子の『二十四孝』が作られたりしたが、それらはしょせん中国の孝子たちの話であり、日本の孝子の話ではなかった。老母を養うためにわが子を埋め殺そうとした郭巨とか、老母のいうままに寒中に筍を求めてさまよった孟宗とか、中国の孝子伝に多く見られる極端にいじけた儒教思想は、対象を賞讃する場合でさえ主情的な詠嘆に身をまかせ常識的で温和な判断を好む日本人にとっては、表向きの理屈ではともかく、感覚的にはとうてい受け入れられず、したがって自前の孝子譚を生み出すことも少なかったのであろう。『今昔』に日本の孝子譚が少ないのは撰者の好みの反映という以上に、日本における孝子譚そのものの不振を反映しているのである。

巻二十は天狗譚と現報譚が中心。天狗は人びとの仏教修行を妨げる一種の悪魔と考えられていたので広義の仏教説話に属する。天狗の正体は時代によって異なり、赤ら顔に鼻が長く翼があって羽団扇を持ったおなじみの容姿は『今昔』の時代にはまだ成立していない。

3　巻廿三、巻廿五の分立

世俗説話の最初の巻と見られる巻廿一は欠巻だが、震旦部の世俗説話が国王譚で始まっていることや、巻廿二が藤原氏列伝であることから考えて、おそらく天皇・皇室列伝的な話を予定していたのであろう。ところが、天皇や最高級貴族の列伝を説話で綴ることは、現在残っている各種の説話資料から見ても意外に困難だったことがわかる。巻廿一は適当な説話を入手できないままに未完成に終わったのであろう。巻廿二の藤原氏列伝がわずか八話で中断しているのも同様の理由による。

巻廿三は第1話から第12話までがなく、いきなり第13話から始まって第26話で終わっている。これには何か事情がありそうだ。この巻には第四章で見た平致経の話（第14話）のような武士の話も含まれているが、これとは別に武士の話ばかりを集めた巻廿五があって、それも合計十四話という説話数の少ない巻である。しかも巻廿五の末尾二話は、第13話が前九年の役、第14話が後三年の役の話で、前九年の役が終わったのは康平五年（一〇六二）、後三年の役の終結は寛治元年（一〇八七）であるから、『今昔』の説話の年代としてはかなり新しいものである。第13話は『陸奥話記』に取材しているが、第14話は題目だけあって本文がない。これらがもし『今昔』編纂の途中で急遽用意されたものであり、しかも第14話は記憶には生ま生ましいがまだ新しい事件であったから、まとまった材料を入手できないままに終わったとするならば、最初からこの巻に用意されていたのは、平将門の乱を語る第1話から源頼信・頼義父子が馬盗人を射殺す第12話までの合計十二話ということになる。そしてこれがそのまま第13話から始まっている巻廿三に接続できるところから見て、巻廿三と巻廿五はもとは一つの巻であったと推定できるのである(2)。

巻廿三と巻廿五の分立の理由は『今昔』の全体像の捉え方にも関係するので、わたしの考えをすこし詳しく述べることにしよう。両巻が分かれる以前の巻は前半に武士説話、後半に武士ならざる貴族の武勇・行動力を語る話や力持ちの男女の話、相撲人・馬芸の話などが配置され、全体としては武力と腕力、つまりは肉体的な技芸を語る巻として、医術や陰陽道、音楽や詩歌など知的な技芸を語る巻廿四と一対になっていたものと推定できる。その段階では武士の合戦譚も一種の技芸譚として位置づけられていたのである。そういう捉え方は鎌倉時代の説話集『古今著聞集』にも見られるから珍しいものではなかった。すなわち『著聞集』では肉体的な技芸に関係する話が「武勇」・「弓箭」・「馬芸」・「相撲強力」の項目の下に集められ、たとえば「弓箭」には武士の弓術と並んで宮廷行事としての小弓の遊びや賭弓《のりゆみ》の話があり、「馬芸」には宮中の競馬の話があるなど、武士の武芸と貴族的技芸とがまったく同じ範疇で捉えられているのである。

ところが『今昔』撰者は編纂の途中のある段階で、巻を二つに分けることにした。説話量が多かったからではないことは自明である。分離の理由は二つの巻の内容そのものが物語っているだろう。巻廿五はすべて武士の話であるのに対して巻廿三の大半は武士ならざる人びとの腕力や馬芸に関係する話である。つまり巻廿三の方こそが巻廿四の知的技芸に対応する肉体的技芸というにふさわしい。別の言い方をすれば、巻廿五は巻廿四と一対になる技芸譚の範疇からはずされたのである。だから説話番号から見れば後半の第13話以後から成る巻廿三のほうが分家らしく見えるけれども、撰者の構想からいえば巻廿三が本家で巻廿五が分かれて出たものなのである。巻廿三の方が若い巻番号を与えられている理由もそこにある。

撰者が巻廿五の武士説話を技芸譚から分立させたのは、そこに語られている武士たちの行為が王朝的な技芸の範疇にはなじまず、肉体的・知的の別を問わず王朝的、貴族的な技芸の総体のさらに外側にあるものと感じるようになったからであろう。第四章で述べたように撰者は武士たちを「公」（朝廷）に従属奉仕すべき職能集団として捉えており、そのかぎりでは武士も王朝的な権力機構の末端に位置づけているのだが、その職能がこれまで王朝文化を多方面から支えてきたさまざまの技能とは本質的に異なるものであることに気付き始めていたのである。それは仏教説話において、往生譚に独立した巻を与えたのと似ているかもしれない。この時代の浄土教は経典読誦と念仏との兼修が普通だったから、往生譚を経典の霊験譚の一部として扱うこともできた。事実、浄尊の往生譚などは『法華経』の霊験譚を集めた『法華験記』に取材した話である。しかし撰者は宗派を越え、依拠経典の違いを越えた浄土信仰の高まりの中で、往生譚を従来の経典霊験譚的な範疇では捉えきれぬものと感じて独立した一巻を与えたのである。

あえて強弁すれば、往生譚に共通するのは念仏すなわち弥陀の名号であるから、名号も広い意味では経典と同じく法宝に属すると考えれば、往生譚も経典霊験譚も三宝霊験譚の中の法宝霊験譚として同じ範疇に属するといえないこともない。そういう意見も一部では主張されている。しかしこの意見は『今昔』の構成にあまりにも整合性を求めすぎたものであり、『今昔』の構成の問題点をかえって見落としていると思う。(3)往生譚が独立している意義は、法宝霊験譚の一部としてその末端に場所を与えられたことよりも、仏・法・僧といういわば型にはまった分類様式（震旦・本朝部仏教説話の分類・配列法の基本を成すこの分類様式は、『今昔』の有力な取材源となった中国の仏教説話集『三宝感応要略録』のそれに影響されたものといわれている(4)）が、当時の日本の仏教界の現実の前に破綻してしまったこと、撰者自身がその分類様式の限界を認めざるをえなかったことの方に求めなくてはならない。

巻廿五の武士説話も同じことである。『著聞集』の撰者橘成季は気がつかなかった旧来の技芸譚分類様式の限界に、時代的には遡る『今昔』撰者のほうが早く気がついた。これまで貴族を頂点として築かれ機能してきた文化のピラミッドとは、なにか根本的に異なる存在であることを、たとえ感覚的にでも認めた結果が巻廿三と巻廿五の分立だったと思うのである。往生譚の場合は『日本往生極楽記』という先達があったし、『今昔』撰者は直接には利用しなかったが、当時は『続本朝往生伝』（大江匡房）、『拾遺往生伝』『後拾遺往生伝』（三善為康）、『三外往生記』（蓮禅）、『本朝新修往生伝』（藤原宗友）など、往生人の伝記を集めたいわゆる「往生伝」が続々と作られつつあった。いわば当時は「往生伝」の時代だったのであり、往生譚独立の素地は十分に整っていた。巻十五の独立は、おそらく当初からの構想であったにちがいない。

それに比べれば武士譚の独立は前例のない、かなり思い切った決断だったはずである。第四章で指摘した武士を見つめる撰者の熱いまなざしが、一方でこのような構成を生み出したのであろう。巻廿三が第13話から始まる不自然な体裁のままで説話の増補もなく番号の整理もなされていないところから見ても、両巻を分立させたのは編纂の末期近いころだったと推定できる。また冒頭の二話が武士の話であることは何を意味しているのか。これも第四章で詳しく紹介したように、第13話は平維衡と同致頼とが合戦して私闘の罪によって移郷・流罪に処せられた話であり、第14話は致頼の子致経が明尊を護衛した時の話である。ともに平氏の話である点が源氏中心の巻廿五と区別できるようでもあるが、そしておそらく両巻が分立する以前には平氏の話として源氏の話の後に分類配置されていたのであろうが、分立した時に巻廿三の方に属した理由は平氏の話であることにあったのではない。第13話は合戦を具体的に語るよりも、結果として二人が朝廷から処罰を受けたことに重点を置いた話であり、第14話は致経の率いる武士団のみごとな組織ぶりが語られているにせよ、話の中での致経はひたすら宇治殿藤原頼通に奉仕する侍以外の何者でもないことに注目するならば、巻廿五の武士の話と異なるのは、巻廿五の武士たちは形式的にはつねに朝廷に従属しているのだが、話の中で語られているのは彼等同士の世界、たとえ官軍として戦う場合でも合戦の場は武士対武士の世界であるのに対して、巻廿三の場合はいわば形式的にも実質的にも完全に朝廷ないし貴族に従属した状態での武士の話である点ではないだろうか。これら二話はそう理解することによってはじめて、後続するいわば旧来の技芸譚と一括することが可能になるのである。

そうはいっても、巻廿五の中にも源頼光が東宮（三条天皇）の命令によって御所（東三条邸）に出没するキツネを射た話（第6話）のようなものが含まれているし、第廿三の平致経との明尊の話（第14話）は形式的にはいま述べたとおりだが、実際には致経と郎等たちで作り上げた組織の力が印象に残るなど、なかなかすんなりとは割り切れないのが事実である。が、いささか強弁すれば、もともと二面性をもった武士の話を截然と分けるのは非常にむずかしいことであるし、なによりも最初は分けるつもりなしに編纂したものを、途中で方針を変えて機械的に二分したこと自体に無理があったと思う。その無理を承知の上で、あえて巻廿三冒頭二話が巻廿五から分離された理由を考えてみると、先に述べたような理由が浮かび上がってくるということなのである。

したがって、わたしは巻廿四の技芸譚と巻廿五の武士譚とが一対をなすと見る説には同意できない。巻廿四は巻廿三と一対になって体力・知力両面から成る技芸譚集団を形成しているのであり、仏教説話における往生譚と同様、巻廿五の武士譚は旧来の範疇からはみ出たかたちで設置された特色ある巻と見るべきなのである。なお巻廿二は欠巻の巻廿一と一対になって、王法の世界の支配者たちの話を集めようとしていることが明らかであろう。

巻廿六の「宿報」とはこの巻の写本に記されている副題で（ちなみに巻廿二・廿三には副題がなく、巻廿四、廿五には「世俗」とある）、この世の中のさまざまな奇譚、偶然の出来事のように見える事件を語って、実はすべては前世からの因縁・果報によるのであろうと結論が下される話を集めた巻である。第三章で分析した中山神社の猿神退治の話（第7話）もそのひとつであるが、猿神を屈服させた男が生贄の娘と結婚し、その家には何の祟りもなかったことを語った後に、「其《それ》モ前生ノ果ノ報ニコソハ有《あり》ケメ」と結論されることによって宿報譚の体裁を整えているのである。このように「前生ノ果ノ報」というだけで、どんな因縁があったのか具体的に語ることはないので、この巻の話は実質的には不思議なめぐり合わせ、偶然とはいいながらあまりにも奇跡的な、といいたくなるような出来事そのものを語る話なのだと考えておけばよい。この巻には『宇治拾遺』と共通する話が多いが、『宇治拾遺』には「宿報」に関係する文言がまったく見られないから、「宿報」についての結論めいた文句はすべて『今昔』撰者が添加したものであろう。話の構造から考えても「宿報」それ自体を説くのが本来の主題であったと思えるような話は見当たらないのである。

巻廿七の副題は「霊鬼」。その名のとおりさまざまな霊や鬼の恐怖を語るが、後半は狐や野猪が人を化かす話である。『今昔』に「猪」として登場する動物はイノシシをさすが、「野猪」はこの時代クサヰナキまたはクサヰナギと訓まれ、正体はタヌキであるらしい。巻二十第13話は「野猪」が普賢菩薩に化けて山中の修行者をだました話であるが、この話は『宇治拾遺』にも同じ話があって、そこでは「たぬき」と表記されている。以来タヌキはキツネと並んで人をだます動物の双璧となるわけだが、クサヰナキまたはクサヰナギからタヌキへの呼称の変化、「野猪」から「狸」への表記の変化は、『今昔』と『宇治拾遺』とを隔てる平安最末期のころ顕著になったらしい(5)。

巻廿八の副題は「世俗」だが、内容は各種の機智・滑稽譚である。巻廿九は「悪行」の副題どおり強盗・殺人・強姦・誘拐などの悪行譚。第二章で追跡した花山院女王殺人事件（第8話）もこの巻にある。芥川龍之介が小説『羅生門』や『藪の中』の材料をこの巻の話に求めていることはよく知られている。ただし巻の後半には動物説話を集めており、第七章で触れた忠文の鷹の話（第34話）はここに位置している。

巻三十と巻卅一はともに「雑事」と副題があって、これまでの分類のどれにも属さぬ話を集める。巻三十は男女の交情、離別再会などさまざまな人間模様を語る歌物語的説話が主体。『俊頼髄脳』を出典とするほか、『大和物語』と共通する話が多いが、直接関係を認めるべきか否かは意見の分れるところである。巻卅一は文字どおり雑の部だが説話はそれなりの秩序をもって配列されており、巻の中ほどの異郷譚や末尾近くにある竹取翁の話などの古伝説が印象深い。

『今昔』が巻卅一で終わっているのは、いかにも中途半端な巻数であるが、先述のように当初の構想では巻廿三と巻廿五は分立せず、一緒にしてひとつの巻を形成させる予定であったと思われるので、もともとは全三十巻という区切りのよい数の計画であったと推定できる。逆にいえば、卅一巻という中途半端な巻数こそ、巻廿三と巻廿五の編纂途中での分立を示唆し、かつその分立が編纂の末期近くになされたことを示唆する徴証だと思うのである。

以上をまとめて述べるならば、世俗説話の最初の巻である巻廿一（欠巻）と巻廿二には皇室・藤原氏譚で摂関政治の中枢に位置する人たちの話、巻廿三と巻廿四には摂関政治的体制の下で肉体的、知的な技芸に関係する話を配置しており、巻廿五はその体制下にありながらも半分はそこから逸脱した影の部分をもつ武士の話である。

巻廿六以後は一見雑多でまとまりのないものに見えるけれども、もともと体制による統制にはなじまない話である点において共通する。巻廿六は宿報すなわちこの世の体制や統制ではどうにもならぬ宿縁に支配された運命の糸の不思議さを語り、巻廿七は霊や鬼、物の怪の活躍する世界、すなわち仏法も世俗権力も手の届かない暗黒の世界の出来事である。巻廿八は滑稽な話を集めているが、「笑い」もまた統制される世界の外にある点において前後の巻と共通している。巻廿九は文字通りの「悪行」、強盗や殺人は社会的な統制からはずれた行為であればこそ悪行と呼ばれるのである。そういえば巻三十に集められた男女の交情も体制や統制にはなじまないだろう。

つまり巻廿六以後の巻々は、ある種の共通性をもって巻廿五以前の巻々と対峙している。それは決して二段階的な成立や後補によって生じた特徴などではなく、撰者の現実把握のあり方の反映として最初から企図されたものであることを物語っているように思われるのだが、この点については今後さらなる分析が必要であろう。

4　一話一類様式の謎

ところで『今昔』の説話は、このように話種によってきちんと分類されているだけでなく、その配列にはさらに細かな配慮が行き届いている。たがいに隣接している話の内容の関連性を詳しく検討してみると、『今昔』の説話はほぼ全巻全話にわたって、何らかの意味で強い共通性を持った話が二話ずつ連続して一類をなし、それぞれの一類は隣接する一類に対して、より微弱な共通性で結ばれるように注意深く配列されているのである。これは発見者の国東文麿氏によって「二話一類様式」と名づけられた『今昔』特有の説話配列様式であって、巻廿九の花山院女王殺人事件（第8話）の前後を例にとれば、この巻の第1話は平安京の西の市の蔵に入った盗人の話だが、これは蔵破りの名人といわれた多衰丸・調伏丸のことを語る第2話と一対になって、蔵に入った盗人という共通点で強く結ばれている。また芥川龍之介の小説『偸盗』の原話である第3話は、主人公の男が情を交わした相手の女が実は人に知られぬ盗賊であったという話で、主人公の男の妻の父親が実は人には姿を隠している元盗賊だったという第4話と一対になっている。そして両類相互間は人に知られぬ盗人という点でよりゆるやかに結ばれているのである。

同様に、ある法師の家に押し入った盗賊たちが待ちうけていた平貞盛に皆殺しにされる第5話は、ある家に強盗に入った放免たちが待ちうけていた武士某とその部下たちに一人残らず捕らえられる第6話と一対を成し、藤大夫の家に強盗が入り、結局は犯人が逮捕される第7話は、下野守藤原為元の家に強盗が入り、花山院女王が殺されたが結局は犯人が逮捕される第8話と一対を成す。また人を殺して衣服を奪った法師が捕らえられ、張り付けにされて殺される第9話は、伯耆国の国府の蔵に入って捕らえられた盗人が張り付けにされて殺される第10話と一対となって強く結ばれている。そして第3、4話と第5、6話との間をつなぐのは、第4話と第5話がともに豊かな財産に関係している点、第5、6話と第7、8話とをつなぐのは、第6話と第7話で盗人にねらわれた家がどちらも受領の供をして蓄財した家だった点である。さらに第7、8話と第9、10話との間は、第8話と第9話がともに被害者の気の毒な死、犯人が捕らえられて白状する点などでゆるやかに結合されている。

こんな具合に『今昔』のすべての話が鎖状に連結されているのであって、国東氏はその具体的な様相を全巻全話についての一覧表にまとめている（『今昔物語集成立考〔増補版〕』一九七八年）。それによれば部分的には二話一類ではなく三話一類になっている箇所があったり、連結する共通点があいまいで国東氏の指摘がやや牽強付会のように感じられる箇所がないわけではないが、この配列様式の存在自体を疑うほどではなく。むしろここに示した例のように、この様式による配列が明白な箇所のほうが圧倒的に多いのである。つまり「二話一類様式」はいわれてみれば誰でも気がつく「コロンブスの卵」のようなものであって、この説は広く認められ、ほぼ定説となっている。

ところが、『今昔』がなぜこのように手の込んだ説話配列をとるのか、その理由はよくわかっていない。国東氏は震旦部で大量の説話の出典となった『三宝感応要略録』の影響ではないかといわれるのだが、『要略録』自体「一話一類」的な説話配列が認められるのは一部分にすぎないから、そう簡単には従えないし、また仮に『要略録』から影響を受けているとしても、『要略録』でも部分的に認められるにすぎない配列法を、『今昔』がなぜ苦労をいとわず全巻全話を貫く説話配列の原理として採用しなければならなかったのか、やはりその理由は判然としないのである。

だが、理由はわからないにせよ、事実としてこのような説話配列様式が認められることは、『今昔』の成立事情について大きな示唆を与えてくれる。すなわち、この配列様式は源隆国の生前・没後に関係なく、すべての話を例外なく貫いている。簡単なようでも実際にはなかなか複雑な配列法であるから、一度まとめられた配列の中に途中で新しく話を割り込ませるのは非常に厄介なことであり、編纂作業の途中で多少の変動はあったにせよ、現在の説話配列は基本的には当初に計画されたままの姿をとどめていると思われる。つまり『今昔』は隆国没後に発生した話をも含めて、当然ながら隆国没後に立案された編集方針に則って編まれたものであって、隆国の説話集を本に後人が説話を増補したと想像するような単純な原作・増補説は成立する余地がないのである。

この考えは別の側面からも補強できる。『今昔』には第七章でそのごく一部をかいま見たように出典が明らかな話も多い。不思議なことに仏典に頼るしかなかったはずの天竺部に出典不明の話が多く、より身近だったはずの震旦部や地元の本朝部の仏教説話には出典の明らかな話が多いのだが、これは各部の取材源となった文献に質的な差異があったからで、天竺部だけが文献に拠らないで口語りの話を集めているわけではない。つまり震旦部や本朝部では、いわば歴とした作品が取材源であるのに対して、天竺部では漢訳仏典に直接に取材した話は少なく、源泉は漢訳仏典にあったとしても、すでにそこから離れて浮遊していたと思われる話が多いのである。それらも文献に記された状態で『今昔』撰者の目にふれたに違いないのだが、ただその文献を特定することがむずかしい。そういう文献は二次的な説話資料としてあまり大切にされなかったために、ほとんどが散佚してしまったのであろう。現在ではなかなかその姿をとらえることができないのである。現存している文献の中では、宮内庁書陵部に上・中二巻だけの写本（『続群書類従』にも収録）があり、近年京都の東寺に下巻までそろった完全な写本が伝存していることが発見されて注目を集めている『注好選』や、名古屋大学所蔵の写本が唯一の伝本である『百因縁集』（名前の似た『私聚百縁因集』とは別の作品）などが、『今昔』が取材した文献の面影をかなりよく伝えているのではないかといわれている(6)。

しかし今わかっている文献で天竺部のすべてが説明できるわけではないから、天竺部の問題はしばらく措き、震旦部や本朝部に注目してみよう。それも仏教説話を眺めることにするが、大半が出典のわからない世俗説話も、現在では出典がわからなくなっているというだけのことで、実際には撰者は文献に記された話を取材したのだと思う。ひとむかし前までは『今昔』がまるで当時の人びとの口語りの話を録音でもしたかのようにいう人があったけれども、それは大半が『今昔』をよく読まない人の思い入れであって、『今昔』は読めば読むほど各話の背後に文献に記された話の存在を感じさせる。この気持ちはこの本をここまで読んで下さった人にはもう十分わかっていただけるはずである。だが、天竺部の場合と同様に、その実態はなかなか明らかにできない。『宇治拾遺』や『古本説話集』との共同母胎的な説話集、問題の『宇治大納言物語』なども取材源として当然に予想できるが、現存しない資料の追究にはおのずから限界があって具体的な成果をあげにくいのである。

さて、話を仏教説話に戻そう。震旦部の仏教説話は欠巻の巻八を除いて巻六、七、九に合計百三十四話ある。巻六冒頭の仏教伝来譚のうち、第1～6話には複数の資料によるやや複雑な操作がなされているので、残りの百二十八話について出典を調べてみると、『三宝感応要略録』五十五話、『冥報記』四十七話、『孝子伝』十五話、『弘賛法華伝』(7)五話となり、合計百二十二話、実に九五パーセントの話がこの四種の文献に拠って成り立っていることがわかる。本朝部の仏教説話は欠巻の巻十八を除いて巻十一から巻二十まで合計四百一話。ここでも巻十一の仏教伝来・諸寺縁起譚や巻十二の諸法会縁起譚は複雑な資料操作がなされた話が多いので、巻十二第10話以前を除き、さらに題目だけで本文のない話も除いた残りの三百五十三話について出典を調べてみると、『法華験記』九十五話、『日本霊異記』六十三話、『日本往生極楽記』三十話、『地蔵菩薩霊験記』（中世の改竄本しか現存しないので推定による）二十九話、合わせて二百十七話、六一パーセントの話がこの四種の文献に拠っているのである。出典がわかっている話がほとんどない巻十九を除いて計算すると、この数字はさらに六九パーセントにはね上がるのだが、要は大まかな傾向を知ればよいのであって、細かな数字は問題でない。両部の仏教説話の大半がいかに特定少数の文献によって成り立っているかを感じ取ればよいのだ。

『今昔』の全体的な構成は、これら特定少数の文献を出典とする話によって、はじめて可能となった。しかもこれらは漢文体の文献であって、『今昔』撰者はそれを座右に置いて直接に翻訳したのである。日本の文献の場合「翻訳」というのは不自然だが、ともかく撰者はそれを自己の文体に転換したのである。天竺部の多くの話の場合とは異なって、『今昔』とそれらの文献との間を仲介するような資料の介在は考えられない。そして、それらの「翻訳」に共通して見られる手法、撰者の興味や関心の趣く方向は『宇治拾遺』などとの共同母胎的な説話集に取材する場合に彼が示すそれとみごとなまでに一致している。このことは隆国が関与したかもしれない説話集も隆国に関係のない文献も、撰者にとっては同じような取材源であったことを物語っているし、『今昔』の構成も隆国の説話集とはまったく関係なしに、別個に構想されたものであることを物語っている。

さらにまた、これほどまでに翻訳の手法に共通性があり、説話の見方や捉え方にも共通性が認められることは、第七章で紹介した意識的な空白の出現の仕方に強い一貫性が認められることとも相俟って、『今昔』の撰者はおそらくひとり、複数であったとしてもごく少数であったことを思わせないだろうか。つまり『今昔』の説話には非常に等質的なフィルターがかけられているのであって、『今昔』が複雑に見えるのは、われわれがそのフィルターを透して向こう側の景色も一緒に見ているからだと思う。

もちろんこれだけの規模の作品が一気に成立したとは考えられない。資料の集積に要した時間や労力は大変なものだったろうし、資料入手の経路も一本ではなかっただろう。『今昔』の説話に南都的、北嶺的なさまざまな要素が混じり合っているのは、資料集積経路の裾野の広がりを暗示しているのかもしれない。そこに撰者を助けた人が何人かいたとしてもおかしくはないし、作業は長期にわたったかもしれない。しかしその最後の段階で『今昔』を今見るような姿に書いた人間、つまり『今昔』に文責をもてる人間はごく少数であったと思う。とくに長期間にわたって多数の人がぽつりぽつりと断続的に書きためて出来た作品でないことだけは断言してよい。

『今昔』が説話集ではなく、仏教教学上の研究資料集ででもあったならば、話はむしろ簡単で、多人数による共同執筆もかえって楽であったろう。その場合には作業の内容は説話集よりもはるかに高度の知識を要求し、より困難なものになるが、その代わり作業員もその道の専門家であるから、編集責任者または責任者集団が彼らに執筆方針を指示し、出来上がってきた草稿を検討し、必要ならば加筆するというようなやり方で、作業はそれなりにスムーズに進行するのではあるまいか。作業員が共通の知識と伝統の中に生きていると、内容は高度であっても作業は楽になるのである。勅撰和歌集の撰集などもその一例といえようか。まさに知識と伝統の中での作業であったという点において……。

しかし『今昔』は説話集でしかない。説話集には権威も伝統もなかった。その編纂に際して多数の作業員の意志がひとつに収斂していくような伝統もなければ、模範と仰ぐような古典的作品もなかった。すべてを自分が作り出さねばならなかったのである。文体も例外ではなかった。『今昔』の漢字片仮名まじり文に手本があっただろうか。

もともと片仮名は、万葉仮名から生まれた平仮名とは異なって、漢文の訓読の仕方を示すために漢文の傍らに書き込む一種の符号ないし広義のテニヲハとして発生した。だから片仮名はつねに漢文もしくは漢字とともに用いられて、平仮名のようにそれだけを用いて文章を書く習慣は生まれなかった。片仮名の漢字・漢文との親しさは、当然のことながらその使用圏を男性の世界に限定させた。つまり、物語や日記文学、和歌などで代表される王朝文学を支えてきた平仮名使用圏の人びととは、まったく系譜が異なる人びとの文体だったのである。しかも片仮名使用圏の内部においてさえ、『今昔』の時代にはまだ完全な形での漢字片仮名まじり文は生まれていなかったらしい。現存している作品の中で『今昔』に似た文体のものといえば、『打聞集』や金沢文庫本『仏教説話集』があげられるが、『打聞集』の文章は全体的に私的なメモに近く、話の要点だけ記して細部は「云々」と省略していたり、詳しく記しても表記がルーズだったりして、目で読まれる文章としての完成度に気を配ったものとはいえない。金沢文庫本『仏教説話集』は保延六年（一一四〇）の奥書がある無名の古写本で、金沢文庫で付けられた仮題とは内容が異なって、実際は説教のための草案である。部分的には説話を含んでいるのが、こういう仮題を付けさせた理由であろうが、これも表記がいたってルーズであり、部分的には『今昔』以上に詳しい描写をもちながら送り仮名を全部省略していたり、仮名の使用をやめて変体漢文で書いてあったりする。つまりディテールは記しておきたいが、他人に読ませるためではなく、筆者本人がわかればそれでよいというメモ的な書き方なのである。

これはおそらく、この二つの作品がたまたま私的なメモとしての性格が強かった、というだけでは片付かない問題であろう。漢字仮名まじり文は元来がこのようなメモのために生まれたものであって、むしろこの二つの作品のような用い方のほうが普遍的だったのではないか。先述のように、片仮名は漢文・漢字と密着したところで発生した。ところが、そういう世界の住人たち、つまり漢文や変体漢文に慣れきった人たちにとっては、公的なあらたまった文章は当然漢文で書くべきものであり、私的メモには変体漢文を用いれば事足りるし、そのほうが能率的でもあって、片仮名まじり文は、変体漢文ではどうしても表現しにくい日本語特有のいいまわしや、テニヲハを表記したい時にのみ補助的に用いるものだったと思うのである。男性貴族の日記が変体漢文で書かれるのが普通だったのも、彼等にとってそれがもっとも使い慣れた、分量の点でも能率的な筆記文体であったことを物語っている。

『今昔』が漢字片仮名まじり文でありながら、表現もていねいに細かく書き込んで、いわば他人の読者を予想して、読まれる文章として過不足のない完成を目指した書き方をしていることこそ、当時としては珍しいことではなかったろうか。いままで文学のための文体となったことがない文体、それどころかそれによる文章表現の可能性すらしっかりとは見通せていなかった文体を用いて『今昔』は書かれたのである。それこそ『今昔』がそれまでの王朝文学の伝統とはまるきり無縁の、根本的に系譜を異にする作品であることのあかしであったが、このように『今昔』は文体からして伝統も模範もなにもないところに作り出していかなくてはならなかったのである。もし『今昔』が多人数の共同執筆によって成ったとするならば、その困難さは想像するに余りある。

だから、わたしは『今昔』に文責をもてる撰者をごく少人数、場合によってはひとりでもよいと思うのだが、しょせんは実証を伴わない想像であるから、反論が出ることは覚悟している。しかしわたしは『今昔』を読み、撰者のかけたフィルターを見つめる時、いつもそこにひとりの人間を感じている。具体的な風貌までは像を結ばないが、彼は伝統的な権威を権威とする常識の中に埋もれながら、そしてその権威に対しては気の毒なほど縁遠い存在でありながら、彼をとりまくものをじっと見つめている。彼が集めた世俗説話には、そこを支配している汚い力、それに押しつぶされてうめく者、その力を逆手にとって笑いとばす者、しがない庶民たちの泣き笑い、暗黒の世界にうごめく魑魅魍魎たちなど、ありとあらゆる世相が盛り込まれていた。彼はそれらを、まるでそこに自分が居合わせでもしているかのように、熱っぽく見つめる。

ただし、世相がいかに紊乱をきわめようと、彼の仏教に対する信頼は微動だにしない。利欲に目のくらんだ僧や破戒の僧の話は、それが醜悪であればあるほど描写にはかえって冴えを見せながら、彼らを揶揄したり冷笑したりするのではなく、真正面から口をきわめて非難するのである。撰者は決して世故にたけたとか、ものわかりがよいとかいわれるような人ではなく、むしろ反対に、ものわかりの悪い一本気のひどく真面目な人であったように思える。その野暮さがほほえましくもあるし、また王朝文学の伝統の側からいえば、とんでもない人間がとび出してきて、文体といい発想といい自分の無知には委細かまわず書き散らしているようにも見えたであろう。『今昔』は王朝文学にとってはまさに鬼子であったが、そういう作品が出現するに至ったこと自体が、ひとつの時代の終末と、新しい時代がすぐそこまで来ていることを象徴する出来事だったのである。

この本の各章を通じて追いかけたものも結局はそういう撰者との対話であったように思う。わたしが「彼」と単数で呼んできた撰者の人間像は、あるいは『今昔』が作り出したまったくの虚像であるのかもしれない。しかし、万一そうであったとしても悔やむつもりはない。『今昔』を読むたびに、わたしは「彼」と対面しているのであって、すくなくとも今の時点では、多人数の集団とか特定の名前を持った名士・名僧たち以上に、「彼」は不思議な実在感をもってわたしに語りかけてくれるからである。

注

（1）　国東文麿『今昔物語集成立考』（早稲田大学出版部、一九六二年、〔増補版〕一九七八年）六九頁参照。

（2）巻廿三および巻廿五をめぐる巻序論については前掲国東氏著書一一二頁、森正人『今昔物語集の生成』（和泉書院、一九八六年）Ⅲ・１「説話形成と王朝史」、拙稿「今昔物語集の方法と構造―巻廿五〈兵〉説話の位置―」（『日本文学講座　3　神話・説話』大修館書店、一九八八年）［本著作集第一巻『今昔物語集の研究』第四編第四章に再録］など参照。

（3）『今昔』の構成に整合性を求め過ぎる論に対する批判は小峯和明『今昔物語集の形成と構造』（笠間書院、一九八五年）Ⅳ・第一章「組織構成の展開」など参照。

（4）前掲国東氏著書五〇頁参照。

（5）詳しくは、本著作集第四巻『説話とその周辺』第二編第一章「「野猪」の正体」参照。

（6）『百因縁集』（名古屋大学文学部小林文庫所蔵）と『今昔』とが酷似する話をもつことを初めて指摘したのは高橋伸幸氏である（一九八〇年八月、伝承文学研究会口頭発表）。

（7）『弘賛法華伝』については、『今昔』との直接関係を疑う説もある。宮田尚『今昔物語集震旦部考』（勉誠社、一九九二年）一一四頁参照。

〔補説〕

二〇八頁で言及した『注好選』について付言したい。この作品は従来「続群書類従」に収められた『注好選集』という書名で知られていたが、その後発見された東寺観智院本、金剛寺本などの古写本によって、正式な書名は『注好選』であることが明らかになった。これらの古写本により、従来の諸本に欠落していた下巻が補われ、中巻の欠脱話も補塡された。これらの古写本はともに影印・翻刻され、校訂された本文には読み下し文と詳細な注釈が加えられて、急速に研究が進みつつある。

東寺貴重資料刊行会『古代説話集　注好選（原文影印并釈文）』（東京美術、一九八三年）、後藤昭雄『金剛寺蔵　注好選』（和泉書院、一九八八年）、今野達他『三宝絵・注好選』〈新日本古典文学大系〉（岩波書店、一九九七年）参照。

あとがき

撰者の眼鏡のいささか度の強いフィルターの彼方には原話があり、その向こう側には原々話が、そのまた向こうにはたぶん原々々話があって、いちばん向こう側にあるのは説話以前の核のような何か。わたしたちが『今昔』を読むのは、それらが幾重にも重なった半透明板を透かして見るようなものだ、とつねづね考えていた。

だから、『今昔』の世界についての展望をまとめてみないかと話があった時、すぐ思いついたのはこのフィルターを剝がしてみることだった。フィルターの性質を調べてみれば、『今昔』の強烈な個性の素姓がよほど鮮明になるに違いない。しかしまた『今昔』のおもしろさを最表層のフィルターにのみ求めるのはまちがっているだろう。それを透かして見えているものの総体が『今昔』なのだから、結局はその向こう側にあるものまで含めてすべてを明らかにしなければならない。全部の話は無理だから数話を選んで代表させよう。その数話を具体的に掘り下げながら、そこにフィルターの実態はもちろん、向こう側にあるものも、「今昔」成立の謎も、文学史的な展望も、そしてできることなら説話文学研究の基本的問題に関するいくつかの提言も、なにもかも盛り込むことができないだろうか。つまり、いたずらに多数の話を採り上げ、表面だけをなぞったような議論をするのではなく、少数の話のあくまでも具体的な分析でありながら、それがそのまま大きな展望につながっているような議論、しかもこれから初めて『今昔』の世界に触れてみようという人たちにも十分にわかっていただけるような議論ができないものか。

自分で自分の構想の「みごとさ」に酔い、いささかの気負いもあった反面では、そんなにうまく行くかしらという危惧も感じながら出発したのだが、実行がむずかしいことは執筆を始めてすぐ思い知らされた。しかし代わるべきよい方法も思い当たらない。それならばいっそのことわたしの好きなように書かせてもらおう。そう思って目をつぶり最後まで駆け抜けた感じで出来上がったのが本書である。だからわたしは最初に用意した「土俵」の外で相撲をとってしまい、それに合わせるために「土俵」の方を移動させたのではないかと心配している。

いまになって振り返ってみると、とかく撰者のフィルターや背後の事実関係に筆が走りがちで、説話学的ないし民俗学的な側面からする切り込みが不足していることに気がつく。これはわたしの至らなさでもあるが、わたしの興味と関心の趣くところの反映でもあって、本文の中でも述べたようにそれがわたしを『今昔』に結びとめているものなのだから如何ともしがたい。そこで、いささか居直っていうならば、撰者のフィルターを解明するためには向こう側にあるものの正確な把握が不可欠の条件であるし、わたしがこの本で明らかにしたかったのは説話伝承の背景一般であるよりも一回的な作品としての『今昔』の個性であったから、わたしはわたしなりに問題解決のために要請される必然の方法に従ったつもりなのである。したがって説話学的、民俗学的方法はそれ自体を軽視して傍らに置いたのではない。むしろわたしは、本書とはまったく異なった角度――そういう方法を必然とするような角度――からするすぐれた『今昔』研究が現われることを期待し、それに学びたいと切望している。

限られた少数の話の具体的な分析を柱としたために、広い展望や数量的データの提示を必要とする問題――たとえば『今昔』の文学史的位置づけとか、仏教説話の思想史的な側面からする展望など――についてはあまり述べることができず、出典考証や第七章で一部を紹介した文章の意識的空白をめぐる問題についても結論だけの紹介に終わらざるをえなかった。

また、わたしが最初に用意した「土俵」は、本書によって『今昔』の世界に初めて接する人たちを強く意識して築かれていた。そのため本文では先学の研究をあまり細かく紹介することを避けている。各章の末尾に掲げた「注」は本文の執筆を終えた後に思いなおして付けたもので、最初の予定にはなかったものである。このため、重要な論文や著書はなるべく紹介しようとはしたものの、もともと網羅的であるように意識して書いたものではないから、実際にはこの他にもたくさんの必読文献があり、本書もそれらの学恩に負うところが大きいことを明らかにしておかねばならない。とくに現在『今昔』研究の第一線で活躍している若い研究者たちの斬新な研究動向を具体的に紹介する場を作れなかったことは心残りに思っている。反対に、この「注」をわずらわしく思う人は、もちろん本文だけを読んで下さるよう希望する。本書はもともとそういう読まれ方をこそ予想して書いたものなのである。

本書に引用した『今昔』の本文は原則として岩波版日本古典文学大系本（山田孝雄・忠雄・英雄・俊雄校注）に拠ったが、同本の小字の片仮名は漢字と同大に改めて一行に書き、異体字は多く普通の字体に改めるなど読みやすく工夫した。若干は句読点などを改めたところもある。ただし説話の紹介は多くの場合、原文をそのまま掲げることを避け、口語訳や要約によって説話内容がただちに理解できるよう心掛けた。これが原文による鑑賞をないがしろにするものではないことは、必要とあれば原文の一言一句に徹底的にこだわったわたしの姿勢からもわかっていただけるはずである。

本書は第三章が「今昔物語集の猿神退治―巻二六第七話を中心に―」（国語と国文学　一九七七年11月号）、第四章の一部が「今昔物語集の精神世界―『思量リ賢キ』こと―」（日本学　創刊号、一九八三年5月）、第七章の一部が「今昔物語集の方法―原話と今昔とを分けるもの―」（『日本の説話』第2巻古代、東京美術、一九七三年）という既発表の論文を下敷きにしている他は、ごく部分的には既発表の論文と関係するところがあるにせよ原則的にはすべて新しく書き下ろしたものであるが、大部分は勤務先の大学での講義ノートから出発している。まだ未整理な段階で問題意識も散漫になりがちだった講義に新鮮な反応を示し、時にはわたしの考えを深めるヒントを与えてくれた学生・卒業生諸君に感謝したい。

本書を執筆する機会を用意して下さったのは、わたしの所属する神戸大学文学部の哲学科教授橋本峰雄氏である。

ちょうど『今昔』の全訳（平凡社・東洋文庫）の仕事が完結し、今度は『今昔』を展望するような仕事をしてみたいと思っていたところだったので、本当にありがたかった。橋本さんにあつくお礼申し上げたい。

また、筑摩書房の勝股光政さんは、生来の遅筆に無理のきかない体調まで加わって遅々として筆のはかどらぬわたしを辛抱づよく待ち、土俵を踏みはずしてとまどうわたしに適切な助言と激励をつづけて下さった。本書がなんとかまとまったのは勝股さんのおかげである。心から感謝申し上げる。

一九八三年六月

池上洵一

第二編　修験の道

――『三国伝記』の世界――

序章　再発見への旅立ち

1　知られざる古典

『三国伝記』は室町時代に成立した説話集である。「三国」とはインド・中国・日本をさす。「伝記」は伝わった話の記録の意か。まずインドの話が一つあり、次に中国の話、その次に日本の話を各一つずつ配置して、またインドに戻る。全体は十二巻からなり、各巻ともこのサイクルが十回繰り返されているから、合計すると三百六十話。かなりの分量を持った作品である(1)。

しかし古典文学としての知名度は決して高くない。現代の読書人にとっては知らなくて当たり前の書名である。けれども、かつてはかなり知られた作品だった。江戸時代には版本も出ているし(2)、寺社縁起や地誌の類には好んで引用されている。よほど使い勝手のよい本だったのだろう。

そんな作品を文学史の外に追い出して書名さえ忘れさせてしまったのは、明治以後の人間のなせるわざである。一言でいえばこの作品が近代人の価値観に合わなかったということだろう。本当にそれでよかったのだろうか。近代人は読み方をまちがえていたのではないか。この作品の意外なおもしろさ、秘められた背景や隠された意味の深さがわかってくるにつれて、私にはそういう思いが増すばかりである。

論より証拠、まず一つの話を紹介しよう。巻四第21話である。

永和年間（一三七五〜七九）のこと、尾張国萱津《かやつ》の念仏道場の時衆《じしゅ》（念仏を重んじる時宗の信徒）が京都七条辺に用事があって上洛の途中、美濃国の不破の関屋、いまの関ヶ原のあたりで台密《たいみつ》（天台宗の密教）の僧と道づれになった。台密の僧は美濃の竜泉寺から京都白河元応寺の運海和尚に会いに行くところだという。うちとけた会話を交わしながら二人は近江路にさしかかった。

初めていまは近江路に、誰か宿をも柏原、もとの心をいままでに、捨てぬ身ならば憂からまし、浮世の夢も醒が井に、若《も》しや沈まん磨針の、行く末細き小野の道、問へども答えぬいさや川、今日も暮れぬと夕露の、珠に懸けたる旅ごろも、片敷く床の山蔭に、鳴くや千鳥の岡越えて、馬屋の原を過ぎけるに、(3)

いわゆる道行文である。朗読するとテンポのよさが一層よくわかり、足を早める二人の姿が目に浮かぶだろう。道行文の常として掛詞や縁語を駆使し、沿道の地名（傍線の語句）がふんだんに織り込まれている。これを読むと相当な距離を進んでいるような気がするが、実は伊吹山麓から米原・彦根付近まで、約二〇キロメートルの道のりでしかない。道行文といえば、

落花の雪に踏み迷ふ、片野の春の桜狩り、紅葉の錦を着て帰る、嵐の山の秋の暮れ、

で始まる『太平記』巻二「俊基朝臣再び関東下向事」のそれが有名である。進行方向は逆だが同じ土地を通過しているので比べてみると、

ものを思へば夜の間にも、老蘇の森の下草に、駒を止《とど》めて顧みる、故郷を雲や隔つらん。番場、醒井、柏原、不破の関屋は荒れ果てて、猶《なほ》漏るものは秋の雨の、いつか我が身の尾張なる熱田の八剣伏し拝み、

というあたりがそれであるが、「老蘇《おいそ》の森」は手前であり、「不破の関」は行き過ぎた先であるから、『三国伝記』の道行に相当する文言は、厳密にいえば「番場《ばんば》、醒井《さめがゐ》、柏原《かしはばら》」という一節、六文字でしかない。『三国伝記』の道

行の地名の密度の濃さが改めて確認できるが、いまはその事実だけを記憶にとどめて先を急ごう。この道行の最後の「馬屋《うまや》の原」を過ぎたあたりで第三の男が登場する。

年の齢《よはひ》四十ばかりなる男の、たけ高く首短く、壺笠ひつこうだりけるが、目壺《めつぼ》くさりて猿眼《さるまなこ》に、額あかりて鴫鼻《しぎはな》なるが、小鬢《こびん》はげて色黒く、頬骨いかりて髭《ひげ》赤く、頤《おとがひ》そり、向かふ歯さし出でたるが、緑の林に草鹿《くさじか》書

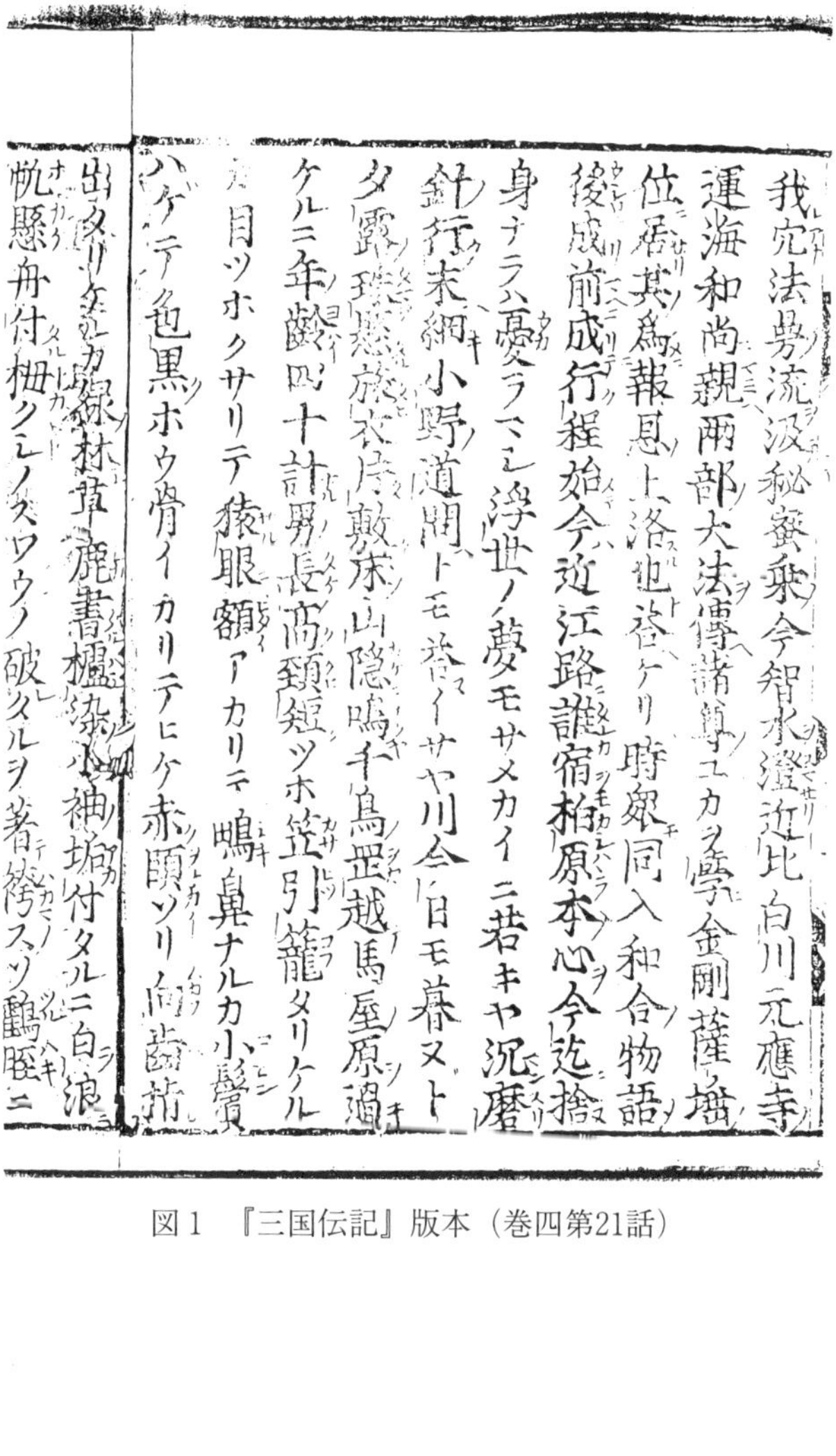
我宄法界流汲秘密乗令智水澄近比白川元應寺
運海和尚親両部大法傳諸尊ユカ之學金剛薩埵
位居其為報恩上洛也詣ケリ將軍同入和合物語
後成前成行程始今近江路談宿柏原本心今迄捨
身ナラハ憂ラマシ浮世ノ夢モサメカイニ若キヤ沉磨
針行末網小野道聞トモ答イサヤ川今日モ暮ヌト
夕露瑠璃旅衣片敷床山隠鳴千鳥四越馬屋原過
ケルニ年齢四十計男長高頸短ツホ笠引籠タリケル
カ目ツホクサリテ猿眼額アカリテ鴫鼻ナルカ小鬢
ハゲテ色黒ホウ骨イカリテヒゲ赤頤ソリ向歯指
出タリケルカ緑林草鹿書欄染小袖垢付タルニ白浪
帆懸舟付柵クミノスワウノ破タルヲ著袴スソ鶴脛ニ

図1　『三国伝記』版本（巻四第21話）

きたる櫨染《はじぞ》めの小袖の垢つきたるに、白浪に帆かけ舟つけたる戸隠の素襖《すあを》の破れたるを着て、袴のすそ鶴脛《つるはぎ》に、脚半《きやはん》のはづれ鰐足《わにあし》に歩みなし、小節巻《こふしまき》の弓の握りぶとなるを肩にかつぎ、塗りうつぼの細長なるに大雁俣《おほかりまた》少々さしこみて腰に付け、輪宝鍔《りんぽうつば》の太刀かもして尻に帯び、羯磨目貫《かつまめぬき》の刀鯰尾《なまづを》に差いたるが、地蔵堂の前より出合ひて、よき道づれもうけたりとて同道せり。

現われたのは妙な男であった。風采は一向にあがらないが、派手な太刀を腰にぶちこみ、弓をかついでのし歩いている。一癖も二癖もありそうなその男は果たしてもと盗賊の一味であった。

風采のあがらぬ男の顔の道具立てについて『三国伝記』は残酷なまでにこまごまと描写しているが、これがただの写実文でないことは男の服装を見ただけでわかる。男が着ている小袖には緑林、素襖には白浪の図柄があったという。緑林・白浪といえばともに盗人の異称である。いわゆる「白浪五人男」の白浪がそれであって、男はいわば盗人マークの付いたユニフォームを着ていたのであった。すべてが芝居仕立てなのである。下醍醐に赴く途中だというその男は、迷惑がる二人の僧に「自分の懺悔話を聞いてくれ。用心棒にもなろうから」と押して道づれになる。男はさっそく問わず語りを始めた。

「俺は若いころ血気に任せてずいぶん悪いこともした。あるとき三十人ほどで強盗に押し入ったが、抵抗されて結局は退却よ。ところが一緒にいた従兄弟《いとこ》の姿が見えぬ。さては捕まったか、しかしそう簡単にへまをするようなやつではない。頃合いを見計らって俺は一人で現場に戻ってみた。やつが隠れていそうな所々を小声をかけながら探していると、大きな柚《ゆず》の木の上から返事があった。「早く降りろ」、「茨《いばら》に引っ掛かって痛くて降りられぬ」、そんな問答をしているうちに夜が明けかけてきた。そこで俺は「この柚の木の上に強盗がいるぞ。捕まえろ」と叫んだ。いや、やつは驚いたのなんの、いつのまに降りたのか俺と一緒になって一目散に逃げた。やつはわが身かわいさに木を降りられず、命を落とすところだった。それが俺の叫びに驚いて、身の痛さも忘れて飛び降りたお蔭で命拾い

図2　巻四第21話の舞台（○印）
「いさや川」は原・鳥籠の間を流れる芹川。
「床の山」「千鳥の岡」は鳥籠付近の歌枕

をしたというわけだ。俺はそのとき、万事は心一つのなせるわざと悟った。以来、出家したわけではないが解脱《げだつ》の道に心を寄せておる」。

　これを聞いた時衆はもとより無学の者、一心不乱の念仏者であったから、「南無阿弥陀仏」と唱えただけでびくともしない。台密の僧は、こやつ人の物だけでなく仏の悟りまで盗んだか、こんな者と問答しては大変だと思案したものの、元来知恵者であるだけに黙っていられない。難しい返答をした。

　げにありがたき御ことかな。在俗の最上乗の本機とは貴方の様なる御ことを申すべきにこそ。まことに手を挙げ足を動かす、皆これ密印なりとも悟る。またこれ真言なり。これを以つて身《しん》口意《くい》の成せる処、毘盧《びる》の三密なり。

こんな会話をしながら、三人は沓掛《くつかけ》の里を過ぎて愛知《えち》川の畔に出た。愛知川は鈴鹿山中に発し、中流以下は愛知《えち》郡と神崎《かんざき》郡との境を流れて琵琶湖に注ぐ大きな川幅をもった川である。河畔に出てみると、前夜の雨で水かさが増し、旅人はみな立ち往生している。

そのとき、台密の僧は河畔の大磐石の上に座して密印を結び、真言を唱えて定《じょう》に入ったと見るや、不思議にも大磐石は僧を乗せたまま滑るがごとく川を渡って対岸に着いた。

続いて時衆は念仏を十遍ほど唱えて川に飛び込んだ、と見るや、不思議にも前に三尺ばかりの輪光が現われて引導し、裾も濡らさず対岸に上がったのである。

取り残された男は「是非に御供つかまつるべし。待たせ給へ」と叫ぶや、鏑矢《かぶらや》を一本取り出し、弦巻《つるまき》から弦を取り出して一端を鏑に結び付け、もう一端をわが身に結び付けると、満月のごとく引き絞ってひょうと放った。

その矢、かの大男を引きさげて、河の面《おもて》五町余りを飛びけるが、河中にて勢力や尽きけん、矢かへりて落ちんとしけるところを、またその矢を取りて、中にて射放したり。

矢は大男を引っ提げて五町余り飛んだが、勢い尽きて落ちる、と見るや、なんと男は空中でその矢をたぐり取ってもう一度射なおしたのである。かくて男は「河を過ぎて遥かなる大日堂の前なる畠の中」にドスンと着陸した。こうして三人は無事上京したという。

描写はいよいよ写実にはほど遠く、ますます芝居がかって見えるが、なんとも楽しく超人的な武芸である。(4)

2　再発見への試み

こんな話をもつ『三国伝記』が、なぜ文学史上から抹殺されたに等しい待遇を受けたのか。理由ははっきりしている。この作品にはオリジナリティが少ないと判断されたからである。理由は二つある。一つはこの作品に固有の話が乏しいこと、もう一つはこの作品の描写のあり方が評価されなかったことである。

まず第一の点から考えてみよう。説話文学の常としてどの話にも必ず何らかの典拠がある。口承であれ書承であれ、それぞれの話はどこからか伝承されてきたのであって、撰者の創作ではない。『今昔物語集』や『宇治拾遺物語』など説話文学を代表する作品の場合でもそれは同じはずだが、実際のところは『今昔』や『宇治拾遺』には特有の説話が相当数あって、それぞれに独自性のある作品世界の形成に寄与しているのである。ところが『三国伝記』の場合は、この三人の僧俗の話のように、この作品特有の話も少なくはないのだが、全体的な印象としては弱い。近代人に馴染みの薄い寺社縁起の類が多いからだろう。

第二の点もこの問題に深くかかわっている。『三国伝記』には文献の典拠が判明している話が多い。インド・中国説話の大きな取材源となったのは『三宝感応要略録』である。これは一〇四〇年、当時華北にあった遼の国の僧非濁《ひじょく》によって編纂された仏教説話集だが、早くから日本に伝わり、『今昔』をはじめとする多くの説話集に好んで利用されていた。いわば手垢のついた文献なのである。一方、日本説話の主な取材源は『太平記』『発心集』『長谷寺験記』『沙石集』などであった。これらは皆よく知られた作品で完成度が高く優れて個性的な作品であったから、これらを利用しながら新味を出すのは至難の業である。

まして『三国伝記』の撰者が腐心したのは、すでにその一端をかいま見たように、決してストレートな現実描写や個人的な思索の表明ではなかった。だから、伝承よりも創作を、彫琢よりも新奇を、伝統よりも発見を重んじる価値観――芥川龍之介以来それがまさに『今昔』を高く評価させてきた原動力であった――からすれば、『三国伝記』に対する評価が辛くなったのは当然である。けれども、実はそれこそが近代人が古典的なるものに対してしばしば犯してきた過ちの一つにほかならなかった。自己の価値観についての過信である。自己の価値観も所詮は「近代」という一つの時代状況に規制されて生じた相対的なものでしかないことに対する自覚が近代人にはなさすぎたのである。

自分たちだけを開明的な存在と思い込み、その延長線上に永遠の発展を夢見た近代的価値観は、ほかならぬ近代の現実によってみごとに裏切られたといえるだろう。「近代」の尺度に自信を失った現代人は、今度は正反対に、近代が軽蔑してきた超常現象に興味を寄せたり、非開明的と見捨ててきた世界に新しい寄るべを求め、すがるような視線を投げかけている。オカルト的な宗教が横行する一方で、江戸の文化の見直しがいわれたり、民俗学や文化人類学が隆盛を迎えたりしているのは偶然ではない。

『三国伝記』は文学史から見捨てられた作品であった。けれども、正確にいえばそれは過去のことである。現在『三国伝記』の見直しは急速に進みつつあるが、これも巨視的に見れば上述のような見直し現象の一端に属することだろう。日本の古典文学研究においても、これまでわけのわからぬ非合理の世界として遠ざけられてきた中世天台教学の見直しや読み込みが行なわれ、これまで文学とは無縁のごとく扱われてきた『法華経』の講釈書や談義書の類が丹念に読み返されている。また、中世に盛んだった各種の注釈研究――学問と信仰と伝承とが融合した混沌たる世界――についても、その背景や構造が少しずつ突き止められてきた。

どの作品にも分厚い研究史の蓄積がある日本の古典文学研究の世界では珍しく、『三国伝記』の本格的な研究はまだ始まったばかりである。一体この作品の成立基盤は何処にあり、作品からどんな声を聞くべきなのか。私はこれからこの作品の母胎となった近江湖東の各地を彷徨《さまよ》いながら探索を深めるつもりでいる。

中世の近江には比叡山延暦寺を旗頭として多くの天台寺院が威容を誇り、村々にはそれらと関係の深い神社が栄えていた。『三国伝記』特有の説話は多くそうした寺社の縁起である。しかし、それらの寺社の多くはやがてこの地を吹き荒れた戦国の嵐によってほとんどすべてが失われてしまった。元亀二年（一五七一）叡山を焼き尽くした信長の焼き討ちはいうまでもない。そのほかにも近江の地を舞台に繰り返された信長と浅井・朝倉・六角勢の争いは、そのたびごとに村々を、寺院や神社を焼き尽くしていったのである。

『三国伝記』に関係する寺社も多くはこの時代に衰微し滅亡した。これから始まる私の旅も、このときに滅び去った寺院の跡や一度は衰滅した後に再建された寺社、あるいは当時の何分の一かの規模で辛うじて生き残っている寺院などを訪ねて歩く旅になる。有名な寺社の探訪でもなければ美しい仏との出会いでもない、たぶん新しい観光地の発掘にもならないだろうこの旅は、現代の研究が辛うじて蘇らせようとしている中世近江の芳醇な文学的風景を、関連する現地に探って読者とともに体感する、いわば知的スリルを楽しむための旅なのである。

注

（1）『三国伝記』のテキストは数種類が公刊されているが、比較的簡単に入手が可能な本は⑴に限られる。⑴はまた唯一の注釈書である。⑵以下は特定の写本の影印または翻刻である。

⑴　池上洵一校注『三国伝記』〈中世の文学〉全二冊、三弥井書店、一九七六～八二年〔無刊記版本を底本とする注釈書〕。

⑵　朝倉治彦解説『三国伝記』〈古典資料〉全三冊、すみや書房、一九六九年〔国会図書館所蔵の写本の影印（欠巻は版本で補う）〕。

⑶　名古屋三国伝記研究会編『三国伝記〈平仮名本〉』全三冊、古典文庫、一九八二年〔安藤直太朗氏所蔵の平仮

名本（抄本）の翻刻〕。

⑷　黒田彰編『三国伝記抜書〈身延文庫本〉』全二冊、古典文庫、一九八五年〔身延文庫所蔵抜書本の影印と翻刻〕。

このほか『大日本仏教全書』に翻刻がある。

（2）『三国伝記』の木版本には⑴寛永十四年（一六三七）版本、⑵明暦二年（一六五六）版本、⑶無刊記本の三種があるが版木は同一である。写本と版本の本文にはかなりの異同がある。

（3）以下、本書に引用する『三国伝記』の本文は注（1）の⑴によるが、片仮名を平仮名に改め、送り仮名を補うなど、読みやすく工夫した。

（4）ただし、この種の曲芸的名人芸は、必ずしも『三国伝記』の独占的な特徴ではない。『神道集』の「諏訪大明神秋山祭事」に、将軍田村丸が奥州で悪事の高丸の生け捕りになった副将軍波多丸を救出するため一度に二本の矢をつがえて射たところ、一本は波多丸の小手を縛った綱を、一本は彼をつり下げた綱をみごと射切って救出に成功したとあるのは、その一例である。

第一章　『三国伝記』の世界

1　つかのまの国際化時代

『三国伝記』はいつ、誰が作ったのか。それを直接的に示す証拠は見つかっていない。いきなり厄介な考証にとりかかるより前に、この作品の序文がいうところに耳を傾けてみよう。この作品はなかなかおもしろい序文を持っている。まず足利三代将軍義満《よしみつ》の下に南北朝の合一が成って以来、天下が安寧を得て海外との通交も頻繁になったことを記し、続いて次のように語っている。

遠人すでに来たり、近者は去らず。ゆえに湖島辺土の珍奇、求めざるにしきりに聚《あつ》まれり。なかんづく毎年唐使を渡し、我国の軽財を遣わして、異国の重宝を来たす。故に便船逓輒《ていてう》し、月氏震旦の真俗、都鄙に徘徊せり。

ここに天竺梵語坊という僧、南蛮より伝はれり。また大明の漢字郎という俗、魯国より渡れり。これらは朝使の官人には非ず、ただに霊地一見のため来朝せり。洛陽東山清水寺の観世音は三国円通の大士なれば、ともにかの寺に参詣す。その頃、江州に和阿弥という遁世者、宿願のことあるにや、これも同じく通夜したるに、期せずして同席に座せり。

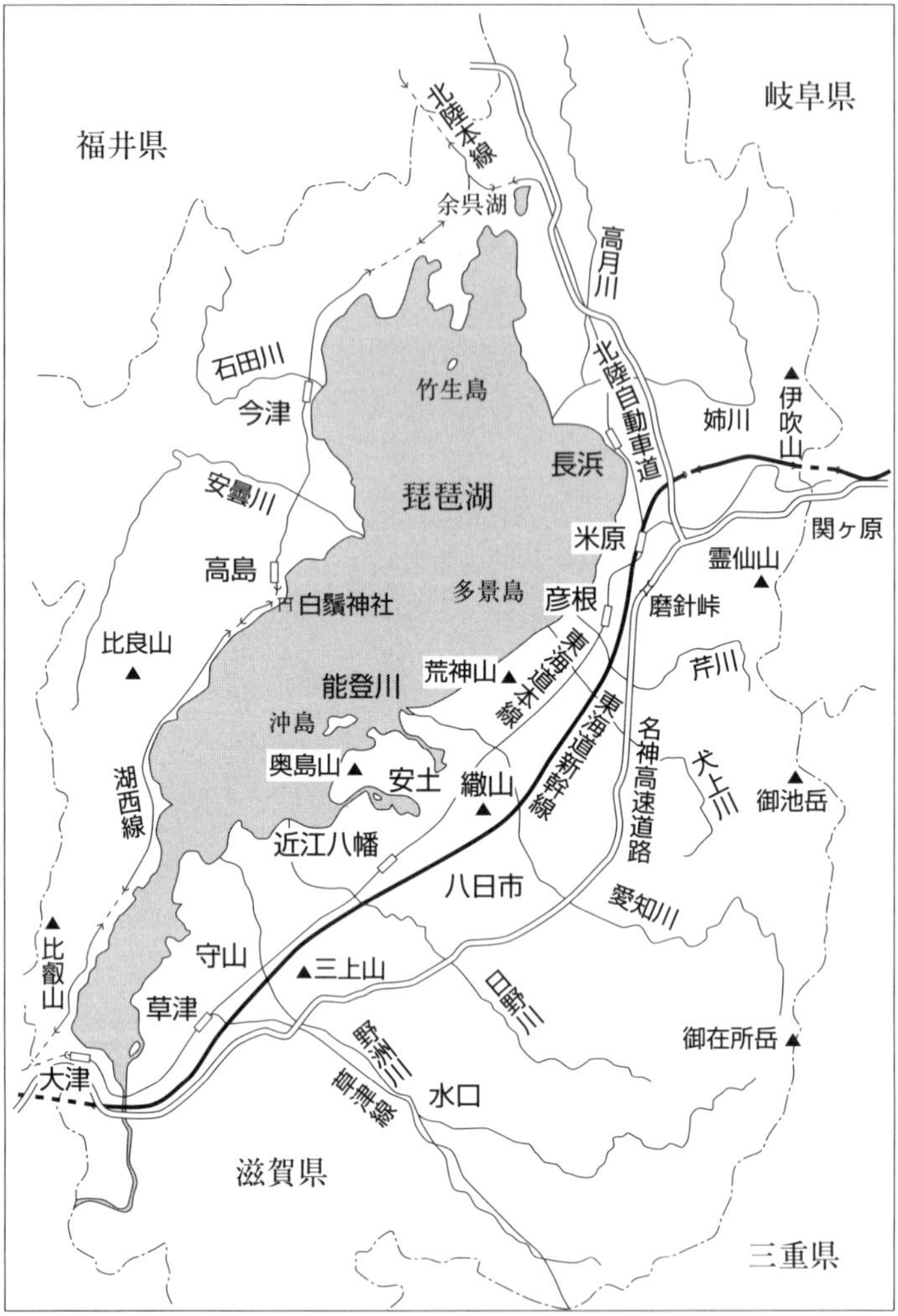
福井県
岐阜県
北陸本線
余呉湖
高月川
石田川
今津
竹生島
北陸自動車道
姉川
伊吹山
安曇川
琵琶湖
長浜
米原
関ヶ原
高島
白鬚神社
多景島
彦根
霊仙山
磨針峠
比良山
荒神山
東海道本線
芹川
能登川
沖島
東海道新幹線
名神高速道路
奥島山
安土
織山
犬上川
御池岳
湖西線
近江八幡
八日市
愛知川
比叡山
守山
三上山
日野川
草津
御在所岳
野洲川
大津
草津線
水口
滋賀県
三重県

図３　『三国伝記』関係図

丁亥《ひのとゐ》八月十七夜の宵の間に、山を望めば幽月なほ影を蔵《かく》し、砌《みぎり》に聴けば飛泉うたた声を倍《ま》す。折境、和阿弥申しけるは「それ一時の同車、一畳の同座、皆これ多生の縁なり。その善し悪しも津の国の難波《なには》のことか法《のり》ならぬ。我らもろともにいざよひの月待つ程、慰めに巡り物語申し侍らん」と言ひければ、漢字郎言はく「まことに観音は耳根得益《にこんとくやく》の薩埵《さつた》なり。ここをもつて松の嵐も滝の響きも皆聞思修《もんししゆ》の理《ことはり》なり。言《ことば》少なくして真《まこと》広からん古事を法楽申さんこと可なるか。易《えき》に言はく「二人心を同じくすれば、その利きこと金を断つ」と言へり。況《いは》んや三人同ぜんをや。但し御僧は如何に」と言へば、梵語坊の言はく「阿耨菩提《あのくぼだい》の法は皆言説の上に言説を加ふ。すなはち正遍知《しやうへんち》の方便、薩般若《さはにや》の善巧なり」とて、まづ一番に語りけり。

わが国からは毎年遣明使が出発して莫大な財宝をもたらした。外国からは月氏（インド）や震旦（中国）の真俗（僧俗）が来日して、都でも地方でも異国人の姿が見られた。そういう状況下にあった応永年間の「丁亥」の年、中秋の名月が過ぎてまもない八月十七日の宵に、観音霊場として名高い洛東清水寺に参詣した三人の男があった。一人は南蛮から渡来した天竺の僧梵語坊、一人は大明の魯国から来た俗人漢字郎、もう一人は日本江州の遁世者和阿弥である。もともと三人は知り合いでもなんでもなかった。清水寺に参詣して偶然に出会ったのである。しかも梵語坊と漢字郎は「官使」としてではなく「霊地一見のために」来日したという。二人は外国人巡礼者、いまふうにいえば観光客であったというのである。現実にそういう外国人がいたかどうかは保証の限りでないが、そういう虚構が許されるほどの、平和と国際化の時代ではあったのである。明くる十八日は観音の縁日である。だから三人とも今夜は寺で過ごすつもりだった。すっかり意気投合した三人は、こうして同席したのも多生の縁、仏の耳を楽しませる法楽にもなろうからと、月の出を待つ間、巡り物語を楽しむことにした。各人が順繰りに自国の話をして聞かせようというのである。ではまず私からと、梵語坊が最初に語りはじめた。

『三国伝記』の序文はこのような情景から成り立っている。もちろん虚構である。三人の名前をみるがよい。梵語坊とは「梵語《サンスクリット》」をあやつる僧侶の意、漢字郎とは「漢字」の国の俗人の意である。そして和阿弥は、日本を表す「和」に遁世者がよく用いた「阿弥」号を付けたもの。つまり三人は名前からしてすでに虚構なのである。

日付も同様である。年号が応永で干支が「丁亥」に当たる年は応永十四年（一四〇七）しかない。だが史書によれば、彼らが月の出を待ちながら巡り物語を楽しんだという八月十七日、京都は雨だった。(1) それどころか、この年は七月末から連日の雨で、この日幕府は東寺と醍醐寺に止雨の祈禱を命じている。(2) どうやらこの日は月の出を待っても無駄だったようだ。つまりこの日付は、史実に拘泥するよりも、虚構された時空としてのみ意味があると考えた方がよさそうである。観音の縁日の前夜、それも中秋の名月直後の澄みきった月が東山に昇るのを待つ。清水寺は東山の山ふところにあるから月の出は遅い。三人には時間が充分にあった。もっとも三百六十話を語るには短すぎたであろうけれども。

応永十四年という年紀も同様である。史実としての実否ではなく、この年紀のもつ意味が問題なのだ。実はこの年紀にはかなり大きな意味がこめられている。応永六年（一三九九）いわゆる応永の乱で大内義弘《よしひろ》を討った義満は、それまで義弘の手中にあった朝鮮・中国との貿易の主導権を奪取し、応永八年（一四〇一）明に朝貢の使を派遣して、元寇以来断絶していた国交を正式に再開させた。明では翌年政変があって永楽帝が即位したが、義満は新帝にもただちに国書を送った。「日本国王臣源表す、臣聞く」云々の文句で始まるこの文書は、明の皇帝に臣礼をとり明から封ぜられた日本国王であることを明示しているため、屈辱外交あるいは王号の僭称であるとして、とかくの非難を浴びてきたいわく付きのものだが、それだけによく知られてもいる。

一方、これを受け取った永楽帝は大いに喜び、さっそく日本に答礼使を派遣して金印と勘合符を支給した。応永十一年（一四〇四）のことである。これによって両国間の通商は大いに進展、義満は毎年明使を北山第で饗応し、明船が兵庫の津に着くたびに妻妾を伴って見物に出かけたという。

ちょうどそのころ、奇しくもわが国で南北朝の合一が成ったのと同じ一三九二年に、朝鮮半島では高麗が滅んで新しい王朝が成立した。李氏朝鮮である。義満は朝鮮王朝に対してもしばしば使者を送って修好の意を伝え、来日した朝鮮人を引見している。一方、琉球では尚氏による統一王朝の成立を目前にしており、応永十一年には幕府に対して遣使があった。

もともと対外交易が盛んな博多の津などはいうまでもなく、この頃は兵庫の津や京都の町でも明人や朝鮮人、琉球人、彼らと同船してきたさまざまな異国の人たちの姿が見かけられたであろうし、(3)戦乱に明け暮れた日々とはうって変わったその情景に、人々は平和であることの幸せをかみしめただろうとも想像できるのである。

ところが、応永十五年（一四〇八）五月義満が五十一歳を一期に急死すると状況が一変する。もともと父義満と折り合いの悪かった四代将軍義持《よしもち》は、応永十八年（一四一一）に対明入貢を中止、同二十六年（一四一九）には国交を断絶するなど、父の政策の矯正に努める。義持の没後、六代将軍義教《よしのり》が通商の再開に踏み切ったのは永享四年（一四三二）。しかし十年一貢と定められた義教の時代には、もはやかつての盛況は望むべくもなかった。交易の国際化活発化は時代の趨勢であり、巨視的にみれば両国の通商はその後も発展の道筋をたどったと言わなければならないが、応永から永享・嘉吉のころまでに範囲を限ってみれば、義満の死はまさしく時代を画する事件だったのである。(4)

『三国伝記』が序文に設定した応永十四年は義満の死の前年である。それはとりもなおさず国際的な通商交易活動が頂点に達していた時期、即ち三国の僧俗が集まるのに最もふさわしい時期であった。十分に計算された設定であるとみなければなるまい。それはまた、『三国伝記』の成立がこの年よりもやや後であったことを物語ってもいる。なぜなら応永十四年という年紀がもつ特別な意味は、状況が変化した後になって初めて感知できることであったから。とはいえ、あまり後になると状況の変化に対する回顧の情も薄れてしまう。せっかくの設定も読者に気づかれなければ意味があるまい。読者もそれと気づく時代である必要がある。

応永十三年（明の永楽四年、一四〇六）に来日した明使の代表者は「侍郎兪士吉」であった。明代の「侍郎」は、『明史』「職官志」に「礼部尚書一人正二品、左右侍郎各一人正三品」とあるように、尚書に次ぐ高官であって、その品秩も正三品という高位であった。朝鮮・琉球・占城《チャンパ》（ベトナム南部）・爪哇《ジャワ》などに派遣された明使はふつう「行人」（正八品）であり、前後十二回に及んだ日本への明朝使節も大体五品以下であって、応永十年（明の永楽元年、一四〇三）の正四品左通政趙居任の例が目立つ程度でしかないから、(5)応永十三年の「侍郎」は破格の高官であり、日本側では話題となり記憶するに値する肩書であったと思われる。『三国伝記』の序文に登場する「漢字郎」は、「漢字」と「侍郎」とを掛詞的に結合して虚構された人名とおぼしいが、「侍郎」が掛詞に用いられたのは偶然ではないらしい。

このような諸条件から勘案して、『三国伝記』が成立したのは応永十四年からさほど隔たらない時期、三十五年まで続いた応永の年号の後半か、遅くても次の永享年間に入る頃、西暦でいうと一四一〇年代か二〇年代が一応の目安になるだろうと私は考える。文安三年（一四四六）には『三国伝記』を引用した『壒嚢鈔《あいのうしょう》』が成立しているから、どんなに遅くともそれまでには成立していたはずである。(6)

2　梵・漢・和

舞台を清水寺に設定したのにも理由があったが、これについては後で述べる。その前に、国籍の異なる三人の人物の登場にもしかるべきわけがあったことを明らかにしておきたい。

なによりも梵（天竺）・漢（中国）・和（日本）という三国の組み合わせには先規があった。これは仏教が伝来した道筋なのだ。仏教は天竺で生まれ、中国に伝わり、日本に及んだ。今日でもわれわれの読む経典は漢文であるように、日本仏教にとって中国仏教の影響は圧倒的である。日本に最初に仏教を伝えたのは百済だったが、漢文の経典を用いる点では百済と日本とは兄弟である。つまり梵・漢・和三国は日本の立場から仏教史を回顧するとき、祖父母・父母・自己に譬えられる関係にある。朝鮮半島や中国大陸としか往来の経験がなかった古い時代の日本人にとっては、この三国がそのまま全世界であった。

天竺・震旦・本朝の三部からなる『今昔物語集』はこうした世界観の上に立つ作品の代表例である。『三国伝灯記』『三国仏法伝通縁起』など作品名に「三国」を冠する文献があるが、それらに共通するのは仏教史的な回顧と展望の姿勢である。仏教の伝播した「三国」がそのまま「世界」であったといえば乱暴な物言いに聞こえるかもしれないが、「三国一の富士山」とか「三国一の花嫁」とか、やや古めかしい感じはするものの現代でもまだ生きて使われている表現の「三国」が、まさにこの「世界」の概念で使われた「三国」であることに気づけば、われわれもまたこの「三国」世界観の残滓の中に生きていることを実感せざるをえない。まして『三国伝記』は基本的には仏教説話集といってよい内容をもつ。それが三国構成をもつのに何の不思議があろうか。

一方、僧・俗・遁世者による巡り物語の構想には直接的な典拠があった。この構想は『太平記』巻三十五の「北野通夜物語」を模したものであるらしい[7]。果てしない内乱を語り続けた『太平記』もようやく末尾に近づいた巻三十五、しかし国内はますます混乱をきわめている。建武の中興はとっくに潰え、後醍醐天皇は崩御し、足利尊氏《たかうじ》もすでに没した。新将軍には義詮《よしあきら》が立ったが鎌倉の基氏《もとうじ》との間には不和の噂が高い。畠山道誉《どうよ》が大軍を率いて上京してくるが味方と同士討ちを始め、義詮は西山に逃れる。南朝はこれに力を得て反撃に出てくる。およそ収拾のすべもない絶望的な戦乱が続くなかで、僧・俗・遁世者の三人が北野天満宮参籠のつれづれに、夜を徹して乱世を語り慨嘆し合うのが『太平記』の「北野通夜物語」なのである。

『三国伝記』の成立当時『太平記』はごく新しい作品だったが、『三国伝記』は大量の話をこの新作品に取材しており、序文の構成にも「北野通夜物語」が影響しているらしいのである。だが、この序文の世界は「北野通夜物語」とは対照的に明るい。三国構成それ自体には格別の新味がなかったとしても、三人の語り手を三国に割り振った着想は斬新だった。しかもそれは単なる思いつきではない。実際に三国の人が出会いかねない社会状況があったのである。

義満が没して一月余り後の応永十五年（一四〇八）六月には、若狭の小浜に南蛮船が入港している。国王「亜烈進卿」からの国書を持参していたというから、彼らは漂着したのではない。日本をめざしてきたのである。象や孔雀や鸚鵡など珍しい動物が進上品として都に届けられた。東南アジアおそらく三仏斉国《サムドラ・パセー》（スマトラ島）の船であったと思われるが、南蛮船の入港は応永十九年にも記録されている(8)。

よく知られた事実ではあるが、永享四年（一四三二）に再開された遣明船には楠葉《くずは》西忍《さいにん》なる人物が乗船していた。彼の父は応安七年（一三七四）に来日した天竺人で、義満の庇護を受け、淀川辺の楠葉に土着して日本人女性を妻に迎え、西忍と民部卿入道という二人の子をなした。西忍は商人となって対明貿易に活躍したという(9)。西忍の父が正真正銘の天竺人であったかどうかは保証の限りでないが、南蛮から天竺人と称する人が渡来していたのは事実であり、なかには日本に住み着いて子をなす者もあったのである。これらの記憶を重ね合わせるとき、『三国伝記』序文の「梵語坊」のイメージは、にわかにリアリティを帯びてくるのである。

三国構成にも巡り物語にも先規があった。けれども、たとえ虚構とはいえ舞台をあの開かれた時代に設定し、来日した梵・漢の僧俗と日本の遁世者を語り手として登場させた背景には、後から思えば奇跡のように日本の門戸が外国に向かって大きく開かれていた時代、それもほんの一瞬のうちに通り過ぎてしまった短い一時期の思い出が、撰者の胸に焼きつけられてあったのではないかと私は想像するのである。

3　撰者玄棟の風貌

『三国伝記』の撰者が「玄棟《げんとう》」という人物であったことは、各巻の最初に「沙弥玄棟撰」と明記されていることからわかる。諸伝本のうち版本に限っては「沙門玄棟撰」とある巻もあるが、写本はすべて「沙弥」で統一されているから「沙弥」が正しいのだろう。「沙門」といえば僧侶の別称だが、「沙弥」はまだ一人前でない僧、正式な得度を受けていない僧をいう。玄棟は出家はしていたものの正式な僧侶ではなかったらしい(10)。

玄棟の伝記を探る手掛かりは今のところ皆無に等しいが、彼の生活圏がどこにあったかは『三国伝記』の内容からおぼろげながら推察が付く。彼の生活基盤はどうやら近江の湖東地方にあったらしいのである。

『三国伝記』で和阿弥が語った話（つまり日本の話）を概観すると、かなり印象的な特徴がある。清水寺や長谷寺あるいは日吉大社など古来有名な寺社の話に混じって、われわれには全く馴染みのない寺社の縁起が少なからず見られる。それらの寺社はこの作品以外にはまず登場することがない。地元での知名度はともかくとして全国区的には全く知られていない寺社なのである。

全国的には無名の寺社であっても、もしそこで非常に珍しい事件が起これば、話は全国区的に伝搬してゆく。場合によってはその話一つでその寺社の名が全国に知れ渡ることもありうる。しかし『三国伝記』のこれらの話は多く寺社の縁起なのである。縁起とは寺社の建立や祭祀の起源を語る由来譚である。だから、極端にいえば、縁起は寺社の数だけあってよい。そうしたなかで、ある寺社の縁起が全国区的に流布するためには、その縁起がよほど特殊で注目を集めるか、さもなくばその寺社が全国区的に有名でなければならない。無名の寺社の普通の縁起が流布できる範囲はおのずから限られていたはずである。したがって『三国伝記』のこれらの話はきわめて地方区的な資料に取材したものと想像される。ところが、それらの寺社の所在地は多く近江国、それも琵琶湖の東側、いわゆる湖東地方に集中している。玄棟の生活圏もそこにあったと考えるべきだろう。すると、あの序文に登場した三人の人物のうち、日本の話の語り手として登場していたのが「江州（近江）」の遁世者「和阿弥」であったことが、改めて意味を持ってくる。和阿弥はまさしく玄棟の分身だったのではないか。

『三国伝記』には前述の『太平記』や鴨長明の『発心集』、無住の『沙石集』など、先行の有名作品に取材した話

	巻	話	旧郡	地名・寺社	内容	備考
①	六	6	坂田郡	伊吹山	縁起。弥三郎伝説	
②	六	18	坂田郡	伊吹山長尾寺	覚然上人伝	
③	一	6	坂田郡	磨針山・千松原	日本武尊伝	+@
④	二	12	犬上郡	平流山奥山寺	縁起	+@
⑤	二	18	犬上郡	犬上明神	縁起	
⑥	七	24	愛智郡	百済寺	源重僧都伝	
⑦	四	21	愛智郡	愛知川	三人渡河	
⑧	四	15	神崎郡	宇賀大明神	縁起	
⑨	十一	15	神崎郡	善勝寺	縁起	
⑩	五	3	神崎郡	地福寺地蔵	縁起	+@
⑪	十二	18	神崎郡	上山天神	縁起	
⑫	十一	24	蒲生郡	石塔寺	縁起	
⑬	三	12	（湖南地方）	石山寺・瀬田橋	灌頂縄	
⑭	十二	21	（湖南地方）	仰木・堅田・木浜	放鯉沙門伝	

が多い。それらにも近江に関係する話は少なくないが、先に掲げたのはそうした全国区的に知られた資料ではなく、きわめて地方区的な、近江の資料に拠っているとおぼしき話の一覧表である。これらは独立して一話を形成している場合もあれば、他の話の一部に付け加えられている場合もある。備考欄に「＋@」とあるのが後者の例であるが、その場合でも、主要な部分と付け加えられた部分との切れ目が明瞭で、主要部分とは別の資料に拠っていることが明白なのである。

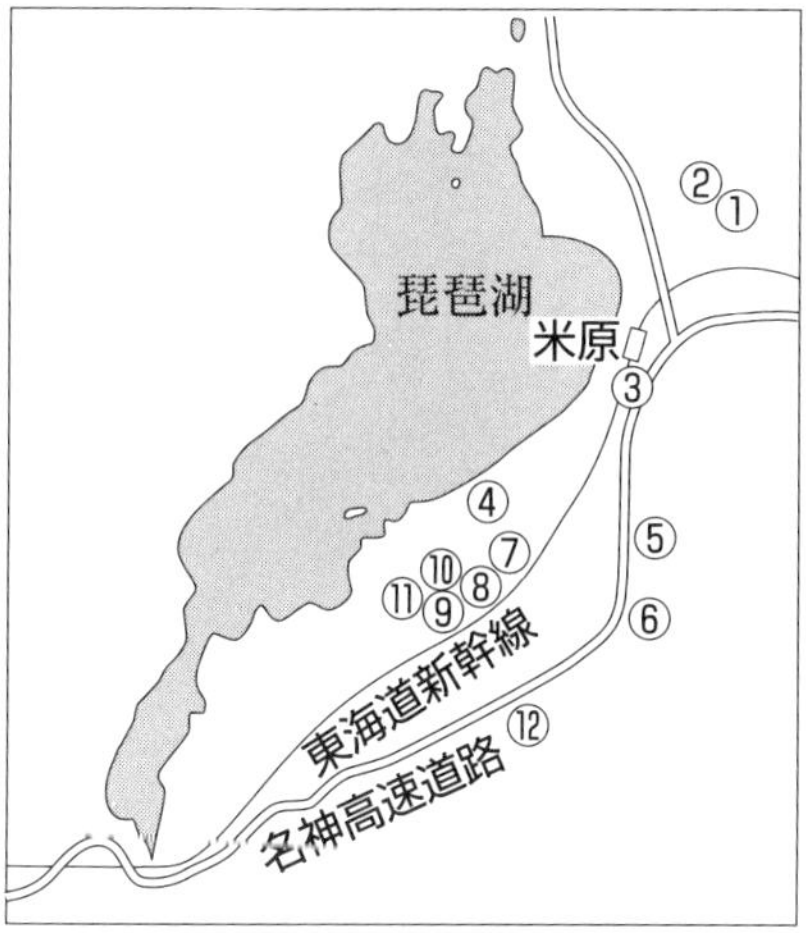

図４　地方区的説話の分布

　現在の地名でいえば関ヶ原・伊吹山の付近から米原・彦根を経て安土・近江八幡付近に至る地域に分布しているが、とくに⑧⑨⑩⑪はすべて東近江市の旧神崎郡能登川《のとがわ》町域にあって、最も離れた⑧と⑪でも直線距離は約一キロメートル、地図で見ると針の先のように狭い地域に集中している。なかでも中核に位置するのが同市佐野町にある⑨善勝寺である。⑩地福寺は善勝寺の子院で善勝寺の入口に位置し、⑪上山《うえやま》天神は同市猪子《いのこ》町にあって善勝寺とは峰続きに隣接する地点にあり、後に述べるように中世には善勝寺と特別の縁で結ばれていた。⑧宇賀《うが》大明神は同市神郷町にある乎《お》加《か》神社の別名。上山天神の東隣の地域の産土神である。これらは距離的に近いだけでなく密接なネットワークで結ばれていた寺社であるらしい。

　その中核をなす善勝寺の縁起が、巻十一第15話「良正上人事并江州善勝寺本尊事」である。その主要部分を読んでみよう。

　和云く、江州神崎郡善勝寺と申すは、聖徳太子の叔父良正上人の開基、坂上《さかのうへ》の田村丸の再興の寺なり。聖徳太子とは三世の宿願に酬《むく》ひ、七生の加行《けぎやう》に住し、終《つひ》に和国の幼生を感じ、日域の化主となれるなり。西天の真典を伝へ、弘《ひろ》く諸悪莫作《しよあくまくさ》の教法を勧め、東海の妙法を演《の》べ、普《あまね》く捨邪《しやじや》帰正《きしやう》の真路を示す。これに依りて、慈雲広く三千大千の含識《がんしき》に覆ひ、徳光遠く六趣四生の迷類を照らす。このゆゑに十一面の尊容、利益《りやく》殊に勝れ、三十三身の別体、化土《けど》区《まちまち》に分かれたりとて、手づから観音の尊像を作り、良正上人に付属し、古仏転法輪の霊崛《れいくつ》、善勝の道を示し給ふ。

上人、青竜の地を得て、白善の砌《みぎり》を開けり。山翳《さんえい》樹を払うて、一宇の精舎を建てんとするに、石巌数仭《すうじん》の下、弥勒の霊像を得たり。その尊容生身《しやうじん》にして、異香実《まこと》に芬々たり。すなはち安置して観音に並べ奉り、両本尊とす。安養を願ふ人は必ず大悲の来迎に預かる。兜率《とそつ》を期す輩は速かに大慈の引摂《いんぜふ》を得るといえるなり。結衆《けつしゆ》心を一つにして鵞王《がわう》の教へを弘め、諸人力を合はせて雁塔《がんたふ》の構へを興《おこ》するに、長《たけ》三丈三尺、広さ五寸八分の宝剣を土の中より掘り出せり。銘ありて曰はく「諸悪莫作、諸善奉行」と云々。前仏の遊処、伽藍の旧基といふこと明らかなり。

聖徳太子は衆生を救済するため自ら十一面観音の像を刻んで、叔父の良正上人に託した。上人がこの地に寺院を建立するため整地すると、大巌石の下から弥勒菩薩の像が掘り出された。そこで観音と弥勒を並べて安置し、両尊を本尊とした。さらに建立の業を進めると、今度は「諸悪莫作、諸善奉行」と銘のある宝剣が発掘された。これによりこの地が「前仏の遊処、伽藍の旧基」であることがわかったというのである。縁起はさらに続いて、この宝剣を鎮守の壇の下に埋めたこと、その後「坂上田村丸」が当寺に帰依したこと、彼が将軍となり四海を鎮めることができたのは、この本尊の加護によることなどを語っている。

聖徳太子の叔父良正上人については他に所伝がなく、実在の人物とも思えないが(11)、神崎郡から蒲生郡にかけては聖徳太子開基伝説を持つ寺院が集中している(12)。この話はその変奏曲の一つと見てよいだろう。

善勝寺はJR能登川駅から南東へ一キロメートル弱、繖《きぬがさ》山の北端にある。繖山はおおまかに言って南北二つの

図５　善勝寺の山門

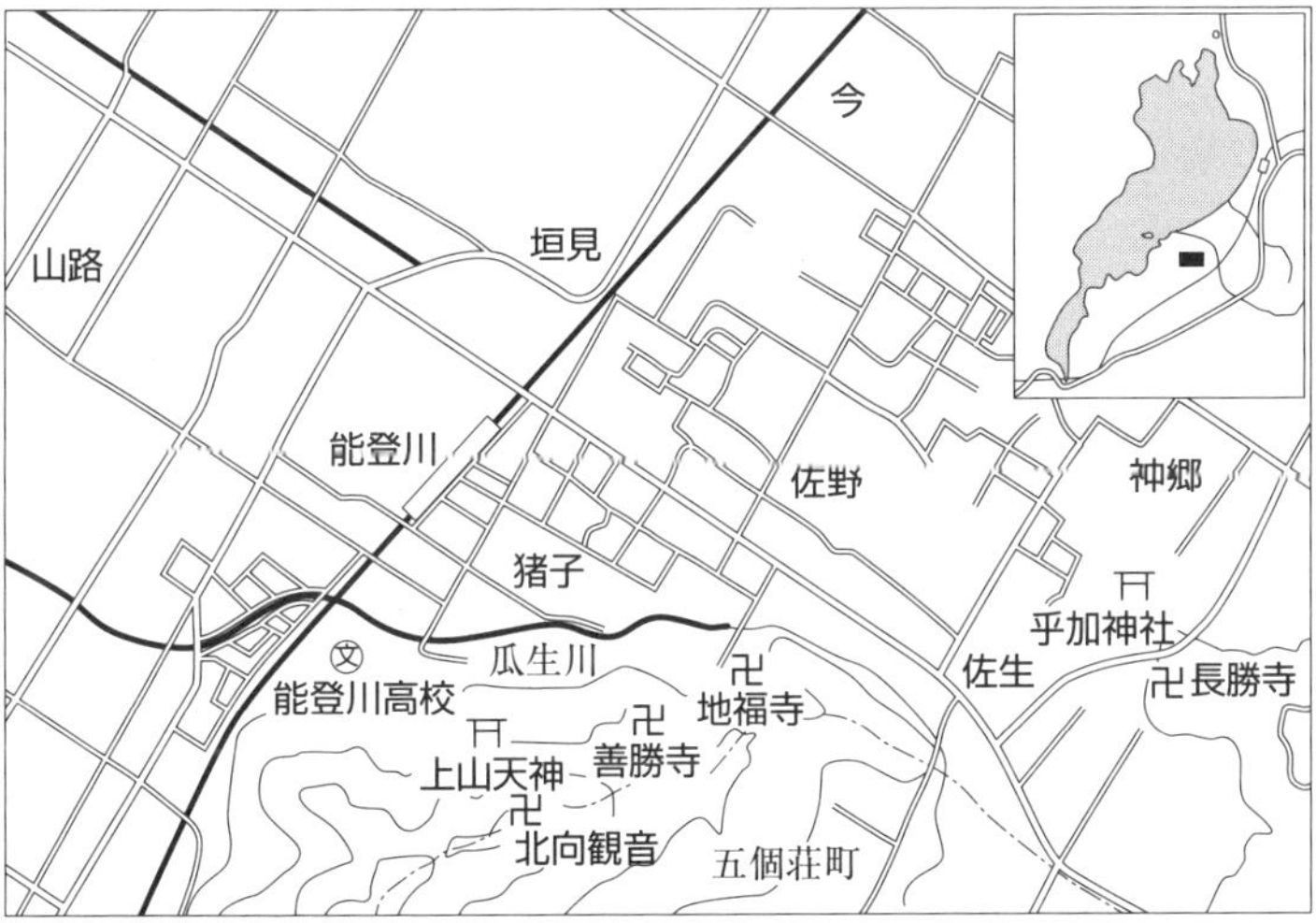

図６　善勝寺とその周辺

峰からなり、南峰の山上には西国三十三所の札所として知られる観音正寺《かんのんしょうじ》や絵巻物『桑実寺縁起《くわのみでら》』で知られる桑実寺、北峰の山腹には安楽寺や石馬寺《いしばじ》などがあって、それぞれ聖徳太子開基伝説を伝えている。とくに南峰は「きぬがさ」の名のとおり笠型をした美しい形の山である。

善勝寺は北峰のそのまた北端の中腹にある。木立の中の参道を登っていくと、絵本で見た竜宮城のような山門（竜宮門）が迎えてくれる。緑の木々や竹林に包まれて静寂のただよう曹洞宗の寺院であるが、織田信長の兵火に罹って全滅するまでは七十の坊舎を連ねた天台宗の大寺院であったという。(13) 曹洞宗になったのは焼亡以来廃絶していたのを正保四年（一六四七）に再興して以来のことという。坊舎七十とは言い過ぎだろうが、相当に大きな寺だったことは、いまも参道の両側に崩れ残っている苔むした石垣や、林の中に坊舎の跡らしい平地がいくつも見られることから十分に想像できる。

4　善勝寺縁起

聖徳太子の開基伝説がある寺院の本尊はなぜか観音が多い。繖山の寺でいえば安楽寺、観音正寺、石馬寺など皆そうである（桑実寺は天武天皇開基と伝え、本尊は薬師如来）。太子を救世観音の化身とする伝承があったためであろう。善勝寺は観音と弥勒とを合わせて本尊とするところに特色があるが、弥勒も太子と浅からぬ因縁があった。太子が秦河勝《はたのかわかつ》に与えて蜂岡寺（後の広隆寺）の本尊としたのは百済から伝来した弥勒像であり、太子とともに仏教受容に努めた蘇我氏が祀ったのも弥勒の石像であった。(14)

善勝寺の弥勒像が大巌石の下から発見されたというのは、繖山は至るところに巨岩が露出する山で、善勝寺付近には数十基の横穴古墳があるという地理的状況と関係している。仏像の発掘はもちろん宝剣の発掘も、そこが聖地であることの表象である。仏教の創始者釈尊は数々の苦行の末に悟りを得て仏陀となった。けれどもその悟りは決して釈尊だけが得た一回限りのものではない。それが不滅の真理である以上、その真理自体は釈尊とは関係なく恒久的に存在する。したがって釈尊以前にもその真理を手にした者（仏）はあったはずであるし、釈尊以後にも現われるはずである。釈尊以前には六人の仏が存在したという。毘婆尸仏《びばしぶつ》・尸棄仏《しきぶつ》・毘舎浮仏《びしゃふぶつ》・拘留孫仏《くるそんぶつ》・拘那含牟尼《くなごんむに》仏《ぶつ》・迦葉仏《かしようぶつ》の過去六仏である。また、釈尊の次にその真理を手にすることが約束されているのは弥勒菩薩であり、これを未来仏という。ただし、それは釈尊が入滅してから五十六億七千万年後という気の遠くなるような未来の話である。過去仏が出現したのもこれと同様、数値で表わすのは無意味なほどに遠い過去のことであったという。

それらの仏たちに共通する悟りの内容を端的に表わすのが「諸悪莫作、諸善奉行」という偈《げ》であり、これを共通偈または通戒偈という。したがってこれを刻んだ宝剣が出土したことは、この地が悠久の昔に過去仏（前仏）に有縁の地であったことを意味する。[15] そんな過去に漢字があったのか、なぜ腐食もせずに残存したのかなどと疑うのは現代人の理屈である。そもそもこの宝剣は「長さ三丈三尺、広さ五寸八分」であったという。メートル法でいえば長さ約一〇メートル、幅二〇センチ足らず。この寸法自体がわれわれの常識を遥かに越えている。だが驚くことはない。その悠久の過去の人間がわれわれと同じ身長、同じ寿命であった保証はない。むしろこの常識を越えた寸法こそが、逆に悠久の過去、前仏の時代の遺物であることを物語っているのではないか。[16] 中世の寺社縁起とはそういう論理で成り立っている世界なのである。

『三国伝記』の寺社縁起はこのような論理を華麗な文飾に包んで展開する。善勝寺の縁起も例外ではない。先に紹介した部分の後には次のような描写も見られる。

> なかんづく眺望を云へば、嵩山《すうざん》西に囲繞《ゐねう》して風宝車《ほうしや》の粧《よそほ》ひを廻《めぐ》らし、洛川《らくせん》東に流出して橋到岸《たうがん》の道を来たせり。雁《かり》漢北に字一行を点ずれば、浪《なみ》湖面に花千片を翻《ひるがへ》し、廬山《ろざん》の秋の月、金谷《きんこく》の春の花、喩《たと》へんとするに足ら

ず。

善勝寺からの美しい眺望を述べているが、たったこれだけの短い描写の中に、『新撰朗詠集』眺望の「嵩山囲繞興渓霧、洛水回流入野煙（嵩山囲繞して渓霧を興《おこ》し、洛水回流して野煙に入る）」（為政）と『和漢朗詠集』眺望の「風翻白浪花千片、雁点青天字一行（風白浪を翻す花千片、雁青天に点ず字一行）」（白氏文集）という二つの漢詩が踏まえられている。非常に技巧的な文章なのである。この二つの『朗詠集』を駆使して文飾をこらすのが玄棟の得意とするところであったことは、先に見た序文の一節で、三人の僧俗が清水寺で月の出を待つ場面を「丁亥八月十七夜の宵の間に、山を望めば幽月なほ影を蔵《かく》し、砌《みぎり》に聴けば飛泉うたた声を倍《ま》す」と語っていることからもわかる。これは『和漢朗詠集』秋晩の「望山幽月猶蔵影、聴砌飛泉転倍声（山を望めば幽月猶影を蔵す、砌に聴けば飛泉うたた声を倍す）」（菅三品）をそっくりそのまま利用したものである。序文はもっとも確実に玄棟本人が書いた文章といえようから、それと共通する技法を持つ善勝寺の縁起には玄棟の技法が確かに生かされていることになる。

では、玄棟は善勝寺の縁起資料を偶然に入手して勝手に文飾を凝らしたのだろうか。そうではないらしい。実際に善勝寺の地に身を置いてみると、これは意外に現実を踏まえた描写であることがわかる。玄棟はこの寺の地理を熟知していたらしいのである。

『新撰朗詠集』のいう「嵩山《すうざん》」は京都の東山、「洛水」は鴨川を意味しているが（元来は中国洛陽の山と川の名である）、ここでは善勝寺の背後の繖山と寺の前を流れる瓜生川《うりゅう》になぞらえている。善勝寺は繖山の北端をやや登ったところにに位置するから、寺から見ると南に続く山体は稜線に隠されて見えず、山は東西に連なって見える。しかも西側が高く見えるのである。「嵩山西に囲繞して風宝車の粧ひを廻らし」は実景を踏まえている。

また、寺の麓には東から西へ瓜生川が流れている。大きな用水路という程度の川幅だが清澄な水がたっぷりと流れている。旧能登川町域は水に恵まれた地域だ。中世の寺域は山麓から中腹にかけて広がっていたらしく、寺域に入るには是非ともこの川を渡らなければならない。現在もそうであるように中世にも参道には橋がかかっていただろう。「洛川東に流出して橋到岸の道を来たせり」は実景であったに違いない。

先の句にあった「宝車」とこの句の「到岸」は、『法華経』譬喩品《ひゆほん》で一乗妙法に譬えられている「大白牛車《だいびやくごしや》」と、それによる「到彼岸《とうひがん》」の意味を含ませた文飾であるが、その到岸の道が「橋」によってもたらされると語っているのは、実際に橋があって寺域への入り口を象徴する役割を果たしていたからだろう。つまり、この文飾を施した玄棟はこの寺の地理を熟知していたのであり、この寺と何か深い関係で結ばれていたに違いないと想像させるのである。

5　善勝寺の周辺

私は最初からこのような結論に達したわけではない。遠隔地に住む私には土地勘がなかったし、善勝寺がどのような場所にあるのかも知らなかった。しかし『三国伝記』の本文を読んでいるうちに、この寺が気にかかって仕方がなくなった。そこで私は実際に現地を訪ねてみることにしたのである。

変わった訪ね方だったと思う。寺の裏山の上の方からおよその見当をつけて急坂の細道をしゃにむに下り、一体いま自分がどこにいるのか、心細くなりかけたころ、突然足元に小さな平地が見えたと思ったら、そこに善勝寺の本堂が建っていたのである。

そんな訪ね方になったのは、後に述べる上山《うえやま》天神を先に訪ね、その背後の山に登って眺望を楽しんでいたからである。山頂には大磐石があり、『三国伝記』に登場する湖東の寺社の大半を見渡すことができた。私は地図を片手にそれらしき地点に目を凝らしながら秋晴れの大展望を楽しんだ。

さて、裏山からころがり出たように善勝寺の境内に立って、周囲をおもむろに検分した私は、だんだん興奮を止めがたくなった。見渡す周囲の情景と先程山頂で確かめた眺めを総合すると、この寺の地理的状況は『三国伝記』の縁起で見た文句そのままである。あの文句は実景を踏まえていたのだ。そう気がつくと、目の前の木立や参道の石ころの輪郭まで急にはっきり見えてきたような気がした。

それからしばらくして、私は一つの論文を書き、玄棟はこの寺の地理を熟知していたはずだと書いた(17)。この推定はやがて黒田彰氏の研究(18)によって思いがけない角度から傍証を得た。黒田氏はまず『和漢朗詠集』の注釈書である『和漢朗詠集和談鈔』を調査して、それが『三国伝記』の直接的な典拠となっているらしい事実を発見した。そして、その『和談鈔』の東大本と慶大本の跋文に、同書が善勝寺の近辺で成立したことを意味する記事があることを明らかにされたのである。

その跋文は「江州神崎郡大谷山」の善勝寺の縁起と珍しい「白二王」（白色の仁王。現存しない）について述べ、応安年間（一三六八〜七五）の大風で門閣が破《は》顚《てん》した時にも二王は無事であったと記した後に、一転して自身の子息について語っている(19)。

この寺に一人の蒙童あり。予の愚息なり。天性遅鈍にして君子の儒たるべからず。朝《あした》に垂堂《すゐだう》し夕《ゆふべ》に庭を趨《はし》る。これに因りて、応永作噩《さくがく》の旬《ころほひ》、和漢の平地に一簣《いっき》の土壌を覆《こぼさ》しめんと欲し、彼がために朗詠集を和談するに、ただ石を以て水に投ぐるがごとし。ここに於いて、卅里《さうり》の思期を待ちて、私に鈔して之を書けり。（原文は漢文）

作者は善勝寺にいるわが子のために『和談鈔』を作ったという。製作時期は「応永作噩《さくがく》の旬《ころほひ》」。作噩は酉年の意で、応永年間には十二年（乙酉）と二十四年（丁酉）の二回酉年があったが、『和談鈔』のもう一つの伝本である静嘉堂文庫本の上甲巻の奥書には「本云」として、

応永十二年乙酉四月四日、左衛門尉源高定書云々。

とある。東大本・慶大本のいう酉年も応永十二年（一四〇五）をさすと見てよいだろう。すると、これは『三国伝

記』の序文で三国の僧俗が清水寺で出会ったという応永丁亥の年（十四年）から僅か二年前に書かれたことになるのである。

静嘉堂文庫本の奥書にみえる「源高定」は、戦国時代の近江に勢力をふるった佐々木六角氏の一族かと思われるが、いまだ世系等を明らかにできないでいる。この高定と玄棟とがどんな関係にあるのかもわからないが、『和談鈔』は東大本・慶大本の跋文にいう経緯からみて、成立してすぐ善勝寺に納められただろうから、同書が成立して間もなく、まだ世間にあまり流布していない時期に利用できた玄棟は、いかにもこの寺に有縁の人であっただろうと納得させられるのである。

『三国伝記』が善勝寺の周辺で（あるいは善勝寺の内部で）成立したとすれば、序文の舞台が清水寺であったことが大きな意味を持ってくる。なぜなら、清水寺の本尊は善勝寺と同じ十一面観音であり、善勝寺の縁起が同寺の再興者と説く坂上田村麻呂は、清水寺の縁起では建立者と伝えている。善勝寺が全国区の寺院でないことは玄棟にもわかっていた。三国僧俗の邂逅《かいこう》の舞台とするのは無理である。では善勝寺を拡大投射して京都の有名寺院に置き換えるとすればどうか。その場合には清水寺ほどふさわしい寺院はほかにない。序文に登場する江州の和阿弥が玄棟の分身であったのと同様に、序文の舞台の清水寺の背後には善勝寺の影が透けて見えているような気がする。

ただし、以上はきわめて大胆に整理した言い方であって、細かく言えば問題はまだ限りなく残されている。黒田氏や牧野和夫氏が指摘されているように、(20)『三国伝記』は説話の取材にあたって、原典を直接見るのではなく注釈その他の間接的資料を多用している。たとえば中国説話はかなりの部分を『胡曾詩抄』に取材しているが、(21)『胡曾詩抄』は中国晩唐の詩人胡曾の『詠史詩』百五十首を注釈したものであり、作者は玄恵《げんえ》法印と伝えている。玄恵は『太平記』の改定再編者あるいは作者の一人に擬せられる南北朝時代の僧侶である。原典の『詠史詩』は中国古来の歴史的故事を詩に詠じたものであるから、それ自体がすでにして一種の注釈であるが、そのまた注釈書である

『胡曾詩抄』はさらに多くの歴史説話を含んで一種の説話集といえる。しかもそれは日本で受容され、日本人に親しく消化された形での説話なのである。

『太平記』もまた『三国伝記』の有力な取材源だったが、『太平記』の語る中国故事も『胡曾詩抄』と同様、日本的に消化された後の中国説話である。つまり『太平記』も漢籍に直接依拠したとは限らず、むしろすでに日本的に受容された資料を利用している蓋然性が高いし、『和談鈔』とて同様のことがいえそうであるから、突き詰めてゆけば『三国伝記』が利用したのも実は『太平記』や『和談鈔』そのものであったとは限らず、それらは共通の基盤の上に立っているだけだということもできる。(22) つまり現在の段階でこの種の問題にこだわるなら、際限のない疑惑の中に溺れていくばかりである。『三国伝記』は近江の善勝寺に有縁の玄棟によって作られたらしい――ここではまず、このことだけを確認して章を閉じることにしたい。

注

(1) 『教言卿記』応永十四年（一四〇七）八月十七日条。

(2) 『大日本史料』応永十四年（一四〇七）八月十七日条所引「応永十四年暦日記」。

(3) 日本に派遣された明の使節の人数は、永楽二年（一四〇四）には百三十四人、その翌年は三百余人であった。それ以外の年については記録がない。明は海禁政策をとり、官使以外の海外渡航を禁止していたが、現実にはその禁を破って私貿易に従事するものが少なくなかった。
鄭樑生『明・日関係史の研究』（雄山閣出版、一九七五年）第三章第四節「明日使節について」、第五章「貢船中絶後の貿易」参照。

(4) この頃の日本が置かれていた国際的な状況については、田中健夫「室町時代における日本と海外諸外国との関係」豊田武／ジョン・ホール編『室町時代―その社会と文化―』（吉川弘文館、一九七六年）に要約。明側から見た状況については、前掲鄭樑生氏の『明・日関係史の研究』に詳しい。巨視的な展望については、今谷明「一四～一五世紀の日本―南北朝と室町幕府」（『岩波講座日本通史・第9巻・中世6』岩波書店、一九九四年）参照。

（5）前掲鄭樑生『明・日関係史の研究』一八五頁。

（6）今野達「壒嚢鈔と中世説話集―付、三国伝記成立年代考への資料提起―」（専修国文〈専修大学〉第4号、一九六八年）。

（7）安藤直太朗「三国伝記の成立に関する考察―殊に沙石集・太平記との交渉について―」（国語国文学研究〈名古屋国語国文学会〉第2輯、一九四〇年）。ただし『太平記』にはこのほかにも類似の設定があるし、『太平記』の設定そのものが当時のある種の「語り」の方法を踏まえたものであるとすれば、『三国伝記』序文の構想に影響を与えたものが何であったかは容易には決められない。『三国伝記』をめぐる論議ではあらゆる場面においてこの種の疑惑を想定し、逡巡を要求されるのが現在の研究史的状況であるが、ここではあえて「蛮勇」をふるった言い方をしている。乱暴な見取り図がそれゆえに一種の挑発として機能するならば、それはそれで意味のあることだろう。

黒田彰「太平記から三国伝記へ―朴翁天竺震旦物語をめぐって―」（日本文学　一九九一年6月号）、同「三国伝記―三人の語り手を想定した説話集―」（解釈と鑑賞　一九九三年12月号）など参照。

（8）『大日本史料』応永十五年（一四〇八）六月二十二日および同十九年（一四一二）六月二十一日条所引「若狭国税所今富名領主代々次第」。折しも、明では東南アジア、インド洋方面にいわゆる「鄭和の大遠征」が行なわれつつあった時代であり、アジアの海は通商交易に躍動していた。宮崎正勝『鄭和の南海大遠征―永楽帝の世界秩序再編―』（中公新書、一九九七年）参照。

（9）田中健夫「遣明船貿易家西忍とその一族」（『中世海外交渉史の研究』東京大学出版会、一九五九年）。日明交易に関しては、佐々木銀弥『中世の流通と対外関係』（吉川弘文館、一九九四年）参照。

（10）玄棟が正式な僧侶ではない「沙弥」であったことの意味は、改めて問いなおしてみる必要がある。後に述べる『三国伝記』と修験との密接な関係もこのことに関係しているかもしれない。

（11）出羽の羽黒山の開祖は「聖徳太子の叔父」の「能除皇子（弘海・蜂子皇子）」と伝えている。「良正」ではないが、太子の叔父としての共通性は注目に値する。島津伝道「羽黒山修験道要略」（『出羽三山と東北修験の研究』〈山岳宗教研究叢書〉名著出版、一九七五年）参照。

(12) 神崎・蒲生郡には聖徳太子開基伝説の寺院が多く、その北側の犬上・愛知郡には行基開基伝説をもつ寺院が集中している。田中日出男『近江古寺風土記』（学生社、一九七三年）。

(13) 『近江輿地志略』巻七十「神崎郡佐野村善勝寺」条。

(14) 『日本書紀』敏達天皇十三年秋九月条および推古天皇十一年十一月条をはじめ、各種の聖徳太子伝、広隆寺縁起の類に喧伝している。

(15) 『金剛峰寺修行縁起』の「地下掘出一宝剣、長五尺広一寸八分。則如〔知?〕前仏遊処、伽藍旧基也」をはじめとして例が多い。なお、仏教と有縁の聖地たる所以は過去仏の遺物だけでなく、釈尊以後の伝説的遺物によっても証明される。その代表はアショカ王（阿育王）が全世界に建立したという八万四千塔である。わが国では『渓嵐拾葉集』以下の諸書に近江国蒲生郡の石塔寺の石塔をその一つとする伝承が著名。『三国伝記』では巻十一第24話「三河入道寂照事」の一部に記録されている。

(16) 釈尊の身長は一丈六尺（通常人の三倍弱）とされ、仏像も丈六を法量（基準となる大きさ）とするが、過去仏ははるかに巨大で、たとえば過去第六仏の迦葉仏は身長十六丈、人寿二万歳、第四仏の拘楼孫仏は身長二十五由旬、人寿五万歳、第一仏の毘婆尸仏に至っては身長六十五由旬、人寿八万歳であったという（『法苑珠林』巻八「千仏篇七仏部」所引『長阿含経』および『観仏三昧海経』）。

(17) 拙稿「説話・縁起の作者―『三国伝記』についての試論」（日本文学　一九七八年7月号）〔本著作集第二巻『説話と記録の研究』第三編第五章に再録〕。

(18) 黒田彰『中世説話の文学史的環境』（和泉書院、一九八七年）。初出は「三国伝記と和漢朗詠集和談鈔(1)・(2)」（国文学〈関西大学〉第58・59号、一九八一・八二年）。

(19) 『和漢朗詠集和談鈔』の本文は、伊藤正義・黒田彰編著『和漢朗詠集古注釈集成・第三巻』（大学堂書店、一九八九年）所収。

（20）前掲黒田氏『中世説話の文学史的環境』、牧野和夫『中世の説話と学問』（和泉書院、一九九一年）および「三国伝記と太平記の周辺」（説話文学研究　第25号、一九九〇年）など。

（21）前掲黒田氏『中世説話の文学史的環境』、同『胡曾詩抄』〈伝承文学資料集成〉（三弥井書店、一九八八年）。

（22）小秋元段「太平記と三国伝記との間に介在する一、二の問題」（実践国文学〈実践女子大学〉第47号、一九九五年）。

第二章　飛来した神

1　上山天神縁起

滋賀県は琵琶湖を真ん中によく纏まった県域をもつ。けれども気候風土は複雑だ。冬になると湖北は深い雪の下に埋もれる。琵琶湖の北はもう北陸なのである。

湖南では瀬田の唐橋が小春日和に霞んで見えていたのに、北に進むにつれて地面に雪が見えるようになる。米原まで来るともう雪国といってよい。小春日和の国と雪国との境界線をどこかに引くとすれば、やはり繖《きぬがさ》山だろう。JRの在来線で北上する場合には、近江八幡の次の安土駅を過ぎてまもなく通過する短いトンネルが境になっているような気がする。繖山の南峰とその西側に小さく突き出た安土山との間の細くくびれた鞍部を貫く短いトンネルだから「トンネルを出ると雪国だった」というほど鮮やかにはいかないが、急に気候が変わって驚くのはいつもこのあたりである。

安土山には信長の安土城があった。安土の次の駅は能登川である。安土のトンネルを出て繖山の西麓に沿って走ってきた電車はすでに山の北端にさしかかっている。能登川で下車して、駅に着く直前に見えた県立能登川高校の建物を目標に歩くと、高校の左手から上山《うえやま》天神への参道が始まっている。

坂道の参道一帯は公園として整備されていて気持ちがよい。なんとなく荘厳な雰囲気がただようなかで、まもなく道の右側に船形をした巨岩が現われる。傍らにその岩を御神体として祀る岩船社がある。上山天神はこの岩船に乗ってこの地に来たり給うたのである。そこから本殿まではもう一息の登りである。

この神社の縁起は『三国伝記』巻十二第18話に「上山天神御影向事」という題名で収められている。善勝寺の縁起と同様文飾の網をかぶせられているが、具体的な叙述がみられるのは前半の部分である。

　和云く、近江国神崎郡上山天満大自在天神と申すは、天慶年中に高島の比良《ひら》の山の辺より光り物出で来たりて、湖の上を東へ光明を放ちて渡り給ふ。諸人奇異の思ひを成すところに、岩の御船に奉りて、御冠・直衣《なほし》赫《かく》奕《やく》たり。

その御船を当山の麓に移して、今の勝菅の岩窟に飛び入り給ひけるに、一夜のうちに峰には古松《こしよう》生じて梢を並べ、麓には老杉《らうさん》秀でて朶《えだ》を交へたり。翠嶺《すいれい》東南に廻《めぐ》りて仏眼《ぶつげん》山の粧《よそほ》ひ色を愧《は》ぢ、蒼湖《さうこ》西北に湛へて僧耳《そうに》河の波音を譲れり。

　一条院の御時、神託に依りて今の廟社《べうしや》に崇め奉らる。それより以来《このかた》、霊神の威徳普《あまね》く天に満ち、無辺の済度《さいど》国土に自在なり。

天慶年間（九三八～四七）、比良《ひら》山のあたりから光り物（発光体）が現われて湖上を東に飛んできた。人びとが驚いて見上げると、岩の船に乗って冠・直衣《のうし》に身を正した神が赫奕《かくやく》と光り輝いていらっしゃる。神はその船をこの山の麓に乗り捨てて勝菅の岩窟に飛び込まれた。その時、峰には一夜のうちに松の大木が生え、麓には杉の老木が枝を並べた。一条天皇の御代（九八六～一〇一一）、神託によっていまの社殿に祀られるようになった、というのである。

いたって短く簡単な構造の縁起だが、光り物はなぜ比良山の方から来たのか、飛んできたのは何者だったのか、

図７　上山天満宮

図８　船形の巨岩と岩船社

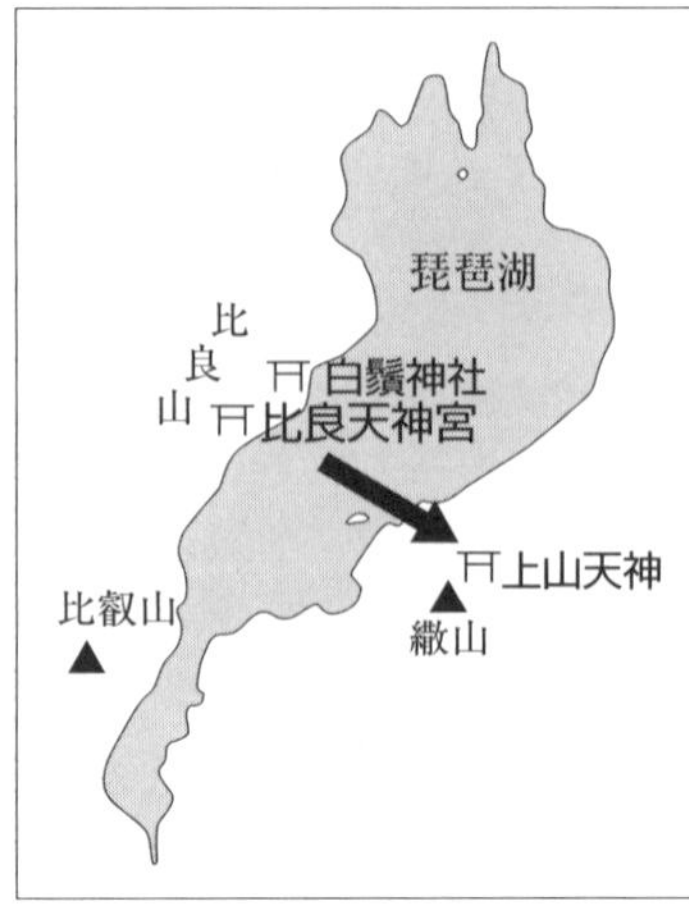

図９　飛来した上山天神

図10　上山天満宮境内の磐座

大木が生えたのにはどんな意味があるのか、光り物が岩窟に飛び込んだ年代と社殿が作られた年代とのずれは何を意味しているのか、またそれぞれの年代にはどんな意味が込められているのか等々、こだわり始めると気になる問題がいろいろとある。「どうせ史実ではない」と決めつけてしまえばそれまでである。だが、決めつけてしまうと見えるものまでが見えなくなる。むしろこうした疑問にこだわった時にのみ見えてくる事実があることを忘れてはならない。

岩船に乗ってきた神は冠・直衣姿であったという。おそらく菅原道真《みちざね》の姿がイメージされているのであろう。けれども「上山天神は天神社だから、祭神は道真に決まっている」と決めてかかってはならない。祭神が道真ではない天神社、文字通り天《あま》つ神の社もあるからである。

2　比良の天神

光り物は「高島の比良の山の辺」から飛んできたという。旧高島郡（現高島市）は琵琶湖の西岸、上山天神から見れば対岸の地である。そこに聳える比良山の辺には何があったのだろうか。

比良連山は最高峰の武奈《ぶな》ヶ岳でも標高一二一四メートル、数字でみると高い山ではないが琵琶湖に面した東側は湖畔まで一気に薙ぎ落ちており、麓から見上げる山容には威圧感さえ漂う。堅田のあたりから比良の麓に沿って北上すると、もともと乏しかった湖畔の平地がますます狭くなり、ついには山脚がそのまま湖面に接するところに白《しら》鬚《ひげ》神社がある。旧高島郡（現高島市）鵜川《うかわ》の地で、湖中に立つ赤い大鳥居で知られる。これが現在もっともよく知られた比良の神であろう。厳密にいえば鵜川は元来滋賀郡に属し、高島郡に編入されたのは近代それも戦後のことである。しかしこの縁起にいう高島がおおまかに湖西方面をさしているとするなら、この神の存在は無視できない。検討しておく必要があるだろう。

この神は、奈良の東大寺建立のときには良弁僧正の前に老翁となって現われ、現在の石山寺の地を譲って如意輪観音を祀らせたといい（石山寺縁起）、最澄が比叡山に根本中堂を建てたときには老人の姿で現われて、釈尊が成道して衆生を教化したときにはすでに老齢で参詣できなかったと語ったといい（古事談）、琵琶湖が七度葦原に変じたのを見てきたほどの超老齢の翁で、仏教結界の地として釈尊に比叡山の地を譲ったとも伝える（『曾我物語』、謡曲『白髭』など）。つまり、この神は比良山だけでなく比叡山やさらに南の石山付近まで含む一帯の山々の地主神として理解され、その化現は驚くべき長寿の老翁としてイメージされていたのである。(1)

この神の老翁イメージはおそらく「白鬚」の名に原因している。けれども「白鬚」と漢字を当てるようになったのは案外新しいのかもしれない。この神は元来帰化人とともに渡来した神で、韓国・朝鮮語の「百済《ベクチエ》」が同音の「白鬚《ベクチエ》」に転化し、それが日本語で「しらひげ」と訓まれるようになったという説もあるからである。(2) ついでにいえば、日本人が「百済」を「くだら」と呼ぶのは、韓国・朝鮮語で大国の意の「クナラ」を「百済」の訓みに転用したものといわれる。「白鬚」を称する神社が最も濃密に分布するのは埼玉県、即ち武蔵国の北部であるが、これも古代同地に百済・新羅・高句麗からの帰化人が大量に移住したことと対応している。

琵琶湖のすぐ北は若狭湾つまり日本海である。湖西の白鬚神社は日本海経由で流入した大陸文化の足跡を示すものであり、渡来神としての由来が忘れられるとともに「白鬚」の字面から老翁イメージが生まれ、さらには一帯の地主神としてイメージされるようになったといえそうなのである。古代の由縁がどうであろうと中世人の理解には関係がないといえば言えるけれども、中世の伝承に例外なく認められるこの神の超老齢イメージは、上山天神縁起にいう飛来した神の姿とは結びつきにくい。飛来したのがこの神であった蓋然性は低いというべきだろう。

ところで、比良の神といえば、もう一つ見落としてはならない神社がある。旧高島郡との境に近い旧滋賀郡（現大津市）北比良にある天満宮である。現在この神社の祭神は菅原道真とされているが、実は道真が神として祀られる以前からこの社は存在していた。もとは比良山の神を祀る社だったのである。

この社の背後には比良山系の一峰早坂山（宮山）が聳えている。その山には神の降臨する磐座《いわくら》があり、地元の人びとは大戸道尊《おおとのじのみこと》と大戸辺尊《おおとのべのみこと》が天降った場所と伝えている。この所伝がいつまで遡れるかは心もとないのだが、この二神は地元の人びとには「早坂の次郎坊」と呼ばれ、毎年九月八日には「山のまつり」として登拝がおこなわれている。[3] 天狗の世界では「愛宕《あたご》の太郎坊」に次ぐ存在だった「比良の次郎坊」とイメージが重ね合わせられているらしい。また、その近くの大物《だいもつ》にあった歓喜寺の縁起資料『日枝山歓喜寺縁起』[4]は近くの木戸《きど》の峰神社の例祭「権現祭り」の由来について、

> 峰に愛宕岩を勧請して、ひらのがたけ（比良のが岳）の内なれば、次郎坊本社として今に六月廿六日に権現祭をこなふ事は、此ゐんゑん（因縁）なり。縁日の次第、廿四日は本愛宕岩、廿五日は太郎岩、廿六日は次郎坊、云々。

と説いており、近世に書かれた縁起ではあるが、ここでも比良の山の神が次郎坊として意識されている。天狗はし

ばしば山伏と一体視されたが、山の神としてもイメージされていたことを記憶に留めておきたい。

山の神は同時に水の神でもあるから、その神は地域に密着したかたちで古くから崇敬されてきたとおぼしい。ところが、その大切な神であったはずの大戸道尊・大戸辺尊の二神が現在は独立した神社さえ持てず、北比良の天満宮の片隅に末社として祀られているばかりなのである。なぜだろうか。結論を先取りしていえば、この二神こその天満宮の本来の祭神であったのだ。正確にいえば、元来は名も知れぬ比良の山の神で、この二神に仮託されたのはずっと後代のことだろうが、その山の神から道真へと祭神の交替が行なわれたのである。天満宮からみて早坂山のさらに奥には比良山系の主峰武奈ヶ岳が聳えている。早坂山の磐座は比良の神が奥深く神秘に閉ざされた奥山から人間たちの山へと降臨し給う聖地であり、その里宮として麓に祀られたのが天満宮の前身にあたる神社だったと思われる。(5)その神も「天降り給うた比良の神」即ち「比良の天つ神」ではあったのである。

それがなぜ菅原道真を祀る「天満宮」に変身したのか。「比良の山の辺」から対岸の上山天神めがけて光り物が飛んだという天慶年間（九三八〜四七）は、天神（道真）信仰にとって記念すべき年であった。京都に道真の御霊を祀る北野天満宮が創建されたのである。その創建に直接関わった者の一人に近江高島郡比良郷の住人神良種《みわのよしたね》がいた。

北野天満宮の創建を語る基本的史料の一つ『最鎮記文』によれば、「近江国高島郡比良郷」に居住する「神良種」が、火雷天神から、我れは「北野馬庭」に鎮座するが、その地には松が生えるであろうとの託宣を受け、朝日寺の僧最鎮と相談していたところ、一夜のうちに数十本の松が生えたので、驚いて北野寺を創建した。その北野寺が北野天満宮の前身であるという。

ところが、もう一つの基本史料『北野天満大自在天神創建山城国葛野郡上林郷縁起』によれば、天慶五年（九四二）七月に右京七条二坊十三町（西の市の付近）で「多治比奇子《たじひのあやこ》」なる人物に天神の託宣があり、北野の右近馬場に自分の祠《ほこら》を作れと告げたという。奇子は卑賤の身を憚って北野には祠を作らず、しばらく自分の家の近くに小祠を作って祀っていたところ再度の託宣があったので、天暦元年（九四七）に北野に移したというのである。(6)

全く異なる二つの所伝の存在は、北野社の創建をめぐって、特にその祭祀権に関して、奇子派と良種・最鎮派の対立・抗争があったらしいことを示唆している。この争いは結局良種・最鎮派の勝利で終焉したらしいが、(7)ここではとりあえず北野社の創建に比良郷の人間が一枚かんでいたらしいことを確認しておきたい。

さて、ここで時代を一気に江戸時代元禄年間（一六八八〜一七〇四）まで下らせ、その頃成立した近江の地誌『淡海録《おうみろく》』(8)に引用されている『志賀郡比良郷天神縁紀』の主要部を次に掲げる。

江州志賀郡比良の天満宮は、天慶五年七月十三日西の京綾子（奇子）といふ女に御託宣、「右近の馬場こそ興ある地なれ、立ち寄り便りを構えよ」とありけれども、身の程の卑しさに社も叶はず、竹の斎垣《いがき》に注連《しめ》引き崇め奉る。同九歳三月十五日、近江国比良の祢宜三和良種《みわのよしたね》は子七歳の小童太郎丸に乗り移り給ひ、幣帛を持て掻い回り、「西七条綾子に示すといへども世に用ひず。（略）我居るには松の種を蒔くべし」と託宣終りこの小童狂ひ覚めたり。良種驚き西の京に至り、綾子・朝日寺の住僧最鎮・法眼鎮世にこの事相談する、その夜北野に千本の松生え、比良村にも松生じたり。これに依りて北野・比良にも御社を建て奉るなり。

ここに書いてあることが史実か否かは問題でない。『最鎮記文』では「比良郷居住神良種」としか書いていなかった良種の素性は、その後の文献になると、「近江比良神人良種」（菅家御伝記）、「近江国比良宮にて祢宜神良種」（天満宮託宣記）、「近江国比良宮にして祢宜三和よしたね」（北野縁起）というぐあいに次第に「比良宮の祢宜」に仕立て上げられてきたように見えるし、良種が祢宜であったという「比良宮」ないし「比良社」が鵜川の白鬚神社なのか北比良の天神社なのかも明らかでないが、それもペンディングのままでよい。要するに、元禄の頃には「比良の天満宮」即ち北比良の天満宮が（少なくとも同社の関係者の間では）良種が北野天満宮と同時に創建した神社だと信じられており、しかも『最鎮記文』にあった北野の一夜松の奇跡が比良にもあったと語られていたという事実を確認すれば、いまはそれで足りる。

北野と比良の天満宮の成立が同時であったかどうか、歴史的にみれば大いに疑問だろう。けれども、いつの頃からか比良の天《あま》つ神の社は道真の天満宮となり、本来の祭神であった比良山の神は主祭神の座を奪われて境内の片隅に追いやられたのである。

このような祭神の入れ替わりは全国いたるところの神社に見られた普通の現象であり、比叡山麓の日吉大社では少なくとも二度の交代があったことがわかっている。即ち最古の祭神は原始的な山神としてのサル（大行事権現）、その後に来たのが二宮（東本宮。大山咋神《おおやまくいのかみ》）、最後に来たのが大宮（西本宮。大和の三輪《みわ》明神）であった。後から来た大宮に主祭神の座を譲った二宮は地主神（産土神）と位置づけられ、それより古いサル神は主祭神の使者と位置づけられて落ちついた(9)。

奈良の春日大社の場合は、常陸の鹿島大神が伊賀国の夏見《なつみ》、薦生《こもお》（ともに名張市）を経て大和国の安部山《あべ》（桜井市）に来たり、次いで三笠山の榎本明神の譲りを受けて現社地に鎮座したという。榎本明神はいったん安部山に身を引いたものの参詣人なく祭礼もない寂寥に堪えかね、春日社の瑞垣《みずがき》の外（回廊の軒下）に帰住を請うて許されたという。以来説話の世界では榎本明神は春日の神の使者として活躍する(10)。

こういう場合、地位の入れ替わりが平和裡に行なわれようと闘争を伴おうと、主祭神の座を奪われた神が神としての尊厳までを失うことはなく、末社になるか神使になるか、あるいは他所に移住するかして何とか存続を許され、共存してしまうのが日本の神たちの特色である。比良の二神も決して存在を抹殺されたわけではない。それどころかその山宮は聖地であり続けたし、先述のように二神はその後も「早坂の次郎坊」と呼ばれて親しまれ、山の神としては健在であり続けて現在に至っているのである。

3　上山天神の周辺

『淡海録』所引の『志賀郡比良郷天神縁紀』は、奥書に元禄四年（一六九一）とある。[11]『三国伝記』が成立したのはそれより三百年以上前だが、その時代にも比良の天神といえば比良郷の天満宮をさすのが普通であっただろう。厳密にいえば比良郷は滋賀郡に属したが、もともと比良山は高島・滋賀郡境の山であり、古くは比良牧が高島・滋賀両郡に跨がって存在するなど、「比良」の地名はかなり広い範囲に用いられていたようである。[12]また、北野社の創建を語る『最鎮記文』では、良種《よしたね》は「近江国高島郡比良郷」の住人と記されていた。上山天神の縁起が「高島の比良の山の辺」と、わざわざ「高島の」という一句を加えている背景には、この『最鎮記文』（またはそれに淵源する北野天満宮の縁起類）の文言があったと思われる。

このように考えてくると、比良の天満宮から飛来した神はやはり道真《みちざね》の御霊であったと言わなければならない。『三国伝記』の上山天神の縁起は、この神が飛来すると「一夜のうちに峰には古松生じて梢を並べ」たと語っている。これは「その夜北野に千本の松生え、比良村にも松生じたり」という比良天満宮の縁起の焼き直しである。そして比良天満宮の縁起のもう一つ向こう側には北野天満宮の縁起があった。つまり「一夜のうちに数十本の松が生えた」という北野天満宮の縁起を焼き直して「そのとき比良にも松が生えた」としたのが比良天満宮の縁起であり、それをさらに焼き直して「光り物が比良から来て、ここにも松が生えた」としたのが上山天神の縁起なのである。[13]上山天神の縁起の作者は北野や比良の縁起を熟知していた。

先述のように、光り物が飛んだという「天慶年中」は天神（道真）信仰にとって記念すべき年代であった。しかも比良の天満宮の縁起によれば、北野天満宮と時を同じくして比良社が創祀された年でもある。その年に光り物が飛んだとすれば、道真の御霊は比良の天満宮に祀られるとすぐ湖上を飛んで繖《きぬがさ》山の「勝菅の岩窟」に飛び入ったことになる。「勝菅の岩窟」は上山天神の境内、岩船社の目の前にある古墳である。つまり上山天神の縁起の作者は、この年代を明示することによって、上山天神の地が比良社や北野社に匹敵する聖地であることを主張しているのである。

図11　勝菅の岩窟（古墳）

縁起の作者はもちろん上山天神に親しい人間である。対句仕立てで美辞麗句を連ねる文章にも現実の風景が反映している。「翠嶺東南に廻りて仏眼山の粧ひ色を愧ぢ、蒼湖西北に湛へて僧耳河の波音を譲れり」は単なる作文ではない。上山天神は繖山の北端西寄りにあるから、背後の山は実際に東から南へ連なって見え、琵琶湖は西から北へと広がって見えるのである。善勝寺の縁起がそうであったように、作者はこの神社の地形も熟知していたと思われる。

それにしても、天神はなぜ比良から来たのか。聖地であることをいうだけなら北野から直接飛来したと説いた方が効果的である。それなのに比良から来たと説くのには理由があった。上山天神は比良の天満宮と深く結ばれていたのである。結論から先にいえば、両社を結んでいたのは「修験の道」である。この問題については第六章において詳しく述べる予定だが、ここではとくに上山天神の周辺に視野を絞って先取り的に展望してお

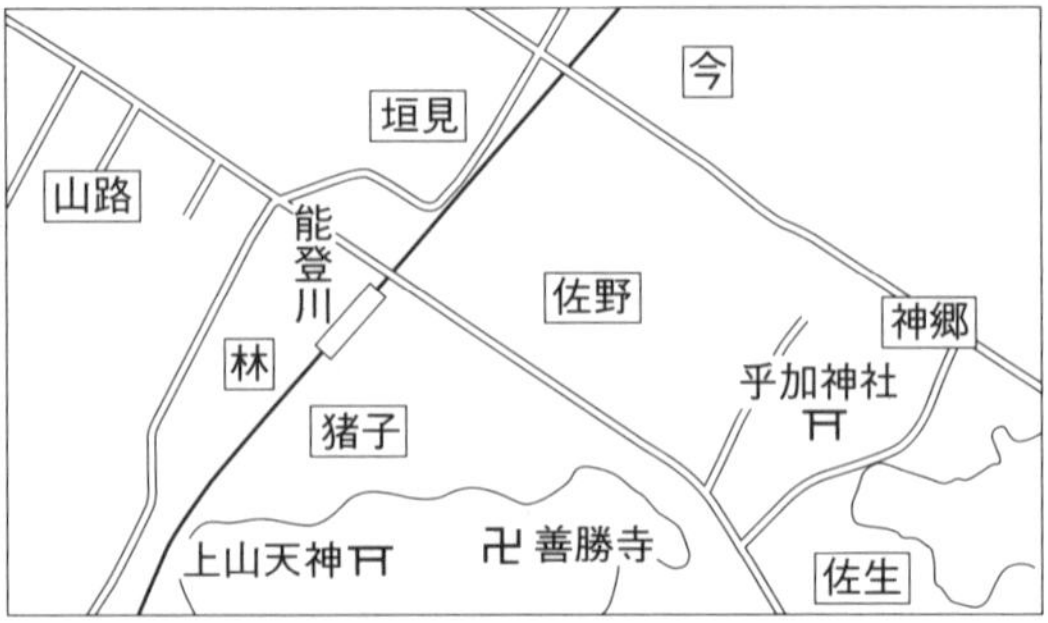

図12　上山天神付近の町名（旧村名）

きたい。

近江は近世の地誌に恵まれた国である。『淡海温故録《おうみおんころく》』『淡海録《おうみろく》』『近江輿地《よち》志略《しりやく》』『淡海木間攫《おうみこまさらえ》』等々、私にとってはすべて非常にありがたい文献であった。ところが上山天神に関しては、どれもみな至って記事が乏しく、ほとんど参考にならない。やや詳しかったのは『淡海木間攫』で、この神社が佐野・佐生・猪子村の産土神であること、祭神は北野天満宮と同じで、徳永法印寿昌が勧請したことを記していた。[14] 徳永寿昌は伊庭《いば》氏の家臣で、主家の滅亡後も戦乱の世を生き抜き、慶長五年（一六〇〇）美濃高須五万余石の大名となった人物である。[15] この神社に対する伊庭氏の関与を示す史料としては記憶に留める必要があろうが、それよりも遥か以前に成立した『三国伝記』にすでに縁起が収められているのだから、史実としては寿昌が勧請の当事者であったはずはない。

しかし、『木間攫』が同社が佐野《さの》・佐生《さそう》・猪子《いのこ》村の産土神であったと説いているのは信じてよいと思われる。それ以前には垣見《かきみ》・林《はやし》・山路《やまじ》村をも加えた垣見庄六か村の総鎮守であったという。[16] 比良の天満宮と同様、この神社にも道真の天満宮になる以前に長い歴史があったはずであり、とくに境内や山頂に露出する巨岩の数々はそれらを磐座《いわくら》とする古い信仰の存在を示唆している。

だが、上山天神の近世史は氏子の分離と独立の歴史であった。垣見庄六か村の村名はすべて東近江市の旧能登川町域に町名となって残っているが、それぞれの町には現在すべて天神社があって、どれもみな猪子の上山天神社から分祀したと伝えている。『木間攫』以前に垣見・林・山路が去り、次いで佐生は隣接する神郷《じんごう》の乎加《おか》神社（宇賀大明神。『三国伝記』巻四第15話に縁起がある）の氏子に転じた。そして最後に、文化・文政（一八〇四～三〇）のころ、後述する事情によって佐野が独立し、結局上山天神の氏子には猪子だけが残って現在にいたったのである。

佐野村の氏子離脱事件には善勝寺がからんでいた。善勝寺といえば『三国伝記』の撰者に有縁の寺である。『近江神崎郡志稿』の説く佐野の天神社の所伝によれば、上山天神の地はもと善勝寺の領内で同寺の支配下にあったが、文化・文政の頃、佐野・猪子両村に山の境界論が起こり、結局上山天神は猪子村領に帰した。これが原因で佐野村は氏子から離脱、自村に天神を分祀して天神社を創建したのだという。(17)

前にも述べた通り、善勝寺と上山天神は同じ繖山の中腹にあって隣り合う寺社である。親しかったのは地理的な距離ばかりではない。「天神は疑ひなく観音の化現」（愚管抄・三）、「十一面自在の霊応なり」（元亨釈書・十八　北野天満天神）などといわれ、中世には北野天神の本地は十一面観音と説くのが普通であった。善勝寺の本尊もまた十一面観音であることは前章に述べたとおりである。上山天神に伝わる『近江神崎郡上山天神由来縁起』（寛文十年〈一六七〇〉奥書）は大部分『三国伝記』の敷き写しだが、そうでない独自部分には、

抑《そもそ》も当社天満大自在天神は、その本地を訪《とぶら》へば十一面観音、その垂迹を論ずれば菅丞相の威徳聖廟なり。（略）安楽・善勝両寺、根本不易に氏僧となりて、祭礼厳重の儀を刷《かいつくろ》ふ。

と、十一面観音との関係を強調し、安楽寺と善勝寺の僧が祭礼にまで関与していたことを示す記事がみられる。(18)佐野の天神社に伝える「上山天神が善勝寺の領内で支配下にあった」という所説は、神仏習合ほとんど一体化していたこのような状況を踏まえた発言であった。

善勝寺と並んで上山天神の祭礼に関与したという安楽寺は、同じ繖山の西側の中腹にある天台宗の寺院である。つまり善勝寺と安楽寺は上山天神を中に挟んで並び合う位置にあった。安楽寺の本尊も十一面観音であり、この寺もまた聖徳太子の建立と伝えている。上山天神の祭礼にからんで両寺が密接な協力関係にあり、その関係が相当古くまで遡るらしいことは、後に述べる石馬寺の「八王子法橋伝来文書」にも両寺が併称されている例が多く、永禄

九年（一五六六）の「上山天神祭礼両寺手渡日記」をはじめ、数々の「手渡日記」が残存していることから明らかである。[19] 安楽寺が位置するのは旧伊庭《いば》村、即ち伊庭氏（六角氏の重臣）の本拠地である。伊庭氏の家臣徳永寿昌勧請説もおそらく安楽寺の側で言い出したことだろうが、あるいは寿昌は実際に中興の祖的な役割を果したのかもしれない。[20]

後に述べるように安楽寺は比良山系の修験、とくにその湖東における拠点であった伊崎《いさき》寺と深く結ばれていた。伊崎寺は琵琶湖と大中《だいなか》の内湖を分ける小半島の先端に位置する。内湖は戦後の干拓工事によって田園化したが、往時は繖山の麓まで湖が大きく湾入し、能登川も伊庭も安土もみなこの内湖の畔にあった。信長の安土城もこの内湖に面して築かれ、安土の城下町は内湖の水運を前提として計画されていたのである。繖山と伊崎寺とは内湖を挟んで指呼の間にあった。しかも繖山の頂上付近には大きな岩石が多数露出して修行者たちを待ち受けていた。湖東修験の道はここからさらに第四章で述べる平流《へる》山（彦根市の荒神山）を経て伊吹山にまで繋がっていたのである。繖山の寺院の中でもとくに安楽寺と石馬《いしばじ》寺は、相応に近習した五人の行者が止住したとされる伊崎寺五か寺の一つとして特別の格式を認められていた。石馬寺は繖山の東麓（東近江市五個荘町石馬寺町）つまり安楽寺とは反対側の麓にあって、いまは臨済宗だが往時は天台宗、本尊はこれも十一面観音で、聖徳太子の建立と伝える古刹である。

善勝寺はこれらと地理的に近いだけでなく実質的な交流も盛んであった。『三国伝記』の上山天神縁起に修験の影が認められるとしても少しも不思議ではない。それどころか『三国伝記』には修験と直接関係する話題が多いのだが、これについても後に詳述するつもりである。とりあえずここで注目しておきたいのは中世熊野の修験史料として著名な「米良《めら》文書」（熊野那智大社文書）にも安楽寺や石馬寺の修験の旦那売券などが散見し、同じ繖山にある桑実寺《くわのみでら》（安土町）や旧愛智郡域の百済寺《ひゃくさいじ》（東近江市百済寺町）の名も見えていることである。[21] 百済寺は比叡山無動寺の末寺としてもともと修験とは深い関係にあったが、その一方で熊野修験とも連携していたことが知られるのである。

『三国伝記』巻七第24話「百済寺源重僧都一生如法経行事」は、その百済寺金蓮《こんれん》院の源重なる僧が小野の一万大菩薩なる神を百済寺に勧請して三十番神に加えた話である。小野といえば彦根市小野町、中山道に沿い磨針《すりばり》峠の登り口鳥居本《とりいもと》の手前にあたる。序章で紹介した巻四第21話の道行文に「行く末細き小野の道」とあった、あの「小野」である。その小野にも修験の拠点があったらしく、「米良文書」には小野の不動坊の門弟引きの旦那を質に置いた借銭状とその紛失状があり、それとは別に小野の大覚寺・善宮寺引きの日那売券もある。これらの寺は現存しないが、旦那売券には「坂田南郡小野庄大覚寺にて候」と添紙があるから、まちがいなく同地にあった寺である。(22)『三国伝記』がこれらの話を採録した背景には、地縁に加えて修験を介した縁があったかもしれないのである。

4　縁起の構造

ところで、上山天神の縁起に見た親縁起の焼き直しまたは変奏曲とでも呼ぶべき構造は、この後に紹介するさまざまな寺社の縁起に繰り返し見られるはずである。いうなれば、それが寺社縁起というものの基本的な性格である。話の型は無限にはありえないし、寺社の成り立ち方も無限にあるわけではない。とくに有力寺社の末寺であったり分社的な存在であったりする寺社の縁起にはこうした傾向が色濃く認められる。

上山天神周辺の例をいくつか見てみよう。たとえば、上山天神から分祀された「佐野」の天神社（東近江市佐野町西ノ森）の縁起は次のような内容をもつ。(23)

上山天神は比良山の辺から岩の船に乗って飛来したが、ここ西の森の老樹の下にまず降りて、それから勝菅の岩窟に飛び入って上山天神と祀られたのである。西の森の樹はその後も光明を放っていたので、そこに小祠を営み天満宮と崇めた。それが当社の始まりで、ヒモロギ（神霊の降りる樹）の森と呼ばれ、後には訛ってモロギの森と呼ばれていたのだが、佐野と猪子の境界論が原因で、上山天神の分霊を佐野領に迎えることになった時、この森の天満宮に迎えて佐野の産土神としたのである。

親神社である上山天神が他所から飛来した神であるから、実はその神が飛来する途中ここで一時停止したのだと説けばよいわけで、もっとも単純な様式の子縁起といえよう。

また、上山天神の分社の一つである「山路」の天神社（同市山路町大宮の上山神社）は、天の星が岩船に乗って降りたのを祀ったのが始まりで、天の星とは天穂日命《あまのほひのみこと》のことであり、菅原道真が敦賀の気比《けひ》神社へ勅使として下った折にその神社に参詣したのが縁で、後にその霊を祀って上山天神と称したという。さほど古い伝承とも思えず、道真伝説と混淆してわけがわからなくなっているが、やはり岩船で飛来した上山天神の縁起を下敷きにして作られた伝えに違いない。

同じ天神社でも上山天神と関係のない神社の縁起は、地理的にはごく近くに位置している場合でも別の構造をとる。「今《いま》」の天満神社（同市今町北石川）の『濫觴記《らんしょうき》』は、文中に慶安五年（一六五二）の年紀が見えるが、古い社名は白鳥大明神で、次のように伝えている。

日本武尊《やまとたけるのみこと》が東征からの帰途、伊勢国鈴鹿郡の能褒野《のぼの》で薨じた時、その神霊が白鳥《しらとり》となって飛び、大和の琴弾原《ひきのはら》に停まったが、その途中、白鳥はここの森の樹上に止まり、やがてまた飛び去ったのである。村長は夢でその鳥が日本武尊の神霊であったと知り、村人に告げて神社を建立し、白鳥大明神と名付けた。

その後、神託があったので、天満大自在天神の霊像を勧請して相殿に祀った。以来両神を尊崇して霊威は日に新たである。

『古事記』や『日本書紀』（ここでは特に後者）に見える著名な日本武尊の神霊飛翔譚を下敷きにしていることは

いうまでもなく、これも先行する飛来伝説の途中下車型の縁起である点では、上山天神の分社の縁起に似ているが、飛んだのは日本武尊の神霊であって系統が異なり、これはこれで付近の「種《たね》」の白鳥神社（同市種町村之内）などとともに一つの系列を形成しているらしい。種の白鳥神社の社伝は、天平年中僧行基が初種山善教寺（白鳥神社に隣接する）を建立したとき、その鎮守として勧請したといい、祭神は日本武尊・仲哀天皇・応神天皇であると伝えるばかりだが、白鳥の社名から見て、この社もいずれ日本武尊の神霊飛翔譚を踏まえていることは疑いがない。

図13　桑実寺縁起（桑実寺蔵。写真提供　中央公論新社）

なお『三国伝記』巻一第6話「神代昔事」には、日本武尊が薨じたのは『日本書紀』のいう伊勢の能褒野《のぼの》ではなく、近江の千の松原（彦根市松原町）であって、讃岐に飛び去って白鳥大明神（香川県東かがわ市白鳥）になったという異伝を記している。この問題については第六章以下で詳しく検討するが、出発・経由のいずれにせよ湖東と白鳥伝説のつながりは深かったのである。

飛来した神があれば一時停まった場所があり、水路から来た神があれば上陸した場所や休息した場所がある。第五章で詳しく紹介するように平流山《へる》（荒神山）の北端に位置する唐崎《とうざき》神社の縁起では、神は笹の葉の船に乗って漂着したと伝えるが、その近くの湖畔には休神社《やすがみ》（彦根市須越町）の小祠があって、唐崎明神はここに流れ着いて一休みしたと伝えているのはその一例である。これも後に述べるように唐崎神社の縁起そのものが奥山寺の縁起の子縁起とおぼしく、奥山寺の縁起は比叡山の飛来峰伝説の焼き直しであったから、結局休神社の縁起は比叡山の曾孫縁起ということになる。次から次へと縁起が縁起を生んで厖大な縁起の体系を作り出していたのである。

こうした親子関係の枠組みの外にあって新たに制作されたとおぼしい縁起も、既成の縁起の影から自由ではありえなかった。繖山の南峰の中腹にある桑実寺の縁起は、将軍足利義晴《よしはる》の要請によって三条西実隆《さんじょうにしさねたか》が起草し、絵所《えどころ》預《あづかり》土佐光茂《みつしげ》に命じて描かせたもので、詞書は一部後奈良天皇の宸筆、絢爛豪華な絵巻物『桑実寺縁起』（重要文化財）として知られているが、その上巻の末尾には湖面に化現した薬師如来の姿、下巻には大白水牛に乗って湖上はるかに飛来し、陸地の上空では白い岩駒に乗り変えて飛来する薬師如来の姿と、その後から白緑の雲に乗って飛来する日光・月光《がっこう》二菩薩、十二神将や鬼形の眷属たちの姿が雄大に描かれている。享禄五年（一五三二）に制作されたこの縁起がどの程度古い伝承を踏まえているのかは不明というほかないが[24]、仏菩薩が湖上を飛来するイメージは決して実隆の独創ではなく、湖東の寺社縁起では普通のことであったことを改めて思い出させる図柄である。飛来したのは神や仏だけではない。後に紹介するように湖東には山までが湖を越えて飛来していたのである。実隆は『三国伝記』の早い時期における読者であったとおぼしい[25]。彼が起草した縁起には、むしろ従来の諸縁起を通じて作り上げられてきた湖東的イメージが集約されていると言っても過言ではなさそうである。

注

（1）阿部泰郎「比良山系をめぐる宗教史的考察」（『比良山系における山岳宗教調査報告書』元興寺文化財研究所、一九八〇年）。

（2）谷川健一編『日本の神々—神社と聖地5・山城近江』（白水社、一九八六年）「白鬚神社」条。また「新羅」の韓国・朝鮮語音「シルラ」にも通じるところがある。
（3）前掲『日本の神々—神社と聖地5・山城近江』「（北比良）天満宮」条。
（4）前掲『比良山系における山岳宗教調査報告書』文献資料編の翻刻による。
（5）柳田國男「山宮考」（『定本柳田國男集・第十一巻』所収）など。
（6）『最鎮記文』『北野天満大自在天神宮天神創建山城国葛野郡上林郷縁起』とも、真壁俊信校注『神道大系・神社編十一・北野』（神道大系編纂会、一九七八年）所収。
（7）この間の事情およびその研究史については、藤原克巳「天神信仰を支えたもの」（国語と国文学　一九九〇年11月号）に手際よく纏められている。なお、奇子が属した多治比氏は雷神に奉仕する氏族であり、奇子の女系の子孫は代々北野神社の巫女を勤めた。宮家準『修験道と日本宗教』（春秋社、一九九六年）など参照。
（8）原田蔵六著『淡海地志』を釣雪子が増訂。元禄二年（一六八九）初稿、同十年（一六九七）完成か。滋賀県地方史研究家連絡会編『淡海録』〈近江史料シリーズ⑷〉（同連絡会、一九八〇年）に翻刻。
（9）『神道大系・神社編二十九・日吉』所収「日吉社祢宜口伝抄」「燿天記」など。なお本巻第一編第三章、山本ひろ子『中世神話』（岩波新書、一九九八年）一二二頁など参照。
（10）『神道大系・神社編十三・春日』所収「古社記」など。なお『春日権現験記絵』巻十一および十三には榎本明神が春日の使者として登場。
（11）前掲注（8）参照。奥書には「元禄四年未十二月廿五日　大鳥居権大僧都菅原信佑判」とあり、「江州志賀郡比良郷天満大自在天神者在㆓一夜松㆒神託之霊地也。当与㆓帝都北野社㆒合㆑徳同㆑栄者也。（略）元禄四辛未十二月廿五日中務大輔菅原朝臣長時」と記した添状がある。
（12）『滋賀県の地名』〈日本歴史地名大系〉（平凡社、一九九一年）「比良牧・比良庄」条。
（13）ただし、一夜松や一夜杉の奇跡そのものは、北野天満宮に限ったことではなく、神の降臨を示す奇跡として他にも類例が多いことを付記しておく。

(14) 塩野義陳著・田中信精校訂。寛政四年（一七九二）序。その後の増補もある。滋賀県地方史研究家連絡会編『淡海木間攫』〈近江史料シリーズ(5)(6)(7)〉（滋賀県立図書館、一九八四～九〇年）に翻刻。
一、天満天神宮
当社ハ、佐野・佐生両村、当村、三ケ村ノ生土神ナリ。祭所神、北野天満宮ニ同ジ。徳永法印寿昌ノ勧請ナリト云。神事祭礼ハ四月晦日也。神輿有リト云。

追加　徳永ハ伊庭家ノ従者ニテ、伊庭断絶ノ後、屋形へ出、石見守ニ至テ、柴田ニ属ス。柴田病死後、太閤へ被召出立身。式部卿法印寿昌ト号シ五万五千石ニ至ル。息左馬介、濃州高須ニテ没落ス。孫流、江府ニアリト云」

（第二分冊(6)「猪子村」条）
(15) 序章に紹介した巻四第21話の律僧は、元応寺の運海に拝謁のため美濃竜泉寺から上洛したが、竜泉寺（岐阜県養老郡養老町）は奇しくも徳永寿昌の高須藩領に属した。
(16) 大橋金造編『近江神崎郡志稿』（神崎郡教育会、一九二八年）神社志「上山天満天社」条。
(17) 前掲『近江神崎郡志稿』神社志「五峰村天神社」条。
(18) 前掲『近江神崎郡志稿』神社志「五峰村天神社」条。
(19) 前掲『滋賀県の地名』神崎郡「佐野村」条。
(20) 寿昌は安楽寺に近い望湖神社の再興者でもあるらしい。滋賀県立能登川高校町史研究委員会編『能登川町史』（能登川町、一九七六年）「神社所蔵文書」参照。
(21) 『熊野那智大社文書・第二』（史料纂集・古文書編）「米良文書一」（続群書類従完成会、一九七一年）第一三〇号文書「旦那売券」。
なお、今堀太逸「村の生活と社寺―滋賀県神崎郡五個荘町からの報告―」（日本の仏教　第3号〈神と仏のコスモロジー〉、一九九五年）は、旧能登川町に隣接する旧五個荘町を例に、修験的なるものが果たした役割、天満宮と社僧の関係などを論じて示唆的である。

また、対象とする地域は異なるが、榎原雅治「若狭三十三所と一宮―中世後期若狭の寺院と荘園公領総社―」（史

学雑誌　第99編第1号、一九九二年)、林文理「地方寺社と地域信仰圏—若狭における如法経信仰—」(ヒストリア第97号、一九八二年)等も、中世の善勝寺周辺を考えるための参考となる。

(22) 前掲「米良文書一」第一五八、二二四、四一七号文書。

(23) 前掲『近江神崎郡志稿』神社志「五峰村天神社」条。以下、山路の天神社、今の天満神社、種の白鳥神社の縁起も同書による。

(24) 牧野和夫「『三国伝記』四周余白に寄せる覚書—『桑実寺縁起』を遡る—」(説話と説話文学の会編『説話論集　第一集』清文堂出版、一九九一年所収)。

(25) 『実隆公記』明応元年(一四九二)九月十五日条「今日当番間参内、則参議定所、御雑談、三国伝記第二、第五銘依仰書之」は、『三国伝記』の名が文献に記されたもっとも早い例である。

第三章　二つの名犬伝説

——説話伝承の背景——

1　犬上の名犬「小白丸」

湖東地方には東方の鈴鹿山脈から何本もの川が平行して琵琶湖に注いでいる。犬上《いぬかみ》川、愛知《えち》川、日野《ひの》川、野洲《やす》川などが比較的大きい。その一つである犬上川は犬上郡多賀町の大君ケ畑《おじがはた》に発し、彦根の市街地の南西やや離れた地点で湖に入る。ふだんはほとんどの流れが伏流水になっているが、雨の季節には広い川幅一杯に水があふれて満々たる大河となる。その犬上川が山裾を離れてまさに平野に流れ出ようとする境の地点（犬上郡多賀町富之尾《とみのお》）に「大蛇の淵」がある。両岸から大磐石が迫って渓谷をなし白浪が岩を噛む、知られざる景勝の地である。そのほとりに大滝神社が鎮座する。神社の傍の県道脇には犬胴塚があって、今は枯れ果てたが昔そこにあったという松の大木「犬胴松」の由来を記した案内板が立っている。実はその伝説の最も早い記録が『三国伝記』巻二第18話「不知也河辺狩人事」なのである。

和云く、昔、江州不知也《いさや》川の辺に狩人あり。出でては山の鹿を殺して菩提を求むることなく、入りては家の犬を飼ひて煩悩を厭《いと》はず。昼は千鳥の岡に遊びて遅々たる日を暮し、夜は鳥籠《とこ》の山に臥して耿々《こうこう》たる秋の夜を明かす。かの所は山深くして鬱々たり。林茂くして森々《しんしん》たり。

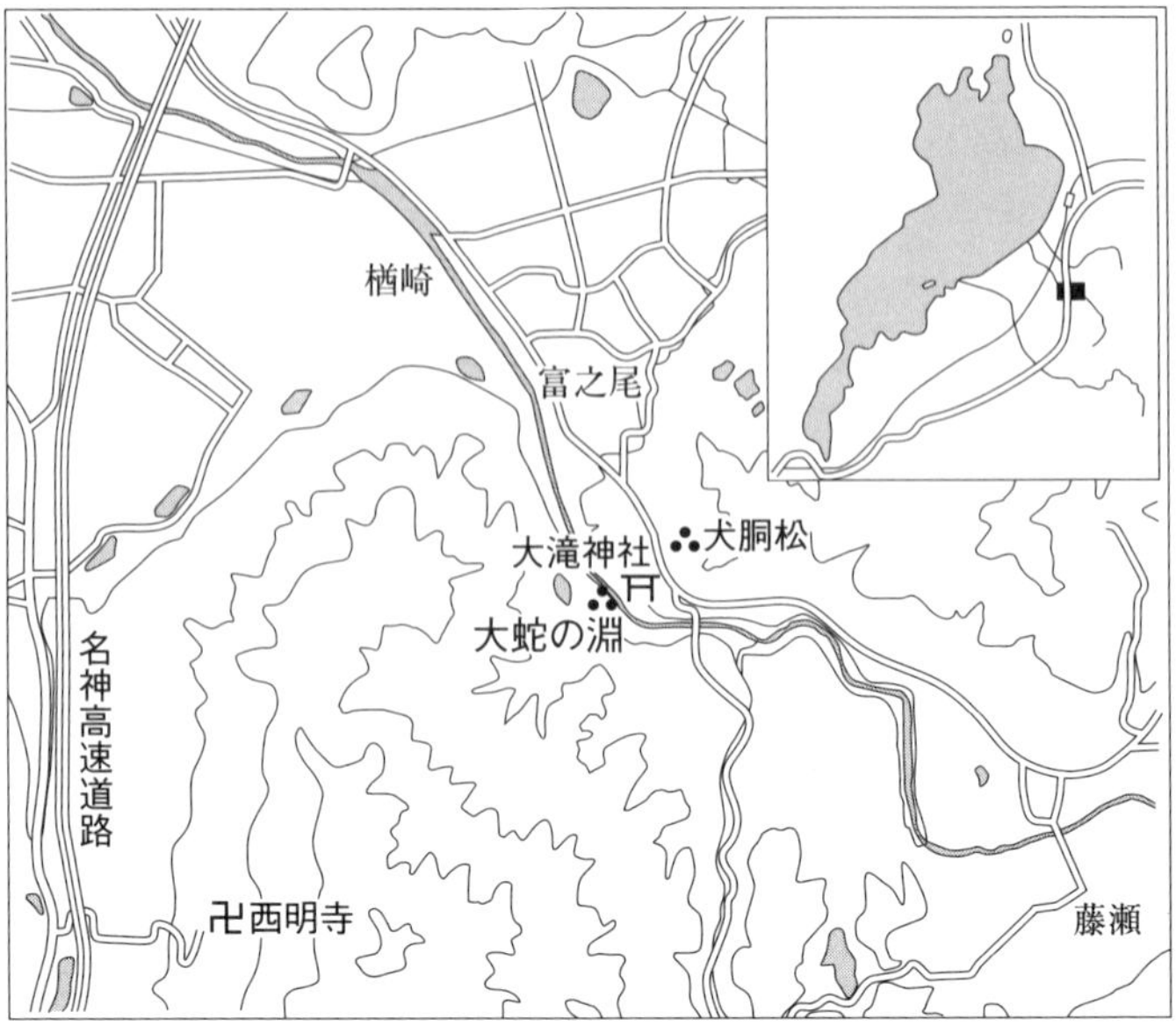

図14　「犬上の名犬伝説」の舞台

ある時、戔々《せんせん》たる林の中に獣を射んとするに、日すでに暮れぬ。人倫遠くして何とやらん物凄し。弓に雁股《かりまた》とり添へて、大きなる朽木の本に立ち寄りて夜を明かさんとするところに、「比良片の目検枷」といふ犬の子に小白丸とて秘蔵の犬をつなぎ連れたりけるが、深更に及び、この犬主に向かひてしきりに吠ゆる。かの猟師声を出だして叱咤《しった》すれども、なほ飛び上がり飛び上がり吠えける程に、猟師腹を立て、打刀《うちがたな》を抜きて犬の頸《くび》を打ち落としたりければ、その頭《かしら》飛び上がりて、朽木の上より大蛇はひ下りて、獅子の頭《かしら》のごとくなる口を開けて猟師を呑まんとする喉笛に嚙みつきて、すなはち大蛇を喰ひ殺せり。狩人これを恐怖悲泣せり。

そのところに祠《ほこら》を立てて、かの犬を神と崇《あが》む。いまの犬神の明神これなり。かのところを犬上郡といふ、この故なり。

昔、近江の不知也川のほとりに猟師がいた。ある日狩りに出て林の中で日が暮れた。猟師は大きな朽木の根元で夜を明かすことにしたが、夜半になって愛犬が自分めがけて吠えかかった。その犬は「比良片の目検枷」の子で

「小白丸」という秘蔵の名犬であった。猟師は声を荒げて叱ったが、犬はなおも飛び上がって吠えかかる。猟師は怒って犬の首を斬った。するとその頭は猟師の頭上めがけて飛び上がった。朽木の上には大蛇がいて、今しも大きな口を開けて猟師に襲いかかろうとしていたのである。犬の頭は大蛇の喉笛に嚙みついて蛇を殺した。猟師は驚き悲しみ、祠を立ててその犬を祀った。それが犬神明神の由来であり、付近を犬上郡というのもそのためであるという。

近江の「いさや川」は古来有名な歌枕で、現在の芹川《せり》に比定されている。芹川は犬上郡多賀町の山中に発して彦根の市街地の南を琵琶湖に注ぐ。河畔にはこれも歌枕として知られた「床の山」や「千鳥の岡」がある。これらの地名は序章で紹介した巻四第21話の道行文にも織り込まれていたし、この話でも対句仕立ての文飾をこらした部分に取り込まれている。これらはいわば全国区的に知られた地名なのである。

図15　大蛇の淵（犬上川）

ところが、この話の舞台はどうみても犬上川のほとりである。伝説地の「大蛇の淵」も犬上川の淵であることはいうまでもない。犬上川は芹川の南側を約二キロ隔てて平行して流れている。このずれを合理的に解決するとすれば、芹川の辺に住み、いつもは芹川の周辺で猟をしていた人が、この話の時には遠く犬上川の流域に踏み込んでいたと解釈するほかないだろう。

ところで、この話については、すでに徳田和夫氏の詳論(1)があり、

図16　多賀神社参詣曼荼羅（安土桃山）の部分図（多賀大社蔵）

世界的に分布する昔話「忠義な犬」の話の型をそっくりそのまま利用して作られた話であることが指摘されている。「長年飼われていた犬などの動物が、ある時主人を襲うそぶりを示す。主人は怒ってその動物を殺すが、実は主人の危急を救おうとしていたことがわかり、後悔して手厚く祀った」という話の型である。[2] 古今東西に例が多いが、[3] 日本での早い記録例は『今昔物語集』巻廿九第32話「陸奥国狗山狗、咋殺大蛇語」に見ることができる。陸奥の猟師が山中で大きな木の洞で野宿していた時、連れていた猟犬のうちの一頭が激しく吠えかかったので、犬を斬り殺そうと思って太刀を抜いて洞の外に出ると、犬は洞に飛び込んで洞の上から猟師を狙っていた大蛇を引きずり下ろした。事態を悟った猟師は太刀で蛇を斬り殺し、その犬を我が珍宝と仰いだという話である。

犬神明神（犬胴塚）は大滝神社の末社であり、大滝神社は多賀大社の末社である。本社の多賀大社はここから約四キロメートルほど離れた多賀町多賀にあって伊邪那《いざな》岐《き》・伊邪那美命《いざなみのみこと》を祀る。近世には「お伊勢参らばお多賀に参れ、お伊勢お多賀の子でござる」と俗謡に歌われて全国的な信仰を集めた。その多賀大社の境内と周辺の景観を詳細に描いた『多賀神社参詣曼荼羅』が、多賀大社に二種、サントリー美術館に一種伝存している(4)。

多賀大社も中世には神仏習合の流れに乗り、明応三年（一四九四）には守護佐々木高頼の命によって別当寺の不動院が建立され、その下には観音院・般若院・成就院の三院が置かれて、それぞれが多くの坊人《ぼうにん》（同宿輩とも）たちを配下に抱えるようになった。坊人は修験の徒で諸国に檀家をかかえ、不動院の発行する牛王《ごおう》の呪符を神札とともに配札して歩いて多賀信仰の宣布と勧進活動に努めたのである。『多賀神社参詣曼荼羅』はそういう坊人たちによって持ち運ばれ、絵解きに用いられたのではないかと推定されている(5)。

その『曼荼羅』の片隅（右下部）にこの犬神の縁起らしい図柄がある。社蔵の二種の『曼荼羅』の絵柄には多少の違いがあるが、どちらも大きな滝から大蛇が鎌首をもたげており、川岸には白い犬をつれた猟師とおぼしき人物の姿が描かれている。これによって、『三国伝記』とほぼ同じ内容の犬神の話が、坊人たちによって絵解きされ、ひろく語り伝えられていたらしいことがわかるのである。

『三国伝記』はその犬を「比良片の目検枷といふ犬の子に小白丸とて秘蔵の犬」（版本）であったと紹介している。犬の名が「小白丸」であったことはわかるが、親犬の名前がわかりにくい。国会図書館蔵の写本には「比良河の目検校」とあるが、それでもわかりにくさは変わらない。そもそも親犬の名が何であろうとこの話には関係がなさそうであるのに、語り手は親犬の名前にこだわっている。その理由は何か、それにまた、この親犬の奇妙な名前は何を意味しているのか、考えてみる必要がありそうである。

2　長浜の名犬「メケンゲ」

その疑問を解く鍵は、多賀大社から二〇キロメートル以上離れた長浜市の町はずれの小さな天満宮にあった。彦根の東、鈴鹿山地と湖東平野が境を接する地点にある多賀大社から国道8号線を北上して米原で左折するとすぐ湖岸に出る。湖畔には四車線の道路が湖北の中心都市長浜に向かって続いている。湖畔の埋め立てや人工堤防化には反対意見の私も、この湖岸道路を走る車から見る風景の素晴らしさには脱帽せざるをえない。正面に浮かぶのは竹生《ちくぶ》島、このあたりは琵琶湖の横幅が最も広いところだから対岸は霞の彼方で、かすかに見えているのは比良・高島の山々である。ふりかえれば伊吹の峰が高い。

長浜の町並に入る少し手前の平方《ひらかた》町で工場の裏手に回り込むと小さな天満宮があり、その社殿の向かって右手にこれまた小さな石の柵に囲まれた自然石がある。この石にも名犬伝説が伝わっていた。内容は大略次の通りである。(6)

昔、この社に何物とも知れぬ怪物があらわれて、付近の村から毎年人身御供《ひとみごくう》の娘を出し続けていた。その日が近づいたある夜のこと、旅人が得体の知れない怪物が湖から上がって来るのを見た。怪物は境内を歩き回りながら「メタテカイにしゃべるな、メタテカイにしゃべるな」とつぶやいている。翌日村人にその話をすると「それは野瀬の長者の飼い犬の名だ」と言う者があって、早速その犬を借り出して怪物を待ち伏せた。やがて湖から怪物があらわれるや、メタテカイは猛然と飛びかかって噛み殺した。怪物の正体は年を経たカワウソであった。

実はこれも広く分布する昔話の話の型で、退治される怪物はサルであることが多いため、一般には「猿神退治」の名で知られている。全国いたるところに伝わっているが、なかでも有名なのは遠州見附（静岡県磐田市）の天神

図17　平方天満宮（向かって右奥に犬塚）

図18　平方天満宮の犬塚

社（矢奈比売《やなひめ》神社）に出没する大ヒヒを倒した信州光前寺《こうぜんじ》（長野県駒ヶ根市）の名犬早太郎の話や、山形県鶴岡市大山の椙尾《すぎのお》神社の大タヌキを退治したメッケ犬の話であろうか。退治される怪物はサルとは限らず、椙尾神社の例でもわかるように、地域によっては大蛇・タヌキ・ネコの例もある。長浜市平方町の天満宮は湖畔に工場や道路が出来る以前は琵琶湖に面していたから、土地柄からいえば怪物はサルよりもカワウソの方が自然なのである。

つまりこれらの話はすべて既成の話の型を利用して成立し、伝説として地域に密着して育まれてきた話であった。だが、それにしても、「メタテカイ」とは奇妙な名前である。実在の犬でないのなら、なおさら通りのよい名前にすればよかったはずである。しかもこの不思議な名前の犬が犬神になった「小白丸」の親犬であるらしいのだ。この伝説を記録した最も早い例は貞享年間（一六八四～八八）の成立とおぼしい『淡海《おうみ》温故録』(7)で、坂田郡平潟《ひらかた》の条に次のような記事がある。

此処は下坂《しもさか》の浜なり。昔、此処に目健解と云ふ名誉の犬ありて、其の子に小白丸と云ふ犬あり。神変を顕はし、後、犬上明神と祭ると云ふこと、三国伝記に見えたり。

又、此辺に川獺《かはうそ》の功領ありて、金瘡の妙法を人に授け伝へたる由、其の方当処にあると云へり。

「メタテカイ」はこの「目健解」の苦しい読みであろう。しかし「三国伝記に見えたり」とあるように『温故録』の著者は『三国伝記』を見ているらしい。とすれば、ここにいう「目健解」は、『三国伝記』の「目検枷」（版本）もしくは「目検校」（国会図書館所蔵写本）と同じ名前であるはずだ。もし別の名であるのなら著者はその旨を何か注記したはずであるから。おそらく「目健解・目検枷・目検校」は当てている漢字が違うだけで、もともとは同じ名前であったのだろう。そのように考えてみると、これらの漢字の読みが互いに近づくのは「目健解」を「メケンゲ」、「目検枷」を「メケンギャ」、「目検校」を「メケンゲウ」と読んだ場合である。これがこの犬の本来の名前を示唆している。以下に述べるように、実はこの犬の名も昔話に由来していたのである。

昔話「猿神退治」は、人間を生贄に取る怪物が苦手な犬の名を呟き、旅人が偶然それを耳にしたことから、その名の犬を捜し出して怪物を退治する話である。全国に流布するこの話の犬の名は「丹波国のシッペイ太郎」である例が最も多いが、なかには「甲斐国の三毛四毛」「丹波国のシンシン太郎のメッケイ犬」「甲斐の犬三毛四毛」「甲斐国のメッケンゲ、スッケンゲ」などと伝えるものもあり、鶴岡市郊外の椙尾神社に祀られて今も毎年盛大な「犬祭り」が行われている名犬は「丹波国のメッケ犬」であった(8)。

これらの例に見える「メッケンゲ、スッケンゲ」あるいは「メッケ」こそ『三国伝記』の「メケンゲ・メケンゲウ」の正体である。つまり「三毛」が訛れば「ミッケ・メッケ」となり、「三毛・四毛」は「ミッケ・シッケ」さらに訛れば「メッケ・スッケ」となる。同様に「三毛の毛」が「三毛ん毛」と訛れば「ミケンゲ・メケンゲ」となるのであって、「メケンギャ」や「メケンゲウ」は「メケンゲ」がさらに訛ったものである。

だから正確に言えば、「目健解」の苦しい読みが「メタテカイ」だったのではなく、「メケンゲ」の苦しい当て字が「目健解」だったのである。この当て字は『淡海木間攫《おうみこまさらえ》』にも見えるが(9)、『三国伝記』は近世の近江の地誌類に大きな影響を与えたから、『三国伝記』を引用する地誌類は皆「目検枷」という表記を受け継ぎ、果ては近代の『大日本地名辞書』にまで尾を引いている(10)。その一方では「目健解」が「メケンゲ」の当て字であったことがすっかり忘れられて後に、今度はその漢字に「メタテカイ」と仮名が振られるようになった。『改訂近江国坂田郡志』がその早い例であるようだ(11)。おそらく地元の知識人のさかしらによる苦心の読みであったろうが、ひとたび活字になってしまうと不思議な権威を帯びてくる。さきに紹介した伝説の犬の名「メタテカイ」は、そうした流れの末端に位置していたわけである。

一方、この伝説は書物の世界で伝承（書承）されただけでなく、人びとの口から耳へ、耳から口へと伝承（口承）されて生き続けた。口承の世界は文字とは関係がないから奇妙な当て字には影響されることなく「ミケンゲ・メケンゲ」系統の名で伝えられていたはずである。果たして、地元の長浜市老人クラブの人たちが自分たちの知る昔話や伝説を集めたという『長浜のむかし話』[12]を拝見すると、怪物は「メッキに言うなよ、メッキに言うなよ」と呟いていたとある。「メッキ」は「三毛」すなわち「ミッケ」の転訛である。ところがこの本では、怪物の言葉を聞いた男が「メッキ」とは何者かと探したところ、野瀬（天満宮の南にある小字）の長者の飼い犬「目検枷」のことであることがわかったとして、漢字「目検枷」に「めたてかい」と振仮名をつけ、さらに話の末尾には「目検枷は目健解とも書くそうです」と説明を加えている。残念ながらこれは要らざるお世話であった。せっかく貴重な口承説話を記録していながら文献記載説話の当て字の圧力に負けて妙な具合になってしまったのだ。この本を作る時、原稿の整理に当たった方は相当な読書人であられたに違いない。読書人であればあるほど書物の所説から受ける圧力は大きい。だが、書物に書いてある説がいつも正しく、口承の表現がいつも不当であるとは限らないのだ。お互いに自戒が必要だろう[13]。

なお、『淡海温故録』が「目健解」と並べて「川獺」の話を掲げているのも無視できない。同書のいう「川獺の功領」云々は、「劫藹」（コウロウ。転じてコウリョウとも）を経たカワウソの意で、いわば甲羅を経て妙術を心得たカワウソが、「金瘡」すなわち切り傷の治療法を人に授けたという意味であろう。近世の国語辞書『下学集』の元和三年（一六一七）刊本の「獺」の項には、年老いた獺は河童になるとある。だから、これはおそらく昔話「河童の薬」の類、つまり何かの失敗をして人間に捕らえられた老カワウソが金瘡の妙薬を授けて許されたという話で、付近にその術を伝えるという家があったのだろう。その話が「目健解」のカワウソ退治の話とどう関係するのか、しないのか、微妙なところではあるが、平方の天満宮の犬塚の石に触ると歯の痛みが止まると言い伝えており[14]、両話はかつて何らかの糸で結びつけられていたのではないかと思われるが、いまはこれ以上に追求するすべをもたない。

ところで、犬にも三毛や四毛があるのだろうか。私はこの疑問にとらわれてからしばらくの間、通勤途中で出会う犬の毛色の観察に熱中した。あせればあせるほど見つからないので学生にも捜索を頼んでみた。彼らは笑って引き受けてくれたが、はかばかしい報告はない。これはダメかなと思いはじめたころ、たて続けに何頭かの三毛犬に出会った。いることはいるのである。ホッとすると同時に、いや待てよと考えた。いま私が見ているのは西洋種か混血の犬だろう。純粋の日本犬でしかも三毛の犬となるととうてい偶然に出会えるような相手ではない。がっかりしながら辞書をめくっていると、『書言字考節用集』に「三毛　ミケ　犬猫所ㇾ言」とあるではないか(15)。この辞書が成立したのは元禄十一年（一六九八）。その頃には三毛の犬がいたわけだ。やれやれと安心する一方で、徒労であったようななかったような、泣き笑いの気持ちだった。

3　名犬伝説の交流

犬上の名犬伝説も長浜の名犬伝説も、ともに昔話の話型を利用し特定の土地と結び付けて語られた話であることがわかった。これは別に珍しいことではない。たとえば羽衣伝説の舞台としては駿河の三保の松原が有名であるけれども、羽衣の話は全国いたるところに分布しており、近江の余呉《よご》湖に天降った天女の話のように『風土記』の逸文にみえる大変に古い伝承もある。三保の松原が羽衣説話を独占する勢いになったのは中世に謡曲『羽衣』の舞台に選ばれて以来のことである。

このように昔話と特定の土地との結び付きは一般的に見られる現象であるから、犬上の話も長浜の話もそれぞれの土地で昔話と結び付けられたものであり、元来はたがいに関係のない話であったと思われる(16)。ところが、どちらも人間を助けた猛犬の話としては共通しており、中世には平方《ひらかた》は湖北では有数の港であったから犬上との間にもいろいろな意味での交流があったと思われ、相互間に交渉が生じたとおぼしい。つまり犬上の小白丸は「あのメケンゲの子なのだから只者ではない」と平方の話に支援され、平方のミケンゲ（メケンゲ）は「あの小白丸の親犬だからさすがだ」と犬上の話の支援を受ける、相互支援の関係が生じたのではないだろうか。『三国伝記』の小白丸の話における一見不必要な親犬の紹介とその不可解な名の正体を追跡していくと、結局こういう結論に到達せざるをえない。

ところで、古今東西の犬説話を網羅する大木卓氏の労作『犬のフォークロア―神話・伝説・昔話の犬』によれば、白犬は世界的に霊性あるものとされて霊妙な神秘譚を数多く残している。(17) 日本では古く日本武尊《やまとたけるのみこと》が白犬に導かれて信州から美濃へ越えており（日本書紀）、平安時代藤原道長の衣服の裾をくわえて引き止め、呪詛の標的になることから救ったという彼の愛犬も白犬であった（古事談・宇治拾遺物語・十訓抄など）。法論に負けた善智が日蓮を殺そうとして献じた毒入りの粟餅を食べて死んだのが白犬であったのもその一例である（甲州小室山山伏問答記）。犬上の小白丸もその一例と考えられたからだろうか、『多賀神社参詣曼荼羅』には白犬として描かれている。

それに比べて三毛犬を特殊視した話にはなかなか出会えない。けれども『三国伝記』の当時から長浜の犬が「三毛」と語られたことには何か理由があったに違いない。そういえば、小白丸を「斑犬」とする見方も古くからあったのである。

明和七年（一七七〇）刊行の黒本に『近江国犬神物語』という作品がある。(18) 明らかに『三国伝記』のこの話を踏まえた作品で、その後日譚を仕立てたものである。

近江国のいさや川の辺の狩人「たゞ又」は、小白丸という犬の首を箱に入れてまじないを行ない、さまざまな奇特を示して評判だったが、山伏の「とっこう院」が「たゞ又」を殺して箱を奪う。それからはこの山伏（行平《ゆきひら》に取り立てられて後は「柿の本の紀僧正」になる）と犬の首の箱をめぐって複雑に物語が仕組まれ、文徳天

図19　黒本『近江国犬神物語』
箱から現われた斑犬の首
（㈶大東急記念文庫蔵）

皇の皇子惟喬《これたか》・惟仁《これひと》親王の即位争いとその家来の「いはがき軍れう（軍太）」と「かつらの金五」の対立や在原行平の娘「くれない」をめぐる継子いじめと横恋慕、犬の首と金五の妻藤波の首とのすり替えなど、目まぐるしく話が展開する。やがて行平の家来「とこ平」は、とっこう院と密通して殺された藤波の首の通力で内裏に潜入し、箱の首をすり替えたため、とっこう院は術を失って殺され、最後には金五が表具屋に隠した惟仁と「くれない」を惟喬方の軍勢が襲うが、表具の七福神が奇跡を示して二人を救い、ついに惟仁が即位、惟喬方は討たれて、話はめでたく納まる。

あらすじは右のとおりだが、行平の家来「とこ平」が箱の首をすり替える場面では、箱にあったのは「まだら犬（斑犬）」の首で、その首はやがて「近江の方へ」飛び去ったというのである。『三国伝記』には小白丸の毛色を述べた文言はなかったのに、ここではなぜ「まだら犬（斑犬）」とあるのだろう。斑犬に霊力を認める意識の反映か、それとも小白丸の親犬が三毛であると知ってのことか、すぐには解決できそうにもない難問である。だがこれだけは言えそうだ。「猿神退治」の犬は一般に「しっぺい太郎」と語られている例が多い。この「しっぺい太郎」も本来は斑犬だったはずである。なぜなら三毛・四毛の四毛が「シッケ・スッケ」に転じ、「シッペイ・スッペイ」に転じるのはありうる道筋ではないか。「しっぺい太郎」は「メケンゲ」や「メッキ」と同類の名であって、決して白犬ではなかったのである。

さらに一歩踏み込んでいうなら、遠州見附《みつけ》天神社の怪物を退治した名犬早太郎について、山犬すなわちオオカミとの混血であったとする伝承がある点に注目すべきである。イノシシやシカの害を防ぐ山犬のお札を出すことで名高い山住《やまずみ》神社（浜松市天竜区水窪町山住）をはじめとして遠江・三河から信州にかけてはとくに山犬信仰が盛んな地域であるが、イノシシやサル・シカなどの多い地方での焼畑農業者にとってはオオカミはむしろ益獣であり、自分たちの生活を守り給う山の神であった。それは白犬の神秘性とはまた別の、荒々しくも猛々しい神性であった。奥秩父の三峰《みつみね》神社や奥多摩の御岳《みたけ》神社などオオカミを神と祀る神社は他にも例が多く、見附天神社（矢奈比売《やなひめ》神社）の境内に作られた早太郎の像もこの伝承を踏まえて限りなくオオカミに近い姿をしている。シッペイ太郎やメケンゲの背後にはこのオオカミの神性が漂っているのである。

オオカミのごとき猛々しい神性の神に対しては、それを制御する側にも相応の力が要求される。早太郎の飼い主とされる信州光前寺はそれ自体が荒々しい修験の寺であったことを思い起こす必要がある。いったい「猿神退治」や「忠義な犬」の話はいまも全国各地に伝わっているが、とくに中世この種の伝説が語られている寺社は、修験に関係している場合が多い。中世における「忠義な犬」型伝説の代表例として知られる和泉の犬鳴《いぬなき》山七宝滝寺《しっぽうりゅうじ》（大阪府泉佐野市）や播磨の金楽山法楽寺（兵庫県神崎郡神河町）などがそれで、七宝滝寺は役行者《えんのぎょうじゃ》の開基、不動明王を本尊とする葛城系（真言）の修験道場であり、法楽寺（犬寺）は真言系の修験の寺で、付近の楊柳寺・金蔵寺との間に三山巡峰行が行なわれていたという。(19)

文亀二年（一五〇二）の書写奥書をもつ『七宝滝寺縁起』は、紀州池田庄（和歌山県紀の川市付近）の山田某が葛城山地でイノシシ・シカを狩っているうち大蛇に襲われ、それとは知らずに打ち落とした犬の首が飛んで大蛇を倒したために、発心して山林斗藪《とそう》の身となり、所有の田地をすべて不動堂に寄進したのが始まりと説き、(20)元亨二年

（一三二二）成立の『元亨釈書《げんこうしゃくしょ》』巻二十八・寺像志「犬寺」の条には、聖徳太子の家来の枚夫が妻と密通した部下のため狩場で殺されそうになるが、二匹の愛犬（黒犬）のおかげで難を救われたため、犬に全財産を譲り、犬の没後は寺を建てて千手観音を本尊にしたと伝えており、ほぼ同じ話が貞和三年（一三四七）の年紀をもつ『峰相記』にも記録されている。(21)

室町以前に遡る記録には恵まれないものの領主宇都宮泰藤の愛犬が蛇難を救ったという三河の糟目《かすめ》犬頭《けんとう》神社（『延喜式』には糟目神社。愛知県岡崎市）のように、慶長十年（一六〇五）の石鳥居の柱銘に「犬頭大権現」、額には「熊野大権現」とあって、この伝説と熊野修験との結びつきの古さを示している例もある。(22)「忠義な犬」の話はとくに山中を舞台とし狩猟と結合して荒々しくも神霊的な話題であったから、修験の側でも大いに活用したことだろう。(23)『近江国犬神物語』で犬の頭が特別の呪力を持つものとして語られているのは、これも修験もしくは陰陽道と深く関わる問題であって、かつて土佐を中心とした四国やその周辺で根強く信仰された「犬神」は、犬の首を切り落として、その魂魄を自在に操作するというものであった。切断した犬の頭を乾してミイラ化し、小さくなった頭蓋骨を袋に入れて持ち歩いて占いや呪詛などに用いていた。(24)『近江国犬神物語』の「斑犬」の首は山伏「とっこう院」によってまさに「犬神」として利用されたのである。

いささか話題が脇道に入ってしまったが、長浜で勇名を馳せた小白丸の親犬メケンゲの存在は意外に大きかったらしい。前述のように、全国に流布する「猿神退治」型の昔話では、怪物を退治する犬は丹波国のシッペイ太郎であることが最も一般的なのだが、なかには近江国の犬とする例がある。宮城県桃生《ものう》郡（現石巻市付近）で採録された例では、村はずれの山の社で廻国の和尚が耳にしたのは「近江の国の長浜の、シッペイ太郎に聞かせんな。すってん、すってん、すってんてん」と歌う怪物の声であった。和尚は早速「シッペイ太郎」なる人物を求めて長浜に赴いたが、人の名ではなく犬の名とわかり、その名前の「斑犬」を借りて戻って怪物を退治した。怪物は大きなヒヒであったという[25]。

遠く離れた宮城県で何ゆえに「近江の国の長浜の」と土地を特定して語るのであろうか。想像を逞しくすれば、あの小白丸の親犬の存在があったからではないか。その犬の存在を伝えた者があったとすれば誰か。もし中世にまで遡らせてよいなら多賀社の坊人たちの存在がクローズアップされるだろう[26]。彼らは小白丸の話と一緒に長浜の親犬の話も運んだのではないか。またもし犬上の「忠義な犬」伝説にも修験が関わっていたとすれば、その経路も考えてみなくてはならないが、これらはすでに空想の域に属することになってしまう。ここでは問題点の深さのみを指摘して話を本筋に戻すことにしよう。

4　舞台としての説話集

以上の考察によって、犬上と長浜と二つの名犬伝説に交渉があったらしいことを『三国伝記』に読み取ることができた。このことは説話集の歴史の上では注目に値する事実である。というのは、私たちがふつう説話集と呼んでいる『今昔物語集』とか『宇治拾遺物語』とかの作品に収められた説話は、多くの場合それぞれが孤独な存在である。都の貴族社会で生まれた話には相互に連関した話が珍しくないけれど、地方で生まれ都に運ばれて記録された話には孤独なものが多い。それぞれの説話は説話集の作品としての構想の中に組み込まれて、しかるべく整理、配置されて組織の一員としての役割を果たしているし、場合によっては連想などによって他の話と連関していたりする。そういう意味では孤独でないけれども、それは説話集という「舞台」の上での関係であって、その関係はそれぞれの話が「舞台」に上がる前からもっていた他説話との関係を切り捨てることによって成り立っている。譬えていえば、説話集の説話は故郷を離れて都会で生きている人間のような存在といえようか。彼らは自分を育ててくれた人間関係をふり捨て、新しく出会った人間たちと新たな関係を結びながら、ある意味では孤独に逞しく生きているのである。

地方生まれの話は貴族社会で生まれた話とは異なって、都での生活者である説話集の撰者にとっては他所者の話である。それらは地縁も人縁もない世界で孤独に、しかししたたかに耐えてきた話といえようか。[27]だから地方生まれの話はそれ一つを読んでも意味がわかるように出来ているが、貴族社会で生まれた話は最初から同一の狭い生活圏で伝承されてきた、いわば仲間うちの話であるから、誰にでもわかるというわけにはいかない。その代わり、わけ知りの仲間うちだけに通じる面白さがあったりする。都会人らしい洒落た味の出処もそこにあるといえようか。

中世以前のほとんどの文学作品は都で生産されてきた。だが『三国伝記』は近江で成立した。撰者玄棟の生活圏は明らかに湖東地方にあった。湖東・湖北の話は『三国伝記』という作品の「舞台」に上がってもやはり地元の話であった。だから、地元にあってその話を背後から支えていた様々な縁が切れないままに見えている場合がある。小白丸の親犬の名はそういう話の「臍の緒」のようなものであった。もし都の作品に採録されるとすれば、親犬の名が平方のメケンゲだとわかったところで、そんな犬は誰も知らないのであるから何の足しにもならない。余計な夾雑物でしかないだろう。私が最初に『三国伝記』の話の語り口に違和感を感じたのも、その時の私には湖東・湖北の説話的な土地勘が欠けていたからである。

この意味でも『三国伝記』はまぎれもなく地方の作品であった。先に名前をあげた『宇治拾遺物語』は都で成立したとおぼしいが、その冒頭には『宇治拾遺物語』の母胎的な作品『宇治大納言物語』（散佚して現存しない）の成立事情を語る説話的な序文があって、宇治平等院の子院南泉房《なんせんぼう》に避暑した大納言源隆国《たかくに》が、くつろいだ姿で行き来の人を呼び止めては話をさせ、語るにしたがって大きな草紙に書き取っていったと語っている。ここには都の人間が自らは座して待ちながら、各地から伝わってくる話を楽しみ消費するあり方が象徴的に語られている。[28]それは平安末・鎌倉初期の説話集撰者たちに多かれ少なかれ共通する姿勢であった。これに比べると『三国伝記』の撰者と湖東・湖北の説話との距離は問題にならぬほど近い。

このように『三国伝記』は地方区的特色を示しながら、同時に全国区の作品として通用した。なぜそれが可能だったのか。一言でいえば南北朝とそれに続く戦乱が京都を疲弊させ、文化発信基地としての機能を低下させていたからである。しかも当時の近江には京都の肩代わりをするだけでなく、独自の文化を反映させながら全国に通用させる力があった。その一例を天台宗三箇談林の一として知られた柏原《かしわばら》談義所（成菩提院）に見ることができる。

5　天台談義所と直談

南北朝の戦乱に疲弊していく都をよそに、天台教学の伝承、講談はむしろ関東地方において維持されていた。なかでも中心的な役割を果たしたのは、武蔵仙波《せんば》の北院（喜多院とも）や中院（仏地院とも）（埼玉県川越市小仙波町）、金鑽《かなさ》宮（埼玉県児玉郡神川町）、上総長南の長福寺（千葉県長生郡長南町）、常陸黒子《くろご》の千妙寺（茨城県筑西市黒子）、上州世良田《せらだ》の長楽寺（群馬県太田市世良田町）、下野長沼の新御堂宗光寺（栃木県芳賀郡二宮町長沼）をはじめとする多数の談義所であった。(29)談義所は関東を中心に信州・東海道、西は肥後国に至るまで全国に無数といってよいほど存在したことが明らかになっているが、それらの談義所は天台教学の修練センターともいうべく、主として能化《のうけ》（学匠）が所化《しよけ》（弟子）たちに口述し筆記させる形で伝授が行なわれたらしい。が、そのうち『法華経』その他の経典についての講説に「直談《じきだん》」と呼ばれる方法が取られるようになった。直談とは多くの因縁譬喩譚つまりは説話をまじえながら経典の本旨を分かりやすく伝授することに目的があった。当然そのためには適当な説話の記録や蓄積に努力が傾注されたはずである。つまり談義所においては天台教学が第一級のレベルを保ちながら、なおかつその伝授においては説話的な世界との強い結びつきが維持されていたのである。談義所では学的人的な交流がきわめて盛んで、全国規模で行なわれていたのが当代の特色である。(30) このような状況の中からやがて談義書の代表作として知られる『法華経鷲林拾葉鈔《じゅりんじゅうようしょう》』(31)が生まれてくる。常陸黒子の尊舜の著、成立は永正十一年（一五一四）で『三国伝記』よりかなり遅れるけれども、書中に引用された説話には『三国伝記』と共通するものが多く、『三国伝記』から引用しているとも思えないため、両書は資料的に源を同じくするものと推定されている。(32)

　これより前、武蔵仙波の喜多院に学んだ尾張生まれの貞舜（応永二十九年〈一四二二〉没。八九歳）が近江柏原の成菩提院（米原市柏原）に談義所を開いた。『三国伝記』の成立に先立つ応永の初年のことである。柏原談義所はやがて「天台宗海道三箇談林の随一」と称されるようになるが、その末寺の柏原菅生寺の住僧栄心（天文十五年〈一五四六〉没か）によって『法華経直談鈔《じきだんしょう》』(33)が成立する。『法華経鷲林拾葉鈔』に大きな影響を受けつつ一層の啓蒙化を企図した書で、これまた梵・漢・和三国にわたる説話の宝庫であり、『三国伝記』と資料的に重なるところが少なくない。『三国伝記』自体の成立はこれらの談義書に先立つけれども、談義書の成立以前にも談義所の活動は活発だったし、『三国伝記』の編者玄棟は天台宗の善勝寺と縁が深く、後で述べるように天台記家の重鎮運海とも縁があったらしいから、さほど遠くない柏原談義所とも何らかの縁をもったことが考えられ、彼が用いた資料に談義所系統のものが含まれていた可能性は十分にありえるだろう。小林直樹氏は柏原談義所を開いた貞舜が京都白河の元応寺の長老運海とも接点を持っていたらしいことを指摘し、『三国伝記』に含まれる東海道、関東方面の説話の多くはその近辺の談義所を経由して届けられた話題ではないかと推定する。(34) これもまたありえることであろう。

　実はこうした諸問題、天台記家の伝承や談義所で行なわれた各種の談義と『三国伝記』との関係の追求こそ、廣田哲通、牧野和夫、黒田彰、小林直樹その他の気鋭の研究者たちを得て、現在もっとも活発に研究活動が行なわれている分野である。しかし私はこの角度からする研究にはあえて深入りしないでおきたい。この分野での一層の追求の深まりと研究の成果を期待しながらも、私自身はそれとはいささか異なる角度からする試行錯誤を続けてみたい。端的に言えば私にはその方が面白いのであり、自分の身の丈に合った仕事のように思えるからである。

注

（1）徳田和夫『絵語りと物語り』〈イメージ・リーディング叢書〉（平凡社、一九九〇年）。

（2）関敬吾『日本昔話集成・第二部本格昔話3』（角川書店、一九五三年）「二三五　忠義な犬」。

（3）例をあげるなら、古代インドの説話集『パンチャ・タントラ』に「毒蛇を退治してくれたマングースを誤解して殺す話」、アラビアの『カリーラとディムナ』に「コブラを退治したイタチを誤解して殺す話」、中国の『捜神記』に「犬が大蛇を殺して主人の危急を救う話」など。S・トンプソン『民間説話―理論と展開』（荒木博之・石原綏代訳、社会思想社、一九七七年）には、北ウェールズの伝承として「オオカミを倒した犬を誤解して殺し、犬の墓を建てた話」を紹介。南方熊楠『十二支考』「犬に関する民俗と伝説」（『南方熊楠全集』1所収）、大木卓『犬のフォークロア―神話・伝説・昔話の犬』（誠文社新光堂、一九七七年）は、さらに詳しい。

（4）徳田氏によれば、ほかに個人蔵の一本（屏風仕立。近世初期か）がある旨であり、同氏前掲著書には三本の関係部分の写真が収録されている。

（5）前掲徳田氏著書『絵語りと物語り』二〇七頁参照。

（6）この伝説は記録する資料により若干の異同がある。ここでは駒敏郎・中川正文『近江の伝説』〈日本の伝説〉（角川書店、一九七七年）により要約した。

（7）江州白頭翁（木村重要か）による原撰本が寛文十二年（一六七二）成立か。滋賀県地方史研究家連絡会編『淡海温故録』〈近江史料シリーズ(2)〉（同連絡会、一九七六年）に翻刻。

（8）永田典子「猿神退治の特性」（昔話―研究と資料―　第11号、一九八二年）に合計二五七例に及ぶ詳細な一覧表がある。

（9）滋賀県地方史研究家連絡会編『淡海木間攫』第三分冊〈近江史料シリーズ(7)〉（滋賀県立図書館、一九九〇年）坂田郡「平方村」条。

(10)　吉田東伍『大日本地名辞書・上方』(冨山房、一九〇九年) 近江・坂田郡「平方」条。

(11)　坂田郡教育会編『改訂近江国坂田郡志』(滋賀県坂田郡役所、一九四一年) 神社志・雑神「犬神・天満宮」の項。

(12)　長浜むかし話編集委員会編『長浜のむかし話』(長浜市老人クラブ連合会、一九七七年)。

(13)　一九九七年初夏、久しぶりで平方天満宮を訪ねると、鳥居の脇に神社と犬塚の由来を記した説明板 (本書四八六頁参照) が建っていた。以前に来たときにはなかったもので、犬塚が大切にされているのを知ってうれしかったが、ここでもはやり怪物は「メッキに言うなよ」と呟いたと言いながら、それは野瀬の長者の愛犬「目検枷」のことであったとわざわざ漢字で記し「めたてかい」と振仮名をつけてあるのには失望した。一度敷かれた路線はかくも動かしがたいものか。

(14)　平方天満宮境内の犬塚の説明板 (本書四八七頁参照) には、怪物は「カワタロウー」、犬塚の石に触れた手で歯の痛むところや体の痛むところを撫でると痛みが止まると説明している。

(15)　『書言字考節用集』第五冊「肢体・気形」。本文は、中田祝夫・小林祥次郎編『書言字考節用集　研究並びに索引』(風間書房、一九七三年) による。

(16)　平方が湖東でも有数の港であったことは、『源平盛衰記』が義仲の進軍経路を「能美山を越え、柳瀬に打ち立ちて、高月河原を打ち渡し、大橋の村、八幡の里、湖上遥かに見渡して、平方・朝妻・筑摩の浦々を過ぎぬれば、千本の松原を打ち通り、東大道に出にけり」(巻三十「木曾山門牒状事」) と語っていることからもうかがわれる。平方浦が当時湖上交易に大きな位置を占め、伊崎寺の修験とも関係があったらしいことは第六章において詳述する。

(17)　前掲大木卓『犬のフォークロア—神話・伝説・昔話の犬』、南方熊楠「犬に関する民俗と伝説」(『十二支考』所収)、など参照。

(18)　『近江国犬神物語』は『大東急記念文庫所蔵　江戸文学総瞰』雄松堂書店所収のマイクロフィルムによった。

(19)　和多秀乗「播磨の山岳信仰」(五来重編『近畿霊山と修験道』〈山岳宗教史研究叢書〉名著出版、一九七八年所収)。

(20)　『七宝滝寺縁起 (九条家本)』は、宮内庁書陵部編『伏見宮家九条家旧蔵　諸寺縁起集』〈図書寮叢刊〉(明治書院、一九七〇年）に翻刻。

(21)『元亨釈書』は『増補新訂国史大系』第三十一巻所収。『峰相記』は魚澄惣五郎『斑鳩寺と峰相記』全国書房、一九四三年に斑鳩寺本の写真、神栄赳夫『峰相記の研究』（郷土志社、一九八四年）に同本を底本とした注釈がある。

(22) 谷川健一編『日本の神々―神社と聖地10・東海』「糟目犬頭神社」条。

(23) たとえば『修験宗旨書』（『神道大系・論説編十七・修験道』所収）は、「山伏」の文字を「山」「人」「犬」と解き、山は三身即一、人は本有法性、犬は元初無明を表すと論じる。山伏が山と人と犬からなるという発想には注目してよいだろう。また修験の行者が犬により守護されることは、空海と高野・丹生明神との関係にすでに見て取ることができる。

(24) 小松和彦「魔と妖怪」（宮田登編『神と仏』〈日本民俗文化大系〉小学館、一九八三年）。なお、同「《呪詛》あるいは妖術と邪術」（桜井徳太郎編『日本宗教の複合的構造』弘文堂、一九七八年所収）を参照。

(25) 稲田浩二他『日本昔話通観・4・宮城』（同朋舎出版、一九八二年）「むかし語り、99ひひ神退治」の類話3（桃生郡河南町・女）。前掲『日本昔話通観』の「二五七 猿神退治」の代表例も同じ。ただし『日本昔話大成・7・本格昔話六』（角川書店、一九七九年）の二五六「猿神退治」が同例を揚げつつ犬の名「竹篦太郎」の「竹篦」に「たけべら」と振仮名するのは、「目健解」を「めたてかい」と読むのと同様の誤解。「しっぺい」もしくは「しっぺ」と読むべきところ。

(26)『多賀信仰』〈官幣社列格百年、多賀講創設五百年記念〉（多賀大社社務所、一九八六年）所収、藤村滋・木村光伸「多賀信仰の歩み」。多賀社の分祀社は全国に分布する。宮城県は二社だが福島県には十社、茨城県には十一社を数える。ただし「長浜」は天正二、三年（一五七四、五）頃同地の領主羽柴秀吉が「今浜」を改めて生まれた地名であるから、それ以前に遡らせることはできない。

(27) 益田勝実『説話と説話文学』（三一書房、一九六〇年）一〇五頁。

(28) 拙稿「宇治拾遺物語序―もとどりをゆいわけて考―」（日本文学　一九九四年10月号）［本著作集第二巻『説話と記録の研究』第三編第四章に再録］。

(29)　尾上寛仲「談義所と天台教学の流伝」(叡山学報　復刊第1号、一九六一年)、同「関東における中古天台（下）—金沢文庫の資料を中心とする檀那流について—」(金沢文庫研究　第10巻第5号、一九六四年)、同「関東の天台談義所—仙波談義所を中心として—（上・中・下）」(金沢文庫研究　第16巻第3～5号、一九七〇年)、吉田一徳「関東に於ける天台談所の業績—特に築山寺談所・仙波仏蔵院談所について（上・下）」(歴史地理　第90巻第1号・2号、一九六一年）など。

(30)　談義所で行なわれた談義・講経の実態については廣田哲通『天台談義所で法華経を読む』(翰林書房、一九九七年)に詳しい。

(31)　永井義憲解題『法華経鷲林拾葉鈔』全四冊（臨川書店、一九九一年)。『増補改訂日本大蔵経』法華章疏四～六（鈴木学術財団、一九七四年)。

(32)　小林直樹「三国伝記の成立基盤—法華直談の世界との交渉—」(国語国文　一九八九年4月号)。

(33)　渡辺守邦解説『法華経鷲林拾葉鈔　古写本集成』全十四冊（臨川書店、一九八九年)。池山一切円解題『法華経直談鈔』全三冊（寛永十二年刊本）(臨川書店、一九七九年)。

(34)　小林氏前掲（32）論文参照。

第四章　平流山文化圏

――飛来峰伝説――

1　湖東平野に浮かぶ山

下りの新幹線が関ヶ原のトンネルを抜けると私は忙しくなる。まず右（北）側の車窓に伊吹山を見上げる。標高一三七七メートル、近江第一の高峰である。雲がかかっていることが多いのはこの山が気象的に表日本と裏日本の境に位置するためだ。左（南）側の霊仙《りょうぜん》山も気になる。なだらかで目立たないが古くから山岳仏教の栄えた山である。視線の行く先を迷っているうちに電車は横山のトンネルに入る。横山は近江国坂田郡を琵琶湖畔の平野と伊吹山麓の盆地とに二分する南北に細長い山並みである。トンネルを出ると右前方はるかの湖上に見える竹生《ちくぶ》島を見逃してはならない。

まもなく米原駅を通過、すぐまた山間にさしかかる。右（西）側の山が石田三成の居城があった佐和《さわ》山、左が中山道の磨針《すりばり》峠である。佐和山を抜けると右方はるかに彦根城が見える。小さく見えるのは距離のせいばかりではない。近くに行って見てもやはり小ぶりな天守だ。その天守の下に見えているのは彦根の町、そこから南に少し離れてぽつんと島のように浮かんだ山が見える。湖畔の平野にある山でいまは荒神山と呼ばれている。「いまは」とことわったのは昔は別の名前だったからで、古くはこの山の麓に東大寺領の覇流《へる》荘があり、この山は平流《へる》山と呼ばれ

図20　平流山（荒神山）遠望

ていた。

いまは忘れられてしまったけれど、中世この山には天台の大寺院が軒を連ね、付近の寺社をも含めて一大文化圏を形成していたらしい。しかもそれは『三国伝記』を生み出した文化圏と密接に関係していた。これまでほとんど注目されたことのない平流山の失われた文化圏に思いを馳せてみたいというのが、この章に託する私の願いである。

車窓からみる荒神山は何の変哲もない山だ。頂上にアンテナのようなものが何本か見えるのはテレビとラジオの放送塔である。荒神山の標高は二六二メートル、琵琶湖の水面の高さは平水位で八五メートルあるから、湖面からの高さは約一七〇メートルしかない。しかし完全な独立峰だから湖東平野のどこからでも見える。逆にいえばここから放つ電波は平野の隅々まで届く。放送塔が並び立つのも道理である。

電車が愛知《えち》川の鉄橋を渡ると、やがて繖《きぬがさ》山の稜線がのしかかるように迫ってきて、荒神山は車窓から消える。この繖山の北端に位置するのが『三国伝記』と因縁浅からざる善勝寺だ。繖山の北端と荒神山の南端との距離は約六キロ、その間に広がる平野を二分するように愛知川が流れている。

愛知川は、序章で紹介した三人の僧俗が川を渡る話（巻四・21話）の、あの愛知川である。あの話がきわめて密度濃く地名を散りばめた道行文を持つことは既に述べた。実はいま私たちが新幹線とともに走り抜けてきた伊吹山麓から愛知川への道程こそ、そっくりそのままあの道行文の舞台だったのである。

ここでもう一度あの話に戻ってみたい。一行三人は増水した愛知川に行く手を阻まれたが、台密の僧と念仏の時衆《しゅ》はそれぞれに奇跡を示して川を渡り、残された男は自分の身体につないだ矢に引かれて空を飛んだ。男が着地した地点は「河を過ぎて遥かなる大日堂の前なる畠の中」と語られていたはずである。

この大日堂は、新幹線が愛知川を渡る少し手前、愛知郡愛荘町愛知川に現存する。矢とともに川を飛び越えたはずの男が着いたところが川の手前にあるとは変な話だが、このあたりでは川筋が何度も変遷しているからだ。付近では中山道（国道8号線）に沿って北から（即ち川の手前に）沓掛《くつかけ》、中宿《なかじゅく》、愛知川の順に集落が並んでいる。ところがあの話では、三人は「沓掛の里」を過ぎたところで川の畔に出ている。往時は沓掛のすぐ南側を川が流れていたのである。

中宿の地名は、二股に分流する川の中間に位置したことに因るという(1)。それを裏書きするかのように、かつて沓掛は愛知郡、中宿と愛知川は神崎郡に分属していた。沓掛と中宿の間にあった川が郡境だった名残である。川筋が変わったため神崎郡の飛び地になってしまった中宿と愛知川の集落が愛知郡に編入されたのは明治になってからである。つまりあの話の男は、沓掛の南あたりから、おそらく当時は河川敷だった中宿の上空を飛んで、対岸の大日堂の前あたりに着地したのであった。

この堂の本尊大日如来は、もとは付近の豊満寺（宝満寺）にあったもので、建暦二年（一二一二）その寺が天台宗から浄土真宗に変わった時に、現在地に堂を建てて安置したと伝えている(2)。現在地に移った年代については異説があるようだが(3)、いずれにせよ決して知名度は高くない。この話はこの堂を知っていてもいなくても一応理解できるようになっているが、道行文に織り込まれた細かな地名と同様、語り手としては「大日堂の前なる畠の中」と語っただけで着地点を実感できるような人たちこそが最も望ましい読者像であったに違いない。

第三章で述べた犬上の名犬伝説の親犬の名前もそうであった。親犬がどんな犬かを知らなくても話は一応理解できるようにでき上がっているけれども、語り手はできれば読者に平方《ひらかた》の「メケンゲ」の勇名を知っていて欲しかった。そうでなければわざわざ親犬の名をいう必要はなかったはずである。

つまり洪水の愛知川を渡る話は、河畔の「大日堂」といえばすぐ理解できるような読者を念頭に置いて作られている。言い換えれば、この話はそこから遠からぬ土地で成立したはずである。大日堂から西約二キロメートルの地点には『三国伝記』巻四第15話に「江州佐野郷宇賀大明神御影向昔事」として縁起が語られている乎加《おか》神社があり、そこからまた西に約一キロメートル行けば佐野の善勝寺がある。目と鼻の先と言ってよいだろう。

2　元応寺の運海

愛知川を渡った三人の中で一番もっともらしく描かれているのは台密の僧である。他の二人とは違ってこの僧には地の文でも敬語が用いられている。彼は美濃国の竜泉寺(4)の辺から京白河の元応寺にいる師の運海和尚に会いに行く途中であった。

実は『三国伝記』には運海が登場する話がもう一つある。巻五第3話「賤下女依㆓地蔵講功徳㆒蘇生事」がそれである。

和云く、洛陽白川に慈覚大師の御作の地蔵菩薩おはします。その辺の在家の人々は心を励まして地蔵講を廻《まは》して毎月二十四日にこれを供養し奉る。

その頃、粟田口にあたりて賤しき嫗女《おうな》あり。ことの便りありし故に、ひとたびこの講衆に加はりけり。その後、小病小悩して、死して閻魔宮に到るに、倶生神《くしやうじん》の札《ふだ》の文に善因跡を削り、浄頗梨《じやうはり》の鏡の影に悪業形を現ず。故にすでに（地獄に）遣はすべきに定まれり。

ここに、一人の僧来たりて、この罪人を乞ひ請け給ふ。時に、ある冥官《みやうくわん》進み出でて曰く「毎度この大士、息諍王《そくじやうわう》の憲法に背き、倶生神の筆跡を破り、或ひは忍辱《にんにく》の詞《ことば》を吐きて冥衆に相ひ語らひ、或ひは楞厳《りようごん》の威を振りて牛頭馬頭《ごづめづ》を制伏するの旨、かたがたその謂《い》はれなし。たとひ大悲大慈の弘願《ぐぐわん》ありとも、何ぞ自業自得の道理を背かんや」と云々。ここにかの僧の曰く「我、三摩《さんま》の付属を受け一念称揚を歎ず。修因感果《しゆいんかんくわ》の善苗は一《いち》粒万倍《りふまんばい》の功徳を納む。彼また一分の善力なきにはあらず。いかでか悪道に入らんや」と言ひて、獄卒の後に立ち蠲免《けんめん》の恩を蒙らんと請ひ、閻王の前に跪《ひざまづ》き肯恕《こうじよ》の例《ためし》に仰ぐ。

冥官重ねて曰く「四分十誦《しぶんじふじゆ》の律令は誡悪《かいあく》をもって先となし、一代五教の法条は禁罪をもつて本となす。何ぞ正理を無碍《むげ》の弁説に狂ふを期さんや」と。僧の曰く「我、喜見《きけん》の遺付《ゆいふ》を重んじて奈落の苦器を軽くす。ここをもつて大慈相ひ代りて種智の頂《いただき》に火輪を戴く。弘誓《ぐぜい》の拘《かか》はらざるには楞厳《りようごん》の膚《はだへ》に鉄杖を受く。何ぞ罪人を免さざる」と言ひければ、閻魔王座より立ちて、かの僧を礼し、「まことに大慈大悲の菩薩なり」とて、罪人を与へ給ひけり。

その後、かの僧、罪人に向かひて曰く「我はこれ白川の地蔵なり。ひとたび汝が供養を受けし故、方便を廻《めぐ》らし、汝を乞ひ請け、すなはち娑婆《しやば》に帰すなり」とて、後を打ち給ふと覚へて、蘇生しにけり。その杖の跡に「都卒《とそつ》」といふ文字すはりたり。

これによりて、かの地蔵尊に結縁する輩《やから》、市を成せり。かの貧女、一座の講筵《かうえん》に加はりて地獄の大苦を免れ、都卒化楽《けらく》に生れんことこそ貴けれ。

京の白河に慈覚大師円仁《えんにん》の造立した地蔵尊がおわした。付近の人たちは講を作って毎月二十四日の地蔵の縁日に供養していた。その頃、粟田口に貧しい女がいて、たった一度だけこの講に加わったことがある。女はふとした病いがもとで死に、閻魔の庁に行った。するとそこに一人の僧が現われ、冥官たちを説得して女を救出してくれた。その僧は「我は白河の地蔵なるぞ。汝の供養を一度受けたゆえ、娑婆に帰してつかわす」と告げて、背中を杖でぽんと叩いた、と思ったら女は生き返っていたのである。女の背中には「都卒」という文字が残っていた。やがては弥勒の浄土都卒天《とそつてん》に生まれるという予言であろうか。以来この地蔵尊には参詣人が押しかけ門前市を成したという。

貧者が生前にただ一度だけ供養したおかげで、あの世で地蔵菩薩に危難を救っていただいたという筋立ては、中世の多くの地蔵説話に共通するパターンである。死者は閻魔の庁に引き出されて裁きを受ける。各人の善悪の所業は倶生神《くしようじん》の札に残らず記録されているし生前の悪業の全てを映し出すビデオ装置のような浄玻璃鏡《じようはりきよう》があって、申し開きはできない。貧者や下層民であればあるほど「人間」としての善悪とは関係なく、己《おの》れの「生」そのものを罪業多きもの善業乏しきものとして自覚せざるをえなかった。そうしたもっとも救いのない状況の下で、わずかの仏縁を機縁として救出してくれると信じられたのが地蔵菩薩である。「地獄に仏」とは、まさにこの地蔵菩薩のことであった。

この話も地蔵説話の基本的なパターンを踏襲して、霊験を示した地蔵尊が参詣人を集めて繁盛するところで一段落しているが、この後に次のような後日譚的記事があって、一話が語り納められている。

元応寺の長老運海上人の時、善勝寺の日海和尚に付属ありて、仏法東漸《とうぜん》の悲願に乗じて江州大谷山に遷《うつ》り給ひ、済度無辺《さいどむへん》にして利生掲焉《りしやうけちえん》なる今の地福寺の本尊これなり。

運海上人が元応寺の長老だった時、この地蔵尊を善勝寺の日海和尚に委託して、近江の大谷山に移した。今の地福寺の本尊がそれだというのである。しかし話の流れから見るとこの記事はいかにも取って付けた感を免れない。

おそらく霊験譚の部分が先に成立していて、後日譚の部分は文字通り後日に付け加えられたと思われる。

ところが、その後日譚の部分に運海の名が見え、善勝寺の名まで出てくる。しかもこの地蔵尊が安置されたという地福寺は善勝寺の隣、というよりも善勝寺への参道の登り口に当たる場所にあって、比較的近年までは善勝寺の

図21　地福寺

隠居寺であったと聞く。『近江神崎郡志稿』の引く寺伝には寛永十七年（一六四〇）の創立とあるが(5)、その前にはおそらく善勝寺とともに兵火に滅んだ歴史があるのだろう。『三国伝記』の最初の版本が出版されたのは寛永十四年（一六三七）である。地福寺の建立（再興）がそれから三年後であるのは、『三国伝記』の版行による刺激が何がしか絡んでいるのかもしれない(6)。兵火に滅ぶ以前の様子は一切手掛かりがないが、後日譚に登場している善勝寺の日海は法名からみて運海と有縁の僧であったと思われ、彼が運海から託された地蔵尊を安置すべく建立した地蔵堂がこの地福寺であった可能性は大きいように思われる。

『三国伝記』の撰者玄棟は善勝寺に有縁の人であり、運海も善勝寺に有縁の人であった。その運海に会いに行く僧が洪水の愛知川を渡った話は永和年間（一三七五〜七九）のこととして語られているが、これは『三国伝記』の全話中二番目に新しい年紀である(7)。地福寺の話に運海が登場するのは撰者が付記したとおぼしい後日譚の部分、つまりは新しく記された部分である。これらはすべて偶然では

あるまい。玄棟自身が何らかの縁で運海とつながっていたとみるべきである。

運海は実在の僧である。『三国伝記』にいうとおり京白河の元応寺の高僧であった。元応寺は白河の法勝寺《ほっしょうじ》（白河院が建立した大寺院。今の平安神宮・京都市立動物園付近にあった）の西北にあった。天台円頓戒の復興に努めた恵《え》鎮《ちん》が後醍醐天皇の帰依を受け、元応年中（一三一九～一一）に年号に因んで「元応寺」の勅額を賜ったという有力寺院である。当時は法勝寺と並ぶ戒灌頂の道場として知られた。恵鎮は近江国浅井郡の出身で台密黒谷《くろだに》流の祖、『太平記』の成立にも関与して執筆材料の提供者の一人であったといわれる。『三国伝記』が『太平記』を好個の取材源としており、また『太平記』と同系統の資料に依拠したとおぼしい話があることも偶然ではなさそうである。

恵鎮の一番弟子として元応寺の付属を受けた（後を託された）のは光宗である。光宗は記家の学匠として知られる。記家とは顕・密・戒・記に四分される中世天台教学の一つで元来は比叡山の記録故実を専門とするが、それらにみな秘事秘伝を説いて口伝相承し、それを究めることが得脱成仏の道につながるとするきわめて中世的な教学の分野である。光宗の『渓嵐拾葉集』はその教説を大成した書で全三百巻、うち現存するもの百十三巻という巨巻である。(8)

運海は光宗に学んだ。運海の事跡の解明は近年牧野和夫氏の卓抜した研究(9)を得て飛躍的に進展した。その結果、運海は師の光宗と同様あるいはそれ以上に近江と関わりの深い学僧であったことが明らかになってきたのである。私も多くを牧野氏に教えられながら、若干の知見を加えてしばらく運海の足跡を追いかけてみたい。

3　霊山寺と十輪寺の在り処

元応寺歴代の事跡を簡潔に記した『元応国清寺列祖之次第』なる文献に、運海が貞治元年（一三六二）に光宗の

図22　平流山（荒神山）の寺社

後を継いで元応寺の第五祖となり、明徳元年（一三九〇）に九十歳で入滅した旨の記事があることが牧野氏によって明らかにされた(10)。そこにはまた運海が近江十輪寺の開山であったとも記されているが、この十輪寺については後で述べよう。

元応寺に止住する以前にはどこにいたのか。どうやら近江の霊山寺《りょうぜんじ》にいたらしい。渋谷亮泰氏の労作『昭和現存天台書籍綜合目録』によって運海の事跡をたどると、彼は現存するだけでも四十部に近い書籍を著作または書写している。それらの書写年代は二十代の前半から八十歳に至っており、生涯を真摯に貫いた学究としての人柄がしのばれるが(11)、奥書に書写場所が明記されている場合、元応寺以外では霊山寺であることが多く、とくに四十歳前後の壮年期にはこの寺に止住していたのではないかと思われる。

彼は暦応元年（一三三八）に師光宗の著述した『渓嵐拾葉集』の一冊（巻百六）を書写しているが、巻末の奥書には、

　暦応元年十一月十三日、於二倍山霊山寺一。賜二自筆御本一令二書写一畢。留二賜後賢一。共期二仏慧一。求菩提沙門運海記レ之。

と記している。光宗の自筆本を賜って書写したのである。翌暦応二年（一三三九）二月二日には『合壇灌頂随意私記』を写して、やはり同じように「近江州愛智郡倍山霊山寺」において光宗の本を賜って写した旨を記している。『渓嵐拾葉集』巻十九には建武五年（一三三八）八月に「霊山寺」で、巻二十八には康永元年（一三四二）六月には「江州霊山寺密厳菴」で光宗が記した旨の奥書があるから、この寺には光宗も止住していたことがわかり『渓嵐拾葉集』の著述も一部はここでなされたと思われる。

この霊山寺は平流山《へる》（荒神山）にあった。この寺は現存しないが、平流山にあったことを証する史料はさまざまにある。まず『御前落居記録』の名で知られる室町幕府の訴訟処理記録。その永享四年（一四三二）九月二十九日

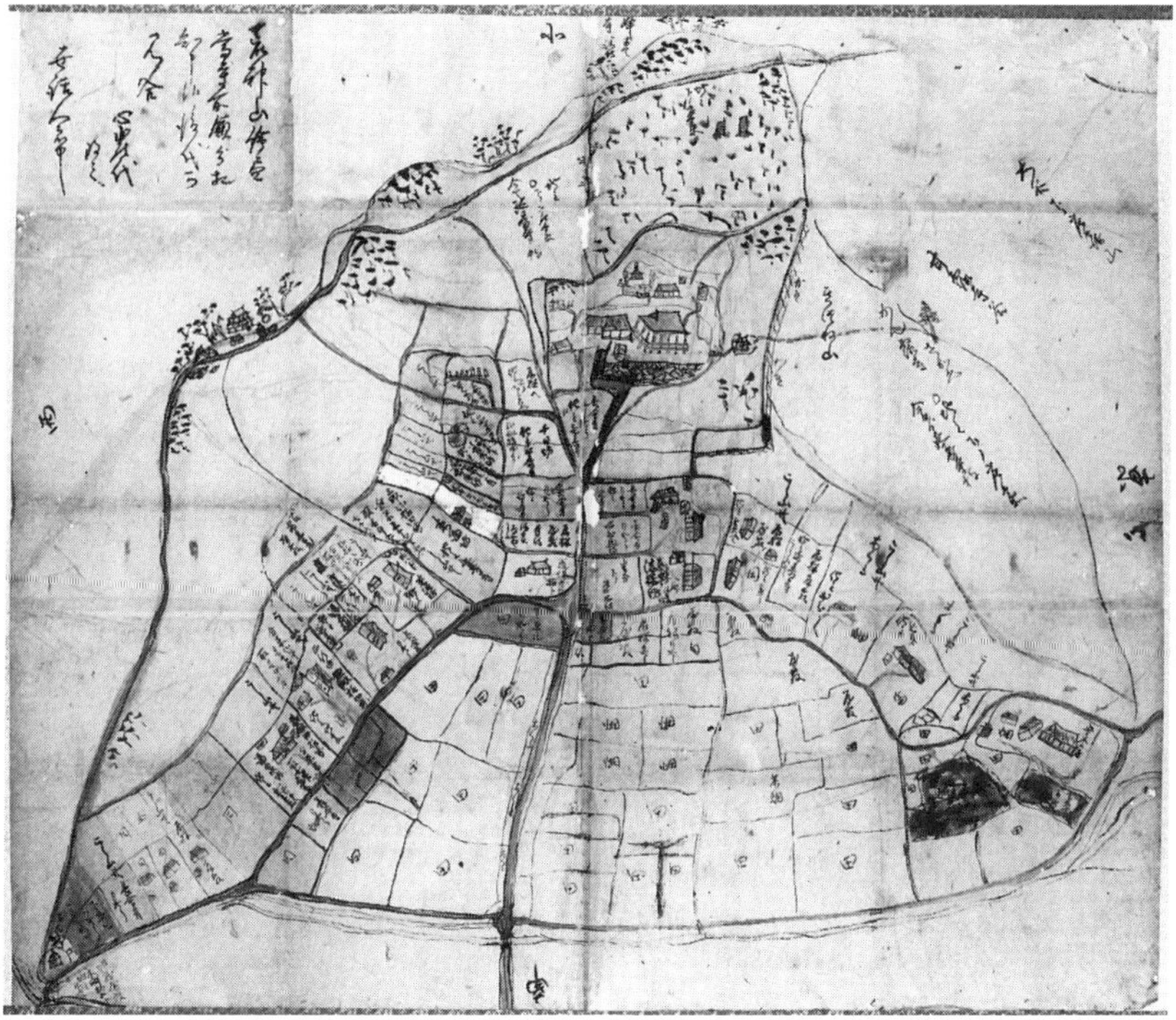

図23　延寿寺領絵図（18世紀中頃）（延寿寺蔵。写真提供　彦根城博物館）

付文書には近江国の「愛智下庄」の霊山寺と延寿寺が山林の境を争ったことを記す[12]。平流山はいまは彦根市に属するが往時は東半が犬上郡、西半が愛智郡（いまは「愛知郡」と書く）に属した。旧愛智郡の延寿寺はいまも平流山の南西麓に臨済宗の寺院として存在する。ただし佐野の善勝寺と同様一度は廃滅して近世に再興された寺である。これも中世には天台宗の大寺院だったが、信長の兵火に焼亡したのである。

延寿寺と境界を争った霊山寺は当然それと隣接する位置にあったはずだが、場所は未だ確定できない。明和八年（一七七一）ごろの『延寿寺領絵図』[13]には、現在の延寿寺から山麓一帯にかけて同寺に属する多数の寺坊が軒を連ねて描かれているが、残念ながらかつて存在した霊山寺の場所を示唆する文言や絵は見当たらない。延寿寺領の東側は「甘露寺谷」と記しており、西側には地名の記入がない。西側の境界線の外側、稲村山（平流山の東南隅から東に張り出した尾根）の稜線らしい場所に二層の建物が見えるのが気になるが何を意味するのか不明である。

ところで、霊山寺の在り処が「倍山」と呼ばれていたことは前掲の奥書にも見えたし、延寿寺も同様の山号を称していたことが文明十六年（一四八四）の「延寿寺内静林寺修造勧進状」(14)によってわかる。また『淡海《おうみ》温故録』(15)には平流山の山頂にあった奥山寺について、

行基老年ノ節、犬上郡に四十九ケ所ノ伽藍ヲ営造シ、此奥山寺ヲ奥ノ内院トシ、即此寺ニ居住也。其時平流山ヲ倍山ト改ラレタル由云伝ヘリ。

と記していて、「倍山」が平流山であることは明白である。奥山寺の縁起については後に詳述するが、この寺は境内に祀られた三宝荒神が信仰を集め、明治初年の神仏分離の際に奥山寺を廃して荒神山神社となった。荒神山の名はここに由来する。

さて、霊山寺と隣接していたらしい延寿寺の西側に位置する稲村山（平流山が南に突き出した尾根）の上には稲村神社が鎮座している。この神社はもと山麓の塚村（彦根市稲里町塚）にあったのだが、これも信長の兵火に焼かれ、一時は神霊を塚村の南の下平流《しもへる》村（同稲里町下平流）の山田家に移し祀ったが、後に稲村山上に社地を移して再興したと伝えている。(16)もと大平山と呼ばれていたその山は、その時から稲村山と呼ばれるようになった。ところが、ちょうどそのころから霊山寺の消息は杳《よう》として知れなくなる。おそらくこの時の兵火によって廃絶したのだろう。

稲村神社は旧愛智郡に属した平流山西半の山麓一帯の村々の産土神である。稲村神社と霊山寺は近接してごく親しい関係にあったと思われる。神崎郡佐野の善勝寺と上山天神の関係、あるいはそれ以上に深い関係にあったのではないだろうか。牧野氏が指摘されたとおり、運海は永和四年（一三七八）十月十日『梵網経盧舎那仏説菩薩心地戒品』の刊本を稲村神社に奉納している。その時、運海はすでに七十八歳の高齢で、霊山寺を去って久しかったが、

図24　荒神山神社（元奥山寺）

図25　稲村神社

彼にとって稲村神社は霊山寺と一体化して感じられる懐かしくも親しい神社であったと思われる(17)。

先にも触れたとおり『元応国清寺列祖之次第』によれば、運海は江州十輪寺の開山であった。この寺も現存しないが、所在地を知る手掛かりとなるのは、恵鎮の著『四教五時略名目』の真如蔵本の奥書中に見える「文明十六年、於神崎郡稲葉十輪寺、禅洞写」という文言である(18)。この書が書写されるにふさわしい天台寺院が文明十六年（一四八四）「神崎郡稲葉」に存在していたのである。運海が開山となった十輪寺はこの寺である可能性が大といえる。

稲村山から南へ約三キロメートル、愛知川の右岸にほど近い彦根市下稲葉町（旧神崎郡稲葉村）には大きな寺院遺跡があり、集落の西の田圃を「十輪寺」と呼び、集落のあるところは「堂の内」と呼んで、室町幕府の祈禱所「十輪寺」の址と伝えている(19)。これが運海の開いた寺であったろう。そこから南へ僅か二キロメートルほど行けば佐野の善勝寺がある。運海の生活圏は善勝寺のすぐ傍にあった。十輪寺の名は『地蔵十輪経』に因み、本尊は地蔵であったと思われる。地蔵といえば、先に述べた通り、運海は霊験あらたかな白河の地蔵尊を善勝寺の日海に託して地福寺を建立させたという。日海に地蔵を託したのは運海自身が地蔵を本尊とする十輪寺を建立したのと一連の動きであったのだ。

4　飛来した平流山――奥山寺縁起――

平流山《へる》（荒神山）は東北と西南を結ぶ線を長軸、西北と東南を結ぶ線を短軸とする細長い台地状の山である。その細長い頂上の台地に奥山寺があった。それが現在の荒神山神社の前身であることはすでに述べた。この神社の境内からは湖上遥かに小さな多景島《たけ》と彼方の竹生島《ちくぶ》とが一直線に重なり合って見える。このような光景が見られる場所はここ以外にはない。私が訪ねたのはまだ風の冷たい早春の一日だったが、広い湖面は鏡のごとく、遠い島影はあくまでもくっきりと、神々しくも不思議な眺めに、私はこの地が聖地であることを一も二もなく実感させられた。

この奥山寺の縁起を語るのが『三国伝記』巻二第12話「行基菩薩事」である。前半は『太平記』に取材した話で、「行基は和泉国の人。天平十七年に大僧正となった。東大寺大仏の開眼供養の時、聖武天皇は行基に導師を勤めるよう命じたが、行基は天竺から婆羅門《ばらもん》僧正が渡来することを予知して、難波の津に婆羅門を出迎え、導師の役を譲った」という古来著名な話を語る。後半は典拠不明で、一転して中世的縁起の世界となる。

其の後、行基菩薩近江国に止住して寺塔を建立ありき。湖水の東岸に平流山あり。元は天竺霊鷲山《りやうじゆせん》の一岳にてありけるが、仏法東漸《とうぜん》の理《ことはり》に依りて、大蛇の背の上に乗じて月氏より日域に化来《けらい》せり。その蛇は石と化してこの山を戴きて東に向ひて今にあり。毎日三度口を開く。蛇石といふ、これなり。峰に巌窟あり。鷲の岩窟《いはや》と号す。行基乳子の時、母の樹の俣に捨てたりしを、この岩洞より金色の鷲飛来りて助け奉りし故なり。

しかればすなはち鷲頭《じゆづ》の嶺の嵐は常在不言《じやうざいふごん》の口を閉ぢ、鷺池《ろち》の麓の水は曾波青蓮《そうはしやうれん》の眼《まなこ》を開く。これによりて行基四十九ケ所の伽藍を建立あるに、当山を奥の院として奥山寺と名付けて説法利生ありけるに、四弁八音の法雨は頻《しき》りに有漏《うろ》の塵垢を洗ひ、大慈大悲の智恵の露は普《あまね》く不信の衆生を資《たす》く。まことに貴き霊場なり。

この説は若干の変化を生じつつ近世の地誌類に広く受け継がれた。たとえば『近江輿地志略』[20]の「平流山奥山寺」の項には、次のような記事がある。

寺記に曰く、行基菩薩御老年に至り犬上郡四十九院の宿より始めて此処まで四十九の伽藍を建立し、奥山寺を奥の院とす。故に奥山寺の名あり。此山は天竺霊鷲山の一岳、仏方東漸するによりて、大蛇背に載せて月氏国より日本に化来し、蛇は巌石と化し此山を戴き、東に向かひ毎朝三度口を開き日光を呑む、尾は西洞にあり、峰に巌崖あり、鷲飛来《きた》つて蛇の労を助く云々と。三国伝記にも此事あり。本尊大日如来、左右に文殊・不動を安置す。奥山寺とも仮殿寺ともいふ。寺院四坊あり。千手寺・念仏寺・勝正寺・満蔵院、是なり。

行基が畿内に四十九の寺院を建立したとする説は史実としては認め難いが、『続日本紀』天平勝宝元年（七四九）二月二日条の行基の卒伝が、

和尚、霊異神験、類に触れて多し。時の人号《なづ》けて行基菩薩と曰ふ。留止《とどま》る処には皆道場を建つ。その畿内には凡そ四十九処、諸道にも亦往々に在り。弟子相継ぎて皆遺法を守り、今まで住せり。（原文は漢文）

と説くように、相当早くから流布していた。四十九という数は『観弥勒菩薩上生都卒天経』に説く都卒天《とそつてん》内院の四十九重の宝殿に由来する。弥勒信仰と関係が深い修験の山々ではとくに聖なる意味を持った数字で、大峯山の内には四十九院の石室があるといい、英彦山《ひこさん》には四十九窟があると説くのがその例である(21)。行基が建立した寺院の数が現実に四十九だったとは思えないが、『行基年譜』に記す四十九院の分布は摂津十五・和泉十二・山城九・大和七・河内六で、僧院が三十六、尼院が十三である(22)。

しかし、奥山寺の縁起は行基が畿内にではなく近江に、四十九の寺院を建立したと説いているのであって、一般に流布していた説とは異なる。『続紀』にいう「諸道にも亦往々に在り」は、畿内の四十九か所のほか、諸国にも行基建立の寺院があるという意味であろうが、この文句を拡大解釈して地方的な変奏曲を奏でているのが近江の四十九院説という関係にあるのだろう。

近江において行基開基伝説を持ち、四十九院の一つと伝える寺院は、湖東の平流山の周辺、すなわち犬上郡と愛智郡に集中的な分布を示している(23)。それは南隣の神崎・蒲生郡一帯に善勝寺や観音正寺、石馬寺など聖徳太子開基伝説を持つ寺院が多いのと対照的であって、それなりに理由があって生じた伝説であり分布状況であるに違いないのだが、未だ理由は解明されていない(24)。

ところで、奥山寺の縁起は、平流山が月氏（天竺）から飛来したと語っている。山が飛んで来たとは雄大な想像力であるが、これには先例があった。中世には比叡山や金峯山《きんぷせん》も飛来したと考えられていたのである。運海の師光

宗の『渓嵐拾葉集』巻六には、次のような説が見られる(25)。

天竺飛来峰の縁起に云はく、霊鷲山《りやうじゅせん》の艮《うしとら》の角闕《すみか》けて飛び来たりて唐土の天台山と成り、天台山の艮の角闕けて飛び来たりて我が国の比叡山と成れり。此の三国飛来峰、皆白猿に乗りて飛び来たれり。故に、天竺の霊鷲山・唐土の天台山・我が国の比叡山皆王城の艮の方に有り。西天の霊鷲山の鎮守には猿を以て使者となす。天台山円宗寺の鎮守も又申《さる》を以て使者となす。我が国山王にも又申を以て使者となす。其の中に白猿を以て権《ごん》者《じゃ》の猿となす。故に、社頭に手白の猿有り。思い合はすべし。(原文は漢文)

天竺(インド)の霊鷲山の艮(東北)の角が欠けて唐土(中国)の天台山となり、天台山の艮(東北)の角が欠けて日本の比叡山になった。「故に」霊鷲山・天台山・比叡山は皆王城の艮(東北)にあるという論理である。「故に」と言われても我々には容易に納得しがたい論理であるし、論理どころか山の位置関係からして既に納得できない。天竺の霊鷲山が王舎城の東北、日本の比叡山が京都の東北に位置するのは認めるとしても、唐土の天台山は中国浙江省の山である。どの王朝の都から見ても艮(東北)にあるとはいえないはずだ。しかし、中世天台記家の発想においては、そのような詮索は問題にならなかったようだ。仏法は東漸《とうぜん》した。天竺の東北に唐土があり、唐土の東北に日本はある。仏法の東漸とは実は東北へと向かう運動であった。その動きの凝縮する地点に日本は位置するのである。少なくとも日本天台では古来そのように理解されてきたのである。

図26　中国の飛来峰

わかりやすい説話に例をとろう。『今昔物語集』巻十一

第12話の後半（『打聞集』第16話も同話）には、「智証大師（円珍）は日本の比叡山にいながら中国長安の青竜寺の火事を知り、加持した香水《こうずい》を西に向かって投げかけた。すると青竜寺では遥か艮（東北）の方角から雨雲が来て大雨を降らし、金堂を火災から救った」という話がある。この雨雲は日本から来たのであろうから、日本は中国（長安）から見て東北に位置すると認識されていたことがわかる。

また『今昔物語集』巻十一第11話（『打聞集』第18話、『宇治拾遺物語』第170話も同話）は、「慈覚大師（円仁）が唐に留学中、武帝の仏教弾圧に遭って国外脱出を図って彷徨《さまよ》うちに、人の生血を絞って纐纈《こうけち》染め（括《く》り染め）を作る恐ろしい城の内に迷い込んでしまう。そこで大師は「艮（東北）の方に向ひて、我が山（比叡山）の三宝、助け給へ」（宇治拾遺）と祈ったところ、辛うじて脱出に成功、無事帰国できた」という話である。ここでも日本（比叡山）は中国の某所から見て東北にあると意識されているのである。

これは現代の地図を念頭に置いた話ではない。当時の人間にとって日本が中国より東にあるのは共通の了解事項だったが、東北・西南の関係にあるとは必ずしも思われていない。たとえそう思われていたとしても、それをいちいち表現しようとはしない。

たとえば、「弘法大師（空海）が唐に留学中、日本に向かって三鈷《さんこ》を投げ、帰国後それを高野山中で発見した」という話は、高野山金剛峯寺《こんごうぶじ》の創始に関係してきわめて著名な話であったが、大師が艮（東北）方に投げたとは語られていない。この話を記す最古の文献『金剛峯寺建立修行縁起』には「三鈷をもって日本に向ひて投ぐ。すなわち三鈷遥に飛びて雲中に入る」とあるだけで方角は明示していない。(26)『本朝神仙伝』の空海伝や『今昔物語集』巻十一第9話も同様である。表現するかしないかの差であったとしても、この差の意味するところは大きいのではないだろうか。東北に向かうベクトルの認識は天台において特に顕著であったといえそうである。

もとはといえば比叡山が京都の東北に位置していることから発想されたベクトルであったろうし、中国天台の聖地である天台山が中国でも南の浙江省の比較的海岸に近いところにあることも、これを加速させたであろうが、そこから敷衍して、天竺の霊鷲山を起点とした仏法東漸の流れが、実は仏法そのものが内包する東北方へのベクトルの発現であったというふうに想像するとすれば、霊鷲山が王舎城の東北にあるのは意味のあることになり、その山の東北の角が欠けて東北方の中国へ飛んで天台山となり、そのまた東北角が欠けて東北方の日本へ飛んで来たのも意味のあることになる。比叡山が京都の東北に位置するのもそういうベクトルの発現にほかならないし、もしそうだとすれば、中国の天台山も当然王城の東北にあるはずであり、あらねばならない――最初からそうなるように布石しておきながら、置いた石を法爾《ほうに》（天然自然そのままの姿）のものと見て、難思《なんじ》（深遠で思量し難い）の意味を読み取ろうとする論理のあり方は、ご都合主義も甚だしいと言えるけれども、こじつけにはこじつけなりの必然性があり筋があるのであって、ここではその筋を見極めることの方が大切である。

考えてみれば、どの方角へであろうと、山の飛来を想像すること自体すでに十分に超自然的な発想であった。権《ごん》者《じゃ》である白猿に担がれての飛来には、むろん比叡山の鎮守日吉《ひえ》山王の神使とされる猿が意識されている。鎮守神としての猿はその土地が移動すれば当然一緒に移動するはずであった。山が来たからには山の神も一緒に来て不思議ではない。この白猿のイメージの背景には唐の伝奇小説『白猿伝』の影が見え隠れしており、さらにその彼方には古代インドの伝説『ラーマーヤナ』で活躍する猿神ハニュマーンとの関係を想定することさえ不可能ではない。比叡山の飛来伝説と白猿との関わり、それらの背景をなす天台記家の思想等々の問題については、最近牧野和夫氏や黒田彰氏などによって新資料の報告が相次ぎ、精緻な考察が繰り返されて、研究の進展は目を見張るばかりである。(27)但し、そこに発掘、提起されている問題は余りにも細緻にわたり、半可通な要約はかえって誤解を生むばかりと思われるから、ここでは深入り避け、ごく常識的な次元から出直すことにしたい。

5　修験と飛来峰伝説――五台山の飛来――

奥山寺は平流山《へるさん》の頂上に位置して、後に述べるように、中世には修験と深い関係を持つ天台寺院であった。後に荒神山と改名する理由になった三宝荒神も、もともとは修験者の管理する神だったのである。修験の山には飛来伝説が付きまとっている。その代表は吉野から南に熊野まで延々と続く修験の山々、その中枢部を大峯《おおみね》あるいは金峯山《きんぶせん》と呼ばれた山群であった。金峯山飛来伝説の最も古い記録例は、『諸山縁起』のうち「大峯縁起」の「式部卿重明《しげあきら》親王記事」に見られる次のような記事である。(28)

承平二年二月十四日、貞崇《ぢやうすう》禅師、金峯山の神区を述ぶ。古老の相伝に云はく、昔漢土に金峯山あり。金剛蔵王菩薩の住《すまひ》なり。しかるに彼の山飛び移りて、海面に泛《うか》んで来たる。この間、金峯山は則ちこれ、かの山なり。（原文は漢文）

重明親王は醍醐天皇の皇子、日記は『吏部王記』の名で知られる。親王にこの話をした貞崇は真言宗の高僧で、承平二年（九三二）には醍醐寺座主の要職にあった。彼の師は吉野・大峯修験の中興の祖と仰がれた理源大師聖宝《しようぼう》であるから、いかにもありそうな話ではある。『諸山縁起』の成立は鎌倉初期以前としかわからないが(29)、小峯和明氏の研究によれば、白河院政期の大学者大江匡房《まさふさ》が作製した願文を集めた『江都督納言願文集』に「初め西海の西に在れども、五雲に乗りて飛び来たり、今は南京の南に峙《そばだ》つ」という一節があるので、平安後期にはすでに周知の伝承になっていたらしい(30)。

この伝承の意味の解明にいちはやく取り組んだのは廣田哲通氏であった(31)。廣田氏は「唐土《もろこし》の吉野の山に籠るともおくれむと思ふ我ならなくに」（古今集）のように「唐土の」が「吉野」の枕詞として機能している和歌が少なからず存在することに注目し、現代人にとっては奇異としか思えない「唐土」と「吉野」との組み合わせが成り立つ理由は上述の飛来峰伝説にあること、即ちもとは唐土にあった山が飛来して吉野山（金峯山）になったという伝承が前提としてあることを明らかにしたのである。

廣田氏はまた、この伝承が中世の『古今和歌集序聞書三流抄』(32)（以下『三流抄』と略称する）などの注釈書類や『金峯《きんぷ》山創草記《せんそうそうき》』などの修験道教義書類に流布して見られることも明らかにした。たとえば『三流抄』は「綏靖《すいぜい》天皇の時、日本に金の山を作ろうとして、乙見《おとみ》という人に相談したところ、『日本は小国なので叶い難い。大国の金山を宣旨で招き寄せ給え』と進言したので、大国の方に向かって招請したところ、大唐の五台山の坤《ひつじさる》（西南）が欠けて飛来し、途中で二つに割れて一つは金峯山、一つは筑波山になった」と伝えているのである。

これとほぼ同じ伝承は『筑波《つくば》山流《さんる》記《き》』にも記録されているが、そこでも飛来・分裂したのは五台山である(33)。五台山は中国山西省にあって文殊の聖地として名高い。長安から見ると遥か東北方に位置するから、距離はさておき方角だけでいえば、王城の東北説にとっては天台山より五台山の方が都合がよいはずだが、金峯山の飛来を説く伝承では東北方は問題にならない。この系統の伝承の代表例を『金峯山秘密伝』（成立は鎌倉時代か）に見てみよう(34)。

一、金峯山大峯習事

伝へて云く、当山は是れ鷲峰《じゆぶ》の分かれ、即ち釈尊遊化《ゆけ》の勝地なり。昔、宣化天皇即位三年、難思《なんじ》の霊瑞あり。西天鷲峰の巽《たつみ》の角、金剛窟の坤《ひつじさる》の方分かれて此の土に来たり、離れて当山となるなり。大聖《だいしやう》釈尊の本誓《ほんぜい》鷲峰に顕れ、内証《ないしやう》王舎に表る。今かの山来たりて和州に住《とど》まる。和州は即ち王城なり。此れ法爾《ほふに》の大義、難思《なんし》の因縁なり。今、大峯中の一高嶽、此《ここ》に釈迦嶽《しやかがたけ》と云ふ。甚秘《じんぴ》これを思へ。鷲は此れ西方金精《こんしやう》の神、金は即ち酉《とり》の利性なり。即ち金は能変、西は此れ所変、故に発心《ほつしん》能変の金、東土に居して金峯山と名づけ、所生《しよしやう》菩提の鷲、西天に在りて鷲峯山と号するなり。亦大聖釈尊金人《こんじん》の所住故に金峯山と云ふなり。

（中　略）

一、金剛蔵王最極秘密習事

相伝して云く、当山は是れ鷲峰《じゆぶ》の分かれ、吾が国の勝地なり。霊験無双にして利生此の地に極まれり。即ち宣化天王即位三年八月中旬、雲上に声あり。その韻数万の音なり。国土大きに動きて震雷の如し。即ち空に声ありて告げて云く、「大菩提茲《ここ》に来たる」と。王臣悟らず。然《し》かあるに、諸神即ち神変を現じ、天照大神《あまてらすおほみかみ》に通じて云く、「菩提とは此れ如何なる物か。願はくは之れを顕示し給へ」と。即ち天照大神、諸神に告げて云く、「吾れ天下を治めて後、数千万歳を経て後、日月久しといへども、仏法いまだ来たらず。今此の土の衆生宿因の故に、仏生国《ぶつしやうこく》の巽《たつみ》の角、金剛窟の坤《ひつじさる》の方、即ち五彩の雲に乗りて飛び去り、巨海の波に浮かびて此《ここ》に来たる。即ち大峯に留まりて金山《こんせん》となるなり」と。此れ今の蔵王涌出《ゆうしゆつ》の霊窟是れなり。（原文は漢文）

飛来したのは霊鷲山または仏生国（天竺）の巽《たつみ》（東南）の角、金剛窟の坤《ひつじさる》（西南）の方であった。つまりこの系統の伝承では東北ではなく東南の西南（つまりは南）が重視されるのである。金峯山は吉野から大峯に続く修験の山々をさすが、特にどの山を指すと決めるのは難しい。時代と立場によって微妙に相違するからである[35]。伝承の実例を見ても、ある場合には吉野山（山下《さんげ》蔵王堂や金峯山神社がある）、ある場合には山上《さんじよう》ヶ岳（山上《さんじよう》本堂がある）や弥山《みせん》などのいわゆる大峯の山々を意識しているなど、微妙に異なる。だが、吉野であれ大峯であれ、要するに金峯山は奈良や京都から見れば遥か南方に位置する。しかも西南方は裏鬼門にあたる。したがって、金峯山修験の立場からすれば、日本天台が京都に対する比叡山の位置と鬼門の方角からして東北方を重視したのと同じ意味で、南方を重視したのは当然といえるのである。

さて、金峯山が飛来したのは宣化天皇三年の八月中旬であったという。その時代には宣化・欽明の両朝廷が並立していた。宣化天皇の三年は欽明天皇の七年に当たる。『日本書紀』は百済の聖明王が仏像と経論をわが国にもたらしたいわゆる「仏教公伝」の年を欽明天皇十三年（五五二）とするが、『元興寺《がんごうじ》伽藍縁起』や『上宮聖徳法王《じょうぐうしょうとくほうおう》帝記《ていせつ》』はそれを欽明天皇七年（五四六）の出来事としており、中世にはむしろこの方が一般的な説であった。つまり『金峯山秘密伝』のいう金峰山の飛来は、仏法の日本伝来と重なるのであって、だからこそこの山は日本で最も聖なる山だと主張しているのである。

五台山飛来説は相当広い範囲に流布していたらしい。近世の文献ではあるが、羽前金峰山《きんぼうざん》（山形県鶴岡市）の『金峰山万年草』には、(36)

雅々拾遺に云く、縁起に、大唐の五台山の丑寅《うしとら》の角一方欠け、紫雲に乗りて我朝に来たり、大峯となれり。このこころを歌にも「もろこしの吉野の山」とは詠めるなり。

とあり、武蔵都幾川《ときがわ》（埼玉県比企郡）の修験資料『役行者《えんのぎょうじゃ》縁起』には、(37)

そもそもこの吉野山と申すは、もとは唐土にありける山なり。仏すでに涅槃《ねはん》の雲に隠れ給ひし後、人の心邪険にあり、瞋恚《しんに》欲悪の母となりしかば、五台山の丑寅《うしとら》の角分け裂けて、五色の雲に乗りつつ漢土にぞ移りける。この山の大石みなことごとく黄金なり。かるが故に山の名を金峯山と申す。守護神は金剛蔵王菩薩と申すなり。ここにして多くの星霜を送りしに、なほ仏法東漸の理をもて、この山俄《にはか》に飛び揺るぎ、海に浮かびて一夜の程に日本国に渡りけり。

とある。これらは吉野・大峯の飛来を説きながら、五台山の「丑寅」（東北）の角が飛んだとしており、とくに『役行者縁起』では、天竺の五台山の東北角が唐土に飛来して後、さらに飛び海に浮かんで日本に来たと語っていて、比叡山飛来説との混線を否めないが、それでも飛来したのが天台山ではなく五台山であることに注目する必要がある。

6　飛来峰伝説の諸相

天台山は中国天台の開祖天台大師（智顗《ちぎ》）の修禅の地で、中国天台の根本道場であり、伝教大師（最澄）もここで学んだ。日本天台がこの山を聖地と仰いだのは言うまでもない。一方、五台山は文殊の聖地として名高い。『華厳経』の「諸菩薩住処品」に、閻浮提《えんぶだい》の東北方に清涼山《しょうりょうせん》という山があり、文殊菩薩が眷属《けんぞく》の諸菩薩に説法している旨を説くのに由来し、清涼山の別名があるのもそのためである。慈覚大師円仁の『入唐求法巡礼行記』や成尋《じょうじん》阿闍梨の『参天台五台山記』で知られるように、日本の留学僧もしばしば参詣しており、成尋より少し前にこの山に詣でた奝然《ちょうねん》は、洛北の愛宕山を五台山に模して清涼寺を建立しようとしたが成らず、弟子盛算が志を継いで一寺を建立、奝然が持ち帰った釈迦像を安置したのが嵯峨野の清涼寺釈迦堂であることはよく知られている。

しかし天台山であれ五台山であれ、その飛来を説く漢籍はまだ発見できないでいる。この二つの山に限らず中国には飛来峰伝説そのものが少ないようだが、探せば見つかる。山陰県（浙江省紹興市）臥竜山の南の亀山は、別名を怪山といい、もとは瑯耶《ろうや》（山東省東南部）の東の海中にあった山が往古一夜にしておのずから来たので、民は怪しんで怪山と呼び、一名を飛来山または自来山と呼んだという話が『越絶書』や『呉越春秋』などに見え、『水経注』にはこの山が飛来したとき数百家が圧殺されたとある。[38] また安徽省の黄山には飛来峰があって頂に飛来石があり、福建省霞浦県の西北にも飛来山があるが、飛来伝説の詳細については未詳。[39] 中国における飛来峰伝説の分布とその意味についてはさらなる探索が必要だろう。

ところで廣田氏は、わが国の『役行者霊験記』に「大明一統志三八曰、杭州府ニ天竺峰アリ。上天竺寺、下天竺寺ト云アリ」とあるのを注目されたわけだが、『大明一統志』巻三十八にはたしかに次のような飛来伝説が記され

ている。(40)

飛来峰。府城の西三十里にあり。晏殊《あんしゅ》の地誌に、晋の咸和中に、西天の慧理、この山に登りて歎じて曰く「此はこれ中天竺国の霊鷲山の小嶺なり、知れず何れの年にか飛び来たれる」と。よりて名付けてその峰を飛来といひ、一に鷲嶺といふ。宋の梅詢《ばいじゅん》の詩に、「竺慧この峰を指して、霊鷲より飛び来たれりと。猿鳥いまだ知らず、烟嵐《えんらん》なほ旧《ふる》きに依る（以下略）」と。（原文は漢文）

ただし、『役行者霊験記』の著者は『大明一統志』に直接取材したのではない。なぜなら、それとほぼ同文の記事が美作後山《みまさかうしろやま》（岡山県）の『後山霊験記』にも見られるからである。(41)そこには、

大峯は天竺より飛び来たれりといふ。大唐にもこの例あり。大明一統志といふ書物三十八に、杭別府に天竺峰あり。上天竺寺と下天竺寺とあり。日本仁徳天皇の十四年以後に当たる。西天の僧恵理この山に登り、歎きて曰く「これはこれ中天竺の霊鷲山の小嶺なり。いづれの年に飛び来たる」と。それより飛来峰また鷲の嶺といふ。故に釈迦が嶽あり。

とあって、やはり『大明一統志』巻三十八にあることを明示しているのである。『役行者霊験記』と『後山霊験記』に親子関係があるとは思えず、偶然の一致とも思えないから、両書より前に『一統志』にこの伝説を「発見」して、その旨を記した者があったのであり、両書はその「発見」情報の末端に位置していると考えるべきだろう。なお『後山霊験記』の引用文末尾に「故に釈迦が嶽あり」とあるのは、大峯連山の一峰、釈迦ヶ岳のことで、付近には仏生《ぶっしょう》ヶ岳もあり、霊鷲峰または飛来峰の別名がある。(42)仏生ヶ岳の名が仏生国（天竺）に因ることはいうまでもない。

また、豊後霊《りょうぜん》山の霊山寺（大分市岡川）について『太宰管内志』や『豊後国志』は、天竺僧那伽がこの山を見て「わが霊鷲山がいつ飛来したのか」と嘆じ、伽藍を建立して飛来山霊山寺と名付けたのに始まると説いている。(43)中国の天竺峰飛来伝説を下敷きにしていること明白であり、中国の飛来峰伝説から日本のそれが作られた事実を端的

に物語る証拠でもある。

これらはいずれも近世の文献であり、『後山霊験記』に至っては幕末嘉永七年（一八五四）の写本であるが、『大明一統志』が刊行されたのは明の天順五年（一四六一）であるから、その直後に日本に舶来したとしても、さほど古い時代のことではない。『大明一統志』は日本では和刻本が出たほどもてはやされたが、比叡山や金峯山の飛来伝説はもっと古くからあった。『大明一統志』自身が晏殊《あんしゅ》（九九一～一〇五五）の「地志」を引き合いに出しているほどだから、中国においても天竺峰飛来伝説の歴史は古い。

管見の及んだ範囲では、まず元の至正十四年（一三五四）に成立した『釈氏稽古略』巻二「東晋成帝」条に、(44)

飛来峰。西天竺国の恵理法師、この年震旦に来遊し、浙西杭州に至りて、山巌秀麗なるを見て曰く「わが国中天竺の霊鷲山の一小嶺、知らず何れの年にか飛び来たれる。仏の在世の時、多く僊霊の隠るるところとなす。今ここにもまたしからんか。洞ありて旧《ふる》く白猿ありき」と。ついにこれを呼ぶに、白猿声に応じて出づ。人はじめてこれを信ず。飛来とはこれによりて名を得たり。（原文は漢文）

とある。天竺僧恵理が「私の国の霊鷲山の一小嶺だ。いつ飛来したのか」と言い、「仏在世時には仙霊が多く隠れていたが今もそうであろうか。昔は洞があって白猿がいたものだが」と言って呼びかけたところ、声に応じて白猿が出てきたので、人は山の飛来を信じたというのである。わが比叡山の「飛来峰縁起」に見られた白猿がここに登場しているのは注目に値しよう。

この飛来峰は杭州市の郊外にある標高一六九メートルの小さな山である。岩石が突兀と聳え、青林洞・玉乳洞・射旭洞・呼猿洞など天然の洞窟が多く、それらには五代後周の広順元年（九五一）造像の弥陀三尊を最古、宋代の破顔一笑の弥勒を最大として、十四世紀頃まで数百体の石仏がある。古来著名な名刹、聖地である。

また、南宋の咸淳五年（一二六九）に成立した『仏祖統紀』の巻五十三「名山勝迹」条には、(45)

天竺山。晋の成帝。沙門恵理、虎林山に至りて、驚きて曰く、「中天竺の霊鷲の小嶺、いづれの年にか飛び来たれる」と。よりて天竺山飛来霊隠寺と名づく。（原文は漢文）

とあって、この話が古来有名であったことが知られる。残存する資料の偶然かもしれないが、最初は「いつ飛んできたのか」と感嘆しただけの話が、いろいろと証拠を並べて本当に飛来したと力説する話になり、ついには飛来したのが自明のことになっていった道筋が見て取れるようである。いずれにせよ、この種の話が早くに伝来して日本で飛来峰伝説を生み、その出自を忘れた頃になって、同じ話が新来の『大明一統志』で再発見され、「大唐にもこの例あり」と見栄を切るに至ったのである。先に述べた布石と法爾《ほうに》・難思《なんじ》との関係が、ここでも繰り返されているのである。

この天竺峰は浙江省杭州市郊外の山であるから、同じ省にある天台山には比較的近い。白猿の伝説があることも比叡山飛来伝説との関係の深さを感じさせる。では五台山飛来説はその訛伝なのか。そうではないらしい。現存の文献記録で見るかぎり、比叡山より金峰山の飛来伝説の方が遥かに古いのである。これに関連して五台山と金峯山との信仰的共通性を探った山本謙治氏は、五台山を文殊の聖地としてのみみるべきではなく、五台山には黄金の山、金色世界浄土としてのイメージがあったこと、とくに同地の「金剛窟」は格別の霊地と考えられていたことなどを明らかにされた[46]。金峯山飛来伝説には『金峯山秘密伝』『神明鏡』『大峯七十五靡《なびき》奥駆《おくがけ》日記』など、「金剛窟」の飛来を説く例が多いのだが[47]、それには理由があったのである。

それにしても、「金剛窟」は五台山の石窟である。それがなぜ「西天鷲峰の巽の角、金剛窟の坤の方分かれて此の土に来たり、離れて当山となるなり」（金峯山秘密伝）などと天竺霊鷲山の飛来と関係づけられ、霊鷲山の一部であるかのように語られなければならなかったのだろうか。先に紹介した『華厳経』諸菩薩住処品には[48]、

東北方に処あり、清涼山《しやうりやうせん》と名づけ、昔より已来《このかた》諸《もろもろ》の菩薩衆は中に於いて止住せり。現に菩薩あり、文殊《もんじゅ》

師利《しり》と名づけ、その眷属《けんぞく》の諸菩薩の衆一万人とともに、常にその中にありて法を演説す。海中に処あり、金剛《こんがう》山《せん》と名づけ、昔より已来諸の菩薩衆は中に於いて止住せり。現に菩薩あり、名づけて法起と曰ひ、その眷属の諸の菩薩衆千二百人とともに、常にその中にありて法を演説す。（原文は漢文）

とあって、清涼山の記事に続いて、同方角の海中にあって法起菩薩の住処とされた金剛山についての記事がある。日本の葛木（葛城）修験はその「金剛山」こそが「和国の葛木山にあらずや」と主張していたのである。清涼山と金剛山の組み合わせはそのまま金峯山と葛木山の組み合わせに転化できた。(49) 五台山にはその名も霊鷲峰という山があり、山頂は菩薩頂と呼ばれて、文殊の住処とされた。

宋の『広清涼伝』巻上「菩薩何時至此山中」条は、後漢の明帝の代、中国へ仏教を初めて伝えた摩騰《まとう》が明帝に勧めて作らせたのが、この霊鷲峰にある大孚《だいふ》霊鷲寺《りようじゆじ》であると説き、(50) その名の由来を、

またこの山の形、それ天竺の霊鷲山と相似たり。因りて以て名となせり。（原文は漢文）

と説明している。「飛来」とは明言しないが、天竺山飛来峰の伝説と瓜二つといってよいだろう。同じ巻の「釈五台諸寺方所」条には、朔州大雲寺の恵雲禅師がこの寺に止住して仏前に音楽を供養したことを述べ、(51)

楽は摩利天仙に比《なら》び、曲は維衛仏国に同じ。往《さき》には金剛窟内に飛び、今は霊鷲寺中より出づ。（原文は漢文）

と描写している。これは昔祇園精舎で迦葉仏の前で供養のために奏でていた音楽を、釈尊の入滅後、文殊が五台山に携えて来て、この山の金剛窟内に納めたという古伝承を踏まえた表現である。(52) だが、この表現はわかりにくく、とりわけ「飛」の意味が誤解されやすいように思われる。霊鷲山・金剛窟・五台山・飛来の諸要素が結合する要因は、こういうところにもあったのではないか。「大孚霊鷲寺」の「孚」は「浮」に通じて、山の浮浪・漂着伝承の母胎になった可能性がある。金峯山飛来伝説の最古の記録例『諸山縁起』の「式部卿重明親王記事」が、「彼の山飛び移りて、海面に泛《うか》んで来たる」と、飛来と漂着を同時に説いている不思議さの理由もこの辺にありそうである。

日本における飛来峰伝説発生の背景は、あまり単線的に考えない方がよさそうだ。

日本における飛来峰伝説は比叡山・金峯山以外の山にもいろいろと伝わっている。すべて修験に関係する山であることは言うまでもないが、飛来した山の方位や到着の仕方によって自ずから系統が分かれる。

先にも述べたように、『三流抄』や『筑波山流記』が、五台山の坤《ひつじさる》（西南）の角が飛来中に分裂して金峯山と筑波山なったと伝えているのは、筑波山（茨城県）の修験が熊野・大峯系統のそれであったことの徴証である。

飛来中に分裂する型の伝承は、伯耆《ほうき》大山《だいせん》（鳥取県）の『大山寺《だいせんじ》縁起』にも見られ、兜率《とそつ》天の第三院の巽《たつみ》（東南）の角から一磐石が落下する途中、三つに分裂して熊野山・金峯山・大山になったという(53)。これは熊野・金峯山（大峯）の修験と対等を主張する大山修験の立場を示す(54)と同時に、それが熊野・大峯と同系統の修験であったことを示す何よりの証拠でもある。落下型の伝承は信州戸隠《とがくし》（長野県）のそれが著名で、手力雄命《たぢからおのみこと》が引き開けた天の岩戸が勢い余って下界に落下したのが戸隠山であるという。

分裂ではなく派生をいう伝承もある。この場合は系統がさらに明確である。日本海の飛島《とびしま》は鳥海山（秋田・山形県）の奥の院と言われるが、鳥海山から分かれて飛んだのだという(55)。筑波山の頂から飛んだという大津の弥勒石(56)や、大峯の飛来峰の土を移して作ったという美作後山の由来(57)も同類の伝承といえよう。

相模大山《おおやま》（神奈川県）では「南天竺崇岳左腋」（大山縁起）または「天竺崇岳山南宗廟の左」（大山寺縁起絵巻）が欠けて飛来したといい(58)、南と左が重視される。南面すれば左は東である。関東の大山が東を強調するのは自然の理か。良弁《ろうべん》を開祖とし華厳・天台・真言の三宗兼学の道場といわれた大山であるが、ここに反映しているのは天台ではなく南都・真言系の意識であるように思われる。『詞林菜葉抄』所引の「富士縁起」には富士山も天竺から飛来したとあるが、方角は伝えていない(59)。

同じ山でももとの山の欠けた方位が文献によって異なっている例がある。出雲の修験道場として名高い鰐淵寺《がくえんじ》

（島根県平田市）の浮浪山流来伝説がその典型である。鰐淵寺は出雲大社の背後の鼻高山の北麓に位置し、山号を浮浪山という。浮浪・漂着型伝承の代表例というべきこの伝説の記録例を列挙してみよう。(60)

(1)　当山者異国霊地、他州神山也。蓋《けだし》摩竭国中央霊鷲山巽《たつみ》角、久浮風波、遂就日域、故時俗号曰浮浪山云々。

（建長六年〈一二五四〉『鰐淵寺衆徒勧進帳案』）

(2)　漢域の東峰砕震而任風来流といへるは、今の浮浪山也。山王の勅を奉て彼山をかきとどめ給ひけるに、御弓のかげ湖水にうつりて、おのづから遥なる洲となりぬ。西のはてをば□□太神杵をもて此土□つきしと称たまひければ杵築《きづき》大神と申なり。

（続群書類従本『伯耆国大山寺縁起』。祖本は応永五年〈一三九八〉奥書）

(3)　神代之昔、西天霊鷲山之艮《うしとら》隅欠而、蒼海漫々波浪与共浮流、寄来東海日域之州。于時素盞嗚尊《すさのをのみこと》知食其来由、以杵築留此山、垂亦（迹カ）於彼麓。山曰浮浪山、社号杵築大社云々。

（天正三年〈一五七六〉『本堂再興勧進帳』）

(4)　当山より美保の関までを北山といふ。天竺霊鷲山の乾《いぬい》の角自然に崩缺けて、蒼海万里を流れ豊葦原《とよあしはら》に漂ひしを素盞雄尊《すさのをのみこと》杵にて築き留め給ふ故に杵築といひ、此山を浮浪山とも流浪山ともいひ伝へたり。

（寛文三年〈一六六二〉『懐橘談』）

(5)　吾は素盞嗚尊《すさのをのみこと》なり。此地は天竺霊鷲山の艮《うしとら》の隅欠けて蒼海にうかみ日本に流来しを吾杵をもつて築留て跡を垂る。故に浮浪といひ、社を杵築といふなり。永此山を擁護すべし。

（享保三年〈一七一八〉『雲陽誌』）

単純に年代順に並べてみたのだが、最も古い(1)では、流来したのは霊鷲山の「巽」（東南）であって、金峰山系の伝承と共通している。(2)になると、国引き神話との融合がもちろん注目されるが、ここでは流来した山が「漢域の東峰」即ち唐土の山であること、方位が「東」に変わっていることに注目しなければならない。しかも山の係留には山王（日吉明神）が絡んでいる。比叡山系の伝承が関与しているのである。(3)と(5)まで来ると、流来したのは霊鷲山の「艮」（東北）になり、比叡山系の伝承であることが明確となると同時に伝承内容も固定化してきたことが伺える。(4)だけが「乾」（西北）であるのは、この山が「北山」（島根半島）の西部に位置することに関係するか。明解は得がたいが伝承の内容は同じである。

鰐淵寺は推古天皇の世の開創と伝える古い道場だが、平安時代以後は次第に比叡山との関係を深め、その傘下に入ることによって勢力を拡充した(61)。裏山には金剛蔵王窟があり、その内部から発見された経筒には『法華経』を納めた仁平二年（一一五二）の銘があった(62)。右に見た流来伝説の時代順的変化も、この寺の修験が次第に天台的枠組みの中に組み込まれていった歴史と対応している。伯耆大山の修験も類似の経過をたどったが、先に見た兜率天の落下分裂伝説にはこの山の修験の古い基層的な部分が透けて見えるようである。

7　縁起の説話的論理

以上、飛来峰の伝説をめぐって思わず深入りしてしまった。この辺で『三国伝記』の世界に立ち戻らねばならない。

先に紹介したとおり、奥山寺縁起は平流《へる》山について、「元は天竺霊鷲山の一岳にてありけるが、仏法東漸の理に依りて、大蛇の背の上に乗じて月氏より日域に化来《けらい》せり」と語っていた。後に述べるように平流山の修験は天台系に属した。山が猿ではなく大蛇に乗って来たのは、この山の宗教的現実に即した地方的な変奏曲である。平流山を乗せてきた大蛇が化したという巌石は、今もこの山の東麓にあって山を戴いている。通称を蛇岩といい、荒神山神社（奥山寺）の旧参道の登り口のやや南、神社の直下ともいうべき山麓にある蛇の頭の形をした大きな岩である。当時は人に知られた存在であったろうが今は雑木や下草に覆われて知る人は少ない(63)。鷲の岩窟に至っては私はまだ所在地さえわからないでいる。多分蛇岩とは反対側の麓にあるのだろう。

ところで、この縁起に登場する蛇と鷲は、霊鷲山の鷲に関わるだけではなく、竹生《ちくぶ》島の縁起と密接に関係していた。『渓嵐拾葉集』巻六には、(64)

竹生島明神、初めに弁の岩屋より出現して鷲の岩屋に影向し給ふ。これ則ち竜女の霊鷲山に詣づる如し。次に行基菩薩今の社檀に勧請して宮崎に安置し奉り給ふ。その時には未だ御体安置に及ばず。次に慈覚大師の御代に神体を造立して社殿を造営し給ふ。これを以て竜女が南方無垢《むく》の成道《じやうだう》を習合する也。(原文は漢文)

と説く。修験道場としての竹生島の開創者は奥山寺と同じ行基、竹生島の「鷲の岩屋」は「弁の岩屋」と並ぶ聖地である。『法華経』提婆達多品《だいばだつたほん》に説く竜女が霊鷲山に詣でて釈尊に宝珠を捧げ、成道を得た話は女人成仏の例証として名高い。竜は水界の神であると同時に蛇と同一視された。それはまたインドの川神サラスヴァティーに由来する弁才天の本体でもあった。竹生島明神は竜蛇の水神であると同時に弁才天であった。これを踏まえて『渓嵐拾葉集』(65)は、

凡そ竜女が成道は平等大会《びやうどうだいゑ》の法華経を顕《あらは》すためなり。故に平等性智《びやうどうしやうち》の方において正覚を成ずるなり。山王出世の本意は衆生成仏のためなり。いま竜女は既に一切皆成仏道、現成明証成道を唱ふる故に、いま弁才天を以て山王の総体と習ふ。(原文は漢文)

と論理を弄し、日吉山王と弁才天とを一体化している。琵琶湖の竜神は比叡山の守護神となり、弁才天となって天台仏教の側に取り込まれていたのである。

弁才天は第六章に詳述するように、湖東の水域を活動の場とした天台系の修験者たちの信仰とも深い関わりをもっていた。そしてそれが『三国伝記』の成立基盤とも深く関係していたことは、巻四第15話に「江州佐野郷宇賀大明神御影向昔事」として収められている宇賀大明神の縁起が、実は弁才天の影向の物語であることを見てもわか

る。宇賀大明神は東近江市神郷町に鎮座して、現在は乎加《おか》神社と呼ばれている。例によって文飾を凝らした長い物語であるから、ここにはあらすじを掲げておこう。

昔、神崎郡に七人の子を持った長谷《はせ》部太丸《べのふとまろ》という貧しい男がいた。もとは大和国初瀬《はつせ》川の辺の者である。ある雨風の夜、柴の戸を叩く者があった。戸を開けてみると十五人の童子に囲まれ、美しい傘をさしかけられた高貴の女性が立っていて、「一夜の宿を貸してほしい」と言う。太丸は弊屋を恥じて辞退するが、女は「わけあって影向《ようごう》したのである。妾を泊めると七人の子が七代まで富貴を得るであろう」と言う。太丸が「では何か奇特を示してほしい」と言うと、女はたちまち六寸の白蛇と化したので、太丸夫婦はあつく信仰した。夜が明けてみると七本の杉が生え、井の水は酒となり、井の辺の木には金の実がなっていた。太丸一家はたちまち長者となり、社を建てて宇賀大明神と祀った。宇賀大明神は大弁才如意珠王ともいい、竹生島や江ノ島・箕面《みのお》・厳島《いつくしま》に祀られる大福神であるのだ。

図27　乎加神社（宇賀大明神）

この神社は佐野の善勝寺に近く、上山天神を鎮守とする村々に隣接する地域の鎮守の神であった。愛知《えち》川の河川敷にも近いから、その伏流水に関係する水神であったのではないかと思われる。奥山寺のある平流山とは約五キロメートルの距離である。

ここで多少の脱線を覚悟していうなら、この縁起で神の影向を承けて社を建てた太丸が地元の人間でなく、もとは大和の初瀬川の辺の者だと断ってあるのは見逃せない。第二章で注目した犬上の名犬小白丸の親犬の名前がそうであったように、話の筋には関係のなさそうな土地や人間の名が明示されている場合には、何か特別な意味が秘められていることが多いのだ。初瀬川は三輪山の麓から奈良盆地の中央へと流れ、末は大和川となる基幹河川であるが、その上流の渓谷が吉隠川《よなばり》と出会うところに観音霊場として名高い長谷寺がある。長谷寺は吉隠川との出会いに祀られた長谷山口神と源流部の神である滝蔵権現に守られた聖地である。「初瀬川の辺」といえばまず長谷寺を思い浮かべるのが自然である。つまり長谷部太丸は何らかの意味で長谷寺に有縁の者であったことが示唆されているのである。一方『三国伝記』は『長谷寺験記』から合計十二話を取材しており、長谷寺関係の話にも並々ならぬ関心を寄せていたことがわかる。佐野の善勝寺の本尊が十一面観音で長谷寺と共通するのも理由ではあろうが、宇賀大明神の縁起には、弁才天信仰の側からアプローチするだけではすまない、複雑な背景が秘められていることを予感させる。

長谷寺の本願徳道上人は法起菩薩の垂迹《すいじゃく》とされたが、(66)先にも述べたように、法起菩薩は『華厳経』諸菩薩住処品に、金剛山に住むと説かれている菩薩であった。この経文は、大峯・葛木の修験にとっては、自らの割拠する山岳の聖地性を保証する重要な根拠であった。役行者を法起菩薩の垂迹とする説があったのもこのことと関連する。(67)『長谷寺験記』に伯耆大山・葛木修験の話があったり、(68)長谷寺の能満院に天川《てんかわ》弁才天の「天川曼陀羅《まんだら》」（天文十五年〈一五四六〉在銘）が伝存しているのは偶然ではない。(69)

ここでもう一度平流山の奥山寺縁起に戻ろう。そこでは行基が乳児の時、母が木の股に捨てたが、鷲の岩窟から鷲が飛んで来て助けたとあった。どのように助けたのか具体的には語っていないが、行基には古くから捨て子伝説があった。平安中期に成立した『日本往生極楽記』の行基伝にはすでにその伝説が記されている。(70)行基は胎衣《えな》に包まれて生まれたため、父母が忌んで樹木の股に捨て置いた。すると一夜のうちに胎衣を出てものを言ったので、取り戻して養育したというのである。

異常出生児を一度捨てたことにして再び取り上げて養育すると非常に優れた人物になったという話は民間伝承に例が多い(71)。出生時に歯が生えていたり髪が黒かったりすると、鬼子と忌まれて捨てられた。説話の世界では生まれてすぐ歩いたり、言葉をしゃべった子の例が少なくないが、それゆえ両親から疎まれ、捨てられた子が、一人で野性的に生き抜き、ついに超人的な存在となったという話は、酒呑《しゅてん》童子や武蔵坊弁慶など中世には例が多いのである(72)。ここから逆照射していえば、行基は「親に捨てられるほど」優秀な異常児であったことになる。

行基が捨てられたのは木の股であった。奇妙な場所に思えるかもしれないが、樹木の股は不思議な霊力の籠る空間であった。木の股の上の人物といえば京都栂尾《とがのを》の高山寺に所蔵される国宝の『明恵《みようえ》上人樹上座禅像』を思い出させる。明恵が木の股に座禅するという不思議な姿に描かれているのも、同様に木の股を特異空間とみる認識に基づいているのだろう。

捨て子の行基は鷲に助けられたという。説話の世界では幼児が鷲にさらわれる話が多い。さらわれた子供が遠隔地に運ばれ、長い年月の後に親と再開を果たしたというのが基本型で、昔話『鷲のさらい子』として知られる(73)。とくに高僧の幼年時代の話として著名なのは良弁《ろうべん》にまつわる伝説で、幼い良弁をさらった鷲は春日山中の大きな杉の木の洞に置いて育てた。長じた良弁はその木の下に草庵を結んで金鷲《こんしゅ》仙人（金鐘行者）と称し、東大寺の前身金鷲寺（金鐘寺）を創始し、東大寺の建立にも功があったという(74)。

鷲に導かれ、あるいはさらわれて、他界に行って優れた能力を身につける話はヤクートやブリヤートなど世界各地に認められ、その場合、鷲はしばしば守護霊の使いとされ、鷲の出現はシャーマン的招命のあかしとされるという(75)。この意味でいえば、行基や良弁は「鷲にさらわれるほど」シャーマンとして優れた資質を備えていたのである。

だが、そういう話の原理や論理はいつの時代の誰にでも了解可能なわけではない。現実に伝承されている話は、案外別の次元で理解されていたりする。奥山寺の縁起に即していえば、この話は直接的には行基が木の股に捨てられた話を台木とし、鷲に養われた良弁の話を接ぎ穂として成立しているように思われるが、このようなレベルでの了解さえ時が経つと難しくなるのであって、先に紹介した『近江輿地志略』の「奥山寺」条は、『三国伝記』と全く同じ話を記していながら、母が行基を捨てたとは語らず、鷲が飛んで来たのも行基をさらうためではなく、山を背負った蛇の労を助けるためであったと語っている。捨て子譚や鷲による拉致《らち》譚がもつ説話的意味が理解できなくなったために、近世的「常識」ないし「良識」によって一種の「合理」化が行なわれているのである。

一見筋が通るかにみえる話の方が、かえって原話の論理から遠く離れている場合が多いことは、第三章の犬上の名犬伝説でもその例を見た。いつの時代でも「常識」や「良識」は所詮その時代の最大公約数的なものの考え方でしかなく、それ以上ではありえないことを記憶に留めておきたい。

注

(1)『滋賀県の地名』〈日本歴史地名大系〉（平凡社、一九九一年）愛知郡愛知川町「中宿村」条。
(2)前掲『滋賀県の地名』愛知郡愛知川町「愛知川村」条。
(3)里西龍太郎『滋賀愛知郡史』（滋賀愛知郡史刊行会、一九八三年）「大日如来堂」条。
(4)竜泉寺は美濃国多芸郡（現岐阜県養老郡養老町竜泉寺）にあった。関ヶ原から伊勢方面に向かう街道沿いの地で交通の要衝を占め、中世には多芸七坊（西山七坊）と呼ばれる寺院が栄えていた。竜泉寺はその一つで天平宝字年中（七五七～六五）の創建と伝える古刹であったが、織田信長の兵火に罹って廃絶した。
(5)大橋金造編『近江神崎郡志稿』（神崎郡教育会、一九二八年）寺院志「地福寺」条。
(6)ただし、同寺の寺伝では、信長の戦災に遭って後、本尊だけが残っていたが、開山の総持寺芳春院鳳山恵丹和尚、二代目道費瑞光和尚が数十年にわたる托鉢の末に再興に成功したと伝えている。

（7）応永十四年（一四〇七）に設定されている序文を除けば、巻六第18話「江州長尾寺能化覚然上人事」が最も新しい。この話の中には覚然が文和二年（一三五三）に知命（五十歳）の齢であり、八十五歳で没した旨がみえるから、その没年は嘉慶元年（一三八七）と計算できる。これに次ぐのは巻四第21話の「愛知川の洪水」の話の「永和年中」と巻七第24話の「百済寺の源重僧都」の話の「去ヌル永和ノ比」（一三七五〜七九）である。

（8）『大正新修大蔵経』第七十六巻　続諸宗部七所収。作品解題としては、古いものではあるが、平泉澄「渓嵐拾葉集と中世の宗教思想」（史学雑誌　第37編第6号、一九二六年）。

（9）牧野和夫「『三国伝記』をめぐる学問的諸相」（『中世の説話と学問』和泉書院、一九九一年）など参照。

（10）前掲牧野氏『中世の説話と学問』一三一頁参照。

（11）渋谷亮泰『昭和現存天台書籍綜合目録』全三巻（法蔵館、一九七八年）。牧野氏は前掲著書において、この目録による運海の事跡の追尾にみごとに成功している。

（12）前掲『滋賀県の地名』が犬上郡多賀町「霊仙山」条で、『御前落居記録』で延寿寺と争った霊山寺を霊仙山（犬上・坂田郡境）にあった寺としているのには従えない。延寿寺と争ったのは愛智郡の寺であり、霊仙山にあったのは同名異寺である（『興福寺官務牒疏』等）。尾上寛仲「阿弥陀寺考（中）」（蒲生野　第8号、八日市市郷土文化研究会、一九七二年）は近江における光宗の足跡を追求した好論であるが、光宗が「尊勝仏頂真言修瑜伽法」以下の七書を執筆した「霊山寺」を坂田郡（即ち霊仙山）の寺と解しているのは誤解であり、同様に訂すべきである。

（13）彦根城博物館編『延寿寺の歴史と美術』（展示図録）彦根市教育委員会、一九九四年所収の写真による。

（14）前掲『延寿寺の歴史と美術』所収の写真による。原本は下郷共済会所蔵。その全文を示せば、次の通りである。

勧進沙門敬白

請特蒙十方檀那助成遂江州愛智郡

倍山延寿寺之内静林寺修造功状

夫当寺は本尊阿弥陀如来行基菩薩草創の聖跡、慈氏大士の栖窟なり。聖武皇帝盧舎那のために黄金をこの所にいのりて、天平勝宝年中に覩史多天をうつしたまふ四十九院のその一なり。星霜ひさしくつもりて堂舎すでに朽はてむとす。興廃時節あらば愁訴によるべからずといひながら、この時修造の功なくはながく空地となるべき事うれふるにあまりあり。仍沙門某すみやかに弥陀超世の力用にまかせて勧進をくはだつる者也。一紙半銭たりといふとも助成の輩あらば、忽に造営をいたすべしと也。心ざしをおなじくせむ人はかならず無量の利益をかうぶり、結縁の檀越は来迎引接の巨益にあづからむ事疑あるべからず。仍勧進状如件。

文明十六年三月日

(15) 木村重要（江州白頭翁）の原著に増補か。原著は寛文十二年（一六七二）成立か。滋賀県地方史研究家連絡会編『淡海温故録』〈近江史料シリーズ(2)〉（同連絡会、一九七六年）犬上郡「四十九院」条。

(16) 稲村神社の現状については、寺田所平『稲枝の歴史』（私家版、一九八〇年）「稲村神社」条に詳しい。

(17) 前掲牧野氏「釈運海をめぐる新出資料一、二」（『中世の説話と学問』）参照。牧野氏が指摘されたようにこの神社の縁起『稲村大明神物語』は初期室町物語的特徴を有し、同じく室町物語の『源蔵人物語』（『室町時代物語集・二』所収）と叙述、展開が酷似する。第七章で述べるように、この縁起では「常陸」が非常に重い位置を占めており、このことは『三国伝記』の十和田湖伝説（巻十二・12話）とも関連して意外に複雑な背景につながっているらしい。

(18) 前掲渋谷氏『昭和現存天台書籍綜合目録』上巻、一九四頁。

(19) 滋賀県地方史研究家連絡会編『淡海木間攫』第二分冊〈近江史料シリーズ(6)〉（滋賀県立図書館、一九八九年）神崎郡「稲葉村・十倫寺」条。現状については前掲寺田氏『稲枝の歴史』「十輪寺址」条に詳しい。

(20) 寒川辰清著。享保十九年（一七三四）成立。小島捨市『校訂頭註近江輿地志略』愛智郡「平流山奥山寺」条。『大日本地誌大系』にも所収。

(21) 『諸山縁起』（宮内庁書陵部編『伏見宮家九条家旧蔵　諸寺縁起集』〈図書寮叢刊〉（明治書院、一九七〇年）一四四頁）、『彦山流記』（五来重編『修験道史料集Ⅱ』〈山岳仏教研究叢書〉（名著出版、一九八四年）四六三頁、宮家準『修験道と日本宗教』（春秋社、一九九六年）一四頁参照。

(22) 井上薫『行基』〈人物叢書〉（吉川弘文館、一九五九年）一五六頁参照。

(23) 田中日佐夫「仏教文化圏の成立―行基伝説と在地的仏教の出現―」（『近江古寺風土記』学生社、一九七三年）参照。

同書一二六頁には湖東の四十九院分布図を掲げる。
（24）前掲田中氏「対応する寺院の建立―聖徳太子開基伝説の寺々を例として―」（『近江古寺風土記』）参照。旧犬上・愛智郡の中仙道沿いには、物部守屋との合戦場（彦根市小野町・原町など）、太子の出生地（彦根市馬場町）など、聖徳太子伝説が色濃く残存しているが、その理由や古さについても今後の研究課題としたい。なお、やや南になるが芦浦観音寺（草津市）は合戦に敗れた太子が逃れて身を隠したところと伝える。
（25）前掲『大正新修大蔵経』第七十六巻、五一八頁上段参照。なお『渓嵐拾葉集』にはこのほか、巻百七の二か所（同上八六〇頁上段および八六六頁中段）にもほぼ同様の比叡山飛来伝説が記録されている。
（26）『金剛峯寺建立修行縁起』は『続群書類従』第二十八輯上。釈家部所収。このほか『大師御行状集記』『弘法大師御伝』『弘法大師行化記』『高野大師御広伝』などの伝記類は、すべて「日本」または「日本の方」へ三鈷を投げたというだけで、具体的な方角については言及しない。
（27）前掲牧野氏『中世の説話と学問』、同「事相書・口伝書にみる『日本記』・平基親のことなど―覚書―」（実践国文学　第33号、一九八八年）、同「叡山における諸領域の交点・酒呑童子譚―中世聖徳太子伝の裾野―」（国語と国文学　一九九〇年11月号）、同「宗存版『神僧伝』零葉、そして唐土猿楽起源伝承」（新井栄蔵他編『叡山の和歌と説話』世界思想社、一九九一年）、同「日蕘撰『当家要文集』巻上所引〔日蓮伝〕について―『元祖化導記』所引「或記」に関連して」（実践国文学　第43号、一九九三年）、黒田彰『中世説話の文学史的環境』（和泉書院、一九八七年）、『胡曾詩抄』〈伝承文学資料集成〉（三弥井書店、一九八八年）など多数。
（28）『寺社縁起』〈日本思想大系〉（岩波書店、一九七五年）の読み下し文による。原文は、宮内庁書陵部編『伏見宮家九条家旧蔵　諸寺縁起集』〈図書寮叢刊〉明治書院、一九七〇年）にも所収。
（29）前掲『伏見宮家九条家旧蔵　諸寺縁起集』所収の「解題」参照。
（30）小峯和明「和歌と唱導の言説をめぐって」（国文学研究資料館紀要　第21号、一九九五年）。
（31）廣田哲通『中世仏教説話の研究』（勉誠社、一九八七年）第三章第五節「唐土の吉野をさかのぼる―吉野・神仙・法華持者―」（初出は、国語と国文学　一九八一年12月号）参照。

(32) 中世に盛行した『古今集』仮名序の注釈は、さまざまの説話を包括して、説話伝承研究にとっても重要な資料である。多種多様の注釈書が存在し、書名も一定しないが、本文が「古今に三の流あり」云々の文句で始まる系統の本を、片桐洋一氏が「三流抄」と名付け、この呼称が広く認められている。片桐洋一『中世古今集注釈書解題』（赤尾照文堂、一九七三年）参照。
(33) 『筑波山流記』は天正十八年（一五九〇）成立。五来重編『修験道史料集Ⅰ』〈山岳仏教研究叢書〉（名著出版、一九八三年）二七六頁参照。
(34) 『金峯山秘密伝』の原文は、『日本大蔵経』第九十三巻　修験道章疏二（鈴木学術財団、一九七六年）四頁及び一四頁参照。
(35) 一般論としていうなら、比較的古い伝承では吉野山の奥の青根が峰（金峯山神社がある）、時代が下るにつれてさらに奥の山上ケ岳付近をさす例が多くなる。なお金峯山信仰史については、首藤善樹『金峯山』（金峯山寺、一九七五年）参照。
(36) 『金峰山万年草』の原文は、前掲『修験道史料集Ⅰ』一〇七頁参照。
(37) 『役行者縁起』の原文は、前掲『修験道史料集Ⅰ』三三八頁参照。ただし誤記を訂し適当に漢字を当て直した。
(38) 中国文学者釜谷武志氏の御教示による。『越絶書』巻八「越絶外伝記地伝第十」、『呉越春秋』巻八「勾践帰国外伝第八」、『水経注』巻四十参照。『太平御覧』巻四十七、『太平広記』巻三百九十六にも引用する。
(39) 黄山の飛来峰は『中国名勝詞典』（上海辞書出版社、一九八六年）「飛来石」条、福建省の飛来山は『中国歴史地名大辞典・第五巻』（凌雲書房、一九八〇年）「飛来」条。
(40) 『大明一統志』の本文は、正徳三年（一七一三）刊の和刻本に拠った。
(41) 『後山霊験記』「十四、飛来峰ノ事」（前掲『修験道史料集Ⅱ』三七一頁参照）。
(42) 五来重『木葉衣・踏雲録事他―修験道史料1―』〈東洋文庫〉（平凡社、一九七五年）一五三頁参照。
(43) 『大分県の地名』〈日本歴史地名大系〉（平凡社、一九九五年）大分市「霊山寺」条、吉田東伍『大日本地名辞書・第四巻・西国』（冨山房、一九〇一年）豊後大分郡「霊山」条、参照。

(44)『大正新修大蔵経』第四十九巻、七七八頁下段参照。
(45)『大正新修大蔵経』第四十九巻、四六七頁下段参照。
(46)山本謙治「金峰山飛来伝承と五台山信仰」(文化史学　第42号、一九八六年)。
(47)『神明鏡』は『続群書類従』釈家部第二十九輯上、『大峯七十五靡奥駆日記』は『修験道史料集Ⅱ』一四一頁参照。
(48)『国訳一切経』の読みにしたがう。原文は『大正新修大蔵経』第十巻、二四一頁中段参照。この文句は『諸山縁起』(『伏見宮家九条家旧蔵　諸寺縁起集』〈図書寮叢刊〉一九七二、三頁)にも所引。
(49)前掲『諸山縁起』一四二、三頁。
(50)『大正新修大蔵経』第五十一巻、一一〇三頁下段参照。
(51)『大正新修大蔵経』第五十一巻、一一〇七頁上段参照。ただし区切り方は訂正した。
(52)『古清涼伝』巻上「王子焼身寺」条(『大正新修大蔵経』第五十一巻、一〇九五頁上段参照)。王子焼身寺は霊鷲大孚寺の近くにある。
　王子焼身寺東北、未詳其遠近里数。是中台北台南、東台西、三山之中央也。経路深阻、人莫能至。伝聞金剛窟。金剛窟者、三世諸仏供養之具、多蔵於此。按祇洹図云、祇洹内有天楽一部、七宝所成。箋曰、又按霊跡記云、此楽是楞伽山羅刹鬼所造、将献迦葉仏、以為供養。迦葉仏滅後、文殊師利、将往清涼山金剛窟中、釈迦仏出時、却将至祇洹。一十二年。文殊師利、還将入清涼山金剛窟内。又有銀箜篌、有銀天人、坐七宝花上、弾此箜篌。又有迦葉仏時、金紙銀書大毘奈耶蔵、銀紙金書修多羅蔵。仏滅後、文殊並将往清涼山金剛窟中。

『中天竺舎衛国祇洹寺図経』にも類似の伝承がある(『大正新修大蔵経』第四十五巻、八八四頁下段および八八六頁下段参照)。
(53)洞明院本『大山寺縁起』巻上、前掲『修験道史料集Ⅱ』三〇八頁参照。
(54)三浦秀宥「伯耆大山縁起と諸伝承」(『寺と地域社会』〈仏教民俗学大系〉名著出版、一九九二年)参照。
(55)『出羽国一宮鳥海山略縁起』前掲『修験道史料集Ⅰ』六七頁、野村純一編『日本伝説大系・第三巻・南奥羽越後』(みずうみ書房、一九八二年)「飛島の由来」参照。

(56)『筑波山流記』前掲『修験道史料集Ⅰ』二七〇頁参照。
(57)『後山霊験記』「十一、大峰ハ仏生国ノ山ト云フ事、後山ヲ元山上ト称ル事」前掲『修験道史料集Ⅱ』三七一頁参照。
(58)『大山縁起』は『大日本仏教全書』第百二十巻、寺誌叢書第四（新版〔鈴木学術財団刊〕では第八十五巻、寺誌部三）所収。『大山寺縁起絵巻』は前掲『修験道史料集Ⅰ』三六七頁参照。
(59)『詞林菜葉抄』第五「富士縁起に云はく、この山は月氏七嶋の第三なり。而るに天竺の烈擲三年に我が朝に飛来たる。故に新山といふ。本は般若山と号す。その形合蓮花に似たり。頂上は八葉なり。中央に大きなる窪あり。窪の底に池水を湛へ満てり。色は青藍の如し。（以下省略）」（原文は漢文）
　原文は、ひめまつの会編『詞林菜葉抄』（大学堂書店、一九七七年）一一八頁参照。「富士縁起」は現存しない。「烈擲」は虚構の年号である。
(60)『鰐淵寺衆徒勧進帳案』および『本堂再興勧進帳』は、曾根研二『鰐淵寺文書の研究』（鰐淵寺文書刊行会、一九六三年）所収。前者は前掲『修験道史料集Ⅱ』にも所収。『伯耆国大山寺縁起』は『続群書類従』第二十八輯上・釈家部所収。同書の祖本『大山寺縁起絵巻』は一九二八年に焼失。なおここには引用しなかったが洞明寺本『大山寺縁起』の浮浪山伝説もほぼ同内容である。『懐橘談』は『続々群書類従』第九・地理部所収。『雲陽誌』は『大日本地誌大系』第四十二所収。これらの伝承については卜部美子氏から多くを教えていただいた。
(61)『島根県の地名』〈日本歴史地名大系〉（平凡社、一九九五年）「鰐淵寺」条。
(62)鰐淵寺蔵。国指定重要文化財。前掲『島根県の地名』三七八頁参照。
(63)木村至宏『近江の山』（京都書院、一九八八年）、「荒神山」条参照。蛇岩の現状については寺井美穂子氏から御教示をいただいた。
(64)『渓嵐拾葉集』の原文は、『大正新修大蔵経』第七十六巻、五一九頁下段参照。
(65)『渓嵐拾葉集』の原文は、『大正新修大蔵経』第七十六巻、五一七頁下段参照。
(66)『長谷寺縁起文』、『長谷寺験記』上巻序文など。
(67)『讃仏乗抄』第八「金剛山寺」条（『校刊美術史料・寺院篇・下』所収）に、「就中彼法起菩薩者、所謂役行者是也」

と説く。

(68)『長谷寺験記』下巻「蓮入上人得二往生地一、生二都率一事第廿三」。

(69) 宮家準『大峰修験道の研究』(佼成出版社、一九八八年) 四〇七頁。

(70)『日本往生極楽記』第2話。『往生伝・法華験記』〈日本思想大系〉(岩波書店、一九七四年) 所収。

(71) 柳田國男「赤子塚の話」(『定本柳田國男集・第十二巻』所収) など参照。

(72) 御伽草子『伊吹童子』『弁慶物語』など。なお佐竹昭広『酒呑童子異聞』(平凡社、一九七七年) を参照。

(73)『昔話タイプ・インデックス』〈日本昔話通観28〉(同朋社出版、一九八八年)、「35　鷲のさらい子」(AT五五四B)。『日本昔話大成・3・本格昔話二』「鷲の育て児」(AT五五四B)。『日本霊異記』巻上第9話、室町物語『みしま』、『神道集』「三島大明神事」などは同型話。

(74)『東大寺要録』『東大寺縁起絵詞』『宝物集』『沙石集』その他に喧伝する。

(75) 前掲宮家氏著書『大峰修験道の研究』一一一頁参照。

第五章　『三国伝記』の知的基盤

1　唐崎神社縁起――漂着した神――

平流山《へる》（荒神山）の北の端が細長い尾根となって伸び出した先端に唐崎《とうざき》神社がある。旧犬上郡日《ひ》夏《なつ》村（彦根市日夏町）の西の村はずれで、麓の鳥居をくぐり参道の石段を登った台地の上に社殿がある。自然林に囲まれた境内は、広くはないが神々しく、脚下に広がる琵琶湖の眺望がすばらしい。霊山《りようぜん》寺があったと推定される南麓からみると山の反対側に当たるが、運海はこの神社とも深い関わりを持っていた。牧野和夫氏が紹介された聖衆来迎寺本『唐《とう》崎《ざき》縁起』[1]（永正七年〈一五一〇〉奥書）によれば、運海は最晩年に弟子の野洲郡興隆寺宗知（最宗）とともに、同社に正一位を賜るよう朝廷に要請し、三年後の明徳元年（一三九〇）六月六日に勅許を得た。運海はその約半月前に没していたが、彼は旧縁の平流山の神社のために最後の一役を果たしたのである。

唐崎神社は山頂の奥山寺と深い関係でつながる神社であった。『唐崎縁起』の内容がそれを物語っている。次に掲げるのは牧野氏翻刻の『唐崎縁起』の要所を読み下し文に改めたものである。

近江国犬上郡□唐崎大明神と申すは、天竺毘舎離国竹林精舎の地主神にして御座ありしが、円宗相□の□を□ありて、かの寺の篦竹《のだけ》の葉を舟として東□宇、天平十三年三月廿日に今の唐崎山に跡を垂れて神と顕はれ給ふと云へども、人崇め申さん事を覚らざりける。一夜の中に御篠舟□竹林□真筧と是れをいふ。それ唐崎の神と申すは、月支中夏の霊神の唐土を経給ひて日域に渡り給へる故に、日夏の唐崎とは申すなり。

（中略）

この神の御□奉りて霊鷲山の艮《うしとら》の一□欠けてここに遷り来たれり。それより霊山滅じたる故に、異国よりはこの山を減山と云ふ。この国には唐崎山増したる故に、倍山と書けり。これに因りて行基菩薩四十九院の伽藍を建てて、当山を奥の院とす。それより倍々《ますます》当社を崇敬し奉る。（原文は漢文）

唐崎大明神はもと天竺毘舎離《ヴァイシャリー》国の竹林精舎の地主神であったという。竹林精舎は頻婆沙羅《ビンビサーラ》王が釈尊に奉献した仏教最初の寺院の寺院として名高いが、実は中インド摩竭陀《マガダ》国の首都王舎城の近郊にあった。毘舎離国は維摩《ゆいま》居士がいた国で、ガンジス川をはさんで摩竭陀国と対峙した大国であったから、『縁起』のいう地理はおかしいのだが、それはしばらく置くとしよう。とにかくその寺の神が竹の葉を船として天平十三年（七四一）に唐崎山に垂迹した。そこには一夜のうちに竹が生え、林となったというのだ。月支（月氏）はインドの意、中夏もここではインドをさしているのだろうが、その神が唐土（中国）を経て日域（日本）に来たので「日夏の唐崎」というのだと説く。具体的にそれとは述べていないけれども、その神が「唐土を経給ひて」というところに、天竺の霊鷲山から唐土の天台山を経て日本に飛来した比叡山の飛来峰伝説の影を感知できる。

『縁起』の（中略）の後の部分には、『三国伝記』の奥山寺縁起と同じ平流山の飛来、行基の四十九院説を説いている。この飛来によって異国の山は減ったが、こちらから見れば増えた山なので「倍山」という、とある。それが霊山寺や延寿寺の山号でもあったことは、前章に述べたとおりである。霊鷲山から飛んで来たのが「艮」（東北）の欠けであったことは、『三国伝記』や『淡海《おうみ》温故録』には語られていなかった情報であるが、ここにおいて比叡山飛来伝説の影はいよいよ色濃く、平流山の飛来伝説が比叡山のそれを下敷きにして作られていることは確実といえるのである。

唐崎神社は平流山から細長く突き出た尾根の先端に鎮座する。古来、山頂や岬、森が神の降臨する場所であった。多くの神は鳥や空飛ぶ船に乗って来臨した。[2]その一例はすでに第二章の上山天神の縁起に見たところである。水辺の地では神は船や流木に乗って漂着する。唐崎の神は笹舟で漂着した。『淡海木間攫《おうみこまさらえ》』によれば、舟が着いたのは神社の前を流れる宇《う》曾《そ》川の河口、旧犬上郡須越《すごし》村（彦根市須越町）であった。[3]往時は彦根の千の松原がここまで続き、洲浜となって内湖を抱えていた。付近にはいまも野田沼と曾根沼が残り、内湖の名残りを伝えている。

図28　唐崎神社

この神がいた竹林精舎は仏教最初の寺院として知られる。「竹」は天台宗において殊に尊重される植物であった。比叡山延暦寺の根本中堂正面の中庭には左方に叢篠、右方に金篠の竹台があって、最澄が中国天台山円宗院のそれを移植したと伝えている。『渓嵐拾葉集』巻八には、天竺の霊鷲山の鎮守の神の前にも竹があったことを、次のように記している。[4]

口決《くけつ》に云く、天竺の仏陀波利《ぶつだはり》三蔵、隋の開皇二年、天台山に入りて円宗院に詣で巡礼して曰く、西天の霊山の鎮守宮毘羅《くびら》神の前にも篠竹の茂林ありと云々。

宮毘羅《くびら》神は金比羅《こんぴら》ともいい、元来はガンジス川に住む神話的な鰐《わに》の名前であったが、仏教守護の善神となり、薬師十二神将の一つとなって、『薬師経』を受持する者を守護するとされた。いうまでもなく延暦寺根本中堂の本尊は薬師如来である。つまり「竹」は三国の聖地に共通してある植物であり、三国伝来の聖樹として尊重されていたのである。(5) 唐崎の神が笹舟すなわち竹の船に乗って漂着したのには理由があった。神の垂迹した地にその神と由緒深い樹木が一夜にして繁茂する例が多いことは、上山天神縁起を例に、すでに述べたところである。唐崎において繁茂したのが「竹」であったことは、この神の縁起が中世天台の影響下に成立したことを物語っている。

現在平流山（荒神山）には唐崎神社の他に稲村神社が鎮座しており、これも劣らぬ格式をもつが、稲村神社がここに遷座したのは近世初期であって、それ以前には山麓の村にあり、平流山西半の村々の産土神であった。稲村神社については後に改めて詳述するつもりである。これに対して唐崎神社は平流山東半の村々の産土神といえるが、中世には平流山の頂上にあって一山の支配的な地位を占めたであろう奥山寺と結び、この山の鎮守の神としての存在を主張し、認められてもいたのではないだろうか。確証はないけれども、いかにも天台的な構造をもつこの『縁起』を見ていると、そういう過去が自ずからクローズアップされてくるように思えるのだ。

2　千手寺再興助縁状

唐崎《とうざき》神社の南、平流山《へる》（荒神山）の東の山腹に千手寺がある。長くて急な石段の参道の上にあるが、山頂の荒神山神社（旧奥山寺）に登る自動車道路が参道の中程を横断しているから、そこから歩けば楽だ。木立に囲まれてひっそりと静まるこの寺は、近世には奥山寺の一坊であった。(6) いまは臨済宗妙心寺派の寺院であるが、この寺も天正年間（一五七三〜九二）に信長の兵火で焼亡したと伝えており、これまで見てきた寺院の多くがそうであったように、中世には天台宗に属した。

『淡海温故録』は、この寺について「旧跡伽藍地也。縁起紛失シテ詳ナルコト知レ難シ」といい、その他の近世地誌にも縁起を記した例はないが、寺伝では天平十三年（七四一）六月行基の開基、所謂四十九院の一つと伝える。[7]『唐崎縁起』では神の漂着を天平十三年三月と語っていた。唐崎神社とは距離も近いが関係も深かったことを示す伝承である。寺の名称からもわかるようにこの寺の本尊は千手観音、中世には湖東修験の拠点の一つであった。しかし、信長の兵火による焼亡以前の様子を知る手掛かりは乏しい。「続群書類従」釈教部の『鷲林拾葉集』[8]に収められたこの寺の「再建助縁状」は、その点で貴重である。著名な叢書に収められているのに採り上げられる機会が少なく、忘れられた存在になっているこの作品に光をあててみる価値はありそうである。

図29　千手寺

『鷲林拾葉集』といえば、よく似た名前の『法華経鷲林拾葉鈔』を思い浮かべる人があるかもしれないが、それとこれとは別物である。『法華経鷲林拾葉鈔』はすでに述べた通り永正八年（一五一一）に尊舜が著した『法華経』の談義書で、因縁譬喩の説話を多数含んで『三国伝記』とも浅からぬ関係をもつ。[9]だが、ここにいう続群書類従本『鷲林拾葉集』は、それより少し遡る時代の、各地の寺院の再興や率都婆《そとば》の奉納などに助力を訴える助縁状や仏事の際の諷誦文《ふじゆもん》などを集めた一種の模範文集である。書名の由来は明らかでないが、どういうわけか末尾には『法華経鷲林拾葉鈔』の序文が収められていて、その文中に「鷲林拾葉集」という文言が見えるから、それをこの文集全体の書名と誤解されたのであろうか[10]。誤解される前に何らかの書名が付けられていたのか、いなかったのか、詳細は一切不明というほかない。末尾の『法華経鷲林拾葉鈔』序を含めて十種の文書から成るが[11]、第八番目の「請《こ》ふ、特に十方檀那の助成を蒙りて、早く一寺再興の大形（業?）を遂げむの状」と題した文書が、この千手寺に関係するのである。

その文書の前半の部分の訓読文を次に掲げる。少々長くなるが、この文書の雰囲気を味わっていただきたい。原本の誤字や当て字は改訂したが、全文が対句で仕立てられているから、対句ごとに高さを変えて組み、各対句には番号をつけて、文章の構造が一目瞭然となるよう工夫した。以下この番号を用いて話を進めることにしたい。

勧進の沙門、うやまつて白《まう》す。
　請《こ》ふ、特に十方檀那の助成を蒙りて、
　　早く一寺再興の大業を遂げむの状。　①

それ、伽藍は、仏法僧住持の勝境、
　戒定恵習練《かいぢやうゑ》の洪基なり。　②

繇茲《これによりて》、仁雄出世の時、竹林・祇園の花構、始めて成り、
　大法東漸の古《いにしへ》、白馬・青竜の草創、これ新たなり。　③

末代《まつだい》もつとも彼にならふべし、
後昆《こうこん》あにこれに従はざらんや。
④

ここに、近江州犬上郡千手寺は、行基菩薩開闢《かいびやく》の勝地、
観自在尊利生《りしやう》の霊場なり。
⑤

ところの名は平流《へる》山、乃往《ないおう》過去の昔、灯明仏《とうみやうぶつ》説法の梵□なり。
また鷲の岩窟あり、大宝年中の始め、役行者《えんのぎやうじや》経遊の霊窟なり。
⑥

前に臨めばすなはち河水渺々《べうべう》として、波三道流転の垢を濯《すす》ぎ、
後を顧ればすなはち山林鬱々として、風四徳常住の響きを伝ふ。
⑦

これより已降、一実《いちじつ》の観行《くわんぎやう》を学び、
公武安泰の精誠を抽《ぬきん》でたり。
⑧

しかる間、時は澆季《げうき》に属し、
世に濁乱迫りて、
⑨

仏閣・僧房、忽《たちま》ち兵火の煙と化し、
鐘楼・経蔵、悉《ことごと》く猛焰の灰となりぬ。
⑩

劫末《こふまつ》の災難、眼を遮り、
仏法の破滅、胆を砕けり。
⑪

この時にあたり、老若の学侶は田里に逃亡し、
　上下の僧衆は聚落に散在せり。
　晨鐘《じんしょう》・夕梵《せきぼん》、誰人かこれを勤め、
　焼香・供花《くげ》、何輩かこれを修めん。
　　いますでに蒭蕘《すうぜう》の路《みち》となれり、
　　何ぞ疑はん雉兎《ちと》の棲《すみか》と変ずるを。
ここに、衆徒《しゅと》等僉議《せんぎ》して曰く、処に盛衰あり、
　　　機に興廃あり。
　感応もし道に交はれば、
あに昌栄《しやうえい》の節《とき》なからんや。
いはんや本尊は災火に侵されず、今□にまします。
これ、再興の幸なり。

小僧《せうそう》わづかにその微言を聞きて、
　　その大功を企てんと欲す。
衣鉢《えはつ》の資貯なほ不備なれば、
土木の造営なんぞ成就せん。
　もし十方の助縁を頼まずは、
なんぞよく一寺の再興を成ぜんや。

⑫＿＿＿　⑬＿＿＿　⑭＿＿＿　⑮＿＿＿

⑯＿＿＿　⑰＿＿＿　⑱＿＿＿

よりて、勧進の表章を捧げて、隣里・郷党の遐邇《かじ》を巡り、
　奉加の甄録《けんろく》を披《ひら》きて、士農工商の親疎に向へり。　⑲

一箪一瓢《いつたんいつぺう》の飲食《おんじき》を恥ぢるなかれ、貧女の一灯つひに須弥陀《しゅみだ》の正覚を唱へし故、
千顆万顆《せんくわばんくわ》の珍宝を惜しむなかれ、須達《しゅだつ》の七宝新たに孤独園の精舎を飾れる故なり。　⑳

加旃《くはふるに》、法華万部の読誦を勧進して、
　心蓮八葉の開発を期せんと欲す。　㉑

　一句一偈の随喜、なほ成仏の記別に預かれり、
千部万部の読経、□菩提の妙果に登らん。　㉒

　部数の多少はおのおのその意に任す、
妙法の結縁あへて空しく過ごすなかれ。　㉓

なかんづく観世音は、大悲闡提《せんだい》の薩埵、
　　能施無畏《むゐ》の聖者、　㉔

過去すでに成覚して正法明如来と号せり、
未来まさに仏となりて普光功徳妙覚と称すべし。　㉕

尊貴の光、安養浄刹の□をかかやかすといへども、
法□の影、とこしなへに□の風を受く。　㉖

一心称名の息風は三毒七難の雲を捧げ、
一時礼拝の心水は二求《にぐ》両願の月を浮かぶ。　㉗

㉘ かの魯郡の法力の野火を脱したるは、わづかに観と唱へて世音に至らるなく、
孟津《まうしん》の道□の水難を遁れたるは、称名に限りて礼敬《らいきやう》には及ばざりき。
㉙ 都盧《とろ》三十三箇の色像は、刹不なく、
現身一十九種の説法は、よくもろもろの方所に応じき。
㉚ 無垢清浄の恵日《ゑにち》は、生老病死の暗を破り、
悲体戒雷の法雨は、地獄鬼畜の焔を消す。
㉛ 大悲代受苦《だいじゆく》の誓約たのみあり、
福聚海《ふくじゆかい》無量の勝利□将。

最初の②から④までは、伽藍（寺院）についての一般論である。「仁雄」（釈尊のこと）が世に出た時、天竺には竹林精舎や祇園精舎などの寺院が建立され、「大法」（仏法に同じ）が東漸した折には、漢土に白馬寺や青竜寺が立てられた。末代の我等はこれを見習わなければならない。

⑤から⑧までは、千手寺の縁起を述べる。千手寺は行基が開いた観音の霊場である。ここ平流山は遥かな過去世に灯明仏（過去第一仏の燃灯仏のことか）が説法した聖地であり、また鷲の岩窟があって大宝年間（七〇一～〇四）に役行者が修行したところである。前には川がはるばると流れ、後ろには山林が鬱蒼と繁っている。僧たちはここで一実の真理（天台）を修め、公武の安泰を祈ってきていたのである。

⑨から⑮では、千手寺の被災と再建の動きをいう。ところが、時は澆季《ぎようき》（末世）に属し、世には濁乱が迫って、仏閣・僧房・鐘楼・経蔵がことごとく灰塵に帰してしまった。僧侶は離散し、寺地は蒭蕘《すうじよう》（木こり）の道、雉や兎の住処となってしまった。ここに衆徒らが議して言うには、盛衰興廃は世のならい、仏の感応と導きにより再度の

興隆は不可能ではない。まして本尊は被災を免れている。再興の幸というべきではないかと。

⑯から㉓までは、寄進の呼びかけである。衆徒らの話を聞いた小僧《しょうそう》（僧侶である自身の謙称）は、その大業を果たそうと企てたが、資金がなくてはどうにもならない。人びとの助縁がなければ寺は再興できないのだ。よって勧進帳を捧げて近隣の村里を巡り、士農工商(12)の親疎を問わず奉賀を呼びかけることにした。わずかの物でも恥じることなく、高価なものでも惜しむことなく寄進して欲しい。併せて『法華経』万部の読誦も勧進するので、部数の多少は各人の自由として、結縁の機会を逃さないで欲しい。文中の「遐邇《かじ》」は遠近の意、「甄録《けんろく》」は明記する意である。

㉔以下は、観世音菩薩の霊験あらたかなことを説く。観音は大悲能施の聖者であり、過去世にすでに悟りを得て、未来に如来となることを約束されている。一心に称名礼拝して現世と来世の願いをかけるがよい。かの魯郡の法力は「観」と唱えて「世音」とまでは言わないうちに野火の難を救われたし、孟津の道□は称名しただけでまだ礼拝しないうちに水難を免れた。観音は三十三身に変化し、十九種説法をして、生老病死の苦や地獄畜生道の苦を救ってくださる。まことにありがたい菩薩なのだ。

以上が右に引用した前半部分の要約だが、後半には特に千手観音のありがたさを強調して同心合力、結縁随喜を呼びかけ、霊験の数々をあげて、「先蹤《せんしょう》かくのごとし、後輩疑うなかれ」と語り収めている。

3　『鷲林拾葉集』の世界

この助縁状が書かれた年紀を明示する文言は見当たらないが、後に述べるように『鷲林拾葉集』所収の他の文書はほぼ西暦一五〇〇年前後のものと見られるから、これもほぼその頃に書かれたものであろう。つまりこの文書に言う兵火は、元亀・天正（一五七〇～九二）の信長の兵火ではなく、それよりも早い明応年間の美濃の土岐氏の内訌（いわゆる舟田合戦）にからむ兵火と理解した方がよさそうである。近江の京極氏と六角氏が介入したため、明応五年（一四九六）近江が戦場になったのである[13]。

明応年間といえば『三国伝記』の成立からまだどれほども経っていない。すでに述べたとおり『三国伝記』を最初に引用した『壒嚢鈔《あいのうしょう》』の成立は文安三年（一四四六）、『三国伝記』の書名が初めて文献に記録されるのは三条西実隆の日記『実隆公記』の明応四年（一四九五）九月十五日条である[14]。『三国伝記』がようやく世間に流布しはじめたころ、戦火で焼亡した千手寺の再興を訴えたこの助縁状の文体や表現技法は、『三国伝記』に驚くほどよく似ている。

寺地が過去仏に有縁の地であると説くのは、すでにみた善勝寺縁起（巻十一・15話）と同じであり、その後に「前に臨めばすなはち河水渺々として、波三道流転の垢を濯ぎ、後を顧れば則山林鬱々として、風四徳常住の響きを伝ふ」と対句仕立ての美文を連ねるのも同じなら、この美文が実は寺の麓を宇曾川が流れ、背後に平流山が聳える寺の実景を踏まえているのも同様である。個々の表現に即してみても「山林鬱々」は、『三国伝記』の犬上の名犬伝説（巻二・18話）にあった「山深くして鬱々たり」と同じである。

先に見た前半の文中には、㉘に「魯郡の法力」云々と「孟津の道□」云々という観音霊験譚らしい対句があるが、説話を踏まえた対句はむしろ後半の文中に多く見られる。後半のものまで含めてすべてを読み下し文にして列挙してみよう（ここでは対句にA～Eの符号をつけ、各句をaとbに分ける）。

（Aa）一箪一瓢《いったんいっぺう》の飲食《おんじき》を恥ぢるなかれ、貧女の一灯つひに須弥陀《しゆみだ》の正覚を唱へし故、
（Ab）千顆万顆《せんくわばんくわ》の珍宝を惜しむなかれ、須達《しゆだつ》の七宝新たに孤独園の精舎を飾れる故なり。

（Ba）魯郡の法力の野火を脱したるは、僅かに観と唱へて世音に至るなく、
（Bb）孟津《まうしん》の道□の水難を遁れたるは、称名に限りて礼敬《らいきやう》には及ばざりき。

（Ca）婆羅門の小子は短命と相あれども、大悲の□を誦して□生不老の齢を保ち、
（Cb）長者の婦人は難産の苦に沈めども、観音の名号を唱へて聡明端正の子を生ぜり。

（Da）毘舎離国の人民、千手の尊像を描いて疾疫流行の難を除き、
（Db）中印度の国、五尺の聖容を遣はして怨敵叛逆の災を減ぜり。

（Ea）罽賓《けいひん》の沙弥、旧杖を堂閣の修造に加へて、非命の業を転じて長寿の報ひを得、
（Eb）舎衛の奴婢、塵芥を精舎の会場《ゑぢやう》より出して、忉利《たうり》に生を受けて法眼□を感ぜり。

対句は五つ、合計十の説話が見られるわけだが、これらの話の典拠と同・説話の記録例（の一部）を表示すると次のとおりである。

	典拠（中国文献）	同一説話（日本文献）
(Aa)	『賢愚経』等	『壒嚢鈔』巻十一第11話
(Ab)	『法苑珠林』巻三十九等	『三国伝記』巻一第10話
(Ba)	『観音義疏』巻上	『法華経鷲林拾葉鈔』巻二十三
(Bb)	『観音義疏』巻上	『法華経鷲林拾葉鈔』巻二十三
(Ca)	『三宝感応要略録』巻下第24話	『三国伝記』巻八第4話
(Cb)		
(Da)	『三宝感応要略録』巻下第25話	
(Db)		
(Ea)	『三宝感応要略録』巻上第44話	『三国伝記』巻十第19話
(Eb)	『三宝感応要略録』巻上第45話	『三国伝記』巻六第4話

(Aa)は現在でも成句として用いられる「貧女の一灯」の話であり、(Ab)は須達《しゅだつ》長者が釈尊のために祇園精舎を建てた話であって、なかば常識化していた話であるから、これについて論じる必要はあるまい。(Ba)と(Bb)は先に㉘として示した対句であるが、(Ba)は、釈法力が魯郡に伽藍を建立しようとしたが、財が不足したので勧進に行った帰り道、野火に遭って絶体絶命と思えたが、「観」と称えて「世音」とまでは言わないうちに、風向きが変わって難を免れたという話、(Bb)は、道冏《どうれい》という人が孟津（洛陽の東北の黄河の渡し場）で凍結した河を渡った時、氷が割れて三人のうち二人は寒水に沈んだが、道冏だけは一心に観世音の名号を称えたので、安穏に岸に着けたという話で、ともに天台智者大師（智顗《ちぎ》）説、門人灌頂《かんじょう》記の『観音義疏《ぎしょ》』に見られるところ。(15) それぞれの話は

他の文献にも記録されているが、『観音義疏』には両話が比較的近接して記されている。この二話が『法華経鷲林拾葉鈔』にも近接して記されているのは、『観音義疏』に取材しているからだろう。ともかく、この二話を対句として並べる『鷲林拾葉集』は、その成立基盤において『法華経鷲林拾葉鈔』と共通するところがあったことを物語っていて注目に値する。なお両話は『法華経直談鈔』巻十本にも採録されている。

次に、残る三つの対句、六話のうち四話までが『三宝感応要略録』を典拠としている事実に注目しなければならない。『要略録』は全三巻、天竺と漢土の仏・法・僧の感応霊験譚を上・中・下の各巻に配当して、合計百六十四話からなるコンパクトな仏教説話集である。唐朝滅亡後の五代十国と呼ばれる時代に、華北にあった遼の国の僧非濁《ひじょく》（一〇六三年没）が編纂した。簡明な文体と要を得た内容は日本では非常に使い勝手がよかったらしく、『今昔物語集』をはじめ多くの説話集の取材源となり、『言泉集《ごんせんしゅう》』などの表白《ひょうびゃく》資料にもよく引用されている。(16)『三国伝記』も『要略録』を重用した作品の一つで、『三国伝記』の梵・漢説話合計二百四十話のうち、八十五話までが『要略録』に取材している。『鷲林拾葉集』に見える右の四話についても、そのうち三話までが『三国伝記』に見られる。つまりこの「千手寺再興助縁状」は、表現技法だけでなく引用する説話素材においても、『三国伝記』と共通するところが大きいのである。これは何を物語っているのだろうか。

ここではまず「続群書類従」本『鷲林拾葉集』の全体を見渡し、この文献の素性を確認するところから始めなくてはならない。

『鷲林拾葉集』は次のような十種の文書から成り立っている。(17)

(1)　美濃国不破郡南宮法性大菩薩の万部読経募縁状

岐阜県不破郡垂井町宮代の南宮大社《なんぐう》（美濃一宮）をさす。文中に同社の火災をいうが、文亀元年（一五〇一）の事件である。

(2)　悲母追善供養の法華経読誦、率都婆《そとば》造立助縁状
文中に明応四年（一四九五）濃州城田（岐阜市城田寺《きだいじ》）での合戦をいう。土岐氏の家督相続にからんで勃発したいわゆる「舟田合戦」の締めくくりとなった合戦で、同年五月十五日に行なわれた。「円信記之」とあるが、これについては後で述べる。

(3)　尾張国葉栗郡上門真庄黒田郷八幡宮の塔婆造立助縁状
一宮市木曾川町門間《かどま》の八幡宮で、同所の住人藤原四郎五郎の亡父聖霊得脱のために企てたもの。年紀は不明である。

(4)　某所での悲母供養諷誦文(18)
前半が欠落しているが、亡母供養の諷誦文とおぼしく、日付は明応九年（一五〇〇）五月十六日。施主は梶浦弥九郎直親。

(5)　近江国百済寺再興の助縁状
百済寺《ひゃくさいじ》（東近江市百済寺町）は何度か戦禍に遭っているが、文中には「失火」とあり、後に述べるように、明応七年（一四九八）八月六日の事件とおぼしい。

(6)　美濃国舎衛寺に千部読経、白山に六十万率都婆奉納助縁状
題目だけあって本文が脱落しているが、舎衛寺は岐阜市城田寺にあって「舟田合戦」で焼亡している。題目の中に「廻向有縁無縁亡君」とあるのは、(2)の合戦の戦死者の慰霊であろう。「勧進僧宗沢敬白」とあるが、宗沢は伝未詳。

(7)　近江国百済寺鎮守十禅師に三十六歌仙図奉納助縁状
(5)と同じ寺である。年紀は不明。

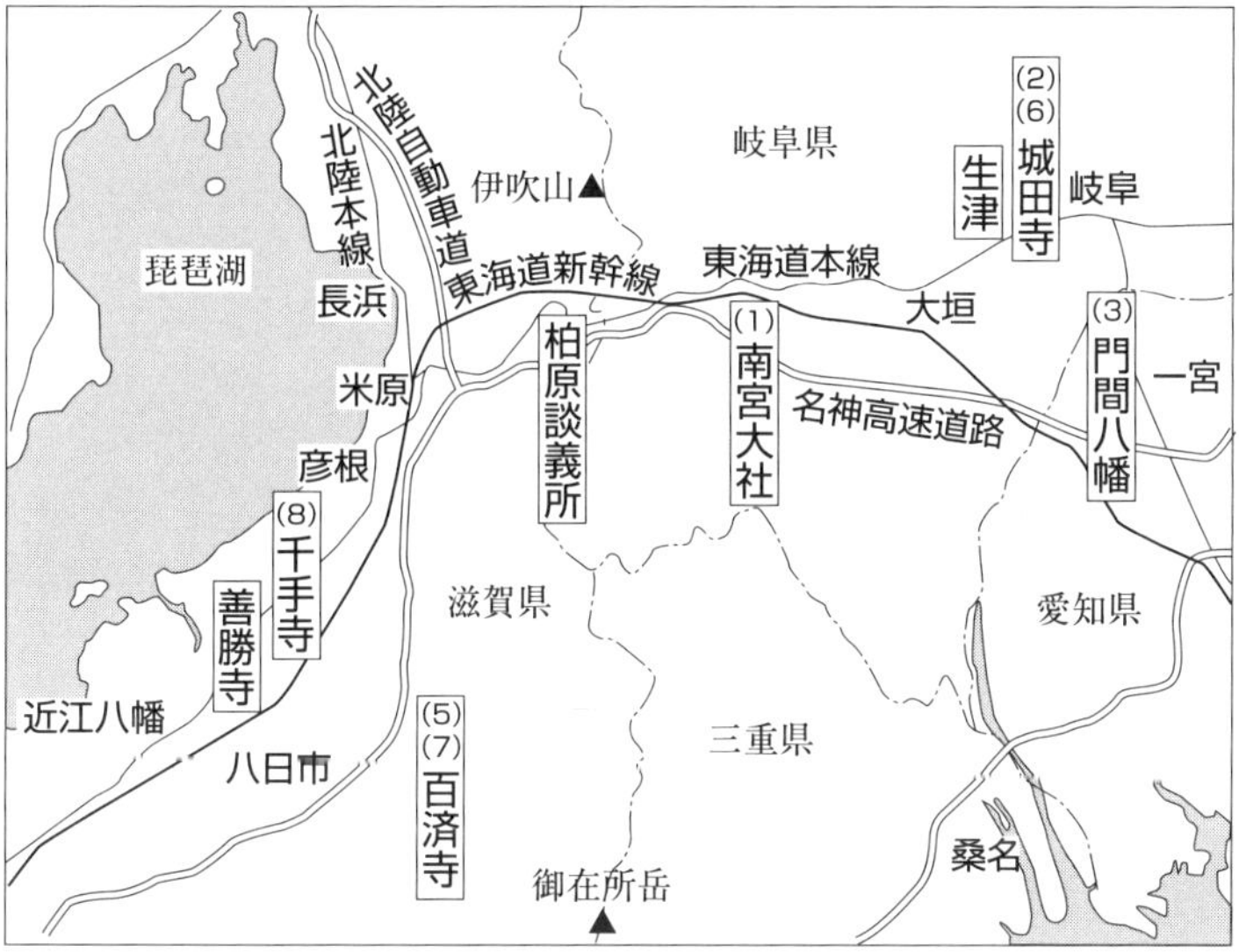

図30　『鷲林拾葉集』関係寺社

(8)　近江国千手寺再興助縁状

すでに述べたとおり、彦根市日夏町の平流山（荒神山）の中腹にある寺。年紀を記さないが、これも「舟田合戦」の余波による焼亡と推定する。

(9)　西国三十三所巡礼助縁状

三十三所を巡礼して納札するための助縁状だが、場所と年紀は不明。「秀運筆之」とあるが、秀運は伝未詳。

(10)　『法華経鷲林拾葉鈔』序

尊舜『法華経鷲林拾葉鈔』の序（序文は実海著）。序の日付は永正八年（一五一一）。他の文書からやや遅れて、最後に付け加えられたとおぼしい。

舞台は尾張・美濃・近江の三国にまたがるが、国境（県境）を意識せずボーダレスに眺めるなら、案外限られた地域に集中していることに気づくだろう。東から順に並べなおしていえば、(3)の黒田郷は、尾張ではあるが木曾川を境に美濃と接する。墨俣《すのまた》から下津《おりづ》（稲沢市）を経て鳴海《なるみ》（名古屋市）へ向かう鎌倉街道に沿い、八幡宮は郡内屈指の大社であった。⑵と⑹はともに岐阜市の北郊、⑴は関ヶ原に近く、中山道が貫通していた。⑻は彦根市の平流山（荒神山）にある寺、⑸と⑺は東近江市にあって湖東三山の一つとして知られる天台の大寺院、『三国伝記』には同寺金蓮院の源重僧都が小野（彦根市小野町）の一万大菩薩を勧請した話（巻七・24話）がある。

いうならば伊吹山の麓を支点として東西両側に短い腕を垂らしたヤジロベエのような分布状況を示しているのであって、⑽を例外とみるならば、地域性のはっきりした、ほぼ同時代の、同性格の文書の集成といえるのである。奇しくもその支点にあたる地点（米原市柏原）には柏原《かしわばら》談義所（成菩提院《じょうぼだいいん》）があった。海道三箇談林の一つとして知られた中世天台教学の中心地である。そこには台密穴太流《あのう》（西山流）の伝法灌頂《かんじょう》の密室があった。『渓嵐拾葉集』の著者光宗もそこで灌頂を受けたのである。そこでは『法華経鷲林拾葉鈔』も当然重用された。事実、時代はやや下るが、柏原談義所の末寺菅生寺の僧栄心の手によって、その影響を大きく受けた『法華経直談鈔《じきだん》』が成立している。

談義書はこの二種以外にも多種多様に製作されていたが、⒆『鷲林拾葉集』の地域性と、多くが天台宗の寺院と深く関わる文書から成っていることを考え合わせると、この文書群の末尾に『法華経鷲林拾葉鈔』の序が配置された理由もあらまし想像できる。すなわち『鷲林拾葉集』の文書群の著者は複数ではあったが、同じ天台の文化圏の中にあって共通する方法的特徴をもって作成された文書であり、それらは一種の模範文集として集成されたと思われる。そういう文集が尊重される世界では、『法華経鷲林拾葉鈔』はそれらの文書が共通して立つ基盤的な知識と作文術を高度に体現して見せた、別格ともいうべき模範作品として尊重されたであろう。年代的にみて他の九種の文書より成立がやや遅れるらしい『法華経鷲林拾葉鈔』の序は、他の文書とはすこし遅れて編者の手もとに届き、別格の模範文として末尾に付け加えられたのではないだろうか。

4　円信の活躍

赤瀬信吾氏の研究によれば、(20)叡山文庫所蔵の表白《ひょうびゃく》集『法則集《ほっそくしゅう》』には文禄三年（一五九四）西楽院円智の奥書があって、七帖の表白集から抜粋して一冊を成した旨を記すが、解脱房貞慶《げだつぼうじょうけい》・安居院《あぐい》澄憲《ちょうけん》・円乗寺貞舜《じょうしゅん》・同慶舜ら鎌倉時代前期以来のそうそうたる名手と並んで、先に紹介した『鷲林拾葉集』の(2)「悲母追善供養助縁状」の作者と同じ円信の表白（法会の際、仏前でその趣旨を読み上げる文）が収められており、それには永正十年（一五一三）五月、斎藤伊豆守の子息の三回忌のために、円信が美濃生津《なまづ》の花《け》王《おう》院で記した旨の奥書があるという。「悲母追善供養助縁状」の文中には明応四年（一四九五）の城田寺《きだいじ》の合戦に関連する文言が見えるから、それからまもない頃に作られたとおぼしいが、『法則集』の「三回忌表白」はそれからさらに十七、八年後に作られたものである。花王院は岐阜県瑞穂市生津《なまづ》滝坪町に現存する。生津は中山道に沿い、墨俣《すのまた》にも隣接する交通至便の地であった。岐阜市城田寺とも指呼の距離にあるから、『法則集』の表白と『鷲林拾葉集』の助縁状の作者円信は同一人物とみてよいだろう。

『昭和現存天台書籍綜合目録』と『国書総目録』によれば、円信には『往生捷径集』『経中経末（嘱累義私抄）』『四種三昧義（弥陀報恩）』『念仏用心』『破日蓮義』『六即義（草木成仏）』『荒神供略作法（付表白）』『諸道竪義《りゅうぎ》表白集』の著作があり、当時有数の天台の学僧、表白の名手であった。なかでも『破日蓮義』(21)の自序によれば、文亀二年（一五〇二）仲夏、当時「濃州本巣郡生津庄の華王院」の住持であった円信が、事の縁あって伊勢桑名の仏眼《ぶつげん》院に止宿中、請われて法華講を開こうとすると、日蓮宗徒が対論を挑むとの噂を聞いた。円信はさっそく論戦のため六十二か条から成る宗論の書を著して待ち受けたが、相手は現われなかった。後にこの書はある俗人を介して美濃の「斎藤氏利匡」（未詳。守護代斎藤利国か）の手に渡り、利匡は「濃州刺史源朝臣政房」（美濃守護土岐政房）に献じた。政房はこれを日蓮宗の僧日憲に示して返答を求めたため、日憲は諸国の門徒を集めて返答した。円信はこれに反論し、文書による論戦は三度に及んだ。それを三巻に纏めて政房に献じたのが『破日蓮義』であるという。日蓮宗の側からする反論を纏めた書には円明院日澄の『日出台隠記《にっしゅつたいいんき》』(22)がある。円信のただならない論客としての風貌をうかがわせる事件である。

『法則集』には「歌仙供養」という表白もあり、三十六歌仙の図像を二十一社権現の神前に奉納した折に読み上げられたらしい。(23)『鷲林拾葉集』の(7)「近江国百済寺鎮守十禅師、三十六歌仙図奉納助縁状」も同趣の文献である。百済寺に近い多賀大社には永禄十二年（一五六九）に奉納された三十六歌仙絵（六曲一双の屏風。もとは扁額として拝殿に掲げられていたらしい）が現存する。(24)歌仙絵の奉納は当時の流行であり、『法則集』の表白と『鷲林拾葉集』の助縁状とをただちに結び付けて考えるわけにはいかないが、円信が百済寺と深い関係にあったのは事実であって、同寺の聖観音像の膝裏部の墨書銘には「明応七年八月二十七日、願主灌頂阿闍梨円信、右勧進造立」とある。(25)

先に見た『鷲林拾葉集』の(5)「近江国百済寺再興助縁状」は明応七年（一四九八）八月六日の火災(26)からの再興を呼びかける助縁状であったから、聖観音像の銘は火災からわずか二十一日後に書かれたことになる。しかもその像は円信が「勧進造立」したのであるから、再興助縁状も円信が書いた可能性が大といえそうである。

ところで、この再興助縁状の文体と構成は、先に紹介した(8)「千手寺再興助縁状」と酷似している。先にも述べたとおり『鷲林拾葉集』所収の文書は、同一時代の同一性格の文書として共通するところが少なくないのだが、それにしてもこの二つの寺の再興助縁状は瓜二つといえるほどよく似ている。「百済寺再興助縁状」の一部を次に紹介しよう。三五〇頁以下に紹介した「千手寺再興助縁状」の本文と対応する箇所には同じ番号をつけておいたので比較していただきたい。

勧進の沙門、うやまつて白《まう》す。
　請ふ、特に十方檀那の助成を蒙りて、①
　　早く一寺再興の大業を遂げむの状。
それ、西天の宝菩提場は、難陀竜王の造れるところなり。②③
　　世尊そのところに住して広く仏事をなせり。
　中国の祇園精舎は、須達長者の建つるところなり。
　　衆聖この砌《みぎり》に居して多く群生を利せり。
加旃《くはふるに》、聖武天皇は東大寺を奈良の帝都に起立して、天長地久の懇祈を致し、
　伝教大師は止観院を比叡の霊峯に草創して、鎮国護人の道場となす。
然れば則ち、異域・本朝伽藍を以て、④
三宝住持の依処とするなり。
粤《ここ》に近江州百済寺は、上宮太子開闢《かいびやく》の浄刹、⑤
　観自在尊利生の霊地なり。
　祈るところは夏夷の静謐《せいひつ》、
　願ふところは王臣の安泰なり。
　（中略）
しかる間、失火たちまち起こり、⑨
　魔風しきりに吹きて、

七間本堂・五重塔・太子殿・二階堂・大聖院・五大力堂・
愛染堂・長徳院・三所神殿・鐘楼・経蔵・楼門・廻廊等、
　仏陀の蓮刹、
　神祇の叢祠、
都盧《とろ》二十余宇、ことごとく灰塵となり、
　わづかに礎石を貽《のこ》せり。　⑩
学□・□□臨みて腸《はらわた》を断ち、
国老・村民来りて涙を落とす。　⑪

（中略）

衆徒等土木の造営を企つといへども、
なほ衣鉢《えはつ》の資貯に乏し。　⑰
　もし十方四輩の助縁を頼まずは、
　何ぞよく一寺三宝の再興を成さんや。　⑱
仍《よ》りて、小僧かつは本尊の化導に帰し、
　かつは大衆の情懐を察して、　⑯
花闕《くわけつ》の上邦より、
茅屋《ばうをく》の辺域に至るまで、
門々戸々にたたづみて、勧縁の表章を捧げ、
在々処々をめぐりて、奉加の甄録《けんろく》を抜《ひら》く。　⑲

繊塵《せんぢん》五嶽を譲る、一紙半銭の微産を憚るなかれ、
涓露《けんろ》四海を湛ふ、寸鉄尺木の小財を恥づるなかれ。——⑳

この時代のこの種の文書がある程度共通するパターンをもつことはいうまでもない。再興助縁状の場合には、まず総論を述べ、対象寺社の歴史を述べて、次にその寺社の荒廃の様を言い、ついては小財を恥じず寄進して欲しいと訴え、寄進による功徳の大なるを述べて文章を閉じるのが定型である。だが、この二つの寺院の再興助縁状の類似はそういう一般論的次元を超えて著しい。①の表題や⑤の寺の紹介は、寺名を入れ替えれば、全くの同文といってよいし、⑰、⑱、⑲、⑳なども表現が酷似している。その他の部分も②、③をはじめ発想において共通している部分が多い。構成から見ても、まず最初に「夫《それ》」と発語して伽藍についての一般論を述べ、「粤《ここに》」で特定の寺院に話題を転じて、その焼亡を語る。焼亡した堂舎についての叙述が百済寺の方が詳しいのは、寺院の規模が千手寺より圧倒的に大きく、被災の衝撃力が違ったからだろう。かくて寺の再興が図られるが、企てた主体が「小僧《しょうそう》」（千手寺）自身であれ、「衆徒」（百済寺）であれ、「土木の造営」は「衣鉢《えはつ》の資貯」乏しく、功成り難いために、「勧縁の表章を捧げ」「奉加の甄録《けんろく》を披《ひら》」いて貴賤親疎の別なく勧進を募り、少量微財を恥じるなかれと寄進を呼びかける順序や用語は完全に一致している。こうした文章の流れの中にあって追加的な一節が「加旃《くはふるに》」で始まるのも共通している。これら微細に及ぶ一致は両書が同一人の作である可能性を強く示唆している。つまり「千手寺再興助縁状」も円信が書いた可能性が大きいのである。[27]

これらの文書によれば明応・文亀の頃（一四九二～一五〇四）、赤瀬氏の紹介された叡山文庫所蔵の『法則集』によれば永正十年（一五一三）頃にも、美濃と近江にまたがる地域を舞台に、円信は八面六臂の活躍をした。時はまさに戦国の世、美濃では守護大名土岐氏の内紛があり、近江の京極・六角氏、尾張の織田氏がこれに干渉して、どろ沼の戦乱が続いた。『破日蓮義』の経緯からみて円信は守護土岐政房、守護代斎藤利国に親しかったと思われる

が、これと対立したのが異母弟土岐元頼と斎藤家の権臣石丸利光らである。明応四年（一四九五）三月加納城に拠る利国と舟田城の利光との間に起こった正法寺の合戦を皮切りに、「舟田合戦」と総称される戦いが翌年四月の城田寺合戦まで続いた。この合戦に勝利を収め権力を握った斎藤利国とその子の利親は、石丸利光の味方をした六角氏を討つため近江に侵攻したが、近江日野で蒲生貞秀に討たれてしまう。円信はこういう状況の下を生きて、戦没者の霊を慰め、焼亡した寺院の再興を呼びかけ、亡父母や亡子の周忌法要を行ない、日蓮宗徒に論戦を挑んでいたのである。

5　実用としての知識

『鷲林拾葉集』に集められた文書は、末尾の『法華経鷲林拾葉鈔』序を別にすれば、いずれも助縁文や諷誦文という、在地的な世界に密着して実際的な効力を要求される文書であった。それと『三国伝記』の表現技法に共通するところが多いことは、『三国伝記』の表現技法を支えている知識や教養が、いわば読書人の知識のための知識といった類のものではなく、上述のような場で現実に生きて働いていた、いわば必須の知識や教養であったことを物語る。

『三国伝記』が『三宝感応要略録』から大量の説話を取材しているのも、梵・漢説話の素材として撰者玄棟の手元に偶然それがあったというような消極的な理由によるのではなく、『要略録』こそがこういう世界ではもっとも使いやすく、実際の利用頻度も高い資料であったからだろう。幕府と関係の深かった臨済宗相国寺鹿苑院蔭涼軒主の公用日記である『蔭涼軒日録』の寛正五年（一四六四）七月十八日条には、遣明船の出発にあたって、かの地で求めるべき漢籍の数々が書き上げられているが、『北堂書鈔』（唐・類書）、『誠斎集』（宋・詩集）、『石湖集』（宋・詩集）、『遯斎閑覧《とんさいかんらん》』（宋・随筆）、『百川学海《ひゃくせんがっかい》』（宋・叢書）など著名な書籍に並んで『三宝感応録』の名が見える。おそらく『三宝感応要略録』の略称であって、僧・俗社会の最上層部においても、宗派の別を超えて同書がもてはやされていた状況がうかがわれる。近江の一隅で著述された『三国伝記』が、東国身延山では日意上人の身辺に置かれて抜書本まで作られ(28)、都では三条西実隆が天皇の命を受けて題簽《だいせん》を書き(29)などするに至ったのも、『要略録』を梵・漢説話の主力資料に用い、わかりやすく読み下して適度の文飾を加え、表白や願文、助縁文の世界でなじんだ表現に写し取った『三国伝記』の手法が、ある程度普遍的で一般的なものとして受け入れられたからである。

ところで、『鷲林拾葉集』の「千手寺再建助縁状」に『要略録』の説話を踏まえた対句が見られることは、すでに指摘したとおりであるが、詳細に比較していくと、「助縁状」と『要略録』との間には微妙な相違もある。

（Ca）の句は、婆羅門の幼子には短命の相があったのに、大悲（観音）の呪のおかげで不老の齢を得たと読めるが、『要略録』では、婆羅奈《はらな》国の長者の一人子は十六歳の寿命であったが、すでに十五歳となり長者夫妻が憂いに沈んでいるのを見た乞食の婆羅門が、千手観音の呪を誦して八十歳の齢を得させたという話であって、「婆羅門」と「婆羅奈国の長者」の違いは大きい。

（Da）の句は、毘舎離《びしゃり》国の人民が千手観音の像を描いて疾疫流行の難を除いたと読めるが、『要略録』では、罽賓《けいひん》国で疾病が流行したとき、婆羅門真諦が千手観音の像法を行なって、病鬼王が国を出ていったというのであって、「毘舎離国」と「罽賓国」は別の国であり、救済の方法も異なる。

（Ea）の句は、罽賓国の沙弥が古い杖を堂閣の修造に喜捨して、非命の業を転じて長寿を得たというが、『要略録』では、罽賓国の十三歳の少年沙弥が占相をよくする尼乾子《にけんし》（ジャイナ教徒）にあと二年の命だといわれて恐怖する。一夏《いちげ》（九十日）を経て後、少年の寿命が五十年延びているのを見た尼乾子が驚いて少年にわけを問う。しかし少年自身にもわからない。そこで三明《さんみょう》の大阿羅漢であるその寺の上座が定に入って因縁を感知した結果、この夏の初め、衆僧が寺の壁を修理した際、木が一本足りなかったので、少年が古い杖を持ってきて助力した。そのおかげであることがわかったという話である。

（Eb）の句は、舎衛国の奴婢が精舎の会場で塵芥を掃除して、忉利天《とうり》に生まれ、法眼浄を得たという意味であろうが、『要略録』では、祇園精舎に天人が降りて来て、釈尊の説法を聞き法眼浄を得たので、阿難がわけを尋ねると、釈尊は「須達が精舎を造ったとき、一人の奴を遣わして寺の庭と道路を清掃させた。その善根で忉利天に生まれ、いま降りてきて法を聞き、法眼浄を得たのだ」と語ったという話である。

以上のように、（Ea）および（Eb）は原典の大幅な要約ということもできるが、（Ca）と（Da）は原典を直接見ているなら生まれるはずのない相違を含んでいる。著名なはずの『要略録』の説話が、あるいは著名なるがゆえにかえって、記憶を頼りに語られ、場合によっては訛伝まで生じていたとすれば、原典に直接取材した『三国伝記』の実用的価値は改めて見直されてよい。『三国伝記』は表白や願文、助縁状などで頻用される説話を、典拠から直接に、わかりやすく読み下して提示し、実用性のある一種の便覧としても役立つように仕組まれているのである。

『三国伝記』が資料に用いた『和漢朗詠集和談鈔』の作者とおぼしき源高定は、善勝寺にいる愚息のために同書を著述したと跋文に記している。[30]『三国伝記』の玄棟もそれに似て、啓蒙的であることが同時に実用的でもあったところに、作品成立の必然性があったというべきだろう。それは必ずしも『三国伝記』独自の特色ではなく、この時代の文学が共有した特徴でもあったけれども。

最後にまた『鷲林拾葉集』に戻っていうなら、その文書群がカバーする地域は、先に紹介した『三国伝記』の三人の僧俗が増水した愛知川《えち》を渡る話（巻四・21話）で、登場人物が歩いた道筋とほぼ重なり合っていることに注目しなくてはならない。玄棟の属した文化圏は師の運海を介して平流山の一大寺社集団のそれと繋がり合い、さらにまた、おそらくは柏原談義所などを介しながら美濃や尾張の寺社へと通じていたのである。『鷲林拾葉集』は「続群書類従」というごく一般的な叢書に収められていながら、あまり注目されたことがなかった。しかし、この文書群が喚起する問題は大きく奥深いものがある。成立は『三国伝記』より少し遅れるけれども、『三国伝記』を支えた基盤のありようと裾野の広がりを探究する糸口として、追求を深めていく必要がありそうである。

注

（1）　牧野和夫『中世の説話と学問』（和泉書院、一九九一年）一三二頁参照。

（2）　神仏の示現としての漂着と降臨については、伊藤唯真「仏教の民間受容」『神と仏』〈日本民俗文化大系〉（小学館、一九八三年）など参照。

（3）　滋賀県地方史研究家連絡会編『淡海木間攫』第一分冊〈近江史料シリーズ(5)〉（滋賀県立図書館、一九八四年）犬上郡「須越村」条。
此村里ハ湖ノ浜辺ニテ、宇曾川洲口ノ北ニアリ。往古此里ヘ唐崎大明神流寄給ヒ、須ヲ越玉フニヨツテ須越トムト。是亦土俗ノ言伝ル所也。
休神社。三尺ニ四尺。当社ハ往古唐崎大明神此地ニ流レ寄玉ヒシ時、此所ニアゲ、休ミ玉フ故ニ、其所ヲ休神ト云也。

（4）　『渓嵐拾葉集』の原文は、『大正新修大蔵経』第七十六巻、五三〇頁下段参照。

（5）　「竹」と天台の関係については、前掲牧野氏『中世の説話と学問』一六〇頁の「補記①」を参照。発想は異なるが、水月観音の図像研究の角度から「竹」のもつ意味の解明を試みた論文に、潘亮文「水月観音像についての一考察（上・下）」（仏教美術　第224・225号、一九九六年）がある。

（6）　『近江輿地志略』巻七十二「平流山奥山寺」条に、「奥山寺とも仮殿寺ともいふ。寺坊四坊あり。千手寺・念仏寺・勝正寺・満蔵院是也」。

（7）　犬上郡郷土史編纂委員会編『滋賀県犬上郡郷土読本』（晃光社、一九三九年）二四頁参照。

(8)『続群書類従』第二十八輯下・釈教部　所収。
(9)『法華経鷲林拾葉鈔』については、第三章二九六～九七頁参照。
(10)『群書解題』第十八下の「鷲林拾葉集」解題（是沢恭三氏）は、この作品の全容を展望した唯一の論考として貴重である。ただし『法華経鷲林拾葉鈔』の著者尊舜が『鷲林拾葉集』の編者でもあった可能性を保留する説には従いがたい。『法華経鷲林拾葉鈔・四』（臨川書店、一九九一年）の「解題」（永井義憲氏）は、『鷲林拾葉集』は円信の編述と説く。可能性としてはこの方がありうることである。
(11)前掲『群書解題』は九種と数えているが従わない。詳しくは、注（18）参照。
(12)「士農工商」の用例は、謡曲『善知鳥』にあって注目されているが（篠田浩一郎『中世への旅』一九二頁以下および注25）、これも比較的早い時期の用例である。
(13)ただし、この合戦で千手寺が焼亡した確証はない。
(14)『実隆公記』明応四年（一四九五）九月十五日条「今日当番間参内、則参二議定所一、御雑談、三国伝記第二第五銘、依レ仰書レ之」。
(15)『大正新修大蔵経』第三十四巻　経疏部二、九二三頁下段および九二四頁下段。
(16)拙稿「中世説話文学における三宝感応要略録の受容」（『三十周年記念論集』〈神戸大学文学部〉一九七九年）［本著作集第一巻『今昔物語集の研究』第六編第四章に再録］参照。
(17)「続群書類従」本には「雨宮」とあるが、「南宮」の誤記と見て訂した。
(18)『群書解題』の解説は(3)と(4)を一つの文書と解しているが、従わない。(3)は尾張国葉栗郡上門真庄黒田郷の木工寮職（大工）藤原四郎五郎が、「和光同塵の法楽」を増し、かねて「慈父聖霊の得脱」を祈らんがために、八幡宮の社頭に多宝塔の建立を志したので、「小□（僧か）」が万人の助成を募った助縁状で、「よって唱ふるところ件のごとし」で完結している。一方(4)は、題を掲げず、前半が欠落しているらしいが、現存部分は「信心孝子景浦弥九郎直親□」が亡母の「聖霊、九品順次の往生」を祈った諷誦文であって、明らかに別の文書である。
(19)『法華直談私類聚抄』『撤塵抄』『鎮増私聞書』その他、内容や性格はさまざまである。廣田哲通『天台談所で法華経を読む』（翰林書房、一九九七年）参照。なお、本書校正中に刊行された廣田哲通・阿部泰郎・田中貴子・小林直樹・近本謙介編著『日光天海蔵直談因縁集　翻刻と索引』（和泉書院、一九九八年）は、この方面における画期的な業績である。
(20) 赤瀬信吾「法則を書く僧たち」新井栄蔵他編『叡山の和歌と説話』（世界思想社、一九九一年）所収。
(21) 「大日本仏教全書」第六十一巻　宗論部、所収。
(22) 「大日本仏教全書」第六十一巻　宗論部、所収。
(23) 前掲赤瀬氏論文注（20）参照。
(24) 『多賀信仰』〈官幣社列格百年、多賀講創設五百年記念〉（多賀大社社務所、一九八六年）に写真がある。
(25) 『滋賀県の地名』〈日本歴史地名大系〉（平凡社、一九九一年）愛知郡愛東町（現東近江市）「百済寺」条。
(26) 百済寺はこの他にも、明応元年（一四九二）第二次六角征伐で、文亀三年（一五〇三）伊庭貞隆の乱で、元亀四年（一五七三）織田信長の侵攻で焼亡しているが、本助縁状は焼亡の原因を「失火」と明言しており、戦災とは関係のない明応七年（一四九八）八月六日の火災であることが確定できる。
(27) 『破日蓮義』（円信）の序も、「原夫」で始まる総論の後に「粤」で個別論に移っており、よく似た文章構造をもつ。
(28) 身延第十二世の日意上人（治山明応八年～永正十六年〈一四九九～一五一九〉）の『蔵書目録』「台家聖教注文」の「要文分（日意所持）」に「三国伝記十帖（此内之抜書私二帖）」とあり、「物語抄分（日意類聚分）」に「三国伝記抜書（上下二帖　本帖十帖）」とある。このうち「抜書」の方の上冊（の写し）が身延山久遠寺身延文庫に現存する。黒田彰編『三国伝記抜書』（翻刻と写真複製の全二冊）古典文庫、一九八五年の「解題」参照。
(29) 前掲注（14）参照。
(30) 『和漢朗詠集和談鈔』の跋文については黒田彰氏の研究による。同氏『中世説話の文学史的環境』（和泉書院、一九八七年）八五頁参照。

第六章　修験の道
——湖東から湖北へ——

1　湖東の比良山系修験

第五章に述べた『唐崎《とうざき》縁起』の奥書によれば、平流《へる》山の唐崎《とうざき》神社に正一位を賜らんことを朝廷に請うたのは「白川元応寺前住慈明大和尚」すなわち運海と「野洲郡興隆寺住持金剛宗知和尚」であったという。この『縁起』に最初に注目した牧野和夫氏は、この宗知が運海に師事した元応寺の僧であったことを論証された(1)。ただし宗知が住んだという野洲《やす》郡の興隆寺は古文献の類にも全く名が見えず、その在処は杳として知れない。

一方、野洲郡の隣の蒲生郡には、古来天台宗の大寺として知られた興隆寺がある。こちらの興隆寺は、いまは近江八幡市多賀町にあるが、古くは願成就寺とともに近江八幡の中心ともいうべき八幡山（鶴翼山）にあった。天正十三年（一五八五）羽柴秀次が八幡山に築城した際に移転させられたが、それに先立つ天正五年（一五七七）にはこの寺の本堂が織田信長の安土城下に創建された浄厳院の本堂として移築させられている。いまも安土駅の近くに堂々たる姿（重要文化財）を残しているが、近江八幡にあったこの興隆寺が宗知の住んだ野洲郡の興隆寺であった可能性はないだろうか。

近江八幡付近の平野に浮かぶ山々は、かなり近い過去まで湖中の島であった。近江八幡の町をめぐる八幡堀の水

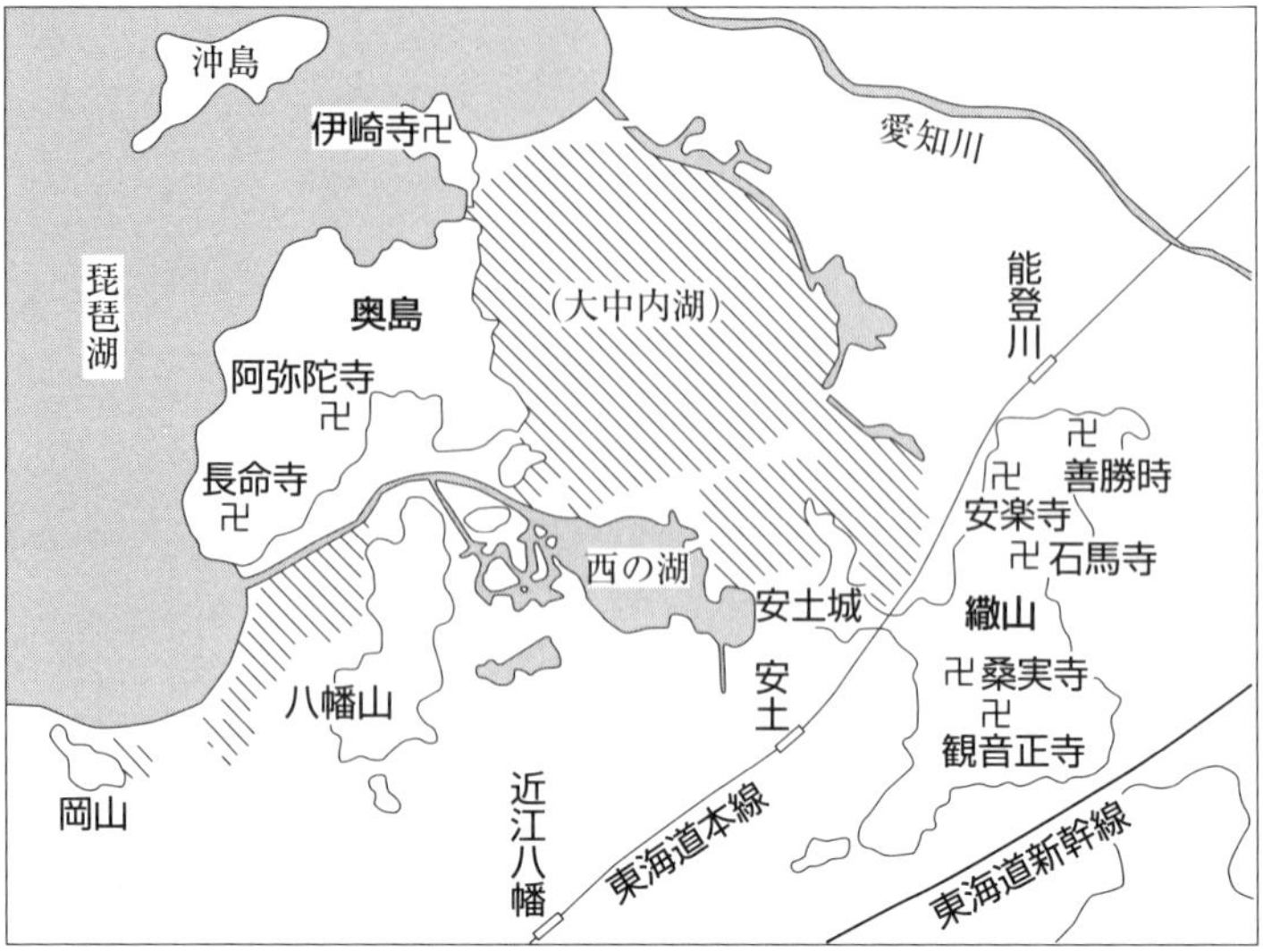

図31　奥島と繖山
斜線は明治28年陸地測量部地図において水面であった部分

路はかつて八幡山を取り囲んだ水面の名残であり、長命寺川の狭い水路を隔てて八幡山の北に並び合う奥島《おくのしま》山も昔は文字通りの島であった。いま長命寺川は「水郷めぐり」で知られる西ノ湖と琵琶湖とを結ぶ運河的な存在になっているが、かつては二つの島の間に葦の生い茂る広々とした水面がひろがっていたのである

その島々が蒲生・野洲郡のいずれに属するかは微妙なところがあったらしい。『三代実録』貞観七年（八六五）四月二日条には「野洲郡奥島」に久住する元興寺の僧賢和が島神の夢告を得て神宮寺の建立の許可を願い出た旨の記事がある。ここにいう島神とは奥島山麓の近江八幡市北津田町に鎮座する大島・奥津島神社のことであろう。ところが『延喜式』の神名帳には大島神社・奥津島神社はともに蒲生郡の神として記載されている。中世以後の記録にも蒲生郡とあるのが普通だが、奥島の長命寺付近と野洲郡の江頭《えがしら》（近江八幡市江頭町）付近とは水上交通による結びつきが強かったため、律令制の郡・郷の編成がルーズになった時には、奥島が野洲郡の一部のごとく意識されたことがあったのかもしれない。(2) 神名帳にいう

奥津島神社は奥島の神ではなく、奥島のさらに沖合にいまも島として浮かんでいる沖島《おきのしま》の神であろうとする説[3]もあって判然としないが、判然としないところに意味があるのかもしれず、これらの島の所属については、あいまいな、あるいは誤解を生みやすい状況があったのではないだろうか。奥島から東北に伸びる小半島（これも独立した島であった）の先端に位置する修験の寺、伊崎寺の縁起を説く『伊崎寺縁起』の末尾には「江州蒲生・神崎両郡境伊崎寺息障明王院縁起畢[4]」とあって、これまた所属があいまいなのである。どの郡に所属させるのが正しいかという問題ではない。たとえ誤りであったとしても、別の郡名で記される可能性があったことに注目したいのである。

なお、次章で述べるように、平流山麓の稲村神社には『稲村大明神物語』という縁起物語が伝わっているが、その奥書には、

　貞治五年（一三六六）丙寅十二月十七日、敬書写之畢。

（略）

　北谷護摩堂住持　遍照金剛最宗　臈廿四　生年三十八。

とある。牧野氏の研究によれば、この「最宗」は「宗知」と同一人であるという[5]。「北谷護摩堂」については未詳だが、『大嶋神社・奥津嶋神社文書』のうち寛正四年（一四六三）の「大島鳥居合力銭日記」には「阿弥陀寺　北谷」が三百文を寄進した旨が見え、永徳元年（一三八一）書写の願成就寺蔵『大般若経』巻三百三十八の奥書には「阿弥陀寺北谷於心月房令書写畢」と奥書がある[6]。阿弥陀寺は奥島にあった寺である。宗知のいた「北谷護摩堂」は阿弥陀寺の房舎かもしれない。だが『蒲生郡志』は八幡山の興隆寺について「一説に法華ケ峰北谷に在りしといふ」と説く。この一説にしたがえば最宗がいたのは興隆寺の北谷である可能性も残る。

　結局、明答は得られないでいるのだが、運海と深く関わる人脈がいまの野洲郡から近江八幡市の付近に存在していたのは確かであって、阿弥陀寺には運海の師光宗が止住して『渓嵐拾葉集』の著述に励んだ時期もあった。阿弥

陀寺は八幡山と水域（いまの長命寺川）を隔てて向かい合う奥島山の、大島・奥津島神社の背後に位置して、山号を姨綺屋《いきや》山と称した。先に紹介した『三代実録』で僧賢和が島神の夢告を得て建立したという神宮寺がこの寺の淵源である。中世には天台記家の中核的な位置を占めた大学問寺だったが、この寺もその後廃絶して、いまあるのは名のみを継いだ臨済宗の寺である。『大正新修大蔵経』所収の『渓嵐拾葉集』各巻の奥書によれば、建武五年（一三三八）から貞和二年（一三四六）まで、光宗は同寺の迎接院において同書の執筆ないし書写に日を送っていた。ちょうどその頃、平流山の霊山寺《りようぜんじ》では運海が同じ本を書写していたのである（三一〇頁参照）。光宗が平流山の霊山寺を訪れたように、運海も阿弥陀寺に何度か足を運んだことがあっただろう。

奥島山の西南端には西国三十三所の札場として知られる長命寺があり、その反対側すなわち奥島山の東北端には伊崎寺を載せる小半島が琵琶湖と大中《だいなか》の内湖を分けている。いまは内湖も干拓されて完全に陸続きになっているが、この小半島ももとは野島という名の島であった。この島にある伊崎寺は修験の寺である。同寺所蔵の『伊崎寺縁起』によれば、役行者の開基、比良《ひら》修験の開祖相応の練行の地で、本尊の不動明王は比良の葛川《かつらがわ》明王院、叡山の無動寺のそれとともに、相応が一木で刻んだ三像であるという。伊崎寺は天台比良《ひら》山修験の湖東における一大拠点であった。

至徳元年（一三八四）伊崎寺の住僧宗全の手になる勧進状「特に三宝諸天の擁護、十方檀那の助成を蒙り、本堂護摩堂等の上葺《じやうしふ》の造功を遂げ、長日不断の行法を専らにし、法界の衆生の願望を成ぜむと請ふの状」(7)には、

当寺は、大聖明王の応現の地、相応和尚の練行の嶺なり。加ふるに、大黒天は親しく三摩《さんま》耶形《やぎやう》の直躰を当山阿に排し、上宮太子はかたじけなく三国無双の美談をこの洞の辺に貽《のこ》す。弁才天は七宝所成の理を鍋崎の沮に梃し、役行者は七日巡礼の踉《くびす》を洛叉《らくしや》の嶺に運ぶ。しかれば則ち、この峰に七宿あり。もつて七分の行法を成ず。所謂第一宿は宇賀山香仙寺、行願分普賢。第二宿は観音峰、三摩耶分虚空蔵。第三宿は白山宿の石窟阿弥陀峰、

成身分除蓋障。第四宿は毘沙門堂普光園峰、曼陀羅分観音。第五宿は御所山大勢至峰、供養分文殊。第六宿は光寺釜宇呂峰、作業分仏眼。第七宿は伊崎息障明王院、究竟分不動明王これなり。（原文は漢文）

とあって、宇賀山香仙寺を第一宿とし、奥島山を縦断して第七宿の伊崎寺に至る順峰行があったことがわかる。奥島山の西南方（近江八幡市牧町）の湖畔に岡山という小山がある。香仙寺はこの山（当時は島）にあったと思われるが現存しない。中間の五宿については未詳だが、第二宿の観音峰は長命寺、第三宿の阿弥陀峰は阿弥陀寺に関係がありそうである

また『伊崎寺縁起』には、

古老伝へて曰く、当寺は、役優婆塞《えんのうばそく》の順峰を開くことに日本国に六十六峰。そのうち当県において両峰を立つ。法華峰・洛叉《らくしゃ》峰これなり。洛叉峰は岡山香仙寺をもつて一宿となし、姨綺屋《いきや》山に至りて、長命寺・阿弥陀寺次第に行ふ［別記在り］。法華峰香仙寺を一宿となし、比牟礼《ひむれ》山に至りて、成就寺より姨綺屋山長命寺・阿弥陀寺次第に行ふ［別録在り］。一峰は当寺をもつて結願とす。これ則ち顕密一致之終極、事理和融の境界なり。（原文は漢文）

とあって、これによれば、巡峰には洛叉《らくしゃ》峰と法華峰があり、洛叉峰は岡山香仙寺を第一宿として長命寺・阿弥陀寺など奥島山を縦断、法華峰は香仙寺から比牟礼《ひむれ》山（八幡山）の願成就寺を経出して奥島山に至るのが順路で、ともに伊崎寺を結願としたという。洛叉とは諸尊（特に不動明王）の真言十万遍を唱える行をいう。巡峰に二通りの経路を設けるのは金峯山（大峯）に吉野側から入るのを金剛曼陀羅《まんだら》、熊野側から入るのを胎蔵曼陀羅の峰というのと等しく(8)、真言と法華との組み合わせは大峯を真言峰、葛木山を法華峰と呼ぶのと等しい(9)。

運海に縁の深い宗知が止住した興隆寺が八幡山のそれであったかどうかは明らかでないが、八幡山の興隆寺が修験と関係のあったことは永禄年間（一五五八〜七〇）の寺蔵文書によってわかり、同寺と修験との関係はその後も

長く続いたことが享保九年（一七二四）の文書によって確認できる。(10) 近江八幡付近の山々（島々）には蜘蛛の巣のように修験の道が張りめぐらされていたのである。

尾上寛仲氏の研究によれば、(11) 運海の師の光宗は阿弥陀寺に来る以前比叡山の神蔵寺にいたことがあり、そこで光宗は義源に師事していた。義源は台密は法曼《ほうまん》流、記家は梶井流を相承し、日吉神道にも優れた大家であった。光宗は神蔵寺で義源にそれらを学んだが、正和元年（一三一二）十月には回峰行についても義源から師説の伝授を受けた。これにより光宗も回峰行者だったと推測できるのであり、彼が止住した湖東の阿弥陀寺の周辺に修験の色が濃かったことも別に不思議ではない。貞舜の後を継いで柏原談義所の学頭となった慶舜も回峰行者であったらしいから、これは決して特殊な一例ではなかったのである。

2　伊吹山と湖東修験

『伊崎寺縁起』はまた、同寺を中心とする修験が繖《きぬがさ》山や平流《へる》山にも関係していたことを語っている。同書の「一、大勧進五箇寺事」の一節を見よう。

相応和尚練行の時、奉仕の行人《ぎやうにん》あまたの中に、五輩の近習あり。阿弥陀寺の行能、長命寺の栄尊、安楽寺の親仙、石馬寺の引盛、千手寺の全知、右の五人を当寺の大勧進となす。三時の浄業を執行すべきも、安楽寺等の三箇寺は海路遥に隔てて風波凌ぎがたきか。長命寺・阿弥陀寺は連山たる間、自づから専らとなすべしてへるなり。（原文は漢文）

相応に奉仕した修行者の中に近習の五人がいた。うち行能と栄尊がいた阿弥陀寺と長命寺は奥島山にあったが、残る三人の住む寺は大中《だいなか》の内湖の彼方にあった。即ち、親仙と引盛がいた安楽寺と石馬寺は繖《きぬがさ》山にあり、とくに安楽寺は『三国伝記』に関係の深い善勝寺の近所にあって、第二章で述べたように上山天神の管理権を善勝寺と分け合っていた。全知がいたという千手寺は、第五章で述べた続群書類従本『鷲林拾葉集』に「再建助縁状」がある、あの平流《へる》山の寺にほかならない。善勝寺のある繖山と平流山とは修験の道においてもしっかり結合されていたのである。

伊崎寺を中心とするこの五か寺はさらに伊吹山の修験にもつながっていたことが、「大原観音寺文書」の応永十一年（一四〇四）「伊崎寺五ケ寺衆僧掟書案」[12]によって知られる。

［端裏書］伊崎寺五ケ寺状案　進上候　自聖護院殿へ

伊福貴山大乗峰一宿相論事、任先例、以弥高護国寺、可為一宿之旨、云公方、云国中、無子細上者、於向後不可及違乱者也。依衆儀《ママ》所定如件。

応永十一年九月十八日

伊綺屋山　伊崎寺

阿弥陀寺（在判）

長命寺（在判）

安楽寺（在判）

石馬寺（在判）

千手寺（在判）

於弥高寺客僧中

『三国伝記』の序文で梵・漢・和の三人が洛東清水寺で出会って巡り物語をした応永丁亥（十四）年と同じころ、伊吹山では弥高《やたかじ》寺と長尾寺が大乗峰の第一宿をどちらがつとめるか激しい相論を続けていた。右の文書は、この問

図32　伊吹山（一居利雄氏撮影）

題について、客僧の代表格として伊崎寺五か寺が、先例にまかせ弥高寺をもって第一宿とすべしと断を下した文書である。「弥高寺客僧中」として伊崎寺と阿弥陀・長命・安楽・石馬・千手寺の連判がある。応永十三年（一四〇六）にはこの決定を踏まえて弥高寺を第一宿とせよとの令旨が下されているが、(13)伊崎寺五か寺の発言力がいかに大きく、また伊崎寺と伊吹山の修験がいかに強く結びついていたかを如実に物語っている。

山岳仏教の聖地として知られる伊吹山には、三修上人を開祖とする観音護国寺・弥高護国寺・太平護国寺・長尾護国寺があって伊吹四箇護国寺と総称していた。三修はもと南都東大寺の僧、各地の霊山を巡歴修行し、伊吹山に止住するようになったのは仁寿年間（八五一〜五四）と伝える。元慶二年（八七八）には彼の奏請によって伊吹山護国寺が定額寺に列せらた。(14)伊吹山繁栄の基礎が築かれたのである。

『三国伝記』巻六第6話「飛行上人事」は前半に遠い過去の三修上人の話、後半に比較的近い過去の弥三郎の話を配置する二段構成になっている。

疇昔《むかし》、三朱沙門飛行上人、此の山に栖《す》みて数百の伏臘を送る。三朱沙門といふ事は、彼の上人身の重きこと纔《わづか》に三朱なりし故なり。恒沙《ごうしや》の世界に遍満して、山河石壁も能障なし。故に飛行上人とも名付けたり。遂に当山の長尾・弥高・太平の三所の寺を開けり。三寺一寺に融し、一寺三寺に遍ず。是れすなはち一念を起こさずして三千を経る理なる哉。

と始まる三修の話では、三修の名が重さの三朱（約五グラム）に付会され、きわめて身の軽い飛行自在の仙聖「飛行上人」として神秘化されている。話の世界では久米仙人のように仙術を極めて空を飛んだ者が少なくないし、修験道の開祖役行者《えんのぎょうじゃ》は伊豆の島から富士山に飛び通ったといい、母を鉢に乗せて唐土に渡ったともいう。後世の文献ではあるが『修験深秘行法符呪集』には「飛行自在法」が説かれており(15)、現在の修験においても、たとえば出羽羽黒山の松例祭《しょうれいさい》（松聖《まつひじり》の行事）で修験者が行なう「天狗飛び（護法飛び）」は、山入りによって獲得した飛行術の験《げん》比べの意味がある(16)。優れた山岳修行者である三朱（三修）が空を飛んだと語られても少しも不思議ではなかったのである。

その飛行上人三朱のもとに勅使が来て、「都に上って皇后の御悩平癒の加持祈禱をせよ」と命じるが、上人は「自分はただ山中に住む無学破戒の卑人に過ぎない」と辞して応じない。勅使が「公地に住む皇民でありながら勅命に背くとは何事か」と責めると、上人は「一人乾坤《けんこん》の外に逍遥している我をそこらの士俗と同列に論じるなかれ」と地面に杖を立て、その上に飛び上がって坐った。しかし勅使は「その杖の先は王土を離れていないではないか」と詰問する。上人は仕方なく上京することになった。なんと琵琶湖の水面を歩いて京に向かったのである。

遂に上人勅命に従ひて徒歩《かち》より行くに、古き足駄のもつての外《ほか》にちび朽ちたるを履きて、近江の湖水をすぢかひに、漫々たる浪の上十八里を、陸地を行くがごとく片時の間に龍闕に参内し給ふ。その体《すがた》、阿私《あし》仙人の王宮に来たり、釈迦如来の踰沙《ゆじゃ》国の室内に現じ給ひしに異ならず。

颯爽たる英姿というべきだろうが、どことなくユーモアの漂う語り口は、すでに何度か注目した巻四第21話の愛《え》知《ち》川の洪水の話と通い合うところがある。これほどの験者の祈りが空しいはずもなく、后の病はたちまち癒え、天皇は叡感のあまり伊吹山の地主明神（伊夫岐《いぶき》神社）に正一位を賜り、宸筆の額を贈ったという。この話が「遂に当山の長尾・弥高・太平の三所の寺を開けり」と語って、伊吹四箇護国寺の一つ観音寺を数えていないのが気になるが、観音寺は貞和三年（一三四七）に伊吹山を下りて現在地（米原市朝日）に移っていた。(17)それが理由であろうか。

ところで、これと非常によく似た話が、臨済宗東福寺霊隠軒の太極蔵主《ぞうす》の『碧山日録』長禄四年（一四六〇）正月三十日条に記録されていることが、徳田和夫氏によって明らかにされている。(18)語り手は持勝公（京極勝秀）の客、杉子《さんし》なる人物。話の主人公は伊吹山の松の上に巣を作って暮らしていた超持和尚である。天智天皇の皇女が病気の時、天皇は勅使を遣わして和尚を召した。和尚が「塵外の身である」と辞退するので、勅使が「その松もわが王土である」と責めると、和尚は身を持ち上げて、本当に空中に座した。驚いた勅使は非礼をわび、改めて懇願した。すると、和尚は船にも乗らず、波を踏んで大津の宮に至り、七日の祈りで病を平癒させた。さて帰ろうとすると、宮中の「華壮靡嫚《びまん》」（はなやかで美しい様子）のため体が重くなって波に乗れない。自今以後山を出《い》づまじと誓って、ついにその終わりを知らずという。超持和尚なる人物の正体は不明だが、伊吹山麓を版図とする京極氏の縁者によって伝えられた伊吹山の聖者の話である。『三国伝記』の飛行上人の話と同根であることは疑えない。おそらく伊吹山の在地伝承に根ざしているのだろう。

『三国伝記』と『碧山日録』の話の内容は微妙に異なるけれども、それぞれを成り立たせている要素は類型的である。一人山中で暮らす脱俗無欲の験者を宮中に召そうとした時の勅使との問答は、『信貴山縁起絵巻』で有名な信貴山の命蓮の話や、書写山の性空の話など類例が多い。すでに仙界に入った者が俗気に触れたため飛べなくなる話は、墜落して俗界に戻ってしまった久米仙人が重度の例、一度は身が重くなったが香炉の煙に乗って再飛行に成功した陽勝仙人の話が軽度の例の代表といえようか。(19)このことは、この話が意外に類型的な発想の産物であり、両書の話の内容の相違も伝承者の立場の相違をかなりストレートに反映していることを予想させる。すなわち、『碧山日録』の話の主題は、禅寺での話題にふさわしく、修行者にとって俗塵に触れることの無意味さを確認することにある。そのためには和尚の飛行術を強調するより松の上に棲息したと、明恵の樹上座禅図を思い出させるような状況を設定する。勅使に見せた空中座禅は仙術というより念力の成果と読める。つまり原伝承に対して禅的な発想による網をかぶせていると読み取れるのである。

これに対して『三国伝記』の話は、三朱が体得した飛行術や水上歩行術をよりおおらかに鑽仰している。杖上の安座もここでは彼が体得している驚くべき能力の披瀝にほかならない。驚異の能力としてすでに知られた話の類型が利用されているのである。『碧山日録』が「すでにして江浜に至り、船にのらず、波を踏むこと平地のごとし」(原文は漢文)としか記さない水上歩行の場面を、『三国伝記』が颯爽たる英姿として描写しているのも、語り手の関心がその英姿そのものに寄せられているからである。

水上歩行はこの話の核であり、この話の原点というべき要素であるが、その要素を必然とするのは超人的能力への憧れの姿勢であろうから、この話の基本構造は禅的であるよりは修験的な世界で形作られたもの私は想像する。『三国伝記』と『碧山日録』に直接関係があるとは思えないから、両者は同根の伊吹山の修験伝承に根ざしているのであろうが、『碧山日録』の方によりデフォルメが著しいのではないかと想像するのである。

ただし、漫々たる湖上をのし歩く聖者の姿は、深山幽谷での修行のみを志す修験者集団からは生まれ難いイメージである。逆に伊崎寺の修験のように、比良《ひら》山から湖上を押し渡って湖東の水辺を踏破し、島状に点在する山岳によじ登っては修行を続ける、いわば水陸両棲類的な活動をしていた修験者集団であれば、容易に思いつきそうなイメージである。それがそのままこの話の生成基盤の在り処を示すといえば言い過ぎであろうが、そういう集団の中で受け入れられやすいイメージであったことだけは確かだろう。

果たして『伊崎寺縁起』には「中頃、小聖行人《こひじりぎやうにん》、修行の成就を得、神変を現じて、海上を歩むこと陸地の如し」

図33　大原観音寺（一居利雄氏撮影）

云々と、水面歩行の霊力を得た修験者が登場しているのだが、この話については後に述べよう。同様の話は竹生島《ちくぶ》にもある。『古今著聞集』巻十六によれば僧たちに伴われて竹生島に参詣した比叡山の稚児《ちご》の「この島の僧たちは水練を業として面白き事にて侍るなる、いかがして見るべき」との所望に、「いとやすき事にて候ふを、さやうの事つかうまつる若者、只今皆たがひ候ひて（外出中で）、一人も候はず。かへすがへす口惜しき事なり」と謙遜しながら、「張り衣《ぎぬ》のあざやかなるに長絹の五帖の袈裟の襞《ひだ》あたらしき掛けたる老僧、七十あまりにもやあるらんと見ゆる一人、脛《はぎ》をかきあげて、湖の上をさし歩みて」見せた者があった。これを見た一同は等しく驚嘆したという。[20]修行も極致に達すれば水上を歩行できるというわけだ。竹生島は役行者を開祖とし行基を中興とする修験の島で、伊崎寺や湖東の修験とも深いつながりがあった。『三国伝記』を通して見る伊吹山関連説話には、湖東の修験が意外に大きな影を落としているように思われる。

ところで、中世には大いに隆盛を誇った伊吹山四箇護国寺も、その後は次第に衰滅し、いまは伊吹山の山腹や尾根の上に巨大な寺院遺址を残すのみとなった。山麓には三修の弟子の名越童子が開いたという名越寺《みょうちょうじ》（長浜市名越《なごし》町）や松尾童子が開いたという松尾寺（米原市上丹生）があるが、四箇護国寺の名を守り法灯を守り続けているのは皮肉にも最も早く山を下りた観音寺である。大原観音寺とはこの寺の通称であり、先に引用した「大原観音寺文書」とは、この寺に伝存する古文書群の謂である。この寺は長浜から続く湖岸平野と伊吹山麓の盆地とを区切る低く細長い横山丘陵の、伊吹山に面した東側の山麓にある。『三国伝記』が成立してから約百五十年後、この寺に立ち寄った長浜城主羽柴秀吉に茶を献じた寺小姓が、初めはぬるく、次第に熱い茶を献じて才をほめられ、やがて出世して石田三成となった話はよく知られている。彼はこの山の西側の麓、石田村（長浜市石田町）の出身であった。

3　『三国伝記』と湖東修験

『三国伝記』と湖東修験とのただならない関係の深さは、作品の始発点としての巻一冒頭の数話を見ただけでもある程度の見当はつく。序章で述べたように、『三国伝記』では梵・漢・和の話が一つずつ合計三話で一つのユニットを構成しているから、作品としての構造もユニット単位で考えなければならない。ここでは最初の三ユニット（第1話〜第9話）を採り上げて、すこし詳しく分析してみよう。

第1話　釈尊伝（梵）
第2話　孔子伝（漢）　　三聖の伝記
第3話　聖徳太子伝（和）
第4話　国王求法譚（梵）
第5話　黄帝と蚩尤（漢）　　歴史の始発
第6話　日本武尊（和）
第7話　馬鳴と竜樹（梵）

第8話　稠禅師（漢）
第9話　相応和尚（和）　著名な僧侶

第1ユニットの三話に共通するのは、いずれも聖者の伝記であること。梵（インド）の釈尊は仏教の創始者、漢（中国）の孔子は儒教の創始者、和（日本）の聖徳太子は仏教を日本に弘布させた聖者である。ここで注目したいのは、聖徳太子は日本仏教の開祖的な存在ではあるが、あくまでも在俗の聖者であって、正式の出家者ではなかったことだ。僧・俗・非出家の聖者の三者によって構成される世界の図式は、この作品の虚構された三人の語り手、天竺の梵語坊・大唐の漢字郎・本朝の和阿弥のありようとピタリと符合する。これは明らかに仕組まれた始発なのである。

第2ユニットの三話は梵・漢・和の遥かな過去の物語。できれば各国の起源に関連する話で纏めたかったのだろうが、歴史のない国といわれるインドの起源や、悠久の歴史を誇る中国の源初を説話で語るのは無理である。結局、梵（第4話）は釈尊の前生譚（ジャータカ）、漢（第5話）は三皇五帝時代の蚩尤《しゆう》の説話で代表させた。けれどもこれはこれで意味がある。それぞれの内容を見よう。第4話は、釈尊が前世に国王と生まれていた時、求法のため王位を捨てて山林に修行した。やがて幽窟に住む仙人に出会った王は、九十日間毎日五十度針を身に刺す苦行に耐えて、ついに仙人から「諸悪莫作、諸善奉行」の八字の法文を教えられたという話である。山中に苦行して秘呪を得た王の物語はそのまま山岳修験の先駆たりうる。第5話は、黄帝に叛いた蚩尤が霧を降らして視界をさえぎるが、黄帝は常に南を指して方角を知らせる人形（方位磁石）を乗せた指南車を作って対抗し、ついに蚩尤を誅殺したという話である。狂言に『磁石』という作品があるように、磁石は中世には周知のものであり、山岳修行にとっても有用であった。

和（第6話）は日本神話である。イザナキ・イザナミの神から天照大神《あまてらすおほみかみ》の誕生、天の岩戸、そして高天原《たかまがはら》を追われたスサノヲの八俣大蛇《やまたのおろち》退治と続くが、直接的には『和漢朗詠集和談鈔』に取材している。[21]これらの話は『太平記』巻廿五「自二伊勢一進二宝剣一事」などにも非常によく似た叙述が見られるから、所謂「中世神話」の一部として当時ひろく流布していたとおぼしい。[22]ただし『三国伝記』の神話は『和談鈔』に取材した話題が終わった後にもまだ続いているのである。次に掲げるのはその後続の部分で、いまのところ『三国伝記』特有とみられる記事の一部である。

同（景行天皇）四十三年癸子《みづのとね》、尾張国水田といふ処まで帰り給ひて、尊《みこと》御悩付き御座《おは》します。彼の剣を桑の木の枝に懸けたりけるに、宝剣の威勢に田地熱し水湯のごとくなりける故に、熱田《あつた》とは申すなり。

それより生捕りの夷賊をば大神宮に進《まゐ》らせ、御子の武彦《たけひこ》をば都に上らせ、天皇に奏して、しづかに上洛ありけるに、近江国磨針《すりばり》山の辺にて、昔の大蛇叢雲《むらくも》の剣を競望して、顕《あらは》れ出てうかがひ奉りけるを、尊《みこと》わざと蛇の背を強《くじ》う踏みにじらせ給ひければ、蛇いたく頭《かしら》を振りければ、角《つの》の先御足に当たれり。毒気熱かりければ、清水にて冷し給ひけり。その水を醒井《さめがゐ》といふ。

遂に江州千松原にて、御歳三十にて崩じ給ひて、白鳥となりて西を指して飛び去り給ひぬ。今の讃岐国白鳥大明神と申す、是れなり。

日本武尊《やまとたけるのみこと》は草薙剣《くさなぎのつるぎ》をふるって東国を平定して後、尾張の「水田」というところまで来てその剣を桑の木に懸けた。すると剣の威光のため田の水が湯のごとくになったので、以後その地を「熱田」と呼ぶようになった。この説は『尾張国熱田太神宮縁起』にも見える。[23]東国で捕らえた夷賊を伊勢大神宮に送り、御子の武彦を先に遣わして天皇に戦勝を報告、尊《みこと》自身は遅れて帰る途中、近江の「磨針山《すりばり》」で大蛇に出会った。その蛇は昔の八俣大蛇《やまたのおろち》で、出雲でスサノヲに奪われた天叢雲剣《あめのむらくものつるぎ》（即ち草薙剣）を取り戻すべく機会をうかがっていたのである。尊は大蛇を踏みにじったが、大蛇の角が足にさわり毒気に犯された。その足を冷やした清泉を以来「醒《さめ》ヶ井《い》」と呼ぶようになっ

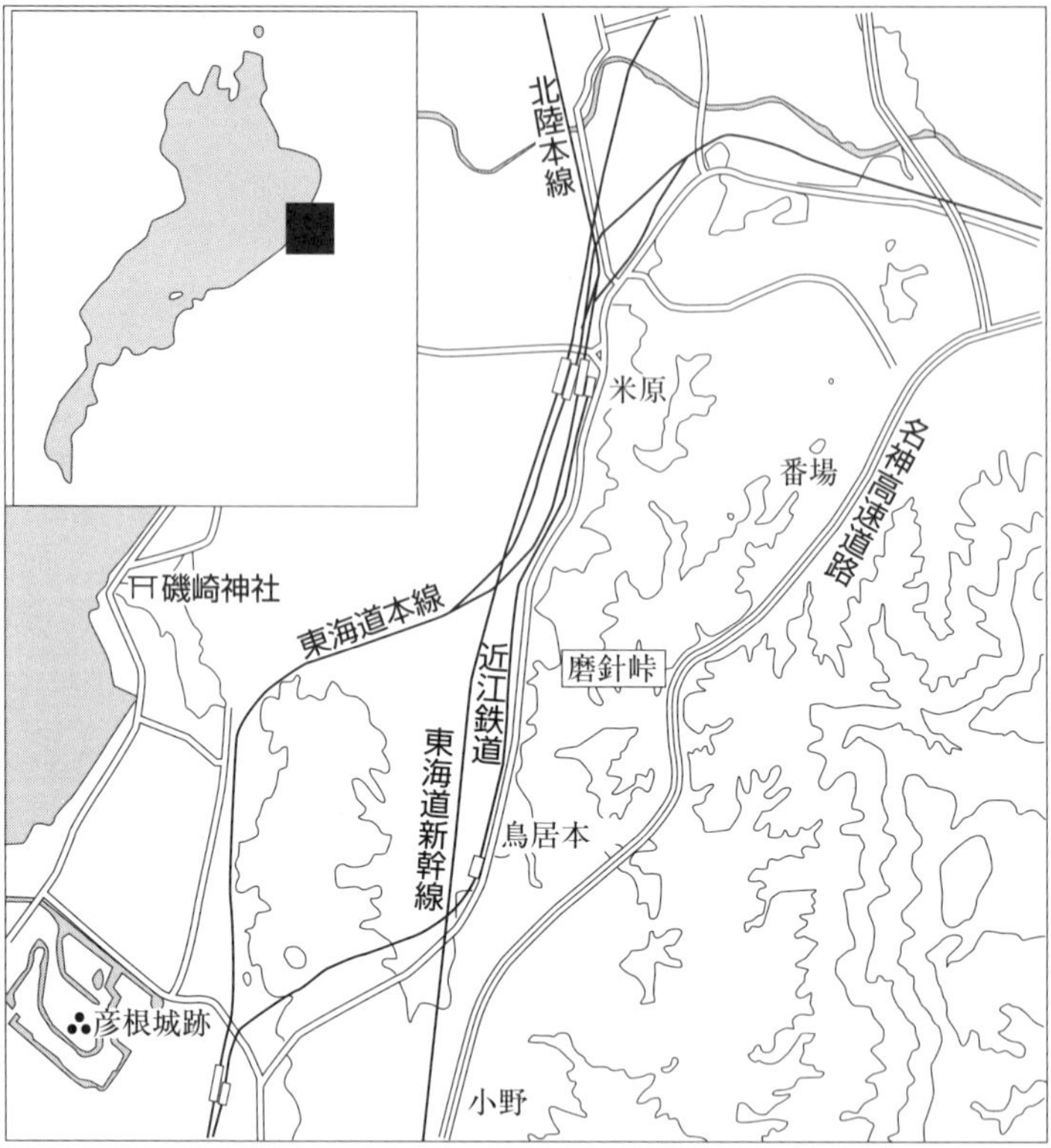

図34　磨針峠

た。しかし尊はこの毒気のため「千松原」で崩御、その魂は白鳥となって西へ飛び、やがて讃岐国に白鳥大明神（香川県東かがわ市白鳥）と祀られたというのである。

日本武尊の崩御はもちろん『古事記』『日本書紀』でも語られていたが、『三国伝記』の話は全くの異伝といわねばならない[24]。中世には『古事記』は全く存在を忘れられていたから、ここでは『書紀』と比べるべきだろう。『書紀』によれば、尊は「伊吹山」で山神の化した大蛇（『古事記』では白猪）に遭遇して発病し、麓の「醒ヶ井」の泉の水を飲んで身体を冷やして後、伊勢に赴き、尾津（三重県桑名市多度町か）で歌を詠み、捕虜の蝦夷たちを神宮に送ってから、能褒野《のぼの》（三重県鈴鹿・亀山市付近）で崩御した。尊市）に留まったので御陵を築いたが、そこからさらに空高く天翔り去ったという。の魂は白鳥となって飛び、大和の琴弾原《ことひきのはら》（奈良県御所市）に留まった後、さらに飛んで河内の古市《ふるいち》（大阪府羽曳野

『書紀』の話の舞台が「伊吹山」と「醒ヶ井」を結ぶ線から東側の伊勢に展開しているのに対して、『三国伝記』は逆に西側の琵琶湖畔に展開する。尊が大蛇に出会った「磨針山」とは、中山道が伊吹山の麓から琵琶湖畔に抜ける途中にある「磨針峠」をさす。現代の主要交通路であるJR東海道線は、新幹線も在来線も関ヶ原から平地を縫うように西進して米原に至り、そこから南に折れて彦根・大津方面へ向かうが、昔の街道は平坦さより距離の短さを選び、低湿より高燥を選んだから、中山道は醒ヶ井のすぐ先から西南に延びる谷に入り、谷間の道を上りつめた「磨針峠」を越えて、米原と彦根の中間の鳥居本に出た。現在最新の道路は短絡経路を突き進むから再び昔の経路にもどっている場合が多い。名神高速道路はこの小さな谷を瞬時に走り抜け、磨針峠の近くをトンネルで突き抜ける。経路は同じでも詩情とは縁のない旅になってしまった。

しかし、ここはゆっくりと歩くに値する峠である。この道は巻四第21話で三人の僧俗が洪水の愛知《えち》川を渡った、あの道行文の道筋である。醒ヶ井・番場の方から来ると峠の頂上で突然視界が開け、眼下に雄大な琵琶湖の眺望が広がる。街道随一の景勝の地として知られたが、今は訪れる人も少なく、磨針明神の社がひっそりとたたずんでいる。日本武尊が崩御した「千松原」は「千々《ちぢ》の松原」ともいい、松原内湖（現在は干拓されて彦根市松原町）と琵琶湖とを分ける砂州の上に連なる松原であった。峠から見るとまさに足元の湖岸である。その松原の北端、彦根市と米原市との境界付近（米原市磯）に、湖岸線の単調を突き破るように大きな岩山（磯山という）が湖岸に迫り出し、湖上には烏帽子岩が立つ。ここもまた景勝の地というべきところで、湖岸には高市黒人の歌碑などもあるが、付近の道路は道幅が狭いわりに交通量が多く、人家が途切れるので信号もない。駐停車どころか道路の横断にも注意が必要である。

磯山の先端の小高い平地に磯崎神社がある。祭神は日本武尊、ここが『三国伝記』のいう尊崩御の地である。ちなみに『淡海木間攫《おうみこまさらえ》』の「磯崎大明神」条には次のような記事がある。(25)

祭所神、日本武尊。神体ハ不動明王ナリ。霊験アラタカナル事不可勝。神事ハ四月八日ナリ。古来ハ一年ニ七度祭祀成シヨシ。

明神川ト云川、山下ニアリシヨリ、祭礼ニ此川ニテ網ヲ引、鯉ヲ二尾引上、一尾ハ片鱗ヲフキテ明神川ヘハナシ、今一尾ヲ神前ヘ備ヘ、又翌年祭ニ網ヲ引シ時、片鱗フキシ鯉網ニ上リシヲ、残ル一尾ヲ片鱗フキ、川ニ放ス事恒例ナリシト云々。

湖上ヲ渡ル人、此神ヲ祈テ風波ノ難ヲマヌカル事間多《まま》シ。其外諸難ヲマヌカレシ事、挙《あげ》テ数ヘ難シ。社ハ西尾先ノ上ニ有。日本武尊ノ御廟石アリ。社ノ上ニ天狗ノ相撲場ト唱フル所有。

浜辺ニハ「エボシ岩」アリ。「アカサキ岩」ト云所アリ。勢州二見《ふたみ》ノ浦ニ同断ノ絶景ノ地ナリ。明王坂ト云ハ、東街道サッタ坂ニ能ク似タリ。坂ヨリハ比良比叡等ノ峰ツヾキ、湖水ノ島々、佐和山ヤ彦嶺ノ城塁、千々ノ松原、床ノ山、不知哉《いさや》川、三上山、鏡山、布引峠迄モ眼下ニ見エ渡リテ、無双ノ絶景ナリ。

湖に突き出た岩礁の聖地といえば、先に述べた修験の伊崎寺がまさにそれであった。伊崎寺はもとは島だったが、磯山も南側に松原内湖、北側には入江内湖が広がっていて、ほとんど島というに等しかった。これらの内湖が干拓されたのは近代のことである。『木間攫』によると磯崎神社の本地は不動明王である。伊崎寺の本尊も不動明王である。同書はさらに「湖上ヲ渡ル人、此神ヲ祈テ風波ノ難ヲマヌカル事、間多《まま》シ」と、湖上交通の安全を祈願する神でもあったことをいうが、これもまた伊崎寺が果たしていた機能と相通じる。湖に突き出た岩礁は湖上交通の難所である。比良八荒と呼ばれる冬季の季節風は北あるいは西から湖上を吹き荒れる。湖東を航行する船にとってはこれらの岩礁はとくに恐ろしい難所であったろう。伊崎寺の裏の絶壁には竿と呼ばれる巨大な角材が湖面に突き出すように据え付けられていて、いまも毎年八月一日にはこの先端から湖中に飛び込む竿飛びの行事が行なわれている。いまは地元の人たちによって行なわれているが元来は修験の捨身の行であった。近藤喜博氏はこの竿の原義を気象のデモンや湖中のモノと対立する呪物としての串・桙に求められたが[26]、ことほどさように、安全を祈願する場所は即ち危険と隣り合わせの場所であった。磯崎神社の地もおそらく危難の場所であったに違いない。そういう場所は同時に修験の霊地でもあった。奥島・伊崎から北東にひたすら平坦に穏やかに続いてきた湖東の湖岸線が、はじめて岩壁と出会うところがこの磯崎である。伊崎から伊吹に通う修験者たちがこの岩山を見逃したはずはない。

『木間攫』のいう「天狗ノ相撲場」は単に天狗が相撲を取る場所の意ではない。相撲には本来地鎮の意味があったが、修験では特に「十界修行」の一つ「修羅行」として相撲が重視された。修羅行としての相撲は「天狗相撲」とも呼ばれたのである。『木間攫』はまた「神体ハ不動明王ナリ」という。日本武尊は本地不動明王とされたのだろう。磯崎神社の足元の道路脇には今も巨大な不動明王の石像が立っている。これらはすべてこの地が修験と深い関係をもっていた証拠である。

ここまでみてくると、『三国伝記』の日本武尊伝説の背後に修験者たちの伝承を想定しても突飛な空想とはいえないはずである[27]。磯崎の前を通る舟には平方《ひらかた》の舟も少なくなかっただろう。現在の長浜市平方町はかつて港であったとは思えない静かな住宅地で、湖岸には船着場もない。だが、中世にはそうではなかった。もともと「長浜」とは、この地の城主となった羽柴秀吉が、それまで「今浜」と呼ばれていたのを改めさせて生まれた地名である。「今浜」が「今」（新）であったのは、より古くから開けていた近くの平方湊に対してであった[28]。平方は古くから市の立ったところで、鎌倉時代には御家人の市奉行がいて市津料を徴収していたらしい[29]。キリシタン宣教師ルイス・フロイスの書簡によれば、天正十三年（一五八五）の大地震で、長浜と近接し、時々商売のため多数の人びとが集まる湖岸のフカタは、土地がことごとく海水のため吸入されてしまったという。中世長浜に近接して市の立つ場所といえば平方をおいてないから、フカタは平方の訛音とみる説がある。(30) 大規模な地盤沈下と津波に襲われたらしく、港市としての平方の機能はこの時に終止符を打ったのだろう。

中世の平方湊が湖北有数の港であったことは、『伊崎寺縁起』に登場する平方船の例を見てもいえる。(31)

秘鉢の事。

釈尊は月氏において空鉢の法を行じ、御鉢の舎衛国に飛来して響く音ありと云々。相応和尚いま日域において空鉢の法を行じ給ふ。この鉢鎮に〳〵(ママ)の旅船、湖上商客の船舫に飛び降る。仍《よ》りて仏餉《ぶつしょう》・灯油に備ふ。ある時、当国平方の商人、この御鉢を追ひ帰し申すに、その船たちまち岩崎の水底に沈み畢んぬ。これより以来、毎年平方浦の船破損す。これ明王の鬱噴なりと云々。事は人みな知る、世間に隠れなき事なり。恐るべし恐るべし。

中頃、小聖と云ふ行人は、修行成就を得、神変を現じて、海上を歩むこと陸地のごとし。この人の語られけるは「件の船は櫛の下に沈みてあり。倶利迦羅《くりから》の此船に乗り居給へり」と云々。(原文は漢文)

伊崎寺の開祖相応和尚は飛鉢の法を行ない、湖上を行き来する船に向かって鉢を飛ばしては銭・米・穀等の布施を受けていたが、ある時平方の商船が飛んできた鉢を空のまま追い返したところ、空鉢の怒りにふれて忽ち船が沈んでしまったというのである。倉を乗せた鉢が空を飛んだり、雁の列のように俵を飛ばした『信貴山縁起絵巻』の話を思い出させるが、日本海を行く船から加賀の白山に俵を飛ばした泰澄《たいちょう》上人、瀬戸内海の船から播磨の法華山に飛ばした法道上人など、飛鉢譚も類例の多い話である。(32)

水面を歩いた比良の小聖行人《こひじりぎょうにん》の言によれば、平方の船は伊崎の岩崎つまりは竿飛びの竿の下に沈んでおり、船には倶利迦羅《くりから》が乗っているという。倶利迦羅とは、不動明王の行者によって駆使され、不動明王自身の化身ともいわれる竜王で、金色の蛇身であると考えられていた。つまり平方の船は伊崎寺の修験の験力によって、それが駆使する竜王（水神）のために沈没させられたのである。その後も平方浦の船は毎年のように破損したというが、見方を変えていえば、当時はそれほど多くの平方船が湖上を往来していたということである。それらの船にとって磯崎は伊崎と同様に湖上交通の難所（同時に安全祈願の場所）だったが、水上修験ともいうべき湖東修験の側から見ても、磯崎や伊崎の前を通過する平方船は勧進活動の重要な対象であっただろう[33]。

このように見てくると、第三章で注目した犬上の名犬伝説（巻二・15話）に平方の犬の話が関わっていた事実も、単なる距離の近さが理由ではなく、このような修験の道と湖上交易のルートを経由しての、修験と平方との関わりが作用しているのではないかと思われる。残念ながらいまはこれ以上には言えないが、遠からず解明できる日が来ると予感している。

話がいささか脇道に逸れてしまったようだ。再び『三国伝記』巻一の構成にもどって、第3ユニットに注目しよう。このユニットには梵・漢・和の名僧譚が並んでいるようにみえるが、和（第9話）の相応和尚はいうまでもなく比良修験の祖であり湖東修験の祖である。第1ユニットの聖者たちはいわば人間離れした存在であり、第2ユニットの主人公たちは現実離れした神話的存在であったのに比べ、第3ユニットの主人公の僧たちはいわば人間の範囲内での聖者である。その第一人者として相応を配置している意味は大きい。

一方、梵の話（第7話）は馬鳴《めみょう》・竜樹《りゅうじゅ》の師弟が前世には兄弟であったことを語る。竜樹は修験が悪魔退散の呪力を持つ経典として重んじる『大般若経』の注釈書『大智度論』の著者として知られるが、一方ではそういう実在の人物としてのレベルを越えて神格化され菩薩として信仰の対象となっていた。鎌倉時代書写の九条家本『箕面寺縁起』[34]は役行者が箕面《みのお》滝から竜樹菩薩の浄土に行くと、徳善大王が出迎え、竜樹菩薩が大弁才天女と十五金剛童子とともにいて、行者に秘法を授けたと伝える。また『渓嵐拾葉集』所引の「背振山縁起」[35]では、南天竺の徳善大王には十五王子があり、末の第十五王子は生後七日目に行方不明になった。竜樹菩薩が天眼で見ると日本の背振山にいたので大王に教えると、大王は喜んで十四人の王子を連れてこの山に来た。その時竜樹菩薩も一緒にやって来た。背振《せぶり》権現は徳善大王即ち弁才天であり、十五王子は弁才天の眷属の十五童子、第十五王子は即ち乙護法《おとごほう》であるという。乙護法は次章で述べるように、後に播磨国書写山の性空《しょうくう》上人に仕えて活躍した護法童子である。徳善大王は即ち深沙《じんじゃ》大王であるともいうし、(36) 当山派修験の覚悟灌頂には中央に竜樹菩薩、その周囲に法喜菩薩（役行者の本地）・弥勒菩薩（金峯山の守護仏）・弁才天・深沙大王の種字を配した『竜樹曼陀羅《まんだら》』を用いる。

文献により立場により微妙な相違はあるけれども、竜樹は役行者に秘法を授けた菩薩であり、行者たちは山岳修行を通じて竜樹との邂逅を念じたのである。竜樹の聖地は彼らの活動する各所の山にあった。著名な一例を挙げるなら洛北の愛宕《あたご》山。この山は平安中期にはすでに「地蔵・竜樹の久住利生の処」（法華験記）と説かれていた。中世以降、山頂の愛宕権現は本尊に地蔵菩薩（勝軍地蔵）、脇士には毘沙門天と竜樹菩薩を配して衆庶の信仰を集めている。(37)『三国伝記』の第7話はどちらかといえば実在の人物のレベルで捉えた竜樹の前世物語だが、ここに竜樹の話を配置した意味は大きいのである。

もう一つの漢の話（第8話）は僧稠《ちょう》禅師の話。北斉の宣帝が殺生を好んで僧稠をも殺そうとした時、鉢の水を呪して羅刹であった宣帝の前生を映して見せ、殺生を思い止まらせたという。前話につづいて前生が話題になっているが、『三国伝記』巻二第9話にも説く役行者の前生の遺骨が大峯にあった話は、それを説かない修験関係書はないほど著名な話であったし、水を呪しての験力の発揮も彼らには大きな関心事であった。

つまり『三国伝記』巻一冒頭の3ユニットは、単純にみると三聖の伝記、歴史の始発、著名な僧侶と要約できるけれども、その内実を熟視するならば、僧・俗の二項対立では終わらない非僧非俗の聖人の重視、湖東修験の立場に直結した話題の選択、修験独特ともいえる竜樹信仰からする関心の屈折した反映など、明らかな方向性を指摘できる。この方向性は素材的な原因で偶然に生じたものではなく、明らかな意思による編纂作業の結果であって、

『三国伝記』成立の基盤が何らかの意味で湖東の修験と関係をもっていたことを否定できないのである。

4　比々丘女——水神の活性化——

修験との関係の深さはさまざまな角度から検証することができる。『三国伝記』巻八第27話は「比々丘女《ひひくめ》の始めの事」と題して、いわゆる「子取ろ子取ろ」の遊びの起源を語っているが、これも見逃せない話の一つである。

「子取ろ子取ろ」は、私が子供の時代にはごくありふれた遊びであった。私自身がこの遊びに興じた幼い日の記憶がなつかしい。しかし集団遊びが消滅してしまった今となっては、ルールの解説から始めなくてはなるまい。まず一人が鬼に、一人が親になる。他の子たちは親の後に一列縦隊に並び、両手で前の子のバンドや帯をつかんでムカデ状につながった列を作る。当然ながら先頭の親だけは両手が自由である。鬼がその列の後の子にさわると、その子は捕らえられたことになる。しかし鬼は親の手に触れてはならない。したがって、先頭の親は大手を広げて鬼に立ち向かって防ごうとするし、後の子は鬼から逃げようとするから、子供たちの列は左に右にのたうつように動き回る。ルールは単純だが中腰でつながったまま動くので大変な運動量の遊びだった。この遊びの起源について『三国伝記』は大略次のように説明している。

「ひひくめ」の遊びは恵《え》心《しん》僧都（源信）が地蔵菩薩の悲願に感動して始めたものである。地蔵菩薩は大慈大悲の行願によって冥途の亡者を獄卒の手から奪い返して下さる。そのとき獄卒は「取てう、取てう、比丘・比丘尼・優婆塞《うばそく》・優婆夷《うばい》」と言い、地蔵菩薩は「上を見よ、頗梨鏡《はりきよう》、下を見よ、頗梨鏡」と言う。「頗梨鏡をよく見よ、どんな者にでも僅かの善行はあるものだ」という意味である。頗梨鏡とは閻魔王庁にあって亡者の生前の行ないをすべて映し出すといわれる鏡である。恵心僧都は子供たちを集めてその有様を再現し、法楽とされたのであるが、子供たちはよく意味がわからないままに「取ちう、取ちう、ひひくめ」と訛って唱えて遊んでいるのだ。しかしこの遊びには深いわけがあり薩埵《さった》の内証にも叶っているので、地蔵の法楽にはこれが一番である。だから山伏たちは吉野の天《てん》の河《かわ》の弁才天の御前で老耄白髪の者までが一緒になって「ひひくめ」をして遊ぶのである。

ここにいう起源をそのまま信じるわけにいかない。佐竹昭広氏によれば「ひひくめ」は「ひとくめ」から転じた言葉で、元来は「ひとこめ」即ち「人鬼」の意であった(38)。つまり「ひひくめ」は「比丘・比丘尼」云々の仏教語とは全く関係のない、「捕まえるぞ捕まえるぞ、俺は人鬼だぞ」という意味の脅迫の言葉だったのである。また、同氏は鎌倉時代の辞書『名語記《みょうごき》』には「上を見よ、頗梨鏡《はりきよう》」云々に相当する言葉が「かみをみよ、はりうり、しもをみよ、はりうり」とあることに注目し、これも元来は「列の先頭をご覧、列の後方をご覧」と鬼をからかいながら、先頭の子が自分を「針売りだぞ」と名乗っているのだという。つまり針の呪力をつかさどる針売りが鬼の威力を制する力を持っているとする中世的な思考の反映とみるのである。針が鬼を制する力を持っていたことは、一寸法師の針の刀を思い出してみるだけで十分だろう。つけ加えていうなら、獄卒の言葉だという「取てう」は、本来は「取りてふ」で、それが「トリチョウ」と発音されるようになり、さらに「トリチュウ」あるいは「トッチュウ」に変化した。それが子供たちの囃し言葉「取ちう」の正体であろう。

院政期、橘俊綱《としつな》の著作かといわれる『作庭記(39)』には、

およそ石を立つることは、逃ぐる石一両あれば、追ふ石は七八あるべし。たとへば童部の、とてう〳〵ひ、くめといふ戯れをしたるがごとし。

とあるし、『日吉《ひえ》山王利生記』には、比叡山陰陽堂の僧都慶増（一一〇七年没、九十一歳）が日吉大宮の神前で念誦している時、子供たちが「ひひくめ」をして遊ぶ声がうるさいので追い払ったところ、夢に高貴な僧が現われて和

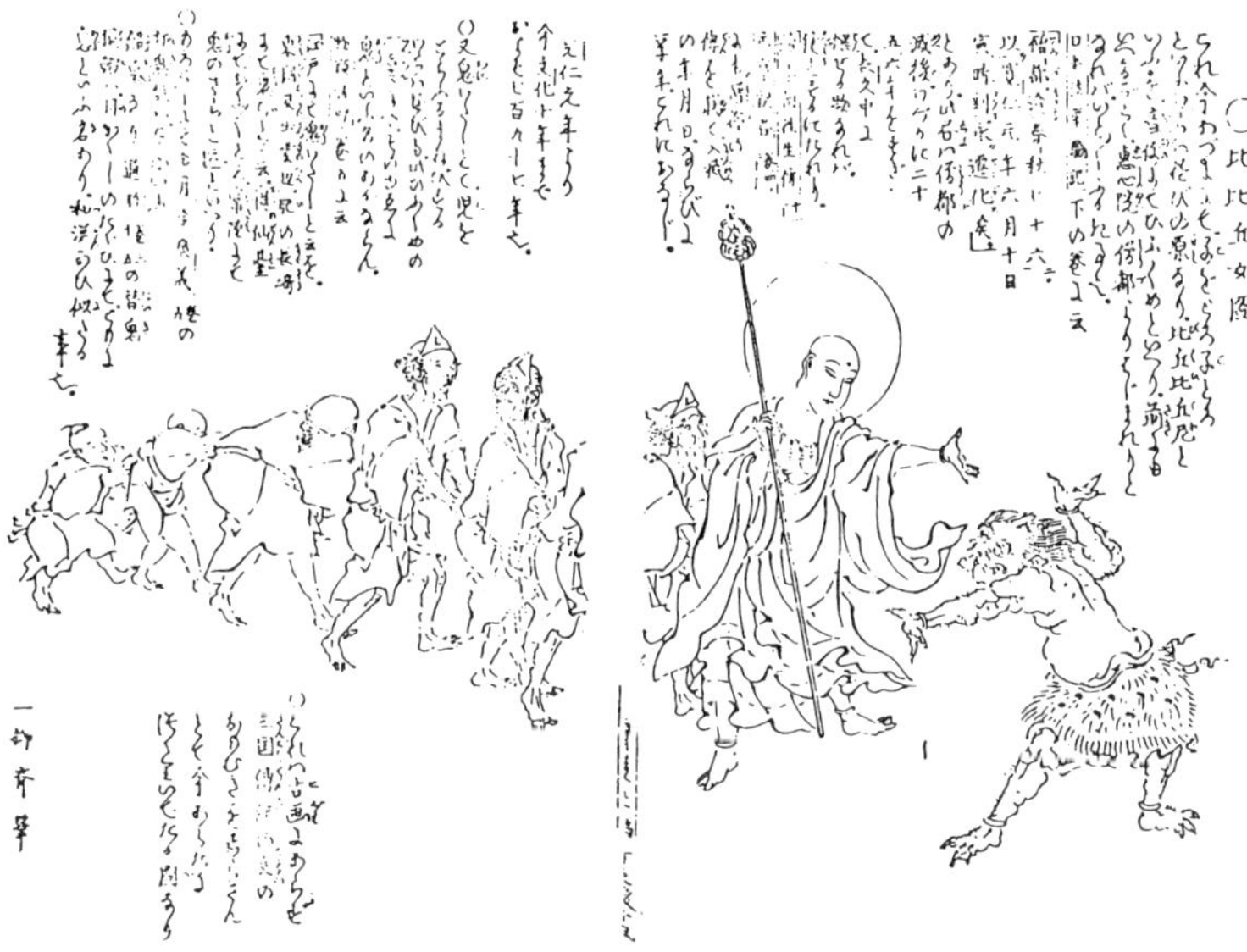

図35　山東京伝『骨董集』の「比々丘女図」

光同塵を妨げるものと叱られたので、目覚めて子供たちを集め、自分も一緒になって「ひひくめ」をして遊んだという話がある。このように、「ひひくめ」は平安末、院政期にはごく一般的な子供の遊びであったらしい。しかしまた、この遊びが早くから地蔵信仰と結び付けられていたのも事実であって、梅津次郎氏が紹介された法然寺旧蔵『地蔵菩薩縁起絵』には、地蔵菩薩を先頭にして比丘・比丘尼・優婆塞（俗男）・優婆夷（俗女）の四人が各々前の人を抱えるようにして列を作り、これを襲おうとする鬼に対して地蔵が錫杖を振るって立ち向かっている図柄がある。[40] この絵巻の制作年代は鎌倉中期、その祖本は鎌倉初期まで遡りうるといわれる。このように元来子供の遊びであったかにみえる「ひひくめ」は、地蔵信仰と結合して大人の山伏、『三国伝記』の表現を借りれば「老耄白髪」の山伏までが、弁才天の前で大まじめに演じる一種の芸能になっていたらしいのである。もちろんそれにはそれなりの理由があった。「ひひくめ」は何か神聖な意味を持つ儀式の名残りではなかったか。

岡山県久米郡美咲町の両山寺（真言宗）では、いまでも毎年旧暦七月十四日、近在の修験者たちによって「護法飛び」の行事が行なわれている。かつては付近の天台・真言系の寺院や神社の境内などでも行なわれていたのだが、祭りの中心になるのは護法神が憑依する「護法実《ごほうざね》」と呼ばれる村人である。護法が憑いた護法実は大きな榊の枝を持って境内を激しく走り回り飛び跳ねる。護法実には信心あつい真面目な青年が選ばれるが、神を憑依させるための唱え言と囃子があり、それを唱えながら子供たちが周囲をめぐることによって神が憑くのである。その様子は「かごめ、かごめ」の遊びの原型のように思われ、護法実の激しい動きは罪穢を払い子孫繁盛を予祝する意味を託されているという(41)。また、吉野山の山下《さんげ》蔵王堂で毎年七月七日（旧暦六月九日）の夜、蓮華会の一部として行なわれる「蛙飛び」の行事は、行者を侮った男が鷲にさらわれ蛙に変身させられたあげく、ようやく人間の姿に戻ったという故事を演じるとされているが、実はこれも本来は護法憑《づ》けの意味があったといわれている(42)。

護法憑けは一面では験《げん》競べを意味した。人間を蛙にしたり蛙を人間に戻したり、護法を憑かせたり落としたりするのは、山伏の験力にほかならない。だから吉野の「蛙飛び」は山伏たちの験競べであると同時に延年（芸能）でもあった。同様の験競べは兎に扮した人が山伏の気合で倒れたり起き上がったりする羽黒山の「松例祭《しょうれいさい》」（松聖《まつひじり》の行事）や鞍馬の「竹伐り」（竹を蛇に見立てる）など様々のかたちで伝存している。こうした験競べが遥かな昔から行なわれていたことは、鳥羽僧正の名画『鳥獣戯画』のいわゆる丁巻にそれらしい画面があるので知られるし、『大鏡』伊尹《これまさ》伝に出家修行した花山院が験力を獲得し、護法の憑いた法師を金縛りにして動けなくしたとあるのもその一例である(43)。

これらの例から考えて、「ひひくめ」や「かごめ、かごめ」は古い呪術が、一方では呪術的意味を喪失して子供の遊びとなり、一方では呪術的側面を受け継ぎながら変形して山伏の法楽（延年）になったと理解してよさそうである。だが、「かごめ、かごめ」がほぼ確実に神降ろし、憑依のための儀礼から出発しているといえるのに対して、

「ひひくめ」は少し苦しい。この遊びは旧大陸のほぼ全域に穀物栽培民を中心にして分布しているが、野生動物が家畜を襲う様を演じる遊びと理解されている例が多く、鬼や精霊に関係づけた例は発見されていないという(44)。千葉県山武郡横芝光町の広済寺には重要無形民俗文化財として「ひひくめ」が残るが、これは仏教的に意味付けられて後のものである。「ひひくめ」と「かごめ、かごめ」を同列に扱うのは慎重を要する。ひとまず『三国伝記』の話に戻って考え直すことにしよう。

山伏たちが「ひひくめ」を演じる「天の河の弁才天」は、奈良県吉野郡天川村《てんかわ》坪内の天河大弁財天社。天川は大峯の登山基地ともいうべき村で、村の水源にあたる弥山《みせん》（一八九五メートル）の頂上にある弥山神社がその奥の院といわれる。つまり天川の弁才天は大峯連山の水の神であった。中世には門跡が奥駆《おくがけ》（登山）した時には必ず天川に参詣するのが例であり、明応三年（一四九四）三月六日奈良興福寺の大乗院門跡尋尊が奥駆した時にも立ち寄ったことが、『大乗院寺社雑事記』所収の「尋尊大僧正記」によって知られる(45)。ところが、そこには、

一、天川ニ参申。御師舎弟円善房在所為二御宿所一参詣。両所小衣・五帖。御猿楽公私八番在レ之。ヒ、クメ同八番在レ之。御湯立レ之。開帳同仕レ之如レ例。御社人中榼《たる》一荷給レ之。畏入。

とあって、法楽として猿楽（能）八番とともに「ひひくめ」八番が弁才天に奉納されているのである。『三国伝記』が「老耄・白髪ノ山臥ニ至ルマデモ、面々ニヒフクメヲシテ法楽ス」と語っているのは、このような現実を踏まえた発言であった。「ヒフクメ」即ち「ひひくめ」は一種の延年（芸能）として当時確かに生きて機能していたのであり、『三国伝記』は吉野の山懐で行われていた山伏たちの芸能についても、正確な情報を手にしていたのである。

だが、それにしても、なぜ弁才天に「ひひくめ」が奉納されなければならなかったのか。その答えは東南アジアにおけるこの遊びの様相を見つめることから得られると思う。ベトナム北部のトンキン地方ではこの遊びを「竜蛇」と呼ぶ。竜蛇に見立てられるのは守り役（親）と取られ役（子）であって、取り役（鬼）は「医者」と呼ばれ、

医者は薬として竜蛇を捕まえようとするのである。このように親と子たちの行列を竜蛇に見立てる地域はラオス・タイにまで及ぶ。そこには二列の竜蛇が互いに相手の尻尾を捕まえようとする遊びもあって「蛇が尻尾を食う」と呼ばれている。さらにラオスのルアンプラバンでは毎年五月に、大人たちも参加して一方は男だけ、もう一方は女だけで、男蛇と女蛇を作り、二列の竜蛇が互いに追いかけ合う遊びがある。(46) これは播種に先立って行なわれる雨乞いの習俗といわれるが、男蛇と女蛇の絡みは性的であり、豊穣の類感儀礼としての意味もあるに違いない。

東南アジアの文化の基軸にナーガ（竜神）の信仰があることは周知の事実である。雨乞いの儀礼としては、大きな竹のロケット（バン・ファイ）を打ち上げる祭りの方が一般に知られており、現在は五月のウィサカ・ブチャー（南方仏教の釈尊誕生・成道・涅槃会）の日に行なわれているが、このロケットには豊穣の象徴としてのファロスの意味があるという。(47) これらは鬼や精霊と直接的には関係付けられていないけれども、人が連なり作る列が竜蛇すなわち水神の表象であり、その竜神の激しい動きや雌雄の絡み合いが雨を祈り豊穣を予祝する農耕儀礼であったことは否定できない。これらの遊びが採集狩猟民にはほとんど伝わっていないというのも、これを裏付ける事実といえよう。

余談ながら、現代日本の文化の基層にも竜蛇の信仰はある。入れ墨の意匠、法被の裏地、長距離トラックの装飾……現代ではどちらかといえば日陰的裏側的な文化に特徴的な嗜好として顕在化する。それは歴史とともに裏側になってしまった、最も土俗的な感性に支えられた基層的な文化といってよいだろう。だがそれは歴史の時々に暴発的に噴出しては表の文化を刺激し、変革させもしてきた。これを柳田國男の「海上の道」式に南方と通じる母なる文化の一部と理解してよいのかどうか、自然人類学や民族学など幅広い分野で、その正体がしだいに問い詰められようとしている。(48) タイを中心にアジアの水辺空間の文化について展望を試みたスメート・ジュムサイ氏が、日本を水の神ナーガの文化圏の北端に位置づけたことに、(49) 私は同感と魅力を禁じえない。

またしても話が横道に逸れかけたようである。弁才天に戻ろう。弁才天の出自はインドの河神サラスヴァティーであり、仏教の天部になった水神である。水神の正体は竜蛇であり、したがって弁才天の正体も蛇体であった。弁才天像は如何に美しい女神像に造型されようとも、その宝冠には蛇を纏わせずにいられなかった。弁才天が竹生島や厳島、江ノ島のように湖や海のほとり、箕面、天川のように川の水源近くなど、水界と関係の深い場所に祀られているのは、このような弁才天の水神的性格に理由がある。しかし、さらに正確にいうなら、弁才天のこのような水神的性格が古来の地母神的な水神との入れ替わりを可能にさせ、促進させたのである。弁才天の背後には古い水神の存在が隠されている。天川の弁才天における「ひひくめ」の奉納も、実は弁才天の背後に隠れている水神に捧げられていると考えるべきだろう。

「ひひくめ」の遊びでは、取り役（鬼）に触られないように取られ役（子）の列が激しく左右にうねりくねる。まさに爬行する竜蛇の姿の表象である。ベトナムでこの遊びを「竜蛇」と呼ぶのもこの動きに理由があるだろう。民俗行事では大きな藁縄や綱の類がしばしば竜蛇の表象となるが、大きな藁縄を担いで村中を曳きまわし、あばれながら練り歩く「蛇祭《じゃまつり》」は、かつては全国各地で行なわれた、農耕に必要な水の確保と生産の順調を予祝する儀礼であった。大綱を引き合う「綱引き」の行事は、これを勝負化し豊凶の占い化したものと考えられている。(50)「ひひくめ」の列の活発な運動も水神を活性化する儀礼であったに違いない。それは大峯山系の弥山《みせん》に発し、麓の天川を経て、末は十津《とつ》川となり熊野川となって流れ下る水系の豊穣と治水を祈る儀礼に淵源しているのである。そうだとすれば、修験者たちは「老耄・白髪ノ山臥ニ至ルマデモ、面々ニヒフクメ」をしながら、実はシャーマンの役目を果たしていたのである。源信や地蔵に付会され仏教的な解釈を受けて、彼ら自身にはすでにその意味がわからなくなっていたとしてもである。

竜田《たつた》・広瀬・住吉・宗像《むなかた》・諏訪・赤城など、水神として著名な神々の正体は竜蛇の姿とされた。大峯山系の水神もすべてが弁才天と習合したわけではなく、荒ぶる在地神として修験者と対立し、克服あるいは退治された蛇神もあった。(51) 霊山の山神・水神たちはみな同様の運命をたどったのである。なかでも開祖泰澄上人に白山妙理権現（本地十一面観音）として感得され、九頭竜王の姿を現身として認められた加賀白山の水神は、最も恵まれた一例といえるだろう。信州戸隠山の九頭竜王は水神としての権威をもち続けたが、戸隠権現の主祭神の座は思兼命《おもいかねのみこと》に譲った。しかし天竜川流域では堤防の守護神として信仰された。流域にいまも残る九頭竜権現の石碑には「本地弁才天」と刻まれているものがある。(52)

湖東修験は一方で大峯・熊野の修験とも密接に関係していた。その具体的な様相についてはなお不明な点が多いが、熊野那智大社に伝わる「米良《めら》文書」に近江湖東地域の旦那（檀越）売買・質入文書が多数見られることや、湖東修験の本山的存在であった伊崎寺の鎮守が熊野三所権現であることからみても、関係の深さは想像できる。(53)『三国伝記』が遠く大峰の山懐の天川弁才天の比々丘女の話を取り込んだのも、おそらくこうした回路が縁となっているに違いない。

5　灌頂縄と率都婆——除厄儀礼と修験——

『三国伝記』巻三第12話「灌頂率都婆《そとば》の功徳の事」も修験に関係の深い話題である。耳慣れない仏教語が頻出するが、我慢して目を通していただきたい。

中比《なかごろ》、天下に飢渇疫癘《えきれい》発《おこ》って、死亡する者巷《ちまた》に多し。しかるに、一国の中に、庄を境し郷を並べても、富有無病の里あり。ある人思ひけるは、「衆生の貧福は先業の感ずるところ、国土の災難は荒神の瞋《いか》る故なり。況《いは》んや今聖徳は乾坤《けんこん》に普《あまね》く、君恩は雨露に深し。何ぞ一国の中に栄枯の地異《こと》に、蒼生の禍福同じからざる」と疑って、江州石山寺に参籠して、大悲観音に「このことを示し給へ」とぞ祈りける。

七日に満じて、させる験《しるし》もなくて下向しけるが、瀬田の橋に望みけるところに、行脚《あんぎゃ》の僧一人行き会ひて、空に釣りたる灌頂といふものと橋爪なる率都婆とを教へて、「彼の謂《い》はれや知りたる」と問ふに、「知らず」と答へたりければ、「座せよ。汝に語らん」とて、茶屋の床几に腰掛けて、かの僧の言ひけるは、「灌頂とは、三世（過去・現在・未来）如来の普門（総徳）、十方諸仏の常楽の荘厳（装飾）なり。この灌頂に十二種の名あり。所謂、十方・虚空・如来・菩薩・率都婆《そとば》・天王・神通・父母・天地・須弥・大乗・小乗の十二種なり。この中に大乗灌頂を第一とす。これ即ち四諦・六度・十二因縁の法門なり。中央の大綱は大毘盧遮那《びるしゃな》如来なり。左の方は即ち釈迦牟尼如来、右の方は弥勒如来なり。上に横さまなる木は無量寿（阿弥陀）如来、下に渡れる木は薬師如来なり。上に引ける綱は一切衆生の寿命なり。およそこの灌頂は五大力菩薩の変作《へんさ》（形を変えて現れたもの）、大日覚王の華鬘《けまん》（装身具）、断悪修善の天蓋、永出三界の発心門なり。

（中略）

（このように大変ありがたいものであるから）諸々の行疫・鬼霊・非人・鬼神・魔障の類、これを見て遠離し、これに触れて消滅す。故に七難即滅して七福即生す。爰《ここ》を以て、正月初八日に仁王般若経を講じ、かの灌頂を荘《かざ》り人々の門に懸け、率都婆を立てて諸天を信敬すべし。所以に震旦の天台大師は大極殿にして講じ、本朝の弘法大師は清涼殿にして修し給ふ。

（中略）

率都婆はまた周遍法界の体相（大日如来の功徳が全宇宙にあまねき姿）、機縁応同の所現（衆生の機による仏の感応の現われ）なり。正教の中に説きて云はく、「七重塔を建てんよりは一本の率都婆を造立し供養せん功徳にはしかじ」と。所以《ゆゑ》は何となれば、率都婆の上に塵あり、もし風の吹き払ふ時に、その塵を吹きかけらるる、また風の吹き靡く方の無数万億受苦の衆生、世々生々の罪業忽ちに消滅して、悉《ことごと》く皆天上に生ず。これ三世諸仏の陀羅尼《だらに》の秘蔵、一切如来の秘密の法蔵なる故なり。只率都婆に触るる風に当たる衆生、なほ三悪道を離る。況《いは》んや正しく造立の施主をや。二世（現世と来世）の悉地《しつぢ》疑ひなきものをや。現には病悩を消滅して、寿命を保ち富貴を得、当には十方浄刹に生じて大菩提を証す。

（中略）

今の世にもこれを信じて修せしむる者は福を得、修せざる者は禍に遇《あ》ふ」と言ひ給ひて、即ち童男の形を現じて、一片の雲に乗り、三朱の羽衣を翻し、石山寺へ飛び去り給ふ。かの人、「さては如意輪観世音の国土の災患を払ひ、村里の冥福を示し給へるなり」と貴く思ひ奉り、またかの寺に参詣し、悦びの法施を捧げけりと云々。

話の内容がわかりにくく感じるとしたら、原因は「空に釣りたる灌頂」とか「橋爪なる率都婆」とかの具体的なイメージがつかみ難いことにある。語り手にとっては説明するまでもなかった常識が、現代人にとってはかえって障害となるのだ。それさえ克服すれば話は明解に見えてくる。

「空に釣りたる灌頂」とは、いまも全国のところどころに残存する民俗行事「道切り」の縄のことである。「道切り」は「辻切り」「辻しめ」などともいい、疫病神・悪霊など魔性のものの侵入を防ぐ共同呪願として、村境や集落の入り口など、境界の地に張りわたす一種のシメ縄である。太くて長い藁縄であるが、大きな目や口を付けて巨大な蛇に仕立てられることが多く、道路や川を横切るように空中に張りわたしたり、路傍の樹木にからませたりする。[54]

ここでも縄は竜蛇の表象である。ただし「道切り」の大きな藁蛇は魔性のものに対する威嚇であり、縄の蛇に加えて巨大なワラジを立てかける地方があるが、村にはこれを履くほどの巨人がいるぞという威嚇の意味があるという。近江ではこの縄を「灌頂縄」と呼び、それを路上に吊り架けることを「灌頂吊り」という。近江ではこの風習は現在も行なわれていて、ところどころの集落の入り口や氏神の参道などに見ることができる。『三国伝記』のこの話は地元で行なわれていた民俗行事に密着した話題であった。

近江の灌頂吊りは、まず道路の両側に竹または間伐材（最近は鉄パイプも用いる）の柱を立て、柱の上に横木（竹）を渡して門の形にする。それに大縄を絡ませるのである。横木に渡した縄の中央には三本の御幣を立てて、その下に杉の枝を丸めて作った輪を取り付ける。両側の縄にはさらに杉やシキミの枝をぶら下げるのである。『三国伝記』の話で「中央の大綱」「左の方」「右の方」と説かれているのはこの横木と両脇の柱に絡んでいる縄のことであり、「上に横さまなる木」は横木のことである。「下に渡れる木」は明らかでないが、当時は「茅《ち》の輪くぐり」の支柱のように、地面に接するところにも横木が渡されていたのだろう。構造的にはその方が安定する。現代の灌頂吊りは集落の共同作業として毎年正月の十日前後に行なわれ、架けた灌頂縄は一年間そのままにしておく。『三国伝記』が「正月初八日に仁王般若経を講じ、かの灌頂を荘《かざ》り人々の門に懸け、率都婆を立てて諸天を信敬すべし」というのも、同様の習俗を前提にした発言である。

では「橋爪なる率都婆」とは何であろうか。率都婆はサンスクリット（梵語）のストゥーパから来た語で「塔」を意味するが、ここではおそらく「板塔婆《いたとうば》」つまり塔の形の切り込みを先端につけた細長い板をさしているのだろう。いまでも死者の追善供養などのため墓側に立てるあの板塔婆である。灌頂吊りの柱の根元にはいまでも小さな御幣とともに小型の板塔婆を立てるのであって、その板塔婆は『般若経』などの祈禱札《きとうふだ》である。『三国伝記』のいう率都婆もおそらく灌頂吊りと一体のものとして、その根元にあった率都婆をさしているのだろう。僧の発言からみてそれは『仁王般若経』の祈禱札であった。「橋爪」とあるのはその灌頂吊りが瀬田の橋のたもとにあったからである。

図36　灌頂縄の上部

図37　灌頂縄（東近江市長勝寺町）

灌頂吊りは以上のような民俗行事であって、柱の根元に立てる板塔婆を除けば、とくに仏教的な意味のある行事ではない。むしろその起源は仏教以前に遡るのではないかと思われるが、『三国伝記』はそれを修験の側から徹底的に仏教的に意味づけて解説しているわけだ。

上に横さまなる木は無量寿如来、下に渡れる木は薬師如来なり。上に引ける綱は一切衆生の寿命なり。およそこの灌頂は五大力菩薩の変作《へんさ》、大日覚王の華縵《けまん》、断悪修善の天蓋、永出三界の発心門なり。

と説く『三国伝記』の論理のあり方は、『伊崎寺縁起』(55)が「竿飛び」の行事について、湖上に突き出た竿とその先端に付けた鉄の輪（そこに袋を掛け、湖上を行く船から布施を受けた）と、竿の先端から水中に飛び込む行とを意味づけて、

櫛事

自ら空鉢法の縁起なり。竿の前に袋を懸くれば、往還の船かならず上分を捧ぐ。この竿の横さまに帯せるは胎蔵の儀、袋を懸くるは万法諸乗含蔵の義なり。竿の影の水底に竪《た》つは金界の儀なり。昇りて入るを見るは建立の表相、竿飛びということは、捨身求菩提の行を表し、洗除無垢の浄身を成じ、生死の苦海を渡りて、涅槃の彼岸に到れる表相なり。（原文は漢文）

と説いているのと変わらない（「櫛」は「串」に通じ、「竿」と同意）。ただし灌頂吊りの修験的解釈は『三国伝記』が初めて試みたのではなく、当時すでにその行事が修験の側からの関与を受け、意味づけられるようになっていた現実の反映である。この話では灌頂縄とともに率都婆の存在が説かれているが、柱の根元の板塔婆こそ当時すでにこの行事に修験が関与していた証拠といえるだろう。修験者たちはここでも民俗行事のシャーマンの役目を取り込んでいたのである。

6　修験と玄棟

すでに述べたとおり、東近江市猪子《いのこ》町の上山《うえやま》天神は近隣の善勝寺と安楽寺の支配下にあったが、安楽寺は明らか

に修験の寺であった。上山天神の縁起に修験との関わりが認められることもすでに述べたが、猪子の上山天神から分祀された同市山路町の上山神社の社宝には『大般若経』五百二十巻があり、[56] 同社に伝わる「天満渡御式」（奥書は承応三年〈一六五四〉）は、その祭礼の式次第について、先頭に立って御幣を持つのは山伏、続いて先途（先払い役）を勤める四人は四天王に擬して日月の兜巾《ときん》をつけ、二人ずつ左右から杖を交差させて決して笑ってはならないといい、その後に続く長刀振りは「毘沙門ノ三摩《さんま》耶形《やぎやう》也。智恵鉾ヲ振立、断二無明之縛一也」というなど、全体的に修験の関与を色濃く物語っている。[57] ほぼ同じ式次第は元伊庭《いば》庄の一部の産土神だった同市能登川町の望湖神社の祭礼についても認められ、その隣の地域すなわち伊庭庄の大部分の産土神であった繖峰《さんぽう》三神社と大浜神社の祭礼「伊庭の坂下ろし祭」は、岩石累々たる山上から神輿を引き下ろす勇壮な祭りで、修験の関与がなければ到底ありえなかった祭りである。

　このような例から考えても、湖東の民俗行事に対する修験の影響はいまも明白に見て取れるし、その修験は『般若経』と深い関係で結ばれていたことがわかる。伊庭の地縁・血縁共同体の一つ「柳瀬在地」には七十四巻の『大般若経』が所蔵されるが、その大半の巻の首・末には「西近江志賀郡比良天神御経也」とか「西近江志賀之郡比良之天神御宝前経也」とか、滋賀郡の比良《ひら》天神の経巻であったことを示す識語があり、なかでも巻百十一には

　　西近江比良天神之御経也。比良之天満天神御経、不レ可二人取一。永和五年〔乙未〕正月廿二日、仙有。応永九年〔壬午〕三月日、於二比良新庄浜之地蔵堂一修二復之一訖。

とあって、永和五年（一三七九）に書写、応永九年（一四〇二）に比良天神の神宮寺地蔵堂で修復されたことがわかる。[58]『三国伝記』の成立をさほど遡らない時期であった。ここにいう「比良之天満天神」は、いうまでもなく北比良天満宮をさす。第二章で述べたとおり上山天神はそこから飛来したのである。山路の上山神社所蔵の『大般若経』の中にも「奉入施、西近江比良天神社御経」とあるものが三巻ある。しかもそれは伊庭の僚巻ではなく、湖東

に伝わった比良天神の『大般若経』は複数あったと推定されているのである。(59) 比良天神と湖東修験との密接な関係を裏付け、その関係の中に『大般若経』が間違いなく組み込まれていたことを物語る貴重な文化財といえよう。

『大般若経』といえば、『三国伝記』巻六第12話「賀州盗人依二大般若助一命生事」を見落とすわけにいかない。今度はあらすじを紹介しよう。

去る貞和年中のこと、加賀国の在所に、ある大徳人（富豪）がいた。その財宝に目を付けた盗賊団が押し入ったが、徳人の方もかねて予期していたこととて激しく応戦し、盗賊らを押し返した。その時、逃げおくれた盗賊の一人がある古堂に駆け込んだ。たまたま大般若経を入れた櫃《ひつ》の蓋が開いていたので、その中に入り、一巻の経典の紐を解いて「南無大般若経、只今の命を助け給へ」と祈って、わが身の上に引っかぶせていた。古堂に来た追手は火をともして仏壇の下から天井の上までも探し、もしや大般若の経櫃に隠れているかと、蓋をしてある櫃を開けて見たが、見つからない。「たしかにこの堂に逃げ込んだと見たが」といいながら引き上げていった。

助かったかと思うまもなく、黄色い衣服を着た顔の赤い男が一人、どこからともなく現われ、「早くその櫃を出て、他の櫃に移りなさい」という。いわれたとおりにすると、すぐまた追手が引き返してきた。「蓋の開いていた櫃はよく見なかったから、見なおせ」といって、経巻を全部出して見たあげく、「唐の玄奘法師でさえ肝をつぶして逃げ給うたのか、人っ子一人見当たらぬ」などと戯れながら去っていった。

こうして命拾いした盗人の男は、早速三十三人の僧侶を請じ、その古堂を会場として三十三日間大般若経を転読させて、わが身の罪を懺悔し仏法の恩を感謝したという。

『大般若経』は全六百巻、唐の玄奘三蔵が翻訳した。追手の冗談はこのことを踏まえている。経典は黄紙朱軸がふつうであったから、黄服赤顔の男は明らかに経典の化身であった。この事件があったという「貞和」（一三四五

〜五〇）は、『三国伝記』の作品世界ではかなり新しい年紀であって、比較的最近の出来事として語られていることになる。しかしこんな事件が実際にあったとは思いがたい。なぜならこれと全く同じ話が『太平記』巻五「大塔宮熊野落事」にもあって、そこでは大塔宮護良《もりなが》親王が危機を逃れた話として語られているのである。

奈良の般若寺にいた大塔宮は、北朝側の軍勢に急襲され、仏殿にあった『大般若経』の櫃《ひつ》に隠れた。櫃は三つあり、二つには蓋がしてあったが、一つは経を半分以上取り出し、蓋が開いたままだった。宮はこの開いた方の櫃に飛び込み、経巻を引っかぶって心中で隠形《おんぎやう》の呪を唱えていた。追ってきた兵士は仏壇の下から天井の上まで探索し、蓋がしてある二つの櫃は蓋を開けて底まで調べたが、最初から開けてあった櫃は、調べるまでもないと思ったか、そのままにして立ち去った。宮はもしや兵士が調べ直しに戻ってくるかもしれぬと思い、そっと蓋をしてある方の櫃に移った。すると、案の定、兵士が戻ってきて、念のために蓋の開いた櫃を改め、「大塔宮はいらせ給はで、大唐の玄奘三蔵こそ坐《まし》しけれ」と笑って出ていったという。

細部の表現や用語まで一致している。偶然ではありえないことであり、『太平記』からの翻案、もしくは『太平記』と共通する素材に立脚した話とおぼしい(60)。だが、翻案であれ取材であれ、こうした話を珍重し磨き上げていった背景には、必ずや修験が絡んでいたに違いないのである。

しかし、このような言い方を重ねてきた結果として、『三国伝記』という作品そのものが修験の産物であると断定的に受け取られるとしたら、私の本意ではない。私はこれまで湖東の修験とそれがもたらしたであろう影響の跡を『三国伝記』の説話に懸命に追い求めてきた。しかし、それはこの側面からする追求が乏しい研究史的な状況に原因することで、この作品のすべてが修験で解決できるとは思っていないし、撰者玄棟《げんとう》が修験と直接に関係があったかどうかも今の段階では不明というほかないのである。しかしまた、玄棟自身はどうであれ、善勝寺と修験とは無関係ではなかったと思うし、その情報は必ずや玄棟の耳目にも親しく触れていたであろうと想像する。もともと天台系の比良《ひら》修験に根ざした湖東修験は、天台密教の教学と深く結ばれていたし、先述のように奥島《おくのしま》では湖東随一の学問寺であった阿弥陀寺までが入山行の道筋に組み込まれていたのであって、修験と教学とを峻別するのは不可能な状況にあったと思われる。おそらく善勝寺の近辺にも修験的なるものは充満していたに違いない。

たとえば灌頂吊りの行事の場合、善勝寺からほど近い東近江市長勝寺町の集落では、現在でも灌頂吊りが行なわれているが、灌頂縄につける杉は隣接する神郷町の乎加《おか》神社の杉を用いることに定まっている。乎賀神社は『三国伝記』巻四第15話に「江州佐野郷宇賀大明神御影向事」として縁起が語られている神社で、すでに第四章で紹介したとおり、その神は嵐の夜に十五人の童子に囲繞《いにょう》された女人の姿で現じ給い、その垂迹の地には一夜にして七本の大杉が生じたと伝えていた。垂迹したのは弁才天とその眷属《けんぞく》の十五童子であった。つまり宇賀大明神は弁才天すなわち竜蛇の神であった。灌頂縄は大蛇の象徴である。両者が関連し合うのは当然といえよう。[61] このようにして、修験の絡んだ形で執り行なわれる灌頂吊りの行事を、玄棟は何度も親しく目撃していたと思われる。

宇賀大明神はすなわち竹生島の弁才天であった。『渓嵐拾葉集』巻三十七の「紀州天川縁起事」[62]には、天川の地はもと大海で善悪二竜が住んでいたが、大汝・小汝が悪竜を折伏したので、水が乾いて大岡になったといい、善竜は弁才天女であり、徳善大王であるという。また別の所伝として、大汝は弁才天の第一王子で日吉《ひえ》大宮権現であり、小汝は第二王子で春日大明神であるといい、吉野天川は地蔵弁天で日本第一の弁才天、厳島は妙音弁天で第二、竹生島は観音弁天で第三、この三所は竜穴が通じていると説く。天川の弁才天は天台記家の秘説でも日本第一の弁才天、しかも地蔵弁天として尊重されていたのである。

石山寺の如意輪観音についても、おなじ巻の「興行縁起事」には、「竹生島は大海より出て諸の霊鷲を表わすなり。石山の如意輪観音は南方無垢の成道を表わすなり。弁財天は如意輪の化現なり。故に内証の三摩耶宝珠を以て鷲峰に詣づるなり。深くこれを思へ」（原文は漢文）とあり、巻三十六の「以竜女習弁財天事」には、「いわゆる南方の宝性尊は法身なり。如意輪観音は報身なり。竜女は即ち応身なり。この三身ともに如意宝珠を以て三摩耶形となす。この宝珠は境智冥合を以て本となす」（同前）とあって、弁才天（竜女）と一体視されていたことがわかるのである。先述の灌頂縄と率都婆の話（巻三・12話）において、化現してその謂われを説いた行脚僧が実は石山寺の観音であったというのも、この点からすればごく自然のことだったのである。

『三国伝記』と修験の関係――その実態がいかなるものであり、それと玄棟がいかなる関係にあるのか、私たちが手にしている情報はまだあまりにも乏しく、具体的な像を結ぶにはほど遠いものがあるが、少しずつではあるが問題の在り処が明らかになり、今後の研究の進むべき道がおぼろげながら見えてきたとはいえるだろう。『三国伝記』巻六第2話「役行者事」は、役行者が大峯の山中で蔵王権現を感得したことを語って、もっとも有名な修験説話の一つであるが、荒井しのぶ氏によれば、蔵王に先立って出現した仏菩薩を釈迦・千手観音・弥勒と語る『三国伝記』の所説は、『私聚百因縁集』『沙石集』『太平記』『壒嚢鈔《あいのうしょう》』などの諸作品とは異なって、むしろ『金峯山秘密伝』に近い[63]。『三国伝記』と『金峯山秘密伝』に直接の関係があったとは思えないが、何らかの形で両書をつないだ糸は存在していたのである。先に述べた「比々丘女」（子取ろ子取ろ）の情報源とも関連して、大峯・熊野修験との関係についても今後ますます探究を深めて行かなくてはならない。

注

（1）牧野和夫『中世の説話と学問』（和泉書院、一九九一年）一三二頁および一六一頁参照。

（2）『野洲町史・第一巻・通史編Ⅰ』（野洲町、一九八七年）五七一頁。

（3）『近江輿地志略』巻五十七「蒲生郡沖島」条など。

（4）伊崎寺には縁起が三本伝存している。阿部泰郎「比良山系をめぐる宗教史的考察」（『比良山系における山岳宗教調査報告書』元興寺文化財研究所、一九八〇年）六九頁参照。以下では最古の延宝二年（一六七四）写本（『比叡山を中心とする文化財―文化財集中地区特別総合調査報告・第2集―』文化財保護委員会、一九六三年に翻刻）による。

（5）前掲牧野氏『中世の説話と学問』一六一頁。

（6）『大嶋神社奥津嶋神社文書』（滋賀大学経済学部附属史料館、一九八六年）一四六号文書および『滋賀県大般若波羅蜜多経調査報告書・二』（滋賀県教育委員会、一九八九年）八〇頁。『近江蒲生郡志』（蒲生郡役所、一九二二年）一六四頁および七六頁参照。

（7）前掲『近江蒲生郡志』寺院志「伊崎寺」一二三五頁（下郷共済会文庫文書）。

（8）宮家準『修験道と日本宗教』（春秋社、一九九六年）一三頁、『諸山縁起』所収の「大峯縁起」（『寺社縁起』〈日本思想大系〉（岩波書店、一九七五年）所収）九一頁以下参照。

（9）前掲『渓嵐拾葉集』巻百八、「一、大峯ハ真言ノ峯、葛木ハ法花ノ峯也。故ニ宿宿所所霊崛、法花二十八品ノ題名」（『大正新修大蔵経』第七十六巻、八六七頁上段）。

（10）前掲『滋賀県の地名』〈日本歴史地名大系〉（平凡社、一九九一年）近江八幡市「興隆寺」条。

（11）尾上寛仲「阿弥陀寺考（中）」（蒲生野　第7号、八日市郷土文化研究会、一九七三年）。

（12）『大原観音寺文書』〈滋賀県古文書等緊急調査2〉（滋賀県教育委員会、一九七五年）第一二七号文書「伊崎寺五ヶ寺衆僧掟書案」。

（13）前掲『大原観音寺文書』第一二八号文書「仁和寺永助法親王令旨」。

（14）『三代実録』元慶二年（八七八）一月十三日条。

（15）『増補改訂日本大蔵経』第九十四巻　修験道章疏三（鈴木学術財団、一九七七年）三一二頁に原文、服部如実編『修験道要典』（三密堂書店、一九七二年）四八一頁に読み下し文を所収。

（16）五来重「羽黒山松例祭と験競」（月光善弘編『東北霊山と修験道』〈山岳宗教史叢書〉名著出版、一九七七年）参照。

（17）観音寺が伊吹山中から現在地へ移ったのは、寺伝では貞和三年（一三四七）であるが、現存史料から見ると、それよりも早く、鎌倉中期頃に移転したと思われる。前掲『大原観音寺文書』「大原観音寺文書調査概要」参照。

(18) 徳田和夫「お伽草子時代の説話―『碧山日録』の説話享受から―」(国語と国文学　一九八〇年5月号)。なお、荒井しのぶ「『三国伝記』撰者の周辺―山岳修験と縁起の視点から―」(金城国文〈金城学院大学〉第62号、一九八六年)も参照。
(19) 命蓮の話は、『信貴山縁起絵巻』・『古本説話集』巻下第65話・『宇治拾遺物語』第101話など、性空の話は、『性空上人伝』・『今昔物語集』巻十二第34話・『扶桑略記』所引「宇記」など、久米仙人の話は、『今昔物語集』巻十一第24話・菅家本『諸寺縁起集』久米寺など、陽勝仙人の話は、『今昔物語集』巻十三第3話・『宇治拾遺物語』第105話・『真言伝』巻四・静観僧正伝など。
(20) 『古今著聞集』巻十六「山僧児を具して竹生島へ参り老僧の水練を見る事」。
(21) 黒田彰「三国伝記と和漢朗詠集和談鈔(2)」『中世説話の文学史的環境』(和泉書院、一九八七年)参照。
(22) 伊藤正義「熱田の神秘―中世日本紀私注―」(人文研究〈大阪市立大学〉第三十一巻第9分冊、一九八〇年)。
(23) 『尾張国熱田太神宮縁起』は、『神道大系・神社編二十三・熱田』(神道大系編纂会、一九九〇年)所収。
(24) 伊藤正義氏蔵『日本記一　神代巻取意文』(人文研究〈大阪市立大学〉第二十七巻第9分冊、一九七五年)には別の異説があり、日本武尊が尾張国水渇塩乾浦で崩御し、魂は白鳥となって南へ飛び、讃岐国に落ちついて白鳥の明神と現われた旨を記す。
(25) 滋賀県地方史研究家連絡会編『淡海木間攫』第三分冊〈近江史料シリーズ(7)〉(滋賀県立図書館、一九九〇年)坂田郡「磯村・磯崎大明神」条。
(26) 近藤喜博「琵琶湖周辺の呪術と風土性」(『日本の鬼［増補改訂］』桜楓社、一九七五年)。
(27) ただし、日本武尊の千松原崩御説は、屋代本『平家物語』の「剣巻」や西教寺正教蔵『神祇官』などに見られるから(伊藤正義「続・熱田の深秘―資料『神祇官』―」人文研究〈大阪市立大学〉第三十四巻第4分冊、一九八二年)、『三国伝記』の独創ではない。西村聡「中世Ⅱ―中世近江の眺望」(池上洵一・藤本徳明編『説話文学の世界』世界思想社、一九八七年)参照。
(28) 『長浜市史・2・秀吉の登場』(長浜市役所、一九九八年)二七八頁。

(29)『国史大辞典・第一巻』(吉川弘文館、一九七九年)六五五頁。「市日」「市奉行」の項参照。
(30)前掲『長浜市史・2・秀吉の登場』四三三頁。
(31)『伊崎寺縁起』の本文は延宝本(文化財保護委員会編『比叡山を中心とする文化財』一九六三年に翻刻)による。
(32)飛鉢譚の本質、分布などについては、前掲阿部氏「比良山系をめぐる宗教史的考察」および中前正志「飛鉢譚の周辺」(説話・伝承学会編『説話の国際比較』桜楓社、一九九一年)、同「法道仙人の進出」(『説話論集・第五集・仏教と説話』清文堂出版、一九九六年)など参照。
(33)前掲阿部氏「比良山系をめぐる宗教史的考察」七二頁。
(34)宮内庁書陵部編『伏見宮家九条家旧蔵　諸寺縁起集』〈図書寮叢刊〉(明治書院、一九七〇年)七五頁。
(35)前掲『渓嵐拾葉集』巻八十七(『大正新修大蔵経』第七十六巻、七八三頁上段)。
(36)『役行者本記』は『修験道要典』(三密堂書店、一九七二年)五一頁、『資道什物記』は七五頁参照。『日本大蔵経』修験道章疏にも所収。
(37)アンヌ・マリ・ブッシィ「愛宕山の山岳信仰」(五来重編『近畿霊山と修験道』〈山岳宗教史研究叢書〉名著出版、一九七八年)所収。
(38)佐竹昭広「鬼面―民俗語彙ヒトクメについて―」(学習院大学文学部研究紀要　第5輯　一九五九年)。同「御伽草子における中世説話の問題」(文学　一九六四年1月号)。
(39)『作庭記』は『古代中世芸術論』〈日本思想大系〉(岩波書店　一九七三年)所収。
(40)梅津次郎「法然寺蔵地蔵縁起絵巻に就いて」(美術研究　第143号、一九四七年)、同「子とろ子とろの古図」(ミュージアム　第50号、一九五五年)。
(41)和歌森太郎編『美作の民俗』Ⅳ信仰伝承、第9章護法祭(三浦秀宥)(吉川弘文館、一九六三年)、川端定三郎『岡山の修験道の祭』〈岡山文庫〉(日本文教出版社、一九八七年)、萩原秀三郎『山と森の神(目で見る民俗神)』(東京美術、一九八八年)など。「かごめ、かごめ」が神降ろしの呪術であったことは、大林太良編『演者と観客』〈日本民俗文化大系7〉(小学館、一九八四年)三四七頁参照。

(42) 村山修一『山伏の歴史』(塙書房、一九七〇年)三一六頁。
(43) 五来重『木葉衣・踏雲録事』〈東洋文庫〉(平凡社、一九七五年)一三〇頁。五来重「羽黒山松例祭と験競」(月光善弘編『東北霊山と修験道』〈山岳宗教史研究叢書〉名著出版、一九七七年)所収。
(44) 寒川恒夫「遊戯」前掲『演者と観客』〈日本民俗文化大系7〉四三九頁以下参照。
(45)『大乗院寺社雑事記　十』(三教書院、一九三五年)所収「尋尊大僧正記」明応三年(一四九四)三月六日条。
(46) 前掲(44)寒川氏「遊戯」四四二頁参照。
(47) スメート・ジュムサイ(西村幸夫訳)『水の神ナーガ―アジアの水辺空間と文化―』(鹿島出版会、一九九二年)六六頁参照。
(48) 金関丈夫博士古希記念会編『日本民族と南方文化』(平凡社、一九六八年)、アジア民族造型文化研究所編『アジアの竜蛇―造形と形象』(雄山閣、一九九二年)、植原和郎編『日本人と日本文化の形成』(朝倉書店、一九九三年)、沖浦和光『瀬戸内の民族史―海民史の深層をたずねて―』(岩波新書、一九九八年)など参照。
(49) 前掲スメート・ジュムサイ『水の神ナーガ―アジアの水辺空間と文化―』。
(50) 大塚民俗学会編『日本民俗事典［縮刷版］』(弘文堂、一九九四年)「蛇祭」の項
(51) 寛平年中(八八九〜九八)、聖宝は大峯山下の、後に貞崇が鳳閣寺を開いた場所で大蛇を退治したと伝え、平等岩の下の阿古谷は貞崇の弟子阿古丸が捨身して毒蛇になったところと伝える。前掲(43)五来重『木葉衣・踏雲録事』〈東洋文庫〉一四二、一六八頁。宮家準『山伏―その行動と組織―』〈日本人の行動と思想〉(評論社、一九七三年)一七二頁など参照。
(52) 宮沢和穂『戸隠竜神考―隠された原祭神を追う―』(銀河書房、一九九二年)一二七頁。
(53) 満田良順「中世の近江における熊野信仰」(近江地方史研究　第21号、一九八五年)。
(54) 小野重朗「呪術と民俗儀礼」(宮田登編『神と仏―民俗宗教の諸相―』〈日本民俗文化大系4〉小学館、一九八三年)四五二頁。萩原秀三郎「境界を守護する」(『境と辻の神(目で見る民俗神)』東京美術、一九八八年)など参照。なお、中世における灌頂吊りについては、中野豈任『祝儀・吉書・呪符―中世村落の祈りと呪符―』(吉川弘文館、

一九八八年）一八一頁以下に詳しい。ただし同書に引かれているのはすべて『三国伝記』より後の文献である。結局『三国伝記』のこの話が灌頂吊りの最古の記録例であるようだ。
(55)『伊崎寺縁起』の本文は延宝本（文化財保護委員会編『比叡山を中心とする文化財』一九六三年に翻刻）による。
(56)前掲『滋賀県大般若波羅蜜多経調査報告書・一』二五九頁。前掲『近江神崎郡志稿』神社志・上山神社（山路）条。
(57)前掲『近江神崎郡志稿』神社志「五峰村天神社・天満渡儀式」条。
(58)『滋賀県大般若波羅蜜多経調査報告書・二』（滋賀県教育委員会、一九九四年）七六三頁。
(59)前掲注（54）参照。
(60)『三国伝記』と『太平記』の関係は複雑で、その微妙な異同についても単なる異本関係では片づかないことが明らかになってきている。小秋元段「『太平記』と『三国伝記』との間に介在する一、二の問題」（実践国文学〈実践女子大学〉第47号、一九九五年）。
(61)近世には長勝寺の僧侶が乎賀神社の祭礼を管理していたから、当然の関係でもあった。『五個荘町史・第一巻古代・中世』（五個荘町役場、一九九二年）三三五頁。
(62)前掲『渓嵐拾葉集』巻三十六・三十七（『大正新修大蔵経』第五十三巻、六二一・六二五頁）。なお、中世天台における弁才天信仰については、山本ひろ子『異神―中世日本の秘教的世界』（平凡社、一九九八年）第三章「宇賀神―異貌の弁才天女」に詳論がある。
(63)荒井しのぶ「『三国伝記』撰者の周辺―山岳修験と縁起の視点から―」（金城国文〈金城学院大学〉第62号、一九八六年）。

第七章　遥かなる湖
——十和田湖の竜神伝説——

1　南蔵坊と八郎太郎

これまでもっぱら近江に関わる説話に焦点を合わせて、地域と密着した説話の背景を探索してきた。『三国伝記』にとって近江はまさに母なる大地であったからである。しかし『三国伝記』は決して近江だけに閉塞した作品ではない。もともと梵・漢・和三国にひろがる視野をもって形成された作品である。「和」の話を近江一国に限る理由はなく、事実『三国伝記』には東は陸奥・上総、西は伊予・安芸まで、全国各地の伝承がひろいあげられている。この章ではあえてもっとも遠い話をとりあげてみよう。「釈難蔵得㆓不生不滅㆒事」と題する巻十二第12話は、遥かなる北の湖《みずうみ》、十和田湖の竜神伝説である

十和田湖と八郎潟の竜神（水神）をめぐる伝説は、菅江真澄《すがえますみ》『十曲湖《とわだのうみ》』をはじめ幾多の近世文献に記録があり、奥浄瑠璃の演目にもあるなど、北奥羽の人たちにとってはごく親しい伝承だった[1]。おそらく現代でも基本的には同じ状況にあるだろう。それだけにこの話は各地域に密着して変形、派生、増補、付会の数々をくりかえしてきたから、全容の把捉は容易ではない。まして私のように地縁も土地勘もない遠隔地の住人が、わずかな文献を頼りに想像をたくましくするなど、無謀というに近いだろう。けれども、『三国伝記』と十和田湖伝説という何とも不思議

な取り合わせは、私の気持ちを背景の探索へと駆り立てて止まない。以下はそういう思いに身を任せてあえて試みた、きわめて「わたくし的な」知的遊泳の記録である。

十和田湖の竜神伝説は北奥羽の各地にいまも生きて伝承されているから、記録例も多い。けれども、現在伝わっている伝承が時代的にどこまで遡れるのか、『三国伝記』研究の一環として厳密な資料批判に耐えられるのかという点になると、まことに心もとない。もともと古い時代の文献資料には恵まれない地方であるから、古文献としてよく引き合いに出される菅江真澄の『十曲湖《とわだのうみ》』にしたところで、文化四年（一八〇七）の著作であって、十五世紀前半に成立した『三国伝記』との時間距離ははるかに遠く、むしろ現代の方に近い文献である。前章まで述べてきたような近江やその周辺の地域を対象とする研究であれば、資料として採用するのも遠慮したであろう。しかも後に述べるように、『十曲湖』のこの伝説の根幹部分は、『三国伝記』を材料として記されている。それよりも時代の下る文政十二年（一八二九）書写の『十和田記（十和田山御縁記）』とか万延元年（一八六〇）の『十和田山神教記』(2)の類を古態として扱えないのはいうまでもない。そういうわけで、いまのところ遡及できる最古の文献記録としては、享保十六年（一七三一）に成立した『津軽一統志』附巻の「津軽郡中名字《ぐんちゅうみょうじ》」(3)の一節をあげるほかない。次に掲げるのがこの伝説に関わる記事の全文である。

津軽と糠部《ヌカノブ》の境、糠壇《カウダ》の嶽に湖水有。十《ト》湾《ワダ》の沼と云ふ也。地神五代より始る也。数ケ年に至りて、大同二年斗賀の霊験堂の衆徒南蔵坊と云法師、八竜を追出し十湾の沼に入る。今天文十五年まで及二八百余歳一也。

ここでは「天文十五年」（一五四六）を「今」と語っている。これでこの記録の成立年代が知れるわけだが、しかし、この種の文献のこの種の文言はおおむね信じない方が無難である。仮に信じるとしても、この記事は『三国伝記』の成立から一世紀以上も後の伝承の反映にすぎないから、そう簡単に比較の対象とするわけにはいかない。

このように、近江など「中央」の伝承を論じる際に当然要求される注意事項をそのまま適用しようとすれば、文献史料に恵まれないこの地方の中世以前の伝承については、ほとんど何も言えなくなってしまう。いまはやむをえず、問題があるのを承知の上で、ひとまずこの記事を足場として出発することにしたい。

ここにいう「糠部《ぬかのぶ》」とは青森県の東半、近世以後には南部と呼ばれた地方をさす。したがって、津軽（同県の西半）と糠部の境の「糠檀《こうだ》の嶽」といえば八甲田山地であり、そこにある湖水「十湾《とわだ》の沼」は十和田湖をさすとみるのが常識だろう。この湖は「地神五代」即ちアマテラスからウガヤフキアエズに至る五代の間に出現したという。それから「数ケ年《あまたがとし》」を経て、大同二年（八〇七）に事件が起こった。斗賀《とが》の霊験堂《りょうげんどう》の衆徒南蔵坊《なんそのぼう》が八竜《はちりょう》を追い出して湖の主になったのである。ここにいう「斗賀」は、いまの青森県三戸《さんのへ》郡南部町斗賀、そこにある斗賀神社は明治初年の神仏分離以前には霊現堂（涼現堂）または新源寺と呼ばれる修験の寺であった。本尊は十一面観音。古くは天台宗であったらしいが、藩政期には真言宗に属していたという。[4]

「津軽郡中名字」は、その霊験堂の修験者南蔵坊が大同二年（八〇七）に十和田の八竜（伝承の世界では多く「八郎太郎」または「八の太郎」）を追い出して自ら湖の主になって後、天文十五年（一五四六）までに八百余年が経過していると説く。大同二年と天文十五年を隔てるのは七三九年であるから、いささか計算が合わないけれども、もともと奥羽における大同二年はいわくつきの説話的年紀であって、歴史的な事実とは何ら関係がない。奥羽の寺社縁起や行事（ネブタなど）の起源伝説には、坂上田村麻呂の蝦夷征伐と関係づけて語るものがやたらに多く、なぜかその大半が大同二年の出来事なのである。[5]

古くは寛保元年（一七四一）仙台藩士佐藤信要《のぶやす》が『封内名蹟志』において論じ、[6]近くは堀一郎氏の詳しい研究があるように、[7]これは奥羽の伝承に著しい特徴であって、伝承の決まり文句であるという点で「大同二年」はほとんど「むかしむかし」というに等しい。村の旧家を「ダイドウ」と称した例さえあるという。

一方、「中央」の側からみて「大同二年」に関係する田村麻呂の事跡といえば、京都清水寺の建立を置いてほかにない。清水寺の草創については新旧さまざまな縁起や説話があって微妙な相違を含んでいるが、藤原明衡《あきひら》の漢文体の縁起『清水寺縁起』(8)によれば、大和の子島寺の修行者賢心（後に延鎮と改名）が東山に分け入って、先住の修行者行叡から聖地の委譲を受けたのが宝亀九年（七七八）、その地に狩猟に来た坂上田村麻呂が延鎮と邂逅し、彼の話を聞いて十一面観音を造立し、仮殿に安置して清水寺と号したのが延暦十七年（七九八）、桓武天皇の御願寺となって寺地の施入を受けたのが同二十四年（八〇五）で、田村麻呂の室三善命婦《みよしのみょうぶ》が自邸の寝殿を解体して、その材木で寺地に仏堂を立てたのが大同二年（八〇七）である。

これらの年紀のどれをもって寺の草創というべきかは問題であろうが、中世にはこれをすっぱりと割り切って、清水寺の建立は「大同二年」と説くのが一般化していた。謡曲の『田村』に「そもそも当寺清水寺と申すは大同二年の御草創、坂上の田村丸の御願なり」とあるのがその代表例である。同じく謡曲の『花月』には「そもそもこの寺は坂上の田村丸、大同二年の春のころ草創ありしこのかた」、室町物語の『田村草子』には「さて末代のためしには、清水寺を御建立、大同二年に成就して」という具合に同類の文句が見られる。つまり謡曲であれ物語草子であれ「中央」の文学作品にいう「大同二年」とは、あくまでも京都の清水寺の建立に関わる年紀であった。(9)

おそらくこの年紀は、謡曲の詞章を通して、またはそれを知識としてもつ者によって、奥羽の地に運ばれた。ところが、奥羽ではいつのまにか清水寺との関わりを捨てて、たんに田村麻呂に有縁の年紀としてのみ機能するようになったのである。各地に田村麻呂伝説が生まれて自己増殖を続けるようになると、「大同二年」は一種の既製品的な年紀として頻用されるようになった。大同元年や三年ではなぜいけないのか、そんな疑問や問題意識とは関係のないレベルで、いわば歴史年代としての意味をほとんど喪失した決まり文句として機能するようになったのである。「津軽郡中名字」の十和田湖伝説に田村麻呂は登場しないが、斗賀神社所蔵『霊現堂縁起』には大同二年に田村将軍が建立したと伝えており、十和田神社についても『新撰陸奥国誌』は坂上田村麻呂の創建伝説を伝える。(10)十和田湖伝説の「大同二年」も田村麻呂に有縁の昔を語る定型句として取り込まれている可能性が大きい。

定型化した年紀といえば、第二章でみた上山天神の縁起の「天慶年間」にも類似する一面があった。また、第三章で見た犬上の名犬伝説の舞台である大滝神社には、「大同二年」に田村麻呂が拝殿を建立したという伝承があったらしい(11)。著名な謡曲の詞章は全国に流布して強力な影響力をもち、その所説は一種の教養ないし常識となって、謡曲との関係が忘れられた後にも根強く記憶された(12)。それは決して一地方に限った現象ではなかったけれども、それにしても奥羽の「大同二年」は極端であったことを心しておきたい。

2　書写山の難蔵

「津軽郡中名字」を一世紀以上遡る時代に、近江で成立した『三国伝記』に同じ話が記録されている。巻十二第12話はあらまし次のような話である。

中比《なかごろ》、播州書写山の辺に、釈難蔵という法華の持者がいた。参詣すでに三十度という熱心な熊野権現の信者だったが、生を変えず（生きながら）弥勒の出世に会いたいと願い、三年間参籠して祈ったところ、千日目の夜、「ただちに関東に下向して、常陸と出羽との堺にある言両の山に住むならば、弥勒の下生に値遇できるであろう」との夢告があった。

さっそくその山に行くと、頂には円形で底知れない深さの池があった。その畔で『法華経』を読誦していると、年のころ十八、九の女性が毎日現われて聴聞する。難蔵が不思議に思っていると、女は「私の住処に来て衆生のために法華を読誦して欲しい」という。難蔵が「私はここで弥勒の出世を待っているのだから、よそには行けない」と断ると、女は「私はこの池の主の竜女です。竜は一生の間に千仏の出世に会うほど長命な生き物、私と夫婦になって弥勒の下生を待ってはいかが」という。難蔵はなるほどと思案をめぐらし、女とともに池に住むことにした。

ある日、女がいうには「この山の三里西にある奴可の山の池にいる八頭の大蛇が私を妻にしていて、一月の上十五日は奴可の池に住み、下十五日はこの池に来るので、もうやってくる頃だ」と。難蔵は少しも怯まず、『法華経』八巻を頭上に置いた。すると難蔵の姿はたちまち九頭竜と変じ、八頭の大蛇と食い合うこと七日七夜、ついに八頭の大蛇が負けて大海に入ろうとしたが、大きな松が生じて邪魔をしたため、威勢も尽きて小身となり、もとの奴可の池に入った。

いまでも言両の池の側で耳を澄ますと、波の下に読経の声が聞こえるという。

「中比《なかごろ》」とは、そう遠くない昔をいう。何年前のいつの時代とは確定できないが、大同二年ほど遠い昔でないことだけは確かである。主人公の「釈難蔵」は「津軽郡中名字」のいう「南蔵坊」に相当し、敵役の「八頭の大蛇」は「八竜」（八郎太郎・八の太郎）に相当する。

では「言両」は「十湾の沼」（十和田湖）に相当するかというと、これには問題がある。もう一つの湖「奴可」を『三国伝記』平仮名本の本文「ぬか」に従って「ヌカ」と読むとすれば（国会図書館蔵の写本および近世の版本は「奴可」と漢字で表記し、振仮名はない）、「津軽郡中名字」のいう「糠部」や「糠檀」の「糠」と通じて、むしろこれが十和田湖であるようでもある。「言両」の読みも問題で、平仮名本には「ことわけ」とあり、漢字表記する国会図書館の写本には「コトハケ」、版本には「コトワケ」と振仮名があるので、「コトワケ」と読めばよいのだろうが、「両」の字を「ワク」または「ワカツ」と読むのは普通ではない。(13)「コトワケ」と読めば「トワ」だけは十和田に通じるが、いずれにせよ曖昧模糊たる表現といわざるをえない。しかも「言両」は「常陸と出羽との堺」にあるという。これも不可解な文言である。なぜなら常陸（茨城県）と出羽（秋田・山形県）とは境を接していないのであ

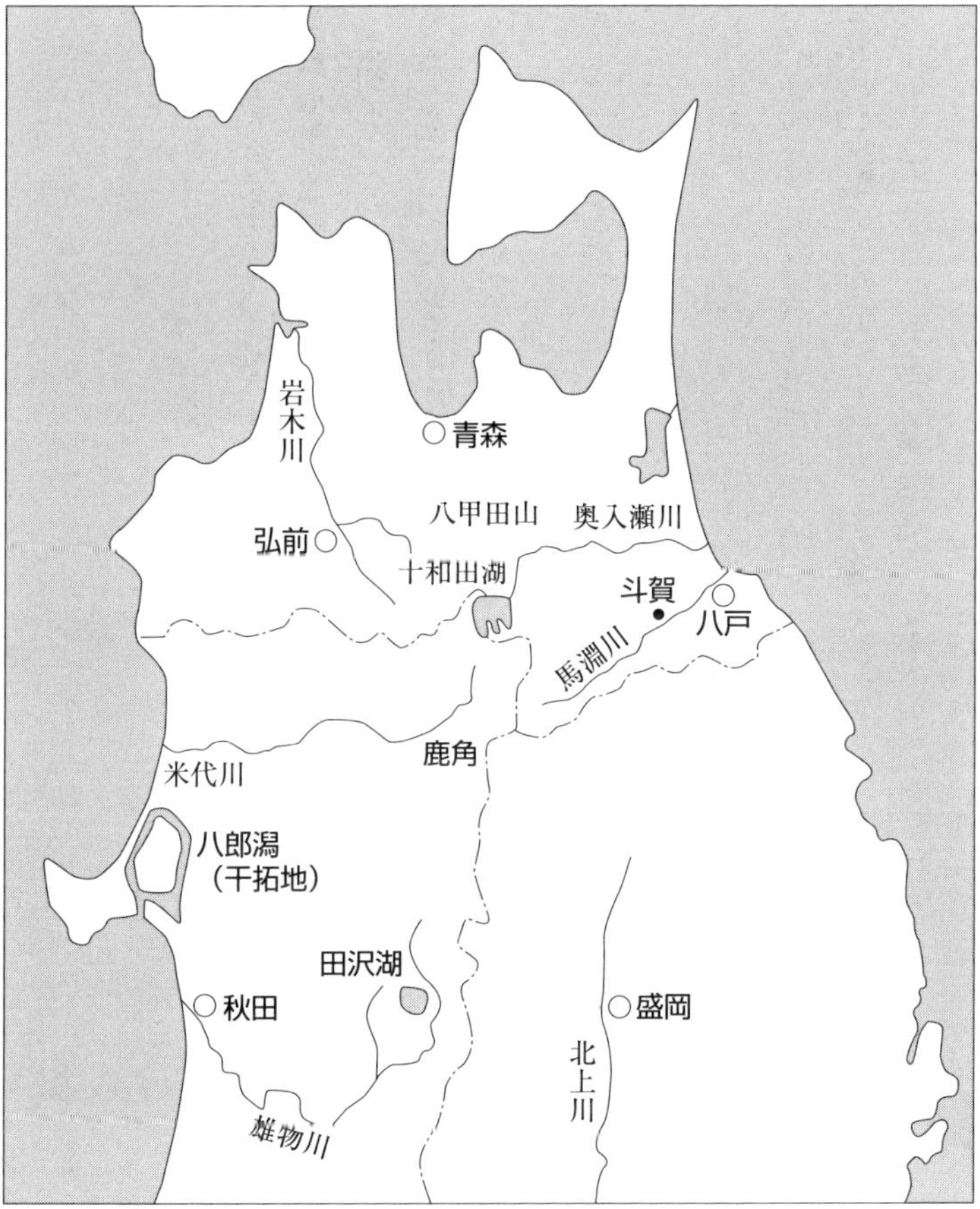

図38　「十和田湖伝説」関係図

るから。

ところで、奥羽各地を踏破し精細な民俗記録を残した菅江真澄は、前後二度にわたってこの伝説を記録している。天明八年（一七八八）胆沢《いさわ》郡前沢から野辺地《のへじ》に至った旅の紀行『委波氏廼夜麼《いはてのやま》』と文化四年（一八〇七）十和田湖付近を踏査した際の紀行『十曲湖《とわだのうみ》』がそれである。

『いはてのやま』では、藤島（十和田市）で以知川（奥入瀬川）を渡るに際して、「この水上は十湾の沼とていと大なる湖」があることを述べ、その湖には「盛岡なる奈良崎といへる処の永福寺の僧侶南層」が「八郎太郎」を追い出して主となった伝説があることを記しているが、「しかはあれど」と続けて、播磨の釈難蔵が権現の示現を得て「言両」の山に至り、竜女の夫の八頭の大蛇を撃退して湖の主となった話を詳述している。磯沼重治氏も指摘されるとおり[14]、この部分の叙述は細部に至るまで『三国伝記』と一致しており、『三国伝記』を直接敷き写し的に利用していることを否めない。しかし真澄も『三国伝記』のいう言両の位置関係には納得できず、言両の山は「陸奥の国と出羽の国との境」にあったと書き換えたうえで、話の末尾でもう一度「……という物語は『三国伝記』にも見えたれど、此ふみには陸奥と常陸とを書い誤れり」と念を押している。

真澄はまた、言両は「十曲の湖」（十和田湖）、奴可は「八ッ耕田」（八甲田）のことではないかと推定しているが、奴可の湖は「此山（言両）の西に奴可の嶽とていと高き山の麓に」あるとして、さりげなく「麓」の一語を付け加えている。八甲田の池沼は山頂ではなく山麓部にあることを意識してのことだろうか。

彼自身が実際に十和田湖を踏査して後に書いた『十曲湖』でも、湖の伝説は『三国伝記』を基本資料として記されている。これにあわせて現地で聞いたとおぼしき伝承も列挙してはいるが、それらはすべて断片にすぎたり、前日譚や後日譚に偏りすぎていたりして、話の骨格とするには足りなかったのだろう。彼はまず『三国伝記』の伝承を基軸に据え、それに手を入れたり異伝を補ったりするかたちで現地の伝承を記録しているのである。その基本的な伝承の最初は次のように始まっている。

むかし、みかしほのはりまの国なる書瀉山の麓に、ほくゑ経をあけくれずんじける法の師あり。名を難蔵といふ。いつまでもながらふ命ありて慈尊の御世にあひ奉らまく、泊瀬寺にこもり、ひたいのりに経よみしかば、常陸の国と出羽の国とのあはひに水湖あり、それにいたれと。こや陸奥と常陸とを『三国伝記』といふふみにはかいあやまれり。

国境についての叙述は一応『三国伝記』に従いながら、ただちにそれが誤解であることを言う。伝承の異同ではなく知識の正誤の問題だと言いたいのだろう。ただし『三国伝記』とは異なる伝承で置き換えている箇所もある。慈尊（弥勒）の出世に値遇したいと祈った場所が熊野権現ではなく「泊瀬寺」（大和の長谷寺）になっているのだ。プロットは『三国伝記』に従いながら寺社名だけが入れ替わっている。これに伴い夢の告げも観音の教えであったと明記される。『いはてのやま』では祈ったのは「熊野」であると明記していた。この変化は真澄がその後に接した情報に原因するのだろう。

弥勒との値遇を観音に祈るのは遠回りのようにみえるが、斗賀の霊験堂がそうであったように、奥羽では観音と田村麻呂との縁がことさら深く、先述の『封内名蹟志』が「按《あんず》るに田村麿の観音に於ける、到る所閣を建てずといふ事なし。是《これ》を名附《なづく》るに、多く長谷を以《もつて》す。田村麿の信じたる所は、蓋《けだ》し山城清水寺の観音也。後人田村麿の信じる所の事実を弁ぜず、妄《みだり》に田村の建立といへり。尤《もつと》も疑ふべし」と説くような状況があった[15]。室町物語『田村草子』が、田村丸は陸奥国ハツセ郡田村郷で生まれたと語っているのも、そういう状況に関係している[16]。つまり真澄が入手した十和田湖伝説に長谷観音が絡んでいたことは、そのもう一つ背後に田村麻呂伝説が絡んでいたことをも暗示しているのである。

『十曲湖』はこの伝承を基軸に据えて、他にも南蔵（難蔵）になったのは三戸郡科町の竜現《りょうげん》寺（竜現は霊験と同音であることに注意）の大満坊であるとか、杜岡（盛岡）の永福寺がまだ五戸郡にあった時の僧だとかの伝承があることを記録している。後者にはとくに注を加えて、「森岡の盛岡宝山永福寺は新儀の真言にて、大和の国初瀬の小池坊の流れにて、むかしは五戸の七崎《ならさき》よりうつせり」云々と記しているが、初瀬（長谷寺）の小池坊は、それまで南都興福寺大乗院の支配下にあった長谷寺が、天正十五年（一五八七）根来寺から移った専誉僧正によって新義真言宗の寺院として再出発して以来、本坊として機能していた寺坊の名である。七崎は現在の八戸市豊崎町、永福寺が盛岡に移って後も、観音堂（現在は七崎神社）が残り、本山派の修験者がいた。(17) 観音信仰と修験とが渾然一体化した状況があったのである。おそらく真澄はこうした現地の実態に即して『三国伝記』の叙述に一部手直しを加えたのである。

現地を知る真澄にとっては、『三国伝記』を伝承記述の基軸に据えはしたものの、すべてをそれに託すつもりにはなれなかった。まして山岳や湖水の具体的な位置関係は異伝では片付かない。『いはてのやま』では苦しい解釈を示しながら一応は受け入れていた言両と奴可について、『十曲湖』では思い切った整理を試みている。すなわち「言両」の名は削除し、「奴可」の池は「齶田《あきた》」（秋田）の湖と書き改めたのである。この結果、最初の湖は名前を語らないことによって、かえって十和田湖であることが自明となり、後の湖は周知の地名と置き換えることによって、秋田の八郎潟であることを明確にしたのである。

おそらくそれが現地における最大公約数的な伝承であっただろう。真澄ならずとも『三国伝記』の記事には錯誤があると考えるのが「常識」である。けれども、その一方で、錯誤は錯誤なりに意味を含んでいることがあるのであって、それを「常識」によって「合理」的に処理すれば、錯誤のもつ意味までが抹殺されてしまう。だから、私は、『三国伝記』の叙述に地理的矛盾があるのは承知の上で、もうしばらくこの錯誤の意味にこだわってみるつもりでいる。

『三国伝記』の叙述は、このような曖昧さもしくは錯誤を含む一方で、この話に登場する播磨の修験者難蔵については言葉数は少ないものの「不合理」な点がない。彼がその辺にいたという「書写山」は兵庫県姫路市の郊外に位置して、山上には「西の比叡山」と呼ばれた天台宗の大寺院円教寺がある。そこは『梁塵秘抄』の今様にも、

　聖の住所は何処何処ぞ、箕面よ勝尾よ、播磨なる書写の山、出雲の鰐淵や日の御崎、南は熊野の那智とかや

　聖の住所はどこどこぞ、大峯・葛城・石の槌、箕面よ勝尾よ、播磨の書写の山、南は熊野の那智・新宮

と歌われている当時有数の修験霊場であった。

書写山の開祖性空《しょうくう》上人は霧島山や背振山など九州の霊山で修行を積んだ持経者で、平安後期の『今昔物語集』には彼が毘沙門天から遣わされた童子を使役した話があり、鎌倉時代の『峰相記』には性空に給仕した乙丸《おとまろ》・若丸なる護法童子が登場、室町時代の『渓嵐拾葉集』では性空に仕えた乙護法《おとごほう》なる護法童子が性空の没後は皇慶に給仕したというなど[18]、験力で知られた行者であった。円教寺には室町建築の護法堂（重要文化財）が現存するし、不動・毘沙門の化身とされる二人の童子は修正会の「鬼踊り」の鬼となって、いまも播磨各地の民俗芸能のなかに生きつづけている。つまり中世書写山の辺には修験的な雰囲気が十分に漂っていたのである。

書写山だけでない。中世播磨の山々寺々には熊野系の修験の道が網の目のように通じていた。法道上人の開基で毘沙門天を本尊とする大谷山伽耶《がや》院（三木市御坂）、守護赤松氏の庇護下に勢力をふるった船越山瑠璃寺南光坊（佐用郡佐用町船越）などはその代表的な拠点であった。南光坊は熊野修験の先達職が止住する寺名として全国的に分布したらしいから[19]、播磨の南光坊だけを特別視するわけにはいかないが、南光坊と難蔵または南蔵坊の名は似ているようでもあるし、室町時代の文献には播磨の修験者として乗蔵坊、東蔵坊などの名も見えるのであって[20]、播磨に難蔵（南蔵）という熊野系の修験者がいたとして、少しも不思議ではない。

『三国伝記』の難蔵は、弥勒の下生《げしょう》を待つため竜女と契って自身も竜蛇の身となったという。ここにはいわゆる

弥勒下生信仰が反映されているわけだが、中世の書写山は弥勒信仰とも深い関わりがあった。書写山の北、姫路市夢前《ゆめさき》町寺には円教寺の奥院と呼ばれる通宝山弥勒寺がある。本尊は永治二年（一一四二）の造立銘をもつ弥勒菩薩。寛永二十一年（一六四四）奥書の『播磨国書写山縁起』によれば、この寺は性空上人の開基で、同上人隠居の地であり、花山院の再度の御幸の時には、上人はこの寺で対面したという。[21] それが史実かどうかは問題でない。近世初頭に性空・書写山と弥勒とを結び付ける伝承があったという事実に意味があるのだ。

このようにみてくると、書写山の辺にいた難蔵が熊野の修験者で弥勒信仰の徒であったとする『三国伝記』の設定には、いかにもリアリティのあることがわかってくる。

3　「ナンソ」たちの伝承

十和田湖の南蔵坊と播磨の難蔵とは同一人と考えてよいだろう。佐々木孝二氏が著書『伝承文学論と北奥羽の伝承文学』で力説するように、[22] 北奥羽における伝承の主流は口頭伝承にあったから、難蔵と南蔵、あるいは南祖（十和田記）、南宗（十和田由来記）など、文字面の相異は問題にならない。北奥羽におけるこの話の主人公は文字面には規制されないナンソ（ナンゾ）である。ここでも以後は漢字表記を避けてナンソと呼ぶことにするが、この話における勝利者ナンソは十和田湖に新秩序を樹立した新しい竜神であった。一方、敗れた「八竜」は八頭の竜であったという。伝承にいうハチロ太郎、ハチリョ太郎、ハチノ太郎などの名はこの八竜から生じたか、それとも逆にハチリョに八竜と漢字を宛てたのか、問題はあるけれども、ここではとりあえずハチロの名で代表させることにしよう。ついでに言えば、八竜を名乗る神社は全国各地にあり、式内社ではとくに福島県と愛知県に多く見られる。[23] もちろんすべて水と関係の深い神々である。

図39　十和田神社

十和田湖伝説のハチロは八頭の大蛇であるという。ここにイメージされているのは八岐大蛇《やまたのおろち》、すなわち古い在来種の水神の姿である。これに対して、頭に『法華経』をいただいて九頭の竜と化したナンソは九頭竜王《くずりゅうおう》である。九頭竜王は前章でも述べたように、泰澄上人が加賀白山を開いた時に姿を表した竜神で本地は十一面観音、信州の戸隠山では最古の祭神とされる水神、すなわち本来は地母神的な神であったとしても、すでに山岳仏教の信仰体系の中に組み込まれて、その権威を背にしていた水神である。

つまり十和田湖伝説は、基本的には湖の主（竜神・水神）の新旧交替、入れ替わりの物語であって、古いタイプの竜神ハチロが排斥され、代わって斗賀の霊験堂即ち熊野系の修験の権威の下に秩序の再編成が行なわれたことを示している。しかも新しい竜神は修験者自身が変身した神である。神を祀り神と交感して神意を伝える者すなわち祭祀者は神に等しく、神そのものでありうるという民俗的な機構がおそらくここにも働いているのであって、十和田湖畔に青竜権現（現在の十和田神社）を勧請して、その祭祀権を握った者は、自身が古い神を追い払った新竜神そのものだと主張したのであろう。

修験者が山中に分け入る以前から存在した神霊、ことに水分神としての竜蛇との対決は避けられない道筋であった。大峯の中興の祖といわれる聖宝《しょうぼう》が大蛇を退治して奥駆け道を開いたとか、鞍馬山の根本別当峰延が北の峰の大蛇を斬ったとかいう伝承があるのは、そのためである。[24]前章で述べた天川の弁才天信仰は、修験の統御下に置かれて修験者たちの守護神となった水神への信仰であった。修験者自身が神霊と化した例は、修験者が権現となって舞う早池峰《はやちね》山の山伏神楽をあげれば十分だろう。[25]

青竜権現となった勝利者ナンソの縁起を語り、その祭祀を行なう者もまたナンソであったのではないか。中世においては、和泉式部の伝説を管理したのは自身が和泉式部あるいはその子孫と称する歌比丘尼たちであり、平家のために鬼界島《きかいがしま》に流されて死んだ俊寛の悲劇を語って聞かせたのは、自身が島を訪ねて俊寛の最期を看取ったといい、遺骨を拾って高野山に納めたという有王またはその子孫と称する聖たちであった。[26]この話の場合にも話を管理した修験者自身がナンソであり、斗賀の霊験堂はそういうナンソたちの根拠地であった可能性はあると思う。

ところで、ナンソの出自については、吾田多良《あだたら》（安達太良）山のほとりから都に出て修行したとか、盛岡の永福寺がまだ七崎（八戸市豊崎町）にあった頃その寺で修行したとか、津軽の乳井（弘前市）の出であるとか、異伝が多いが、[27]伝承の世界ではハチロの方が遥かに豊かな所伝に恵まれている。これはどうしたことであろうか。

ハチロが十和田湖に棲むようになった経緯については、詳しい話が伝わっている。真澄が『十曲湖』に紹介している話によれば、ハチロはもと鹿角（秋田県鹿角市・鹿角郡）の猟師であったが仲間と三人で山に入り、他の二人が猟をしている間に釣ったイワナを焼いて食べたところ無性に水が飲みたくなった。限りなく水を飲むうち、ふと気づくと身体が蛇に変わっていた。戻ってきて驚く仲間に事情を告げ、ハチロは一人湖に入って主となったという。ハチロの出身地については南部の島盛（八戸市南郷区島守）、津軽の黒石（黒石市）など、それこそ無数の伝承地があって、そこからまた多種多様の序曲や変奏曲的伝承が派生している。要するところ基本的には、山の中で魚を食べた人間が大蛇に変身したという話である。だが、そういう話であれば、よその土地にも類例はある。

岐阜県の旧大野郡高根村（現高山市高根町）の杣《そま》が池（小三郎池）は、杣の小三郎が山中で水船に入っていたイワナを焼いて食べたところ蛇になり、あたりが池になったのだという。小三郎は兄弟だったが兄の方がイワナを食べて渓水を飲むうちに、あたりが池となり、弟に事情を語って姿を消したともいう。(28) 旧高根村は乗鞍岳と御岳の間の高原の村で、杣が池は御岳の北麓にあり、村の雨乞いの場所であった。村の水源つまりは村の水神だったのである。岩手県胆沢《いさわ》郡では掃部《かもん》長者の伝説の一部として、長者の妻が禁断の泉の魚を食べて大蛇になった話がある。大蛇は風雨を起こして荒れたので人々はこれを神と祀ってなだめたという。(29) これも水神の伝説である。

ハチロの話も所詮はこのような話の型を踏まえて構成されている。古い時代に類例を求めるなら、『神道集』の「諏訪縁起」いわゆる甲賀《こうが》三郎の話、もっと直截に蛇になったハチロの話というなら『神道集』の「那波《なは》八郎大明神事」を思い浮かべねばならない。(30) この他、大蛇になったハチロが川を塞き止めて池を作ろうとしたので、怒った土地の神々に追われ追われて八郎潟に到ったという話が、鹿角、南部、津軽の各地つまりは十和田湖のあらゆる周辺部に伝わっているが、これも水を飲んで蛇になった人間が池を作るという点で杣が池の話と同じである。(31)

けれども、ナンソの話のありようと比べてみると大きな違いがある。北奥羽における十和田湖伝説の伝承状況を精査された小舘衷三氏の報告(32)によれば、ナンソの伝説地が斗賀からあまり遠くないところに分布するのに対して、ハチロの話は北奥羽各地に広くひろがっているという。勝ったナンソより負けたハチロの方に人気があるのは、負けた在来神に対する愛惜の念に原因するのだろうか。まことに興味深い事実である。

4　愛される在来神

ハチロについては田沢湖の辰子姫をめぐる妻争いの話にも触れておかねばなるまい。田沢湖の主の辰子と八郎潟のハチロは夫婦の契りを結んでいて、ハチロは冬は田沢湖ですごし夏は八郎潟に帰る。だから八郎潟は冬結氷するが田沢湖は結氷しないという話である。ハチロが辰子のもとに通いはじめた時、十和田湖のナンソが横恋慕して争いになった。しかし今度はハチロが勝ってナンソを追い払ったのだという。[33]

今度はハチロが勝ったというのは、ご同慶の至りではあるが、私には話が理に落ちすぎているように感じられる。住み慣れた十和田湖から追い出されるほどの手痛い敗北を喫したハチロが、なぜここでは勝てたのか、辰子への愛が強さの秘密というなら、十和田湖の竜女との関係は何であったのか。

図40　田沢湖畔の辰子姫像

一方を「合理」化すれば他方が「不合理」になる、そんな関係になっているのは、別々に成立した伝承に後から脈絡をつけようとしているからである。

田沢湖伝説は近代においてますます著名となり、いまでは湖畔に辰子姫像も立てられて観光名所になっている。神秘的な美しさの十和田湖に比べて、田沢湖は周囲の山が低くなだらかなためだろうか、ゆったりと湖を見下ろす秋田駒ヶ岳ののびやかな山容とあいまって、私が訪れた日の田沢湖は明るかった。が、田沢湖の伝説も、文献資料は至って乏しいから、伝承の古態を探るのは容易ではない。若く美しい辰子がその美を永遠に保ちたいと祈願して、神の告げのままに山を越え、泉の水を飲んで、蛇体となり湖の主になったと語るのがこの伝説の基本型のようになっているが、[34]ここにいう動機はかなり新しいものに感じられ、これが古態であるとは信じにくい。

比較的古いかたちかと思われるのは享保二十年（一七三五）書写の岡崎大蔵神社（秋田県仙北市田沢湖岡崎）の『縁起書抜』[35]で、

潟ノ主ハ金ガ沢、常光坊ノ娘也。一代死スル事ヲキライ、観音エ立願カケ潟ノ主ト成ル。名ハカメツルコト申也。

とある。「金ガ沢」は未詳だが、地元での伝承地「神成沢《かんなりざわ》」（田沢湖岡崎字神成沢）のことであろうか。(36)「常光坊」は修験者らしい名前である。「観音」は大蔵観音、即ち後の大蔵神社のことである。ここから北に山を越えたところに田沢湖がある。「一代死スル事ヲキライ」とは永遠の命を求めたということか。それならばこの記事はむしろ弥勒信仰の崩れたかたちというべく、より古態に近いとはいえるだろう。修験者らしい親の名前が出てくるのも、この話に弥勒信仰つまりは修験が絡んでいた証拠である。ところが、後にも述べるように、長寿の蛇身となって弥勒の下生を待つという思想は、素朴な地元伝承の世界ではなかなか理解され難かったようで、この部分が最も不安定で、揺れの大きな部分となっている。寛政七年（一七九五）に成立した人見蕉風の『黒甜瑣語《こくてんさご》』に主人公の「常厳坊の女、鶴子」が「嫉妬ふかくして」蛇体になったとあるのは、(37)弥勒信仰に対する理解を欠いたままに、あるいは理解を拒絶して、蛇体への変身を「合理」的に説明しようとした結果であり、近世の知識人の多くに共通して見られる傾向である。現代の伝承に一般的な永遠の美、永遠の若さ願望説も、実はこの「死する事を嫌った」事実の近代的解釈といえる。結局伝承者は自分の理解する範囲内での世界観や人生観で話を語るしかできないということなのである。

主人公の名前は「カメツルコ」（縁起書抜）すなわち「神鶴子」（秋田風土記）、「鶴子」（黒甜瑣語）、「田鶴子」（大語園）などを経て「辰子」に至っているらしく、文字面から見れば辰子の名は新しいが、タツコ（タッコ）という音に還元すれば田鶴子・鶴子も同じであって、湖の竜女神として誰もが納得のできる名前に落ちついたわけである。

一方、弥勒信仰に根ざす長寿の蛇体願望を動機として理解できず、「嫉妬ふかくして」と冷たく突き放すこともできないとすれば、残る道はただ一つ、在地的伝承論理による理解しかない。『秋田風土記』（近世中期成立）が、観音に百夜詣でをして祈願した結果、この山を越えて彼方に行けと示現があり、山を越えて清泉の水を飲んだところ、たちまち蛇体となり、山は崩れて湖となったと語っているのは[38]、ハチロの大蛇変身伝説と全く同じ発想であって、これこそが地元伝承の世界では最も落ち着きのよいかたちであったのだろう。田沢湖畔の御座石《ござのいし》神社の近くにはタツコが水を飲んだという伝承地（潟頭《かたかしら》の泉）も残っている。田沢湖伝説を現在に伝えたのは、結局伝統的で在地的な人々の想像力だったというべきだろう。

ところで、田沢湖伝説におけるハチロとナンソの妻争いの話には、明らかに十和田湖伝説が意識されている。ハチロとタツコを夫婦神として受け入れるためには、十和田湖伝説が障害になったに違いない。先にも述べたように、あちらの話ではハチロはナンソに負けて八郎潟に逼塞したはずである。それなのになぜこちらではタツコと幸せに暮らせたのか。そういう素朴な疑問に答えて、両話を整合させるべく、妻争いの話が構成されているのではないか、あちらでは負けたけれどこちらでは勝ったのだと。在地的想像力による一種の「合理」化である。この想像力によってハチロの十和田湖での敗北は相対化され、ハチロは英雄としての存在性を回復しているのである。根強いハチロ人気の構造的秘密はこういうところにも見ることができる。

いささか余談になるが、十和田湖の女神をめぐっては、ナンソやハチロの話とはまた別に、竜飛崎の黒神と男鹿半島の赤神が十和田湖の女神を争った話がよく知られている。黒神は赤神との戦いには勝ったものの女神の心は赤神に寄って離れなかった。落胆した黒神がついた大きなため息のために、もとは津軽と陸続きだった北海道が吹き飛ばされて津軽海峡が出来たという話である[39]。話としての古さは疑問だが、この女神とナンソの妻になった十和田湖の竜女、赤神とハチロとの意味ありげな相通は、地域伝承の深層心理とでもいうべきものを感じさせて、興味は尽きない。

在地的想像力はもちろん十和田湖伝説からも読み取ることができる。『十和田記（十和田山御縁記）』ではナンソの出自について、糠部郡の良現山（霊験山）の近くの社の別当善覚の妻が観音堂に籠って「弥勒の出世」を一心不乱に祈ったところ、白蛇を呑むと夢に見て懐妊し、十六か月の後に生まれたのが善正で、後に改名して南祖坊になった。母は彼が七歳の時に早世したと語っている。(40)

一見して明らかなように、これもまたきわめて類型的である。ナンソを修験の子とするのは主人公と話の管理者とを一体化するための手順であろうし、母が夢に見た白蛇は水神の表象であると同時に仏母摩耶夫人の白象の夢の敷き写しで、偉人の伝記によく用いられる手法である。十六か月という異常に長い妊娠期間は聖なる異常児誕生のための必要条件で、奥浄瑠璃『三代田村』の田村丸は母の胎内にいること十九か月、出生時にはすでに歯が生えていて、鬼子と恐れられて捨てられそうになったというし、『弁慶物語』の諸本の中には弁慶が三年あるいは三十三か月胎内にいたとする例さえある。(41)母の早世も釈尊を産んで七日目に亡くなった摩耶夫人の例に習ったとおぼしい。

ところが、このように素朴な手法か目立つ一方で、母が「弥勒の出世」を祈ったという一節は文意が不透明で落ち着きが悪い。「弥勒の祈り」とは一体何なのか、その感応がなぜ男子出生になるのか、もし弥勒の出世に会いたいというのなら、母自身が竜蛇身となって報われるべきであり、もし仏菩薩の申し子としての男子出生を願っているのなら、「弥勒の出世」は余計な言葉である。この詞章の不透明さは、申し子という伝統的な手法を用いながら、母の祈りの内容だけは違うレベルの言葉で説明しようとしたことにある。(42)『三国伝記』の話で弥勒信仰が話の展開に不可欠の条件としてごく自然に機能していたのに比べ、ここでは不自然である。

このことは陸奥外の浜を舞台とした謡曲『善知鳥《うとう》』が地元に逆影響を与えて、外《そと》の浜に多くの伝説を生んだ例に似て、(43)奥浄瑠璃が『三国伝記』的な話から逆に影響を受けているのではないかと思わせる。両者が直接的な関係にあるという意味ではない。『三国伝記』そのものでなくても、その素材となった伝承とか、それから影響を受けた伝承とか、熊野系の修験の伝えた弥勒信仰に基づく水神交替伝説が、在地的な発想によって捉え直され、思想的にはむしろより古いものになっているのが『十和田記』であって、「弥勒の出世」はその素材から切れ残った臍の緒のような文言である。北奥羽の人たちの想像力はむしろそのような「外来思想」から解放された時にこそ一層自由に羽ばたいたのである

　ハチロの話に戻ろう。ハチロの伝承におけるありようは、一面では敗者であり、一面では恐怖の対象である。そうした性格をもちながら現在まで愛され続けてきた地元の英雄といえば、これもまた全国各地に例を見ることができる。

　『今昔物語集』や『宇治拾遺物語』が伝える美作《みまさか》一宮中山神社（岡山県津山市）の猿神もその一つといえよう。毎年生贄として人間の娘を取っていた猿神が、ある時東国から来た勇敢な猟師の男に懲らしめられ、打倒されてしまった話である。これは第三章で紹介した長浜市平方《ひらかた》町の天満宮のカワウソ退治の話と同じく、「猿神退治」の名で知られる昔話の型を踏まえているが、視点を変えていえば、これも在来的な古いタイプの神が外来者によって打倒され克服された話である。中山神社の猿神は生贄を供えなければ農耕に害をなしたが、供えれば豊穣を保証してくれた神であるから一種の農耕神であった。猿は山の神であるが、山の神は水の神でもあったから、これも一種の水神交替の物語なのである。ところが、『今昔』や『宇治拾遺』など「中央」の文学作品によれば完璧に打倒されてしまったはずの猿神が、地元では神格を失った気配がないばかりか、近世には牛馬の守護神、近代には子供の守り神になって、今なお愛され続けているのである。[44]一般に猿は厩神として信仰されたから、[45]これもその一例といえばそれまでだが、猿神打倒を謳歌する『今昔』や『宇治拾遺』の話を読んだだけでは想像できない現実である。

　外来者による在来神の克服といえば、豊前の求菩提《くぼて》山の開祖猛覚魔《もうかくま》卜仙は、威奴岳にいた八鬼の霊を甕の中に封じ込めて山を開いたというし、[46]奥羽では磐梯山の手長足長の話がそうだ。手長足長は雷電風雨を自由にして人びとを困らせる化け物だった。これも要するに水神である。それが旅の僧の計略で壺中に封じ込められ、磐梯山の頂上

に埋められてしまった。ところが、地元の人たちは旅の僧の徳を称える一方で、埋められた手長足長を神と祀り、会津の守護神として信仰したという[47]。怪物の怨霊に対する恐怖が鎮魂の祈りをさせたのは確かだろうが、打倒されたはずの在来神が実際には神格を否定されることなく、人々の心の中ではむしろもっとも親しい神として生きつづけている事実は、怨霊鎮めの側面から見ただけでは説明できない事実である。

『三国伝記』巻六第6話「飛行上人事」の後半に語られている伊吹弥三郎の話はその点で注目に値する。近江の伊吹山に関係する話で、前半の三朱上人の話については第六章ですでに述べた。後半は「弥三郎という変化の者」の話で、伊吹山に住む怪物弥三郎が出没して、人家の財宝を奪い、国土の凶害を成したので、「当国守護佐々木備中守源頼綱」が討伐した。ところが「彼が怨霊、毒蛇と変じて、高時川の井の口を碧潭となして、用水を大川に落としたり」という有様になって、人びとは田畑の旱魃に苦しめられたため、その悪霊を「井の明神」と祀り鎮めたという。

この話の背後には鎌倉時代に現実にあった事件の記憶があった。正治二年（一二〇〇）十一月、醍醐寺三宝院領の柏原荘を浸食した咎により幕府の討伐を受けた地頭柏原弥三郎が伊吹山に逃げ込み、翌年一月に誅殺されるまで神出鬼没、ゲリラ的に抵抗して付近の住民を恐れさせた[48]。その記憶がこの話を生む核になったとおぼしいのであるが、『三国伝記』では誅殺された弥三郎の霊が怨霊として害をなしただけでなく、神と祀られて後も年に一度は雷電霹靂とともに伊吹山頂に通い、見る者をして「あはや例の弥三郎殿の禅定（山頂）に通ひ給ふは」と驚怖させたと、超自然的怪物としてのイメージをふくらませている。「井の神」として祀られていることからも明らかなように、水を支配する山神・水神としての神霊のイメージと重ね写しされているのである。

物語草子『伊吹童子』になると、弥三郎ははっきりと伊吹の神として登場する。伊吹山の弥三郎は『古事記』の三輪《みわ》山伝説と同じく、美しい男と化して夜な夜な麓の大野木（米原市大野木）の長者の娘に通い、やがて生まれた

子が伊吹童子で、その子が成長して酒呑童子になったというのである。(49)

山の神霊と化した弥三郎はその後も成長を続けた。現代地元で記録された弥三郎伝説を見ると、神霊であるよりも愛すべき山の巨人、オオヒトやダイダラボッチのごとき存在になり変わりつつある。(50)この変化の背後には、山の巨人ないし精霊についての伝統的想像力が働いていたはずであり、だからこそ怨霊としての恐怖を忘れた時、敗者ではあってもきわめて親しげな地元の巨人として立ち現れてきたのである。

北奥羽のハチロにどんな過去があったのか私は知らない。しかし、敗れても追われても地元伝承の世界では親しまれ続けているように見えるハチロの背後には、やはり敗者に仕立てられた地元の巨人としてのイメージを払拭できないように思えるのである。

5　長寿の竜蛇

『三国伝記』は、ナンソが竜蛇になったのは弥勒の下生《げしょう》を待つためであったと説く。弥勒菩薩は釈尊の滅後五十六億七千万年という遥かな未来にこの世に出現して衆生を済度し給うとされる仏である。その弥勒菩薩にぜひとも値遇したいと願うなら、何に生まれ変わるか予測できない輪廻転生をくり返すよりも、一生の間に千仏の出世に値うという超長寿の竜蛇身に変化して、この世での生命を保ったまま待つのが最も確実だ——と考えて、竜蛇になりたいと願った人たちがいた。

早くは『古事談』第三に、後三条天皇が東宮時代（一〇四五～六八）の話として、長寿鬼になりたいと願った比叡山の僧益智《やくち》の話があり、(51)鎌倉時代になると法然上人の師で『扶桑略記』の著者としても知られる肥後阿闍梨皇円が、弥勒値遇の望みを抱いて遠江国桜の池に入り竜蛇になった話が著名である。この話は法然の没後まもなく成立した『源空上人私日記』に見えるのをはじめとして、『法然上人伝記』『法然上人行状絵図（勅修御伝）』など、法然の伝記類には必ず一節を割いて語られている。[52]『三国伝記』巻十一第21話「相模阿闍梨快賢事」は、主人公の名がなぜか快賢になっているが、内容は全く同じで、やはり法然の師の僧が弥勒との値遇を切望し、「屈身の行を修して、大蛇身となって」桜の池に入ったと伝えている。

「桜の池」は静岡県の御前崎市佐倉にある大池で、鬱蒼たる自然林に囲まれ、池畔には池そのものを神座とする池宮神社がある。いまでも毎年九月二十三日の例祭の日には池の主となった阿闍梨への供物として、櫃に納めた赤飯などの供物を池に静める「御櫃納めの神事」が行なわれている。[53]この祭りの起源は法然や皇円よりも古く、本来はこの池の水神（竜蛇）を祀る呪術的な儀礼であったのだろう。それが法然の頃に新たな意味づけを受けたのである。

ところで、竜蛇身たらんと願った人は如何にして竜蛇となるのであろうか。先述のごとく在地的発想による伝承では多く大量の水を飲むたかちをとるのであるが、『古事談』の益智は「逝去」したといい、上述の法然の伝記類では、皇円は桜の池の領主に願って池の所有権を譲り受け、「臨終」の時に水を乞うて掌の中に入れ、死ぬと同時に桜の池の竜蛇に生まれたと伝えている。つまり死後の転生がイメージされているのである。ところが『三国伝記』になると「屈身の行」を修して生きながら変身したことになり、近世初頭の成立らしい名古屋大学小林文庫蔵『因縁集』でも皇円は生きながら池に入っている。[54]有名な道成寺伝説でも女（清姫と名乗るのは近世以後）が僧（安珍と名乗るのは鎌倉以後）を追いかけながら蛇に変身したと語られるのは室町以後であって、平安時代の『法華験記』や鎌倉時代の『元亨釈書』の女はいったん部屋に籠って後に蛇として出現しており、『今昔物語集』は女はいったん死んでから蛇になったと明言している。死んでの転生から生きての変身へという変化の道筋が読み取れるように思うのだが、[55]十和田湖伝説もこの流れの中に置いて眺める必要がある。この話を北奥羽に孤立したものとしてのみ理解してはならないのである。

いわゆる「中央」と北奥羽とをむすぶ回路が現代人の想像する以上に太かったらしいことは、諸氏の謡曲『善知《う》鳥《とう》』をめぐる研究が明らかにしている。(56) 謡曲『善知鳥』では、諸国一見の僧が「いまだ陸奥外《そと》の浜を見ず候ふほどに、このたび思ひ立ち、外の浜一見とこころざして候ふ」と語って登場し、その旅の途中に立ち寄った越中の立山で陸奥外の浜（青森市付近の陸奥湾沿岸）の猟師の亡霊に会い、亡霊から遺族への伝言を頼まれる設定になっている。修験の者が外の浜にも往来していた現実があればこそ可能な設定であったろうし、熊野・大峯・白山などの修験者と出羽三山との交流などが日常的に行なわれていた現実があればこそ、山伏に身をやつした源義経たち一行の北国落ちも可能だったのである。たとえば津軽岩木山の信仰は明らかに白山系で、その中枢の百《ひゃく》沢《たく》寺（神仏分離後は岩木山神社）の本尊は九頭竜王、本地は十一面観音である。また、永享七年（一四三五）に焼失した若狭小浜の羽賀寺の観音堂は、秋田安倍氏の安東頼季の寄進を得て翌年再建されており、これが縁でその子孫秋田実季は十七世紀になってなお同寺へ寄進を続けたことが知られている。(57) 日本海側の交易ルートが現代人の想像する以上に早くから太く遠く延びていたことを物語る事実である。

さて、謡曲『善知鳥』は、立山で猟師の亡霊から形見の片袖を受け取った僧が外が浜の遺族を訪ね、遺族はその袖がまさしく故人の着物の袖と知って嘆き悲しむ。そこに猟師の亡霊が現われ、生前に善知鳥の雛を捕らえて親鳥に血の涙を流させた罪により、いま地獄の苦患を受けていると告げるのである。これは平安以来都人にもよく知られていた越中立山の地獄説話と、陸奥の砂山の穴で雛を育てる善知鳥の珍しい捕獲方法についての情報とを、中国から伝わったらしい「片袖」説話を接着剤として結び付けたところに生まれた作品であったことが明らかにされている。(58) 善知鳥は都の近くにはいない鳥であるから、その珍しい捕獲法についての情報は、もとは陸奥から伝えられたに違いないが、謡曲が直接的に取材したのは、その情報に基づいて都人が作り上げていた和歌説話であったと推定されている。[59] ともあれ、陸奥の素材に細工を加えたのは都人だが、その謡曲が陸奥の地に伝わると、今度は逆にそれに刺激されて外の浜に新たな善知鳥伝説が生まれていったという。[60] ナンソの話にもこれに似た事情が考えられないだろうか。

十和田湖や八郎潟に関する知識は都や播磨で創作するわけにはいかない。何らかの情報が北奥羽からもたらされていたと考えるべきだろう。熊野系の修験あるいは播磨の修験と北奥羽とがいかなる関係でつながっていたのか、具体的な解明は後日にゆずるほかないが、北奥羽の側にこの話を播磨と関係づけて語らねばならぬ必然性はなかっただろうから、『三国伝記』の話には播磨の事情に通じた「中央」の人間が関与していることは確実だろう。

6　稲村大明神物語

再び『三国伝記』の話の地理的曖昧さまたは誤謬の問題に戻りたい。『三国伝記』は十和田湖らしい「言両」が「常陸と出羽との堺」に位置すると語っていた。奥羽の地理に詳しい真澄はこれを錯誤と断定したが、『三国伝記』撰者玄棟はおそらく錯誤とは気づかずにいた。地図を見ながらものを書ける現代とはわけが違うのである。

汝の所望叶え難しといへども、我方便がめぐらすに、速やかにこれより関東に下向して、常陸と出羽との堺に、言両と云ふ山あり。その山に居住せば、弥勒仏下生のその暁に到るべきなり。

熊野権現の託宣だが、権現の言葉は語り手の言葉でもある。この表現には関東さらには常陸を自分の知る最東（北）端とする人間が、常陸を踏み台にしてさらに彼方を思いやる、いわば及び腰の想像力のありようを露呈しているように思われる。これは必ずしも私の直観的な思いつきではない。私はいま近江の稲村神社の縁起『稲村大明神物語』で「常陸」が与えられていた重い役割を思い浮かべているのである。

第四章で詳述したように、近江の稲村神社は中世には平流山《へるやま》の麓にあって、善勝寺からも遠からず、その縁起『稲村大明神物語』には運海の弟子最宗の奥書があって、貞治五年（一三六六）に書写して同社に施入した旨が見える。(61) 相当長い物語であるから、あらすじを紹介しよう。

二位大納言真方の娘は入内を直前に、琴の師匠である老中将の子を身ごもってしまった。父大納言に勘当された娘は母親から「万葉集の草紙」を形見として与えられ、老中将（翁）とともに旅立つが、近江の「蒲生野のはらといふ所」で女子（姫）を出産する。翁が水を求めて出かけている間に、常陸守の一行が通りかかる。娘（母）は姫のもとに「万葉集の草紙」を残して立ち隠れるが、見つけた常陸守とともに任国に下ることにする。残された姫は近所の夫婦が引き取って育てる。翁は観音にひたすら姫の幸せを祈るが、姫が五歳のとき入道となり、八歳のとき姫の養父母の勧めで「是より北遥かなる所に、平流山といふふもとに、おく田といふ所」の山田守となる。養父母の留守中に下衆の口から自らの出生の秘密を知った姫は、実の母を訪ねようと決意する。事情を知った翁は姫に「万葉集の草紙」など実母の形見の品々を手渡し、自分は「蝶」になって加護しようと言い残して死ぬ。姫は美しい「蝶」に導かれながら東国に向かうが、途中で出会った三河赤坂の遊女蓬萊《ほうらい》のもとに身を寄せる。十三歳のとき、東国から常陸守一行が上って来てその宿に泊まる。琴が縁で姫は常陸守の大盤所《だいばんどころ》（奥方）と対面する。形見の品でわが子と知った大盤所は夫の常陸守には隠して姫を養うことにする。一行が帰京すると帝に霊夢があり、これによって姫は晴れて義父と対面し、入内して后となる。祖父の大納言は内大臣に、常陸守は左大将に、近江の養父は近江守になるなど、一同に幸せが来る。

実父の中将（翁）は稲村大明神、義父の大将殿（常陸守）は多賀大明神と祀られた。本地はそれぞれ「東方の教主」（薬師）と「西方能化の如来」（阿弥陀）である。但し稲村大明神は多賀大明神を妬み、わが氏子が多賀社に帰依、参詣するのを喜ばないという。

毛虫からサナギを経て美しく変身する蝶は、古代には常世《とこよ》の神として崇められた。現在でも盆には先祖の霊が蝶の姿になって帰ってくると信じられている地方がある。(62)中将翁が蝶になって姫を守ったというのは、このような思想に基づいているのだろう。翁が山田を守ったという「おく田」は、稲村神社の旧社地（彦根市稲里町）を指しているらしく、「奥田」の名は近代まで土地の小字として残っていた。稲村神社では現在でも「揚羽蝶」を神使として崇めている。(63)

この『物語』では「常陸」が非常に重い意味をもっている。稲村神社の社伝では、天智天皇六年（六六七）に常陸国久慈郡から勧請したという。たしかに『延喜式』神名帳には常陸国久慈郡に稲村神社の名が見え、『三代実録』には元慶二年（八七八）に従五位下、仁和元年（八八五）に従五位上に叙せられたことが見える。現在この社名は常陸太田市天神林町の稲村神社が受け伝えているが、実はこの社がこの名を称するようになったのは近世以後のことであって、それ以前の実態については不明な点が多い。(64)この神を近江に勧請した事実を裏づける史料は見当たらず、天智天皇の時代に勧請があったとは信じがたいけれども、『淡海《おうみ》温故録』や『近江輿地志略《よちしりやく》』が伝える近世近江の稲村神社周辺の伝承には、たとえ俗説ではあれ、不思議に常陸に縁のある話が多い。稲村神社の旧社地「塚村」の名は平将門《まさかど》の塚に由来し、その骸が飛び出して付近の宇曾川に平らかに流れてきたのを山に収めて将軍塚とし、山名もこれに因んで平流山としたという類である。(65)

将軍塚の最初は、延暦十三年（七九四）平安遷都の折に王城鎮護のため東山に一丈八尺の武装の土偶を埋めて築いた塚であった。平安京に邪魅が侵入するのを防ぐ巨大な塞《さえ》の神ともいうべき将軍塚は、やはり東山に葬られた坂上田村麻呂への信仰と混淆しながら伝搬し、全国各地に将軍塚や大将軍の社を生んだ。(66)平流山もその一つであって、この防疫消災拠点としての意味は、その後は山頂の奥山寺の三宝荒神に多く引き継がれて、今日の荒神山神社に至っていることはすでに述べたとおりである。時間的な順序からいえば、『近江輿地志略』が「中世当国四所の祓《はらえ》殿《どの》といふは、南三郡は韓崎、西二郡は白髭社前、北三郡は木本、中四郡はこの荒神山なりといふ」と伝えているように(67)、この山が古くからの祓えの聖地であったことが、後に将軍塚伝説を呼び寄せた関係にあるのだろうか。

荒神山神社の社伝によれば、天智天皇の時代に近江に四所の祓殿が設けられたのに始まるという。天智天皇六年（六六七）近江京に遷都があった。近江はこのとき首都圏となった。対外的には白村江での大敗、百済・高句麗の滅亡など多事多難の時代であった。日本に避難、帰化した百済人も多く、『日本書紀』天智天皇条は多数の百済人が近江の蒲生・神崎郡に配置されたことを記している。蒲生郡日野町にいまも墓が残る鬼室集斯《きしつしゅうし》はその中心的人物であった。そのころ平流山に祓殿を設けた可能性はあるし、それが帰化人とともに伝わってきた道教の影響であったことも考えられよう。平流山の三宝荒神の淵源は案外そのあたりにあるのかもしれない。

けれども、もし事実がそうであったとしても、それで後代の伝承を解釈するわけにはいかない。近江にとって「天智天皇六年」は記念すべき年紀であったが、だからこそ奥羽の「大同二年」や金峯山飛来伝説の「宣化天皇三年」と同質の文言として機能した可能性がある。稲村神社の勧請年代が近江遷都の「天智天皇六年」とぴたりと符合しているのは、かえって危惧を感じさせる。端的にいえば、「神名帳」で常陸国久慈郡に同名の神社があることを発見して後に、「天智天皇六年」勧請説を説くことも不可能ではないからである。いずれにせよ稲村神社周辺の平将門伝説は、史実としての常陸との縁を考えるより、防疫消災拠点としての平流山が生んだ説話的な縁であったと考えた方がよさそうだ。むしろ、そうだからこそ、稲村神社や平流山の周辺では、東国といえばまず常陸を思い浮かべる精神状況があったと考えるべきではないか。つまり『三国伝記』の十和田湖伝説の地理的曖昧または錯誤の背景には、この『物語』の基盤と共通する説話的な精神状況があったのではないか、と私は想像するのである。

7　田村麻呂と善勝寺

私は先に「津軽郡中名字」の「大同二年」を足場にして、北奥羽の伝承には坂上田村麻呂の影がつきまとっていることを述べた。田村麻呂は『三国伝記』にとっても浅からぬ因縁でつながっている人物である。『三国伝記』の撰者玄棟は近江の善勝寺と特別の関係にあった。善勝寺は田村麻呂を中興の祖と仰ぎ、田村麻呂を介して説話的には東国と縁の深い寺院であった。『三国伝記』の善勝寺縁起（巻十一・15話）では、

爰《ここ》に、田村の将軍当寺に帰依し、轅門《えんもん》に在りて一朝の管轄と作《な》り、雅量を備へて四海の風波を鎮めたるは、併《しかしなが》ら善神の威徳、本尊の加護なり。

と説くに止まっているが、時代が下るにつれて田村麻呂との関係が強調され、近世の寺伝にはさまざまな田村麻呂伝説が取り込まれた。もとは釈善寺と称していた寺名を田村麻呂が東夷に勝ったのを機に善勝寺と改めたとか、境内にある塚は田村麻呂が鈴鹿で退治した鬼の首を埋めた鬼塚であるとかの類である。この寺は近江三十三所の観音霊場でもあるが、その御詠歌は、

鬼にさへよく勝つ寺と聞くからになほ頼まるる人の末の世

である。[68] これも鈴鹿の鬼退治を前提にしていることは言うまでもない。

善勝寺の本尊は十一面観音と弥勒の二菩薩である。十一面観音は北野天神の本地であり、もともと修験との関係が深いが、十和田湖でナンソが変身した九頭竜王の本地もまた十一面観音であった。泰澄上人に姿を見せた白山の九頭竜王（白山妙理大菩薩）や、信州戸隠山の九頭竜王もみな本地十一面観音といわれた水神である。ナンソの蛇身への変化が弥勒信仰に基づく長寿願望であったことはすでに述べたが、金峯山（大峯）が弥勒の浄土といわれた

ように、弥勒信仰もまた修験と密接な関係にあった。つまり本尊二菩薩の側面から見ても、善勝寺と十和田湖伝説との縁は特別のものがある。善勝寺の周辺にもナンソの話に興味を寄せる理由はあったのである。

すでに述べたとおり奥羽では、『封内名蹟志』が「田村の観音に於ける到る処必ず立つ、号して長谷といふ」というとおり、田村麻呂の造立と伝える観音がすこぶる多く、それらは長谷観音に有縁のものと伝承されていた。ところが、『三国伝記』もまた長谷観音との関係が深く、『長谷寺験記』に直接的に取材した話が多いのはもちろん、『長谷寺験記』とは直接関係のない話であっても、先述の宇賀大明神（乎加神社）の縁起（巻四・15話）のように、宇賀神（弁才天）の垂迹を迎えた神崎郡の住人が「長谷部の太丸」（身延本による）であり、「元は大和国泊瀬《はつせ》河の辺の者」だったと伝えて、長谷観音との関係を匂わせたものがある。中世における善勝寺と長谷観音の関係についていますぐ具体的に答える用意はないけれども、このような問題意識を喚起してくれるだけでも、遥か北の視点から『三国伝記』を眺めてみた価値はあったと思う。

いささか余談にわたるが、善勝寺をめぐる伝承に、裏山の「北向き観音」の話が加わる日が近いかもしれない。善勝寺の裏山は繖山の北端に当たり、山上の岩窟には十一面観音が祀られている。古くは行場であったらしい巨大な岩石が積み重なったところで、善勝寺の奥の院ともいわれるが、いまはむしろ「北向き観音」の名で知られている。上山天神の裏山にも当たっていて、『三国伝記』の舞台となった湖東一帯を見晴らす絶好の展望台である。もう二十年近くも前、私が初めてその山に登った時には他に人影もなく、うかつにも観音が祀られていることにさえ気がつかなかった。ところが、平成九年の新春、久しぶりに訪ねてみて驚いた。たまたま新年初の観音の縁日にあたっていたからかもしれない。数十人の参詣人に出会った。麓との標高差は約二〇〇メートル、高い山ではないが自分の足で登るしかない山だから、この人数でも大変な人出というべきである。よほど霊験あらたかなのだろう。岩窟には立派なお堂が造られ、休憩施設もできていて、甘酒のお接待にまであずかった。

私にもご利益があったのだろう。その日はすばらしい快晴で、観音が向き給う北の空には平流山や竹生島を眼下に、伊吹山よりなお遠く、はるか彼方に純白の山が幻のように浮かんでいた。福井県境にそびえる金糞岳《かなくそ》である。神々しい山容に心を打たれながら、湖東と北陸との距離の近さを改めて実感した。

善勝寺と北奥羽とを結ぶ回路がどのような形でありえたのか、具体的には未詳というほかなく、さまざまな暗合ばかりが気になる段階でしかない。『十和田記（十和田御縁記）』はナンソの出自について、母が糠部《ぬかのぶ》の良現山（霊験山）の観音堂で「弥勒の出世」を祈って生まれた子で、最初は「善正」と名乗ったが、後にナンソと改名したと語っている。まるで良現山に観音と弥勒が同居していたかのような語り口である。しかも「善正」の名は善勝寺に通じる。ところが、「善正」の名は九州の修験にもあって、『鎮西彦山縁起』（一五七三年成立）は北魏の僧「善正」と猟師の「忍辱（藤原恒雄）」とが彦山を開いたと伝えているのである。(69) ここまでくると、もはや善正と善勝寺との音の共通どころではなく、修験におけるナンソとかゼンショとかの名そのものに解かねばならぬ秘密があると気づかされるのである。

『三国伝記』の十和田湖伝説には播磨修験についての知識が関わっているらしいが、これについてもどのような回路があったのか、いまの私には答えることができない。ここではただ中世の播磨にも田村麻呂伝説が伝わり、十一面観音と田村麻呂とをつなぐ回路があったことだけを紹介してこの章を閉じることにしたい。播磨一宮の荒田大明神（多可郡多可町加美区的場）について『峰相記』は次のように語っている。(70)

一宮荒田大明神は、天平宝字元年（七五七）五月七日、女体の唐人東帯赤衣にて天降り給へり。その地の住人山繁雄《やまのしげお》耕作の最中なり。またその地に明源上人と云ふ人あり。相共に急ぎ下向して、降臨の由来を問ひ申さる。「われは上界より下れり。本地十一面観音なり。汝らに宿縁あり。神殿をこの地に造りて進《まゐ》らすべし」と云々。

一宿を経て後、朝に繁雄が取り置きし青苗ことごとく杉となれり。神歌に云はく、

取りたてし山の繁雄がゆふ苗の明くれば杉と生ひ変はりけり

その夜、雷電おびたたしくして、山崩れて殊勝の霊地顕れ給ふ。かしこたるべしと示し給ふ。上人・繁雄相共に神殿を造り奉る。降臨の所をば「かうたち」とて、社頭より西にあり。

その後、延暦年中、田村麻呂将軍専ら崇敬し、神領の四至を定め、荒田大明神と号す。神殿改造の時、上棟の日、白馬六十疋奉らると云々。

当国丹波将軍の管領たる間、両国の土貢にて神殿を造り、遷社の時勅使を立てられ、正一位を授け奉りて、当国第二の宮とす。（原文は漢字片仮名交じり文）

近江の善勝寺から十和田湖、播磨へとさまよい来て、この作品が抱える問題の奥深さと複雑さに圧倒されるばかりで、解明できた事項の乏しさを改めて思い知らされるような地点で筆を置くことになるが、ここから始まる道の彼方にはおそらく、近江善勝寺、天台記家、湖東修験等々の問題を手掛かりとして、限りなくローカルな視点を必要としつつも、決して一地方の問題や一宗、一教学の問題として矮小化してはならない、おおげさに言えば日本文化の基層を探り直すような道筋が広がっていると予感している。ささやかな試行ではあったが、本書がその道筋に向けて一歩でも踏み出せているなら、もってよしとしなければなるまい。

注

（1）　菅江真澄『十曲湖』の本文は、『菅江真澄全集・第四巻』（未来社、一九七三年）に拠る。
　地元伝承の種々相については、小舘衷三『水神竜神十和田信仰』〈青森県の文化シリーズ８〉（北方新社、一九七六年）、高谷重雄『雨の神』（岩崎出版社、一九八四年）、佐々木孝二『伝承文学論と北奥羽の伝承文学』（北方新社、一

九九〇年）など参照。

　奥浄瑠璃については、荒木繁「十和田山青竜大権現由来」（和光大学人文学部紀要　第23号、一九八八年）など参照。
（2）『十和田記（十和田御縁記）』は前掲小舘氏『水神竜神十和田信仰』に翻刻があり、『十和田由来記』『十和田神教記』についても同書に解説がある。
（3）『青森県叢書・第六編』（青森県学校図書館協議会、一九五三年）、『新編青森県叢書・第一巻』（歴史図書社、一九七八年）所収。
（4）『青森県の地名』〈日本歴史地名大系〉（平凡社、一九八二年）「斗賀神社」条。
（5）柳田國男『山島民譚集（二）』「八百比丘尼」『定本柳田國男集・第二十七巻』など。『日本伝説大系・第二巻・中奥羽』（みづうみ書房、一九八五年）に採録されている坂上田村麻呂関連の伝説の年紀を一瞥しても「大同二年」が圧倒的に多い。それに次ぐのは「延暦二十年」である。
（6）『仙台叢書・第八巻』（仙台叢書刊行会、一九二五年）三四七頁。
（7）堀一郎『我が国民間信仰史の研究（一）』（創元社、一九五五年）「大同二年考」。
（8）『大日本仏教全書』寺誌叢書所収。この他、『扶桑略記』所引の「清水寺縁起」、『今昔物語集』巻十一第32話の所説もほぼ同じである。
（9）この間の事情については、前掲佐々木氏「坂上田村麿伝説考」（『伝承文学論と北奥羽の伝承文学』）に詳しい。
（10）前掲『青森県の地名』「斗賀神社」および「十和田神社」条。
（11）『近江彦根古代地名記』一六頁。『彦根旧記集成』第五号（彦根史談会、一九六〇年）所収。
（12）代表的な例は羽衣伝説である。羽衣伝説の舞台が三保の松原であることは、現在ほぼ全国共通の理解といえるが、元来は全国各地の水辺に伝わっていた伝承であって、謡曲『羽衣』が舞台を三保の松原に選んだため、三保が標準的な地位を獲得したのである。
（13）巌谷小波編『説話大観　大語園』（後に『説話大百科事典　大語園』と改名）（名著刊行会、一九七八年［初版は一

九三五年〕）「南祖坊と八之太郎」条では「言分山」と表記、「ことわけやま」と振仮名するが、根拠は未詳。前掲『日本伝説大系・第二巻・中奥羽』「八郎太郎」条所引の伝承例では、『十曲湯山本地記録』に南宗の味方をした神々が「言分山」から岩石を投げたとあるのが、この山名に言及する唯一の例である。

（14）磯沼重治「菅江真澄の文芸意識試論」（『菅江真澄のことども―菅江真澄研究会10周年記念論集』菅江真澄研究会、一九九二年）。

（15）『封内名蹟志』第十六巻「長谷大悲閣」条。ただし、ここでは原典（漢文）を訓読した『仙台叢書』所収本文に拠った。注（6）参照。なお前掲堀氏『我が国民間信仰史の研究（二）』「田村の民間文芸」参照。『長谷寺験記』巻下第23話には、伯耆大山の蓮入上人が長谷観音に祈って兜率天に現身往生した旨が見え、「中央」においても観音信仰と弥勒信仰が両立したのは事実である。

（16）整版本『たむらのさうし』（『室町時代物語集・第二』大岡山書店、一九三七年）二二〇頁。

（17）前掲『青森県の地名』「七崎村」「七崎神社」条。

（18）『今昔物語集』巻十二第34話（書写山性空聖人語）、『峰相記』「書写山円教寺」および「八徳山」条、『渓嵐拾葉集』巻八十七「谷皇慶護法事」および「書写性空上人護法事」（『大正新修大蔵経』巻七十六　七八三～四頁）参照。

（19）和多秀乗「播磨の山岳信仰」（五来重編『近畿霊山と修験道』〈山岳宗教研究叢書〉名著出版、一九七八年）所収。

（20）同右和多氏論文所引の南光坊文書によれば、播磨国宍粟郡野田村の西林寺は元亀元年（一五七〇）「乗蔵坊」が建立。また、近世播磨の地誌『播磨鑑』によれば、同じころ、播磨国分寺に「東蔵坊」なる山伏がいたという。ただし「蔵」のつく法名が熊野の聖地神蔵山にちなむとすれば、同様の法名は全国的にありうる。

（21）『大日本仏教全書』〈寺誌叢書一〉所収。この縁起はもと絵巻の詞書である。奥書は寛永二十一年（一六四四）。

（22）前掲佐々木氏「北奥羽の民間信仰と伝承」（『伝承文学と北奥羽の伝承文学』）。

（23）愛知県には憶感神社（八竜権現）、見努神社（八竜社）、裳喰神社（八竜権現）、浅井神社（八竜社）。福島県には高座神社（八竜権現・白山権現）、冠嶺神社（八竜明神）。『奥相志』所載の百五か村のうち八竜神社所在の村は十九か村に上るという。式内社研究会編『式内社調査報告・第八巻・東海道３』および『同・第十四巻・東山道３』（皇学館大学出版部、一九八六・八九年）参照。

（24）聖宝の大蛇退治譚の古い記録例は『醍醐寺縁起』（『大日本仏教全書』〈寺誌叢書一〉所収）。ただし、この伝承の成立は鎌倉時代に下るか。宮家準『大峰修験道の研究』（佼正出版社、一九八八年）二六二頁、佐伯有清『聖宝』〈人物叢書〉（吉川弘文館、一九九一年）五九頁など参照。峰延の大蛇退治譚は『拾遺往生伝』巻下・峰延伝に見える。

（25）宮家準『修験道と日本宗教』（春秋社、一九九六年）一六頁。

（26）柳田國男「有王と俊寛僧都」（『定本柳田國男集・第七巻』所収）など参照。

（27）前掲佐々木氏『伝承文学論と北奥羽の伝承文学』および小舘氏『水神竜神十和田信仰』に詳しい。

（28）日本放送協会編『日本伝説名彙』（日本放送出版協会、一九五〇年）「小三郎池」条。前掲巌谷小波編『説話大観大語園』「杣が池」条。

（29）「奥州胆沢高山実伝」（前掲『南部叢書・第九冊』所収）。

（30）福田晃「諏訪縁起・甲賀三郎譚の原態（2）―甲賀三郎の後胤と蛇体信仰―」（『神道集説話の成立』三弥井書店、一九八四年）、柳田國男「甲賀三郎の物語」（『定本柳田國男集・第七巻』所収）など参照。

（31）神霊的なる者が湖水を壊して陸地にした話や、湖水を作ろうとして失敗した話は、ハチロ伝説以外にも盆地の成因を語る伝説として各地に伝わっており、この点でもハチロの話は類型的といえる。

（32）前掲小舘氏『水神竜神十和田信仰』に詳しい。

（33）宮田登『日本伝説大系・第二巻・中奥羽』（みずうみ書房、一九七五年）、大山文穂『田沢湖伝説・たっこ物語』（私家版、一九九七年）など。

前掲『説話大観　大語園』「南祖坊と八之太郎」条は、八之太郎が蛇体になる以前から田鶴姫と思いを通わしていたといい、十和田湖伝説と田沢湖伝説を「合理的」に結合しているが、この形が古態であるとは思えない。

（34）前掲『日本伝説大系・第二巻・中奥羽』「田沢湖」条参照。

（35）『秋田県の地名』「田沢湖」条所引の本文（「田沢湖町史」）に拠る。

（36）伝承地「神成沢」については、前掲大山氏『田沢湖伝説・たっこ物語』参照。

(37)『黒甜瑣話―人見芭雨集』(秋田魁新報社、一九六八年)参照。

(38) 前掲『秋田県の地名』「田沢湖」条参照。前掲大山氏『田沢湖伝説・たっこ物語』の所説もほぼこれと同系統である。

(39) 森山泰太郎・北彰介編『青森の伝説』〈日本の伝説〉(角川書店、一九七七年)「黒神の嘆き」条。『青森県百科事典』(東奥日報社、一九八一年)の「十和田湖伝説」条には、この赤神・黒神の話を説き、ナンソとハチロの話は「南祖坊」「八の太郎」の条に配置している。なお、男鹿半島の赤神神社は、天台系の修験が比叡山の赤山明神を勧請したと想定されている(谷山健一編『日本の神々――神社と聖地12・東北北海道』白水社、一九八四年。「赤神神社」条)。

(40)『十和田記(十和田山御縁記)』の関係箇所は次のとおりである(小舘氏の翻刻による)。おおよその雰囲気が知られよう。

奥州鹿角郡赤倉嶽十和田山正一位青竜大権現と申奉るは、天長元歳之頃、奥州糠稼部郡良現山と申に正観音の御堂有。此御堂と申は白鳳元年の頃に飛騨の内匠建立とかや。近隣の民に善学といふもの、則別当をして此処に住宮なしぬ。しかるに善学の女房はいか成前世の因縁有事にや、此観音堂に七ケ日籠り、弥勒の出世を一心ふらん祈りける。

(中略)

十九ケ月と申すには、唯やすやすと安産也。御子を取上て見給へば、玉を磨たる若君也。善学よろこび手をかざし、善正と名をつけて養育し、神の告有る御子なれば、無難に育ち給ひつつ早七歳に成給ふ。

(中略)

過ぎにし母の仰には、みづから弥勒の出世大願を起し、忘るべからじとの給ひしを、いつの間にかわするべき、我大願を起しつつ、母の仰を祈らんと、法院の御前にかしこまり、拙僧心におもひ立事の候得ば、熊野山へ参詣仕度候也。しばらく御暇たまはれかし。

(41) 奥浄瑠璃『三代田村』(前掲『南部叢書・第九冊』所収)。『弁慶物語』元和写本は「三年」、古活字本は「三十三か

月」（ともに『室町時代物語大成・第十二』所収）。

(42)　小舘氏は現在の伝承の基本型を、ナンソの母がお前は「弥勒の再生」であると言い残して死に、ナンソはそれに答えようと修行して、弥勒浄土十和田湖に永住するようになった、と纏めている（前掲著書一五頁）。そうであるとすれば、現在の伝承は基本的に弥勒信仰の本質を理解し損ねている。在地的な発想では如何にこの思想・信仰がつかまえがたかったかを物語る事実といえよう。

(43)　前掲佐々木氏「善知鳥伝説考」（『伝承文学論と北奥羽の伝承文学』）参照。

(44)　本巻第一編第三章「説話のうらおもて―中山神社の猿神―」参照。

(45)　柳田國男「山島民譚集」（『定本柳田國男集・第二十七巻』所収）参照。

(46)　『求菩提山雑記』（『修験道史料集Ⅱ　西日本篇』〈山岳仏教史研究叢書〉所収）参照。

(47)　野村純一編『日本伝説大系・第三巻・南奥羽越後』（みずうみ書房、一九八二年）「手長足長伝説」条。『磐梯山竜宝寺縁起』の「山神」（峰の明神）や『陸奥国会津河沼郡恵日寺縁起』の「魔魅」に伝承の古態が見られる。ともに『修験道史料集Ⅰ』〈山岳仏教史研究叢書〉所収。

(48)　『吾妻鏡』正治二年（一二〇〇）十一月一日～建仁元年（一二〇一）五月十七日条。この間の事情と説話化の過程については、佐竹昭広『酒呑童子異聞』（平凡社、一九六七年）参照。

(49)　『伊吹童子』は『室町物語集・上』〈新日本古典文学大系〉（岩波書店、一九八九年）所収。

(50)　丸山顕徳「伊吹弥三郎の伝説―盗賊型と巨人型の成立―」（湖国と文化　第24号、滋賀県文化体育振興事業団、一九八三年）、杦浦勝「伊吹弥三郎伝説について―伝承成立の分析―」（口承文芸研究　第7号、一九八四年）、福永円澄「伊吹山の伝承説話について」（説話・伝承学会編『説話の国際比較』桜楓社、一九九一年）など参照。愛される巨人としてのイメージは、『伊吹弥三郎』（伊吹町史編纂室、一九九一年）が好例。

(51)　長寿鬼になって弥勒の下生に値遇したいと願った比叡山の僧薬智（益智）の話は、このタイプの話の早い時期の例だが、この話を伝える『古事談』第三僧行には「益智逝去畢」（島原松平文庫本『古事談抜書』では「益智失後」）、『今鏡』すべらぎの中には「薬智はみまかりにけり」、『元亨釈書』薬智伝には「智不幸短命而死」とあって、どれも死去したことを明記している。鬼になるにしても転生がイメージされていたのである。弥勒信仰とは関係がない話では、染殿后（清和天皇后、藤原明子）に恋慕した金剛山の聖人が死んで鬼に転生している（『今昔』巻二十第7話。『真言伝』巻四に所引の『善家秘記』も同様）。

(52) すべて有川定慶『法然上人伝全集』（同刊行会、一九五二年）所収。
(53) 谷川健一編『日本の神々―神社と聖地10・東海』（白水社、一九八六年）「池宮神社」条。なお、箱根神社の竜神祭（七月三十一日夜）にも赤飯を入れた櫃を湖に沈める神事があり、箱根権現中興の祖万巻上人によって封じ込まれた湖神九頭竜権現への供養と伝える。
(54) 古典文庫『内外因縁集・因縁集』（古典文庫、一九七五年）に翻刻がある。
(55) これはごく概略の見通しにすぎない。酒呑童子（伊吹童子）や謡曲『かなわ』の女など、生きながら鬼になる話の消長と合わせて検討を要する。いわゆる現身往生の流行（中前正志「〈現身往生〉の流行と思想」国語国文、一九八七年2月号参照）と通底する現象かもしれない。
(56) 篠田浩一郎『中世への旅―歴史の深層をたずねて―』（朝日新聞社、一九七八年）、斎藤泰助『善知鳥物語考』（桂書房、一九九四年）、前掲佐々木氏「善知鳥伝説考」（『伝承文学論と北奥羽の伝承文学』）など。
(57) 『福井県の地名』〈日本歴史地名大系〉（平凡社、一九八一年）「羽賀寺」条。
(58) 徳江元正「善知鳥論（上）（下）」（国学院雑誌　一九七三年12月号、七四年4月号）。
(59) 伊藤正義『謡曲集・上』〈日本古典集成〉（新潮社、一九八三年）、各曲解題「善知鳥」。金沢市教育委員会・金沢古典文学研究会編『謡言粗志―翻刻と校異―・上巻』〈金沢市立図書館蔵〉（金沢市、一九八九年）など。
(60) 前掲佐々木氏「善知鳥伝説考」（『伝承文学論と北奥羽の伝承文学』）。
(61) 『稲村大明神物語』については、牧野和夫「釈運海をめぐる新出資料一、二」（『中世の説話と学問』和泉書院、一九九一年）に先駆的な研究がある。
(62) 西垣晴次「民衆の宗教」（『神と仏』〈日本民俗文化大系〉小学館、一九八三年）二九八頁。
(63) 寺田所平『稲枝の歴史』（私家版、一九八〇年）「稲村神社」条。

(64)　式内社研究会編『式内社調査報告・第十一巻・東海道6』（皇学館大学出版部、一九七六年）「稲村神社」条。
(65)　滋賀県地方史研究家連絡会編『淡海温故録』〈近江史料シリーズ(2)〉（同連絡会、一九七六年）。
(66)　前掲堀氏「将軍塚と勝軍地蔵の由来」（『我が国民間信仰史の研究（二）』）。
(67)　『近江輿地志略』愛智郡「平流山」条。
(68)　『近江神崎郡志稿』寺院志「善勝寺」条参照。善勝寺の伝説に鬼伝説が取り込まれたのは、鈴鹿山の鬼神大嶽丸退治、鈴鹿御前との契り、近江の悪事高丸征伐など、物語草子『田村草子』『鈴鹿』などを起点として近世に流布した田村麻呂の鬼退治伝説と相関する動きであった。なお相馬大・木本義一『近江33カ所』〈カラーブックス〉（保育社、一九八二年）に末句が「人のいのちよ」とあるのは、近代的改変というべきか。
(69)　『修験道史料集Ⅱ』〈山岳仏教史研究叢書〉四七六頁。
(70)　『峰相記』「二ノ宮荒田大明神」条参照。『播磨鑑』「二宮荒田大明神」条もこれに基づく。

あとがき

「いま修験について書いているんです」

聞いた人は十人が十人とも「えっ」という顔つきになる。それはそうだろう、私はもともと国文学畑の人間なのだから。

「大峰でしたの？」と尋ねる人がいる。

山伏修行の真似事をしたと思っているのだ。

「いや、『三国伝記』との関係で――」

誰もわかってくれない。

「あれが修験と関係するんですか」

そう問い返してくれる人は物知りである。

「ええ、湖東の修験とね」

するとまた怪訝な顔になる。そんなものは誰も知らないのだ。

ことほどさように、この本は未知の分野の未知の課題への挑戦であった。文学研究の枠にもはまっていない。むしろ対象が私に呼びかける声のままに、文学であれ何であれ既成の学問の枠からは意識的に解放されたところで、自分の思うがままに行った知的遊泳の報告なのである。

しかし、大風呂敷を広げたつもりはない。室町時代の『三国伝記』という忘れられた古典を窓口にして、中世近江の寺社縁起の背景を、現地に密着取材しながら、できるだけ具体的に浮かび上がらせようと苦心した。つねに現地に立ってものを見ること、同時に全国区的な問題意識を忘れないこと、私が意識したのはこの二点に尽きる。

私にとってこれは息の長い研究対象であったから、必ずしも掛かりっきりにはなれなかったが、長い年月をかけて断続的に何度も湖東・湖北の地に足を運んだ。

文献を見せていただいたのはほとんど公立の図書館に限られるから、調査したなどとおこがましいことはいえない。ただ多くの場合、車ではなく自分の足で本当に歩いたから、身体に染みついた土地勘のようなものができたとは自負している。

このやり方にもし誰かの影響があったとすれば、いまは亡き歴史学者戸田芳実氏から受けたそれであったかと思う。晩年の戸田氏が提唱し実践した「歩く歴史学」の思想を、専攻の異なる私が自分のフィールドで実践したのがこの本といえるかもしれない。最近になってそう思うことしきりである。

近江の現地に密着する方法をとったこともあって、滋賀県在住の方がたから教示や協力を仰いだことが多かった。なかでも長浜市在住の一居利雄氏から受けた恩恵は言葉には尽くせないものがある。心から御礼申し上げたい。

資料の閲覧で最もお世話になったのは滋賀県立図書館である。また長浜市立図書館、同市の市民講座、北郷里公民館、西黒田公民館、伊吹町立春照小学校、びわこ放送の県民放送大学、滋賀県立高校国語研究会などでは、多くの方がたにお話しする機会を与えていただき、結果的には私の方がはるかに勉強になった。東近江市善勝寺の杉原悦夫住職には突然押しかけて多くのことを教えていただき、県立彦根東高校教諭寺井美穂子氏にはとくにお願いして現地を調査していただいたこともある。

その他たくさんの人たちに支えられて、ようやくここまでたどり着いたが、私にとってはほとんど未知の領域に挑んだこともあって、各分野の先行研究を十分に吸収できているかどうか心もとない。ただこの本に取り柄があるとすれば、地方出版物に極力目を配ったこと、これらの領域でこれまであまりにも大きかった専門研究と一般読書人との間の断裂を、少しは埋めることができたのではないかと思われる点にある。

人文学の研究はできるだけふつうの言葉で発表したい。少なくともその成果は誰もがわかる言葉で社会に還元したい――これは私の生涯不変の信念である。今回は対象が手ごわかったから、本人が言うほどわかりやすくはないと言われるかもしれないが、そういう姿勢を貫こうと努力したことだけは明らかにしておきたい。

読者によってはこの本の話の運びを少々くどいと感じる方もあろうかと気になるが、新しい研究であるためにはやむをえない仕儀であった。逆に研究者からは、厖大な中世仏教関係文献に対する目配りが粗すぎる、この本でいう修験は概念がはっきりしないなどと批判されそうである。だが、ここでいう修験とはいわば補助線のようなものである。概念規定にこだわって立ちすくむよりは、乱暴でもこの線を一本引いてみることによって、新たに見えてくるものの大きさの方が、いまの私には貴重に思えたというほかない。この本が踏み石となって今後この方面への関心が高まるなら、それでよいのだと覚悟している。

ごく部分的には既発表の論文を下敷きにした箇所があり、講義ノートを踏まえた部分などもあるが、いずれも大幅に加筆訂正しており、全体的にはすべて新しく書き下ろしたものといえる。

この本の出版を引き受けて下さった勝股光政さんとは『今昔物語集の世界―中世のあけぼの―』以来のご縁である。今回も粘り強く私を導き、的確な助言を与えて下さった。甚深の謝意を表したい。

また本書は、研究課題「『三国伝記』寺社縁起の研究」に対して交付された科学研究費補助金（基盤研究(c)(2)）による研究の成果の一部である。

一九九九年一月

池上洵一

（付）近江湖東地域寺社縁起基礎資料

解　説

『三国伝記』の寺社縁起の多くは近江湖東地域のそれである。当然ながら、それらは当時同地域に流布した多くの寺社縁起と密接な関係にあり、基盤を同じくしていたと推定される。したがって『三国伝記』の寺社縁起も当該作品の世界にのみ視野を限定することなく、ひろく同地方一般の趨勢、さらには全国的な趨勢のなかに位置づけて理解すべきものである。

その研究と集成にはなお多くの時日を要するが、ここではその第一歩として、近江湖東地域の説話的縁起に焦点をしぼり、それらの分布と内容とを簡便な一覧表として提示することにした。併せて、その過程で管見に入った各種伝承のうち、『三国伝記』の理解に役立つかと思われるものを付載したので、今後の研究の基礎資料として活用していただければ幸いである。

本巻に再録した拙著『修験の道―三国伝記の世界』において詳述した寺社縁起の数々も、ここに採録した寺社縁起のなかに位置づけてこそ十全に理解されるはずである。

本資料は「近江湖東地域の説話的寺社縁起一覧表」と「湖東寺社の寺伝・社伝」の二部からなる。

「一覧表」は近世の地誌類を中心に湖東地域の寺社縁起を博捜した結果を要約したものである。それらの文献の成立は『三国伝記』より下るけれども、現代からみると『三国伝記』との距離ははるかに短く、中世のそれに比較的近い伝承が残存している場合もある。これを批判的に利用するならば、中世における状況を推測する重要な資料となるにちがいない。

また一方では、『三国伝記』に記載された伝承の近世的な変容の足跡を顕著にたどれる場合もあり、これについては記載伝承が口頭伝承に与えた影響の問題としても大きな示唆を与えられるはずである。

「寺伝・社伝」は湖東各地の寺社の境内や門前、鳥居前などに現存する説明板・石碑の類から採集した縁起集である。これらは現代における当該寺社の公式な見解表明というべく、「一覧表」と併せて検討するならば、中世・近世の縁起の現代的継承と変質について、これまたさまざまの示唆を与えられる。

社会状況の変化もあって、現代では、これらの説明板・石碑類以上に詳しい伝承を採集するのは困難な状況を迎えつつあり、当該寺社の関係者の方々に尋ねても、これ以上の情報は得られない場合が少なくない。この点から考えると、これらは近現代における縁起伝承の記録として尊重に値するはずである。

なかには依拠した資料ないし伝承が透けて見えるものもあり、比較的近年の変化の跡を示しているものもあるなど、さまざまな文化現象の背景を探る手掛かりともなって、幅広い分野での活用が期待できるのではないだろうか。

今後もこのような調査は幅広く継続し、蓄積していくべきと思うが、筆者の能力の限界もあり、とりあえず現在までに入手できたものの中から、とくに『三国伝記』の世界に関係が深いと思われる寺社のそれを選んで、ここに提示することにした次第である。

近江湖東地域の説話的寺社縁起一覧表

近江湖東地域（旧坂田・犬上・愛智・神崎・蒲生・野洲郡）に伝存する説話的縁起とそれに関連する伝説類について、下記の文献に見られる例を集約し、記載頁（『三国伝記』は巻・話）を数字で示したものである。

各文献の成立年次、本表で用いた略称、記載頁等を示すのに用いた底本は下記のとおりである。なお本表に表示したのは頁番号だけで、底本の巻次は表示していないが、下記の括弧内に示した各巻の郡別または神社・寺院志の別によって、当該巻次は容易に知られるはずである。

なお、〈12〉のごとく括弧付きの数字は、その頁に当該寺社の記事はあるものの縁起については言及のないことを示す。


『三国伝記』（一四〇七以後）。略称「三伝」。中世の文学（三弥井書店）。

『淡海温故録』（原型は一六七二）。略称「温故」。近江史料シリーズ(2)。

『淡海録』（一六九二序）。略称「淡海」。近江史料シリーズ(4)。

『近江輿地志略』（一七三四）。略称「輿地」。校訂頭註近江輿地志略（歴史図書社）。

『淡海木間攫』（一七九二）。略称「木間」。近江史料シリーズ(5)第一分冊（犬上郡）、同(6)第二分冊（愛知郡・神崎郡）、同(7)第三分冊（坂田郡）。

『滋賀県の地名』（一九九一）。略称「地名」。日本歴史地名大系（平凡社）。

略称「郡志」で示したのは次の各書である。

『改訂近江国坂田郡志』（一九一三）下巻

『近江愛智郡志』（一九二九）第四巻（神社志）、第五巻（寺院志）

『近江神崎郡志稿』（一九二八）下巻

『近江蒲生郡志』（一九二二）第六巻（神社志）、第七巻（寺院志）

『野洲郡史』（一九二七）下巻

犬上郡は他郡のそれに相当する郡志・史がないため、空欄となっている。

また、『淡海木間攫』には蒲生・野洲郡の記事は存在しない

このほか、市史や町史の類により詳しい記事が見られる場合が少なくないが、簡便を旨とする本表では採録の対象としていない。注意をお願いしたい。

なお見落とし等が多く、完全にはほど遠いかと思うが、調査・研究の一助となれば幸いである。

旧坂田郡

旧郡	現市・町	現町・大字	寺社名	縁起内容	三伝	温故	淡海	輿地	木間	郡志	地名
坂田	長浜	宮前町	長浜八幡宮	義家・勧請		〈64〉		966	39	323	〈942〉
坂田	長浜	平方町	天満宮・犬塚	名犬・怪物退治	〈二・18〉	65			37	442、661	
坂田	長浜	名越町	名越寺	名越童子・太子		〈63〉	〈116〉	958	34	483	938
坂田	長浜	本庄町	芦柄神社	道真					〈53〉	375	938
坂田	長浜	八条町	足柄神社	北条盛房					〈48〉	375	939

坂田	長浜	七条町	足柄神社	北条盛時・箱根権現					〈48〉	387	947
坂田	長浜	垣籠町	天満神社	天神飛来		61				392	
坂田	長浜	宮司町	総持寺	行基				〈966〉	39	493	946
坂田	長浜	加田町	妙立寺	多田幸寺				955	33	552	〈935〉
坂田	米原		伊吹山	三修(三朱)・弥三郎	六・6	57	116	975	2	562、675	903
坂田	米原	弥高	弥高寺	三修(三朱)		〈58〉		976	65	490	907
坂田	米原	大平寺	大平寺	三修(三朱)・弥三郎		〈58〉		977	65	564	905
坂田	米原	大久保	長尾寺	三修(三朱)・覚念	六・18	58	127	978		82、491	906
坂田	米原	上野	三之宮神社	熊野権現・祈雨						360	907
坂田	米原	上平寺	上平寺	三修(三朱)・泰澄				〈994〉	〈64〉	489	908
坂田	米原	伊吹	伊夫岐神社	日本武尊		57	116	980	66	336	905
坂田	米原	間田	日御子大明神	筑摩神社と姉妹神					56	407	
坂田	米原	村居田	伏拝	雨乞い返しの遥拝所					57	679	
坂田	米原	朝日	観音寺	三修(三朱)				981	58	479	901
坂田	米原	柏原	成菩提院			〈59〉		〈984〉	〈61〉	476	893
坂田	米原	柏原	長福寺	行基・松王丸				988		538	
坂田	米原	柏原	蘇生寺	照手姫・笠地蔵				992		559	
坂田	米原	堂谷	極楽寺	三修(三朱)				1001			
坂田	米原	顔戸	日撫神社	神功皇后				〈954〉	23	353	〈887〉
坂田	米原	能登瀬	山津照神社	大梵天王				941	〈17〉	342	890
坂田	米原	日光寺	日光寺	名越童子				944	〈17〉	482	〈889〉
坂田	米原	岩脇	三尊石仏	善光寺		64		946	16		
坂田	米原	中多良	園華寺(願乗寺)	三修(三朱)・弥勒						〈573〉	〈869〉
坂田	米原	上多良	本願寺(真光寺)	行基・伝教大師				〈952〉	26	〈573〉	〈869〉

坂田	米原	上丹生	松尾寺	三修・松尾童子			〈116〉	937	21	551	869
坂田	米原	上丹生	神明神社	神武		〈60〉		937			
坂田	米原	醒井	泡児墓	西行・残茶で懐妊				935		648	
坂田	米原	番場	蓮華寺	太子				939	21	539	877
坂田	米原	朝妻筑摩	筑摩神社	鍋かぶり		66		950	28	348	873
坂田	米原	磯	磯崎神社	日本武尊・白鳥	一・6	66		924	30	371	874
坂田	彦根	小野	一万大菩薩	勧請	七・24	51					
坂田	彦根	原町	八幡神社	太子合戦・兜		〈51〉		930	6	370	859
坂田	彦根	荘厳寺町	荘厳寺	不動					10	〈572〉	〈859〉
坂田	彦根	宮田町	山田神社	猿田彦・田村麿						345	856
坂田	彦根	笹尾町	少林寺	太子・観音					13	549	〈859〉
坂田・犬上			霊仙山（霊山寺）	役行者・泰澄・覚然		〈59〉				567	796

旧犬上郡

旧郡	現市・町	現町・大字	寺社名	縁起内容	三伝	温故	淡海	輿地	木間	郡志	地名
犬上	彦根	日夏町	唐崎神社	漂着		44			〈70〉		
犬上	彦根	日夏町	千手寺	行基		〈44〉		〈859〉	〈71〉		839
犬上	彦根	清崎町	荒神山神社（奥山寺）	飛来峰・行基	二・12	44	126	859	67		840
犬上	彦根	須越町	休神	漂着		44			72		
犬上	彦根	葛籠町	柏原地蔵	行基		〈55〉		891	61		
犬上	彦根	地蔵町	地蔵堂	太子					23		828
犬上	彦根	野田山町	慈眼寺	行基					29		
犬上	彦根	後三条町	長久寺						16		825
犬上	彦根	馬場	北野寺（彦根寺）	徳満・長谷		〈52〉		915	18		803、812

旧郡	現市・町	現町・大字	寺社名	縁起内容	三伝	温故	淡海	輿地	木間	郡志	地名
犬上	彦根	馬場	北野寺（彦根寺）	竹生島・十五童子				916	19		
犬上	彦根	馬場	北野寺（彦根寺）	房前・造像		52		920	4		803、812
犬上	彦根	松原町	地蔵堂			53		916			
犬上	彦根	八坂町	多景島				46	920	14		799
犬上	多賀	敏満寺	敏満寺	三修（三朱）・敏満童子		46		897			792
犬上	多賀	敏満寺	胡宮神社（朝宮）	霊験		46		897			792
犬上	多賀	富之尾	大滝神社	大蛇退治・忠犬	二・18	49	115	898	42		799
犬上	多賀	多賀	多賀大社			46	115	900	30		789
犬上	多賀	栗栖	調宮神社	多賀・休息				〈906〉			795
犬上	豊郷	高野瀬	天稚彦神社	天稚彦・鶏禁忌		〈43〉		〈862〉	32		779
犬上	豊郷	四十九院	四十九院	行基		55			57		780
犬上	豊郷	四十九院	春日神社	四十九院の鎮守							780
犬上	豊郷	四十九院	池波神社	大蛇・祈雨							780
犬上	甲良	池寺	西明寺	三修（三朱）・光明		〈56〉	〈129〉	893	〈53〉		780
犬上	甲良	北落	日吉神社	お花・竜神・祈雨							785

旧愛智郡

旧郡	現市・町	現町・大字	寺社名	縁起内容	三伝	温故	淡海	輿地	木間	郡志	地名
愛智	彦根	稲里町	稲村神社	太子・市辺皇子		44		〈860〉	36	411	844
愛智	彦根	稲里町	延寿寺	行基					37	760	844
愛智	彦根	上稲葉	地福寺（寿福寺）			〈27〉		〈835〉	67	814	850
愛智	彦根	下稲葉	十輪寺						67	814	
愛智	彦根	下稲葉	稲葉太明神	白髭・猿田彦		〈27〉		〈835〉	67	481	〈850〉
愛智	愛荘	松尾寺	金剛輪寺	行基・観音		〈56〉		868	〈27〉	463	760

愛智	愛荘	岩倉	矢取地蔵	霊験		39			26		
愛智	愛荘	沓掛	磯部(石部)神社	天照大神・休息				〈863〉	〈31〉	348	769
愛智	愛荘	沓掛	善法寺	行基・石部の神宮寺					〈31〉	352	769
愛智	愛荘	豊満	豊満大明神	神功皇后・軍旗		41		863	19	210	771
愛智	愛荘	愛知川	大日堂		〈四・21〉				67	670	767
愛智	東近江	百済寺町	百済寺	太子・観音		38		871	14	202	743
愛智	東近江	大覚寺町	大覚寺	行基・観音		〈36〉		874	〈17〉	201	
愛智	東近江	平尾町	東光寺	太子・恵心・阿弥陀				〈875〉		189	746
愛智	東近江	愛東外町	菅原神社	天暦勧請						64	746
愛智	東近江	永源寺高野町	世継観音	霊験		35		876	4		
愛智	東近江	蛭谷町	筒井八幡神社	惟喬親王		〈34〉		882	7	39	681
愛智	東近江	君ケ畑町	大皇器地租神社	惟喬親王		34		886	7	36	682
愛智	東近江	君ケ畑町	金竜寺	惟喬親王				〈887〉	8	29	683

旧神崎郡

旧郡	現市・町	現町・大字	寺社名	縁起内容	三伝	温故	淡海	輿地	木間	郡志	地名
神崎	東近江	佐野町	善勝寺	太子・観音・弥勒	十一・15	29	121	840	58	301	651
神崎	東近江	佐野町	地福寺	運海・地蔵	五・3					305	
神崎	東近江	佐野町	天神社	天神飛来・休息						54	
神崎	東近江	猪子町	上山天神	天神飛来	十二・18		108	839	〈57〉	155	651
神崎	東近江	山路町	天神社	天神飛来・道真						157	〈653〉
神崎	東近江	今町	天神社	日本武尊・白鳥						177	
神崎	東近江	種町	白鳥神社	日本武尊・白鳥						174	
神崎	東近江	種町	善教寺	行基・観音		〈30〉		841	61	372	

神崎	東近江	長勝寺町	長勝寺	薬師				842	61	325	657
神崎	東近江	能登川町	安楽寺	太子・四十八寺		〈29〉		846	〈56〉	306	650
神崎	東近江	神郷町	乎加神社	宇賀神・十五童子	四・15	30	114	844	63	169	656
神崎	東近江	小川町	八宮赤山神社	敦実・赤山						179	656
神崎	東近江	伊庭町	望湖神社	蛇神・多武大明神		〈29〉	114	〈846〉	〈57〉	158	649
神崎	東近江	伊庭町	繖峰三神社	八王子・飛来		〈29〉		〈846〉	〈57〉	164	〈647〉
神崎	東近江	新宮町	栗見大宮			〈28〉		838	72	182	658
神崎	東近江	五個荘石馬寺町	石馬寺	太子・石馬発掘		31		849	55	267	667
神崎	東近江	五個荘石馬寺町	雨宮竜神社	竜女		31		〈849〉	55	125	〈667〉
神崎	東近江	五個荘金堂町	浄栄寺	太子				848		256	〈666〉
神崎	東近江	五個荘金堂町	大城神社	太子・天神				848		115	666
神崎	東近江	五個荘川並町	乾徳寺	太子				847		245	〈665〉
神崎	東近江	五個荘川並町	結神社	川島皇子		31				113	〈665〉
神崎	東近江	五個荘川並町	堂葬司廟	有馬皇子				847		112	
神崎	東近江	五個荘北町屋町	大郡神社	大友皇子		31				109	671
神崎	東近江	五個荘平阪町	小松寺	重盛		32		851	51	240	673
神崎	東近江	建部瓦屋寺町	瓦屋寺	太子・観音		32		851	53		726
神崎	東近江	神田町	御河辺神社	空也				853	45	66	733
神崎	東近江	五智町	興福寺	行基		〈32〉			49	211	734
神崎	東近江	外町	若松神社	鹿島・休息						77	732
神崎	東近江	八日市本町	市神神社	太子						82	697
神崎	東近江	佐目町	阿育大塔			〈33〉					
神崎	東近江	佐目町	逆真上人宮	空也・祈雨		〈33〉		855	47	60	〈685〉

旧蒲生郡

旧郡	現市・町	現町・大字	寺社名	縁起内容	三伝	温故	淡海	輿地	木間	郡志	地名
蒲生	東近江	蛇溝町	中木の地蔵	行基・妖蛇鎮祟							714
蒲生	東近江	布施町	布施神社	日吉						455	〈715〉
蒲生	東近江	小脇町	太郎坊（阿賀神社）	天狗・修験・熊野				742		514	701
蒲生	東近江	小脇町	金柱宮	狛長者				744		591	
蒲生	東近江	小脇町	成願寺	最澄・修験・熊野		20		742		502	701
蒲生	東近江	石塔町	石塔寺	阿育王塔	十一・24	19	126	750		512	536
蒲生	東近江	川合町	願成寺	太子・十八観音				754		773	539
蒲生	安土	慈恩寺	浄厳院	太子・嵯峨と同木		24		690		383	582
蒲生	安土	常楽寺	沙々貴神社	四目結紋		24		694		217	580
蒲生	安土	桑実寺	桑実寺	太子観音・天智薬師		23		697		260	583
蒲生	安土	石寺	観音正寺	太子・人魚		23		708		358	585
蒲生	安土	西老蘇	奥石神社（鎌明神）	武尊・橘姫・金鶏				711		252	586
蒲生	近江八幡	西生来町	泡子地蔵	大師・残茶で懐妊		23		712			
蒲生	近江八幡	御所内町	賀茂明神	惟喬親王・勧請				714		269	〈622〉
蒲生	近江八幡	御所内町	出雲神社	霊夢・勧請				714		265	622
蒲生	近江八幡	長光寺町	長光寺（武佐寺）	太子・高階姫・修験		22	121	715		389	624
蒲生	近江八幡	千僧供町	椿神社（馬気明神）	天武・休息				720		〈290〉	
蒲生	近江八幡	安養寺町	上野神社	巴・山吹				727		126	631
蒲生	近江八幡	田中江	蓮池	空海・三国伝来の蓮				658			
蒲生	近江八幡	桜宮町	東漸寺	太子作観音像		26		660		131	610
蒲生	近江八幡	宮内町	日牟礼八幡	宇佐・影向の松		26		662		57	601
蒲生	近江八幡	小船木町	願成就寺	太子・四十八寺・修験		26		663		69	634

蒲生	近江八幡	孫平治町	仏光寺別院	太子・巡見				664		〈52〉	603
蒲生	近江八幡	船木町	厳浄寺	太子作阿弥陀像				668		〈85〉	〈634〉
蒲生	近江八幡	船木町	青根八幡	青根長者・乙護法				669		90、312	〈634〉
蒲生	近江八幡	船木町	香梅寺	太子作阿弥陀像				669		816	
蒲生	近江八幡	多賀町	興隆寺	太子・修験				670		133	612
蒲生	近江八幡	白王町	伊崎寺	太子作不動・修験			126	674		238	614
蒲生	近江八幡	長命寺町	長命寺	太子・天智・花山		26	14	676		138	616
蒲生	近江八幡	長命寺町	天狗社	長命寺鎮守				682			
蒲生	近江八幡	北津田町	阿弥陀寺	賢和・南北谷・修験			〈14、50〉	684		820	606
蒲生	竜王	綾戸	苗村神社	苗・杉・不動		21		730		402	559
蒲生	竜王	小口	観音寺	太子作観音像				731		439	〈569〉
蒲生	竜王	川守	竜王寺	竜女・玉手箱・鐘		21	127	735		456	558
蒲生	日野	北脇	法光寺	太子作薬師像				749		762	〈525〉
蒲生	日野	中山	金剛定寺	太子・観音・熊野				760		597	528
蒲生	日野	松尾	正明寺	太子		18		767		653	512
蒲生	日野	大谷	金剛寺	太子・観音						651	512
蒲生	日野	音羽	御骨堂	市辺皇子の骨堂				768			〈518〉
蒲生	日野	仁本木	新宮	熊野		18		770			〈496〉
蒲生	日野	蔵王	金峰神社	吉野・蔵王・桜		18		770			519
蒲生	日野	熊野	綿向山	修験・大峰		18		771			496
蒲生	日野	熊野	熊野権現	修験・熊野那智		18		772			520
蒲生	日野	西明寺	西明寺	太子・聖源・祈雨				772		728	521

旧野洲郡

旧郡	現市・町	現町・大字	寺社名	縁起内容	三伝	温故	淡海	輿地	木間	郡志	地名
野洲	野洲	三上	三上（御上）神社	日本第二忌火		7		780		268	431、433
野洲	野洲	妙光寺	東光寺	薬師				781		806	436
野洲	野洲	行畑	子安地蔵	放光・火伏				782			
野洲	野洲	中北	祇王堂	祇王・用水		9	〈53〉	817		196	〈446〉
野洲	野洲	木部	錦織寺	毘沙門・一夜松		〈10〉		822		776	453
野洲	野洲	乙窪	仏性寺	恵心作阿弥陀像				824		773	456
野洲	野洲	乙窪	弁慶堂	弁慶寓居				825			
野洲	野洲	五条	兵主神社	外来神・降臨		〈10〉		826		284	458
野洲	野洲	吉川	矢放明神	兵主の部下				828		292	〈459〉
野洲	守山	守山町	東門院	田村麿・延鎮・仁王				788		745	467
野洲	守山	守山町	守善寺	太子・恵心				791		750	〈465〉
野洲	守山	吉身	慈眼寺	帆柱観音・最澄				793		751	〈467〉
野洲	守山	吉身	馬路石辺神社	神使白犬				795		725	〈467〉

（参考）その他の主要伝説類

旧郡	現市・町	現町・大字	寺社名	縁起内容	三伝	温故	淡海	輿地	木間	郡志	地名
坂田	長浜	国友町	鉄砲伝来			64			46		943
坂田	長浜	神照町	神明宮御手洗	神霊通乳井伝					44		941
坂田	長浜	加田町	鯉池跡	鯉・飛竜				956	32		
坂田	（美濃境）		黒血川	天武・合戦		56					
坂田	米原	伊吹	伊吹氏	狐守護		58			66		
坂田	米原	小泉	姉川	瀬水・蝉合	六・18	61		970		678	905

坂田	米原	池下	比夜叉池(三島池)	人柱				972		679	
坂田	米原	醒井	醒井	日本武尊		59		933	60	682	879
坂田	米原	入江	米原内湖	富士山伝説		66					
坂田	彦根	中山町	磨針峠	斧磨型伝説			40	931	〈12〉	692	〈855〉
坂田	彦根	鳥居本町	地名起源	馬場八幡・日撫神社		〈52〉		972	8		〈853〉
坂田	彦根	鳥居本町	矢倉	太子・合戦		52		926	8		
坂田	彦根	小野町	小野小町	小町伝説		51	51	〈928〉	4	653	858
坂田	彦根	原町	太子の厩	太子・合戦					5		859
坂田	彦根	原町	太子の馬塚・鞍塚	太子・合戦					5		859
坂田	彦根	原町	血水川	太子・合戦		51		926	8		
犬上	彦根	松原町	日本武尊	白鳥	一・6	53		916	〈12〉		
犬上	彦根	大堀町	床の山	太子・合戦					37		〈829〉
犬上	彦根	大堀町	血吸川	太子・合戦		49		910	〈37〉		
犬上	彦根	野田山町	太子の陣場	太子・合戦					29		
犬上	彦根	大藪町	星鬼	雨夜の怪					13		
犬上	彦根	後三条町	高島郡との関係	白鬚神社の頭人		53			14		
犬上	多賀	木曾	曾我兄弟の墓	曾我兄弟		47		907	27		795
犬上	豊郷	四十九院	唯念寺	祈雨							780
犬上	甲良	尼子	羽衣(尼子氏祖)	天女		55					
犬上	甲良	正楽寺	唯念寺、釣狐の碑	近江猿楽発祥地					54		788
犬上	甲良		蟻塚	太子・合戦		55					
愛智	彦根	稲里	将軍塚	将門		42		863	35		844
愛智	愛荘	石橋	歌詰橋	将門		42		〈865〉	31		
愛智	愛荘	豊満	のまずの池(不飲川)	将門				863			〈841〉

愛智	愛荘	愛知川	赤かぶ	太子・合戦					64		
愛智	愛荘		愛知川	竜神		34	42				
愛智	愛荘		愛知川	三人渡河	四・21		42				
愛智	愛荘	斧磨	斧磨(よきとぎ)	斧磨型伝説		〈39〉					760
愛智	東近江	妹町	鯰江妹村	天女					9		
愛智	東近江	南・北花沢町	花沢の霊木	太子		39		870	12		
愛智	東近江	北花沢町	蝦蟆ケ滝	蛙の病院		39		〈870〉	12		
神崎	東近江・彦根	(旧栗見庄)	栗の大木			27			68		
蒲生	東近江	(八日市)	八日市の起源	太子				852			697
蒲生	東近江	市辺町	市辺皇子の墓	市辺皇子						372	717
蒲生	東近江	小脇町	狛長者屋敷跡	狛長者				744		591	699
蒲生	東近江	中羽田町	女坂	竜女・玉手箱		21	〈49〉	735		341	
蒲生	東近江	下羽田町	歌坂	和泉式部・野寺の鐘				735		341	628
蒲生	東近江	蒲生堂町	蒲生堂	石塔寺勅使宿所				739		352	550
蒲生	東近江	合戸町	坂井清水・車坂	石塔寺関連				756		353	
蒲生	東近江	下麻生町	赤人社・山辺神社	山辺赤人生誕				757		354	546
蒲生	安土	老蘇	熱田宝剣飛帰	異国の盗賊		23					
蒲生	近江八幡	御所内町	御所内村	惟喬・三条				713			
蒲生	近江八幡	船木町	富塚	青根長者				670			〈634〉
蒲生	近江八幡	北津田町	度会橋	大蛇退治・狛長者			〈47〉	671			
蒲生	近江八幡	白王町	王の浜	惟喬・天武・太子		26		671			〈613〉
蒲生	近江八幡	白王町	元富士(権現谷)	富士権現・影向				674			
蒲生	近江八幡	千僧供町	千僧供	惟喬の供養		22		719		〈330〉	〈625〉
蒲生	近江八幡	千僧供町	供養塚	惟喬の墓				720			

蒲生	近江八幡	馬淵町	馬淵庄	天武・馬休				718			〈626〉
蒲生	竜王	西横関	長者の石臼	狛長者				722		333	
蒲生	日野	小谷	小谷村	山伏参集地		18		759		355	525
蒲生	日野	小野	鬼室神社・人魚塚	鬼室集斯の墓						385	522
蒲生	日野	北脇	野矢屋敷	野矢光盛・石塔寺				749		376	
野洲	野洲	三上	三上山	富士山残土・百足		7		779			
野洲	野洲	小篠原	九山八海石	子産石				811			
野洲	野洲	大篠原	不帰池	兵主神・影向				812			
野洲	野洲	永原	永原御殿	祇王の父の屋敷		9		819			448

湖東寺社の寺伝・社伝

上山天神社・説明石額（東近江市猪子町）

社歴略掲

御祭神　天常立尊
　　　　菅原道真公

当社は古伝に曰く天慶年間創立の苗祠なりと境域に岩船神社あり神亀五年の草剏なりと云う貞和三年五月足利尊氏社地三千歩を領せしめ天正元年十二月織田信長先規に任せしめたる等社記に詳なり域内各所に石窟を存し巨岩怪石老松古杉の間に在りて実に千古の霊境たるを示せり

上山天満天神社
　　社　務　所

上山天神社・奉納額（東近江市猪子町）

奉　納

鎮守天神宮記

抑江陽神前郡垣見郷猪子里成仏教寺鎮守天神宮権輿恭奉伺之則取祭祀一座高皇座霊神者一奉称神漏岐命又高木神宇宙間生万物之霊験在之人皇七十四代鳥羽帝天仁元戊子年実信大僧正成

仏教寺開基之砌降臨僧正斉戒設社壇
勧請之以奉仰護法発達而後上下諸人参詣
抽精祈信念神徳弥熾教刹社頭益繁昌
矣神仕二口社侶成仏教寺勤行又曾被寄供
田応保二年伊庭出羽守重遠弓矢一張奉
納之是当宮者垂迹最遠霊妙之瑞籬而
仏法擁護国土安寧衆生息災之鎮守
也可仰可崇也茲記神縁教刹縁起
諸倶永可伝後代者也
右記録之条為後日上書如斯

延徳二年庚戌年五月朔日

中蔵房主　信慶敬白

昭和五十七年十月吉日奉納者

小林秀夫
小林伊三夫
小林茂

岩船・説明板（東近江市猪子町）

岩船

この岩船は、神亀五年（西暦七二八年）五月朔日、高島比良の山より湖上をこの地に渡りたもうた比良大神（白髭明神）が御乗船されたものと伝えられている。この横の社は、岩船社と称し渡湖の際、岩船を先導された津速霊大神がまつられている。古代の住民は奇岩・怪石に対する崇拝がさかんで、この岩舟も頂上の磐座（いわくら）と共に巨石崇拝時代の遺品といえよう。

佐野天神社・説明板（東近江市佐野町）

社格略掲

神崎郡能登川町大字佐野七九九番地

天神社

御祭神

菅原道真　御尊名菅公とも申し上げ学問文化の神様

御由緒

社伝によれば□□は朱雀天皇の御宇天慶年間（九三八―九四□）湖西比良山の方面より光者現れ湖上を東へ渡られる。諸人奇異の思いをなすところ岩船に奉御し給い衣冠正しく光輝赫々として其の御船繖山の麓なる西の森の老樹の下に着御せられる。里人奇み恐れて其の樹下に一小祠を営み御霊神を鎮祭し、上山天神宮と崇め菅原道真公を祀る。之を当社の根元とする。当時佐野村をはじめ猪子・山路・林・垣見五ケ村の産土神であったが次第に分社し幾許の変遷を経て今日では一部垣見区と祭礼を共に□□□□いる。

一方、往昔佐野村に菅公を祀る小祠があり列仮所として、神幸が行われていたが、この祠を改築し佐野村の天満宮として独立し産土神として尊崇するに至った。其の後社名が天神社と改称されている。当社は中世の頃より佐々木氏の崇敬篤く寛文十年（一六七〇）には時の代官太田小左衛門より御供田を附され、又大和郡山藩神祇取締より御墨附を賜り佐々木五位名代として当社に神勤されている由之等は□し当時の状を知るに足るものである。

御本殿は足利時代（室町）の建造物で極度の頽破に及び大正五年六月改築されている。この時中門・玉垣・社務所が同時に新築となっている。明治九年村社に列せられ同四十四年幣帛供進の指定を受ける。

宮司　撰文

北向観音・石碑（東近江市猪子町）

北向岩屋観音

桓武天皇の延暦十年
西暦七九一年
坂上田村麻呂が鈴鹿の鬼賊を討伐の際　この繖山五嶺の東北端烏帽子岩窟内に十一面観世音菩薩の石像を安置して祈願されたと伝えられている

この観音菩薩は像高四十八糎光背三十糎　蓮座高十三、五糎となっており合掌の手に数珠をかけられているお姿は他に見かけられないと言われている

毎年七月十七日には千日会法要が盛大に勤行される

御詠歌

きぬがさ山に
　登りてただだのめ
しるしあらたな
　岩屋観音

平成三年一月吉日建之
北向十一面観音奉賛会

地福寺・掲示板（1）（東近江市佐野町）

地福寺の由来
　地福寺の御本尊様は慈覚大師（七九四―八四八）の御作と伝えられる木造のお地蔵さまで、南北朝時代（一四世紀中期）の頃に、洛陽白川より当寺にお移りになられました。

　この寺も古くは天台宗でしたが、織田信長の頃の大火で寺が焼失し、一時期、御本尊様のみがお残りになった時期がありました。

　しかし今から三百五十年ほど前に当寺開山鳳山恵寿和尚、二代目道費瑞光和尚が数十年に渡る托鉢により、新たに禅宗の寺として再興されました。

　当寺は六百年以上もの長い間お地蔵様にお守りいただいて、近隣の方々のご信仰のもと現在に至っております。


地福寺・掲示板（2）（東近江市佐野町）

　この山面におられる約百体のお地蔵様方の多くは、織田信長の頃の大火以前から当寺におられて、戦火をくぐり抜けてこられた歴史あるお地蔵様方です。

　また、その中央にお立ちになっておられるお地蔵様は、この近辺の各家を托鉢で廻らせていただきお迎えできたお地蔵様です。

　皆様方のお地蔵様ですので広く皆様方に親しんでいただけるよう、

「杉の木地蔵尊」

とお呼びすることに致しました。

オンカー　カーソビ
　サンカー　ソワカ
　　（七回、九回など奇数回唱える）

【お地蔵様にお参りする時に唱えるお経】

宝珠山　地福寺

稲村神社・石坂（彦根市稲里町）

稲村神社由緒記

彦根市稲里町二六一七番地鎮座

御祭神

主座　伊奘冉命　左座　豊宇気毘売神

右座　丹生大神

合祀　二十社　明治四十一年秋九社中ノ小宮

例　祭

春祭　四月十八日　秋祭　九月十七日

由　緒

社伝によると、天智天皇の御宇六年、常陸国久慈郡稲村に鎮座の稲村神社の分霊を当稲里町小字塚の地に迎え、奉祀したのが始まりとされている。天正年間兵火にかかり、後現在の大平山の地に遷座された。

村上天皇の御代、正一位を授けられ神領八十余町を寄進された。また承久の乱には御鳥羽上皇の祈願もあったと伝う。なお社伝によると、近江守護職佐々木家より太刀一振奉納あり、佐々木承禎は境内樹竹の伐採を禁止する制札を寄せた。また彦根藩主は当社保護のため、種々の制令を寄せたと伝えられている。

本殿は、現在のものは寛正五年八月の建築のものである。

社名は、往昔、稲村大明神、あるいは大社稲村大明神とも称したが明治九年稲村神社と改称し、村社に列した。明治十四年郷社に昇格し同四十一年神饌幣帛料供進指定となる。明治四十一年郷内の無格社二十社を合祀奉斎した。

なお春祭には氏子より大太鼓九基の渡御がある。

唐崎神社・木額（彦根市日夏町）

所在地
滋賀県彦根市日夏町宮前四七七八番地
　神社名　唐崎神社
一御祭神
　主神　大己貴神
　相殿　大山咋神
　　日本武尊
　　表筒男命
　　中筒男命
　　底筒男命
　　惶根尊
　配祀　八　社
一由緒　本殿は淡海の国四ケ所祓殿の一たり
　近江の国犬上郡日向神社の所在
　する所なりと伝ふ
　聖武天皇の御宇天平十三年三月
　二十日僧行基日向山嶺現在の
　荒神山へ奥山寺を創立するに
　当り社殿を唐崎の地に遷し
　奉りしを初とす
　御小松院の御宇明徳元年六月
　正一位唐崎大明神の宣下あり
　爾来皇室御崇敬の神として
　又日夏荘鎮座の神として敬仰す
一祭典　四月二十日

犬胴松・立札（犬上郡多賀町富之尾）

犬胴松の由緒
その昔犬上□部二族の始祖と言われ
ます稲依別王命は日頃より猟を好まれ猟
犬小石丸を引連れ山間を徘徊されていた処偶々
この渓谷の淵に往来の人々に危害を加える大蛇が
いる事を聞き及び退治せんものと愛犬を伴い渓
谷を捜し続け七日七夜を過ぎ仮眠中命の危急
を知った小石丸が吠えたてる事頻りなれば命は怒り腰
の剣で一刀のもとに愛犬の首を刎ねると首は岩影
より命に□い掛からんとする大蛇の喉にしっかり
咬みつき大蛇は遂に淵に落ち悶死せり。命は
大いに□きこの愛犬の忠死に深く感銘し祠
を建て之を祀り給ふこれ犬咬明神である。
斯くして命を救った忠犬の霊を犬胴塚に葬

り其処に松を植えられたのが犬胴松である。今は枯れ果て、その面影を残すのみであったが、今回お堂を建立しその霊をお祀りするものである。

境内三社の内犬上神社には稲依別王命が祀られています。

昭和六十年（一九八五）十二月

平方天満宮・説明板（長浜市平方町）

天満宮と犬塚の由来

・この天満宮の祭神は菅原道真公、当宮社は元「目検枷《めたてかい》」と云う犬を祀り、犬上（神）明神と称せしを加賀藩主、前田侯が通行の際、藩主の奨めにより天満宮と改め社殿北側に犬塚として祭神を祀り今日に及んでいる。

・昔此所に目検枷という名誉奇特な犬がいた。

・当時は毎年附近の村から湖上の祭神に人神御供として一人ずつ娘を差し出す習わしがあった。

・ある年のこと村に豪気な男がいて何者が人神御供を求めるのかと、ひそかに正体を見極めたところ、「メッキに言うなよ、平方のメッキに言うなよ」とブツブツつぶやきながら得体の知れぬ怪物が湖岸の水面から現れました。

・男はメッキとは何かと尋ねたところ野瀬の長者の愛犬「目検枷」のことであった。

・翌年人身御供のとき男が借り受けた名犬「目検枷」と怪物は大格闘の末、目検枷の嚙みついた幾つもの歯痕を残し怪物はとうとう倒れてしまいました。

・しかし目検枷も大きな傷を受け必死の戦いに精根つき意気をひきとりました。
・村人はひどく感激し長くその霊を慰めるため犬塚をたて祀りました。
・今なお目検枷の鋭い牙にあやかり度いと墓である犬塚に触れた手で歯の痛むところを擦るとその痛みが止まると言われている。

平方天満宮・犬塚説明板（長浜市平方町）

犬　塚

昔この付近はヨシや桑がうっすらと生え「カワタロウー」と呼ばれる気味の悪い怪物が出没するところでした。そこで村の豪気な男が犬を連れて「カワクロウー」を退治しました。ところがその犬も必死の戦いに疲れ果て息をひきとりました。そこで人びとはその犬をとむらうために墳墓をつくり犬塚として祀ったと言いつたえられております。

「昔からこの石に触れた手で歯の痛むところや体の痛むところを撫でると、不思議とその痛みが止まると言われています。」

大原観音寺・説明板（坂田郡山東町朝日）

滋賀県指定重要文化財　観音寺本堂

昭和六十年三月二十九日指定

観音寺は弥高・太平・長尾の三ケ寺とともに伊吹山四ケ寺の一つであったが、正元年間（一二五九～一二六〇）現在地に移ったという。伊富貴山観音護国寺といい、千手観音を本尊とする天台宗の寺院である。

本堂の再建は再興記録に詳しく、正徳五年（一七一五）上棟、地元の大工棟梁宮部太兵衛、京都の彫刻師が造営に携わったことなどが知られる。

入母屋造の屋根は、当初茛葺であったが、明治元年（一八六八）に桟瓦葺に改められている。

内陣の雲竜彫刻など細部意匠に優れ、彫刻の豪華さは県下の近世社寺建築を代表する遺構である。

平成三年三月

滋賀県教育委員会

あとがき

本著作集第一巻・第二巻の刊行後しばらくの空白期間を置いて第三巻・第四巻を送り出すことになった。この間の事情を説明しておきたい。

第一巻・第二巻は「著作集」と銘打ってはいたものの、主要な研究論文の集成を第一義としていたため、実体は著作集というよりも論文集と呼ぶ方がふさわしかった。したがって、最初から単行の書籍として書き下ろした『今昔物語集の世界―中世のあけぼの―』や『修験の道―三国伝記の世界―』などは収録の対象としていなかったのである。

これら二著はいわゆる論文の体裁を採らない、ある意味では研究書らしからぬ体裁の著述であったが、自分としてはそれぞれに全力を傾注して書き、自分の『今昔』研究そしてまた『三国伝記』研究がたどり着いた、その時点での最終到達点を示したつもりの著述であったから、これらを除いた論文の集成でもって著作集と称するのは、いささか不完全燃焼の思いがしていた。ここに機会を得て、右の二著はもちろん、新旧の論文その他の文章をより幅広く収録し、第三巻・第四巻として送り出すことになったが、これによりようやく名と実が一致するものになったとありがたくうれしく思っている。

第三巻には右に述べた『今昔物語集の世界―中世のあけぼの―』と『修験の道―三国伝記の世界―』とを収録し、

巻末には新たに「近江湖東地域寺社縁起基礎資料」を加えた。

第一編として収録した『今昔物語集の世界―中世のあけぼの―』は、筑摩書房から刊行した初版本の内容を若干改訂して巻末に「補説」を加えたものが『新版　今昔物語集の世界―中世のあけぼの―』として以文社から刊行されているが、本巻には基本的に以文社版の「新版」の本文を収録している。ただし同書では巻末に纏めて配置されていた「注」や「補説」を、本巻では各章末に分割して配置しなおした。また初版（一九八三年）から約四半世紀が経ち、収録した写真や見取り図が現実と合わなくなっている場合には、新しいものと入れ替えるよう努めたつもりである。

「あとがき」は初版本のそれを収録し、「新版」の末尾に付載する「新装版　あとがき」は省略した。しかし、省略するにはしのびない一節を次に掲げておきたい。

わたしにとって外観の軽やかさや叙述の平明さは、決して程度の低さや中途半端さを意味しない。十数年前わたしは自分の能力の全てを尽してこの本を書いた。その時に注意したのは、研究者の間でしか通じない符丁のような言葉は使わない、説話を解剖台の上に置くようなことはしないということであった。後者については説明が必要だろう。わたしは説話を切り刻んで構造や仕組みを説明して見せるためにこの本を書いたのではない。説話を生かしたままで、いわば生態観察をしてみたかったのである。

この本では各章ごとに一つの説話を中心に、生成や伝承の背景にまで踏み込んだ分析を試みているが、分析そのものが最終目標にはならないよう注意した。説話を生かすとは決して勝手な解釈や気ままな感想をいうのではない。一つひとつの説話の生成や伝承の背景をきちんと踏まえて、話を立ち上げた状態で捉えることなのだ。この本ではさらに必ず『今昔物語集』という作品の世界に回帰して、その世界のなかで説話を捉え直し、作品研究もまた一種の生態研究として機能するよう努力した。説話集の研究方法はこれしかないと身構えるつもりはない。ただわたしにとっては、これが妥協できない一線だったのである。

第二編として収録した『修験の道―三国伝記の世界―』は、近江湖東地域に密着した研究であるため、新旧の地名や寺社名がきめ細かく登場するが、とくに地名は近年の市町村合併の余波を受け、改称または消滅した例が少なくない。本巻に収めるにあたっては、これらを改めて精査し、極力新しい名称に書き改めている。

初版（一九九九年）に至る調査と研究の過程では、近代の地名にもなお中世以来の息づかいがかすかに残っているのを感じ、歴史の重みを思い知らせてもらったが、合併によってそれらが次々と非個性的な、あえていえば薄っぺらな名称に置き換えられていくのを見るのは、なにも当地に限った動向ではないけれども、うれしいことではなかった。そういう思いを抱きながら本巻への収録にあたってわざわざ新しい名称に置き換えるのは、本来の志と矛盾する行為と受け取られるかもしれないが、これから後、現地を訪れようと志す人は所詮新しい地名に頼るほかないだろうし、土地勘もそれによって養うしかないだろう。そういう人たちのために、あえて「近代」の地名を「現代」の地名に書き換え、必要最小限の注記を加えておくことにしたのである。

わたしが湖東地域に密着した研究を志して歩き回ったころに比べて、近年この地域は都市化が著しい。滋賀県に立地する工場や企業の爆発的な増加、京都や大阪への通勤圏としての発展等々に原因するだろうが、このため、この本に託したわたしの思いは中世近江の残像を現地に探る研究であったはずなのに、結果的には都市化する直前の近江の姿を記しとどめた本として意味あるものになったのではないかと思ったりしている。

巻末に附した「近江湖東地域寺社縁起基礎資料」は、科学研究費補助金による研究成果報告書の一部である。この報告書の主要部は『修験の道―三国伝記の世界―』がそれに相当するが、その研究を推進するための基盤となったのがこの「基礎資料」であった。これは私家版としてごく少数印刷して配布しただけだったから、流布範囲は限られていたと思う。本巻収録を機会にひろく活用していただければ幸いである。

なお、本巻に収録するにあたっては、右の私家版に大幅に整理の手を加えたが、とくに「近江湖東地域の説話的寺社縁起一覧表」の私家版では「その他の伝説」「メモ的事項」として掲げていた寺社縁起と直接には関係のない項目は、改めて取捨選択して「その他の主要伝説類」として一つに纏めなおしたものを収録している。

すでに活字化されている近世地誌類を整理したものに過ぎないといえばそれまでだが、実はこれら活字本との出会いにもかなりの苦労が必要だった。なかでも自由な閲読を熱望してかなわずにいた『近江木間攫』の全巻のコピーを長浜市の郷土史家故一居利雄氏が入手して送ってくださった時の感動は忘れることができない。『修験の道』だけでなく『今昔物語集の世界』等についても、わたしの研究はいつもこの「一覧表」で示されるような作業を基礎として、必ずしもスムーズには進まなかったその作成過程であれこれと思い浮かんだり考えたりした問題意識が突破口となって深まっていったような気がする。小さな「一覧表」ではあるが、その意味ではわたしの研究の原点の開示といえるかもしれない。

以上を一巻に纏めて刊行することが出来たのは、ひとえに和泉書院社主廣橋研三氏にご理解とご支援をいただいたおかげである。また右の二書を本巻に再録するにあたっては、最低限度ではあるが内容に増補と改筆を施し、表現や表記は統一に努め、場合によっては写真を新たに撮りなおし、図表も新たに作り直すなど、細部にわたって修整の手を加えている。これら厄介な問題の数々を快く引き受けて解決して下さった同社専務の廣橋和美さんにも心から御礼を申し上げたい。

二〇〇八年二月

池上洵一

初出一覧

第一編　『今昔物語集』の世界―中世のあけぼの―』

［初版］『『今昔物語集』の世界―中世のあけぼの―』　筑摩書房、一九八三年8月

［再版］『新版　今昔物語集の世界―中世のあけぼの―』（以文叢書2）　以文社、一九九九年3月

第二編　修験の道―『三国伝記』の世界―

『修験の道―『三国伝記』の世界―』（以文叢書1）　以文社、一九九九年3月

平成10・11年度科学研究費補助金研究成果報告書（その2）

『近江湖東地域寺社縁起基礎資料』　私家版　二〇〇〇年3月

（右のうち「近江湖東地域の説話的寺社縁起一覧表」には若干整理の手を加えた）

く

け

こ

さ

お

か

き

人名(含,神仏名)索引

も

や

ゆ

よ

ら

り

る

れ

ろ

わ

そ

た

ち

す

せ

さ

し

か

地名(含,寺社名)索引

あ

い

も

や

よ

ら

り

れ

ろ

わ

た

ち

つ

て

と

な

に

ね

は

書名索引

索　　引

凡　例

1　通　則

a　書名・地名（含，寺社名）・人名（含，神仏名）の三索引からなる。

b　本文（引用文を含む）中の固有名詞とそれに準じる名詞を対象とし，(注) および図表・系図・一覧表・概括図は含まない。

c　各項とも通行の読みに従い，現代仮名づかいの五十音順に配列した。

d　各項の［　］内には見出しとは異なる表記の代表例を，(　) 内には補記的事項を掲げた。

2　書名索引

a　原則として近世以前の文献を対象とし，近代の文学作品・研究書・論文類は含まない。「続」は「ぞく」と読んで配列した。

なお，第一編における「今昔」，第二編における「三国伝記」は，各頁に頻出するため省略し，採録の対象とはしていない。

b　伝本に関する所蔵者名・文庫名などは採録の対象としない（「鈴鹿本」は例外）。

c　昔話や日本神話は，参考として（昔話）（神話）の見出しの下に一箇所に纏めて配置した。

3　地名（含，寺社名）索引

a　地名は時代を問わず採録した。ただし「日本」・「本朝」および本巻に頻出する「近江」は省略。また都道府県名や括弧内の説明にのみ登場する市名など，本文の論旨と関わりの少ない地名については省略した場合がある。

b　地獄・極楽・天上界等も地名に準じて採録した。

c　「春日詣」「唐人」等の熟語を分解して，地名「春日」「唐」等として採ることはしなかった。

4　人名（含，神仏名）索引

a　原則として近世以前の人物を対象とした（「芥川龍之介」は例外）。

b　名を見出しとし，氏を（　）内に示した。

c　男性の名は通行の読みに従い（「長明（鴨）」など音読みが普通の人物は音読），女性の名は原則として音読した。

d　虚構された人物も固有名詞的機能を持つものは採録の対象とし，作中人物については〈　〉内に作品名を示した。

e　仏・菩薩・諸天も人名に準じて採録した。

f　犬・猫等の動物の名も参考のため採録している。

池上洵一（いけがみ　じゅんいち）
一九三七年　岡山県津山市に生まれる。
一九六〇年　神戸大学文学部卒業。
一九六六年　東京大学大学院博士課程単位修得中退。
現在、神戸大学名誉教授。博士（文学）。

［主要著書］

『今昔物語集　1〜10』〈東洋文庫〉（平凡社）［共著］。
『今昔物語集の世界―中世のあけぼの―』（以文社）。
『三国伝記　上・下』〈中世の文学〉（三弥井書店）。
『島原松平文庫蔵古事談抜書の研究』（和泉書院）。
『今昔物語集　三』〈新日本古典文学大系〉（岩波書店）。
『中外抄・富家語・江談抄』〈新日本古典文学大系〉（岩波書店）［共著］。
『修験の道―三国伝記の世界―』（以文社）。
『今昔物語集　全四冊』〈岩波文庫〉（岩波書店）。
『池上洵一著作集　全四巻』（和泉書院）。

池上洵一著作集　第三巻

今昔・三国伝記の世界

二〇〇八年五月一五日　初版第一刷発行©

著　者　池上洵一
発行者　廣橋研三
発行所　和泉書院
〒543-0002　大阪市天王寺区上汐五―三―八
電話　〇六―六七七一―一四六七
振替　〇〇九七〇―八―一五〇四三

印刷・製本　亜細亜印刷／装訂　森本良成

ISBN978-4-7576-0443-8 C3395